John Updike
Die Hexen von Eastwick

Roman

Deutsch
von Maria Carlsson
(‹Der Hexenring›, ‹Malefica›)
und Uwe Friesel und
Monica Michieli
(‹Schuld›)

Rowohlt

Die Originalausgabe erschien 1984
im Verlag Alfred A. Knopf, New York,
unter dem Titel *The Witches of Eastwick*
Umschlagbild Hans Hillmann
Umschlagtypographie und Einbandgestaltung
Manfred Waller

Die Hexen von
Eastwick

I

Der Hexenring

«Er war ein schöner,
schwarzer, rauher Mann und sehr kalt.»

Isobel Gowdie, 1662

«Als der Teufel mit seinen Ermahnungen fertig war,
kam er von der Kanzel und hieß alle näherkommen
und seinen Arsch küssen, der, wie sie sagten, kalt war wie Eis;
sein Körper war hart wie Eisen,
wie die dachten, die ihn berührt hatten.»

Agnes Sampson, 1590

«Ach, und noch was», sagte Jane Smart in ihrer hastigen, aber gezielten Art – jede Silbe war wie die schwarze Spitze eines eben ausgepusteten Streichholzes, die man sich zum Spaß, um sich ein bißchen weh zu tun, so wie Kinder es machen, auf die Haut drückt – «Sukie sagt, ein Mann hat das Lenox-Haus gekauft.»

«Ein Mann?» sagte Alexandra Spoffort; sie fühlte, wie sie aus der Balance rutschte, ihre friedvolle Aura an diesem Morgen dellte sich ein unter dem aggressiven Wort.

«Aus New York», hastete Jane weiter. Die letzte Silbe kam wie gebellt, ohne *r*, Yankee-Stil. «Ohne Frau und Familie offenbar.»

«Oh. So einer.» Während Alexandra zuhörte, wie Jane mit

ihrem nördlichen Akzent ihr das Gerücht auftischte, ein Homosexueller aus Manhattan wolle sich bei ihnen einnisten, kam sie sich wie durchschnitten vor, durchkreuzt in diesem rätselhaften, unübersichtlichen Staat Rhode Island. Sie war im Westen geboren, wo weiße und violette Berge ragen zu den zarten, hochgetürmten Wolken hin, und Amarantenknäuel zum Horizont hinrollen.

«Sukie war sich nicht sicher», sagte Jane eilig, ihr scharfes *s* mäßigend. «Er kam ihr ziemlich grobschlächtig vor. Sie war beeindruckt, wie behaart seine Handrücken waren. Er hat den Leuten bei Perley-Immobilien gesagt, daß er das riesige Anwesen braucht, weil er Erfinder ist und ein Laboratorium hat. Und außerdem hat er mehrere Flügel.»

Alexandra kicherte; der Klang hatte sich kaum verändert seit ihrer Mädchenzeit, nicht ihre Kehle schien ihn hervorzubringen, sondern ein vogelähnliches Wesen, das ihr auf der Schulter hockte. Aber da war nur der Telefonhörer, er tat ihr am Ohr weh. Und ihr Unterarm kribbelte, wurde allmählich taub. «Wie viele Flügel kann ein Mensch denn haben?»

Jane war beleidigt. Ihre Stimme sträubte sich wie schwarzes Katzenfell, irisierend. Abwehrend sagte sie: «Sukie sagt nur, was Marge Perley ihr gesagt hat, gestern abend, auf der Sitzung des Pferdetrog-Komitees.» Das Komitee war zuständig für die Bepflanzung und, nach Vandalismustaten, Neubepflanzung eines großen blaumarmornen Trogs, der in alten Zeiten als Pferdetränke gedient hatte und mitten in Eastwick stand, da, wo die beiden Hauptstraßen aufeinandertrafen. Die Stadt war L-förmig angelegt, schmiegte sich um einen zerfransten Zipfel der Narragansett Bay. In der Dock Street spielte sich das Geschäftsleben ab, und in der rechtwinklig abbiegenden Oak Street standen die hübschen großen alten Wohnhäuser. Marge Perley, deren scheußlich kanariengelbe «Zu Verkaufen»-Schilder von Bäumen und Holztafeln krähten, je nachdem, ob Menschen fortzogen oder neu zuzogen, im Sog der Gezeiten von Konjunktur und Mode (Eastwick lag seit Jahrzehnten in wirtschaftlicher Halbstille und modisch leicht im Abseits), war eine bombastisch aufgemachte, raffsüchtige Person; falls sie eine Hexe war, dann auf einer ganz anderen Wellenlänge als Jane,

Alexandra und Sukie. Es gab einen Ehemann, einen winzigen, pingeligen, pusseligen Homer Perley, der ihre Forsythienhecke immer bis zu einer Stoppelreihe heruntertrimmte; das machte den Unterschied. «Der Kaufvertrag ist schon unterschrieben, in Providence», sagte Jane, das *nce* erbarmungslos in Alexandras Ohr pressend.

«Und mit behaarten Händen», sagte Alexandra versonnen. Neben ihrem Gesicht schwamm die leicht zerschrammte, scheckige, oftmals überlackierte blanke Fläche der hölzernen Küchenschranktür. Alexandra war sich des atomaren Gestöbers bewußt, des Tobens und Strudelns unter dieser glatten Fläche – so wie es einem flimmert und flirrt vor erschöpften Augen. Wie in einer Kristallkugel sah sie, daß sie ihn kennenlernen und sich in ihn verlieben würde, in diesen Mann, und daß wenig Gutes dabei herauskommen würde. «Hat er zufällig auch einen Namen?» fragte sie.

«Es ist idiotisch», sagte Jane Smart. «Marge hat ihn Sukie genannt und Sukie mir, aber irgend etwas hat ihn sofort wieder aus meinem Kopf herausgegruselt. Irgendwas mit ‹van› oder ‹von› oder ‹de›.»

«Wie feudal», sagte Alexandra und machte sich ganz weich und weit, war bereit, genommen zu werden. Ein großer dunkler Europäer, ein Ausgestoßener, seines alten heraldischen Erbes beraubt, ein fluchbeladener Wanderer … «Weiß man schon, wann er einzieht?»

«Sie sagte, er hat gesagt, bald. Vielleicht ist er inzwischen schon da!» Jane klang alarmiert. Alexandra stellte sich vor, wie Janes viel zu dicke Brauen – zu dick im Verhältnis zu ihrem hageren, adlerscharf geschnittenen Gesicht – sich hochzogen und zwei Halbkreise bildeten über den dunklen, empörten Augen, deren Braun immer eine Spur blasser war, als man es in Erinnerung hatte. Alexandra verkörperte den ziellosen, dahintreibenden Hexentyp, breitete sich immer weit und flach hin, um alle Eindrücke in sich einsinken zu lassen und mit der Landschaft zu verschmelzen, und war im Grunde eher träge und, entropisch gesehen, kühl; Jane dagegen war hitzig, jäh, konzentriert wie eine Bleistiftspitze, und Sukie Rougemont, die den ganzen Tag in der Stadt unterwegs war, Neuigkeiten sammelte und nach allen Seiten «Hallo» und «Wie geht's» lächelte, hatte ein oszillierendes Wesen. So dachte Alexandra und legte auf. Dinge zerfallen in Dreiheiten. Und Magie ist um uns, überall; die Natur sucht und findet die vorherbestimmten Formen, alle Dinge, kristalline und organische, fügen sich aus Winkeln von 60 Grad zusammen; das gleichschenklige Dreieck: die Mutter aller Struktur.

Sie kehrte zu den Einmachgläsern mit Spaghettisauce zurück: Sauce für mehr Spaghetti, als sie und ihre Kinder jemals würden essen können, selbst wenn sie für hundert Jahre verhext wären, in einem italienischen Märchen. Immer wieder hob sie das zitternde, sengendheiße runde Drahtgestell aus dem weißgetupften blauen Einmachtopf und nahm ein dampfendes Glas nach dem anderen herunter. Irgendwo, versteckt in ihrem Kopf, war ihr klar, daß dies eine Art Tribut war, ein lächerlicher Tribut für ihren derzeitigen Liebhaber, einen Installateur italienischer Herkunft. Ihr Rezept sah keine Zwiebeln vor, hingegen zwei Knoblauchzehen, fein gehackt und in heißem Öl drei Minuten sautiert (nicht mehr, nicht weniger, das war das Geheimnis), viel Zucker, um die Säure zu entschärfen, eine geriebene Mohrrübe und mehr Pfeffer als Salz; entscheidend aber war der Teelöffel voll zerkrümelten Basilikums, das die Virilität steigerte, und der Spritzer Belladonna bewirkte die Entspanntheit, ohne die alle Virilität nichts weiter als ein mörderischer Blutstau ist. Und die Tomaten: sie zog sie selbst; in diesen letzten Wochen hatte sie sie gepflückt und auf sämtlichen Fensterbänken ausgebreitet. Jetzt schnitt sie sie in Scheiben und stopfte sie in den Mixer. Seit dem Tag vor zwei Sommern, als Joe Marino sich zum erstenmal zu ihr ins Bett gelegt hatte, waren die an Stöcke gebundenen Pflanzen von einer unnatürlichen Fruchtbarkeit befallen, draußen im Garten, an der Seite, wo den ganzen Nachmittag lang die Südwestsonne schräg durch die Weidenreihe schien. Die gekrümmten kleinen Zweige, wabbelig und fahl, wie aus billigem grünem Papier, knickten ab unter der Last so vieler Früchte; sie hatte etwas Panisches, diese Fruchtbarkeit, etwas Schrilles: wie Kinder, die um jeden Preis Aufmerksamkeit erregen und gefallen wollen. Und sie waren ja tatsächlich ein wenig menschlich, diese Tomatenpflanzen, mehr als alle anderen Pflanzen, sie waren so eifrig, so empfindlich, der Fäulnis so nah. Wenn Alexandra diese wasserprallen orangefarbenen Kugeln pflückte, dann war ihr, als hielte sie die Hoden eines sehr großen Geliebten in der Hand. Sie erkannte, während sie sich so in ihrer Küche abmühte, daß das Ganze etwas traurig Menstruales hatte, blutrote Sauce, über weiße Spaghetti fließend. Die fetten weißen Schnüre würden zu ihrem eigenen weißen Fett werden. Dieser weibliche Kampf, dieser ewige Kampf gegen ihr Gewicht: sie fand ihn immer unnatürlicher, mit ihren 38 Jahren. Um Liebe zu erwecken: sollte sie deswegen ihren eigenen Körper verleugnen, wie eine neurotische Heilige aus alter Zeit? Die Natur ist das Maß und die Ordnung aller Gesundheit, und wenn wir Hunger haben, soll er gestillt werden, denn so wird das kosmische System aufrechterhalten. Dennoch, manchmal verachtete sie sich für ihre Trägheit, einen Liebhaber zu haben, der einer Rasse angehörte, die so notorisch nachsichtig war gegenüber leiblicher Fülle.

Die Liebhaber, die Alexandra in den paar Jahren seit ihrer Scheidung gehabt hatte, waren meist abgelegte Ehemänner gewesen; die Frauen, denen sie gehörten, hatten sie einfach streunen lassen. Ihren eigenen früheren Ehemann, Oswald Spaffort, bewahrte sie hoch oben in einem Küchenregal auf, in einem fest zugeschraubten Glas: ein Häufchen vielfarbigen Staubs. So sehr hatte sie ihn reduziert, als ihre Kräfte sich entfalteten, nach ihrem Umzug von Norwich, Connecticut, nach Eastwick. Ozzie hatte alles über Chrom gewußt und war von einer Armaturenfabrik in jener hügeligen Stadt mit ihren viel zu vielen abblätternden weißen Kirchen zu einem Konkurrenzunternehmen in Rhode Island gewechselt, einer 800 Meter langen, aus Hohlziegeln gebauten Fabrikanlage südlich von Providence, inmitten der befremdlich weiten Industrielandschaft dieses kleinen Staates. Vor sieben Jahren waren sie hierhergezogen. Hier, in Rhode Island, hatten ihre Kräfte sich ausgedehnt wie Gas in einem Vakuum: zuerst hatte sie den lieben Ozzie, derweil er Tag für Tag auf der Route 4 zu seiner Arbeit zog und wieder zurück, auf die Größe eines bloßen Mannes reduziert, der Harnisch des patriarchalischen Beschützers fiel ab von ihm, rostete weg in der Salzluft von Eastwicks mütterlicher Schönheit; und dann ließ sie ihn auf die Größe eines Kindes schrumpfen, seine chronischen Bedürfnisse und seine gleichermaßen chronische Bereitwilligkeit, sie von ihr stillen zu lassen, gaben ihm etwas Kümmerliches, Manipulierbares. Er verlor jegliche Verbindung mit dem Universum, das sich in ihr ausbreitete. Er beschäftigte sich mehr und mehr mit den Aktivitäten seiner Söhne in der Jugendsportliga und mit dem Bowling-Team der Armaturenfirma. Und als Alexandra sich erst einen, dann mehrere Liebhaber nahm, schrumpfte ihr betrogener Ehemann auf die Maße einer Puppe zusammen, klein und ausgedörrt, und nachts lag er neben ihr in ihrem großen, breiten, wartenden Bett wie ein bemaltes Stück Holz, das man in einer Bude am Straßenrand gekauft hat, oder wie ein ausgestopftes Alligatorbaby. Als sie sich dann endgültig scheiden ließen, war ihr einstiger Herr und Meister nur noch ein Häufchen Dreck – Materie am falschen Platz, wie ihre Mutter es einmal drastisch ausgedrückt hatte –, ein bißchen polychromer Staub, den Alexandra zusammenkehrte und als Souvenir in einem Marmeladenglas verwahrte.

In den Ehen der anderen Hexen hatte es ähnliche Transformationen gegeben. Jane Smarts Exmann, Sam, hing im Keller ihres Ranchhauses, zwischen getrockneten Küchen- und Heilkräutern, und hin und wieder wurde eine Prise von ihm in einen Zaubertrank gerieben, um eine pikantere Wirkung zu erzielen. Sukie Rougemont hatte ihren Verflossenen in Plastik eingegossen und benutzte ihn als Set auf dem Eßtisch. Das war noch gar nicht lange her; Alexandra sah Monty noch vor sich, in seinem Madras-Jackett und in petersiliengrünen Hosen, wie er auf Cocktailparties herumstand, sich in schmetterndem Ton über alle Einzelheiten seiner letzten Golfrunde ausließ und auf die vier zusammenspielenden Damen schimpfte, die so langsam waren und ihn und seine Gruppe den ganzen Tag aufgehalten und nicht ein einziges Mal vorbeigelassen hatten. Er hatte hochnäsige Frauen gehaßt – weibliche Gouverneure, hysterische Antikriegsprotestlerinnen, Ärztinnen, Lady Bird Johnson, sogar Lynda Bird und Luci Baines. Für ihn waren sie allesamt Lesben. Man konnte Montys wundervolle Zähne sehen, wenn er so krähte, sie waren lang und sehr ebenmäßig, aber nicht falsch, und wenn er ausgezogen war, hatte er rührende, dünne bläuliche Beine, die nicht annähernd so muskulös waren wie seine braunen Golferarme. Und der runzlige, leicht hängende Hintern: wie das erschlaffende Fleisch nicht mehr ganz junger Frauen. Er war einer von Alexandras ersten Liebhabern gewesen. Jetzt gab es ihr ein merkwürdiges, ein merkwürdig befriedigendes Gefühl, wenn sie einen Becher mit Sukies teerigem Kaffee auf dem plastikversiegelten Madras-Set absetzte und sah, wie er einen schmierigen Ring hinterließ.

Die Luft in Eastwick machte Frauen stark. Alexandra hatte nie vorher Vergleichbares geschmeckt, außer vielleicht, als sie elf war und mit ihren Eltern durch Wyoming fuhr. Sie hatten sie aus dem Auto gelassen, weil sie pinkeln mußte, und als sie sich hinter einen Salbeistrauch hockte und sah, wie auf der trockenen Gebirgserde für einen kurzen Augenblick ein feuchter, dunkler Fleck entstand, hatte sie gedacht: *Es bedeutet nichts. Es wird verdunsten.* Die Natur absorbiert alles. Diese Empfindung aus ihrer Mädchenzeit war ihr geblieben, zusammen mit dem süßen Salbeiduft jenes Augenblicks am Straßenrand. Eastwick wurde zu jeder Zeit vom Meer geküßt. Die Dock Street mit ihren schicken Boutiquen, die die Sommertouristen anlocken sollten mit Duftkerzen und bunten Glasklunkern an den Zugbändern der Sonnenrollos, mit ihrem Restaurant, das aussah wie ein alter Aluminium-Speisewagen, gleich neben der Bäckerei und dem Friseur nebenan vom Bilderrahmenladen, und der kleinen lärmigen Zeitungsredaktion und dem langen, dunklen von Armeniern geführten Eisenwarengeschäft, war verflochten mit Salzwasser; es schlappte und schlippte und schlürfte gegen die gemauerten Wasserdurchlässe und Verpfählungen, über die die Straße führte, so daß ein unruhiger, ädriger blaugrüner Meeresglanz auf den Gesichtern der Damen des Ortes schimmerte und flimmerte, wenn sie Orangensaft und fettarme Milch, ein bißchen Fleisch und Weizenkeimbrot und Filterzigaretten aus der Bay-Superette holten. Der Supermarkt, in dem man für die ganze Woche einkaufte, lag landeinwärts, in dem Teil von Eastwick, der einmal Farmland gewesen war. Im 18. Jahrhundert hatten hier vornehme Pflanzer, deren Reichtum sich auf Sklaven und Rindvieh gründete, einander hoch zu Roß ihre Aufwartung gemacht – ein Sklave galoppierte voraus und öffnete ihnen die Gatter der Umzäunungen. Jetzt war hier ein Shopping-Center-Parkplatz, eine asphaltierte Wüste, und die Ahnung, daß hier einmal Kohl- und Kartoffelfelder gewesen waren, wurde verschliert von den bleiern verfärbten Auspuffgasen. Wo generationenlang der Mais, das Ackerbau-Artefakt der Indianer, gediehen war, stellten nun fensterlose kleine Fabriken mit Namen wie Dataprobe und Computech Geheimnisse her, Geheimnisse, so fein, daß die Arbeiter Plastikhauben trugen, damit kein Stäubchen von ihren Schädeln in die winzigen elektromechanischen Innereien falle.

Rhode Island ist der kleinste der 50 Staaten, aber so klein er auch ist, es gibt typische amerikanische Wüsteneien hier: ganze Landstriche, die kaum einer kennt, mitten in den wuchernden Industriegebieten; aufgegebene Gehöfte und verlassene Wohnhäuser, brachliegendes Hinterland, hastig durchzogen von schnurgeraden schwarzen Straßen, heideähnliche Hochmoore und öde Ufer zu beiden Seiten der Bucht, die, ein mächtiger Keil aus Wasser, mitten ins Herz des Staates getrieben ist, ein Pfahl im Fleisch der so vertrauensvoll benannten Hauptstadt. «Das Schlußlicht der Schöpfung» und «die Kloake Neuenglands» hatte Cotton Mather diese Gegend genannt. Ursprünglich gar nicht vorgesehen als eigenständiges politisches Gemeinwesen, besiedelt nur von Ausgestoßenen wie der verzaubernden, todgeweihten Anne Hutchinson, ist dieses Land voller vielfältiger Gegensätze und Merkwürdigkeiten. Das am häufigsten vorkommende Straßenschild zeigt ein Paar Pfeile, die in die entgegengesetzten Richtungen weisen. Armselig und moorig hier und da, und woanders Tummelplatz der Superreichen; Zufluchtstätte für Quäker und Antinomisten, diese feinsten Destillate des Puritanismus, und doch fest in der Hand der Katholiken; ihre rötlichen viktorianischen Kirchen ragen wie Frachter aus der See vermanschter Architektur. Nirgendwo sonst gibt es diese Art metallischer Grünfärbung, die sich tief in die Schindeldächer aus der Depressionszeit gefressen hat. Wenn man die Staatsgrenze überquert, bei Pawtucket oder

Westerly, wird man einer subtilen Veränderung gewahr, einer heiteren Aufgelöstheit, einer Verachtung für äußeres, einer unwirklichen Sorglosigkeit. Wo die verwahrlosten Bretterhäuser aufhören, gähnen Mondlandschaften; nur ein verlassener Stand an der Straße, der noch GURKEN im Schilde führt – Echo des vergangenen Sommers –, bezeugt die schmerzende, zerrissene Existenz von Menschen.

Durch solch eine Gegend fuhr Alexandra jetzt; sie wollte einen heimlichen Blick auf das alte Lenox-Haus werfen. Bei ihr, im kürbisfarbenen Subaru-Kombi, war ihr schwarzer Labrador Coal. Sie hatte das letzte Weckglas mit Tomatensauce auf den Küchentisch gestellt, zum Abkühlen, und mit einem snoopy-förmigen Magneten für ihre vier Kinder einen Zettel an die Kühlschranktür geheftet: MILCH IM EISSCHRANK, SCHOKOKEKSE IM BROTKASTEN, BIN IN EINER STUNDE ZURÜCK, KUSS.

Die Lenox-Familie hatte in den Tagen, als Roger Williams, der Gründer der Kolonie Rhode Island, noch lebte, die Häuptlinge des Narragansett-Stamms um so viel Land geprellt, daß es für ein kleines europäisches Fürstentum gereicht hätte, aber dann war es, obgleich ein gewisser Major Lenox im King Philip's War in der großen Sumpfschlacht, den Heldentod gestorben war und sein Urururenkel Emory auf der Hartford Convention 1815 beredt die Abspaltung Neuenglands von der Union gefordert hatte, mit der Familie im großen und ganzen eher bergab gegangen. Als Alexandra nach Eastwick kam, vor sieben Jahren, hatte es keinen Lenox mehr im South County gegeben; nur eine alte Witwe, Abigail, lebte noch im verschlafenen, verwunschenen Dorf Old Wick; sie ging auf den Wegen hin und her, vor sich hin murmelnd, sich duckend unter den Steinwürfen der Kinder, die, wenn der Dorfpolizist sie verwarnte, behaupteten, sie müßten sich gegen den bösen Blick der Alten verteidigen. Die weiten Lenox-Ländereien waren längst parzelliert worden. Einer der letzten männlichen Lenox hatte veranlaßt, daß auf einer noch im Familienbesitz befindlichen Insel in den Salzmarschen hinter der East Beach eine Backsteinvilla gebaut wurde, eine verkleinerte, in dieser Gegend jedoch beeindruckende Nachbildung der pompösen

«Summer-Cottages», wie sie während des Goldenen Zeitalters, um die Jahrhundertwende, in Newport errichtet wurden. Ein Verbindungsdamm war gebaut und mehrfach mit frisch herangekarrtem Schotter aufgeschüttet worden, aber bei Flut war das Haus regelmäßig vom Festland abgeschnitten, und seit 1920 hatte es eine wechselvolle Reihe von Besitzern erdulden müssen, die das Anwesen nach und nach dem Verfall preisgaben. Die großen Schieferplatten, mit denen das Dach gedeckt war, einige rötlich, andere bläulichgrau, krachten, ohne daß es jemanden kümmerte, in den Winterstürmen herunter und lagen wie namenlose Grabsteine im langhalmigen Gespinst des ungemähten Sommergrases; die zierlich geformten kupfernen Regenrinnen und Abdeckbleche wurden grün und brüchig; die reich verzierte achteckige kleine Kuppel, von der man in alle Himmelsrichtungen sehen konnte, kippte leicht nach Westen; die massigen Schornsteine an den Seitengiebeln, aus denen die Rauchabzüge wie gebündelte Orgelpfeifen oder starkmuskelige Hälse ragten, brauchten Mörtel, Steine hatten sich gelockert. Trotzdem, aus der Ferne bot das Haus immer noch einen imposanten Anblick, hatte es etwas Gebieterisches, dachte Alexandra. Sie hatte ihr Auto am Rand der Strandstraße geparkt und starrte über die Marsch zu dem 400 Meter entfernten Lenox-Haus hinüber.

Es war September, Zeit der hohen Fluten; die Marsch zwischen dem Festland und der Insel war an diesem Nachmittag ein ausgebreitetes Tuch aus himmelfarbenem Wasser, bestickt mit den Spitzen des sich golden färbenden Besengrases. In ein oder zwei Stunden erst würde der Damm wieder passierbar sein. Es war kurz nach vier; diese Stille, der Himmel wie Stoff, von einer Schwere, die die Sonne zudeckte. Früher war das Haus verborgen gewesen hinter einer Ulmenallee, die vom Damm hinaufführte zum Hauptportal, aber die Bäume waren gestorben an der Ulmenkrankheit, die ausladenden Äste waren abgehauen, nur die hohen Stümpfe standen noch da wie armlose Männer, unförmig in Tücher gehüllt, an Rodins Statue von Balzac erinnernd. Das Haus sah abweisend aus: die symmetrische Fassade mit den vielen Fenstern, die etwas zu klein wirkten, besonders im dritten Stock, wo sie sich gleichförmig aneinandergereiht unterm Dach hinzogen: der Dienstbotentrakt. Alexandra war einmal in dem Haus gewesen; vor Jahren, als sie noch versucht hatte, sich wie eine gute Ehefrau zu benehmen, hatte sie mit Ozzie im Ballsaal dort ein Wohltätigkeitskonzert besucht. Sie erinnerte sich kaum an etwas, nur an endlose Zimmerfluchten, die kärglich möbliert waren und nach Salzluft und Moder rochen und nach unwiederbringlichen Freuden. Der Farbton des Schiefers auf dem verfallenden Dach verschwamm mit einer im Norden aufziehenden Dunkelheit – nein, nicht nur Wolken waren es, die die Atmosphäre beunruhigten. Dünner weißer Rauch stieg aus dem linken Schornstein. Jemand war im Haus.

Der Mann mit den behaarten Handrücken.

Alexandras zukünftiger Liebhaber.

Eher ein Handwerker, entschied sie, oder ein Wachmann, den er angestellt hatte. Die Augen taten ihr weh vom angespannten Sehen über diese Entfernung hinweg. In ihrem Innern war Dunkelheit aufgezogen, wie am Himmel, ein Gefühl, kläglich außerhalb zu stehen. In allen Zeitungen und Illustrierten war jetzt vom Aufbruch der Frauen die Rede, das Verhältnis der Geschlechter untereinander hatte sich umgekehrt: Mädchen aus guter Familie warfen sich diesen vertierten Rockstars an den Hals, all diesen grünschnäbeligen, unrasierten Gitarristen aus den Slums von Liverpool und Memphis, denen irgendwie obszöne Macht gegeben war, dunkle Sonnen, die diese Kinder aus behütetem Haus in selbstmörderische Orgiasten verwandelten. Alexandra dachte an ihre Tomaten, an den Saft der Gewalt unter der prallen, gefügigen Haut. Sie dachte an ihre älteste Tochter, wie sie allein in ihrem Zimmer saß, mit diesen Monkees und Beatles ... mochte angehen für Marcy, aber nicht für ihre Mutter, so zu schmachten, sich so die Augen auszugucken.

Sie kniff die Augen zu, versuchte, zu sich zu kommen. Stieg mit Coal in den Wagen und fuhr die restlichen anderthalb Kilometer auf der schnurgeraden schwarzen Straße zum Strand.

Nach der Saison, wenn weit und breit niemand mehr da war, konnte man den Hund frei laufen lassen. Aber es war ein warmer Tag, und klapperige Autos und VW-Busse mit gardinenverhängten Fenstern und psychedelischen Streifenmustern standen dicht gedrängt auf dem schmalen Parkplatz. Ein Stück weiter, hinter den Umkleidehäuschen und der Pizzabude, lagen viele junge Leute in Badeanzügen, ihre Radios neben sich, rücklings ausgestreckt im Sand, als würden Sommer und Jugend niemals zu Ende gehen. Wegen der Strandordnung hatte Alexandra immer ein Stück Wäscheleine hinter dem Fahrersitz liegen. Coal erschauerte vor Widerwillen, als sie die Schlinge unter seinem Nietenhalsband durchschob. Alle Muskeln gespannt, drängend, zog er sie durch den widerständigen Sand. Sie blieb stehen, um sich die beigefarbenen Espadrilles von den Füßen zu streifen, und der Hund würgte. Sie warf die Schuhe hinter ein Büschel Strandgras am Ende des Plankenwegs. Eine hohe Flut hatte ihn vor kurzem zerstört, die zwei Meter langen Segmente hatten sich gelöst und verschoben, und auf dem flachen Sand, da, wo während der Flut der Wassersaum gewesen war, zog sich ein Gürtel von Cloroxflaschen und Tamponhülsen hin und von Bierdosen, die so lange im Wasser getrieben waren, daß sie ihre bunten Etiketts eingebüßt hatten; die Dosen hatten etwas Furchteinflößendes, so ohne Beschriftung – nackt und blank wie die Bomben, die die Terroristen herstellen und an öffentlichen Plätzen deponieren, um das System zu brechen und so den Krieg zu beenden. Coal zog sie weiter, an einem Haufen muschelbewachsener quadratisch behauener Felsen vorbei, die einmal Teil einer Mole gewesen waren, früher, als dieser Strand den Reichen gehörte und noch kein überfüllter öffentlicher Spielplatz war. Die Blöcke waren aus schwarzgesprenkeltem blassen Granit, und an einem der größten war mit Bolzen ein Winkeleisen befestigt, das im Laufe der Jahre zur Fragilität einer Giacometti-Skulptur verrostet war. Die Wellen aus den Radios der jungen Leute, Rockmusik von der leichteren Sorte, umplätscherten sie bei jedem Schritt; sie wurde sich ihrer Schwere bewußt, der hexenhaften Figur, die sie abgab, barfüßig und in sackigen Männer-Jeans und mit dem graublonden Haar und der abgewetzten grünen Brokatjacke aus Algerien, die sie mit Ozzie in Paris gekauft hatte, vor siebzehn Jahren, während der Flitterwochen. Ihre Haut nahm im Sommer einen zigeunerhaften Olivton an, obwohl Alexandra von nördlicher Herkunft war; als Mädchen hatte sie Sorensen geheißen. Ihre Mutter hatte ihr den alten Aberglauben vorgebetet, daß sich die Initialen ändern müßten, wenn man heiratet, aber Alexandra hatte damals keinen Sinn fürs Magische gehabt, war nur wild gewesen aufs Kinderkriegen. Marcy war in Paris gezeugt worden, auf einem Bett mit Eisengestell. Alexandra trug ihr Haar zu einem dicken Zopf geflochten; manchmal steckte sie ihn hoch, ganz gerade, wie ein Rückgrat am Hinterkopf. Ihr Haar hatte nie das trompetenhelle Wikingerblond gehabt, immer nur einen blassen Schmuddelton, der jetzt, da Grau sich dazwischenmischte, noch matter wurde. Die meisten grauen Haare wuchsen ihr an Stirn und Schläfen; im Nacken war ihr Haar noch so jung und fein gesponnen wie bei den Mädchen, die sich hier sonnten. Die glatten jungen Beine, an denen sie vorbeiging, waren karamellfarben, mit weißem Flaum überstäubt, und in Reih und Glied ausgerichtet, als hätten sie sich solidarisiert. Das Bikinihöschen eines der Mädchen glänzte, straff und einfach wie eine Trommel, im flachen Licht.

Coal stürmte weiter, schnaubte, witterte verwesende tierische Substanz im Tanggeruch des Meeres. Der Strand war hier leerer. Ein Pärchen hatte sich eine Mulde in den pockennarbigen Sand gewühlt und lag ineinander verschlungen da. Der Junge flüsterte in den Halsansatz des Mädchens hinein wie in ein Kehlkopfmikrofon. Ein muskelstrotzendes männliches Trio spielte Frisbee; keuchend, johlend schleuderten die Jungen einander die Scheibe zu, ihre langen Haare flogen, und erst als Alexandra sich absichtlich von dem kräftigen schwarzen Labrador durch das weite Dreieck des Spiels ziehen ließ, hielten sie inne mit ihrem unverschämten Gewerfe und Gegröle. Sie meinte, so etwas wie «Schlampe» oder «Schlumpe» hinter ihrem Rücken zu hören, als sie an den Jungen vorbeiging, aber es konnte auch eine akustische Täuschung sein, ein Wellenschlag, den sie mißverstanden hatte. Sie näherte sich der verwitterten Betonwand, die oben mit einer rostigen Stacheldrahtspirale bewehrt war; der öffentliche Strand war hier zu Ende, und immer noch gab es Knäuel von Jugendlichen und Jugendsüchtigen; sie traute sich nicht, den armen Coal freizulassen, der immer öfter würgte, weil sein Halsband ihn so einschnürte. Sein Drang zu laufen schnitt ihr brennend die Leine in die Hand. Das Meer war unnatürlich still, in Trance, liniiert von milchigen Streifen weit draußen, wo auf dem Resonanzboden der glatten Wasserfläche ein einzelnes kleines Motorboot brummte. Auf der anderen Seite, zum Greifen nah für Alexandra, krochen Stranderbse und Heidegestrüpp von den Dünen herunter; der Strand wurde schmaler hier, bekam etwas Intimes; man sah es an den Nestern von Dosen und Flaschen und verbranntem Treibholz und den Brocken zerbrochener Styroporkühlbehälter und den Kondomen, die wie ausgetrocknete kleine Quallenleichen herumlagen. Die Betonwand war mit verschlungenen Namen besprüht. Überall Entweihung, nur die Fußspuren wurden weggewischt vom Meer.

An einer Stelle waren die Dünen so niedrig, daß man das Lenox-Haus sehen konnte, aus einem anderen Blickwinkel und in größerer Entfernung; die Schornsteine buckelten sich zu beiden Seiten der Kuppel wie angewinkelte Bussardschwingen. Alexandra fühlte sich gereizt und rachsüchtig. Ihr Inneres war aufgescheuert, wund, sie ärgerte sich über das Schimpfwort «Schlampe», das sie vorhin überhören wollte, und sie ärgerte sich überhaupt über die ganze ungeheuerliche Beleidigung, die diese rücksichtslose Jugend ihr zufügte, die sie daran hinderte, ihren Hund, ihren Freund und Vertrauten, frei laufen zu lassen. Sie beschloß, den Strand für sich und Coal zu räumen: ein Gewitter heraufzubeschwören. Das Wetter, das man in sich hatte, stand immer im Verhältnis zum äußeren Wetter; es ging einfach darum, den Spannungsfluß umzukehren, ein müheloser Vorgang, sobald dem Urpol, den man als Frau in sich hatte, Kraft zuteil geworden war. So viele von Alexandras ungewöhnlichen Fähigkeiten waren darauf zurückzuführen, daß sie das ihr bestimmte Ich wiedergewonnen hatte – erst jetzt war das geschehen, relativ spät in ihrem Leben. Erst jetzt glaubte sie wirklich, daß sie das Recht habe zu existieren, daß sie nicht nur ein nachträglicher Einfall der Schöpfung war, nicht nur als Pendant erschaffen, aus einer krummen Rippe, wie der infame «Hexenhammer» besagte, sondern als Hauptstütze der fortdauernden Schöpfung, als die Tochter einer Tochter und als Frau, deren Töchter wiederum Töchter gebären würden. Alexandra schloß die Augen, Coal zitterte und winselte vor Angst, und sie beschwor das unermeßliche Innere ihres Seins – diese ununterbrochene Folge, die zurückreichte durch die Generationen der Menschheit und der Primaten und, weiter zurück, der Echsen und der Fische, bis zu den Algen, die in ihrem mikroskopisch kleinen lauwarmen Innern die erste DNS des unwirtlichen Planeten brauten; ein Kontinuum, das, in der anderen Richtung, sich bis ans Ende allen Lebens wölbte: über pulsierende, blutende, der Kälte, den ultravioletten Strahlen, der sich aufblähenden und dann schwächer werdenden Sonne sich anpassende Erscheinungsformen hinweg – diese so reichen Tiefen ihres Seins beschwor sie, sich zu verdunkeln, zu kondensieren, ein Feld elektrischer Entladung zu erzeugen zwischen hohen Wänden aus Luft. Und am Himmel im Norden grollte es, leise, so daß nur Coal es hören konnte. Seine Ohren stellten sich auf, bewegten sich unruhig, waren angespannt bis in die Wurzeln unter der Kopfhaut. *Mertalia, Musalia, Dophalia.* In lauten, unausgesprochenen Silben rief sie die verbotenen Namen an: *Onemalia, Zitanseia, Goldaphaira, Dedulsaira.* Alexandra wuchs ins Riesenhafte, unsichtbar, wie in mütterlichem Zorn sammelte sie alle Lichtgarben dieser sanften Septemberwelt ein, und ihre Augen öffneten sich jäh, wie auf einen Befehl. Von Norden kam ein kalter Windstoß, die Vorhut einer Wetterfront, die die flatternden Wimpel an den Badehäuschen straff waagerecht peitschte. Ein kollektiver Laut der Überraschung stieg auf, da, wo das nackte junge Volk sich am dichtesten drängte, und dann aufgeregtes Geschnatter, als der Wind stärker wurde; und der Himmel über Providence stand drohend, hatte die Dichte eines lichtdurchlässigen purpurnen Felsens. *Gheminaiea, Gegropheira, Cedani, Gilthar, Godieb.* Kumuluswolken, die vor wenigen Augenblicken noch harmlos dahintrieben wie Blumen auf einem Teich, hatten sich am Fuß dieses atmosphärischen Kliffs zusammengeballt und begannen zu brodeln; ihre Umrisse hoben sich leuchtend wie Marmor von der dunkelnden Luft ab. Die Bilder auf der Netzhaut hatten sich verändert: die Strandgräser und kriechenden Queller neben Alexandras dicken, nackten Zehen, die verhornt und verkrümmt waren nach all den Jahren

in von Männerbegehr und grausamen Schönheitsbegriffen geformten Schuhen, schienen wie Negative in den Sand gezeich-
net, dessen zerfurchte, narbige Oberfläche, plötzlich laven-
delfarben, so aussah, als wölbe sie sich wie die Haut einer
Blase, die sich unter dem Druck der atmosphärischen Veränderung aufbläht. Die großmäuligen Jünglinge mußten mitansehen, wie die Frisbee-Scheibe ihnen davonsegelte, immer höher
stieg, wie ein Drachen, und hatten es eilig, ihre Siebensachen in
Sicherheit zu bringen: ihre Kofferradios und Sechserbierpak-
kungen, ihre Turnschuhe und Jeans und Jäckchen im Military-
Look. Das Pärchen hockte noch immer in seiner Kuhle, das
Mädchen war nicht zu beruhigen, es schluchzte, während der
Junge ungeschickt und hastig versuchte, Haken und Öse ihres
Bikinioberteils wieder zusammenzubringen. Coal bellte, hierhin, dorthin, der Druckabfall in der Atmosphäre machte ihn
verrückt, irritierte seine Ohren.

Jetzt spürte das Meer die Veränderung, das weite und undurchdringliche Meer, das sich eben noch so friedlich hinge-
dehnt hatte bis nach Block Island. Seine Oberfläche kräuselte
und riffelte sich, wo fegende Wolkenschatten sie berührten; die
Stellen sahen runzlig und zusammengeschrumpft aus, wie etwas Verbranntes. Das Motorboot dröhnte schärfer. Die Segel
auf dem Wasser waren weggeschmolzen, und die Luft vibrierte: alle Hilfsmotoren heulten gleichzeitig auf und trieben
ihre Boote zum Hafen. Eine Stille verstopfte die Kehle des
Windes, und dann fiel der Regen, große eisige Tropfen, die weh
taten wie Hagelkörner. Honigfarbene Liebespaare rannten mit
stampfenden Schritten an Alexandra vorbei zu ihren Autos, die
am anderen Ende des Strandes, bei den Badehäuschen, geparkt
waren. Donner grollte über dem Kliff aus dunkler Luft, und
blaßgraue Wolkenfetzen, die wie Gänse aussahen, wie fuch-
telnde Redner, wie sich entspulende Garnknäuel, jagten vor
der Gewitterwand hin. Die großen stechenden Tropfen zerteil-
ten sich zu einem feinen, dichten Regen, der sich zu weißen
Streifen bündelte, da, wo der Wind ihn wie Harfensaiten
packte. Alexandra blieb stehen, eingesiegelt in kaltes Wasser; in
den Weiten ihres Inneren hallte es wider: *Ezoill, Musil, Puri,
Tamen.* Coal winselte zu ihren Füßen; er hatte die Wäscheleine

um ihre Beine gewickelt. Das Fell klebte ihm flach an den Muskeln, sein Körper glänzte und zitterte. Durch Regenschleier hindurch sah sie, daß der Strand leer war. Sie knüpfte die Leine ab und erlöste den Hund.

Aber Coal blieb bei ihr, kauerte sich verängstigt zu ihren Füßen zusammen, als ein Blitz aufzuckte und gleich darauf ein zweiter. Alexandra zählte die Sekunden bis zum Donner: fünf. Das Gewitter, das sie heraufbeschworen hatte, betrug also, grob geschätzt, fünfzehn Kilometer im Durchmesser, vorausgesetzt, die Entladungen fanden im Zentrum statt. Ein Donnerschlag hatte sich geirrt, rumpelte fluchend. Kleine gesprenkelte Sandkrabben krochen zu Dutzenden aus ihren Löchern hervor und trippelten seitwärts zur Gischt hin. Ihre Panzer waren so sandfarben, daß sie durchsichtig aussahen. Alexandra wappnete sich und zertrat eine der Krabben mit der Sohle ihres nackten Fußes. Opfern. Es mußte immer geopfert werden. Das gehörte zu den Regeln der Natur. Alexandra tanzte von Krabbe zu Krabbe, zertrat sie alle. Ihr Gesicht, vom Haaransatz bis zum Kinn, floß, und alle Farben des Regenbogens waren in diesem Fließen, so sehr in Aufruhr war ihre Aura. Wieder wurde sie von Blitzen fotografiert. Sie hatte eine kleine Kerbe im Kinn und eine kleinere noch, kaum wahrnehmbar, in der Nasenspitze; sie war schön, mit ihrer klaren, breiten Stirn, über der die graugesäumten Haarflügel symmetrisch nach hinten gestrichen waren zum Zopf hin, und mit den hellsichtigen, leicht vorstehenden Augen, deren metallisches Blaugrau an die Peripherie der Iris gedrängt wurde, als sei jede der beiden pechschwarzen Pupillen ein Antimagnet. Ihr Mund hatte etwas Schweres, Plumpes und tiefeingeschnittene Winkel, so daß ihr Gesicht immer aussah, als lächle es. Mit vierzehn hatte sie ihre endgültige Größe erreicht, einseinundsiebzig, und sie hatte 120 Pfund gewogen, als sie zwanzig war; jetzt mochten es etwas über 140 Pfund sein. Als sie Hexe wurde, hatte sie sich befreit von der ewigen Wiegerei.

So wie die kleinen Sandkrabben transparent waren auf dem gesprenkelten Sand, war Alexandra, durch und durch naß, transparent im Regen, eins mit ihm, seine Temperatur und die ihres Blutes waren im Einklang miteinander. Der Himmel über dem Meer hatte sich inzwischen zu horizontalen faserigen Streifen geordnet; der Donner verebbte zu einem Grummeln und der Regen zu einem warmen Nieseln. Dieser Wolkenbruch würde nie in die Wetterkarten kommen. Die erste Krabbe, die sie zertreten hatte, bewegte noch ihre Scheren, wie winzige, blasse Federn, die von einem Lufthauch berührt wurden. Coal hatte seine Angst verloren und rannte: zog immer weitere Kreise, stempelte die vierballigen Abdrücke seiner Pfoten zwischen die dreizehigen Möwenspuren, die feingeritzten Muster der Strandläufer und die Pünktchenlinien des Krabbengekrabbels. Diese Spuren anderer Lebensbereiche – Krabbe zu sein, seitwärts zu trippeln, auf Zehenspitzen, die Augen an Stielen! Entenmuschel sein, auf dem Kopf stehen, in einem kleinen Klappgehäuse, und sich die Nahrung in den Mund kicken! – waren zerlöchert von Regentropfen. Der Sand war vollgesogen, hatte die Farbe von nassem Zement. Ihre Kleider und die Wäsche darunter klebten ihr gipsfeucht an der Haut, sie hatte das Gefühl, eine Statue von Segal zu sein, aus reinem Weiß, das Geflecht all der Röhren und Knochen in ihr wie von feinem Nebel überhaucht. Alexandra schlenderte bis ans Ende des leergeräumten öffentlichen Strandes, bis zur stacheldrahtbewehrten Mauer und wieder zurück. Sie näherte sich dem Parkplatz und hob die klatschnassen Espadrilles auf, dort, wo sie sie hingeworfen hatte: hinter einem Büschel *Ammophila breviligulata*. Die langen, pfeilspitzen Halme funkelten, die Schneiden waren nachgiebiger geworden im Regen.

Sie öffnete die Tür des Subaru, drehte sich um und rief laut nach Coal, der in den Dünen verschwunden war. «Komm, Hündchen!» sang die statiöse, üppige Frau. «Komm, mein Kleiner! Komm, Engelchen!» Den jungen Leuten, die sich schmählich, gänsehäutig und mit durchweichten, sandigen Handtüchern im Badehäuschen mit dem grauen Schindeldach und unter der tomaten- und käsefarben gestreiften Markise der Pizzabude fröstelnd aneinanderdrängten, erschien Alexandra wundersam trocken, nicht eine einzige Strähne ihres schweren Zopfes hatte sich gelöst, nicht ein einziger nasser Fleck war auf ihrer brokatenen grünen Jacke. Unerklärbare

Wahrnehmungen dieser Art waren es, die bei uns in Eastwick das Gerücht aufkommen ließen, daß Hexen ihr Wesen trieben.

Alexandra war Künstlerin. Ihr Werkzeug bestand aus wenig mehr als Zahnstochern und einem Buttermesser aus rostfreiem Stahl; mit den Fingern kniff und knetete sie kleine liegende oder sitzende Figuren, immer Frauen, denen sie knallige Kleider auf den nackten Leib malte. Sie wurden für 15 oder 20 Dollar in zwei Geschenkläden im Ort verkauft, die «Zum Bellenden Fuchs» und «Das Hungrige Schaf» hießen. Alexandra hatte keine klare Vorstellung, wer sie kaufte und warum, und weshalb sie sie eigentlich machte oder wer ihr die Hand führte. Die Gabe, Formen zu schaffen, war ihr zusammen mit ihren anderen Kräften zugewachsen, damals, als Ozzie sich in farbigen Staub verwandelte. Eines Morgens war der Impuls da: Sie saß am Küchentisch, die Kinder waren in der Schule, das Geschirr war gespült. An jenem Morgen hatte sie das Knetzeug eines ihrer Kinder verwendet, aber bald kam für sie nur noch ein besonders reiner kaolinartiger Ton in Frage, den sie in der Nähe von Coventry gefunden hatte, im Garten einer alten Witwe; dort stach sie ihn sich selber, in einer kleinen Grube, von einer freigelegten, glitschigen Bank schmieriger weißer Erde, hinter den moosüberwachsenen Resten eines Schuppens und dem Gerippe eines Vorkriegs-Buicks, des gleichen Modells – und das war ein unheimlicher Zufall –, wie ihr Vater es benutzt hatte, wenn er nach Salt Lake City und Denver und Albuquerque mußte und in die abgeschiedenen Orte, die dazwischen lagen. Er hatte Arbeitskleidung verkauft, Overalls und Blue jeans, als sie noch nicht schick und in Mode, noch nicht die Einheitstracht der Welt waren, das Kostüm, das gegen Vergangenheit imprägniert ist. Man nahm seine eigenen Rupfensäcke nach Coventry mit, und für einen vollen zahlte man der Witwe 12 Dollar. Wenn die Säcke zu schwer waren, half sie einem, sie zum Auto zu tragen; wie Alexandra war sie von kräftiger Statur. Sie war mindestens 65, aber färbte sich die Haare in einem strahlenden Messington und trug türkisgrüne oder magentarote Hosenanzüge, die so eng saßen, daß das Fleisch unterhalb des Gürtels sich zu wurstartigen Rollen quetschte. Das war hübsch. Alexandra sah für sich eine Botschaft darin: Altwerden konnte vergnüglich sein, wenn man stabil blieb. Die Witwe prunkte mit einem hellen Pferdelachen und großen Ohrringen, von denen sie immer das Messinghaar zurückstrich, damit sie zur Geltung kämen.

Zwei, drei Hähne stelzten in stolzem Zauderschritt durch das hohe Gras; die Rückseite des schmalen, schindelverkleideten Hauses war abgeblättert bis aufs nackte graue Holz, wohingegen die Fassade einen weißen Anstrich hatte. Alexandra kehrte von diesen Ausflügen in ihrem Subaru, dessen Heck durchsackte unter dem Gewicht der Tonerde, immer erquickt und angeregt zurück, sie fühlte: Verschwörung unter Frauen hält die Welt aufrecht.

Ihre Figurinen waren in gewissem Sinn primitiv; Sukie, oder war es Jane, hatte sie ihre «Duttelchen» genannt – pummelig-unförmige weibliche Körper, zehn oder zwölf Zentimeter groß, oft ohne Gesicht und ohne Füße, zusammengerollt oder hingekauert in entspannter Haltung, und unerwartet schwer, wenn man sie in der Hand hielt. Die Leute schienen sie tröstlich zu finden und holten sie eine nach der anderen aus den Läden weg, der Verkauf riß nie ab, war im Sommer stärker, versiegte aber auch im Januar nicht. Alexandra formte sie als nackte Körper, stach mit einem Zahnstocher den Nabel heraus und ritzte sorgsam eine kleine Schamlippenspalte ein, aus Protest gegen die verlogene Glätte der Puppen da unten, mit denen sie als Kind gespielt hatte. Dann malte sie ihnen Kleider auf, manchmal pastellfarbene Badeanzüge, manchmal anstößig enganliegende Gewänder, mit Punkten oder Sternchen gemustert oder mit Wellenlinien, wie man in Witzzeichnungen das Meer andeutet. Keine glich der anderen, aber alle waren sie Schwestern. Alexandras Arbeitsweise war von dem Gefühl diktiert, daß so, wie man jeden Morgen seine Nacktheit mit Kleidern verhüllt, auch die Figurinen behandelt werden müßten: die Kleider durften nur leicht aufgemalt, nicht fest einmodelliert werden in diese Urformen aus gerundetem weichem Ton. Sie brannte sie, immer zwei Dutzend auf einen Schub, in einem kleinen elektrischen Brennofen aus Schweden, hinter der Küche, in einem Arbeitsraum, der noch nicht fertig ausgebaut war, aber immerhin einen Holzfußboden hatte, im Gegensatz zur angrenzenden Abstellkammer, wo auf der nackten Erde alte Blumentöpfe, Rasenrechen und Hacken, Gummistiefel und Gartenscheren verwahrt wurden. Alexandra hatte sich das Arbeiten mit Ton selber beigebracht, machte seit fünf Jahren Skulpturen, schon vor ihrer Scheidung, zu der diese Kunst, wie die meisten Manifestationen ihrer sich entfaltenden Persönlichkeit, beigetragen hatte. Ihre Kinder, besonders Marcy, aber auch Ben und der kleine Eric, haßten die Duttelchen, hielten sie für unanständig, und hatten einmal einen ganzen Schub, der gerade abkühlen sollte, zertrümmert, aus lauter peinvoller Scham. Inzwischen hatten sie sich mit ihnen abgefunden wie mit defekten Geschwistern. Kinder sind aus einem Material, das sich weitgehend anpaßt, aber im Ausdruck ihrer Münder bleiben Verwerfungen, und in ihren Augen härtet sich ein Glanz der Abwehr.

Auch Jane Smart war der Kunst zugeneigt: der Musik. Sie gab Klavierstunden, um ihren Unterhalt aufzubessern, und gelegentlich übernahm sie in den Kirchen der Umgebung die Chorleitung, aber ihre Liebe galt dem Cello. Seine melancholischen Klänge, in denen die Schwermut gemaserten Holzes vibrierte, die schattige Fülle von Bäumen, fluteten in warmen Sommernächten, zu mondheller, später Stunde, durch die fliegendrahtvergitterten Fenster des niedrigen kleinen Ranchhauses, das sich zwischen die vielen anderen kuschelte, die genauso gebaut waren an den gewundenen Straßen der Fünfziger-Jahre-Siedlung namens Cove Homes. Die Nachbarn auf ihren Tausend-Quadratmeter-Parzellen, Mann und Frau, Kind und Hund, wachten auf, wurden unruhig und berieten, ob sie die Polizei holen sollten oder nicht. Sie taten es so gut wie nie, waren beschämt und, möglich war's, eingeschüchtert von dem schutzlos Nackten, dem Glanz und dem Schmerz in Janes Spiel. Es war wohl einfacher, wieder in Schlaf zu fallen, eingelullt von den Doppelgriff-Folgen – erst in Terzen, dann in Sexten – aus «Poppers Etüden», oder, wieder und wieder, den vier Takten gebundener Sechzehntel im zweiten Andante von Beethovens Quartett Nr. 15 a-Moll, wo das Cello fast allein zu Wort kommt. Jane war keine Gärtnerin, das wuchernde Forsythien-, Rhododendron-, Hortensien-, Thuja-Berberitzen-Buchsbaumgestrüpp dicht am Haus half, den Schwall aus den Fenstern zu dämpfen. Dies war eine Zeit der angemaßten Rechte und des allgemeinen Musikgebrülls; jeder Supermarkt dudelte seine Muzak-Version von ‹Satisfaction› und ‹I Got You, Babe›, und wo immer zwei oder drei Teenager zusammengluckten, machte der Geist von Woodstock sich breit. Nicht die Lautstärke, sondern die Klangfarbe von Janes leidenschaftlichem Spiel war es – die Art, wie sie tastend immer wieder dieselben Töne ansetzte, jedesmal in der gleichen dunklen Klangfülle –, die zum widerwilligen Hinhören zwang. Alexandra assoziierte die dunklen Töne mit Janes dunklen Brauen und mit dem inständigen Drängen in ihrer Stimme, das nach unverzüglicher Antwort verlangte, nach einer Formel, mit der die Lösung des Lebens gefunden, sein Geheimnis ein für allemal festgeschrieben werden konnte; ganz anders als Alexandra, die sich treiben ließ in der Gewißheit, daß das Geheimnis allgegenwärtig ist, ein aromaloses Element in der Luft, von dem die Vögel und wehenden Gräser sich nähren.

Sukie hatte nichts von dem, was sie künstlerisches Talent nennen würde, dafür war sie an allem interessiert, was mit menschlichem Miteinander zu tun hatte, und durch die finanzielle Einschränkung, die eine Scheidung mit sich bringt, war sie dazu gekommen, für das lokale Wochenblatt zu schreiben, den *Eastwick-Anzeiger*. Heiteren, geschmeidigen Schritts eilte sie in der Dock Street hin und her, die Ohren gespitzt, damit kein Klatsch ihr entgehe und sie auf dem laufenden bleibe über Gedeih und Verderb der Läden, und Freude durchrieselte sie, wenn sie in der Auslage des Bellenden Fuchses Alexandras grelle Figürchen sah oder ein Plakat im Fenster des Eisenwarenladens der Armenier, auf dem ein Kammermusikkonzert in der Unitarierkirche angekündigt wurde, mit: *Jane Smart, Cello*: das funkelte sie an wie ein Stückchen Glas im Strandsand oder ein blanker Vierteldollar, den man zufällig im Staub des Gehsteigs findet – ein Codefetzen in der verstümmelten Botschaft des alltäglichen Tages, ein Aufblitzen des Zusammenhangs zwischen der inneren und der äußeren Welt. Sie liebte ihre beiden Freundinnen, und sie liebten sie. Heute, Sukie hatte gerade ihren Bericht über die beiden gestern abend abgehaltenen Sitzungen im Rathaus niedergeschrieben – der Steuerausschuß hatte getagt (stumpfsinnig: immer dieselben alten Damen mit unrentablem Grundbesitz, die um Steuerermäßigung baten) und das Planungskomitee war zusammengetreten (beschlußunfähig: Herbie Prinz war auf den Bermudas) –, sah sie sehnsüchtig Alexandras und Janes Besuch entgegen, die auf einen Drink vorbeikommen wollten. Sie trafen sich für gewöhnlich jeden Donnerstag, immer abwechselnd, in einem ihrer drei Häuser. Sukie wohnte mitten in der Stadt, was praktisch war für ihre Arbeit, wenngleich das Haus, ein winziges Saltbox von 1760, an einem schlängeligen, von der Oak Street abzweigenden Gäßchen namens Hemlock Lane gelegen, ein ziemlicher Abstieg war, verglichen mit dem weitläufigen Farmhaus – sechs Schlafzimmer, 8000 Quadratmeter Grund, ein Kombi, ein Sportwagen, ein Jeep, vier Hunde –, in dem sie mit Monty gelebt hatte. Aber durch ihre Freundinnen wurde es zu einem Zwischenreich, einem Interludium der Verzauberung; sie zogen sich auch meistens irgendwelche seltsamen, bunten Gewänder zu ihren Treffen an. Alexandra trat, in einen mit Goldfäden durchwirkten Parsen-Schal gehüllt, den Kopf einziehend, zur Seitentür herein, in die Küche; in den Händen hielt sie, wie Hanteln oder wie blutige Beweisstücke, zwei Gläser ihrer gepfefferten, basilikumgewürzten Tomatensauce.

Die Hexen küßten einander auf die Wange. «Hier, Schatz, ich weiß, du magst trockene scharfe Sachen am *zweit*liebsten», sagte Alexandra, in diesem aufregenden Kontraalt, der von ganz tief unten aus ihrer Kehle kam, wie wenn eine russische Frau *«bylo»* sagt. Sukie nahm das Zwillingsgeschenk in ihre eigenen, schmaleren Hände, deren papierene Rücken mit blassen Sommersprossen getüpfelt waren. «Die Tomaten sind dies Jahr aus irgendeinem Grund wie eine Plage über mich gekommen», redete Alexandra weiter. «Ich habe an die hundert Gläser eingeweckt, und dann, neulich nacht, bin ich in den Garten gegangen, im Stockfinstern, und habe gerufen: ‹Ihr könnt mich mal, von jetzt an könnt ihr verrotten!›»

«Ich habe mal so ein Jahr mit Zucchini gehabt», sagte Sukie und stellte die Gläser artig in ein Schrankregal, von wo sie sie nie wieder herunterholen würde. Wie Alexandra gesagt hatte: Sukie liebte trockene, scharfe Sachen – Sellerie, Cashewnüsse, Pilaf, Salzstangen, winzige kleine Knabberkörner, wie ihre Affenvorfahren sie gesammelt und mit hinauf in die Bäume genommen hatten. Wenn sie allein war, setzte sie sich zum Essen niemals hin, tunkte im Stehen, über dem Küchenausguß, einfach ein bißchen Weizenknäckebrot in irgendwelchen Joghurt oder verzog sich mit einem Neunundsiebzigcent-Beutel Crinklechips mit Zwiebelgeschmack und einem steifen Bourbon in ihre Fernsehhöhle. «Ich habe *alles* gemacht», sagte sie zu Alexandra und genoß die Übertreibung, ihre lebhaften Hände flatterten untermalend: «Zucchinibrot, Zucchinisuppe, Salat, Frittata, Zucchini mit Hack gefüllt und gebacken, in Scheiben geschnitten und gebraten, zu Stäbchen geschnitten, damit man sie in eine Sauce tunken konnte, es war *irre*. Ich habe sie sogar in den Mixer geworfen und den Kindern gesagt, sie sollten sich das Zeug aufs Brot schmieren, statt Erdnußbutter. Monty war fix und fertig, er sagte, sogar seine Scheiße röche nach Zucchini.»

So vergnüglich sie sich auch anhörte, diese Geschichte aus einer Zeit, da Sukie noch verheiratet war und im Überfluß lebte: die Erwähnung eines ehemaligen Ehemannes war eine Verletzung der Spielregeln, und Alexandra schluckte ihr Lachen wieder hinunter. Die Scheidung von Monty lag noch nicht lange zurück, Sukie war die Jüngste der drei. Sie war eine schmale rothaarige Person, das Haar hing ihr glatt den Rücken herunter und war unten ganz gerade geschnitten, und ihre langen Arme waren über und über voller Sommersprossen, zedernfarben, wie Bleistiftspäne. Sie trug kupferne Armreifen und um den Hals eine billige, dünne Kette mit einem Pentagrammanhänger. Was Alexandra, mit ihren schweren, hellenischen Gesichtszügen, an Sukies Aussehen so mochte, war das fröhliche Äffchenhafte: ihre großen Zähne drängten die Linie ihres Profils unterhalb der kurzen Nase in einer Kurve nach vorn; eine Vorwölbung hauptsächlich der Oberlippe, die länger und ausgeprägter in der Form war als die untere, polsterig zu beiden Seiten der Mitte, was ihrem Mund, auch wenn er schwieg, etwas Koboldartiges gab, als schmecke sie Vergnügliches allezeit. Ihre Augen waren haselnußbraun und rund und standen ziemlich eng zusammen. Sie bewegte sich gewandt in ihrem kleinen Küchengelaß, wo alles dicht gedrängt stand und der Ausguß fleckig und winzig war und unter ihm ein Geruch nach Armut hockte, von all den Eastwick-Generationen, die in diesem Haus gelebt und nur die notdürftigsten Renovierungen zusammengestoppelt hatten im Laufe der Jahrhunderte, als alte Holzhäuser wie dieses noch nicht als malerisch galten. Mit der einen Hand nahm sie eine Dose teuflisch-zuckriger Planter's Beer-Nüsse aus einem Regal und mit der anderen, vom gummiverkleideten, drahtenen Abtropfgestell neben dem Ausguß, eine kleine paisleygemusterte Schale mit Messingrand, um sie hineinzuschütten. Aus knisternden Packungen streute sie Kolonnen von Crackers um ein dreieckiges Stück rotrindigen Gouda, das auf einer Platte lag, und fügte noch eine Supermarktpastete dazu, die sie erst gar nicht aus der flachen, mit einer lachenden Gans geschmückten Blechbüchse genommen hatte. Die Platte war aus derbem gelbbraunem Steingut, leicht gehöhlt und glasiert und erinnerte an eine große Krabbenschale. Krebs. Alexandra fürchtete sich davor und sah sein Sinnbild überall in der Natur – in den Blaubeerbüscheln an vergessenen Stellen zwischen Sumpf und Steinen, in den Trauben, die an der einknickenden, morschen Laube vor ihren Küchenfenstern reiften, in den von Ameisen zusammengetragenen konischen, körnigen Hügeln in den Schrunden ihres asphaltierten Zufahrtswegs, in allen blinden, unaufhaltsamen Vermehrungen. «Wie üblich?» fragte Sukie, eine Spur besorgt, denn Alexandra hatte sich, als sei sie viel älter, als sie wirklich war, ohne den Schal abzunehmen, in die einzige einladende Sitzgelegenheit in der Küche fallen lassen, einen alten blauen Sessel, der zu häßlich war, um woanders hingestellt zu werden; er platzte aus den Nähten, die Füllung quoll heraus, und die Armlehnen vorn glänzten grauspeckig, abgewetzt von vielen schubbernden Handgelenken.

«Eigentlich ist ja noch Tonic-Zeit», sagte Alexandra; die Kühle, die mit dem Gewitter gekommen war, vor ein paar Tagen, hatte sich noch nicht wieder verzogen. «Wie sieht es mit deinem Wodka-Vorrat aus?» Irgend jemand hatte ihr mal gesagt, daß Wodka nicht nur weniger dick mache als Gin, sondern auch die Magenwände weniger reize. Reizung, psychische wie physische, ist die Ursache von Krebs. Krebs bekommen die, die auch nur die Idee an sich herankommen lassen; nur eine einzige Zelle muß außer Rand und Band geraten, schon ist es passiert. Die Natur lauert, wartet nur darauf, daß man seinen Glauben verliert und sie einem ihren tödlichen Stich versetzen kann.

Sukie lächelte, breiter. «Ich wußte ja, daß du kommst.» Sie hielt eine brandneue Gordon's-Flasche hoch, mit dem abgetrennten Eberkopf, der aus einem runden orangefarbenen Auge starrt und seine rote Zunge eingeklemmt hält zwischen Zähnen und einem gekrümmten Hauer.

Alexandra lächelte beim Anblick des freundlichen Monsters. «Viel Tonic, bütte. Die Kalorien!»

Die Tonic-Flasche zischte in Sukies Hand, zänkisch. Vielleicht waren Krebszellen eher wie Kohlensäureblasen und blubberten im Blutkreislauf, dachte Alexandra. Sie mußte aufhören, darüber nachzudenken. «Wo ist Jane?» fragte sie.

«Sie sagte, sie würde sich ein wenig verspäten. Sie übt für das Konzert in der Unitarierkirche.»

«Mit diesem gräßlichen Neff», sagte Alexandra.

«Mit diesem gräßlichen Neff», gab Sukie wie ein Echo zurück und leckte Chininwasser von ihren Fingern, indes sie in ihrem leeren Kühlschrank nach einer Zitrone suchte. Raymond Neff unterrichtete Musik an der High-School, ein schwammiger, effeminierter Mann, der nichtsdestoweniger fünf Kinder gezeugt hatte mit seiner unappetitlichen, bläßlichen, nickelbebrillten deutschen Frau. Wie die meisten guten Lehrer war er ein Tyrann, salbungsvoll und beharrlich. Auf seine dumpfklebrige Art wollte er mit jeder schlafen. Derzeit schlief Jane mit ihm. Alexandra war in der Vergangenheit einige Male schwach geworden, aber die Episode hatte sie so wenig berührt, daß Sukie deren Nachschwingungen anscheinend gar nicht spürte. Sukie selber schien gefeit zu sein gegen Neff, aber andererseits war sie noch nicht so lange auf dem Markt. Als geschiedene Frau in einer kleinen Stadt leben, das ist ein bißchen wie Monopolyspielen; über kurz oder lang landet man auf jeder Immobilie. Die beiden Freundinnen wollten Jane retten, die sich in einer Art empörter Hast immer unter Wert verkaufte. Die fürchterliche Ehefrau war es, mit dem strohigen, stumpfen Haar, das kurz geschnitten war wie mit dem Rasenmäher, und den sorgfältig ausgesprochenen Wortentstellungen und der glotzäugigen, eifrigen Art, anderen zuzuhören – die Ehefrau war es, die ihnen nicht paßte. Wenn man mit einem verheirateten Mann schläft, schläft man in gewisser Hinsicht auch mit seiner Frau, sie sollte also nicht von äußerster Peinlichkeit sein.

«Jane hat so *schöne* Möglichkeiten», sagte Sukie, ein bißchen automatisch, während sie mit wütenden Äffchenbewegungen im Eiskasten des Kühlschranks kratzte und noch ein paar Würfel zu lösen versuchte. Eine Hexe kann mit einem Blick Wasser zu Eis machen, aber es wieder aufzutauen ist manchmal ein Problem. Zwei von den vier Hunden, die sie und Monty sich im Überschwang der Gefühle zugelegt hatten, waren kanternde silbrigbraune Weimaraner gewesen, und einen von ihnen hatte sie behalten, er hieß Hank; im Augenblick drückte er sich an ihre Beine in der Hoffnung, daß sie zu seinem Wohl im Kühlschrank herumkrame.

«Aber sie *vergeudet* sich», sagte Alexandra, Sukies Satz ergänzend. «Vergeuden im altmodischen Sinn», fügte sie hinzu, denn der Vietnam-Krieg hielt noch an und hatte dem Wort eine unangenehme neue Bedeutung gegeben. «Wenn sie es ernst meint mit ihrer Musik, sollte sie in eine ernsthafte Umgebung mit ihr gehen, in eine richtige Stadt. Diese schreckliche Vergeudung: eine Konservatoriumsabsolventin fiedelt einem Haufen tauber alter Betschwestern vor, in einer heruntergekommenen Kirche.»

«Sie fühlt sich sicher hier», sagte Sukie, als ob sie beide das nicht auch täten.

«Sie wäscht sich nicht mal, ist dir nie ihr Geruch aufgefallen?» fragte Alexandra, nicht Jane meinend, sondern Greta Neff, und Sukie hatte keine Mühe, dieser Assoziationskette zu folgen, ihrer beider Herzen waren so innig auf derselben Wellenlänge.

«Und diese Omabrille!» stimmte Sukie ein. «Sie sieht aus wie

John Lennon.» Sie schnitt eine feierliche, quelläugige, dünn-
lippige John Lennon-Grimasse. «I sink sen we can drink ouur
– wie sagt man – be-we-retsches neeoauu.» Aus Greta Neffs
Mund kam tatsächlich ein gräßlicher unamerikanischer Diph-
tong, eine Art Verzwirbeln des Vokals gegen den Gaumen.

Schnatternd gingen sie mit ihren Drinks in die «Höhle», ein
kleines Zimmer mit einer fleckigen, abblätternden, mit vergilbten Weinreben und Obstkörben gemusterten Tapete und
einer bauchigen Stuckdecke, die zu einer merkwürdig scharfen Schräge abknickte, weil das Zimmer halb unter die Treppe
geklemmt war, die in den mansardenartigen oberen Stock
führte. Das einzige Fenster des Zimmers, zu hoch, als daß
eine Frau, ohne auf einen Schemel zu steigen, hätte hinaus-
schauen können, hatte rautenförmige Scheiben aus bleigefaßtem dicken Glas, das voller Blasen war und huppelig wie Fla-
schenböden.

«Kohlgeruch», sagte Alexandra vielsagend und ließ sich mit
ihrem großen silbrigen Drink auf einem Loveseat, einer Art
Zwillingssessel, nieder, der mit einer Crewelstickerei bezogen
war – lauter flammende, zerfetzte Strudel: stilisierte, sich ent-
schnörkelnde Weinranken. «Sein ganzes Zeug riecht danach»,
sagte sie und dachte gleichzeitig, daß das ein bißchen wie
Monty und die Zucchini war und daß sie mit diesem intimen
Detail Sukie unverblümt zu der Vermutung aufforderte, sie
habe mit Neff geschlafen. Warum? Es war nichts, dessen man
sich rühmen konnte. Und doch: Wie er geschwitzt hatte! Was
das betraf – sie hatte schließlich auch mit Monty geschlafen,
aber sie hatte nie Zucchini gerochen. Ein faszinierender
Aspekt, wenn man mit verheirateten Männern schläft, ist der
Blickwinkel, den sie einem auf ihre Frauen gewähren: sie sehen sie, wie niemand sonst sie sieht. Neff sah in der armen,
schrecklichen Greta so etwas wie eine putzige kleine Heidi
mit Schleifchen im Haar, ein süßes Edelweiß, das er von einer
gefahrvollen, romantischen Bergeshöhe herabgeholt hatte (sie
hatten sich in einem Frankfurter Bierlokal kennengelernt, als
er in Westdeutschland stationiert war, anstatt in Korea zu
kämpfen), und Monty ... Alexandra sah verstohlen zu Sukie
hinüber und versuchte, sich zu erinnern, was Monty über sie

gesagt hatte. Er hatte wenig gesagt, war ein solcher Möchtegern-Gentleman gewesen. Aber einmal, als er von einer unangenehmen Besprechung in der Bank kam und in Gedanken noch damit beschäftigt war, hatte er sich, während er mit Alexandra ins Bett ging, die Worte entschlüpfen lassen: «Sie ist ein reizendes Mädchen, aber ein Unglück. Unglück für andere, meine ich. Für sich selbst ist sie, glaube ich, ein Glück.» Und es stimmte: Monty hatte, während er mit Sukie verheiratet war, einen großen Teil seines Familienvermögens verloren, was alle Welt schlicht seiner stillen Einfalt zugeschrieben hatte. *Er* hatte nie geschwitzt. Er hatte an dem hormonellen Defizit des aus feinen Kreisen Stammenden gelitten, einer Unfähigkeit, harte körperliche Arbeit für sich selbst auch nur in Erwägung zu ziehen. Sein Körper war nahezu haarlos gewesen, mit diesem femininen, weichen Hintern.

«Greta muß eine Wucht im Bett sein», sagte Sukie. «All diese Kinder. Fünf – bis jetzt.»

Neff hatte Alexandra gegenüber durchblicken lassen, Greta sei scharf, aber mühsam, könne nur schwer kommen, sei aber finster entschlossen dazu. Sie würde eine erbarmungslose Hexe abgeben: diese mörderischen Deutschen. «Wir müssen nett zu ihr sein», sagte Alexandra, zum Thema Jane zurückkehrend. «Als ich gestern mit ihr telefonierte, war ich entsetzt, wie wütend sie klang. Die Frau macht sich kaputt.»

Sukie äugte zu ihrer Freundin hin, dies war ein falscher Ton. Irgend etwas bahnte sich an bei Alexandra: ein neuer Mann. In dem Sekundenbruchteil, da Sukie zu ihr hinsah, schlappte Hank mit seiner baumelnden grauen Weimaraner-Zunge zwei Weizencrackers von der Krabbenschale, die Sukie auf einer hinfälligen Schiffstruhe aus Zedernholz abgestellt hatte; ein Antiquitätenhändler hatte sie so weit wieder hergerichtet, daß sie als Sofatisch zu gebrauchen war. Sukie liebte ihre schäbigen alten Sachen; es haftete ihnen etwas Pomphaftes an, etwas von dem Flitterkleid des Soprans im zweiten Opernakt. Hanks Zunge wollte gerade nach dem Käse langen, aber Sukie gewahrte die Bewegung aus dem Augenwinkel und gab ihm einen Klaps auf die Schnauze; sie fühlte sich wie Gummi an, hart, wie Autoreifen-Gummi, und der Klaps tat ihren Fingern weh.

«Au, du Mistvieh», sagte sie zum Hund, und zu ihrer Freundin: «Wütender als irgend jemand sonst?» womit sie sich beide meinte. Sie nahm einen ruppigen Schluck unverdünnten Bourbons. Sie trank Whiskey sommers und winters, und der Grund dafür, den sie vergessen hatte, war, daß ein Freund an der Cornell-Universität ihr mal gesagt hatte, Whiskey lasse die goldenen Flecken in ihren grünen Augen leuchten. Aus demselben eitlen Grund kleidete sie sich gern in Brauntöne und in Wildleder, mit seinem animalischen Schimmer.

«O ja, wir sind doch in wunderbarer Verfassung», sagte die schwerere ältere Frau, und ihre Gedanken trieben von dieser Ironie fort zu dem Thema der Unterhaltung mit Jane – dem neuen Mann im Ort, im Lenox-Haus. Aber noch während sie in Gedanken forttrieb, einem Flugzeugpassagier gleich, der inmitten der lebensbedrohlichen Sensationen des Immerhöhersteigens hinabsieht und staunend die emaillierte Präzision und Herrlichkeit der Erde wahrnimmt (die Häuser mit den spitzen Dächern sahen genauso aus wie die hölzernen Hotels beim Monopoly, und die Seen wie die Spiegel, die Seen sein sollten in den Weihnachtskrippen, die unsere Eltern aufgebaut hatten, während wir schliefen; es ist alles wahr, sogar Landkarten sind wahr!), fiel ihr auf, wie hübsch Sukie war, Unglück hin oder her, ihr lebendiges Haar war verwuschelt, und sogar ihre Wimpern sahen ein bißchen zerzaust aus nach diesem langen Tag des Tippens und der Suche nach dem richtigen Wort unter dem harschen Licht; ihr Körper in dem milchiggrünen Pullover und dem dunklen Wildlederrock so aufrecht, so geschmeidig, der Bauch flach, die Brüste und der Hintern fest und dieser große breitlippige Mund in dem äffchenhaften Gesicht so koboldhaft, so großzügig und munter.

«Oh, ich *weiß* was über ihn!» rief sie, Alexandras Gedanken lesend. «Ich habe so *irrsinnig* viel zu erzählen, aber ich wollte warten, bis Jane da ist.»

«Ich kann warten», sagte Alexandra, von einem plötzlichen Widerwillen gegen diesen Mann und sein Haus überkommen, als streife sie jäh ein kühler Lufthauch. «Ist der Rock neu?» Sie wollte ihn berühren, ihn streicheln, seine rehsanfte Struktur, den festen, schlanken Schenkel darunter.

«Wiederauferstanden für den Herbst», sagte Sukie. «Die Röcke, die man jetzt trägt, sind einfach zu lang.»

An der Küchentür klingelte es, ein zitteriges, zerrupftes Geräusch.

«Diese Klingelanlage wird das Haus noch mal in Flammen aufgehen lassen», prophezeite Sukie, aus der Höhle flitzend. Jane hatte sich schon selber Einlaß verschafft. Sie sah blaß aus, ihr spitzes, heißäugiges Gesicht verschwand fast unter einer schlappigen, fusselwolligen Schottenmütze, deren lautes Karo penibel zu dem des Schals paßte. Dazu trug sie gerippte Kniestrümpfe. Jane war physisch nicht so strahlend wie Sukie, überall an ihrem Körper gab es kleine Unebenmäßigkeiten; aber eine Anziehungskraft ging von ihr aus wie Licht von einem Glühfaden. Ihr Haar war dunkel und ihr Mund schmal, pedantisch und bestimmt. Sie stammte aus Boston, und das gab ihr etwas, das Nichtbescheidwissen ausschloß.

«Dieser Neff ist ein solches Stinktier», fing sie an; sie hatte einen Frosch im Hals und räusperte sich. «Wir mußten den Haydn immer und immer wieder spielen. Er sagt, meine Intonation sei zimperlich. *Zimperlich!* Ich brach in Tränen aus und habe ihm gesagt, was für ein widerlicher Chauvie er ist. Ich hätte ihm mal sagen sollen, wie zimperlich *er* in so mancher Hinsicht ist.»

«Sie können nicht dafür», sagte Sukie leichthin. «Das ist eben ihre Art, Liebe zu erbetteln. Lexa hat ihren üblichen Diät-Drink, einen W-und-T. *Moi*, ich versinke immer tiefer im Bourbon.»

«Es gehört sich nicht, aber ich bin so hundsbeleidigt, daß ich mich jetzt mal wie ein unartiges Mädchen aufführe und einen Martini will.»

«Oh, Kleines. Ich glaube nicht, daß ich trockenen Wermut habe.»

«Nein, Herzchen, Schatz. Tu einfach Eis in ein Weinglas und gieß den Gin darüber. Du hast nicht zufällig ein Stückchen Zitronenschale?»

Sukies Kühlschrank war reich an Eis, Joghurt und Sellerie, im übrigen aber öd und leer. Sie aß in der Stadt zu Mittag, in Nemos Diner, drei Türen von der Redaktion entfernt, mußte

nur am Bilderrahmenladen, am Friseur und der Lesestube der
Christian Science vorbei, und war dazu übergegangen, auch am
Abend dort zu essen, wegen der Neuigkeiten, die sie bei Nemo
erfuhr, all der Munkeleien über das Leben in Eastwick um sie
herum. Die Alteingesessenen trafen sich da, die Ortspolizi-
sten und die Highway-Crew, die Fischer, die gerade keine Fang-
zeit hatten, und die momentan bankrotten Geschäftsleute.
«Orangen sind anscheinend auch keine da», sagte sie, an den
beiden Gemüsefächern aus feuchtklebrigem grünem Metall zerrend. «Aber ich habe ein paar Pfirsiche gekauft, am Obststand
drüben an der R 4.»

«Pfirsich essen, darf ich's wagen?» zitierte Jane, «will am
Strand spaziern und weiße Hosen tragen.» Sukie zuckte zusammen, als sie sah, wie die aufgeregten Hände der anderen Frau –
die eine sehnig und lang vom Saitengreifen, die andere breit und
schlaff vom Bogenhalten – einen rostigen, stumpfen Mohr-
rübenschäler in die rosige Wange des saftigen gelben Pfirsichs
bohrten. Jane ließ das zarte Hautstückchen ins Glas fallen; eine
gebannte Stille, die Magie eines geheimen Rezepts, verstärkte
das winzige *plip*. «Ich kann nicht schon so früh im Leben völlig
unverdünnten Gin trinken», verkündete Jane mit puritanischer
Befriedigung und sah nichtsdestoweniger lungerig und unzu-
frieden aus. Mit ihrem hurtigen, stöckerigen Schritt ging sie zur
Höhle hinüber.

Alexandra reckte sich schuldbewußt zum Fernsehapparat hin
und knipste ihn aus: der Präsident, ein kummervoller, grauwan-
giger Mann mit gequälten, unehrlichen Augen, machte der Nation soeben eine Mitteilung von höchster Wichtigkeit.

«Hallo, du Prachtstück!» rief Jane – ein bißchen zu laut in
diesem kleinen schrägen Raum. «Nur keine Umstände, ich
sehe, ihr habt es euch schon gemütlich gemacht. Sag mal, das
Gewitter vor ein paar Tagen, war das von dir?»

Die Pfirsichhaut in dem auf dem Kopf stehenden Kegel ihres
Drinks sah beunruhigend aus: wie ein Stück Menschenfleisch,
in Alkohol konserviert.

«Ich bin zum Strand gefahren, nachdem wir telefoniert hatten», gestand Alexandra. «Ich wollte sehen, ob dieser Mann
schon im Lenox-Haus ist.»

«Ich *wußte*, daß es dir keine Ruhe lassen würde, armes Huhn», sagte Jane. «Und? War er da?»

«Aus dem Schornstein kam Rauch. Ich bin nicht näher hingefahren.»

«Du hättest hinfahren und sagen sollen, du kämest von der Feuchtgebiets-Kommission», sagte Sukie. «In der Stadt heißt es, er will einen Anlegeplatz bauen und auf der Rückseite der Insel so viel aufschütten, daß ein Tennisplatz angelegt werden kann.»

«Das kommt niemals durch», sagte Alexandra träge. «Da nisten die Silberreiher.»

«Sei nicht so sicher», bekam sie zur Antwort. «Dieser Besitz hat der Stadt seit zehn Jahren keine Steuern eingebracht. Für jemanden, der ihn wieder registrieren läßt, kann der Gemeinderat eine Menge Silberreiher vertreiben.»

«Ach, ist das gemütlich!» rief Jane aus, ziemlich verzweifelt, weil sie sich übergangen fühlte. Als dann die vier Augen auf sie gerichtet waren, mußte sie improvisieren. «Greta kam in die Kirche», sagte sie, «ausgerechnet, als er meinen Haydn zimperlich nannte. Sie hat gelacht.»

Sukie ahmte deutsches Lachen nach: «Höhöhö.»

«Ob die noch miteinander vögeln?» fragte Alexandra versonnen; sie fühlte sich entspannt mit ihren Freundinnen und ließ ihre Gedanken schweifen und Bilder aus der Natur einsammeln. «Wie steht er das nur durch. Es muß wie erregtes Sauerkraut sein.»

«Nein», sagte Jane bestimmt. «Es ist wie – wie heißt dies bläßliche Zeug noch, das die so lieben – wie Sauerbraten.»

«Sie marinieren ihn», sagte Alexandra. «In Essig, mit Knoblauch, Zwiebeln und Lorbeerblättern. Und Pfefferkörnern, glaube ich.»

«Spricht er mit dir darüber?» fragte Sukie anzüglich zu Jane gewandt.

«Wir sprechen nie darüber, auch in den intimsten Augenblicken nicht», sagte Jane pikiert. «Alles, was er mir zu diesem Thema jemals anvertraut hat, ist, daß sie es einmal in der Woche braucht, sonst wirft sie mit Gegenständen um sich.»

«Ein Poltergeist», sagte Sukie entzückt, «eine Polterfrau!»

«Ja, wirklich», sagte Jane und sah nicht, was daran komisch sein sollte, «du hast ganz recht. Sie ist unmöglich, fürchterlich. So engstirnig, so kleinkariert, eine richtige Narzisse. Ray ist der einzige, der es nicht sieht, armer Kerl.»

«Ich frage mich, wieviel sie wohl ahnt», sagte Alexandra nachdenklich.

«Die *will* nichts ahnen, *nichts*», sagte Jane, ihrer Behauptung so viel Nachdruck verleihend, daß das letzte Wort zischte. «Wenn sie was ahnen würde, müßte sie ja was unternehmen.»

«Zum Beispiel ihn loslassen», schlug Sukie vor.

«Dann hätten wir ihn alle am Hals», sagte Alexandra, und in ihrer Vorstellung wurde dieser schwammige, dumpfige Mann zu einem Tornado, einem unausschöpflichen, natürlichen Reservoir der Begierde. Begierde wird ja wirklich in Containern geliefert, die jedes Maß sprengen.

«Halte durch, Greta!» rief Jane, die endlich begriffen hatte.

Alle drei kicherten.

Die Seitentür knallte feierlich zu, und Fußschritte stapften langsam die Treppe hinauf. Das war kein Poltergeist, nur eines von Sukies Kindern, das aus der Schule kam, wo außerplanmäßige Aktivitäten ihn oder sie so lange festgehalten hatten. Der obere Fernsehapparat hob an mit seinem tröstlichen menschenähnlichen Gedröhn.

Sukie hatte sich gefräßig eine zu große Handvoll Salznüsse in den Mund gestopft; sie hielt sich eine Hand unter das Kinn, um die Bröckchen aufzufangen. Immer noch lachend, Krümel spuckend, fragte sie: «Will denn keiner etwas über den neuen Mann wissen?»

«Muß nicht sein», sagte Alexandra. «Männer sind nicht die Antwort, waren wir uns darüber nicht einig?»

Sie war anders, ein bißchen schwierig, wenn Jane dabei war, hatte Sukie oft festgestellt. Wenn sie mit Sukie allein gewesen wäre, hätte sie nicht versucht, ihr Interesse an diesem neuen Mann zu verbergen. Beide Frauen, fühlten sich wohl in ihren Körpern, was oft als Schönheit ausgelegt wurde, und Alexandra war genügend älter (sechs Jahre), um den mütterlichen Part zu übernehmen, wenn nur sie beide zusammen waren: Sukie fröhlich und verschwatzt, Lexa träge und dunkel. Wenn sie zu dritt zusammen waren, neigte Alexandra dazu zu dominieren, indem sie sich verdrossen und widerborstig gab und die anderen zwang, ihr entgegenzukommen.

«Sie sind nicht die Antwort», sagte Jane Smart, «aber vielleicht sind sie die Frage.» Ihr Gin war zu zwei Dritteln ausgetrunken. Das Stückchen Pfirsichhaut war ein Baby, das darauf wartete, trocken in die Welt geworfen zu werden. Hinter den immer grauer werdenden, rautenförmigen Scheiben packten Amseln lärmend den Tag ein, in die Reisetasche der Dämmerung.

Sukie erhob sich für ihre Bekanntmachung. «Er ist reich», sagte sie, «und zweiundvierzig. War nie verheiratet und stammt aus New York, aus einer der alten holländischen Familien. Er war anscheinend ein Klavierwunderkind, nebenher erfindet er einiges. Der große Saal im Ostflügel, in dem noch der Billardtisch steht, und die Wäschereiräume darunter sollen sein Labor werden, mit diesen Nirostabecken und Destillierkolben und alldem, und auf der Westseite, wo die Lenoxes diesen großen, treibhausähnlichen Wintergarten hatten, da will er ein riesiges, in den Boden eingelassenes Badebassin installieren und die Wände verkabeln für Stereo.» Aus ihren runden Augen, ganz grün im späten Licht, funkelte die Verrücktheit dieser Geschichte. «Joe Marino ist mit den Installationsarbeiten beauftragt und hat darüber geredet, gestern abend, als sie beschlußunfähig waren, weil Herbie Prinz auf die Bermudas gefahren ist, ohne jemandem was zu sagen. Joe war ganz aus dem Häuschen: kein Kostenvoranschlag, alles vom feinsten, Preis spielt keine Rolle. Ein *Teak*holzbassin, zwei Meter fünfzig im Durchmesser, und der Mann mag keine Fliesen unter seinen Füßen fühlen, also wird der ganze Fußboden mit einem besonderen feinkörnigen Schiefer ausgelegt, den man aus Tennessee kommen lassen muß.»

«Alles Angabe», befand Jane.

«Hat dies Luxusgeschöpf einen Namen?» fragte Alexandra. Sie dachte, was für eine Romantikerin Sukie doch war und dazu eine Klatschkolumnistin, und sie überlegte, ob ein zweiter Wodka-Tonic ihr wohl Kopfschmerzen einhandeln würde, später, wenn sie zu Hause war, allein in ihrem weiträumigen ehemaligen Farmhaus, wo nur das ruhige Atmen ihrer schlafenden Kinder und Coals rastloses Scharren und das düstere Starren des Mondes ihrem hellwachen Bewußtsein Gesellschaft leisteten. Im Westen würde ein Kojote heulen, in lavendelblauer Ferne, und, noch weiter weg, ein transkontinentaler Zug seine schlitternden, meilenlangen Wagenreihen vorüberziehen, und diese Geräusche würden ihr Bewußtsein zum Fenster hinausführen und seine Wachheit zergehen lassen in der zarten, sternenbleichen Nacht. Hier, im wuscheligen, wassergetränkten Osten, war alles so nah; Nachtlaute umgaben ihr Haus wie ein stacheliges Dickicht. Auch diese Frauen, in Sukies gemütlichem kleinen Wohnzimmer, saßen so dicht um sie, daß die dunklen Härchen von Janes hauchfeinem Schnurrbart und der gesträubte bernsteinfarbene Flaum auf Sukies Unterarmen, der so empfindsam auf statische Elektrizität reagierte, Alexandra juckend in die Augen stachen. Sie war eifersüchtig auf diesen Mann, dessen bloßer Schatten ihre beiden Freundinnen so erregte; an anderen Donnerstagen waren sie allein durch sie erregt, wenn sie ihre königlich trägen Kräfte walten ließ wie eine Katze, in deren Macht es steht, mit dem Schnurren aufzuhören und zu töten. An solchen Donnerstagen beschworen die drei Freundinnen die Geister derer herauf, die in Eastwick ihr kleines Leben lebten, und ließen sie schwirrend kreisen in der dunkelwerdenden Luft. Wenn die richtige Stimmung herrschte, konnten sie aus ihrem dritten Glas einen Kegel der Macht über ihnen errichten, wie ein Zelt, das bis zum Zenit reichte, und tief innen, mit dem Bauch, wußten sie, wer krank war, wer in Schulden versank, wer geliebt wurde, wer vor Angst außer sich war, sich verzehrte vor Verlangen, wer schlief und vorübergehend verschont war von der Unbill des Lebens; aber heute würde es nicht so sein. Sie waren abgelenkt.

«Ist das nicht merkwürdig mit seinem Namen?» sagte Sukie und starrte zum bleigefaßten Fenster hinauf, hinter dem das Licht des Tages verebbte. Sie konnte nicht durch die huppeligen, rautenförmigen Scheiben sehen, weil sie zu hoch waren, aber vor ihrem inneren Auge stand deutlich der einzige Baum ihres Gartens: ein schlanker junger Birnbaum, überladen mit Birnen, schweren gelben Tropfenformen, Modeschmuck gleich, mit denen ein Kind sich behängt hat. Jeder Tag war jetzt duftgesättigt von Heu und Reife, und kleine späte Sternblumen leuchteten blaß, wie hingestreut, am Straßenrand. «Der Name war gestern abend in aller Munde, und vorher habe ich ihn von Marge Perley gehört, er liegt mir auf der Zungenspitze …»

«Mir auch», sagte Jane. «Verflixt! Es ist noch so ein kleines Beiwort dabei.»

«De, da, du», soufflierte Alexandra, hoffnungslos.

Die drei Hexen schwiegen, erkannten stumm, mit gelähmter Zunge, daß sie selber unter einem Bann waren, einem größeren Bann.

Darryl Van Horne kam Sonntag abend zum Kammermusikkonzert in der Unitarierkirche: ein bärenhafter dunkler Mann mit fettigem krausem Haar, das halb seine Ohren verdeckte und sich im Nacken zusammenklumpte, so daß sein Kopf von der Seite wie ein Bierkrug aussah mit enorm dickem Henkel. Er trug graue Flanellhosen, die hinten an den Knien schlotterige Falten warfen, und ein Jackett aus Harristweed in einem merkwürdig emsigen grün-schwarzen Muster, mit Lederflecken auf den Ellbogen. Ein rosa Oxford-Buttondownhemd, wie es in den Fünfzigern schick gewesen war, und unverhältnismäßig kleine, spitz zulaufende schwarze Slipper vervollständigten den Aufzug. Er war drauf aus, Eindruck zu machen.

«Sie sind also die Bildhauerin am Platz», wandte er sich an Alexandra auf dem anschließenden Empfang, der im Gesellschaftsraum der Kirche stattfand, für die Musiker und ihre Freunde, und sich um einen alkoholfreien, nach Frostschutzmittel aussehenden Punsch gruppierte. Die Kirche war ein hübsches kleines neugriechisches Gebäude mit einem flachen, von dorischen Säulen getragenen Vorbau und einem gedrungenen achteckigen Turm am Cocumscussoc Way, einer Seitenstraße der Elm hinter der Oak; sie war 1823 von den Kongregationalisten errichtet worden, aber eine Generation später, in den vierziger Jahren, der unitarischen Bewegung erlegen. Jetzt, in dieser nebligen späten Ära verfallender Dogmen, war sie innen doch mit allerhand Kreuzen geschmückt, und im Gesellschaftsraum hing an der einen Wand ein großes, in den

Sonntagsschulen ausgehecktes Filzbanner, das das T-förmige ägyptische Kreuz zeigte, die Hieroglyphe für «Leben», umgeben von den vier dreieckigen alchimistischen Zeichen für die Elemente. Zur Kategorie «Musiker und ihre Freunde» gehörte jeder, nur Van Horne nicht, der sich trotzdem in den Raum drängte. Jeder wußte, wer er war, das steigerte die allgemeine Aufregung. Wenn er sprach, klang seine Stimme auf eine Weise, die nicht ganz zusammenpaßte mit den Bewegungen seines Mundes und Unterkiefers, und der Eindruck, daß da irgend etwas künstlich war an seinem Sprechapparat, wurde verstärkt durch die seltsam verrutschenden, zusammengestükkelt wirkenden Gesichtszüge und die Unmenge Speichel, die er beim Reden produzierte – von Zeit zu Zeit machte er eine Pause und wischte sich mit dem Jackenärmel ruppig die Mundwinkel trocken. Trotzdem, er hatte das Vertrauen der Gebildeten und Wohlhabenden, als er sich jetzt herabbeugte, um eine enge Beziehung zu Alexandra herzustellen.

«Ich mach doch nur kleine Puppen», sagte Alexandra und kam sich plötzlich niedlich und kokett, selber püppchenhaft vor im Angesicht dieses brütenden, dunklen, massigen Mannes. Es war die Zeit im Monat, da sie besonders sensibel für Auren war. Die Aura dieses erregenden Fremden war von schimmerndem Schwarzbraun, wie nasses Biberfell, und stand steil aufgerichtet hinter seinem Kopf. «Meine Freundinnen nennen sie meine Duttelchen», sagte sie und kämpfte gegen ihr Erröten an. Sie hatte das Gefühl, gleich in Ohnmacht zu fallen, vor allen Menschen. Menschenmengen und neue Männer: daran war sie nicht gewöhnt.

«Kleine Puppen», wiederholte Van Horne. «Aber so *potent!*» Er wischte sich über die Lippen. «So voll von psychischem Saft, wenn Sie mich verstehen, man braucht ja bloß eine in die Hand zu nehmen. Die haben mich umgehauen. Ich habe alle gekauft, die da waren im – wie heißt der Laden – Lauten Schaf» – «Der Bellende Fuchs», sagte sie, «oder das Hungrige Schaf, schräg gegenüber vom kleinen Friseurgeschäft, wenn Sie sich mal die Haare schneiden lassen wollen.»

«Nie, wenn's nach mir geht. Macht mich schlaff. Meine Mutter hat mich Samson genannt. Ja, in einem von den beiden.

Ich habe alle aufgekauft, weil ich sie einem Freund zeigen will, ein wirklich lockerer, witziger Typ, hat eine Galerie in New York, in der Siebenundfünfzigsten Straße. Es ist nicht meine Sache, Ihnen irgendwas zu versprechen, Alexandra – was dagegen, wenn ich Sie so nenne? –, aber wenn Sie sich dazu aufraffen könnten, in größeren Dimensionen zu arbeiten, dann wette ich, wir kriegen eine Ausstellung zusammen. Vielleicht werden Sie nie Marisol, aber Sie könnten so sicher wie nur was eine zweite Niki de Saint-Phalle werden. Sie wissen, diese ‹Nanas›. *Das* sind Dimensionen! Die macht *wirklich* Nägel mit Köpfen.»

Mit einiger Erleichterung stellte Alexandra fest, daß sie diesen Mann nicht mochte. Er war aufdringlich, grob und ein Schwätzer. Daß er all ihre Figürchen aus dem Hungrigen Schaf weggekauft hatte, kam ihr wie eine Vergewaltigung vor; sie würde nun, früher als geplant, einen neuen Schub brennen müssen. Der Druck, den seine Person ausübte, hatte die Krämpfe verstärkt, mit denen sie an diesem Morgen aufgewacht war, Tage vor der Zeit; das war eines der Anzeichen für Krebs: Unregelmäßigkeiten im Zyklus. Hinzu kam, daß ihr bedauerlicherweise ein Hauch des im Westen herrschenden Vorurteils gegen Indianer und Chicanos anhing, und Darryl Van Horne war in ihren Augen einfach nicht *gewaschen*. Man konnte sie fast sehen, all die kleinen schwarzen Flecke auf seiner Haut – wie bei einer Halbtonreproduktion. Er wischte sich mit behaartem Handrücken über die Lippen, und sein Mund zuckte vor Ungeduld, während sie in ihrem Herzen nach einer ehrlichen, aber höflichen Antwort suchte. Mit Männern umzugehen war Arbeit, eine Anstrengung, der sie sich immer widerwilliger unterzog. «Ich *will* keine zweite Niki de Saint-Phalle sein», sagte sie. «Ich will ich sein. Die Potenz, wie Sie es nennen, kommt daher, weil die Figuren klein sind und man sie in die Hand nehmen kann.» Klopfendes Blut ließ die Kapillaren in ihrem Gesicht glühen; sie lächelte über sich selbst, weil sie so außer Fassung war, denn mit dem Verstand hatte sie doch längst eingesehen, daß der ganze Mann ein Schwindel war, eine Einbildung. Sein Geld allerdings, das schien wirklich zu sein.

Seine Augen waren klein und wässerig und sahen rotgerieben aus. «Tcha, Alexandra, aber was *sind* Sie? Denken Sie weiter in kleinem Format, und Sie enden in kleinem Format. Sie verbauen sich jede Chance, mit dieser Geschenkartikel-Mentalität. Ich traute meinen Augen nicht, als ich den Preis sah: lausige 20 Dollar, wo Sie fünfstellig denken müßten.»

Er war vulgär, aus New York eben, dachte sie und hatte Mitleid mit ihm, weil er in dieser feinsinnigen Provinz gelandet war. Die Rauchsträhne fiel ihr ein, wie zart und tapfer sie ausgesehen hatte. Versöhnlich fragte sie: «Wie gefällt Ihnen Ihr neues Haus? Haben Sie sich schon ein bißchen eingelebt?»

Überschwenglich sagte er: «Es ist die Hölle! Ich arbeite spät, meine Einfälle kommen mir nachts, und jeden Morgen Viertel nach sieben kreuzen diese beschissenen Handwerker auf! Mit ihren beschissenen Radios! Verzeihen Sie meine gewählte Ausdrucksweise.»

Sein Bedürfnis nach Milde schinen ihm bewußt zu sein; alles an ihm drückte dieses Bedürfnis aus, jede seiner unbeholfenen, allzu drängenden Gebärden.

«Sie sollten mal rüberkommen und sich das Haus ansehen», sagte er. «Ich brauche Rat an allen Ecken und Enden. Mein Leben lang habe ich in Apartments gewohnt, wo einem alle Entscheidungen abgenommen werden, und der Installateur, den man mir angedreht hat, ist ein Arschloch.»

«Joe?»

«Sie kennen ihn?»

«Jeder kennt ihn», sagte Alexandra; der Mann sollte begreifen, daß Einheimische zu beleidigen nicht die geeignete Art war, Freunde in Eastwick zu gewinnen.

Aber sein loses Mundwerk stolperte unerschrocken weiter. «Immer mit dem komischen kleinen Hut?»

Nicken durfte sie, aber lächeln wäre vielleicht nicht nötig gewesen. Sie hatte manchmal die Halluzination, daß Joe auch im Bett seinen Hut aufhatte, wenn er mit ihr schlief.

«Dauernd ist er weg zum Essen», sagte Van Horne. «Das einzige, worüber er reden will, ist, daß bei den Red Sox wieder mal die Pitcher versagt haben und bei den Pats die Abwehr einfach nicht klappt. Und der Typ, der den Fußboden macht, ist auch nicht gerade ein Genie. Dieser kostbare Schiefer, praktisch Marmor, aus Tennessee, und er legt ihn zur Hälfte mit der rauhen Seite nach oben, wo man die ganzen ruppeligen Spuren der Säge aus dem Steinbruch sehen kann. Diese Pfuscher, die ihr hier Handwerker nennt, würden in Manhatten nicht einen einzigen Tag ihren Job behalten. Nichts für ungut, ich sehe Ihnen an, wie Sie denken: Was für ein Snob!, und mir ist ja auch klar, daß die Tolpatsche wenig dazulernen können, bei den Bruchbuden hier, aber kein Wunder, daß es in diesem Staat so gespenstisch aussieht. He, Alexandra, unter uns: macht mich ganz verrückt, dieser verärgerte, frostige Blick, der in Ihre Augen kommt, wenn Sie sich in die Ecke gedrängt fühlen und nicht wissen, was Sie sagen sollen. Und Ihre Nasenspitze ist süß.» Er streckte tatsächlich die Hand aus und berührte die kleine eingekerbte Spitze, diese für Alexandra so empfindliche Stelle; die Berührung war so flüchtig, so unerhört, daß Alexandra sie nicht geglaubt hätte, wäre nicht das kühle Kribbeln noch zu spüren gewesen.

Sie mochte ihn nicht nur nicht, sie haßte ihn; aber immer noch stand sie lächelnd da, fühlte sich wie in einer Falle, kraftlos, und überlegte, was ihre unpünktlichen Eingeweide ihr zu sagen versuchten.

Jane Smart gesellte sich zu ihnen. Beim Cellospielen mußte sie die Beine spreizen, deshalb trug sie als einzige hier ein bodenlanges Kleid, eine schimmernde Kreation aus wasserblauer Seide mit Spitzenbesatz, eine Spur zu bräutlich vielleicht. «Ah, *la artiste!*» rief Van Horne und ergriff ihre Hand, nicht um sie zu schütteln, sondern als wolle er sie maniküren: inspizierend legte er sie auf seinen großen Handteller und schob sie dann wieder weg, denn es war die linke, die er zu sehen wünschte, die sehnige mit den glasigen Schwielen, da, wo die Finger auf die Saiten drückten. Er nahm ihre Hand zwischen seine beiden eigenen behaarten: ein zärtliches Sandwich. «Was für eine Intonation», sagte er, «und dieses Vibrato, dieser weite Griff! Glauben Sie mir!

Sie halten mich für einen abscheulichen Banausen, ich weiß, aber von Musik verstehe ich was. Sie ist so ungefähr das einzige, das mich demütig macht.»

Janes dunkle Augen leuchteten, glühten geradezu. «Ich

spiele also nicht zimperlich?» sagte sie. «Unser Dirigent wirft mir dauernd vor, meine Intonation sei zimperlich.»

«Dieses Arschloch!» rief Van Horne und wischte sich die Spucke aus den Mundwinkeln. «Sie haben Präzision, aber das hat noch lange nichts mit Zimperlichkeit zu tun. Präzision: da fängt die Passion an. Ohne Präzision *beaucoup de rien*, hm? Nehmen wir nur mal Ihren Daumen, Ihre Daumenhaltung: Sie halten den Druck wirklich durch, viele Männer schaffen das nicht, es tut zu weh.» Er zog ihre linke Hand näher an sein Gesicht heran und streichelte die Seite ihres Daumens. «Sehen Sie das?» sagte er zu Alexandra und hielt ihr Janes Hand hin, als sei sie abgetrennt, etwas Totes, das es zu bewundern galt. «Das nenne ich eine Schwiele!»

Jane zog ihre Hand zurück, sie merkte, daß sie Aufmerksamkeit erregten. Der unitarische Geistliche, Ed Parsley, beobachtete die Szene. Van Horne genoß es offenbar, vor Publikum zu agieren: dramatisch ließ er Janes linke Hand fallen und griff nach der rechten, die unbeaufsichtigt herabhing, und wedelte mit ihr vor Janes verblüfftem Gesicht hin und her. «Diese Hand ist es!» Er schrie fast. «Diese Hand ist das Haar in der Suppe! Ihre *Bogenführung*! Gott! Ihr *spiccato* klingt wie *marcato*, Ihr *legato* wie *détaché*. Spielen Sie ge*bun*den, Herzchen, Sie spielen nicht einfach nur Noten dideldi-um-um-um, Sie spielen Bögen, Sie spielen menschliche *Aufschreie*!»

Wie in einem stummen Aufschrei klappte Janes pedantischer, schmaler Mund auf, und Alexandra sah, wie Tränen eine zweite Linse auf ihren Augen bildeten, deren Braun immer ein bißchen heller im Ton war, als man es in Erinnerung hatte, eine Art Schildpattbraun.

Reverend Parsley trat zu ihnen. Er war ein noch junger Mann, umweht von einem Hauch der Verdammnis. Sein Gesicht sah aus wie ein hübsches Gesicht, das verzerrt wird von einem leicht gekrümmten Spiegel – zu lang von den Koteletten bis zu den Nasenflügeln, als würde es unaufhörlich nach vorn gezogen –, und der zu üppige, expressive Mund war eingerastet zum gnadenlosen Lächeln derer, die wissen, daß sie am falschen Platz sind, auf dem falschen Perron der Busstation, in einem Land, in dem keine der bekannten Sprachen gesprochen wird. Er war zwar erst Anfang Dreißig, aber zu alt, um ein scheibeneinschmeißender, LSD-lutschender Apostel der Protestbewegung zu sein, und das verschärfte sein Gefühl der Deplaciertheit und Unzulänglichkeit, obwohl er immerfort Friedensmärsche und Nachtwachen und Read-ins organisierte und seiner staubtrockenen, braven Gemeinde nahezulegen versuchte, aus der hübschen alten Kirche ein Asyl zu machen, mit Feldbetten und Kochplatten und chemischen Toiletten, für die Horden von Wehrdienstverweigerern. Statt dessen fanden ästhetische kulturelle Ereignisse in diesem Gebäude statt, wo zudem die Akustik so fabelhaft war; diese alten Baumeister hatten vielleicht doch ihre Geheimnisse, obgleich Alexandra, die ja in jener strengen, von tausend Cowboyfilmen ausgeschürften Landschaft aufgewachsen war, zu der Ansicht neigte, daß die Vergangenheit oft romantisiert wird und daß sie, wenn sie Gegenwart wäre, dieselbe eigentümliche Hohlheit hätte, die wir jetzt empfinden.

Ed sah spöttisch zu Darryl Van Horne hinauf – er war nicht groß: eine weitere Enttäuschung seines Lebens. Zu Jane Smart gewandt, sagte er mit einem scharfen, brüskierend beiseite gesprochenen Ton: «Wunderbar, Jane. Verflucht gut, was ihr vier da geleistet habt. Wie ich eben zu Clyde Gabriel sagte: ich wünschte, es hätte eine bessere Möglichkeit gegeben, diesen Abend anzukündigen, damit die Newport-Schickeria es auch wirklich mitkriegt und rüberkommt, aber ich weiß, seine Zeitung hat getan, was sie konnte, er hat es gleich als Kritik aufgefaßt, er ist mit den Nerven ziemlich runter in letzter Zeit.» Sukie schlief mit Ed, Alexandra wußte das, und Jane hatte wahrscheinlich auch mit ihm geschlafen. Etwas Besonderes schwang in den Stimmen der Männer, mit denen man geschlafen hatte, auch wenn es Jahre zurücklag: die Maserung kam durch, wie bei unbehandeltem Holz, das man draußen gelassen hat, in Wind und Wetter. Eds Aura – Alexandra konnte nicht umhin, Auren zu sehen, es hing mit den Menstruationskrämpfen zusammen – stieg in widrigen chartreusegrünen Wellen der Angst und des Narzißmus von seinem Haar auf, das von einem starren Scheitel geteilt und nach hinten gekämmt war und irgendwie farblos wirkte, ohne grau zu sein. Jane kämpfte noch immer mit den Tränen, und in dieser peinlichen Situation übernahm Alexandra es, die beiden Männer einander vorzustellen, den seltsamen Fremden hier einzuführen.

«Reverend Parsley –»

«Aber Alexandra, ich bitte Sie! Dafür kennen wir uns zu gut. Sagen Sie Ed, *bitte*.» Sukie redete offenbar über sie, wenn sie mit ihm schlief, daher sein Gefühl der Vertrautheit. Wohin man kommt, überall kennen einen die Leute besser, als man *sie* kennt; all dies ach so menschliche Geschnüffel. Alexandra brachte es nicht über sich, «Ed» zu sagen, seine Aura der Verdammnis war ihr zuwider.

« – dies ist Mr. Van Horne, er ist kürzlich ins Lenox-Haus gezogen, Sie haben sicher davon gehört.»

«Und ob ich davon gehört habe. Was für eine reizende Überraschung, Sie hier zu sehen. Niemand hat mir gesagt, daß Sie ein Musikliebhaber sind.»

«Ein Laienarsch, aber sonst stimmt's. Ist mir ein Vergnügen, Reverend.» Sie schüttelten einander die Hand, und der Geistliche zuckte zusammen.

«Nicht ‹Reverend›, bitte. Jeder, ob Freund, ob Feind, nennt mich Ed.»

«Ed, das ist ein feudales altes Gemäuer, das Sie hier haben. Die Feuerversicherung verschlingt bestimmt ein Vermögen.»

«Der Herr ist unsere Versicherung», scherzte Ed Parsley, und seine widrige Aura blähte sich vor Vergnügen über diese Blasphemie. «Aber im Ernst, ein Gebäude wie dieses kann man so nicht wiederaufbauen, die älteren Gemeindemitglieder beklagen sich über die vielen Treppenstufen. Wir hatten viele Leute, die aus dem Chor ausgeschieden sind, weil sie es nicht mehr zur Empore hinauf schafften. Und außerdem, meiner Meinung nach steht ein so opulentes Gebäude, mit all seinen geistigen Verknüpfungen mit der Vergangenheit, der Botschaft im Weg, die die modernen Unitarier-Universalisten vermitteln möchten. Was mir vorschwebt, ist ein zur Kirche umgebauter Laden, direkt an der Dock Street; da treffen sich nämlich die jungen Leute, und da verrichten Geschäft und Kommerz ihr schmutziges Werk.»

«Wieso schmutzig?»

«Verzeihen Sie, ich habe Ihren Vornamen nicht richtig gehört.»

«Darryl.»

«Darryl, ich sehe schon, es macht Ihnen Spaß, andere auf den Arm zu nehmen. Sie sind ein Mann von geistiger Differenziertheit und wissen so gut wie ich, daß zwischen den gegenwärtigen Greueln in Südostasien und der neuen kleinen Drive-in-Zweigstelle der Old Stone-Bank neben der Superette ein direkter und unmittelbarer Zusammenhang besteht. Ich muß diesen Punkt wohl nicht näher erörtern.»

«Stimmt, Bruder, müssen Sie nicht», sagte Van Horne.

«Wenn Mammon befiehlt, springt Onkel Sam.»

«Amen», sagte Van Horne.

Wie unterhaltsam war es doch, dachte Alexandra, wenn Männer miteinander sprachen. All diese Aggressionen: das Gegeneinanderrasseln von Hemdbrüsten. Sie lauschte weiter, und Erregung durchrieselte sie, wie wenn sie, beim Spaziergang im Cove-Wald, irgendwo, auf einem sandigen Stück Erde, plötzlich Spuren von einem Krallengestöber sah, und zwei oder drei Federn: Zeugnisse einer mörderischen Begegnung. Ed Parsley hatte Van Horne als Banktyp eingestuft, als einen Erfüllungsgehilfen des Systems, und wehrte sich dagegen, von dem größeren Mann einfach abgetan zu werden als verbissener, wirklichkeitsfremder Liberaler, der erfolglose Vertreter eines nicht existierenden Gottes. Ed wollte der Verfechter eines anderen Systems sein, das ebenso stark und weltbeherrschend war. Wie um sich zu kasteien, trug er einen Pastorenkragen, aus dem sein Hals babyhaft und zugleich knochigdürr herausstak; für seine Religionsgemeinschaft war dieser Kragen so ungewöhnlich, daß er auf gewisse Weise einen Protest darstellte.

«Habe ich richtig gehört?» sagte er mit geröllig tönender Stimme. «Sie haben an Janes Cellospiel etwas auszusetzen?»

«Nur an ihrer Bogenführung», sagte Van Horne, und sein Gesicht war plötzlich ein schamvolles Trümmerfeld, sein Mund verrutscht und spuckenaß. «Ich habe gesagt, ich fand sie großartig, bis auf ihre Bogenführung, die schien mir ein bißchen abgehackt. Himmel, man muß ja hier ganz schön aufpas-

sen, daß man nicht ins Fettnäpfchen tritt. Ich habe der guten
alten Alexandra gegenüber meinen Installateur erwähnt und
daß er nicht gerade eine Leuchte ist, und was stellt sich heraus:
er ist ihr bester Freund.»

«Nicht mein bester Freund, einfach ein Freund.» Sie fühlte
sich genötigt zu dieser Abwiegelung. Dieser Mann, erkannte
Alexandra inmitten der Verwirrung des Augenblicks, hatte die
rohe instinktive Gabe, eine Frau aus sich herauszulocken, sie
dazu zu bringen, daß sie mehr von sich preisgab, als sie eigentlich wollte. Er hatte Jane beleidigt, und da stand sie und sah zu
ihm auf mit der feuchtäugigen, stummen Faszination eines ge-
peitschten Hundes.

«Der Beethoven war besonders gut, das müssen Sie zugeben.» Parsley ließ nicht locker in seinem Bestreben, Van Horne
irgendein Zugeständnis abzuringen, eine erste Übereinstimmung, eine Basis, auf der sie sich beim nächstenmal begegnen
könnten.

«Beethoven», sagte der wuchtige Mann mit gelangweilter
Sachverständigkeit, «hat seine Seele verkauft, um diese letzten
Quartette zu schreiben; er war stocktaub. All diese Typen aus
dem 19. Jahrhundert haben ihre Seele verkauft. Liszt. Paga-
nini. Was sie gemacht haben, war nicht mehr menschlich.»

Jane hatte die Sprache wiedergefunden. «Ich habe geübt, bis
meine Finger bluteten», sagte sie und starrte unverwandt auf
Van Hornes Mund, den er soeben mit dem Ärmel abgewischt
hatte. «All diese schrecklichen Sechzehntel im zweiten
Andante.»

«Sie werden hübsch weiter üben, kleine Jane. Das Ganze ist
zu fünf Sechsteln Muskelgedächtnis, das wissen Sie. Wenn *das*
funktioniert, kann das Herz anfangen, sein Lied zu singen. Bis
dahin sind Sie blockiert. Führen einfach nur die Bewegungen
aus. Hören Sie, wie wär's, wenn Sie demnächst mal zu mir
rüberkommen, und wir fummeln uns irgendeinen Klavier- und
Cellokram vom alten Ludwig zurecht? Diese a-Moll-Sonate ist
ein absolutes Zuckerschlecken, wenn Sie das Legato nicht ver-
patzen. Oder die e-Moll von Brahms: *fabuloso. Quel* Schmalz!
Ich glaube, sie steckt noch in den alten Knochen.» Er wedelte
mit allen zehn Fingern vor ihren Gesichtern herum. Seine

Hände waren gespenstisch weißhäutig unter dem Haarvließ, wie enganliegende Chirurgenhandschuhe.

Ed Parsley bezwang sein Unbehagen, indem er sich zu Alexandra wandte und in schmierigem Verschwörerton sagte: «Ihr Freund scheint zu wissen, wovon er redet.»

«Bei mir sind Sie falsch, ich habe den Herrn eben erst kennengelernt», sagte Alexandra.

«Er war ein *Wunderkind*», sagte Jane, auf einmal zornig und defensiv. Ihre Aura, normalerweise ein stumpfes Mauve, hatte sich zu einem streifigen Orchideenblaurot gebauscht und verriet Erregung – durch welchen Mann war unklar. Der ganze Raum, so kam es Alexandra vor, war durchwölkt von ineinanderfließenden, pulsierenden Auren, Übelkeit erregend wie Zigarettenrauch. Sie fühlte sich benommen, ernüchtert und sehnte sich danach, zu Hause zu sein bei Coal und dem still vor sich hin tickenden Brennofen und der kalten nassen auf sie wartenden Plastizität des Tons in den Rupfensäcken, die sie aus Coventry herbeigeschafft hatte. Sie schloß die Augen und wünschte, daß dieser eigentümliche Nexus, in dem sie gefangen war, dieses Geflecht aus Aufgewühltheit, Abneigung, radikaler Verunsicherung und unheilvollem Machtwillen, der nicht nur von dem dunklen Fremden ausging, sich auflöse.

Einige ältere Pfarrkinder drängelten sich unauffällig vor, um ihren Teil von Reverend Parsleys Aufmerksamkeit zu erheischen, und er kehrte sich ihnen mit Schmeichelworten zu. Das weiße Haar der Damen schimmerte in den Höhlungen ihrer Dauerwellen-Locken in den zartesten Gold- und Blauschattierungen. Raymond Neff gesellte sich zur Gruppe, verschwenderisch schwitzend, glühend vor Triumph über das gelungene Konzert, und ließ, ruhmestaub, die wie aus einem Mund vorgebrachten Komplimente über sich ergehen, bevor er selig wieder abzog, mit Jane, seiner Geliebten, seiner Gefährtin im musikalischen Kampf. Auch Jane war mit feuchtem Glanz überzogen, an Schultern und Hals, vor lauter Erregung und Anstrengung. Alexandra hatte es bemerkt und war gerührt. Was fand Jane an Raymond Neff? Und was fand Sukie an Ed Parsley? Beide Männer hatten für Alexandra, als sie nah bei ihr standen, einen unangenehmen, ranzigen Geruch gehabt. Joe Marinos Haut dagegen dünstete eine süße Säuerlichkeit aus, wie das schalmilchige Aroma, das man bei einem Baby riecht, wenn man die Wange an die flaumige knochige Wärme des kleinen Schädels schmiegt. Plötzlich war sie wieder allein mit Van Horne und hatte Angst, er werde ihr wieder seine flehentlichen Konversationsversuche auf die Seele laden, aber Sukie, die sich vor nichts fürchtete, rotgolden und kroß und schimmernd, auf Reporterpirsch, drängte sich durch die Menge und fädelte ein Interview ein.

«Was hat Sie in dieses Konzert geführt, Mr. Van Horne?» fragte sie, nachdem Alexandra die beiden schüchtern miteinander bekannt gemacht hatte.

«Mein Fernsehapparat ist unpäßlich», war die mürrische Antwort. Alexandra begriff, daß er es vorzog, seine Bekanntschaften selber anzuspinnen, auf *seine* Art; aber es gab kein Entrinnen vor Sukies Fragen, ihr kleines eifriges Äffchengesicht leuchtete wie ein neugeprägter Penny.

«Und was hat Sie in diesen Teil der Welt verschlagen?» war ihre nächste Frage.

«Es war Zeit abzuziehen aus dem verträumten New York», sagte er. «Zu viele Raubüberfälle, Mieten wachsen in den Himmel. Der Kaufpreis hier war günstig. Ist das etwa für eine Zeitung?»

Sukie leckte sich die Lippen und sagte: «Schon möglich, daß ich es im *Anzeiger* bringe, in meiner Kolumne ‹Gehört und gesehen›.»

«Jesus, tun Sie mir das nicht an», sagte der schwere Mann in dem ausgebeulten Tweedjackett, «ich bin hergekommen, um dem Publicityrummel zu entgehen.»

«Darf ich fragen, was für eine Art Publicityrummel Sie genossen haben?»

«Wenn ich's Ihnen sagte, gäbe es noch mehr Rummel, hab ich recht?»

«Wäre möglich.»

Alexandra staunte über Sukie, über ihre heitere Unverfrorenheit. Ihre kecke, ockerfarbene Aura verschmolz mit dem Schimmer ihres Haars. Van Horne wollte sich gerade abwenden, da sagte Sukie: «Die Leute behaupten, Sie seien Erfinder. Was erfinden Sie denn so?»

«Schnuckelchen, selbst wenn ich mir die Nacht um die Ohren schlagen würde, um es Ihnen zu erklären, Sie verstehen es doch nicht. Es hat hauptsächlich mit Chemie zu tun.»

«Versuchen Sie's», drängte Sukie, «probieren Sie, ob ich es verstehe.»

«Bringen Sie es in Ihrem ‹Gehört und gesehen›, und ich kann ebensogut ein Rundschreiben verfassen und an die Konkurrenz schicken.»

«Niemand, der nicht in Eastwick wohnt, liest den *Anzeiger*, Ehrenwort. Nicht einmal in Eastwick liest man ihn, die Leute sehen sich höchstens die Annoncen an und gucken nach, ob ihr Name erwähnt ist.»

«Hören Sie, Miss –»

«Rougemont. Ms. Ich war verheiratet.»

«Was war er, Frankokanadier?»

«Monty sagte immer, seine Vorfahren kämen aus der Schweiz. Er verhielt sich schweizerisch. Schweizer haben doch Quadratschädel, oder?»

«Bin überfragt. Ich dachte, das wären die aus der Mandschurei. Die haben Schädel wie Zementblöcke, deswegen konnte Dschingis-Khan sie so adrett aufstapeln.»

«Ist Ihnen klar, daß wir ziemlich weit von unserem Thema abgekommen sind?»

«Meine Erfindungen – verstehen Sie, ich kann nicht darüber sprechen. Man spioniert mir nach.»

«Wie aufregend! Für uns alle», sagte Sukie, und ihr Lächeln schob die Oberlippe, köstlich gefältelt, so weit hinauf, daß die Nase sich kräuselte und rosiges Zahnfleisch zum Vorschein kam. «Und wie wär's nur für mich, für mein ganz privates ‹Gehört und gesehen›? Und für Lexas? Ist sie nicht phantastisch?»

Van Horne wandte schwerfällig den großen Kopf, als wolle er das nachprüfen; Alexandra sah durch seine blutunterlaufenen, blinzelnden Augen sich selbst wie am anderen Ende eines Fernglases: erschreckend klein, eine Kerbe hier, eine da und mit grauen Strähnen im Haar. Er beschloß, die erste von Sukies letzten beiden Fragen zu beantworten. «Ich habe in letzter Zeit eine Reihe Schutzbeschichtungen entwickelt – eine Fußbodenappretur, die man auch mit einem Steakmesser nicht einritzen kann, wenn sie erst mal hart geworden ist, einen Überzug, den man auf rotglühenden Stahl sprüht und der sich beim Abkühlen mit den Kohlenstoff-Molekülen verbindet – Ihre Autokarosserie leidet an Metallermüdung, bevor sie anfängt zu rosten. Synthetische Polymere – das ist das Schlüsselwort Ihrer schönen neuen Welt, Honigschätzchen, und es geht gerade erst los. Bakelit wurde 1907 erfunden, synthetisches Gummi 1910, Nylon um 1930. Besser, Sie prüfen die Daten nach, falls Sie sie verwenden wollen. Und dies Jahrhundert ist erst der Anfang; wir werden mit synthetischen Polymeren leben bis zum Jahre 9900, oder bis wir uns in die Luft sprengen, je nachdem, was zuerst kommt, und das Schöne ist, Sie können die Grundstoffe *züchten*, und wenn Ihnen das Land ausgeht, können Sie sie im Meer züchten. Mach Platz, Mutter Natur, wir haben dich ausgetrickst. Außerdem beschäftige ich mich mit dem Großen Interface.»

«Mit was für einem Interface», fragte Sukie ungeniert, Alexandra hätte einfach genickt, als wüßte sie Bescheid. Das war etwas, was sie noch lernen mußte: wie man die angestammte weibliche Rezessivität überwindet.

«Mit dem Interface zwischen Solarenergie und elektrischer Energie», sagte Van Horne, zu Sukie gewandt. «Es *gibt* es, und sobald wir über die Formel verfügen, können Sie jedes Gerät in Ihrem Haus unmittelbar vom Dach her mit Strom versorgen und haben dann immer noch genug, um über Nacht Ihr elektrisches Auto aufzuladen. Sauber, reichlich und *gratis*. Es kommt, Honigschatz, es kommt!»

«Diese Scheiben sehen so häßlich aus», sagte Sukie. «Wir haben einen Hippie in der Stadt, der hat sich diese Dinger auf einer alten Garage installiert, damit er heißes Wasser hat. Mir ist schleierhaft wozu, baden tut er nie.»

«Ich spreche nicht von Kollektoren», sagte Van Horne. «Das ist ein alter Hut.» Er sah sich um, sein Kopf drehte sich wie ein Faß, das in Kipplage auf der unteren Kante gerollt wird. «Ich rede von einem *Anstrich*.»

«Ein Anstrich?» sagte Alexandra in der Meinung, auch etwas

beisteuern zu müssen. Zum mindesten verdankte sie diesem Mann etwas, worüber sie nachdenken konnte, über Tomatensauce hinaus.

«Ein Anstrich», versicherte er ihr feierlich. «Ein simpler Anstrich, den Sie mit dem Pinsel auftragen und der die gesamte Epidermis Ihres entzückenden Hauses in ein enormes Niedervoltelement verwandelt.»

«Dafür gibt es nur *ein* Wort», sagte Sukie.

«Ja, und welches?»

«Elektrisierend.»

Van Horne spielte den Beleidigten. «Scheiße. Wenn ich gewußt hätte, daß Sie mich so kokett und flederwischig abservieren, hätte ich es mir erspart, Ihnen mein Innerstes auszuschütten. Spielen Sie Tennis?»

Sukie straffte sich ein bißchen mehr. Alexandra überkam der Wunsch, sie zu streicheln, ihre Hand die lange flache Bahn von Sukies Brüsten bis hinunter zum Bauch gleiten zu lassen, so wie man unwillkürlich die Hand ausstrecken und den Bauch einer Katze streicheln will, die auf dem Rücken liegend, sich rekelt und immer länger reckt, bis die Zehen der Hinterpfoten zittern im Augenblick höchster Muskelekstase. Sukie war einfach so hübsch *gebaut*. «Ein bißchen», sagte sie, und ihre Zungenspitze schlüpfte zwischen ihrem Lächeln hervor und blieb einen Augenblick lang an der Oberlippe kleben.

«Dann kommen Sie doch in ein paar Wochen oder so mal rüber, ich lasse einen Platz anlegen.»

Alexandra unterbrach. «Sie können ein Feuchtgebiet doch nicht einfach trockenlegen», sagte sie.

Der massige Fremde wischte sich die Lippen und musterte sie mit abweisendem Blick. «Wenn sie erst mal trocken sind», sagte er in seiner mangelhaft synchronisierten, leicht vernuschelten Sprechweise, «sind sie nicht mehr feucht.»

«Die Silberreiher nisten da, in den toten Ulmen auf der Rückseite.»

«Pech», sagte Van Horne, «Pech.»

In seinen Augen war plötzlich ein glasiges Starren, sie überlegte, ob er vielleicht Kontaktlinsen trug. Und seine Konversation war zerfasert – weil er fortwährend, nachlässig, damit beschäftigt war, sich zusammenzuhalten. «Oh», sagte sie, und was sie bemerkte, gab ihr, schwindlig, wie ihr ohnehin schon war, das Gefühl, als sehe sie in ein tiefes Loch hinein. Seine Aura war weg. Da war absolut nichts mehr über seinem fettigen Haar, wie bei einem Toten oder einem holzgeschnitzten Götzen.

Sukie lachte, glockenhell; ihr zierlicher, runder Bauch unter dem Bündchen des Wildlederrocks dehnte und kontrahierte sich in Übereinstimmung mit ihrem Zwerchfell. «Das liebe ich! Darf ich Sie zitieren, Mr. Van Horne? Trockene Feuchtgebiete nicht mehr feucht, erklärt faszinierender neuer Mitbürger.»

Angeekelt von diesem Balztanz, wandte Alexandra sich ab. Die Auren all der anderen hier Versammelten verschwammen jetzt, wie die Lichter links und rechts der Autostraße, wenn Regentropfen auf der Windschutzscheibe sich sammeln. Und sie kam sich sehr töricht vor, als sie fühlte, wie die einnebelnde Feuchte einer unwillkommenen Verliebtheit sich in ihr verdichtete. Der schwere Mann war ein Bündel aus Bedürfnissen; er war ein Abgrund, der ihr das Herz aus dem Leib sog.

Die alte Mrs. Lovecraft, mit der knalligroten Aura all derer, die rundum zufrieden mit ihrem Leben sind und fest überzeugt, daß sie in den Himmel kommen, segelte auf Alexandra zu und quäkte: «Sandy, Liebste, wir ver*missen* Sie so im Gartenclub. Sie *dürf*en sich nicht so einkapseln.»

«Ich kapsele mich ein? Ich komme mir sehr umtriebig vor. Ich habe Tomaten eingemacht, es ist unglaublich, wie die in diesem Herbst gekommen sind.»

«Ich *weiß*, daß Sie gärtnern. Jedesmal, wenn Horace und ich durch die Orchard Street fahren, bewundern wir Ihr Haus, das entzückende kleine Beet am Eingang, das geradezu *über*quillt von Pomponchrysanthemen. Wie oft habe ich nicht gesagt, Horace, *laß* uns doch hereinschauen, aber dann dachte ich, nein, vielleicht macht sie gerade ihre Sächelchen, und wir *stör*en nur ihre Inspiration.»

Sie macht gerade ihre Sächelchen – oder Liebe mit Joe Marino, dachte Alexandra: das war es, was Franny Lovecraft eigentlich meinte. In einer Stadt wie Eastwick gab es keine Geheimnisse, nur Bezirke, die man nicht beim Namen nannte.

Als sie noch mit Oz zusammen und neu in Eastwick war, hatte sie einige Abende in Gesellschaft so reizender alter Langweiler wie der Lovecrafts verbracht; jetzt fühlte sie sich unendlich weit entfernt von dieser Welt schicklicher, öder Geselligkeit.

«Ich werde ab und an mal im Winter kommen, wenn ich nichts anderes zu tun habe», sagte Alexandra gnädig. «Wenn ich mich nach Natur sehne», fügte sie hinzu und wußte, daß sie niemals hingehen würde, über derlei platte Vergnügungen war sie weit hinaus. «Ich mag Dia-Vorführungen von englischen Gärten, habt ihr so etwas im Programm?»

«Sie *müssen* nächsten Donnerstag kommen», sagte Franny Lovecraft unbeirrbar, ihr Blatt überreizend, wie Leute von minderem Status – stellvertretende Sparkassendirektoren, Enkelinnen von Clipperkapitänen – es tun. «Daisy Robesons Sohn Warwick ist gerade von einem dreijährigen Aufenthalt im Iran zurückgekommen, er hat mit seiner entzückenden kleinen Familie *so* eine nette Zeit dort verbracht, er hat dort als Berater gearbeitet, irgendwie hat alles mit Öl zu tun, er sagt, der Schah vollbringt *Wunder*, diese ganze herrliche moderne Architektur mitten in der Hauptstadt – oh, wie *heißt* sie doch noch, fast hätte ich Neu-Delhi gesagt ...»

Alexandra kam ihr nicht zu Hilfe, obwohl ihr der Name Teheran durchaus geläufig war; der Teufel fuhr in sie.

«Auf *jeden* Fall – Wicky hält einen Lichtbildervortrag über Orientteppiche. Sie müssen wissen, Sandy, Liebste, nach arabischem Verständnis ist der Teppich ein Garten, ein Innengarten in den Zelten und Palästen inmitten all dieser Wüste, und es finden sich alle Arten von richtigen Blumen im Muster, das unserem flüchtigen Blick doch so abstrakt erscheint. Also, *ist* das nicht faszinierend?»

«Ist es», sagte Alexandra. Mrs. Lovecraft hatte ihren runzligen Hals, der in sich zusammengestürzt war zu Furchen und tiefen Rinnen, ähnlich denen einer ausgewaschenen Straßenböschung, mit einer Kunstperlenschnur geschmückt, deren Mittelstück ein antikes Perlmutt-Ei war mit einem penibel eingelegten winzigen goldenen Kreuz. In einer gereizten psychischen Kraftanstrengung zwang Alexandra die mürbe alte

Schnur zu reißen; falsche Perlen glitten über die eingesunkene Brust der alten Dame und regneten in Formationen zu Boden.

Der Fußboden des Gesellschaftsraums war mit Auslegeware bespannt, stumpfgrün, wie Gänsemist, und der Perlenregen war kaum zu hören. Es dauerte eine kleine Weile, bis die Katastrophe ruchbar wurde; zuerst bückten sich nur die, die in unmittelbarer Nähe standen. Mrs. Lovecraft selber, schockbleich unter den Rougebäckchen, war zu gichtig und steif, um sich auch zu bücken. Alexandra kniete dicht vor den wassergeschwollenen Füßen der alten Dame, und boshaft zwang sie die einschnürenden Riemen ihrer einstmals modischen Eidechsenschuhe, sich zu lösen. Mit der Boshaftigkeit war es wie mit dem Essen: hatte man erst einmal angefangen, war es schwer, wieder aufzuhören; der Magen weitete sich und wollte immer mehr. Alexandra richtete sich auf und legte ein halbes Dutzend wieder eingefangener Perlen in die zitternde, blauknöchelige, gierig gehöhlte Hand ihres Opfers. Dann machte sie sich davon, durch den immer größer werdenden Kreis hockender Perlensucher. Diese hockenden Körper erschienen ihr wie groteske, riesige Kohlköpfe aus Fleisch und Gier und Stoff; ihre Auren waren alle verwischt; flossen wie Wasserfarben zusammen zu grau. Reverend Parsley versperrte ihr den Weg zur Tür, in seinem hübschen, wächsernen Gesicht dieser Peer-Gynt-hafte Zug der Verdammnis. Wie so mancher Mann, der sich morgens rasiert, gefiel er sich spätabends mit sprießenden Stoppeln.

«Alexandra», begann er und schlug mit Bedacht seinen eindringlichsten tiefsten Ton an, «ich habe *so* sehr gehofft, Sie heute abend hier zu treffen.» Er begehrte sie. Er hatte es satt, Sukie zu vögeln. Nervös ob seiner Ouvertüre faßte er sich an den altväterlich gescheitelten Kopf, um sich zu kratzen, und sein anvisiertes Opfer nahm die Gelegenheit wahr, das simple Elastikband seiner wichtigtuerischen vergoldeten Armbanduhr, einer Omega, aufschnappen zu lassen. Er fühlte, wie die Uhr rutschte, und griff hastig, bevor das gute Stück herunterfallen konnte, an die Manschette seines Hemdes, wo es sich verfangen hatte. Dies gab Alexandra eine Sekunde Zeit, um an dem Geschliere seines bestürzten Gesichts – mitleiderregendes Geschliere, an das sie sich schuldbewußt erinnern würde; als ob sie ihn hätte retten können, wenn sie mit ihm geschlafen hätte – vorbeizuhuschen, ins Freie, in die wohltuende dunkle Luft.

Die Nacht war mondlos. Die Grillen zirpten ihre immerwährende, eintönige, bedeutungsvolle Melodie. Autoscheinwerfer wischten über den Cocumscussoc Way, und die Büsche an der Kirchentür, fast blattlos schon, sprangen scharf hervor im Licht, sahen aus wie die komplizierten Mandibeln und gegliederten Beine und Fühler von stark vergrößerten Insekten. Die Luft roch leise nach Äpfeln, die sich selber zu Most kelterten, in ihren Schalen, dort, wo sie hinfielen und liegenblieben und faulten, in den vergessenen Obstgärten, die an das Kirchengelände grenzten, unerschlossenes Land, das auf seinen Erschließer wartete. Die Schutz verheißenden bukkeligen Schatten der Autos harrten auf dem mit Kies bestreuten Parkplatz. Ihr kleiner Subaru stellte für sie einen kürbisfarbenen Tunnel dar, an dessen fernem Ende die Stille ihrer rustikalen Küche war, Coals schwanzwedelnder Willkommensgruß, das Atmen ihrer Kinder, die schlafend in ihren Zimmern lagen oder so taten, als schliefen sie, nachdem sie eilig den Fernsehapparat ausgeschaltet hatten, in dem Augenblick, da das Licht der Autoscheinwerfer in die Fenster fiel. Sie würde nachsehen, ob auch jedes in seinem Zimmer und Bett war, und dann zwanzig der gebrannten Duttelchen – sorgsam angeordnet, damit nicht zwei einander berührten und zusammenwüchsen – aus dem schwedischen Brennofen nehmen, der, noch abkühlend, ticken und ihr erzählen würde, was sich zugetragen hatte im Haus, während sie fortgewesen war – denn Zeit verfließt überall, nicht nur im Rinnsal des Deltas, in dem wir uns haben treiben lassen. Wenn sie dann ihren Duttelchen, ihrer Blase und ihren Zähnen Genüge getan hätte, würde sie sich in das geräumige Königinnenreich ihres Bettes begeben, ein Königreich ohne König, allein ihr gehörig. Alexandra las gerade einen endlosen Roman von einer Frau mit drei Namen, deren retuschiertes Foto den Hochglanzumschlag schmückte; ein paar Seiten der grenzenlosen, atemraubenden Geschehnisse zwischen Klippen und Schlössern verhalfen ihr jeden Abend zu einer sanften Grenzüberschreitung ins Unbewußte. In ihren Träumen schweifte sie hoch und weit über die Dächer hinweg, sie trat in Räume, die verschwommen aus dem Wust ihrer Vergangenheit tauchten und doch ganz massiv schienen, wenn ihr Traum-Ich in ihnen stand, eine Spukgestalt, überfließend von dunkler Trauer, so stand sie da und nahm ein apfelförmiges Stecknadelkissen aus dem Nähkorb ihrer Mutter oder wartete, während sie zu den verschneiten Berggipfeln starrte, auf den Anruf einer Spielkameradin, die schon lange tot war. In ihren Träumen krakeelten Omen um sie, grell wie Pappmaché-Schilder auf einem Rummelplatz, die den Arglosen bald hierhin bald dorthin locken. Jedoch, wir sehen unseren Träumen nicht mit Erwartungen entgegen, ebensowenig wie den legendären Abenteuern, die auf den Tod folgen.

Kies knirschte hinter ihr. Eine dunkle Gestalt berührte das weiche Fleisch oberhalb ihres Ellbogens; die Berührung war eisig, oder Alexandra war vielleicht fiebrig. Sie fuhr zusammen vor Schreck. Er lachte leise. «Da drinnen hat es gerade eine schöne Bescherung gegeben. Die alte Dame, deren Perlen eben überall herumkullerten, ist vor Aufregung über ihre eigenen Schuhe gestolpert, und alle haben Angst, sie könnte sich die Hüfte gebrochen haben.»

«Wie traurig», sagte Alexandra, ehrlich, aber geistesabwesend; ihre Gedanken waren woanders, ihr Herz hämmerte noch immer, so einen Schreck hatte er ihr eingejagt.

Darryl Van Horne trat dicht zu ihr und stieß ihr Worte ins Ohr. «Nicht vergessen, Süße. Größeres Format! Ich leiere das mit der Galerie an. Wir bleiben in Verbindung. Nächtchen, Nächtchen.»

«Du warst *tat*sächlich da?» fragte Alexandra ins Telefon, von dumpfer Freude durchrieselt.

«Warum nicht», sagte Jane energisch. «Er hatte wirklich die Noten von Brahms' e-Moll-Sonate und spielte grandios. Wie Liberace, bloß ohne das Gegrinse. Man kann es kaum glauben; seine Hände sehen nicht so aus, als ob sie für irgend etwas zu gebrauchen wären.»

«Ihr wart allein? Ich sehe dauernd diese Parfum-Reklame

vor mir.» Auf der ein junger Geiger abgebildet war, der seine kurzgewandete Begleiterin verführte.

«Sei nicht vulgär, Alexandra. Er wirkt ziemlich asexuell auf mich. Und außerdem wimmelten überall Handwerker herum, inklusive dein Freund Joe Marino, allzeit fesch, mit einer Feder am karierten Hütchen. Und dazu noch das ewige Baggergerumpel, die Steine müssen weg, wegen des Tennisplatzes. Anscheinend waren umfangreiche Sprengungen nötig.»

«Wie will er damit durchkommen, es ist ein Feuchtgebiet.»

«Keine Ahnung, Liebchen, die Genehmigung hat er jedenfalls deutlich sichtbar an einen Baum nageln lassen.»

«Die armen Silberreiher.»

«Ach, Lexa, die haben das ganze übrige Rhode Island zum Nisten. Was nützt die ganze Natur, wenn sie sich nicht anpassen kann.»

«Sie paßt sich an – aber nur bis zu einem bestimmten Punkt. Ab da wird sie verletzt.»

Goldenes Oktobergekräusel hing in ihrem Küchenfenster; die großen ausgefransten Blätter an der Weinlaube färbten sich von den Rändern zur Mitte hin braun. Weiter links, beim Moor, warf eine kleine Birkengruppe, von sanftem Wind bewegt, eine Handvoll Laub ab, leuchtende Speerspitzen, die auf den Rasen niederflimmerten. «Wie lange bist du geblieben?»

«Ach», sagte Jane gedehnt, lügenhaft, «eine Stunde ungefähr. Vielleicht anderthalb. Er hat wirklich Ahnung von Musik, und wenn man mit ihm allein ist, ist er auch gar nicht so flegelhaft, wie er sich auf dem Konzertempfang gegeben hat. Er sagt, wenn er in einer Kirche ist, und sei es nur eine unitarische, kriegt er das Gruseln. Ich glaube, hinter all dem Imponiergehabe steckt wirklich ein ziemlich scheuer Mensch.»

«Liebling. Du gibst nie auf, nicht wahr?»

Alexandra spürte, wie Jane Smarts Mund vor Entrüstung einen Zoll von der Sprechmuschel wegwich. Bakelit, das erste der synthetischen Polymere, hatte dieser Mann gesagt. Jane zischte: «Ich finde nicht, daß es darum geht, ob man aufgibt oder nicht, es geht darum, daß man seine Sache macht. Du machst deine Sache, indem du einsam vor dich hin dröhnend, in Männerhosen, deinen Garten beackerst und deine Püppchen bäckst, aber wenn man Musik macht, ist man angewiesen auf Menschen. Auf *andere* Menschen.»

«Es sind keine Püppchen, und ich dröhne nicht einsam vor mich hin.»

Jane war noch nicht fertig: «Du und Sukie, ihr macht euch immer lustig über mich, weil ich soviel mit Ray Neff zusammen bin, aber bevor dieser neue Mann hier aufgetaucht ist, war Ray der einzige in der Stadt, mit dem ich musizieren konnte.»

Auch Alexandra war noch nicht fertig: «Es sind *Skulpturen*, und bloß weil sie nicht so groß sind wie die von Calder oder Moore, redest du genauso gemein von ihnen wie dieser Dingsda, der mir einreden will, ich soll sie größer machen, damit irgendso eine teure Galerie in New York fünfzig Prozent draufschlagen kann, falls sie sich über*haupt* verkaufen lassen, was ich bezweifle. Alles ist heute so schick und laut.»

«Also das hat er dir gesagt. Für dich hat er also auch einen Vorschlag gehabt.»

«Vorschlag würde ich das nicht nennen, nur typische New Yorker Wichtigtuerei, überall seine Nase reinstecken, wo sie nichts zu suchen hat. Die müssen einfach mitmischen, bei allem und jedem.»

«Er ist fasziniert von uns», sagte Jane Smart erklärend, «wieso wir hier leben und die Blüte unserer Jahre in der Provinz verschleudern.»

«Sag ihm, Narragansett Bay sei schon immer ein Zufluchtshafen für kauzige Leute gewesen, und was hat *er* hier verloren?»

«Keinen Schimmer», sagte Jane und verschliff das *r* in ihrer flachen Massachusetts-Sprechweise. «Er macht ein bißchen den Eindruck, als sei ihm da, wo er vorher war, der Boden unter den Füßen zu heiß geworden. Und er ist wirklich begeistert von dem vielen Platz in dem großen Haus. Er hat drei Flügel, ehrlich, einer davon ist allerdings ein Klavier, es steht in seiner Bibliothek, und er hat so schöne alte Bücher, mit Ledereinbänden und lateinischen Titeln.»

«Hat er dir etwas zu trinken angeboten?»

«Nur Tee. Sein Diener, mit dem er Spanisch spricht, hat ihn auf einem riesigen Tablett hereingebracht, zusammen mit diversen Alkoholika, alle in diesen typischen alten Flaschen, du weißt schon, die so aussehen, als kämen sie aus einem Keller voller Spinnweben.»

«Ich dachte, du hast nur Tee getrunken.»

«Also wirklich, Lexa, vielleicht habe ich auch einen Schluck Brombeerlikör getrunken oder etwas, das Fidel ganz irre gut findet und das Mescal heißt, aber wenn ich gewußt hätte, daß ich so eingehend Bericht erstatten muß, hätte ich mir die Namen aufgeschrieben. Du bist schlimmer als die CIA.»

«Entschuldigung, Jane. Ich bin sehr eifersüchtig, fürchte ich. Und dazu meine Periode. Das dauert nun schon fünf Tage, seit dem Konzert. Und der linke Eierstock tut weh. Glaubst du, es könnten die Wechseljahre sein?»

«Mit achtunddreißig? Schätzchen, wirklich!»

«Dann muß es Krebs sein.»

«Es kann nicht Krebs sein.»

«Wieso nicht?»

«Weil du du bist. Du hast zu viel magische Kräfte, um Krebs zu bekommen.»

«An manchen Tagen bezweifle ich, daß ich überhaupt welche habe. Jedenfalls gibt es noch mehr Leute mit magischen Kräften.» Sie dachte an Gina, Joes Frau. Gina mußte sie hassen. Hexe heißt auf italienisch *strega*. In ganz Sizilien, hatte Joe ihr erzählt, verfolgten sie einander mit dem bösen Blick. «An manchen Tagen habe ich das Gefühl, als sei alles in mir verknotet.»

«Geh zu Doc Pat, wenn du ernsthaft besorgt bist», sagte Jane, nicht ganz ohne Mitgefühl. Dr. Henry Paterson, ein dicklicher rosa Mann in ihrem Alter, mit wehen, aufgerissenen, wässerigen Augen und wundervoll sanfter, fester Hand, wenn er einen untersuchte. Seine Frau hatte ihn vor Jahren verlassen. Er hatte nie begriffen warum, und nie wieder geheiratet.

«Ich habe ein mulmiges Gefühl bei ihm», sagte Alexandra. «Drapiert einen mit einem Tuch und hantiert darunter herum.»

«Der arme Mann. Was soll er denn machen.»

«Aufhören mit dieser Heimlichtuerei. Ich habe einen Körper, er weiß das, ich weiß das. Warum also dies Theater mit dem Tuch?»

«Die werden doch alle verklagt», sagte Jane, «wenn nicht eine Sprechstundenhilfe mit im Raum ist.» Ihre Stimme hatte ein Echo, wie eine Störung im Fernsehen, wenn ein Lastwagen vorbeifährt. Das war es nicht, worüber sie reden wollte, deswegen hatte sie nicht angerufen. Etwas anderes beschäftigte sie.

«Was hast du sonst noch bei Van Horne erfahren?» fragte Alexandra.

«*Also* – versprich, daß du's niemandem weitersagst.»

«Auch nicht Sukie?»

«*Gerade* nicht Sukie. Es geht um *sie*. Darryl ist wirklich bemerkenswert, er kriegt sofort alles mit. Er ist länger auf dem Empfang geblieben als wir, ich bin noch mit den anderen vom Quartett auf ein Bier ins Bronzefaß gegangen –»

«War Greta dabei?»

«O Gott, ja. Sie hat uns alles über Hitler erzählt und daß ihre Eltern ihn nicht ertragen konnten, weil sein Deutsch so ungehobelt war. Anscheinend hat er, wenn er im Radio zu hören war, das Verb nicht immer an die richtige Stelle gesetzt.»

«Wie furchtbar für sie!»

« – und ich nehme an, du hast dich in der Dunkelheit verkrümelt, nach diesem scheußlichen Trick mit den Perlen der armen Franny Lovecraft –»

«Was für Perlen?»

«Tu nicht so, Lexa. Du warst ungezogen. Ich kenne deine Art. Und dann die Schuhe, sie liegt seither zu Bett, aber ich glaube, sie hat sich nichts gebrochen; es bestand Sorge wegen ihrer Hüfte. Wußtest du, daß bei Frauen, wenn sie alt werden, die Knochen ungefähr um die Hälfte einschrumpfen? Deshalb geht alles so leicht zu Bruch. Sie hatte Glück: nur Prellungen.»

«Ich weiß nicht, als ich sie so ansah, dachte ich, ob ich wohl auch so nett langweilig und aufdringlich sein werde, wenn ich in ihrem Alter bin, falls ich es *je* erreiche, was ich bezweifle. Es war, als sähe ich in einen Spiegel, in meine eigene Zukunft, und, tut mir leid, da wurde ich *rasend*.»

«*Ist* ja schon gut, Liebchen, bei mir mußt du dich nicht entschuldigen. Aber was ich sagen wollte, Darryl blieb noch ein bißchen da, um beim Aufräumen zu helfen, und als Brenda Parsley in der Kirchenküche war und die Plastikbecher und

Pappteller in den Mülleimer warf, hat er gesehen, daß Ed und Sukie beide verschwunden waren! Die arme Brenda stand da und machte gute Miene, so sehr sie nur konnte – aber überleg mal, diese Demütigung!»

«Die beiden sollten wirklich taktvoller sein.»

Jane schwieg, wartete, daß Alexandra mehr dazu sagte; dies war ein Punkt, den Alexandra erfassen und zu dem sie sich äußern sollte, aber ihre Gedanken waren woanders, sie malte sich aus, wie der Krebs sich in ihr ausbreitete – galaktischen Wolken gleich, die sanft in die Finsternis hinauswirbeln und tödliche Sterne pflanzen, hier und da …

«Er ist ein solcher Wicht», setzte Jane schließlich lahm hinzu, Ed meinend. «Und warum läßt sie uns gegenüber immer durchblicken, daß sie Schluß mit ihm gemacht hat?»

Alexandras Gedanken spürten jetzt dem Liebespaar nach in der Nacht, Sukies schmaler Körper wie ein Zweig ohne Rinde, aber mit schmiegsamen, muskulösen Ausformungen; sie gehörte zu den Frauen, die knapp an der Grenze zur Knabenhaftigkeit, zur Männlichkeit waren, sie hatte etwas Flirrendes, so nah an dieser Grenze, ihre Weiblichkeit war durchdrungen von der schuldlosen Energie der Männer, deren Leben geweiht ist wie ein Pfeil, der in schlankem Sturm dem Feind entgegenfliegt, und die von frühester, grausamer Knabenzeit an gelernt haben zu sterben. Warum bringen sie es nicht den Frauen bei? Denn es ist nicht wahr, daß, wenn man Töchter hat, man niemals stirbt. «Vielleicht eine Klinik», sagte sie laut, nachdem Doc Pat nicht in Frage kam, «wo mich niemand kennt.»

«Auf jeden Fall mach *irgend*was», sagte Jane, «anstatt dich weiter rumzuquälen. Und andere anzuöden, wenn ich das mal sagen darf.»

«Ich glaube, Eds Anziehungskraft auf Sukie ist zum Teil beruflich bedingt», schlug Alexandra vor in der Hoffnung, wieder auf Janes Wellenlänge zu kommen, «sie muß sich doch immer auf dem laufenden halten. Wie auch immer, interessant ist nicht so sehr, daß sie sich noch mit ihm trifft, als vielmehr die Tatsache, daß dieser hergelaufene Van Horne so scharf darauf ist, es sofort mitzukriegen, kaum daß er in der Stadt ist. Es ist schmeichelhaft – ich glaube, so sollen wir das auffassen.»

«Alexandra, Liebchen, in mancher Hinsicht bist du noch schrecklich unemanzipiert. Es kommt vor, daß ein Mann auch nur ein Mensch ist, verstehst du.»

«Ich weiß, theoretisch ist das so, aber ich habe nie einen getroffen, der sich so gesehen hat. Sie entpuppen sich alle als Männer, die Schwulen eingeschlossen.»

«Weißt du noch, wie wir gerätselt haben, ob er einer ist? Jetzt ist er hinter uns allen her.»

«Ich wußte nicht, daß er hinter dir her ist, ich dachte, ihr beide wärt hinter Brahms her.»

«Waren wir auch. Sind wir auch. Wirklich, Alexandra, entspann dich! Du klingst ja *wirk*lich ganz *schau*derhaft verkrampft.»

«Ich fühle mich mies. Morgen geht es mir besser. Morgen bei *mir*, nicht vergessen.»

«Ach du lieber Gott, das hätte ich tatsächlich fast vergessen. Das ist der andere Grund, weshalb ich angerufen habe. Ich muß absagen.»

«Du mußt einen Donnerstag absagen? Was ist los?»

«Du wirst die Nase rümpfen. Es hat schon wieder mit Darryl zu tun. Er hat ein paar hinreißende kleine Webern-Bagatellen und möchte, daß ich sie probiere, und als ich ihm Freitag vorschlug, sagte er, da würden ein paar umherstrolchende japanische Investoren vorbeikommen, um sich seinen Grundanstrich anzusehen. Ich dachte, ich schaue heute nachmittag auf einen Sprung in der Orchard Road vorbei, wenn es dir paßt, einer der Jungen möchte, daß ich ihm beim Soccer zusehe, nach der Schule, aber es würde genügen, wenn ich mich für eine Minute an der Seitenlinie blicken lasse –»

«Nein, danke, Schatz», sagte Alexandra. «Ich bekomme Besuch.»

«Oh.» Janes Stimme war Eis, dunkles Eis, vermischt mit Asche, wie sie im Winter auf der Zufahrt gefriert.

«Eventuell», schwächte Alexandra ab. «Er oder sie war nicht sicher, ob es geht.»

«Liebling, ich habe schon verstanden. Du mußt nichts mehr sagen.»

Es ärgerte Alexandra, in die Defensive gedrängt zu werden,

wo *sie* doch diejenige war, die eine Abfuhr erlitten hatte. Sie sagte: «Ich dachte, die Donnerstage wären heilig.»

«Sind sie auch, normalerweise», setzte Jane an.

«Aber in einer Welt, in der es nichts Heiliges mehr gibt, erübrigen sich vermutlich auch die Donnerstage.» Warum war sie so verletzt? Der Rhythmus ihrer Woche wurde von dem unzerbrechlichen Dreieck bestimmt, dem Kegel der Macht. Aber sie durfte nicht mit dieser schleppenden Stimme sprechen, dadurch verriet sie sich nur.

Jane sagte zerknirscht: «Nur dies eine Mal –»

«Ist ja *gut*, Schatz, um so mehr Teufelseier für *mich*.» Jane Smart liebte Teufelseier, kreidig krümelig und scharf, mit Paprika und einer Messerspitze trockenem Senf und garniert mit feingehacktem Schnittlauch oder mit Anchovis, die über den gefüllten Eihälften lagen wie Krötenzungen.

«Wolltest du dir wirklich die Mühe mit gefüllten Eiern machen?» fragte sie wehmütig.

«Natürlich nicht, Schatz», sagte Alexandra. «Nur die üblichen lappigen Crackers mit muffigem Velveta. Ich muß Schluß machen.»

Eine Stunde später, als sie geistesabwesend an Joe Marinos pelziger, nackter Schulter vorbeistarrte – die rührend süßsäuerlich nach Baby roch –, indes er, auf ihr liegend, mehr aus Leibeskräften denn aus Begeisterung auf- und niederpumpte und das Bett ächzte und schwankte unter der Doppellast, hatte Alexandra eine Vision. Vor ihrem geistigen Auge stand, deutlich wie ein Kalenderbild, das Lenox-Haus mit dem einzelnen Rauchfaden, den sie an jenem Tag gesehen hatte, und diese rührende kleine Nebelsträhne verflocht sich mit Janes lebhafter Schilderung, Van Horne sei scheu und infolgedessen flegelhaft. Eher desorientiert, war Alexandras Eindruck gewesen: wie jemand, der durch eine Maske blinzelt oder mit Watte in den Ohren zuhört. «Konzentrier dich, zum Donnerwetter», knurrte Joe in *ihr* Ohr, und kam, hilflos, erregt vor Ärger, sein nackter, pelziger Körper – die arbeitsgestählten Muskeln leicht aufgeweicht vom Wohlstand – bäumte sich einmal, zweimal und ein drittes Mal und blieb dann, mit einem kleinen Nachzucken, liegen, wie ein Auto mit Turbolader, das noch einmal ruckt, wenn die Zündung schon ausgeschaltet ist. Sie versuchte, ihn einzuholen, aber die Verbindung war abgerissen.

«Tut mir leid», grummelte er. «Ich dachte, wir sind auf einer Schiene, aber du bist abgedriftet.» Er war vorher schon großmütig gewesen, hatte ihr ihre Periode verziehen, auch wenn sie so gut wie vorbei war und fast kein Blut mehr kam.

«Meine Schuld», sagte Alexandra, «ganz allein meine. Du warst wunderbar. Ich war miserabel.» *Spielt grandios,* hatte Jane gesagt.

Der Plafond hatte, im Gefolge ihrer Vision, eine jähe Klarheit gewonnen, als sähe Alexandra ihn zum erstenmal: seine teilnahmslose, tote, viereckige Fläche, bestimmte kleine Unebenheiten im Verputz, kaum unterscheidbar von den Flecken im Kammerwasser ihrer Augen; allerdings, wenn sie auch nur eine Spur den Blick verschob, schwammen letztere wie mikroskopisch kleine Tierchen in einem Teich, wie Krebszellen in unserer Lymphe. Joes gerundete Schulter und die Seite seines Halses waren gleichgültig und blaß wie die Zimmerdecke und ebenso sanft durchzogen von diesen optischen Unreinheiten, die für gewöhnlich nicht zu ihrem Universum gehörten, die aber, wenn sie einmal eingedrungen waren, sich nur schwer wegwischen, schwer übersehen ließen. Ein Zeichen des Alterns. Hügelabwärts rollenden Schneebällen gleich sammeln wir Grus in uns an.

Sie fühlte, wie ihre Brüste, ihr Bauch in Joes Schweiß schwammen, und auf diesem Umweg fanden ihre Gedanken zurück zur Freude an seinem Körper, der elastischen Beschaffenheit und Schwere und dem vertrauenerweckenden männlichen Geruch seines Körpers und dem Wunder – in einer Welt der mickrigen Wunder – seines Hierseins. Gewöhnlich war er nicht hier. Gewöhnlich war er bei Gina. Mit einem gekränkten Seufzen rollte er von Alexandra herunter. Sie hatte seine mediterrane Eitelkeit verletzt. Er war kahl auf dem Kopf und sonnengebräunt, sein blanker Schädel wellte sich ein wenig, wie die Seiten eines Buches, das wir draußen gelassen haben, im Tau, und zu seiner Eitelkeit gehörte, daß er sich stets, als erstes, seinen Hut wieder aufsetzte. Er sagte, ohne ihn friere er. Sein

Profil unterm zurechtgerückten Hut wirkte jung, er hatte die scharfgebogene Nase der Männer auf Bellini-Porträts und tiefe, von der Leber gekerbte Ringe unter den Augen. Das hatte sie angezogen, diese träge Verruchtheit in seinen Zügen, diese Anspielung auf den schwerlidrigen *barone* oder Doge oder Mafioso, der mit einem verächtlichen Schnalzen der Zunge gegen die Zähne über Leben und Tod entscheidet. Aber Joe, den sie verführt hatte, als er gekommen war, um eine Toilette zu reparieren, die die ganze Nacht getröpfelt hatte, erwies sich in dieser Hinsicht eher als zahnlos: ein gottesfürchtiger Kleinbürger, rechtschaffen bis hinunter zur letzten Messingdichtung, ein hingebungsvoller Vater von fünf Kindern unter elf Jahren und verschwippt und verschwägert mit dem halben Staat. Ginas Familie hatte diese Küste von New Bedford bis Bridgeport mit ihrer Brut bevölkert. Joe war ein Nimmersatt, was loyale Bindungen betraf; sein Herz gehörte mehr Sportvereinigungen – den Celtics, Bruins, Whalers, Red Sox, Pawtucket Sox, Pats, Teamen, Lobsters, Minutemen –, als in Alexandras kühnsten Vorstellungen überhaupt existierten. Mit der gleichen Pflichttreue kam er einmal in der Woche zu ihr und lud seinen Samen in ihr ab. Ehebruch war für ihn ein Schritt zur Verdammnis gewesen, noch eine Verpflichtung, die er eingegangen war, eine satanische, der er getreulich nachkam. Überdies war es so etwas wie eine empfängnisverhütende Maßnahme; seine Fruchtbarkeit hatte angefangen, ihn zu ängstigen, und je mehr von seinem Samen Alexandra mit ihrem Intrauterinpessar aufnahm, desto weniger blieb für Gina zur Verarbeitung übrig. Die Affäre hatte ihren dritten Sommer hinter sich, und Alexandra wußte, daß es Zeit war, Schluß zu machen, aber sie schmeckte Joe so gern – würzig-süß, wie Nougat – und mochte die Art, wie einen Zoll über den sanften Riffeln seines Schädels die Luft schimmerte. Seine Aura hatte nichts Böswilliges, nichts Falschfarbenes; seine Gedanken suchten, wie seine Klempnerhände, stets nach dem passenden Kupplungsstück sozusagen. Das Schicksal hatte sie vom Hersteller von Chromarmaturen weitergereicht zu deren Installateur.

Um das Lenox-Haus so zu sehen, wie es ihr in ihrer Vision erschienen war, deutlich umrissen jeder Backstein, die granite-

nen Simse und Ecksteine und die argusäugig spähenden Fenster
zum Greifen nah, hätte man sich freischwebend in der Luft
halten müssen. Das Bild war rapide kleiner geworden, als ent-
schwinde es, ihr zuwinkend, im Raum. Es schrumpfte auf die
Größe einer Briefmarke, und hätte sie nicht die Augen geschlossen, wäre es sicher verschluckt worden, wie eine Erbse
vom Ausguß. Während sie die Augen geschlossen hielt, war er
gekommen. Sie fühlte sich jetzt benommen, nach außen ge-
stülpt, als hätte sie teilgehabt an dem Orgasmus.

«Vielleicht sollte ich mit Gina Schluß machen und irgendwo-
anders noch mal von vorn anfangen, mit dir», sagte Joe.

«Sei nicht albern. Du hast im Ernst nichts dergleichen vor»,
wies Alexandra ihn zurecht. Über der Zimmerdecke, unsichtbar, hoch oben im windigen Tag, strichen Wildgänse in einem
V nach Süden und riefen einander versichernd zu: *Ich bin da,
du bist da.* «Du bist ein braver Katholik mit fünf *bambini* und
einem blühenden Geschäft.»

«Ja, und warum bin ich dann hier?»

«Du bist verhext. Ganz einfach. Ich habe aus dem *Eastwick-
Anzeiger* das Foto von dir herausgerissen, wo du auf der Sitzung des Planungsausschusses warst, und es über und über mit
meinem Menstruationssaft beschmiert.»

«Gott, kannst du ekelhaft sein.»

«Du magst das, nicht wahr? Gina ist nie ekelhaft. Gina ist
sanft und süß wie Unsere Liebe Frau. Wenn du auch nur die
Spur von einem Gentleman wärst, würdest du mich mit der
Zunge fertigmachen. Es kommt kaum noch Blut, es ist zu
Ende.»

Joe schnitt eine Grimasse. «Nimmst du auch einen Gut-
schein an?» fragte er und sah sich nach Kleidungsstücken um,
die er unterhalb des Hutes anlegen könnte. Obwohl er ein wenig schwammig wurde, hatte sein Körper etwas Adrettes: als
Schüler hatte Joe Sport getrieben, er war geschickt mit jedem
Ball gewesen, aber zu kleinwüchsig, um es zu Starruhm zu
bringen. Sein Hintern war fest, sein Bauch allerdings schwab-
belte ein bißchen. Ein großer Schmetterling aus feinen schwarzen Haaren hatte sich auf seinem Rücken niedergelassen: die
oberen Flügelränder verliefen entlang seiner Schultern, und die

Füße zerfaserten sich nach unten in die Grübchen zu beiden Seiten seines Rückgrats. «Ich muß mich um diesen Van Horne-Auftrag kümmern», sagte er, ein rosa Hodenklümpchen verstauend, das aus einer Beinöffnung seiner elastischen Unterhose gelugt hatte. Sie war wie ein Bikinihöschen geschnitten und purpurrot, etwas Neues, passend zu der neuen Androgynie. Zu Joes Verpflichtungen gehörte auch die, sich den wechselnden Männermoden zu unterwerfen. Er war einer der ersten in Eastwick und Umgebung gewesen, der einen lässigen Denim-Anzug trug und der ahnte, daß Hüte ein Comeback feiern würden.

«Wie läuft es denn da?» fragte Alexandra trödelig; sie wollte nicht, daß er ging. Trostlosigkeit war von der Decke auf sie niedergefallen.

«Wir warten noch immer auf diese versilberte Wannengarnitur, die in Deutschland bestellt werden mußte, und ich habe jemand nach Cranston raufschicken müssen, wegen einer Kupferplatte, die so groß sein muß, daß sie unter die Wanne paßt, ohne daß man anschweißen muß. Ich bin froh, wenn ich da fertig bin. An dem Laden stimmt was nicht, an der ganzen Geschichte. Der Kerl schläft meistens bis mittags, und manchmal fährt man hin, und es ist überhaupt keine Menschenseele da, nur diese langhaarige Katze schleicht herum. Ich mag Katzen nicht.»

«Sie sind ekelhaft», sagte Alexandra, «wie ich.»

«Was soll das, Al. Du bist *mia vacca. Mia vacca bianca.* Du bist meine große Schüssel voll Eiscreme. Was kann ein armer Kerl denn sonst noch sagen? Jedesmal, wenn ich ernsthaft mit dir reden will, stopfst du mir den Mund.»

«Ernsthaftigkeit macht mir Angst», sagte sie ernsthaft. «Außerdem, in deinem Fall weiß ich, du foppst mich nur.»

Aber sie war es, die ihn foppte; sie ließ die Schnürbänder seiner Schuhe – ochsenblutrote Korduanschuhe, wie College-Leute sie tragen – ebenso schnell wieder aufgehen, wie er sie zu Schleifen band; ihm blieb nichts anderes, als hinauszuschlurfen, mit schleifenden Schnürsenkeln, vernichtet in seiner Eitelkeit und Ordnungsliebe. Seine Schritte auf der Treppe wurden immer leiser, schachtelten sich ineinander, kleiner und kleiner

werdend, und das Zuschlagen der Tür war wie der massive
kleine Stöpsel, das bemalte Holzpflöckchen zuinnerst einer
russischen Puppe in der Puppe in der Puppe. Starengezwit-
scher schrammte an ihren Fenstern vorbei; wilde Brombeeren
lockten ganze Schwärme zum Moor. Allein gelassen und unbefriedigt in der Mitte ihres Bettes liegend, das jäh wieder riesig
war, versuchte Alexandra, indes sie zur ausdruckslosen Decke
hinaufstarrte, die seltsam scharfe architektonische Vision des
Lenox-Hauses zurückzurufen; aber sie brachte nur ein geister-
haftes Nachbild zustande, ein ausgeblichenes Rechteck, wie
auf einem Briefumschlag, der so lange auf dem Dachboden aufbewahrt lag, daß die Marke abgeblättert ist, ohne daß sie berührt worden wäre.

Erfinder, Musiker,
Kunstliebhaber renoviert
altes Lenox-Haus

VON SUZANNE ROUGEMONT

Galant, mit dunkler Stimme, gut aussehend auf seine sa-
loppe, bärenhafte Art, empfing Mr. Darryl Van Horne,
kürzlich von Manhattan zugezogen und inzwischen ein
zufriedener Steuerzahler in Eastwick, uns auf seiner Insel.
  Jawohl, seine Insel, denn das allseits berühmte Lenox-
Haus, das unser «Neuer» erworben hat, steht mitten in der
Marsch und ist bei Flut von schierem Wasser umgeben!
  Zirka 1895 in englischem Backsteinstil erbaut, mit sym-
metrischer Fassade und gewaltigen Schornsteinen zu beiden Seiten, soll die Erwerbung, wie der neue Besitzer
hofft, vielfältigen Zwecken dienen: als Laboratorium für
seine sensationellen Experimente mit Chemie und Solarenergie, als Konzertsaal, bestückt mit nicht weniger als
drei Flügeln (die er vollendet beherrscht, der Leser möge
dessen versichert sein!) und als weitläufige Galerie, an deren Wänden aufrüttelnde Werke von so zeitgenössischen
Meistern wie Robert Rauschenburg, Claus Oldenberg,
Bob Indiana und James Van Dine hängen. Ein ausgeklü-
geltes Solarium-plus-Gewächshaus, ein japanisches Bad,

das ein luxuriöser Traum aus freiliegenden Kupferleitungen und poliertem Teakholz zu werden verspricht, sowie ein Tennisplatz mit AsPhlex-Belag sind bereits im Bau, so daß die in Privatbesitz befindliche Insel unter der Lärmglocke von Hammer und Säge liegt und die schönen weißen Reiher, die auf der Leeseite des Anwesens ihre angestammten Nistplätze haben, vorübergehend woanders Zuflucht suchen.

Der Fortschritt hat seinen Preis!

Van Horne, wiewohl ein Gastgeber von Graden, äußert sich zurückhaltend über seine mannigfachen Vorhaben und hofft, in seinem neuen Domizil Ruhe und Gelegenheit zum Nachdenken zu finden.

«Rhode Island hat es mir angetan», gestand er uns, «wegen der Weitläufigkeit und Schönheit, die es zu bieten hat – eine Seltenheit am östlichen Gestade, in diesen unruhigen, überbevölkerten Zeiten. Ich fühle mich schon ganz zu Hause.»

«Ein höllisches Plätzchen!» fügte er burschikos hinzu, als er mit uns auf den Ruinen des alten Lenox-Docks stand und die Aussicht auf Marsch, Moränenhügel, Zufahrtsweg, tiefliegendes Heideland und den fernen Meereshorizont in Augenschein nahm, den man vom ersten Stock ausmachen kann.

Das Haus mit seinen weitläufigen Parkettböden aus Ahornholz und den hohen Decken, geschmückt mit Lüsterrosetten aus modelliertem Stuck sowie Zahnschnittfriesen, ebenfalls aus Stuck, entlang den Seiten, war kühl am Tag unseres herbstlichen Besuchs; etliches von der Ausrüstung und dem Mobiliar des neuen Hausherrn stand noch verpackt in klobigen Umzugskisten herum, aber er versicherte uns, daß der bevorstehende Winter für unseren einfallsreichen Gastgeber keinerlei Schrecken in petto halten würde.

Van Horne beabsichtigt, eine Anzahl Solarkollektoren auf den Schieferplatten des großen Daches zu installieren, und steht darüber hinaus kurz vor dem eventuellen Abschluß eines streng geheimen Projekts, das den Verbrauch fossiler Heizmaterialien in naher Zukunft überflüssig macht. Es wird kommen der Tag!

Die Parkanlage, bis jetzt dem Perückenstrauch, dem Götterbaum, der Würgkirsche und anderen nutzlosen Holzgewächsen überlassen, stellt der neue Besitzer sich als subtropisches Paradies vor, überquellend von exotischer Vegetation und gegen den Winter im ausgetüftelten Solarium-plus-Gewächshaus geschützt. Die Jahreszeiten-Statuen, zur Zierde die vormals versaillesartige Gartenpromenade säumend, und im Laufe der Jahre von Wind und Wetter beklagenswerterweise so sehr angegriffen, daß viele Figuren keine Nasen und Hände mehr haben, beabsichtigt der stolze Besitzer, im Haus aufzustellen und sie auf der imposanten Promenade (den älteren Bürgern dieser Gegend noch wohlbekannt in ihrer einstigen Pracht) durch glasfaserverstärkte Repliken zu ersetzen, ähnlich den berühmten Karyatiden am Parthenon in Athen, Griechenland.

«Der Verbindungsdamm», sagte Van Horne mit der raumgreifenden Geste, die so charakteristisch für diesen Mann ist, «könnte an den niedrigsten Abschnitten mit Hilfe festverankerter Aluminium-Pontons verstärkt werden.

Ein Anlegeplatz wäre nicht übel», entschlüpfte es ihm in einer vermutlich humoristischen Anwandlung, «man könnte mit einem Hovercraft nach Newport hinüber oder nach Providence hinauffahren.»

Van Horne lebt allein in seinem geräumigen Wohnsitz, seine einzige Gesellschaft sind sein Assistent und Butler in Personalunion, Mr. Fidel Malaguer, und eine entzückende langhaarige Angorakatze, drolligerweise Daumenschräubchen benamst, weil das Tierchen an mehreren Pfoten Extradaumen hat.

Ein Mann von eindrucksvollem Äußeren und großer Warmherzigkeit: so hießen wir den neuen Mitbürger in dieser legendären Gegend des South County willkommen, darauf vertrauend, daß wir im Namen vieler Einwohner sprachen.

Das Lenox-Haus ist wieder flott, behalten wir's im Auge!

«Du warst da!» sagte Alexandra eifersüchtig anklagend am Telefon, als sie den Artikel im *Anzeiger* gelesen hatte.

«Schätzchen, es war ein Auftrag.»

«Und wessen Idee war dieser Auftrag?»

«Meine», gab Sukie zu. «Clyde war nicht sicher, ob sich die

Sache lohnte. Und manchmal, in solchen Fällen, wenn man schreibt, was für ein hübsches Haus und so weiter, wird die betreffende Person eine Woche später ausgeraubt und verklagt die Zeitung.» Clyde Gabriel, ein dürrer, griesgrämiger Mann mit einer unangenehmen, weltverbesserlichen Frau, gab den *Anzeiger* heraus. Sukie fragte kleinlaut: «Wie fandest du den Artikel?»

«Na ja, Schätzchen, er hat Farbe, aber du plapperst *wirk*lich ein bißchen, und ehrlich gesagt – aber sei jetzt bitte nicht gekränkt –, du *mußt* auf deine Partizipien achten. Sie baumeln nur so in der Gegend herum.»

«Wenn es weniger als fünf Absätze sind, wird es nicht als Namensartikel gedruckt. Und er hat mich betrunken gemacht. Zuerst war es Rum im Tee, dann war es Rum ohne Tee. Dieser gruselige Mexikaner brachte ihn unentwegt auf einem enormen Silbertablett herein. Ich habe noch nie ein so großes Tablett gesehen; wie eine Tischplatte, über und über graviert und ziseliert und was nicht sonst noch alles.»

«Und *er*? Wie war er? Darryl Van Horne.»

«Also, er hat das Blaue vom Himmel runtergeredet, muß ich schon sagen. Und mich die halbe Zeit in Spucke gebadet. Es war schwer zu entscheiden, was ernst zu nehmen war und was nicht – die Pontonbrücke, zum Beispiel. Er sagte, man könnte die Kanister, wenn das das richtige Wort ist, grün streichen, dann würden sie sich nicht vom Marschgras abheben. Der Tennisplatz wird auch grün, die Umzäunung auch. Er ist fast fertig, und wir sollen alle zum Spielen kommen, solange das Wetter noch einigermaßen ist.»

«Wer sind ‹wir alle›?»

«Na wir, du und ich und Jane. Er wirkte sehr interessiert, und ich habe ihm ein bißchen erzählt, natürlich nur das, was jeder weiß, über unsere Scheidungen und wie wir zu uns selbst gefunden haben und so weiter. Und was für eine Wohltat besonders *du* bist. Von Jane kann man das in letzter Zeit nicht gerade behaupten, ich glaube, sie sieht sich hinter unserem Rücken nach einem Ehemann um. Und ich meine damit nicht den schrecklichen Neff. Den hat Greta zu sehr festgenagelt, mit den vielen Kindern. Gott, sind Kinder nicht ein Klotz am

Bein? Ich habe laufend die schlimmsten Auseinandersetzungen mit meinen. Sie beschweren sich, daß ich nie zu Hause bin, und ich versuche, den kleinen Mistviechern klarzumachen, daß ich unseren *Lebensunterhalt* verdiene.»

Alexandra wollte sich nicht ablenken lassen von dem Treffen zwischen Sukie und diesem Van Horne, sie wollte es sich genau vorstellen können. «Du hast ihm von dem üblen Gerede über uns erzählt?»

«Übles Gerede? Was für übles Gerede. Ich lasse den Klatsch einfach nicht an mich herankommen, Lexa, ehrlich. Kopf hoch und immer denken, *ihr könnt mich*: so gehe ich jeden Tag durch die Dock Street. Nein, natürlich habe ich ihm nichts gesagt. Ich war sehr diskret, wie immer. Aber er war so komisch neugierig. Ich könnte mir denken, du bist es, die er liebt.»

«Bitte, aber ich liebe ihn nicht. Ich hasse diesen dunklen Hauttyp. Und ich kann New Yorker *chuzpe* nicht ausstehen. Und sein Gesicht paßt nicht zu seinem Mund oder seiner Stimme oder was weiß ich was.»

«Ich fand das sehr anziehend», sagte Sukie. «Seine Unbeholfenheit.»

«Was hat er so Unbeholfenes getan – dir Rum in den Schoß gekippt?»

«Und dann aufgeleckt, nein. Einfach die Art, wie er von einer Sache zur anderen torkelt: erst zeigt er mir seine verrückten Gemälde – da muß ein Vermögen an den Wänden hängen – und dann sein Labor, und dann spielt er ein bißchen Klavier, ‹Mood Indigo› glaube ich, im Walzertakt, nur so zum Jux, und dann ging er raus und rannte im Gelände herum, so daß einer der Bagger ihn fast in eine Grube geschmissen hätte, und wollte wissen, ob ich Lust hätte, mir das Panorama von der Kuppel aus zu betrachten.»

«Du *bist* doch wohl nicht in die Kuppel mit ihm gestiegen! Bei eurer ersten Verabredung!»

«Kleines, du *zwingst* mich zu wiederholen, daß es keine Verabredung war, sondern ein *Auf*trag. Nein. Ich fand, es reichte, und ich wußte, ich war betrunken, und außerdem hatten wir Redaktionsschluß.» Sie hielt inne. Vergangene Nacht hatte es stark geweht, und an diesem Morgen – Alexandra sah es durch ihr Küchenfenster – waren die Birken und die Weinlaube so kahl gerupft, daß ein neues Licht in der Luft war, das nackte, graue, kurzlebige Licht des Winters, das die Struktur des Landes bloßlegt und wie nah die Häuser unserer Nachbarn sind. «Ich weiß nicht», fuhr Sukie fort, «er schien mir, ich weiß nicht, ein bißchen zu sehr erpicht auf Publicity. Ich meine, es ist doch nur ein kleines Provinzblatt. Es ist, als ob –»

«Sprich weiter», sagte Alexandra, ihre Stirn an die kalte Fensterscheibe lehnend, als wolle sie ihrem durstigen Gehirn das frische, weite Licht zu trinken geben.

«Ich frage mich, ob seine Geschäfte wirklich so florieren, oder ist alles nur Pfeifen im düsteren Wald? Wenn er wirklich diese Sachen macht, müßte es dann nicht eine Fabrik geben?»

«Gute Fragen. Und was wollte *er* über *uns* wissen? Oder richtiger, was hat dir beliebt, ihm mitzuteilen?»

«Ich weiß nicht, wieso du so gereizt bist.»

«Ich auch nicht. Ich meine, ich weiß es wirklich nicht.»

«Ich meine, ich brauche dir überhaupt nichts zu erzählen.»

«Du hast recht. Ich bin ekelhaft. Bitte, erzähl weiter.» Alexandra wollte nicht, daß ihre schlechte Laune das Fenster zur Welt draußen zusperrte, diesen Ausblick, den Sukies Getratsch ihr gewährte.

«Ach», sagte Sukie, Alexandra zappeln lassend, «wie angenehm wir es haben. Wie gründlich wir entdeckt haben, daß wir Frauen lieber mögen als Männer und so weiter.»

«Hat ihn das beleidigt?»

«Nein, er sagte, ihm seien Frauen auch lieber als Männer. Sie seien der höherentwickelte Mechanismus.»

«Er sagte ‹Mechanismus›.»

«Irgendwas dieser Art. Hör zu, Engel, ich muß mich beeilen, ehrlich. Ich soll die Komitee-Vorsitzenden wegen des Erntefestes interviewen.»

«Welche Kirche?»

Alexandra schloß die Augen und sah ein irisierendes Zickzack, wie wenn ein Diamant an einer unsichtbaren Hand durchs Dunkel ritzte in elektrischer Parallele zu Sukies flitzenden Gedanken. «Kannst du dir doch denken: die unitarische. Alle anderen halten das für zu heidnisch.»

«Darf man fragen, wie du derzeit zu Ed Parsley stehst?»

«Oh, wie üblich, freundlich, aber distanziert. Brenda ist so un*m*öglich prüde.»

«Wie äußert sich ihre unmögliche Prüderie, hat er's dir gesagt?»

Was sexuelle Details betraf, herrschte eine gewisse Reserviertheit zwischen den Hexen, aber Sukie, die das Gespräch in Frieden beenden wollte, verstieß gegen diese unausgesprochene Regel und brach in das Zugeständnis aus: «Sie tut *nichts* für ihn, Lexa. Bevor er aufs Seminar ging, hat er sich ein wenig herumgetrieben, deshalb weiß er, was ihm fehlt. Er will immer noch auf- und davonlaufen und sich der Protestbewegung anschließen.»

«Er ist zu alt. Er ist über dreißig. Die wollen ihn nicht mehr.»

«Er *weiß* das. Er ver*ach*tet sich. Ich *kann* ihn nicht ständig zurückweisen, er tut mir so *leid*!» Sukie schrie fast in ihrer Empörung.

Heilen gehörte zum Wesen der Frauen, und wenn die Welt sie bezichtigte, zwischen Mann und Frau zu treten, das trennende Band zu knüpfen, den Knoten der Impotenz oder Gefühlskälte zu schürzen im Innersten einer Ehe, die scheinbar geschützt ist in ihrem behaglich überdachten nachtdunklen Haus, und wenn die Welt sie nicht nur bezichtigte, sondern sie lebendig verbrannte mit den Zungen entrüsteter Moral, so war das der Preis, den sie zahlen mußten. Es war elementar und instinktiv, es war weiblich, heilen zu wollen, der Wunde männlichen Verlangens den lindernden Verband fügsamen Fleisches anzulegen, der gefangenen Seele das erhebende Gefühl zu verschaffen, einer Hexe zuzusehen, wie sie die Kleider abstreift und sich nackt im schäbig möblierten Motelzimmer bewegt. Alexandra gab Sukie frei, hegte keine Vorwürfe mehr gegen die jüngere Frau, daß diese fortfuhr, Ed Parsley zu Diensten zu sein.

In der Stille ihres Hauses, kinderlos für zwei weitere Stunden, kämpfte Alexandra gegen ihre Depressionen: schwerfällig, wie ein mißgestalter Fisch auf dem Meeresgrund bewegte sie sich unter diesem Gewicht. Sie hatte das Gefühl, als müsse sie ersticken an ihrer Nutzlosigkeit und der nutzlosen Geräumigkeit dieses Farmhauses aus der Mitte des vorigen Jahrhunderts, mit den verstaubten kleinen Zimmern und dem Linoleumgeruch. Ihr fiel ein, etwas zu essen, zur Aufmunterung. Alles frißt, auch die großen Meergurken, alles lebt, um zu fressen, und Zähne, Hufe, Flügel sind hervorgegangen aus den Jahrmillionen kleiner blutiger Kämpfe. Sie machte sich ein Sandwich aus Diätweizenkeimbrot mit Putenbrust und Salat zurecht, alles aus der Bay-Superette, sie hatte es an diesem Morgen dort geholt, dazu noch Comet und Calgonite und die neueste Ausgabe des *Anzeiger*. Die vielen mühseligen Handgriffe, die eine so kleine Mahlzeit erforderte, ließen sie fast zusammenbrechen: das Fleisch aus dem Kühlschrank nehmen und es aus der zugeschweißten Klarsichtfolie schälen; die Mayonnaise auf dem Regal ausfindig machen, wo sie versteckt zwischen Geleegläsern und Salatöl stand; die klebende, knitterige Zellophanhaut vom Salatkopf pulen; die Zutaten auf der Arbeitsfläche arrangieren, mit einem Teller daneben; aus der Schublade ein Messer nehmen und damit die Mayonnaise aufstreichen; nach einer Gabel suchen und einen langen Sauregurkenspeer aus dem pummeligen Glas fischen, aus der dünnen grünen von Samenkörnern durchwölkten Lake; und dann Kaffee machen, um den Puten- und Essiggeschmack wegzuspülen. Jedesmal, wenn sie den kleinen Plastikmeßlöffel, mit dem sie den gemahlenen Kaffee in den Filter gab, an seinen Platz in der Schublade zurücklegte, fielen ein paar Kaffeekrümel mit hinein, sie sammelten sich in den Ritzen, wo man nie an sie herankam; wenn sie ewig am Leben bliebe, würden sie sich zu einem Berg türmen, einem dunkelbraunen Alpenmassiv. Überall um sie in diesem Haus war Schmutz, ein langsames, unerbittliches Versanden: unter den Betten, hinter den Büchern, zwischen den Rippen der Heizkörper. Sie räumte all die Zutaten und Geräte weg, die zur Stillung ihres Hungers erforderlich gewesen waren, und absolvierte einige Routine-Hausarbeiten. Warum gab es nichts anderes, worin man schlafen konnte, als Betten, die gemacht werden, nichts anderes, wovon man essen konnte, als Teller, die gespült werden mußten? Inkafrauen waren nicht schlimmer drangewesen. Sie war wirklich das, was Van Horne gesagt hatte: ein

Mechanismus, ein Roboter, der sich jeder seiner ewig gleichen Bewegungen grausam bewußt war.

Sie war eine umhegte Tochter gewesen, in jener hoch gelegenen Stadt im Westen, wo die Hauptstraße wie ein weites, staubiges Footballfeld war und der Drugstore und der Werkzeugladen und Woolworth und der Friseur sich über den Platz verstreuten wie Creosotbüsche, die den Boden um sich vergiften. Sie war der Mittelpunkt der Familie gewesen, ein Ausbund an geistreicher Anmut, flankiert von faden Brüdern, Jungen, die an den rumpelnden Karren der Männlichkeit geschirrt waren, ihr Leben: im Joch fort und fort. Der Vater, wenn er zurückkehrte von seinen Touren, auf denen er Jeanskleidung verkaufte, betrachtete die heranwachsende Alexandra wie eine Pflanze, die in kleinen Schüben wuchs und bei jedem Wiedersehen neue Blütenblätter und Triebe aufwies. Und während sie so wuchs, die kleine Sandy, nahm sie ihrer vergehenden Mutter alle Gesundheit und Kraft weg, so wie sie einst Milch gesogen hatte aus ihren Brüsten. Sie ritt, und ihr Hymen riß. Sie lernte, sich auf den langen, pferdesattelförmigen Sitzen von Motorrädern zu halten, klammerte sich so fest, daß die Nieten hinten auf der Jacke der Jungen einen Abdruck auf ihrer Wange hinterließen. Ihre Mutter starb, und ihr Vater schickte sie auf ein College im Osten; ihr High-School-Tutor hatte sich auf eines versteift, das den vertrauenerweckenden Namen «Connecticut College for Women» hatte. Dort, in New London, als Hokkeymannschaftsführerin und Kunststudentin, bewegte sie sich in den vielen sprühenden Kostümen der vier Postkarten-Jahreszeiten des Ostens und fand sich eines Tages im Juni ihres Juniorjahres ganz in Weiß und am nächsten Tag ausgestattet mit der kompletten ehelichen Dienstkleidung, die schlaff, in Reih und Glied, in ihrer Garderobe hing. Sie hatte Oz auf Long Island kennengelernt, bei einer Segelveranstaltung, die andere arrangiert hatten; er nahm einen Drink nach dem anderen, hielt das zerbrechliche Plastikglas fest in der Hand, schien weder beschwipst noch beunruhigt, während sie beides war, und das hatte sie beeindruckt. Ozzie seinerseits war entzückt gewesen von ihr, von ihrer üppigen Figur und ihrem männerhaften Westerngang. Der Wind drehte, das Segel knatterte, das Boot wendete, das Grinsen in Ozzies sonnenverbranntem, gingeröteten Gesicht blitzte beruhigend; er hatte ein schiefes linkisches Lächeln, ein bißchen wie ihr Vater. Sie ließ sich in seine Arme fallen, es war ein Fallen, aber sie begriff dumpf, daß sich daraus Leben erhob, neue Kraft. Sie nahm Mutterschaft auf sich, den Gartenclub, Fahrgemeinschaften und Cocktailparties. Sie trank morgens Kaffee mit der Putzfrau und um Mitternacht Cognac mit ihrem Mann und hielt betrunkene Begierde für Versöhnung und Harmonie. Die Welt um sie wuchs – Kind auf Kind sprang zwischen ihren Beinen hervor, das Haus bekam einen Anbau, Ozzies Einkünfte hielten Schritt mit der Inflation –, und irgendwie war sie immer die Gebende und bekam nie etwas zurück. Ihre Depressionen wurden schlimmer. Der Arzt verschrieb Tofrinal, der Psychotherapeut eine Analyse, der Pfarrer *Sichentscheiden*. Sie und Ozzie lebten damals in Norwich, umdröhnt von Kirchenglocken, und an Winternachmittagen, wenn es dunkel wurde und die Schule ihr die Kinder noch nicht zurückgegeben hatte, lag sie in ihrem Bett, jeder Glockenschlag zerschmetterte sie ein bißchen mehr, sie kam sich formlos und übelriechend vor wie eine alte Gummigalosche oder wie das Fell eines Eichhörnchens, das vor Tagen überfahren worden war und immer noch auf der Straße lag. Als Mädchen, in ihrer unschuldigen Gebirgsstadt, hatte sie, ebenso wie jetzt, auf dem Bett gelegen, aber damals war sie erregt gewesen von ihrem Körper wie von einem Besuch, der aus dem Nirgendwo gekommen war, um ihren Geist zu umhüllen; sie hatte sich im Spiegel erforscht, hatte die kleine Kerbe in ihrem Kinn und die eigenartige Rille in ihrer Nasenspitze gesehen, war dann einen Schritt zurückgetreten, um die schräg abfallenden breiten Schultern und die kürbishaften Brüste zu begutachten, und den Bauch, der wie eine flache, eingestülpte Schale schimmerte über dem züchtigen, dreieckigen Haarbusch und den kräftigen, ovalen Schenkeln, und hatte beschlossen, mit ihrem Körper einverstanden zu sein; sie hätte es schlimmer treffen können. Damals konnte sie auf dem Bett liegen und einfach nur ihren Fußknöchel bewundern, sie bewegte ihn im Licht des Fensters und staunte über die seidig bespannten Knochen und Sehnen und die Adern von blassestem Blau, mit ihrem wundersamen Sauerstofffluß; oder sie streichelte ihre Unterarme, die sich flaumig und prall anfühlten und sich zu den Händen hin verjüngten. Als sie dann eine Weile verheiratet war, ekelte es sie vor ihrem Körper, und Ozzies Versuche, Liebe mit ihm zu machen, kamen ihr wie liebloser Hohn vor. Es war der Körper draußen, jenseits des Fensters, das in Licht getauchte wasserdurchrieselte, laubreiche Fleisch jenes anderen Seins, des Naturreichs, in dem noch Schönheit war. Als es zur Scheidung kam, war ihr, als flöge sie zu jenem Fenster hinaus. Am Morgen nach dem Gerichtsbeschluß war sie um vier Uhr auf, rupfte abgeerntete Erbsenpflanzen aus und sang im Mondlicht, sang im Licht dieses harten weißen Steins mit dem schiefen, traurigen, zweigeschlechtlichen Gesicht – ein himmlischer Zeuge – und im Osten dämmerte es, katzengrau. Dieser andere Körper hatte auch eine Seele.

Jetzt sickerte die Welt durch sie hindurch, verschwendet, ungenutzt. Eine Frau ist ein Loch, hatte Alexandra einmal in den Memoiren einer Prostituierten gelesen. In Wahrheit war es weniger das Gefühl, ein Loch zu sein, als vielmehr ein Schwamm, etwas schweres Matschig-Poröses, das auf dem Bett lag und sich vollsog mit all der Vergeblichkeit, all dem Elend ringsum: Kriege, die keiner gewinnt, Krankheiten, die bezwungen sind, damit wir alle an Krebs sterben können. Die Kinder würden gleich mit Getöse zu Hause einfallen, fordernd, voller Bedürfnisse, zerrend, klammernd, Atzung von ihr heischend, und sie würden keine Mutter vorfinden, sondern nur ein verängstigtes dickes Kind, das nicht mehr niedlich-keck war, nicht mehr der Stolz seines Vaters; dessen Asche war vor zwei Jahren von einem Schädlingsbekämpfungsflugzeug auf seiner Lieblingsbergwiese verstreut worden, wo die Familie immer wilde Blumen gepflückt hatte – Bergphlox und Sky Pilot mit seinen stinktierhaft riechenden Blättern, Eisenhut und Himmelsschlüssel und Schneelilien, die an den feuchten Stellen blühen, wo gerade der Schnee geschmolzen ist. Der Vater hatte immer ein botanisches Buch bei sich, und die kleine Sandra brachte ihm die frisch gepflückten Gaben, auf daß er sie bei ihrem Namen nenne, zarte Blumen mit ausgewaschenen Farben, schüchternen, blassen Blütenblättern und Stengeln, die sich ganz kalt anfühlten, weil die Pflanzen, so dachte das Kind Alexandra, die ganze Nacht draußen in der Gebirgskälte hatten stehen müssen.

Die Chintz-Vorhänge, die sie mit Mavis Jessup, der geschiedenen Dekorateurin vom Bellenden Fuchs, an den Schlafzimmerfenstern angebracht hatte, waren mit einem großen klatschenden Muster bedruckt: rosa und weiße Pfingstrosen. Die Falten, in denen die Stoffbahnen hingen, machten aus diesem Muster ein Clownsgesicht, ein scheeles rosaweißes Clownsgesicht mit kleingeschlitztem Mund: je länger Alexandra hinsah, desto mehr dieser sinistren Clownsgesichter entdeckte sie, eine ganze Truppe kam da zusammen, im sich übereinanderfaltenden Pfingstrosenmuster – Teufel, die ihre Depressionen schürten. Sie dachte an ihre Duttelchen, die darauf warteten, aus dem Ton hervorgerufen zu werden – sie waren ihre Abbilder, vollgesogen, amorph. Ein Drink, eine Tablette würden ihr vielleicht aufhelfen und sie glasieren, aber sie kannte den Preis: zwei Stunden später würde sie sich noch elender fühlen. Ihre schweifenden Gedanken wurden, wie von einer geheimnisvoll funktionierenden, synkopisch ratternden Maschinerie, zum alten Lenox-Haus und seinem Bewohner gezogen, diesem dunklen Fürsten, der Besitz ergriffen hatte von ihren beiden Schwestern, wie um ihr eine Kränkung zuzufügen. Kränkungen, Niedrigkeiten seitens dieses Mannes, mit denen mußte sie es auch noch aufnehmen, die quälten auch noch ihre Seele. Sie sehnte sich nach Regen, nach dem tröstenden Rauschen oben über der leeren, blinden Zimmerdecke, aber als sie zum Fenster hinsah, schien da unverändert das erbarmungslos strahlende Wetter herein. Der Ahorn im Garten tauchte die Scheiben in Gold, das letzte Aufleuchten überlebter Blätter. Alexandra lag auf ihrem Bett, hilflos, niedergedrückt von all der unaufhörlichen Zwecklosigkeit in der Welt.

Coal kam ins Zimmer, er witterte ihren Kummer. Sein langgestreckter Körper, von seinem Fell wie von einem schimmernden, zu weiten Mantel umhüllt, kanterte über den ovalen, aus Stoffstreifen geflochtenen Vorleger und hob sich ohne Mühe zu ihr ins schwankende Bett. Er leckte ihr besorgt Gesicht und Hände und schnüffelte am Verschluß ihrer schmutzsteifen

Jeans, den sie geöffnet hatte, um es sich bequemer zu machen. Sie zog die Bluse heraus, entblößte mehr von ihrem milchweißen Bauch, und Coal fand ihn, den kleinen Auswuchs, eine Handbreit von ihrem Nabel entfernt: eine Warze, eine kleine, rosige, gummiartige Knospe, die vor ein paar Jahren gesprossen war: Doc Pat hatte ihr versichert, sie sei harmlos, nicht krebsartig. Er hatte ihr angeboten, sie zu entfernen, aber Alexandra hatte sich vor dem Messer gefürchtet. Die Warze selber war fühllos, aber die Haut ringsum kribbelte, als Coal den Knoten beschnupperte und an ihm nuckelte wie an einer Zitze. Der Körper des Hundes dünstete Wärme aus und einen leisen Aasgeruch. Erde riecht so, faßt alle diese Nuancen von Moder und Kot in sich, und Alexandra empfand das nicht als unangenehm, sondern als schön: das tief verwobene Karomuster des Zerfalls.

Coal war jäh erschöpft vom Saugen. Er ließ sich in die Kurve fallen, die ihr grambetäubter Körper auf dem Bett beschrieb. Der große Hund schnarchte im Schlaf, es klang wie leises Gluckern in einem Strohhalm. Alexandra starrte zur Decke, wartete, daß etwas geschehe. Die wässerige Haut ihrer Augen fühlte sich heiß an und trocken wie Kaktusrinde. Ihre Pupillen waren zwei schwarze, nach innen gekehrte Dornen.

Sukie brachte ihren Bericht über die Vorbereitungen zum Erntefest («Flohmarkt, Blindekuh/Großes unitarisches Festprogramm») in Clyde Gabriels enges Büro; fassungslos sah sie, daß Clyde zusammengesunken an seinem Schreibtisch saß, den Kopf auf den Armen. Er hörte die Seiten ihres Manuskripts im Eingangskorb rascheln und sah auf. Seine Augen waren rotgerändert, aber ob vom Weinen oder vom Schlafen oder weil er einen Kater hatte oder letzte Nacht wach geblieben war, konnte sie nicht sagen. Sie wußte vom Hörensagen, daß er nicht nur ein Trinker war, sondern auch ein Teleskop hatte und manchmal stundenlang auf seiner Gartenveranda saß und die Sterne betrachtete. Sein eichenfalbes Haar, schütter oben, in der Mitte, war zerzaust; er hatte blaue Tränensäcke unter den Augen, und der Rest seines Gesichts war bläßlich grau – wie Zeitungspapier. «Entschuldigung», sagte sie, «ich dachte, Sie würden das vielleicht noch reinhieven wollen.»

Ohne nennenswert den Kopf vom Tisch zu heben, äugte er zu ihrem Manuskript hin. «Hievenpieven», sagte er, verlegen, daß sie ihn so zusammengesackt angetroffen hatte. «Die Sache verdient keine zweizeilige Überschrift. Wie wär's mit ‹Pazifistenpastor plant Puppenmist›?»

«Ich habe nicht mit Ed gesprochen. Lediglich mit den Leuten vom Komitee.»

«Ups, pardon. Mir war entfallen, daß Sie Parsley für eine bedeutende Persönlichkeit halten.»

«Das entspricht ganz und gar nicht den Tatsachen», sagte Sukie und reckte sich besonders gerade. Diese unglücklichen oder Unglück bringenden Männer, zu denen es sie zog – das war nun mal ihr Schicksal –, unterstanden sich und zogen einen auch noch mit hinunter, wenn man nicht auf der Hut war, sich nicht aufrecht hielt. Sie betrachtete seinen ätzenden Sarkasmus, der so manchen in der Redaktion zusammenzucken ließ, und ihn allenthalben im Ort in Verruf gebracht hatte, als eine verkappte Rechtfertigung, eine auf den Kopf gestellte Abbitte. Zu einer früheren Zeit seines Lebens mußte er eine schöne, verheißungsvolle Erscheinung gewesen sein, aber seine Schönheit – die Stirn hoch und kantig, der Mund groß, mit leidenschaftlichen Möglichkeiten, und die Augen von delikatestem Eisblau und umrahmt von sternstrahlenlangen Wimpern – bekam etwas Eingesunkenes; er nahm das ausgetrocknete, verdurstende Aussehen eines Gewohnheitstrinkers an.

Clyde war wenig über fünfzig. An der Lochplattenwand hinter seinem Schreibtisch hingen, außer einem Schriftmuster für Schlagzeilen und einigen gerahmten ehrenvollen Erwähnungen, die dem *Anzeiger* unter früheren Chefredakteuren zuteil geworden waren, Fotografien von seiner Tochter und seinem Sohn, aber keine von seiner Frau, obwohl er nicht geschieden war. Die Tochter, hübsch auf eine lammfromme, mondgesichtige Art, war unverheiratet und Röntgenassistentin am Michael Reese-Hospital in Chicago, vielleicht auf dem Weg, das zu werden, was Monty spöttisch lachend eine «Frau Doktor» genannt haben würde. Der Sohn, ein College-Aussteiger, interessiert an Schauspielerei, hatte die letzten Monate im Milieu der Sommertheater in Connecticut verbracht; er hatte die hellen Augen des Vaters und die schmollende Schönheit einer archaischen griechischen Statue. Felicia Gabriel, die Ehefrau, die an der Wand fehlte, mußte früher ein niedliches, munteres Portiönchen gewesen sein, hatte sich aber zu einer spitzgesichtigen kleinen Frau entwickelt, die nicht aufhören konnte zu reden. Sie war in diesen Tagen, dieser Zeit empört über alles und jedes: über die Regierung und die Protestbewegung, über den Krieg, die Drogen, die unanständigen Songs, die im WPRO gebracht wurden, darüber, daß der *Playboy* in aller Öffentlichkeit in den Drugstores zu haben war, über die lethargische Stadtverwaltung, die nichts gegen die Horden von Herumbummlern in der Geschäftsgegend unternahm, über das skandalöse Auftreten der Sommertouristen, ihre anstößige Bekleidung, schlicht über alles, das nicht so war, wie es wäre, wenn sie zu bestimmen hätte. «Felicia hat gerade angerufen», sagte Clyde, als indirekte Entschuldigung für die traurige Positur, in der Sukie ihn angetroffen hatte. «Sie ist außer sich über diesen Van Horne, wie der sich über die Feuchtgebietsbestimmungen hinweggesetzt hat. Außerdem sagt sie, Ihr Artikel über ihn sei viel zu schmeichelhaft; sie sagt, sie habe Gerüchte über seine Vergangenheit in New York gehört, die ziemlich anrüchig seien.»

«Von wem hat sie die gehört?»

«Das will sie nicht sagen. Sie schützt ihre Quellen. Vielleicht hat sie den Pups direkt von J. Edgar Hoover.» Derlei gegen die eigene Frau gerichtete Ironie brachte nur wenig Leben in sein Gesicht, zu oft schon war er auf Felicias Kosten ironisch gewesen. Irgend etwas war gestorben hinter diesen langbewimperten Augen. Die beiden erwachsenen Kinder, auf den Fotografien an der Wand, waren von ähnlicher Gespensterhaftigkeit, hatte Sukie oft gedacht: die runden Züge der Tochter ein leerer Umriß in ihrer Fehlerlosigkeit und der Junge eingenartig passiv mit seinen fleischigen Lippen, dem lockigen Haar und dem silbrig-blassen, langen Gesicht. Bei Clyde war diese Farblosigkeit gebeizt von den braunen Gerbstoffen des allmorgendlichen Whiskys und des Zigarettentabaks und dem ätzenden Hauch, der von seinem Nacken aufstieg. Sukie hatte nie mit

Clyde geschlafen. Aber sie hatte das mütterliche Gefühl, daß sie ihm Heilung bringen könnte. Er war wie ein Ertrinkender, klammerte sich an seinen Stahlrohrschreibtisch wie an ein gekentertes Ruderboot.

«Sie sehen erschöpft aus», preschte sie vor.

«Ich bin es, Suzanne, ich bin es wirklich. Felicia hängt jeden Abend am Telefon, wegen dieser oder jener guten Sache, und überläßt mich mir selber, und dann trinke ich zuviel. Sonst habe ich mich ja ans Teleskop gesetzt, aber ich brauche wirklich eine längere Brennweite, mit meiner sehe ich kaum die Saturnringe.»

«Gehen Sie mit ihr ins Kino», schlug Sukie vor.

«Das habe ich probiert, irgend etwas gänzlich Harmloses mit Barbra Streisand – Gott, was für eine Stimme diese Frau hat, geht einem durch und durch, wie ein Messer! –, aber sie war so entrüstet über die Gewalttätigkeiten in einer der Vorschauen, daß sie hinausging und die erste Hälfte des Films damit zubrachte, sich beim Geschäftsführer zu beschweren. Zur zweiten Hälfte kam sie wieder herein und war gleich wieder entrüstet, weil sie fand, daß man zuviel von Barbra Streisands Titten sah, wenn sie sich vorbeugte, in so einem Jahrhundertwendenkleid. Dabei war der Film nicht mal ab achtzehn, er war jugendfrei! Die ganze Zeit nur singende Menschen in alten Straßenbahnwagen!» Er versuchte zu lachen, aber sein Mund war aus der Übung: das zerknautschte Loch in seinem Gesicht war nicht mitanzusehen – Sukie war drauf und dran, ihren kakaobraunen Pullover hochzukrempeln, ihren Büstenhalter aufzuhaken und diesen verschmachtenden Mann an ihren vorspitzenden Brüsten saugen zu lassen; aber sie hatte schon Ed Parsley am Hals, und *ein* verkorkster intellektueller Leidender zur Zeit reichte ihr. Jede Nacht ließ sie Ed Parsley im Geiste ein bißchen mehr einschrumpfen, damit sie, wenn der Ruf kam, möglichst unbeschwert die überflutete Marsch durchqueren und zu Darryl Van Hornes Insel gelangen konnte. Dort spielte sich das Leben ab, nicht hier im Ort, wo ölschlieriges Hafenwasser gegen die Pfähle schlappte und flackernde Lichtreflexe in die ausgelaugten Gesichter der Bewohner Eastwicks tuschte, wenn sie ihren bürgerlichen und christlichen Pflichten nachgingen.

Gleichwohl waren Sukies Brustwarzen hart geworden unter

dem Pullover, als ihr ihre Heilkräfte zum Bewußtsein kamen, und sie fühlte, daß sie für jeden Mann ein Garten war, in dem Gegengifte und Linderungsmittel wuchsen. Ihre Aureolen kribbelten, wie früher, wenn ein Baby ihre Milch brauchte oder wenn sie mit Jane und Lexa den Kegel der Macht errichtete, und der Alarm schlug an: durch ihre Knochen lief ein kalter Schauer, bis in die Finger- und Zehenknochen, als bestehe sie aus einem Geflecht schlanker Röhren, die eisige Wasserströme leiten. Clyde Gabriel beugte den Kopf über einen Text; zwischen den langen, fedrigen Strähnen seines eichenfalben Haars schimmerte rührend der farblose Schädel hervor – ein Blickwinkel, aus dem er sich niemals sah.

Sukie verließ die Redaktionsräume des *Anzeiger,* trat auf die Dock Street hinaus und ging zu *Nemo* zum Lunch; die Perspektivlinien der Gehsteige und blendendhellen Schaufensterfassaden zogen sich eng wie Zugschnüre um ihre aufrechte Gestalt. Der Wald aus schlanken, gefirnisten Bäumen, den Masten der Segelboote, die hinter den Verpfählungen vertäut waren, hatte sich gelichtet. Am Ende der Straße, am Landing Square, bildeten die hohen alten Buchen, die das kleine granitene Kriegsmahnmal umstanden, eine zartgesponnene, ragende Wand aus Gelb, die an jeden Windhauch Blätter verlor. Das Wasser wurde allmählich winterkalt und sein Blau stählerner; die weißen Holzverschalungen der Häuser hoben sich leuchtend kreidig dagegen ab, jedes Nagelloch war zu sehen. *Diese Schönheit!* dachte Sukie, und es erschreckte sie, daß ihre eigene Schönheit und Lebendigkeit nicht für immer dazu gehören würden; eines Tages würde sie weg sein, verschollen, wie ein nicht passendes Teil aus der Mitte eines Puzzlespiels.

Jane Smart übte Bachs Zweite Suite für Violoncello solo in d-Moll, mit den kleinen schwarzen Sechzehntelnoten im Präludium, die auf und nieder hüpfen und wieder auf, mit den Kreuzen und b's, wie eine Männerstimme, die sich leicht hebt in der Unterhaltung und mit denen der alte Bach seine unfehlbare tonale Spannungs-Maschinerie ankurbelt – Jane hatte es plötzlich satt, diese Noten waren so schwarz und unbestreitbar und maskulin, die Griffe wurden mit jeder Transposition des

Themas tückischer, und ihn scherte es nicht, diesen toten alten Lutheraner mit dem vierschrötigen Gesicht und der Perücke und seinem Gott Dem Herrn und seinem Genie und seinen zwei Frauen und zwanzig Kindern, ihn scherte es nicht, wie weh ihr die Fingerkuppen taten, wie sehr ihre gehorsame Seele geschunden wurde von diesen militärischen Noten, und alles nur, weil er eine Stimme brauchte nach dem Tod, weil man beitragen mußte zur Unsterblichkeit dieses Tyrannen. Jäh rebellierte sie, legte den Bogen hin, schenkte sich ein kleines Glas trockenen Wermut ein und ging zum Telefon. Sukie würde mittlerweile von der Arbeit zurück sein und ihren armen Kindern ein bißchen Erdnußbutter und Marmelade hinknallen, bevor sie sich zu der für diesen Abend anberaumten idiotischen Gemeinderatssitzung aufmachte.

«Wir *müssen* was unternehmen, damit Alexandra auch mal zu Darryl rüberkann», lautete der Grund ihres Anrufs. «Ich schaute Mittwoch abend kurz bei ihr rein, obwohl sie es ausdrücklich nicht wollte, sie war so gekränkt, weil unser Donnerstag ausfallen mußte, sie ist viel zu abhängig geworden von diesen Donnerstagen, und sie sah *so* etwas von deprimiert aus, regelrecht krank vor Eifersucht, erst ich mit dem Brahms und dann dein Artikel, ich muß sagen, deine Prosa kann einem schon den Rest geben, und ich kriegte sie nicht dazu, auch nur ein Wort darüber zu verlieren, und von allein mochte ich nicht davon anfangen, wieso sie nicht eingeladen war.»

«Aber Liebling, sie *war* eingeladen, genau wie du und ich. Als er mir seine Kunstschätze zeigte, für den Artikel, kramte er extra einen teuer aussehenden Katalog von einer Ausstellung hervor, die diese Niki Dingsbums in Paris gehabt hat, und sagte, den hebe er für Lexa auf.»

«Aber nun geht sie nicht, solange sie nicht eine formelle Einladung bekommt, und ich kann dir sagen, die Arme leidet wie ein Tier. Ich dachte, du könntest vielleicht ein Wort fallenlassen.»

«Liebchen, wieso ich? Du kennst ihn viel besser von uns beiden, du bist doch jetzt dauernd drüben, und machst Musik.»

«Ich war zweimal da», sagte Jane und zischte das z mit größter Bestimmtheit. «Du hast so eine Art an dir – du kannst es dir leisten, einem Mann was zu sagen. Ich bin irgendwie zu definitiv, bei mir hat alles gleich so viel Bedeutung.»

«Ich bin nicht sicher, ob ihm der Artikel überhaupt gefallen hat», schob Sukie vor. «Er hat mich gar nicht angerufen.»

«Warum sollte er ihm nicht gefallen haben? Der Artikel ist reizend und hat ihn als sehr romantische, glänzende, beeindruckende Persönlichkeit hingestellt. Marge Perley hat ihn ausgeschnitten und an ihr Anschlagbrett gepinnt und erzählt allen unschlüssigen Kunden, daß der Kauf durch sie zustande gekommen ist.»

An Sukies Ende der Leitung kam ein weinendes weibliches Kind angerannt; der ältere Bruder, brachte das Kind unter Schluchzen hervor, während Janes Stimme weiterknisterte wie eine atmosphärische Störung in der Leitung, lasse sie nicht den Lehrfilm über sich paarende Löwen sehen, weil *er* eine Wiederholung von ‹Hogan's Heroes› in einem UHF-Kanal sehen wolle. Der Mund des kleinen Mädchens war mit Erdnußbutter und Marmelade verschmiert, ihr feines Haar ein ungekämmtes Gestrüpp. Sukie hätte diesem gräßlichen Kind ins schmutzige Gesicht schlagen, ein bißchen Verstand in diese fernsehstieren Augen bleuen mögen. Gier, das war alles, was das Fernsehen lehrte, in unseren Köpfen war nur noch Brei. Darryl Van Horne hatte ihr erklärt, inwieweit das Fernsehen verantwortlich war für all die Unruhen und das Aufbegehren gegen den Krieg: die Unterbrechungen durch die Werbespots und das dauernde Hin- und Herschalten zwischen den Kanälen hatten in den Gehirnen der jungen Menschen die Synapsen zerstört, die die logischen Zusammenhänge herstellen, mit der Folge, daß die Leute meinten, *Make Love not War* sei wörtlich zu nehmen.

«Ich denke drüber nach», versprach sie hastig und legte auf. Sie mußte zur Sondersitzung des Straßenbauausschusses; die fürchterlichen Schneestürme des letzten Februar hatten den gesamten diesjährigen Schneeräumungs- und Streusalzetat aufgefressen, und Ike Arsenault, der Vorsitzende, drohte mit Rücktritt. Sie hoffte, früh wieder gehen zu können, denn sie war mit Ed Parsley in Point Judith verabredet. Als erstes mußte sie der Zankerei in der Fernsehhöhle ein Ende machen. Die Kinder hatten oben ihren eigenen Apparat, aber aus schierer Widerborstigkeit benutzten sie mit Vorliebe den ihren; das winzige Haus dröhnte von dem Lärm, und die Milchgläser und Kakaotassen hinterließen Ränder auf der restaurierten Schiffstruhe, die als Sofatisch diente, und sie würde wieder grünverschimmelte Brotkrümel zwischen den Loveseat-Kissen finden. Wütend stürmte sie ins Zimmer und befahl dem ungezogensten Balg, das Abendbrotgeschirr in die Spülmaschine zu stellen. «Und wasch vorher ja das Erdnußbuttermesser ab! Wasch es ab und *trockne* es ab – wenn du es einfach so in die Maschine wirfst, backt die Hitze die Erdnußbutter so fest an, daß man sie nie wieder abkriegt.» Bevor Sukie die Küche verließ, zerhackte sie das blutdunkle Pferdefleisch aus einer Alpo-Büchse, schaufelte es in die auf dem Boden stehende Plastikschüssel, auf die ein Kind mit Filzstift HANK gemalt hatte, und schob sie dem gierig schlingenden Weimaraner hin. Sich selber stopfte sie eine Handvoll gesalzener spanischer Erdnüsse in den Mund; Fetzchen der rötlichen Nußhaut klebten an ihren verschwenderischen Lippen.

Sie ging nach oben. Der Weg zu Sukies Schlafzimmer führte die schmale Stiege hinauf, dann links durch einen engen, schrägen Flur mit schmuckloser Täfelung und dann nach rechts, durch eine Tür aus dem 18. Jahrhundert, die mit einem zweifachen X aus Nägeln mit quadratischen Köpfen beschlagen war. Sie schloß die Tür hinter sich und ließ den wie eine Klaue geformten schmiedeeisernen Riegel einschnappen. Die Tapete an den Wänden war mit einem alten Muster bedruckt: Weinreben, die stracks nach oben wuchsen, wie Bohnen an der Stange, und die spinnwebenüberzogene Decke hing durch wie die Unterseite einer Hängematte. Große verbolzte Unterlegscheiben an den schlimmsten Rissen verhinderten, daß der Putz herunterkam. Eine einsame Geranie starb auf der Fensterbank; es gab nur dies eine kleine Fenster im Zimmer. Sukie schlief in einem durchgelegenen Doppelbett, über das eine Tagesdecke aus verschlissenem gepunktetem Musselin gebreitet war. Ihr war eingefallen, daß neben dem Bett noch der *Anzeiger* von vergangener Woche lag; mit einer gebogenen kleinen Nagelschere schnitt sie säuberlich ihren «Erfinder, Musiker, Kunstliebhaber»-Artikel aus, und ihr Atem strich warm drüberhin, während ihre kurzsichtigen Augen darauf achteten, daß am Rand ja nicht ein Buchstabe irgendeines angrenzenden, nicht Darryl Van Horne betreffenden Textes stehenblieb. Als sie damit fertig war, wickelte sie den Zeitungsausschnitt, mit dem Artikel nach innen, um eine schwerhüftige, kleinfüßige, nackte Tonfigur, die Alexandra ihr vor zwei Jahren zu ihrem 30. Geburtstag geschenkt hatte, die aber nun, zum Zwecke der Magie, als Darstellung der Schöpferin selbst herhalten mußte. Mit einem speziellen Bindfaden, den Sukie in einem schmalen Schrank neben dem eingemauerten Kamin verwahrte, einem faserigen blaßgrünen Juteband, wie Gärtner es benutzen, um Pflanzen hochzubinden, weshalb ihre Gärten auch so strotzen vor hoffnungsvollem Wachstum, umwickelte sie das Päckchen so lange, bis nichts mehr von dem zerknitterten, bedruckten Papier zu sehen war. Sie verknotete das Band einmal, dann noch einmal und ein drittes Mal, damit der Zauber besser wirke. Der Fetisch lag ihr angenehm in der Hand, etwas Phallisch-Längliches, das sich anfühlte wie dichtes Korbgeflecht. Unsicher, was die passende Zauberformel sei, drückte sie das Päckchen flüchtig an ihre Stirn, ihre beiden Brüste, ihren Nabel, der ein einzelnes Glied in der endlosen Kette der Frauen war, und ihren Rock hebend, jedoch ohne den Slip herunterzuziehen, an ihre Scham. Für alle Fälle gab sie dem Ding noch einen Kuß. «Viel Spaß, ihr beiden», sagte sie; ein Wort aus dem Lateinunterricht fiel ihr ein, und flüsternd leierte sie: *«Copula, copula, copula.»* Dann ließ sie sich auf die Knie nieder und schob den splissigen Talisman unter ihr Bett, wo sie gut ein Dutzend Staubflocken erspähte und eine verlorengeglaubte Strumpfhose, aber sie war zu sehr in Eile, um sie hervorzuholen. Ihre Brustwarzen waren schon ganz hart, sie dachte an Ed Parsley, seinen dunklen geparkten Wagen, den wischenden, bezichtigenden Strahl des Leuchtturms von Point Judith, das stinkige, miefige Motelzimmer, das Ed mit 18 Dollar schon im voraus bezahlt haben würde, und an die Stürme seiner Schuldgefühle, die sie würde durchstehen müssen, sobald er sexuell befriedigt war.

Der Himmel an diesem Nachmittag hing kalt und tief und silberweiß, und Alexandra dachte, an der East Beach könnte es zu windig und ungemütlich sein, darum parkte sie den Subaru an der Böschung neben der Strandstraße, nicht weit vom Lenox-Damm. Hier erstreckte sich die Marsch weit, das Gras war ausgebleicht und stellenweise plattgedrückt von den Gezeiten, hier konnte Coal ungehindert laufen. Zwischen den gesprenkelten Findlingen, die das riesige Knochengerüst des Dammes waren, deponierte das Meer tote Möwen und leere Krabbenschalen, die der Hund voll Wonne beschnupperte und durcheinanderstöberte. Hier stand auch, was noch übrig war vom einstigen Zufahrtsportal: zwei Backsteinpfeiler, mit zementenen Obstschalen bemützt und versehen mit vor sich hin rostenden Angeln für ein Eisentor, das es nicht mehr gab. Während sie da stand und zum finsterblickenden symmetrischen Haus hinüberstarrte, näherte sich hinter ihr, lautlos, der Besitzer in seinem Mercedes. Das Auto war in einem gebrochenen Weiß lackiert, das schmuddelig wirkte; der eine vordere Kotflügel war eingedellt, der andere repariert und in einem abweichenden Elfenbein ausgebessert. Alexandra trug ein rotes Kopftuch, wegen des Windes, und als sie sich umdrehte, sah sie ihr Gesicht im Auge des lächelnden dunklen Mannes: ein entsetztes Oval, rotgerahmt gegen den silbrigen Himmel über dem Meer, das Haar versteckt wie das einer Nonne.

Das Autofenster war auf Knopfdruck leise heruntergeglitten. «Da sind Sie ja endlich!» rief er – nicht in dem ungehörigen, lümmelhaften Ton, den er auf dem Empfang nach dem Konzert am Leib gehabt hatte, sondern sachlich konstatierend wie ein Geschäftsmann. Sein rissiges Gesicht grinste. Neben ihm auf dem Beifahrersitz saß eine undeutliche konische Gestalt – ein Collie, aber einer, in dessen dreifarbigem Fell wider alle Regel Schwarz dominierte. Das Vieh kläffte erbarmungslos, als der brave Coal weit schweifend seine Aasschnüffelei unterbrach und seiner Herrin zu Hilfe eilte.

Sie packte ihren Liebling am Halsband, um ihn zurückzuhalten, er sträubte sich und würgte, und sie hob die Stimme, um sich im Tumult der Hunde Gehör zu verschaffen. «Ich habe hier nur geparkt, ich wollte nicht ...» Ihre Stimme klang zaghafter und jünger als sonst; sie war ertappt worden.

«Ich weiß, ich weiß», sagte Van Horne ungeduldig. «Kommen Sie trotzdem mit rüber und trinken Sie einen Schluck. Sie haben Ihre Besichtigungstour noch nicht gemacht.»

«Ich muß in einer Minute zurück. Die Kinder kommen aus der Schule.» Aber noch während sie dies sagte, zerrte sie Coal, der sich argwöhnisch widersetzte, zu ihrem Auto hin. Sein Ausflug war noch nicht zu Ende, wollte er sagen.

«Steigen Sie lieber zu mir in meine Kutsche ein!» rief der Mann. «Die Flut kommt, und Sie wollen doch nicht stranden.»

Will ich wirklich nicht? dachte sie und gehorchte wie ein Automat, verriet ihren besten Freund, sperrte Coal in den Subaru, ließ ihn allein. Er hatte geglaubt, daß sie zu ihm einsteigen und nach Hause fahren würde. Sie kurbelte das Fenster auf der Fahrerseite ein paar Zentimeter herunter, damit Luft ins Auto kam, und drückte auf die Verriegelungsknöpfe an den Türen. Das schwarze Gesicht des Hundes runzelte sich ungläubig zusammen, seine Ohren stellten sich so hoch auf, daß das Knorpelgefältel in ihrem Innern das schlappige Gewicht kaum noch stützen konnte. Dies samtene rosa Gerüsch, das sie so oft am Kamin liebkost und nach Zecken abgesucht hatte. Sie wandte sich ab. «Wirklich nur eine Minute», stammelte sie, zerrissen, verlegen – ausgelöscht all die Jahre des Gleichmuts und der Überlegenheit.

Der Collie, der in Sukies Artikel nicht vorkam, streifte alle Grimmigkeit ab und verdrückte sich höflich auf den Rücksitz, als sie die Tür des Mercedes öffnete. Das Wageninnere war in rotem Leder gehalten; die Vordersitze waren mit Lammfell bezogen. Mit einem teuren, trockenen Klacken schloß sich die Tür an ihrer Seite.

«Sag guten Tag, Needlenose», sagte Van Horne und drehte seinen großen, wie ein schlecht sitzender Helm anmutenden Kopf zum Rücksitz hin. Der Hund hatte tatsächlich eine sehr spitze Nase; er stupste sie in Alexandras Handfläche, als sie sie ihm hinhielt. Spitz, feucht und unangenehm, wie das Ende eines Eiszapfens. Schnell zog sie die Hand zurück.

«Es dauert noch Stunden, bis die Flut kommt», sagte sie und

versuchte, ihre Stimme wieder wie die einer erwachsenen Frau klingen zu lassen. Der Damm war trocken und voller Schlaglöcher. Bis hierhin waren die Renovierungsarbeiten noch nicht gediehen.

«Bei dem tückischen Biest kann man nie wissen», sagte er. «Wie zum Teufel ist es Ihnen ergangen? Sie sehen deprimiert aus.»

«Tatsächlich? Woran sehen Sie das?»

«Ich sehe es eben. Manche Menschen finden den Herbst deprimierend, andere hassen den Frühling. Ich für mein Teil bin immer ein Frühlingstyp gewesen. All dies Wachsen, man fühlt richtig, wie sie ächzt, die Natur, die alte Vettel; sie will nicht, nicht schon wieder, alles, bloß *das* nicht, aber sie *muß*. Es ist eine beschissene Tortur, all dies Sprießen und Drängen, der Saft steigt in den Bäumen, Unkraut und Insekten machen wieder mobil, die Samen zerbrechen sich den Kopf, wie zum Teufel noch mal die DNS funktioniert, das ganze Gerangel um ein bißchen Stickstoff – Jesus, es ist schon hart. Vielleicht bin ich zu sensibel. Sie haben bestimmt Ihre Freude daran. Frauen sind in solchen Dingen ja nicht so sensibel.»

Sie nickte, starrte hypnotisiert auf die holprige Straße, die unter ihr verschwand und hinter ihr immer länger wurde. Backsteinpfeiler, identisch mit denen am anderen Ende des Dammes, standen links und rechts der Auffahrt zur Insel, und diese beiden hatten noch ihr Tor; seit Jahren hielt es weit seine eisernen Flügel ausgebreitet, die verrosteten Schnörkel dienten als Klettergitter für wilden Wein und Giftsumach, und sogar Bäume hatten sich hindurchgezwängt: junger roter Ahorn, dessen kleine Blätter sich in den zartesten Rottönen verfärbten, bis hin zu Rosa. Einer der Pfeiler hatte seine Krone aus Zementobst verloren.

«Frauen gehen ganz schön ran in ihrem Leben», fuhr Van Horne fort, «ich bringe das nicht. Ich schaffe es nicht mal, eine Fliege zu zerquetschen. Das arme Ding ist in ein paar Tagen ja sowieso tot.»

Alexandra erschauerte, dachte an die Fliegen, die auf ihren Lippen landeten, während sie schlief, die fedrigen, winzigen Füße, die kleine elektrisch geladene Berührung, wie wenn man beim Bügeln an die durchgescheuerte Schnur kommt. «Ich mag den Mai», gestand sie kleinmütig, «aber es ist schon so, wie Sie sagen, die Anstrengung wird immer spürbarer. Für Gartenmenschen sowieso.»

Joe Marinos grüner Lastwagen stand zu ihrer Erleichterung nirgendwo vor dem Haus. Der Tennisplatz schien im großen und ganzen fertig zu sein. Die goldgelben Bulldozer, von denen Sukie erzählt hatte, waren weg, nur ein paar hemdlose junge Männer waren noch da; mit zierlich klickenden Geräuschen befestigten sie weite Bahnen von grünem plastiküberzogenem Maschendraht an Metallpfosten, die rings ein Feld absteckten: aus der Entfernung – Alexandra spähte aus einer Kurve der Auffahrt dorthin, wo früher in den abgestorbenen Ulmen die Silberreiher genistet hatten – sah es aus wie eine große Spielkarte in zwei stumpfen, Gras und Erde imitierenden Farben. Das Gitter aus weißen Linien war schneidend vor Bedeutung und zwingend exakt wie ein Hexendiagramm. Van Horne hatte angehalten, damit sie besser staunen könne. «Ich habe mich nach Naturboden erkundigt: selbst wenn man bei den Anschaffungskosten noch alle Augen zudrückt, bei der Instandhaltung von gestampftem Lehm kommt man aus den Kopfschmerzen nicht mehr heraus. Mit diesem AsPhlex-Kunstzeug ist alles ganz einfach, man fegt hin und wieder die Blätter ab, und mit ein bißchen Glück kann man bis in den Dezember hinein spielen. Noch ein paar Tage, dann ist Einweihung. Ich habe mir gedacht, mit Ihnen und den beiden anderen Bienen hätten wir ein gutes Vierergespann.»

«Meine Güte, so eine Ehre kommt auf uns zu? Ich bin wirklich nicht in Form –» setzte sie an, ihr Tennisspiel meinend. Ozzie und sie hatten früher sehr viele Doppel mit anderen Paaren gespielt; jetzt überredete Sukie sie ein- oder zweimal im Jahr zu einem samstäglichen Einzel auf den abgenutzten öffentlichen Plätzen bei Southwick, aber richtig gespielt hatte sie in all den Jahren wirklich nicht mehr.

«Dann *tun* Sie was für Ihre Form», sagte Van Horne, sie mißverstehend und spuckend in seinem Eifer, «bewegen Sie sich, machen Sie Schluß mit dieser Trübetümpeligkeit! Himmel, mit achtunddreißig ist man *jung*!»

Er weiß, wie alt ich bin, dachte Alexandra, eher erleichtert denn mit gekränkter Eitelkeit. Es war gut, von einem Mann gekannt zu werden. Sich ihm bekannt zu *machen* war das Peinliche. All das verlegene Geschwafel bei viel zuviel Alkohol, und dann offenbarten die Körper ihre versteckten Preisnachlaßetiketts, wie enttäuschende Geschenke zur Weihnachtszeit. Und doch wollte man nackt sein vor dem anderen – weil man verliebt war, nicht in ihn, sondern in sich selbst, in die Hast, die fliegende Eile, mit der man die Kleider abstreifte und endlich man selber war. Mit diesem anmaßenden Fremden fühlte sie sich aufs tiefste bekannt, jetzt schon. Daß er so scheußlich war, half.

Er fuhr wieder an, schwang in den knirschenden Kreisbogen der Auffahrt und hielt vor der Eingangstür. Zwei Stufen führten zu einem säulengetragenen Portiko hinauf, in dessen Bodenplatten ein Mosaik aus grünem Marmor, den Anfangsbuchstaben L darstellend, eingelassen war. Die Tür selber, frisch gestrichen, in Schwarz, war so massiv, daß Alexandra Angst hatte, die Angeln würden sich lockern, als der Hausherr sie aufstieß. Im Foyer schlug ihr ein schwefliger Chemikaliengeruch entgegen; er nahm keine Notiz davon, es war sein Element. Er drängte sie weiter, vorbei an einem präparierten hohlen Elefantenfuß voller Spazierstöcke, einige mit Knäufen, andere mit gekrümmten Griffen, und dazwischen ein einsamer Regenschirm. Van Horne war heute nicht in ausgebeulten Tweed gekleidet, in einen dunklen Anzug mit Weste, als sei er in Geschäften unterwegs gewesen. Er zeigte nach rechts und links mit aufgeregten, steifen Armen, die an seinen Körper zurücksackten wie erschlaffte Hebel. «Zum Labor geht's da lang, an den Flügeln vorbei, war früher der Ballsaal, nichts drin, nur massenweise Ausrüstung, das meiste noch in Kisten, wir haben noch kaum was gemacht hier, aber wenn es erst mal losgeht, Junge, dann wackeln die Wände. Hier, auf der anderen Seite, nennen wir's das Studio, die meisten Bücher sind noch in Kartons im Keller, ein paar von den alten Ausgaben will ich erst aus der Versenkung holen, wenn ich einen Luftfeuchtigkeitsregler habe, diese alten Einbände, Sie wissen ja, sogar die Fäden, die sie zusammenhalten, zerfallen zu Staub wie Mumien, wenn man nur den Deckel aufklappt ... aber ist doch ein schnuckeliges Zimmer, oder? Die Geweihe hingen hier und die Köpfe. Ich persönlich bin kein Jäger, morgens um vier aufstehen und rausgehen und so ein großäugiges Reh, das nichts und niemandem in der Welt was zuleide getan hat, mit 'ner Schrotflinte abknallen, Wahnsinn. Menschen sind wahnsinnig. Menschen sind wirklich schlecht, das muß man klar sehen. Hier ist das Eßzimmer. Der Tisch ist aus Mahagoni, sechsfach ausklappbar, wenn ich ein Bankett geben will, persönlich bin ich allerdings mehr für Dinners in intimem Kreis, vier, sechs Leute, gib jedem die Chance zu brillieren, sein Blabla an den Mann zu bringen. Laden Sie eine größere Blase ein, und schon blüht die Massenpsychologie, einige wenige Leithammel und viele blökende Schafe. Ich habe übrigens einen tollen Kandelaber, noch verpackt, 18.Jahrhundert, ein Experte, den ich kenne, sagt, er stammt hundertprozentig aus der Werkstatt von Robert Joseph Auguste, obwohl er keinen Stempel hat, die Franzosen haben sich mit diesen Stempeln nie so gehabt wie die Engländer, *Fein*heiten, Sie würden verrückt, Weinreben, absolut lebensecht bis in den winzigsten kleinen Rankenschnörkel, man erkennt sogar ein, zwei kleine Käfer, man kann sehen, wo Insekten an den Blättern geknabbert haben, alles zwei Drittel so groß wie in Wirklichkeit; es geht mir sehr gegen den Strich, ihn hier aufzustellen, wo jeder ihn sehen kann, erst will ich eine idiotensichere Alarmanlage haben, obwohl Einbrecher sich ja im allgemeinen ein Haus wie dieses nicht so gern vornehmen: nur eine Möglichkeit zum Rein- und Rausgehen, die haben lieber noch irgendwo eine Ausstiegsluke. Nicht daß das eine Versicherungspolice wäre, die Kerle werden immer tollkühner, die Drogen treiben sie zu Verzweiflungstaten, die Drogen und die allgemeine Verrohung, kein Funken Respekt mehr vor irgendwas; ich habe von Leuten gehört, die für ein halbes Stündchen weggegangen sind, und als sie wiederkamen, war alles ausgeräumt, die Kerle behalten sie im Auge, auf Schritt und Tritt, ihre sämtlichen Lebensgewohnheiten, Sie werden beobachtet, das ist etwas, worauf Sie sich verlassen können in unserer Gesellschaft, Baby, Sie werden beobachtet.»

Alexandra war sich nicht bewußt, wie sie auf diese Wortflut

reagierte: mit höflichen Geräuschen vermutlich, während sie
sich in einiger Entfernung hinter ihm hielt, aus Angst, sie
könnte versehentlich niedergestreckt werden von dem Geru-
dere und Gefuchtel des schweren Mannes. Sie wurde, indes er
in den höchsten Tönen schwadronierte, einer gewissen durchdringenden Fadenscheinigkeit rings um seine aufgeregte,
dunkle Gestalt gewahr, eine Schäbigkeit überall: leere Ecken
und teppichlose, verschrammte Fußböden; Decken, an deren
Risse und Buckel seit Jahrzehnten niemand gerührt hatte; Pa-
neele, deren einstmals weiße Farbe vergilbt war und abblät-
terte, und elegante handgedruckte Landschaftstapeten, die sich
in den Zimmerecken und entlang der ausgetrockneten Stöße
lösten und Blasen warfen; verschwundene Gemälde und Spiegel hatten ihre Geisterbilder hinterlassen: Rechtecke und
Ovale, die weniger verblaßt waren als die übrigen Wandflä-
chen. Mochte er noch so sehr schwärmen von unausgepackten
Schätzen: die Zimmer waren erbärmlich karg möbliert. Van
Horne hatte die ausgeprägten Anlagen eines kreativen Menschen aber offenbar nur die Hälfte des nötigen Rohmaterials.
Alexandra fand das rührend und sah in ihm etwas, das ihr verwandt war, ihre monumentalen Statuen, die man in der Hand
halten konnte.

«*Jetzt*», kündigte er an, dröhnend, als wolle er die Gedanken
in ihrem Kopf übertönen, «jetzt kommt der Raum, den ich
Ihnen zeigen wollte. *La chambre de résistance.*» Es war ein
langgestreckter Wohnraum mit einem ungeheuren Kamin, wie
die Fassade eines Tempels: blattumkränzte ionische Säulen trugen den Sims, über dem ein großer facettierter Spiegel hing und
das stolze Ausmaß des Raumes als scheckiges Echo wiedergab.
Sie sah sich selbst und nahm das rote Kopftuch ab, schüttelte
ihr Haar, das ausnahmsweise offen hing, aber noch wellig und
klettig war vom Flechten. Hatte vorhin, vor Schreck, ihre
Stimme jünger geklungen als sonst, sah jetzt ihr Gesicht jünger
aus in diesem antiken, nachsichtigen Spiegel. Er hing leicht
vorgekippt; sie hob den Kopf zu ihm und freute sich, daß die
Partie unter ihrem Kinn nicht zu sehen war. Im Badezimmer-
spiegel zu Hause sah sie furchtbar aus, ein altes Weib mit ge-
sprungenen Lippen und gespaltener Nasenspitze und geplatz-

ten Äderchen unten an der Nasenscheidewand, und wenn sie im Subaru saß und sich verstohlen im Rückspiegel beäugte, sah sie noch entsetzlicher aus, leichenblaß, die Augen ganz verstört, mit einer ausgescherten, wie ein Käferbein quer über dem unteren Lid liegenden Wimper. Als kleines Mädchen hatte sie sich vorgestellt, daß hinter jedem Spiegel eine andere Person versteckt sei und darauf lauere herauszugucken, eine andere Seele. Wie so vieles, das wir als Kind fürchten, erwies sich in gewisser Weise als wahr.

Van Horne hatte einige kastenförmige moderne Sessel und ein geschwungenes Sofa um den Kamin gruppiert, Überbleibsel aus einem New Yorker Apartement, ganz offensichtlich, und ziemlich abgeschabt; zum größten Teil aber war das Zimmer mit Kunst möbliert, einschließlich solcher, die Platz auf dem Fußboden beanspruchte. Ein gigantischer Hamburger aus grellfarbigem, halbaufgeblasenem Vinyl. Eine weiße Gipsfrau an einem richtigen Bügelbrett, mit einer echten toten, ausgestopften Katze, die sich an ihre Knöchel schmiegte. Ein Stapel Brillo-Kartons, die bei näherem Hinsehen nicht hohl und aus gepreßter Pappe waren, sondern penibel mit Seidensiebdruckgewebe überzogene große Würfel aus etwas Festem, Unverrückbarem. Ein Neo-Regenbogen, nicht eingestöpselt, der mal abgestaubt werden mußte.

Der Mann klatschte mit der Hand auf eine besonders häßliche Assemblage, eine nackte, auf dem Rücken liegende Frau mit gespreizten Beinen; sie war zusammenmontiert aus Hühnerdraht, plattgedrückten Bierdosen, einem alten Porzellannachttopf – das war der Bauch –, zerstückelten Chromstoßstangen und lack- und leimversteifter Unterwäsche. Ihr Gesicht, das unverwandt zum Himmel oder zur Decke starrte, stammte von einer Gipspuppe, ähnlich der, mit welcher Alexandra früher gespielt hatte, porzellanblaue Augen, engelhaft rosige Wangen; es war abgesäbelt und an einem Holzblock befestigt, dem mit Buntstift Haare aufgestrichelt waren. «Das ist das Genie in dem Strauß, den ich mir für mein Geld zusammengepflückt habe», sagte Van Horne, sich die Mundwinkel mit zweifingeriger Kneifbewegung trocken wischend. «Kienholz. Eine Marisol, die es in sich hat. Verstehen Sie, diese Taktilität! Da gibt es nichts Monotones oder Festgesetztes. *Das* ist die Richtung, in die *Sie* steuern sollten. Dieser Inhaltsreichtum, diese Vielfältigkeit, diese, verstehen Sie, diese Ambiguität! Nichts für ungut, Lexa-Gute, aber Sie backen wirklich *zu* kleine Brötchen mit Ihren läppischen Püppchen da.»

. «Es sind keine Püppchen, und diese Skulptur ist rüde, ein Witz auf Kosten der Frauen», sagte sie matt; sie fühlte sich schief, aus der Balance gerutscht, passend zum Augenblick – ein Gefühl des Gleitens, die Welt bewegte sich durch sie hindurch, oder sie bewegte die Welt, eine kosmische Verwirrung: der Zug beginnt sacht seine Fahrt, und man denkt, der Bahnsteig gleite rückwärts. «Meine Duttelchen sind kein Witz, sie sind liebevoll gemeint.» Aber ihre Hand wanderte über die Assemblage und fand dort die sanftglatte und beständige Textur des Lebens. Die Wände dieses langen Zimmers, an denen früher vermutlich Familienporträts der Lenox' aus dem Newport des 18. Jahrhunderts hingen, waren jetzt kakelbunt bedeckt mit hängenden, baumelnden, vorspringenden Zerrbildern unseres Alltags: riesige Münzfernsprecher aus schlaffem Segeltuch; die amerikanische Fahne, mehrfach, in Impasto; überlebensgroße, mit todernster Genauigkeit wiedergegebene Dollarscheine; Brillen aus Gips, hinter denen keine Augen waren, sondern geöffnete Lippen; erbarmungslose Vergrößerungen unserer Comic strips und Reklame-Embleme unserer Filmstars und Kronenkorken, unserer Bonbons und Zeitungen und Verkehrsschilder. All das, was wir benutzen und dann wegwerfen, ohne noch einen Blick daran zu verschwenden, war hier, aufgebläht und grell, festgehalten: verewigter Müll. Van Horne weidete sich, schnaubte freudig und wischte sich immer wieder die Lippen trocken, während er Alexandra seine Sammlung vorführte, erst die eine Wand abschritt, dann die andere; und sie erkannte, daß er erstrangige Stücke dieser Spott- und Hohnkunst zusammengetragen hatte. Er hatte Geld und brauchte eine Frau, die ihm half, es auszugeben. Über seiner dunklen Weste hing eine goldene Uhrkette mit antiker Berlocke; er war ein Erbe, wenngleich im Unfrieden mit seiner Erbschaft. Eine Ehefrau würde ihm Frieden bringen.

Der Tee mit Rum kam, aber die Zeremonie gestaltete sich zahmer, als sie nach Sukies Schilderung erwartet hatte. Fidel trat auf den Plan, geräuschlos, wie Diener so sind, unterm Jochbein eine adrette Narbe, so vorteilhaft hingeritzt, als sei sie seiner Mokkahaut aufgestickt, eine mit Bedacht gewählte Verzierung seines schmächtigen schiefen Gesichts. Die langhaarige Katze mit den deformierten Pfoten, von der im *Anzeiger* die Rede gewesen war, sprang Alexandra auf den Schoß, gerade als diese die Tasse zum Mund führte; der flüssige Inhalt schaukelte kaum. Der Meereshorizont, den sie von ihrem Platz durch die palladianischen Fenster sehen konnte, blieb gleichfalls in der Waagerechten: die Welt war im großen und ganzen ein sacht gemischter Talon aus horizontalen Flüssigkeiten, überlegte sie, und sie dachte an die kalte, dichte Schicht des Meeres, unter deren Schwere nur riesige, augenlose Mollusken sich bewegen, und sie dachte an den Nebel, der über die herbstliche Oberfläche eines Waldteichs leckt, und an die Sphären immer dünner werdenden Gases, die unsere Astronauten durchstoßen, ohne Löcher zu machen, damit das Blau des Himmels nicht ausläuft. Sie fühlte sich wohl hier, das hätte sie nicht erwartet, in diesen Räumen, die praktisch leer waren, abgesehen von der Überfülle an höhnischer Kunst – Räume, die Bände sprachen von den Bedürftigkeiten eines Junggesellen. Ihr Gastgeber erschien ihr auch angenehmer. Das Verhalten eines Mannes, der mit einem schlafen will, ist sezierend und aggressiv, abschätzend, läßt den Unmut ahnen, mit dem er eventuell reagiert, wenn er Erfolg hat, und in Van Hornes Verhalten heute kam eigentlich nichts von alldem zum Vorschein. Er sah müde aus, saß zusammengesackt in seinem schäbigen Kastensessel mit dem champignonfarbenen Cordsamtbezug. Sie malte sich aus, daß er bei dem geschäftlichen Treffen, dessentwegen er sich so in Schale geworfen hatte, ins Hintertreffen geraten war; vielleicht war er um ein Bankdarlehen eingekommen und abschlägig beschieden worden. In unverhohlenem Bedürfnis kippte er sich einen Extraschuß Rum in seinen Tee, aus der Mount Gay-Flasche, die der Butler auf dem runden Queen Anne-Tisch, neben Van Hornes Ellbogen, abgestellt hatte. «Wie sind Sie dazu gekommen, sich eine so umfangreiche und wundervolle Sammlung zuzulegen?» fragte Alexandra.

«Durch meinen Anlageberater», war die ernüchternde Antwort. «Das finanziell Pfiffigste, das Sie tun können, es sei denn, Sie stoßen auf Öl in Ihrem Garten, ist, einen Künstler von Rang zu kaufen, bevor die Spatzen seinen Rang von den Dächern pfeifen. Denken Sie an die beiden Russkies, die unmittelbar vor dem Krieg all diese Picassos und Matisses in Paris zusammengeramscht haben, und nun ist alles drüben in Leningrad, wo kein Schwein es zu sehen kriegt. Denken Sie an die Glückspilze, die einen frühen Pollock ergattert, ihn ihm abgeluchst haben, für den Preis einer Flasche Scotch. Egal, ob Sie einen Volltreffer landen oder einen Flop, unterm Strich machen Sie einen besseren Schnitt als mit Wertpapieren. Ein einziger Jasper Johns macht jede Menge Mist wett. Wie dem auch sei, ich mag den Mist.»

«Das sehe ich», sagte Alexandra, bemüht, ihm zu helfen. Wie konnte sie diesen massigen, weitschweifigen Mann je dazu bewegen, daß er sich in sie verliebte? Er war wie ein Haus mit zu vielen Zimmern, und die Zimmer hatten zu viele Türen.

Da bückte er sich vor in seinem Sessel, und sein Tee schwappte über. Offensichtlich war ihm das schon oft passiert, denn reflexhaft spreizte er die Beine, und die braune Flüssigkeit flippte zwischen ihnen durch auf den Teppich. «Das ist das Beste an Orientteppichen», sagte er, «sie nehmen keine Sünde krumm.» Mit der Sohle seines kleinen spitzen schwarzen Schuhs – seine Füße waren geradezu monströs klein für seinen massigen Rumpf – scheuerte er den Teefleck ins Teppichgewebe. «Ich konnte ihn nicht *aus*stehen», ereiferte er sich, «diesen ganzen abstrakten Kram, den sie uns in den Fünfzigern andrehen wollten, Gott, alles erinnerte mich so an Eisenhower, nichts als heiße Luft. Ich erwarte von Kunst, daß sie mir was *klar*macht, mir sagt, woran ich bin, auch wenn's beschissen ist, hab ich recht?»

«Ich glaube, ja, aber ich bin wirklich sehr dilettantisch», sagte Alexandra, und ihr war gar nicht mehr so behaglich zumute jetzt, da er offenbar wirklich begann, Feuer zu fangen.

Was für Unterwäsche hatte sie an? Wann hatte sie zuletzt gebadet?

«Und als dann diese Popmasche aufkam, dachte ich, Mann, endlich was für mich. So verdammt heiter alles, verstehen Sie – Untergang, na wennschon, aber dann doch bitte mit einem Lächeln. Ein bißchen wie die späten Römer. Haben Sie mal Petronius gelesen? Ein *Genuß*, sage ich Ihnen, ein Genuß, Gott, sehen Sie sich diese Ziege an, die Rauschenberg in den Gummireifen gesteckt hat: Sie lachen, bis die Sonne untergeht. Vor Jahren war ich mal in dieser Galerie in der Siebenundfünfzigsten Straße – das ist die, wo ich *Sie* gern sähe, hängt einem ja zum Hals raus, so oft sage ich das –, da kam der Galerist, diese Schwuchtel namens Mischa, allseits als Mischa der Mustopf bekannt, aber ein verdammt beschlagenes Kerlchen, und zeigte mir diese beiden Bierdosen von Johns – Ballantine Ale, um's genau zu sagen – aus Bronze, aber so hinreißend angemalt, so über die Maßen exakt und doch eine Spur frei, wie es eben Johns' Art ist, die eine mit einem Dreieck oben, als sei die Lasche zum Öffnen weggerissen, die andere jungfräulich, ungeöffnet. Sagt Mischa zu mir: ‹Heb eine hoch.› – ‹Welche›, sage ich. ‹Egal, welche›, sagt er. Ich hebe die jungfräuliche hoch. Sie ist schwer. ‹Heb die andere hoch›, sagt er. ‹Muß das sein›, frage ich. ‹Mach schon›, sagt er. Ich tu's. Sie ist leichter! Das Bier war getrunken!! Kunstmäßig, meine ich. Mir wäre fast einer abgegangen, so geil hat mich das gemacht.»

Er fühlte, daß Alexandra ihm seine krasse Ausdrucksweise nicht übelnahm. In Wahrheit gefiel sie ihr sogar; sie hatte eine intime Süße, wie der feine Aasgeruch, der von Coals Fell aufstieg. Sie mußte gehen. Das große Herz ihres Hundes würde brechen in dem kleinen verriegelten Auto.

«Ich fragte, was diese Bierdosen kosten, und Mischa nannte mir den Preis, und ich sagte: ‹Ausgeschlossen.› Irgendwo ist Schluß. Wer hat schon so viel Geld, daß er's in zwei falsche Bierdosen stecken kann. Aber, Alexandra, im Ernst, wenn ich damals den Mut zur Courage gehabt hätte, dann hätte sich mein Einsatz inzwischen verfünffacht, und es ist noch nicht viele Jahre her. Diese Dosen sind mehr wert als ihr Gewicht in reinem Gold. Ich bin ehrlich überzeugt, wenn zukünftige Geschlechter auf uns zurückblicken, wenn Sie und ich nichts weiter mehr sind als zwei Skelette in diesen idiotischen teuren Kisten, die zu kaufen man gezwungen ist, unser Haar, unsere Knochen, unsere Fingernägel auf all diesem lächerlichen Satin ruhen, für den diese vollgefressenen Beerdigungsinstitutsdirektoren einem das Fell über die Ohren ziehen, Jesus, ich verliere meinen Faden, sollen sie meinen *corpus* doch einfach auf die Müllkippe schmeißen, finde ich prima, wenn Sie und ich tot sind, mehr wollte ich eigentlich gar nicht sagen, werden diese Bierdosen, Ale-Dosen müßte es richtigerweise heißen, unsere Mona Lisa sein. Wir sprachen über Kienholz; es gibt doch diesen kompletten durchgesägten Dodge von ihm, Sie wissen, mit dem fickenden Paar drin. Das Auto steht auf einer Kunstrasenmatte, und ein bißchen weiter weg hat er einen zusätzlichen kleinen Fleck Astro-Rasen, oder wie das Zeug heißt, placiert, ungefähr so groß wie ein Schachbrett, mit einer einzelnen leeren Bierflasche drauf! Um zu zeigen, daß die beiden getrunken und die Flaschen einfach rausgeworfen haben! Um das Ambiente, die Liebe auf dem Parkplatz, zu vermitteln. Das ist Genie. Die kleine Extramatte, die Abgetrenntheit. Jeder andere hätte die Bierflasche einfach mit auf der Hauptmatte arrangiert. Aber sie gesondert hinzulegen, ganz für sich, das ist es, was die Sache zur Kunst macht. Vielleicht ist *das* unsere Mona Lisa, dies Stück Leergut von Kienholz. Verstehen Sie, ich war drüben in L. A., sah diesen irren, abgesägten Dodge, und Tränen kamen mir in die Augen. Ich veräppele Sie nicht, Sandy, Tränen.» Und er hielt sich die unnatürlich weißen, wächsern aussehenden Hände vor die Augen, als wolle er sich diese wässerigen rötlichen Kugeln aus dem Schädel krallen.

«Sie reisen», sagte sie.

«Nicht mehr so viel wie früher. Ist mir ganz recht so. Man fährt Gott weiß wo hin, aber wer den Koffer auspackt, ist immer man selber. Selber Koffer, selber Mann. Ihr Mädchen hier hattet schon die richtige Idee. Sich eine Niemandsstadt suchen und seine eigene Welt aufbauen. Der ganze Ramsch folgt einem sowieso nach, mit Fernsehen und Global Village und alldem.» Er ließ sich wieder nach hinten plumpsen in seinen Champignonsessel, endlich war ihm die Rede ausgegangen. Needlenose trottete ins Zimmer, rollte sich zu Füßen seines Herrn zusammen und steckte die lange Nase unter den Schwanz.

«Apropos Reisen», sagte Alexandra, «ich muß sausen. Ich habe mein armes Hundchen im Auto eingesperrt, und meine Kinder sind inzwischen von der Schule zurück.» Sie stellte die Teetasse, die sonderbarerweise mit dem Monogramm *N* versehen war, anstatt mit irgendeinem von Van Hornes Initialen, auf dem verschrammten, angeschlagenen Mies van der Rohe-Glastisch ab und richtete sich gerade auf. Sie trug einen silbergrauen Rollkragenpullover aus Baumwolle, dazu die algerische Brokatjacke und Hosen aus moosgrünem Kammgarn. Das plötzliche Gefühl der Erleichterung um die Taille, als sie aufstand, rief ihr ins Bewußtsein, wie unangenehm eng diese Hosen geworden waren. Sie hatte sich geschworen abzunehmen, aber der Winter war die ungünstigste Zeit dafür, man knabberte, um sich warm zu halten, um sich gegen die früh hereinbrechende Dunkelheit zu wehren, und außerdem: in den Augen dieses klotzigen Mannes, die nach oben gewandt waren, um die vorspringenden Konturen ihrer Brüste zu taxieren, las sie keinerlei Aufforderung, ihre Figur zu ändern. Joe nannte sie in intimen Stunden seine Kuh, seine Anderthalbfrau. Ozzi hatte immer gesagt, sie sei in der Nacht besser als zwei Extradecken. Sukie und Jane fanden sie majestätisch. Sie bürstete vom Kammgarn, das sich stramm über ihr Becken spannte, ein paar lange weiße Haare, die Thumbkin – Sukie hatte sie in ihrem Artikel «Daumenschräubchen» genannt – dort hinterlassen hatte. Mit leuchtendrot schnellender Bewegung schnappte sie ihr Tuch von der Lehne des geschwungenen Sofas.

«Aber Sie haben das Labor nicht gesehen!» protestierte Van Horne. «Oder das Warmwasser-Bassin, *end*lich haben wir den Puff fertig, fehlen nur noch ein paar zusätzliche Kabel! Oder oben! Meine großen Rauschenberg-Lithos sind alle oben.»

«Vielleicht ein andermal», sagte sie, und ihre Stimme klang wieder ganz gelassen, hatte zurückgefunden zu ihrem fraulichen Kontraalt. Alexandra genoß den Abschied. Den Mann so außer sich zu sehen, gab ihr wieder Vertrauen in ihre Kräfte.

«Wenigstens in mein Schlafzimmer sollten Sie einen Blick tun!» bettelte Van Horne; er sprang auf und stieß sich das

Schienbein so heftig an einer Ecke des Glastisches, daß sein Gesicht vor Schmerz verrutschte. «Es ist ganz in Schwarz, sogar die Bettücher», versicherte er ihr. «Es ist verdammt schwer, gutes schwarzes Bettzeug aufzutreiben, was die so schwarz nennen, ist in Wahrheit marineblau. Und im Flur habe ich gerade ein paar sehr raffiniert hingefetzte Ölbilder von einem neueren Maler aufgehängt, John Wesley, nicht verwandt mit dem verrückten Methodisten, seine Arbeiten sehen auf den ersten Blick wie Illustrationen für Kinder-Tierbücher aus, bis einem aufgeht, was sie wirklich darstellen. Vögelnde Eichhörnchen und so weiter.»

«Klingt apart», sagte Alexandra und bewegte sich behende in weitem Bogen – die Bewegung einer geübten Hockeyspielerin –, so daß der Sessel ihm für einen Augenblick den Weg versperrte und er ihr nur mit seiner Stimme nachsetzen konnte, während sie hinaussegelte aus diesem Zimmer mit seiner häßlichen Kunst und weiter durch die Bibliothek, am Musikzimmer vorbei in die Halle mit dem Elefantenfuß, wo es am stärksten nach faulen Eiern roch, aber zugleich schon die frische, freie Luft zu spüren war. Die schwarze Tür, Eiche, war auf der Innenseite in der natürlichen Zweifarbigkeit des Holzes belassen.

Fidel war aus dem Nichts aufgetaucht und hatte sich in Stellung gebracht, die Hand auf der mächtigen Messingklinke. Alexandra schien es, als sehe er an ihrem Gesicht vorbei zu seinem Herrn hin: die hatten vor, sie hier festzuhalten. In ihrer Panik wollte sie bis fünf zählen und dann losschreien, aber es mußte ein Nicken gegeben haben: der Riegel klickte auf, als sie bei drei angelangt war.

Van Horne sagte hinter ihr: «Ich würde mich ja erbötig machen, Sie zur Straße zurückzufahren, aber möglicherweise ist das Wasser schon zu hoch.» Er klang außer Atem: Lungenemphysem von zu viel Nikotin oder vom Inhalieren der Auspuffgase dieser Manhattan-Busse. Er brauchte wirklich die Fürsorge einer Ehefrau.

«Aber Sie haben versprochen, daß das nicht passiert!»

«Hören Sie, wie zum Teufel soll ich mich da auskennen? Ich bin fremd hier, mehr als Sie! Gehen wir runter, inspizieren wir die Lage.»

Im Gegensatz zur Zufahrt, die sich in Kurven schlängelte, führte die Rasenpromenade, gesäumt von Kalkstein-Statuen, denen Wetter und Wandalen Hände und Nasen abgebrochen hatten, geradewegs hinunter, dorthin, wo der Damm auf die Insel traf. Ein liederlicher Uferstreifen voll Unkraut – Goldrute, Strandklette mit ihren riesigen, lappigen Blättern – und von Schotter und den Brocken eines ehemaligen Asphaltpflasters bedeckt, zog sich hinter dem weinumschlungenen Tor hin. Die Pflanzen zitterten im kalten Wind, der von der überfluteten Marsch herwehte. Der Himmel hatte seine grauen Speckstreifen tiefer gezogen; das Hellste, das es zu sehen gab, war ein großer Reiher – kein silbrigweißer –, der in Richtung Strandstraße stakte, sein gelber Schnabel ähnelte im Farbton Alexandras verlassenem Subaru. Zwischen hier und dort breitete sich eine geschlossene, stumpf glänzende Fläche: der Damm war überschwemmt. In Alexandras Hals kratzte es, die Tränen kamen ihr. «Wie *konnt*e das passieren, wir waren keine Stunde bei Ihnen!»

«Aber es hat Ihnen doch Spaß gemacht …» brummelte er.

«Aber nicht *so* einen Spaß! Ich kann nicht zurück!»

«Wissen Sie was», sagte Van Horne dicht an ihrem Ohr und spannte seine Finger leicht um ihren Oberarm, so daß sie die Berührung gerade eben durch den Jackenstoff spürte. «Sie kommen mit zurück, rufen Ihre Kinder an, und Fidel quirlt uns ein kleines Abendessen zusammen. Sein Chili ist sagenhaft.»

«Es geht nicht um die Kinder, es geht um den *Hund*!» schrie sie. «Coal wird außer sich sein. Wie tief ist es?»

«Keine Ahnung. Dreißig Zentimeter, vielleicht fünfzig zur Mitte hin. Ich könnte ja versuchen, mit dem Wagen durchzuplatschen, aber wenn ich steckenbleibe, dann gute Nacht, alte deutsche Wertarbeit. Lassen Sie Salzwasser in Ihre Bremsen und Ihr Differentialgetriebe kommen, und Ihr Auto fährt nie mehr so wie früher. Wie wenn Ihr Jungfernhäutchen geknackt wird.»

«Ich gehe zu Fuß», sagte Alexandra und schüttelte seine Finger von ihrem Arm, aber vorher, als hätte er ihre Gedanken gelesen, kniff er schnell noch einmal kräftig zu.

«Sie machen sich die Hose naß», sagte er. «Das Wasser ist brutal um diese Jahreszeit.»

«Ich gehe ohne Hose», sagte sie und lehnte sich an ihn, um ihre Turnschuhe und Socken auszuziehen. Die Stelle, wo er sie gekniffen hatte, brannte, aber sie wollte sich diesen dreisten Übergriff nicht eingestehen. Nachdem er ihr eben noch so jungenhaft und verwirrt vorgekommen war, seinen Tee verschüttet und ihr seine Liebe zur Kunst anvertraut hatte. Er war schon ein Monstrum. Schotter stach ihr in die nackten Fußsohlen. Wenn sie das wirklich tun wollte, durfte sie nicht zögern. «Achtung», sagte sie, «sehen Sie weg.»

Sie öffnete den seitlichen Reißverschluß und schob den Hosenbund herunter, und ihre Schenkel waren hell wie der Reiher in dieser Rost- und Grau-Szenerie. Aus Angst, das Gleichgewicht zu verlieren auf diesen wackligen Steinen, bückte sie sich und schob den glänzenden grünen Kammgarnstoff über ihre rosa Fesseln und blaugeäderten Füße. Aufgerührte Luft schwappte gegen ihre nackten Beine. Sie wickelte Hose und Turnschuhe zu einem Bündel, ließ Van Horne stehen und ging auf den Damm. Sie sah sich nicht um, aber sie fühlte seine Augen auf sich, auf ihren schweren Schenkeln, dem schutzlosen weichen Wabbeln. Bestimmt hatte er hingesehen mit seinen heißen, müden Augen, als sie sich vornüberbückte. Alexandra hatte vergessen, was für Höschen sie am Morgen angezogen hatte, und stellte nach einem vorsichtigen Blick erleichtert fest, daß es einfache beigefarbene waren, keine albern geblümten oder unanständig weit ausgeschnittenen wie die meisten, die man heutzutage in den Geschäften bekommt und die für schlanke junge Hippies oder Groupies gedacht sind, der halbe Hintern hängt raus, und der Steg zwischen den Beinen ist schmal wie eine Schnur. Die Luft, unendlich hoch, war kühl auf ihrer Haut. Normalerweise genoß sie es, nackt zu sein, besonders im Freien; sie lag nachmittags gern in der Sonne, hinten in ihrem Garten, auf einer Wolldecke, sowie die ersten warmen Tage kamen, im April und Mai, wenn es all die Krabbeltiere noch nicht gab. Und bei Vollmond sammelte sie Kräuter, nackt.

Der Damm war in den Jahren, seit es die Lenox' nicht mehr

gab, so wenig benutzt worden, daß Gras auf ihm wuchs; barfuß schritt sie auf dem mähnigen Scheitel wie auf dem Kamm einer weichen, breiten Mauer. Alle Farbe war aus den Stengeln der *spartina patens* gewichen, und die Marschflächen zu beiden Seiten sahen versengt aus. Wo das erste Wasser über den Weg auf dem Damm kroch, wehte das verfilzte Gras sanft hin und her in der zolltiefen Durchsichtigkeit. Die Flut sickerte mit glucksenden, zischenden Geräuschen. Darryl Van Horne hinter ihr rief ihr irgend etwas nach, Anspornendes oder Warnendes oder Verzeihenheischendes, aber sie hörte nicht hin, war ganz und gar beschäftigt mit dem Schock, der sie durchfuhr, als ihre Zehen zum erstenmal eintauchten. Wie ernst, wie streng die Kälte dieses Wassers war! Ein anderes Element, ihr Blut ein Fremdling darin. Braune Kiesel starrten zu ihr empor, in Brechungen, und sinnlos deutlich wie die Buchstaben eines Alphabets, das man nicht kennt. Das Marschgras war zu Seegras geworden, gleichgültig sich den Wellen überlassend, schwang es nach links mit der steigenden Flut. Ihre Füße sahen klein aus, verzerrt wie die Kiesel. Sie mußte schnell durchwaten, solange noch das Gefühl der Taubheit anhielt. Das Wasser stand ihr jetzt bis zu den Waden, und die trockene Straße war noch weit, weiter, als sie einen Stein hätte werfen können. Noch zwölf entsetzliche Schritte, und das Wasser reichte ihr an die Knie, und sie konnte den Sog dieses bewußtlosen Flutens fühlen. Das Kälteste an diesem ziehenden Wasser war, daß es immer hier sein würde, einerlei, ob *sie* da war oder nicht. Es war hier gewesen, bevor sie geboren war, und es würde hier sein, wenn sie tot war. Sie fürchtete nicht, daß es sie zu Fall bringen könnte, aber sie fühlte, wie sie sich gegen seine Kraft stemmte. Und ihre Knöchel schrien mittlerweile auf, die Taubheit war durchgebissen, der Schmerz war nicht zu ertragen, nur, daß er ertragen werden mußte.

Alexandra konnte ihre Füße nicht mehr sehen, und die wogenden Grasspitzen waren weggetaucht. Sie versuchte zu laufen, das Wasser spritzte um sie her und übertönte die unverständlichen Worte, die ihr Gastgeber ihr noch immer nachrief. Die Intensität ihres Blicks vergrößerte den Subaru. Sie konnte Coals erwartungsvolle Silhouette auf dem Fahrersitz erkennen, seine Ohren ragten so hoch sie nur konnten, als er die nahende Erlösung witterte. Das eisige Ziehen stieg an ihren Schenkeln hoch, Spritzer trafen ihren Slip. Albern, so albern, so unnütz und kindisch – es geschah ihr recht, sie hatte ihren einzigen Freund im Stich gelassen, ihren wahren und unkomplizierten Freund. Hunde kauern an der Schwelle des Verstehens, ihre glänzenden Augen sind poliert von der Sehnsucht zu begreifen; eine Stunde wiegt ihnen nicht mehr als eine Minute, sie leben in einer Welt ohne Zeit, ohne Beschuldigung, ohne Vermutung, weil es kein Vorherwissen für sie gibt. Das Wasser mit seinen Eisesklauen stieg ihr bis oben zwischen die Beine, es preßte ihr einen kleinen Schrei aus der Kehle. Sie scheuchte den Reiher auf, so nah war sie ihm gekommen; zögernd, unsicher, wie ein alter Mann, der sich furchtsam auf seinen Sessellehnen abstützt, klappte er das umgekehrte W seiner Flügel auf und erhob sich, die schwarzen, stöckerigen Füße nachschleifend. Er? Sie? Alexandra wandte den Kopf mit dem strähnigen, nassen Haar und erspähte auf der anderen Seite, zu den aschenen Sandhügeln des Strandes hin, ein zweites helles Loch im Grau dieses Tages, einen zweiten großen Reiher; die beiden gehörten zusammen, wenn sie auch viele Meter weit voneinander getrennt waren unter diesem schmutzig gestreiften Himmel.

Als der erste Reiher abhob, begannen die mörderischen Zwingen des Meeres ein wenig nachzulassen; langsam glitten sie an ihren Schenkeln herunter, und atemlos, weinend vor Entsetzen und Lachen, watete sie weiter, hinauf zum trockenen Abschnitt des Dammes, der zu ihrem Auto führte. An der tiefsten Stelle der Flut hatte eine Art Triumphgefühl sie erfüllt, und das ebbte jetzt ab. Alexandra zitterte wie ein Hund und lachte über ihre eigene Narrheit: gestrandet auf der Suche nach Liebe. Der Geist braucht Narrheit wie der Körper Nahrung; sie fühlte sich gesünder so. Die Vision, die sie von sich gehabt hatte – ertrunken, grünlich verfärbt, erstarrt in der Verrenkung des Todeskampfs, wie die beiden einander umschlingenden Frauen auf dem ungeheuren Gemälde ‹*Undertow*› von Winslow Homer –, waren nicht Wirklichkeit geworden. Ihre Füße trockneten und schmerzten, als hätten hundert Wespen sie gestochen.

Die Spielregeln verlangten, daß sie sich umdrehte und Van Horne in kokettem Triumph zuwinkte. Er stand, ein kleines schwarzes Ypsilon, zwischen den Backsteinpfosten seines zerbröckelten Portals und winkte mit beiden, weit ausgestreckten Armen zurück. Er applaudierte ihr, klatschte in die Hände, und das Geräusch kam über die zwischen ihnen liegende Wasserfläche, um einen Sekundenbruchteil verzögert bei ihr an. Er rief irgend etwas, aber sie verstand nur die Worte: «Sie *können* fliegen!» Sie trocknete sich die beperlten, gänsehäutigen Beine mit dem roten Kopftuch ab und zwängte sich in die lange Hose, und Coal wuffte dazu und schlug mit dem Schwanz auf den Vinylbezug im Subaru. Seine Freude war ansteckend. Sie lächelte und überlegte, wen sie zuerst anrufen und informieren sollte, Sukie oder Jane. Endlich hatte auch sie die Weihen empfangen. Die Stelle am Arm, wo er sie gekniffen hatte, brannte noch immer.

Die kleinen Bäume, die jungen Spunte unter den Zuckerahornen und die Babies bei den Roteichen, die dicht am Boden kauern, veränderten als erste ihre Farbe, als ob Grün ein Verdienst der Stärke sei und die kleinsten am ehesten schlappmachen müßten. Anfang Oktober hatte der wilde Wein die eingestürzte Findlingsmauer hinten in Alexandras Garten, auf der Grenze zum Moor, plötzlich in flammendes Karmesin getaucht, und die parallel hängenden Dolche des Sumach waren rot, mit Orange übergossen. Langsam, wie der Hall eines großen Gongs, breitete sich Gelb über Bäume und Gesträuch: vom Braungelb der Buchen und Eschen zum gesprenkelten Gold des Hickory und dem dünnen Butterton der fäustlingförmigen Blätter des Sassafras, Fäustlinge mit einem oder zwei oder keinem Daumen. Es war Alexandra oft aufgefallen, daß zwei nah beieinanderstehende Bäume derselben Art, gesprossen aus zwei Samen, die an ein und demselben Tag herniedergetrudelt sind, sich auf ganz unterschiedliche Weise verfärben: das Laub des einen verblaßt, wird immer matter im Ton, und der andere sieht aus, als sei jedes seiner Blätter handbemalt von einem Fauve, in stichigem Rot-Grün-Kontrast. Die Farne am Boden taten im Welken eine verschwenderische Vielfalt der Formen kund. Jeder Wedel rief: *ich bin, ich war*. So begab sich im Herbst allenthalben eine Wiedergeburt des Unverwechselbaren aus dem gleichmacherischen Grün des Sommers. Die Spannweite des Ereignisses – vom Wachsmyrten- und Strandpflaumengesträuch am Block Island Sound bis zu den Sykomoren und Roßkastanien an den ehrwürdigen Straßen (Benefit Street, Benevolent Street) auf dem College Hill von Providence – antwortete dem Ausgebreiteten, Hingeschmiegten in Alexandras Wesen, ihrer Sehnsucht zu verschmelzen, ihrer passiven Fähigkeit, eins zu werden mit einem Baum, sich als starren Stamm zu empfinden mit vielen Ästen, die voller Saft waren bis in die Spitzen; die längliche Wolke zu werden, die sonderbar allein am Himmel stand; oder die Kröte, die von der Schneise des Mähers weghoppelte, dorthin, wo das Gras tiefer und feuchter war – eine wabbelnde Blase auf ledrigen, langen Beinen, mit einem Aufblitzen der Angst hinter der warzigen, breiten Stirn. Sie *war* diese Kröte, und sie war die grausame schartige schwarze Klinge, die von den giftigen Explosionen des Motors getrieben wurde. Das himmelweite Ebben des Chlorophylls von den Mooren und Hügeln des atlantischen Landes hob Alexandra empor wie Dunst, wie das Auge, das über einer Landkarte schwebt. Auch die exotischen Importe der Reichen aus Newport – Englische Walnuß, Chinesischer Perückenstrauch, Japanischer Fächerahorn – wurden mitgerissen von dieser Massenbewegung der Kapitulation. Ein Gesetz der Natur vollzog sich, das des Abwerfens. Wir müssen uns leicht machen, wollen wir überleben. Wir dürfen nicht festhalten. Abwerfen, sich dem Zufall überlassen und durchlässig werden, damit das Neue eindringen kann, nur so finden wir Sicherheit. Nur der Leicht-Sinn kann diese Sprünge wagen, die Leben möglich machen. Dieser dunkle Mann auf seiner Insel war Möglichkeit. Er war das Neue, das Magnetische, und sie durchlebte die gestelzte Teestunde mit ihm noch einmal, Minute für Minute, wie ein Geologe liebevoll ein Felsstück pulverisiert.

Einige wohlgestalte junge Ahornbäume, die Sonne im Rükken, wurden zu leuchtenden Fackeln, Skelette aus Dunkel in glühender Fassung. Mehr und mehr tönte das Grau nackter

Zweige die Gehölze am Straßenrand. Die düsteren Kegel der immergrünen Nadelbäume ragten, wo andere Substanz vergangen war. Der Oktober tat sein Werk, machte rückgängig, Tag für Tag, bis schließlich der letzte kam: ein heiterer Tag, wie geschaffen für ein Tennismatch im Freien.

Jane Smart, in herkömmlichem Weiß, warf den Ball hoch. In der Luft wurde er zu einer Fledermaus, deren Flügel zuerst kleine Kreise umschrieben und im nächsten Augenblick aufschnappten wie ein Regenschirm, während das Geschöpf davonschnellte mit blindem rosa Gesicht. Jane kreischte, ließ den Schläger fallen und rief über das Netz: «Das war gar nicht komisch!» Die anderen Hexen lachten, und Van Horne, der vierte im Spiel, lachte verspätet und halbherzig mit. Sein Schlag war kräftig und erfahren, aber es schien ihm schwerzufallen, den Ball zu sehen in der spätnachmittäglichen Sonne, die in schrägen Strahlen durch das schützende Lärchenspalier hier im rückwärtigen Teil seiner Insel fiel; die Lärchen warfen ihre Nadeln ab, und die mußten vom Platz gefegt werden. Janes Augen waren ausgezeichnet, übernatürlich scharf. Fledermausgesichter sahen für sie wie winzige, flachgedrückte Kindergesichter aus, die sich gegen die Schaufensterscheibe eines Süßwarenladens pressen, und Van Horne, der in unpassender Aufmachung spielte – Basketballstiefel, Malcolm X-T-Shirt und dazu die Hose eines alten dunklen Anzugs –, hatte etwas von dieser kindlichen Gier in seinem verwirrten, starräugigen Gesicht. Er begehrte ihre Schöße, das stand für Jane fest. Sie bereitete sich für den nächsten Aufschlag vor, aber noch während sie den Ball in der Hand wog, wurde er zu etwas Feuchtschwerem, etwas Zappelndwarzigem. Abermals war eine Verwandlung geschehen. Mit einem theatralisch geduldigen Seufzer setzte sie die Kröte auf den blutroten Rand des Kunststoffbodens am leuchtend grünen Zaun nieder und sah zu, wie sie sich beschwerlich hindurchzwängte. Van Hornes schwachsinniger, schiefhalsiger Collie Needlenose raste außen um den Zaun herum und suchte, aber er verlor die Kröte in dem Durcheinander von Erdhaufen und Steintrümmern, das die Bulldozer dort hinterlassen hatten.

«Noch einmal, und ich höre auf!» rief Jane über das Netz. Sie und Alexandra spielten gegen Sukie und ihren Gastgeber. «Dann könnt ihr drei ein kanadisches Doppel spielen», drohte sie. Mit dem bebrillten, grimassierenden Gesicht auf Van Hornes T-Shirt schienen sie ohnehin zu fünft zu sein. Der nächste Ball veränderte sich gleich mehrmals rasch hintereinander in ihrer Hand, war erst schleimig wie ein Vogelmagen, dann stachlig wie ein Seeigel, aber sie weigerte sich entschlossen, ihn anzusehen, ihm diese Wirklichkeit zuzubilligen, und als er gegen den blauen Himmel über ihrem Kopf erschien, war er ein flaumiggelber Wilson-Ball, den sie, nach den Lehrbüchern, die sie gelesen und denen zufolge sie sich ein Zifferblatt vorzustellen hatte, bei zwei Uhr treffen mußte. Sie zog den Schläger geschickt durch dieses Bild, und an der Saftigkeit des Durchschwungs merkte sie schon, daß der Aufschlag gut werden würde. Der Ball sprang auf Sukies Kehle zu, und sie schützte linkisch, das Racket in Rückhandhaltung, ihre Brüste. Als seien die Bespannungssaiten zu Nudeln geworden, plumpste der Ball ihr vor die Füße und rollte zur Seitenlinie hin.

«Super», flüsterte Alexandra Jane zu. Jane wußte, daß ihre Partnerin beide Gegner, erotisch verschieden gestimmt, liebte, und deren Partnerschaft, die Sukie zu Beginn des Spiels mit verdächtig schnellem Schlägerwirbel arrangiert hatte, mußte für Alexandra eine kleine Eifersuchtsqual bedeuten. Die beiden bildeten ein faszinierendes Team: Sukie mit dem Kupferhaar, das zu einem wippenden Pferdeschwanz gebunden war, und den schlanken, sommersprossigen Gliedmaßen, die gelenkig aus dem knappen, pfirsichfarbenen Tennisdress schlenkerten, und Van Horne mit seiner maschinenhaften Schnelligkeit, als werde er von einer Art Dämon angefeuert, wie beim Klavierspiel. Seine Präzision war nur in Momenten sichtgetrübter Inkoordiniertheit beeinträchtigt, dann traf er den Ball überhaupt nicht. Auch neigte sein Dämon dazu, ein ständiges *forte* zu spielen, so daß manche seiner Bälle eben hinter der Grundlinie im aus landeten, wenn ein weich unterschnittener Ball in die ungedeckte Fläche den Punkt gebracht hätte.

Jane wollte ihm gerade ihren Aufschlag servieren, da rief Sukie vergnügt: «Fußfehler!» Jane blickte nach unten und sah, daß nicht ihr Tennisschuh über die Linie getreten war, sondern umgekehrt die Linie, mit Kreide gezogen, vorn über ihren Schuh lief und ihn festhielt wie in einer Bärenfalle. Sie schüttelte das Trugbild ab und machte ihren Aufschlag zu Darryl Van Horne hin, der antwortete mit einer scharfen Vorhand, Alexandra fing den Ball elegant ab und schlug ihn Sukie vor die Füße; Sukie gelang es, ihn blitzschnell in einen Lob zu löffeln, den Jane, die bei dem gekonnten, angriffslustigen Dazwischengehen ihrer Partnerin ans Netz gerannt war, gerade noch erwischen und in einen neuerlichen Lob verwandeln konnte, worauf Van Horne, die Augen feuersprühend, sich anschickte, den Ball laut herauskeuchend mit einem Überkopfschlag zurückzuschmettern, was ihm auch gelungen wäre, hätte sich nicht plötzlich ein magischer, glitzernder kleiner Windstoß eingemischt, ein Staubteufel, wie man vielerorts auf der Erde sagt, und ihn veranlaßt, sich, einen Fluch ausstoßend, mit der Rechten schützend an die Braue zu fahren. Er war Linkshänder und trug Kontaktlinsen. Der Ball verharrte schwebend in Hüfthöhe neben ihm, bis Van Horne sich den Schmerz weggeblinzelt hatte; dann schlug er zu, mit einer Vorhand, die so hart war, daß die Farbe der Kugel sich von Gelb zu Chamäleongrün veränderte und Jane sie kaum erkennen konnte vor dem Hintergrund des grünen Platzes und der grünen Umzäunung. Sie schwang den Schläger dorthin, wo sie den Ball vermutete, und der Kontakt war köstlich; Sukie mußte sich sputen, um eine schwache Rückgabe zustande zu bringen, die Alexandra dann mit einem so vehementen Volley beantwortete, daß der Ball im gegnerischen Aufschlagfeld unglaublich weit in die Höhe prallte, höher, als die sinkende Sonne stand. Aber Van Horne schlitterte schneller als eine Krabbe unter Wasser nach hinten und schleuderte seinen Metallschläger der Stratosphäre entgegen, in langsamem, silbrigem Wirbel. Der losgelöste Schläger brachte den Ball zurück, ohne große Kraft zwar, aber innerhalb der Grundlinie, und das Spiel ging weiter, wob die Spieler ineinander, drehte sich, bald im Uhrzeigersinn, bald gegenläufig, eine verzaubernde Musik, und Jane Smart fühlte, ihre vier Körper, acht Augen und sechzehn sich reckenden Gliedmaßen waren als Kontrapunkt auf die mittlerweile fast waagerecht durch die Lärchen sickernden Linien aus Sonnenuntergangsrot gesetzt, und die fallenden Nadeln prasselten wie ferner Applaus. Als der Ballwechsel und damit das Spiel schließlich vorüber war, beschwerte Sukie sich: «Mein Schläger hat sich ganz tot angefühlt.»

«Du solltest dir eine Darmbespannung zulegen, Nylon taugt nichts», riet Alexandra ihr wohlwollend; ihre Seite hatte gewonnen.

«Er war wie aus Blei, wirklich. Jedesmal, wenn ich ihn hochhob, hatte ich rasende Schmerzen im Arm. Wer von euch beiden Ludern hat das getan! Wirklich nicht fair.»

Auch der besiegte Van Horne verteidigte sich. «Verdammte Kontaktlinsen», sagte er. «Wenn sich auch nur das winzigste Stäubchen dahintersetzt, tut das weh wie eine beschissene Rasierklinge.»

«Es war ein schönes Spiel», verkündete Jane abschließend. Sie wurde oft in diese Rolle gedrängt, so schien es ihr, mußte den schlichtenden Elternteil spielen, die unverheiratete Tante, die frei ist von Leidenschaften – wo es doch in Wahrheit nur so brodelte in ihr.

Die Sommerzeit war offiziell vorbei, und Dunkelheit brach schnell herein, als sie hintereinander den schmalen Weg hinaufgingen, zu den vielen erleuchteten Fenstern des Hauses. Innen angelangt, setzten sich die drei Frauen einträchtig auf das geschwungene Sofa in Van Hornes langem, mit Kunst gefülltem und doch eigenartig kahlem Wohnzimmer und tranken, was er ihnen zusammenbraute. Darryl Van Horne war ein Meister im Mixen exotischer Getränke, alchimistischer Drinks aus Tequila und Grenadine und Crème de Cassis und Triple Sec und Sprudelwasser und Preißelbeersaft und Apfelschnaps und womöglich noch geheimnisvolleren Zutaten, die sämtlich in einem hohen, flandrischen Schrank aus dem 17. Jahrhundert verwahrt wurden, auf dem zwei entgeisterte Engelsköpfe thronten; das alternde Holz hatte ihre Gesichter gespalten, mitten durch die blinden Augäpfel. Das Meer hinter den palladianischen Fenstern wurde dunkel wie Wein, wie Hartriegelblätter, bevor sie abfallen. Zwischen den ionischen Säulen des Kamins, gleich unterhalb des wuchtigen Simses, zog sich ein Keramik-Fries

mit Faunen und Nymphen hin, nackte Figuren, weiß auf blau.
Fidel brachte Hors d'Œuvres herein, Pasten und Saucen aus
zerstampftem Seegetier, *empanadillas, calamares en su tinta,*
die unter kleinen Ekelschreien verspeist wurden, mit Fingern,
die sich sepiabraun färbten vom Blut dieser saftigen Tinten-
fischbabies. Von Zeit zu Zeit ereiferte sich eine der Hexen, sie
müsse nun etwas wegen der Kinder unternehmen, entweder
nach Hause gehen und ihnen Abendbrot machen oder wenigstens anrufen und der ältesten Tochter das Kommando überge-
ben. An diesem Abend stand ohnedies alles kopf: Es war Hal-
loween-Abend, einige Kinder würden auf Parties sein, andere
unterwegs auf Betteltour in den dunklen, winkligen Straßen im
Zentrum von Eastwick. In wuselnden Grüppchen würden sie
an Hecken und Zäunen entlangstreunen, kleine Piraten und
Cinderellas, die Masken trugen mit erstarrten Grimassen und
papiernen Augenlöchern, aus denen lebhafte, feuchte Augen
blitzten; Gespenster in Kopfkissenbezügen würde es geben,
mit Einkaufstüten in der Hand, in denen die Schokonüsse und
Knusperriegel raschelten. Unentwegt würden Türglocken
klingeln. Vor ein paar Tagen war Alexandra mit Linda, ihrer
jüngsten, bei Woolworth im Shopping-Center gewesen; die
Lichter dieses Schundladens behaupteten sich unverfroren
gegen die Dunkelheit draußen, die ältlichen, verfetteten Verkäufer standen müde vom Tag zwischen ihrem kinderverfüh-
renden Firlefanz, und einen Moment lang hatte Alexandra den
alten Zauber verspürt, durch die weitaufgerissenen Augen dieses neunjährigen Kindes die symbolische Majestät der Gespenster im Sonderangebot gesehen, die Echtheit der abgepackten
Kobolde – Maske, Kostüm und Bettelsack aus Plastik zusammen nur 3 Dollar 98. Amerika lehrt seine Kinder, daß aus jeder
Leidenschaft ein Anlaß zum Kaufen gemacht werden kann. In
einem Augenblick der Empathie wurde Alexandra zu ihrer
Tochter, die durch die Gänge wanderte, wo in Augenhöhe
käufliche Wunder lagen, und sie tränkte ein jedes mit dem ihm
eigenen starken Duft von Tinte oder Radiergummi oder Zuk-
kerzeug. Aber mütterliche Momente dieser Art widerfuhren
ihr immer seltener, je mehr sie Besitz ergriff von ihrem Ich, eine
Halbgöttin, die größer und strenger war als alles, was andere

ihr abverlangten. Sukie, neben ihr auf dem Sofa, bog den Oberkörper zurück, streckte sich in ihrem knappen Pfirsichdress, so daß die weißen Rüschenhöschen hervorspitzten, und sagte mit einem Gähnen: «Ich glaube, ich gehe jetzt wirklich. Die armen Schätzchen. Das Haus so mitten in der Stadt – da herrscht bestimmt Belagerungszustand.»

Van Horne saß ihr gegenüber in seinem Cordsamtsessel; er hatte gewaltig geschwitzt und einen irischen Pullover aus grober Wolle, die immer noch ölig nach Schaf roch, über das aufgedruckte Malcolm X-Gesicht mit dem wilden Mienenspiel und den vorstehenden Zähnen gezogen. «Gehen Sie nicht, Teuerste», sagte er, «bleiben Sie und nehmen Sie ein Bad. Ich mache das jetzt auch. Ich stinke.»

«Ein Bad?» sagte Sukie. «Ich kann zu Hause baden.»

«Nicht in einem Heißwasserbassin aus Teakholz mit zwei Meter fünfzig Durchmesser, das eben nicht», sagte der Mann und schüttelte schelmisch den großen Kopf, mit einem solchen Ungestüm, daß die wuschelige Thumbkin erschreckt von seinem Schoß sprang. «Wir lassen uns jetzt alle schön lange einweichen, und Fidel panscht uns inzwischen eine Paella zusammen oder ein Tamale oder irgendwas.»

«Tamale, Tamale, Tamale», sagte Jane Smart wie unter einem Zwang. Sie saß auf der anderen Seite von Sukie, am Ende des Sofas, und ihr Profil hatte eine zornige Schärfe, fand Alexandra. Jane war die kleinste von ihnen und immer am schnellsten betrunken, weil sie mitzuhalten versuchte. Sie witterte, daß jemand über sie nachdachte; ihre hitzigen Blicke verhakten sich in denen Alexandras. «Was ist mit *dir*, Lexa. Was hältst *du* davon.»

«Na ja», kam die ausweichende Antwort, «ich fühle mich tatsächlich schmutzig, und mir tut alles weh. Drei Sätze sind ein bißchen viel für eine alte Dame.»

«Sie werden sehen, Sie fühlen sich phantastisch nach diesem Erlebnis», beteuerte Van Horne. «Wissen Sie was?» sagte er zu Sukie. «Sie fahren nach Hause, kümmern sich um Ihre Blagen und kommen, so schnell Sie können, wieder zurück.»

«Fahr bei mir vorbei und kümmere dich auch gleich um meine, tust du das, Schätzchen?» stimmte Jane Smart ein.

«Mal sehen», sagte Sukie und reckte sich wieder. Ihre langen, sommersprossigen Beine endeten in zierlichen Füßen, die statt in Tennisschuhen – auf einmal sah man es – in kleinen Peds steckten, mit Bommelchen dran, wie Talisman-Hasenpfoten. «Vielleicht komme ich gar nicht wieder zurück. Clyde hoffte, ich würde ihm ein kleines Stimmungsbild schreiben – ein bißchen im Ort herumlaufen, Kinder interviewen in der Oak Street, bei der Polizei nachfragen, ob es Sachbeschädigungen gegeben hat, eventuell ein paar von den Oldtimern, die bei *Nemo* herumhängen, dazu bringen, daß sie von den schlimmen alten Zeiten erzählen, als sie mit Seife die Fenster zuschmierten und Kutschwagen aufs Dach hoben, na und so.»

Van Horne explodierte. «Warum bemuttern Sie dauernd diesen lahmarschigen Clyde Gabriel! Mit dem stimmt was nicht. Der Kerl ist krank.»

«Eben drum», sagte Sukie, sehr schnell.

Alexandra begriff, daß Sukie mit Ed Parsley nun endlich Schluß machte.

Van Horne bekam es auch mit. «Vielleicht sollte ich ihn bei Gelegenheit hierher einladen.»

Sukie stand auf und schob sich hochmütig das Haar aus dem Gesicht. «Meinetwegen müssen Sie das nicht. Ich sehe ihn jeden Tag bei der Arbeit.» An der Art, wie sie nach ihrem Schläger griff und sich den rehbraunen Pullover um die Schultern warf, war nicht zu erkennen, ob sie wiederkommen würde oder nicht. Sie hörten, wie ihr Wagen, ein blaßgraues Corvair-Kabrio mit Frontantrieb, am Heck noch das angeberische Nummernschild ROUGE ihres Ex-Mannes, ansprang, sich in Bewegung setzte und über die Auffahrt davonknirschte. Es war Vollmond, das Wasser war niedrig heute abend, so niedrig, daß uralte Anker und verrottete Bootspanten ins Sternenlicht ragten, wo sich sonst, bis auf wenige Stunden im Monat, eine geschlossene Decke aus Salzwasser breitete.

Die drei anderen entspannten sich, als Sukie weg war, jeder fühlte sich wohler in seiner vergleichsweise so unvollkommenen Haut. Immer noch im verschwitzten Tenniszeug, die Finger dunkel vom Tintenfischsaft, die Kehlen und Mägen belebt von Fidels pfefferigen Tamale- und Enchilada-Saucen, gingen sie mit frischen Drinks in das Musikzimmer, wo die beiden Musiker Alexandra vorführten, wie weit sie mit Brahms' e-Moll-Sonate gediehen waren. Mit welcher Wucht der Mann seine zehn Finger auf die hilflosen Tasten donnern ließ! Als ob er mit Händen spielte, die über menschliches Maß hinausgingen, viel kräftiger waren und breit wie Heurechen, nie griffen sie daneben, hatten noch Zeit für Triller und Arpeggios, die sie schwelgend dem Rhythmus einverleibten. Den sanfteren Passagen allerdings fehlte es an Ausdruck, als gebe es keine Abstufungen in seinem System, keine Möglichkeit für den zarten Anschlag. Die liebe, knirpsige Jane, die Stirn gerunzelt, mühte sich, Schritt zu halten, ihr Gesicht wurde immer blasser und verhutzelter, je angestrengter sie sich konzentrierte, der Schmerz in ihrem Bogenarm war offensichtlich, ihre andere Hand stöckerte hinauf und hinab, preßte hastig die Saiten nieder, als ob sie den Fingerkuppen zu heiß wären. Es war Alexandras mütterliche Pflicht zu applaudieren, als die strapaziöse, lärmende Veranstaltung vorüber war.

«Es ist natürlich nicht mein eigenes Cello», sagte Jane erklärend und pflückte sich schwarzes Haar aus der feuchten Stirn.

«Bloß ein altes Stradi, das ich hier rumliegen hatte», scherzte Van Horne, und als er dann sah, daß Alexandra ihm glaubte – in ihrem liebestaumeligen Zustand gab es allmählich nichts mehr, das sie nicht glaubte, was seine Fähigkeiten und Besitztümer betraf –, stellte er richtig: «Eigentlich ist es ja ein Ceruti. Auch Cremona, nur später. Trotzdem ein ganz ordentlicher Fiedelmacher. Bestätigt Ihnen jeder, der ein Instrument von ihm besitzt.» Plötzlich brüllte er, mit der gleichen Lautstärke, in der er eben die Klaviersaiten zum Tönen gebracht hatte, und die dünnen schwarzen Fensterscheiben vibrierten in ihrem bröckeligen Kitt: «Fidel!» brüllte er in die Leere des großen Hauses, «Margaritas! *Tres!* Bring sie ins Bad! *Tráiga-las al baño! Rápidamente!*»

Der Augenblick des Entkleidens war also gekommen. Um Jane zu ermutigen, erhob Alexandra sich sofort und folgte Van Horne; aber vielleicht brauchte Jane gar keine Ermutigung, nach ihren Kammermusikstunden in diesem Haus. Das Zwiespältige, Unausgesprochene an Alexandras Beziehung zu Jane und Sukie war, daß sie die Anführerin, die tiefgründigste Hexe von ihnen war und doch auch die langsamste, ein bißchen im dunkeln tappend, ein bißchen – ja – unschuldig. Die beiden anderen waren jünger und darum etwas moderner, weniger der Natur verhaftet mit ihrer unerschütterlichen Geduld, ihrer unendlichen Fürsorge und gebieterischen Grausamkeit, ihrer uralten Implikation einer langsam mahlenden anthropozentrischen Ordnung.

Die Dreierprozession zog durch den langen Wohnraum mit seiner staubigen, modernen Kunst und dann durch ein kleines Zimmer, das hastig vollgerümpelt war mit aufgestapelten Gartenmöbeln und ungeöffneten Pappkartons. Neu eingesetzte Doppeltüren, innen mit schwarzem, in Karos gestepptem Vinyl gepolstert, verhinderten, daß Hitze und Feuchtigkeit aus den Räumen drangen, die Van Horne dort angebaut hatte, wo einst der alte kupfergedeckte Wintergarten gewesen war. Der Badebereich war mit Tennessee-Schiefer ausgelegt und wurde von Strahlern erhellt, die in die Decke eingelassen waren, in ein dunkles, lochplattenartiges Gefilde. «Mit Dimmer», sagte Van Horne in seiner dumpfen, schrapenden Sprechweise. Er drehte an einem fluoreszierenden Knopf neben der Tür, und die mit der Öffnung nach unten hängenden, geriffelten Schalen schütteten eine Helligkeit aus, bei der man hätte fotografieren können; dann zogen sie das Licht wieder ein und ließen nur die Schummerbeleuchtung einer Dunkelkammer übrig. Die Strahler waren nicht in Reihen eingelassen, sondern unregelmäßig verstreut, wie Sterne. Van Horne ließ es beim Schummerlicht, aus Rücksicht vielleicht auf ihre Falten und Makel und die verräterischen falschen Brustwarzen, die eine Hexe haben soll. Jenseits dieses Halbdunkels, hinter einer Wand aus Glas, wucherten Pflanzen; am Boden versteckte Lichtquellen beleuchteten sie grün von unten, und wachstumsfördernde violette Lampen beschienen sie von oben: stachelige, exotische Gewächse aus fernen Gegenden, ausgewählt und gehegt wegen ihrer Gifte. Eine Reihe Umkleidekabinen und zwei Duschzellen, alles schwarz in schwarz wie die Kästen einer Nevelson-Skulptur, nahmen eine andere Wand des Raumes ein, und in der Mitte ruhte, gleich einem großen, schlafenden, moschus-

duftenden Tier, der Pool, ein mit poliertem Teakholz eingefaß-
tes Wasserrund, ein so ganz anderes Element als jene eisige
Flut, der Alexandra vor einigen Wochen getrotzt hatte. Dieses
Wasser war so warm, daß allein die Luft ihr den Schweiß auf die
Stirn trieb. Eine kleine gedrungene Konsole mit glimmenden
roten Augen vorn am Bassinrand enthielt, wie sie annahm, die
Reguliervorrichtungen.

«Gehen Sie erst unter die Dusche, wenn Sie sich so schmutzig fühlen», sagte Van Horne zu Alexandra, machte aber selbst
keine Anstalten dazu. Statt dessen ging er zu einem Schrank an
einer anderen Wand, einer Wand wie ein Mondrian, nur ohne
Farbe, unterteilt in Türen und Fächer, die alle ein Geheimnis zu
bewahren schienen, und nahm eine weiße Schachtel heraus,
nein, keine Schachtel, einen länglichen Schädel, von einer
Ziege oder einem Reh vielleicht, mit aufklappbarem Silberdek-
kel. Aus dem Schädel holte er etwas in krümelige Streifen Ge-
schnittenes und ein Päckchen altmodischen Zigarettenpapiers
und begann, tapsig damit zu hantieren, wie ein Bär, der sich an
einer Honigwabe zu schaffen macht.

Alexandras Augen gewöhnten sich an das Zwielicht. Sie ging
in eine Kabine, zog ihre schmuddeligen Kleider aus, schlang
das purpurne Handtuch um sich, das zusammengefaltet bereit-
lag, und tauchte in die Duschzelle. Tennisschweiß, Schuldgefühle wegen der Kinder, eine unangebrachte bräutliche
Schüchternheit – alles wurde weggeschwemmt. Sie hob das
Gesicht in den Strahl, als wollte sie es fortwaschen, dieses Gesicht, das einem bei der Geburt gegeben wird, wie der Finger-
abdruck, wie die Sozialversicherungsnummer. Ihr Kopf wurde
köstlich schwer, als ihr Haar sich vollsog. Ihr Herz war leicht
wie eine kleine Laufkatze, die auf einer Aluminiumschiene ihrer unausweichlichen Verbindung mit dem rauhen, seltsamen
Mann zuglitt. Als sie sich abtrocknete, bemerkte sie das Monogramm, das in die flauschige Seite des Handtuchs gestickt war;
es sah wie ein *M* aus, konnte aber auch ein verschlungenes *V*
und *H* sein. Das Tuch um sich gewickelt, trat sie in den schum-
merigen Raum zurück. Der Schiefer unter ihren Füßen fühlte
sich an wie zartrauhe Reptilienhaut. Die beißende Schärfe des
Marihuana kitzelte ihre Nase wie ein schmeichelnder Pelz. Van

Horne und Jane Smart, die Schultern feucht schimmernd, waren schon im Wasser und teilten sich den Joint. Alexandra trat an den Rand des Wassers, sah, daß das Wasser knapp anderthalb Meter tief war, ließ das Handtuch fallen und rutschte hinein. Heiß. Brühend. In alten Zeiten riß man Hexen, bevor man sie auf dem Scheiterhaufen verbrannte, mit rotglühenden Zangen Fleischfetzen aus dem Hexenleib; dies hier war ein Vorgeschmack darauf, auf die Qualen im Feuer.

«Zu heiß?» fragte Van Horne, und seine Stimme klang noch dumpfer in dieser abgeschotteten, dampfigen Akustik, noch mehr, als äffe er einen Mann nach.

«Ich gewöhne mich schon daran», sagte sie grimmig; Jane hatte es schließlich auch getan. Jane sah aus, als sei sie wütend, daß Alexandra überhaupt hier war und Wellen machte, dabei hatte Alexandra sich doch so vorsichtig wie möglich in das peinigende Wasser gleiten lassen. Alexandra fühlte, wie ihre Brüste nach oben trieben. Sie war bis zum Hals eingetaucht und hatte keine Hand trocken, um den Joint entgegenzunehmen; Van Horne steckte ihn ihr zwischen die Lippen. Sie tat einen tiefen Zug und hielt den Rauch fest. Ihre untergetauchte Luftröhre brannte. Die Wassertemperatur wurde eins mit ihrer Haut, und als sie nach unten blickte, sah sie, wie zusammengeschrumpft sie alle waren, Janes Körper war entstellt durch keilförmige, wabernde Beine, und Van Hornes Penis schwamm wie ein blasser Torpedo, unbeschnitten und eigentümlich glatt, wie einer dieser vanillefarbenen Plastikvibratoren, die plötzlich in den Schaufenstern großstädtischer Drugstores liegen, nun, da die Revolution im Gange ist und es keine Grenzen mehr gibt.

Alexandra hob den Arm, griff hinter sich nach dem Handtuch, das sie hatte fallen lassen, und trocknete sich Hände und Handgelenke ab, damit sie den kleinen Joint, der zwischen ihnen herumgereicht wurde, dieses schmetterlingspuppenhaft zerbrechliche Stengelchen, nun auch entgegennehmen konnte. Sie hatte schon vorher Hasch geraucht; Ben, der ältere von ihren beiden Söhnen, zog es zu Hause im Garten auf einem Beet hinter den Tomaten, denen die Pflanzen auf den ersten Blick ähnelten. Aber es hatte nie zu ihren Donnerstagen gehört: Alkohol, kalorienreiche Knabbereien und Klatschgeschichten hatten sie immer genügend beflügelt. Nach mehreren tiefen Zügen in dieser dampfigen Luft glaubte sie zu fühlen, daß sie sich veränderte, daß sie gewichtslos wurde im Wasser und leicht unter der Hirnschale. Wie eine Socke manchmal umgestülpt aus der Wäsche kommt und man rasch hineinfassen und sie wieder umdrehen muß, so war es mit dem Universum; es war wie ein Wandteppich, von dem sie immer nur die Rückseite gesehen hatte. Dieser dunkle Raum mit seinen kaum sichtbaren Nähten und Fäden war die andere Seite des Teppichs, das tröstliche Verso des sonnendurchglühten heftigen Gewebes der Natur. Alexandra fühlte sich frei, bar aller Sorgen. Janes Gesicht spiegelte noch immer Verdruß, aber ihre männlichen Brauen und dieses unangenehme Insistieren in ihrer Stimme schüchterten Alexandra nicht mehr ein, jetzt, da sie den Grund dafür entdeckte: in dem dicken schwarzen Vlies, das sich unter Wasser fast penishaft vor und zurück bewegte.

«Gott», tat Darryl Van Horne mit lauter Stimme kund, «ich wünschte, ich wäre eine Frau.»

«Um Himmels willen, warum?» fragte Jane vernünftig.

«Bedenken Sie, was ein weiblicher Körper alles kann – ein Baby machen und auch gleich die Milch, um es zu ernähren.»

«Bedenken Sie, was Ihr eigener Körper kann», sagte Jane, «zum Beispiel Nahrung in Scheiße verwandeln.»

«*Jane*» fauchte Alexandra, entsetzt über diese Analogie, die niederschmetternd war, obwohl, wenn man es recht bedachte, auch Scheiße etwas von einem Wunder hatte. Zu Van Horne gewandt, bestätigte sie: «Es *ist* wunderbar. Im Augenblick des Gebärens bleibt nichts mehr übrig vom eigenen Ich. Man ist nichts weiter als ein Kanal für dieses Drängen, das von ganz woanders kommt.»

«Muß ein irres Hochgefühl sein», sagte er gedehnt.

«Man ist so vollgepumpt mit Medikamenten, daß man gar nichts mitkriegt», sagte Jane verdrossen.

«Jane, das ist nicht wahr. Bei mir war es anders. Ozzie und ich hatten uns völlig auf die natürliche Geburt eingestellt, er war die ganze Zeit dabei und gab mir Eisstückchen zum Lutschen, weil ich so ausgetrocknet war, und half mir beim Atmen. Bei den letzten beiden Kindern hatten wir nicht mal einen Arzt, wir hatten eine Geburtsberaterin.»

«Wissen Sie», erklärte Van Horne und setzte dies pedantische, altklug blinzelnde Gesicht auf, das Lexa instinktiv liebte, weil es ihr eine Ahnung gab von dem schüchternen, linkischen Jungen, der er gewesen sein mußte, «der ganze Hexenwahn war inszeniert, mit Erfolg, wie sich gezeigt hat; die neue, von Männern beherrschte Berufsmedizin, die im 14. Jahrhundert ihren Anfang nahm, hatte es darauf abgesehen, das Geschäft mit der Geburtshilfe an sich zu reißen und die Hebammen auszuschalten. Und das waren ja nun mal viele der Frauen, die man verbrannt hat: Hebammen. Sie hatten das Mutterkorn und das Atropin und sicherlich in vielem den richtigen Instinkt, auch ohne Infektionstheorie. Als die Ärzte die Sache übernahmen, arbeiteten sie blind, mit einem Leintuch um den Hals, und brachten sämtliche Krankheiten ihrer übrigen Kundschaft mit. Die armen Weiber krepierten in Scharen.»

«Typisch», sagte Jane in ätzendem Ton. Sie war offenbar zu dem Schluß gekommen, daß Garstigkeit ihr am besten Van Hornes Aufmerksamkeit sichere. «Wenn es etwas gibt, das mich noch mehr auf die Palme bringt als männliche Chauvinisten», sagte sie jetzt zu ihm, «dann sind das Schleimer, die sich frauenfreundlich geben, nur um den Frauen leichter an die Unterwäsche zu kommen.»

Aber ihre Stimme, so schien es Alexandra, war jetzt langsamer, weicher; das Wasser tat von außen seine Wirkung an ihnen, das Cannabis von innen. «Aber Kleines, du hast doch gar keine Unterwäsche an», machte Alexandra ihr klar. Das schien eine Erleuchtung von einigem Wert zu sein. Der Raum wurde heller, ohne daß jemand einen Schalter berührt hätte.

«Ich meine es ernst», redete Van Horne weiter, und noch immer schimmerte der kurzsichtige kleine Schuljunge durch, der sich inständig mühte zu verstehen. Sein Gesicht lag auf der Wasseroberfläche wie auf einem Servierteller; sein Haar war lang wie das von Johannes dem Täufer und vertangelte sich mit den naß an seinen Schultern klebenden Löckchen. «Es kommt mir aus dem Herzen, merkt ihr Mädchen das denn nicht? Ich liebe Frauen. Meine Mutter war ein feiner Kerl, gescheit und hübsch, bei Gott. Ich sah, wie sie sich den ganzen Tag im Haus abschuftete, und um halb sieben stapft dieses Männchen im Börsenanzug herein, und ich denke bei mir: Was mischt sich dieser Wicht hier ein? Mein guter alter Dad, der hart arbeitende Wicht. Sagt mal ehrlich, was für ein Gefühl ist es, wenn die Milch fließt?»

«Was für ein Gefühl ist es», sagte Jane gereizt, «wenn es Ihnen kommt?»

«He, nicht doch, eklig werden gilt nicht.»

Alexandra sah die Beunruhigung in seinem schweren, rissigen Gesicht; offenbar war ein heikler Punkt bei ihm getroffen.

«Was ist denn daran eklig?» fragte Jane. «Sie wollten über etwas Physiologisches sprechen, und ich warte nun mit einem physiologischen Phänomen auf, das Frauen nicht kennen. Ich meine, wir ‹kommen› nicht in diesem Sinn. Nicht ganz. Mögen Sie es, daß man die Klitoris als homolog bezeichnet?»

Alexandra kam auf das Fließen der Milch zurück. «Man hat das Gefühl, als ob man Pipi machen müßte und nicht kann, und dann kann man auf einmal doch.»

«Das liebe ich an Frauen», sagte Van Horne, «sie haben so kuschelige Vergleiche. In eurem Vokabular gibt es einfach nichts Ekliges. Mein Gott, Männer haben sich immer so – Blut, Spinnen, einen blasen. Wußten Sie, daß bei vielen Tierarten die Hündin oder die Sau oder wer immer die Nachgeburt auffrißt?»

«Ich glaube, Sie wissen gar nicht», sagte Jane, um einen kühlen Tonfall bemüht, «wie chauvinistisch es ist, so etwas zu sagen.» Aber ihre Kühle nahm eine seltsame Wendung, als sie sich im Bassin auf die Zehenspitzen stellte und ihre Brüste sich silbrig aus dem Wasser hoben; die eine war ein wenig höher und kleiner als die andere. Sie umfaßte sie mit beiden Händen und sprach zu einem Punkt zwischen Van Horne und Alexandra, wie zu dem unsichtbaren Zeugen ihres Lebens, einem Zeugen, den wir alle in uns tragen, aber selten laut anreden: «Ich habe mir immer einen größeren Busen gewünscht. Wie den von Lexa. Sie hat wunderschöne große Nuppeln. Zeig sie ihm mal, Schatz.»

«Jane, *bitte*. Ich werd ja ganz rot. Den Männern kommt es,

glaube ich, auch gar nicht so sehr auf die Größe an, sondern darauf, wie … na ja, was für einen *Schwung* sie haben und wie sie mit dem übrigen Körper zusammenpassen. Und was für eine Einstellung man selbst zu ihnen hat. Wenn sie einem selbst gefallen, gefallen sie auch anderen. Hab ich recht oder nicht?» fragte sie Van Horne.

Aber er wollte sich nicht zum Sprecher der Männerwelt machen lassen. Er richtete sich ebenfalls im Wasser auf und wölbte seine behaarten Hände über seine rudimentären männlichen Brüste, winzige Warzen, um die sich nasse schwarze Schlangen ringelten. «Sich vorzustellen, wie sich all das ent*wick*elt hat!» sagte er beschwörend. «Dieser hochkomplizierte Apparat aus Röhren und Leitungen, nur bei dem einen Geschlecht: um Nahrung zu produzieren, Nahrung, die weit bekömmlicher fürs Baby ist als jedes Laborgesöff. Oder die Entstehung der sexuellen Lust! Kennen Tintenfische so etwas? Plankton etwa? Die brauchen wenigstens nicht zu denken, aber wir, wir denken. Was für ein Köder mußte konstruiert werden, um uns bei der Stange zu halten! Da ist mehr eingebaut als in so ein verrücktes Aufklärungsflugzeug, das den Steuerzahler zig Millionen kostet und dann doch bloß abgeschossen wird. Angenommen, das wäre alles weggelassen: kein Mensch würde irgendwen ficken, die Art würde stehenbleiben und jeder nur noch Sonnenuntergänge bewundern und den Lehrsatz des Pythagoras.»

Alexandra mochte die Art, wie sein Denken funktionierte, sie konnte ohne Mühe folgen. «Dieser Raum gefällt mir», gab sie träumerisch bekannt. «Zuerst hatte ich Bedenken. All das Schwarz, bis auf die hübschen Kupferrohre, die Joe verlegt hat. Joe kann so süß sein, wenn er den Hut abnimmt.»

«Wer ist Joe», fragte Van Horne.

«Die Unterhaltung ist inzwischen auf ein ziemlich primitives Niveau abgesunken», befand Jane, und die Zischlaute in manchen Wörtern klangen scharf.

«Ich könnte ein bißchen Musik auflegen», sagte Van Horne, rührend darum besorgt, daß sie sich nicht langweilten. «Hier ist überall Vier-Kanal-Stereo installiert.»

«Scht», sagte Jane, «ich habe ein Auto vorfahren hören.»

«Halloween-Besucher», vermutete Van Horne. «Fidel gibt ihnen ein paar mit Rasierklingen gespickte Äpfel, die haben wir uns extra ausgedacht.»

«Vielleicht kommt Sukie zurück», sagte Alexandra. «Ich liebe dich, Jane, du hast wunderbare Ohren.»

«Ja, nicht, sie sind hübsch», sagte Jane. «Ich habe nun mal hübsche Ohren, das hat schon mein Vater immer gesagt. Sieh mal.» Sie strich sich erst vom einen Ohr das Haar zurück und dann, den Kopf wendend, vom anderen. «Nur schade, daß das eine ein bißchen höher sitzt. Jede Brille, die ich aufsetze, hängt mir schief auf der Nase.»

«Sie sind ganz ordentlich», sagte Alexandra.

Jane nahm das als Kompliment und fügte hinzu: «Und sie liegen schön flach am Kopf an. Sukies wölben sich vor wie bei einem Affen. Hast du das schon bemerkt?»

«Schon oft.»

«Und außerdem stehen ihre Augen viel zu eng zusammen, und sie hätte sich ihren Überbiß korrigieren lassen müssen, als sie noch jung war, und ihre Nase ist auch nur so ein kleiner Knubbel. Ich weiß ehrlich nicht, wie sie es macht, daß sie trotz allem so gut ankommt.»

«Ich glaube nicht, daß Sukie wiederkommt», sagte Van Horne. «Sie ist zu sehr mit diesen neurotischen Schwachköpfen verklüngelt, die in der Stadt das Sagen haben.»

«Das ist sie, und das ist sie auch wieder nicht», sagte jemand; Alexandra dachte, es müsse Jane gewesen sein, aber es klang wie ihre eigene Stimme.

«*Ist* das hier nicht nett und gemütlich», sagte sie, um ihre Stimme zu erproben. Sie klang tief wie eine Männerstimme.

«Unser zweites Zuhause», sagte Jane – sarkastisch, wie Alexandra annahm. Es war wirklich nicht leicht, zu einer ätherisch zarten Harmonie mit Jane zu gelangen.

Was Jane gehört hatte, war nicht Sukie, es war Fidel, der die Margaritas brachte, auf dem enormen gravierten Silbertablett, von dem Sukie Alexandra so vorgeschwärmt hatte; jedes der weiten, schlankstieligen Weingläser hatte oben einen Rand aus grobkörnigem Meersalz. Es kam Alexandra seltsam vor – so sehr hatte sie sich schon an ihre Nacktheit gewöhnt –, daß Fidel nicht auch nackt war, sondern eine pyjamaähnliche khakifarbene Uniform trug.

«Nun paßt mal auf, Mädchen!» rief Van Horne; er wirkte jungenhaft mit seinem Prahlen, und hinzu kam noch der Anblick seines weißen Hinterteils, denn er war aus dem Wasser geklettert und spielte an irgendwelchen Knöpfen hinten an der schwarzen Wand. Ein wohlgeöltes Rumpeln war zu hören, und die Decke über ihnen, die hier nicht perforiert, sondern aus stumpfem Wellblech war wie in einem Werkzeugschuppen, rollte zurück und gab den tintigen Himmel frei mit seinen dünn hingespritzten Sternen. Alexandra erkannte das dunstige Gespinst der Plejaden und den großen roten Aldebaran. Diese aberwitzig fernen Sterne, die für die Jahreszeit zu warme, aber doch rauhe Herbstluft, die Nevelson-Vertracktheiten der schwarzen Wände und die surrealen Arp-Rundungen ihres eigenen Körpers – all das umschloß das Zentrum ihres Empfindens wie angegossen, war ebenso fühlbar wie das dampfende Wasser und der eiskühle Stiel des Glases zwischen ihren Fingerspitzen, so daß sie nun eingeflochten war in die Vielzahl der himmlischen Körper. Die Sterne gerannen zu Tränen und deckten sich über ihre warmen Augen. Träge verwandelte sie den Stiel in ihrer Hand in den Stengel einer üppigen gelben Rose und atmete ihren Duft ein. Einen Duft nach Limonensaft. An ihren Lippen hafteten Salzkristalle, groß wie Tautropfen. Ein Dorn des Stengels hatte sie in den Finger gestochen, und sie sah zu, wie im Mittelpunkt des Linienstrudels auf ihrer Fingerkuppe ein einzelner Bluttropfen hervorquoll. Darryl Van Horne hatte sich vornüber gebeugt und war wieder mit seinen Reglern beschäftigt, und sein weißer Hintern leuchtete und schien das einzige an ihm zu sein, das nicht behaart war oder mit einem abweisenden Ektoskelett überzogen, sondern ganz er selbst, so wie wir normalerweise den Kopf eines Menschen für den Ausdruck seines wahren Ich halten. Sie hätte ihn küssen mögen, diesen schimmernden, unschuldigen, blicklosen Hintern. Jane reichte ihr etwas Glimmendes, das sie gehorsam an die Lippen führte. Das Brennen in ihrer Luftröhre verband sich mit dem heißen, zornigen Ausdruck in Janes Gesicht, während die Hand der Freundin ihr unter Wasser, fischgleich, am Bauch knabberte, über ihn hinschlüpfte, um die schwimmenden Brüste glitt, von denen Jane gesagt hatte, solche hätte sie auch gern.

«He, und was ist mit mir?» rief Van Horne und platschte ins Wasser zurück; der Augenblick zerschellte, Janes Hand mit den schwieligen Fingerkuppen, diesen tastenden kleinen Fischmäulern, zog sich zurück. Sie unterhielten sich, aber die Worte trieben ohne Bedeutung dahin, das Gespräch war wie Berührung, und die Zeit fiel in trägen Tropfen durch die Löcher in Alexandras liebkostem Bewußtsein, bis Sukie doch wiederkam und mit ihr die Zeit.

Sie stürmte herein, herbstbringend in ihrem Wildlederrock mit den Gürtelbändern vorn und der Tweedjacke, die in der Taille ein Bündchen hatte und im Rücken eine Kellerfalte wie eine Jägerjoppe; der pfirsichfarbene Tennisdress war zu Hause im Wäschekorb. «Deinen Kindern geht es gut», sagte sie zu Jane Smart und schien nicht im mindesten überrascht, die drei im Bassin vorzufinden, ganz so, als sei sie längst gewöhnt an diesen Raum mit seinem Schieferboden, den funkelnden Kupferschlangen, dem sparrigen Grün des festlich beleuchteten Dschungels hinter Glas und der Decke mit dem kalten Rechteck aus Himmel und Sternen. Mit der wundervollen, entschlossenen Ungezwungenheit, die ihr eigen war, legte sie erst einmal ihre satteltaschengroße Ledermappe auf einen Stuhl, den Alexandra bisher gar nicht wahrgenommen hatte – es gab Möbel in dem Raum: Stühle, Matratzen, alles in Schwarz, damit sich nichts abhob –, und zog sich aus, schlüpfte als erstes aus den sportlich-flachen, breitkappigen Schuhen und entledigte sich der Jägerjoppe, ließ dann den aufgebundenen Wildlederrock über ihre Hüften rutschen und knöpfte die Seidenbluse auf, die von zartestem Beige war, wie eine teure, gedruckte Einladungskarte, streifte den rosabräunlichen Halbrock, teerosenhaft im Ton, mitsamt den weißen Höschen herunter, hakte schließlich den Büstenhalter auf, beugte sich mit ausgestreckten Armen vor und fing die beiden leeren Körbchen leicht in den Händen auf; ihre entblößten Brüste wippten nach außen bei dieser Bewegung. Sukies Brüste brauchten keine Stütze, sie waren klein und fest, gerundete Kegel, die Spitzen waren in ein tieferes Rosa getaucht, das war alles, aggressiv vorspringende, knopfartige Warzen hatten sie nicht. Ihr Körper war wie eine Flamme, eine Flamme von sanftem weißem Feuer, dachte Alexandra, und beobachtete, wie Sukie sich gelassen bückte und ihre Unterwäsche vom Boden auflas und sie auf den Stuhl legte, der wie ein Gestalt gewordener Schatten war, und wie sie dann entschlossen in ihrer großen Tasche mit dem weichen Überschlag wühlte und nach Nadeln suchte, um sich das Haar hochzustecken, das von jenem blassen aber doch so klingenden Ton war, den man gemeinhin Rot nennt, der aber, genaugenommen, eine Nuance zwischen Aprikose und dem rötlich überhauchten Kernholz der Eiben ist. Sukies Haar hatte überall diese Farbe, und als sie die Arme hob, wurden die beiden Tuffs sichtbar, zweiflügelig, wie zwei Nachtfalter, die von den Seiten her in ihre Achselhöhlen geflattert waren. Das war ein Fortschritt gegenüber Alexandra und Jane, die rasierten sich noch die Achselhöhlen, hatten noch nicht gebrochen mit diesem patriarchalischen Gebot, das ihnen auferlegt worden war, als sie jung waren und lernten, Frauen zu sein. In biblischer Zeit, in der Wüste, mußten Frauen sich mit Feuerstein die Achselhöhlen glatt schaben; Frauenhaar forderte die Männer heraus, und Sukie, die jüngste der drei Hexen, fühlte sich am wenigsten dazu verpflichtet, das natürliche Wachstum zu stutzen und zu beschneiden. Ihr schmaler Körper, voller Sommersprossen an Armen und Schienbeinen, war dennoch konsistent genug: seine Kontur floß, als sie auf die anderen zuging und in den matten Schein der rings um das Bassin eingelassenen Lämpchen trat, heraus aus dem schwarzen Hintergrund des Raumes, der die artifizielle dunkle Monotonie eines Tonstudios hatte; der Umriß der Erscheinung ihrer nackten Schönheit flimmerte, wie wenn in einem Film eine Serie schnell aufeinanderfolgender Einzelbilder abläuft und beim Zuschauer der Eindruck flackernder Bewegung geweckt wird, beunruhigend und geisterhaft, lautlos. Dann stand Sukie nah bei ihnen, und ihre Dreidimensionalität war wiederhergestellt; ihre schöne, lange, nackte Flanke war rührend verunziert von einer kleinen rosa Warze und einem frischen blauen Fleck (Ed Parsley in einem Anfall extremen Schuldgefühls?), und nicht nur auf Armen und Beinen hatte sie Sommersprossen, sondern auch auf der Stirn und ein Band quer über die Nase und ein deutliches Sternbild mitten auf dem Kinn, dem kleinen dreiekkigen Kinn, das jetzt entschlossen gerunzelt war, als sie sich auf den Bassinrand setzte und sich, tief Luft holend, mit durchgedrücktem Kreuz und angespanntem Hintern in das dampfende, läuternde Wasser gleiten ließ. «Heiliger Gott», sagte Sukie.

«Man gewöhnt sich dran», versicherte Alexandra ihr. «Es ist himmlisch, wenn man sich erst mal überwunden hat.»

«Kinder, ihr findet das doch nicht etwa heiß», sagte Darryl Van Horne ängstlich prahlend, «für mich allein stelle ich den Thermostaten noch um etliche Grad höher. Wirkt Wunder, wenn man einen Kater hat. Das ganze Giftzeug wird im Nu aus einem rausgebrutzelt.»

«Was haben sie gerade gemacht?» fragte Jane Smart. Ihr Gesicht und ihr Hals kamen Alexandra verschrumpelt vor, zu lange hatten ihre Augen Sukie gestreichelt.

«Ach», sagte Sukie, «was wohl. Sie haben sich auf Kanal 56 alte Filme angesehen und sich an den zusammengebettelten Süßigkeiten krank gefressen.»

«Bei mir bist du nicht zufällig vorbeigefahren?» fragte Alexandra; sie fühlte sich befangen, Sukie war so hinreißend und jetzt so nah bei ihr im Wasser, die Wellen, die sie machte, umspielten Alexandras Haut.

«Kind, Marcy ist siebzehn», sagte Sukie, «sie ist demnächst erwachsen. Die macht das schon. Wach auf!» Und sie berührte Alexandra an der Schulter, gab ihr einen freundschaftlichen kleinen Stups. Sie mußte dazu den Arm ein wenig ausstrecken, und eine ihrer rosenknospigen Brüste tauchte aus dem Wasser; Alexandra wollte daran saugen, sie sehnte sich danach, mehr noch, als sie sich danach gesehnt hatte, Van Hornes Hintern zu küssen. Sie durchlitt eine Vorahnung davon, wie es sein würde, ihr Gesicht lag seitlich auf dem Wasser, ihr Haar flutete lose und leckte ihr zwischen die Lippen, die sich zu einem erwartungsvollen O geöffnet hatten. Ihre linke Wange wurde ganz heiß, und Sukies grüner Blick verriet, daß sie Alexandras Gedanken las. Die Auren der drei Hexen flossen ineinander unter

dem offenen Himmel, rosa und lila und lohfarben, während
Van Hornes Aura unbeweglich und braun über seinem Kopf
verharrte, etwas Abnehmbares, wie der plumpe, hölzerne Glo-
rienschein eines Heiligen in einer heruntergekommenen mexi-
kanischen Kirche.

Als Marcy geboren wurde, das Mädchen, von dem Sukie gesprochen hatte, war Alexandra erst einundzwanzig gewesen;
auf Ozz' beharrliches Bitten hatte sie das College verlassen und
ihn geheiratet. Sie mußte jetzt an ihre vier Babies denken, wie
sie eines nach dem anderen gekommen waren und wie die Mädchen beim Trinken viel quälender an ihrem Inneren gesogen
hatten, die Jungen waren von Anfang an ein bißchen wie Männer gewesen, dies aggressive Vakuum, das schmerzhafte, jähe
Sich-fest-Saugen, die länglichen blauen Schädel, die sich oberhalb der Runzelmuskulatur tyrannisch vorwölbten, dort, wo
eines Tages ihre Männeraugenbrauen sprießen würden. Die
Mädchen waren zarter, in diesen ersten Tagen schon, hoff-
nungsvolle, durstige, süße, sich anklammernde Streicheltier-
chen, dazu bestimmt, Schönheiten und Sklavinnen zu werden.
Babies: mit ihren lieben, gummiweichen O-Beinen, als ritten
sie im Schlaf auf winzigen Pferdchen, mit ihrem wonnigen
Windelgewickel, ihren biegsamen lila Füßchen, ihrer Haut, so
fein wie die eines Penis, ihrem ernsten dunkelblauen Blick und
ihrem gekräuselten, ungeniert sabbernden Mund. Wie sie
einem auf der linken Hüfte reiten, sich leicht, wie Weinranken
an einer Wand, an einem festklammern, an der Seite, wo das
Herz ist. Der Ammoniakgeruch ihrer Windeln. Alexandra begann zu weinen, als sie an ihre verlorenen Babies dachte, Babies, die verschluckt worden waren von den Kindern, zu denen
sie sich entwickelt hatten, in Stücke geschnitten und verfüttert
an die Tage, die Jahre. Heiße Tränen kamen ihr und liefen ihr
kühl über die erhitzten Wangen zu beiden Seiten der Nase
herab, schleusten sich in die Furchen, die von den Nasenflügeln weiter abwärts führten, salzten ihr die Mundwinkel und
tropften ihr, die kleine Kerbe als Rinne benutzend, vom Kinn.
Janes Hand war die ganze Zeit nicht von ihr gewichen; sie verstärkte ihre Liebkosungen, massierte Alexandras Nacken,
dann den *musculus trapezius* und die Delta- und die Brustmus-

keln, oh, das tat gut, Janes kräftige Hand, der streichelnde
Druck bald über, bald unter dem Wasser, unter der Taille sogar,
und die kleinen roten Augen des Thermostaten hielten Wache
am Beckenrand, während Margarita und Marihuana ihre be-
freienden Gifte mischten in dem feinnervigen, dürstenden,
dunklen Reich unter ihrer Haut, ihre armen, vernachlässigten
Kinder, sie hatte sie geopfert, damit sie Macht haben konnte,
ihre törichte Macht, und nur Jane konnte das verstehen, Jane
und Sukie, Sukie geschmeidig und jung neben ihr, sie berüh-
rend, berührt werdend, ihr Körper war nicht aus schmerzenden Muskeln gefügt, sondern aus etwas wie Weidengerten,
federnd und sanft gesprenkelt, der Nacken unter dem hochge-
steckten Haar von einer Weiße, die nie die Sonne sah, ein Stück
schmiegsamen Alabasters unter den bernsteinfarbenen Härchen. Was Jane an Alexandra tat, tat Alexandra an Sukie: sie
streichelte sie. Sukies Körper war wie Seide in ihren Händen,
wie schwere, glatte Frucht; Alexandra ging auf in schwermüti-
gen, triumphierenden, zärtlichen Gefühlen, und niemand
hätte sagen können, wo die Zärtlichkeit, die man gab, begann,
und wo jene aufhörte, die man empfing. Mit Schultern, Armen
und Brüsten aus dem Wasser tauchend, drängten die drei
Frauen sich aneinander, zu einer Gruppe, wie die Grazien auf
einem Kupferstich, indes ihr behaarter, dunkler Gastgeber, der
ins Trockene geklettert war, seine schwarzen Schränke durch-
stöberte. Sukie erläuterte ihm mit seltsam sachlicher Stimme,
die sich für Alexandra anhörte, als käme sie von weither in dieses Aufnahmestudio, welche Musik er auf seiner teuren, gegen
Wasserdampf geschützten Stereoanlage spielen sollte. Er war
nackt, und seine pendelnden, kollernden, blassen Genitalien
hatten etwas Rührendes, Gutmütiges – wie ein Hundeschwanz, der sich über den unschuldigen Knopf des Anus
schmiegt.

In unserer kleinen Stadt Eastwick sollte in diesem Winter der
Klatsch blühen – wie in Washington und Saigon, so gab es auch
hier undichte Stellen: Fidel hatte sich mit einer Frau im Ort
angefreundet, einer Kellnerin bei *Nemo*, einer gewieften
Schwarzen aus Antigua, Rebecca mit Namen – Klatsch über
das schlimme Treiben im alten Lenox-Haus, aber was Alexan-

dra an diesem ersten Abend und fortan immer wieder erstaunte, war die liebenswerte menschliche Unbeholfenheit bei allem, was sich zutrug und das bestimmt war von der Unbeholfenheit ihres eifrigen und auf schwer benennbare Art widrigen Gastgebers, der sie nicht nur bewirtete und ihnen Herberge bot und Musik und passendes dunkles Mobiliar, sondern auch den Segen spendete, ohne den aller Mut unserer Zeit versiegt und versickert in Gräben, die andere gegraben haben, jene alten Pfaffen und Verhinderer und Verfechter heroischer Engstirnigkeit, die die liebliche Ann Hutchinson, eine Frau, die Frauen half, in die Wildnis jagten, damit sie skalpiert würde von Rothäuten, die auf ihre Art ebenso fanatisch und unversöhnlich waren wie die puritanischen Geistlichen. Wie alle Männer verlangte Van Horne, daß die Frauen ihn als Gebieter anerkannten, aber sein Steuersystem fußte wenigstens auf Aktivposten, die sie besaßen – Körper, Vitalität –, und nicht auf spirituellem Handelsgut, das in irgendeinem nicht vorhandenen Himmel verwahrt wird.

Van Hornes Güte, seine Freundlichkeit waren es, die die Liebe, welche die Frauen füreinander empfanden, zu einer Art Liebe zusammenfaßte, die *ihm* galt. Seiner Liebe zu ihnen haftete etwas seltsam Abstraktes an, weshalb die Ehrerbietungen und die Gunst, die sie ihm bezeigten, etwas Förmliches und bloß Höfliches hatten – ob sie nun anlegten, was er ihnen zur Kostümierung überließ, Katzenfellhandschuhe und grünlederne Strumpfbänder, oder ob sie ihn mit dem *cingulum* banden, der neun Fuß langen Schnur aus geflochtener roter Wolle. Oft stand er, wie in dieser ersten Nacht, erhöht und weit weg von ihnen und bediente seine komplizierte und (ungeachtet seiner stolzen Behauptungen) feuchtigkeitsempfindliche Apparatur.

Er drückte auf einen Knopf, das Wellblechdach schloß sich rumpelnd und sperrte den nächtlichen Himmel aus. Er legte Schallplatten auf: Janis Joplin, die sich mit ‹*Piece of My Heart*› und ‹*Get it While You Can*› und ‹*Summertime*› und ‹*Down on Me*› die Stimme wund schrie, diese Paradestimme fröhlicher, trotziger, weiblicher Verzweiflung, und dann Tiny Tim, durch Tulpenfelder trippelnd mit tremulierendem, zwittrigem Zwit-

schern, an dem Van Horne sich nicht satthören konnte, so daß
er die Nadel immer wieder in die Anfangsrille setzte, bis die
Hexen um Erbarmen flehten und erneut Joplin verlangten. Sie
waren umzingelt von den Klängen, aus allen vier Ecken des
Raumes drangen sie auf sie ein; und sie tanzten, die vier, bekleidet nur mit ihren Auren und ihrem Haar, machten schüchterne
kleine Bewegungen, gefangen von der Musik, kehrten einander
oft den Rücken, ließen sich ganz durchtränken von der titani-
schen Geistergegenwart der Sänger. Als Janis Joplin mit rauher
Stimme ‹Summertime› sang, in diesem gebrochenen Tempo,
die Worte leidenschaftlich, in jähen Erinnerungsschüben, aus
sich herausstieß, als ob sie in einem drogenumnebelten inneren
Kampf immer wieder von der Matte hochkäme, wiegten sich
Sukie und Alexandra eine in den Armen der anderen, ohne die
Füße zu bewegen, ihr herabfallendes Haar war strähnig und
tränenwirr, ihre Brüste suchten, berührten sich, trafen tastend
aufeinander in blinder, blasser Kissenschlacht, schlüpfrig von
Schweißtropfen, die auf ihnen lagen wie die breiten Perlenhals-
bänder des alten Ägypten. Und als Janis Joplin, nach dem trü-
gerisch leicht gesungenen Anfang, in den Strudel von ‹Me and
Bobby McGee› stürzte, begleitete Van Horne, dessen dunkel
geröteter Penis schrecklich aufgerichtet war durch einen
Dienst, den Jane ihm auf Knien erwiesen hatte, mit seinen un-
heimlichen Händen, die aussahen, als steckten sie in weißen
Gummihandschuhen mit dunklen Perücken, die Fingerkuppen breit wie die Zehen eines Baumfroschs oder eines Lemu-
ren, im Dunkel über ihrem vor- und zurückruckenden Kopf
pantomimisch das turbulente Solo des inspirierten Pianisten
der Full Tilt Boogie-Band.

Auf den schwarzen Veloursmatratzen, die Van Horne be-
reitgelegt hatte, spielten die drei Frauen mit ihm, und sein Körper war die Sprache, in der sie sich untereinander verständig-
ten; er bewies übernatürliche Beherrschung, und als er dann
kam, war sein Samen, wie später alle übereinstimmten, wunderbar kalt. Nach Mitternacht, in der ersten Stunde des No-
vembers, zog Alexandra sich an, und ihr war, als fülle sie ihre
Kleider – sie trug lange Hosen beim Tennis, um ihre schweren
Beine ein wenig zu kaschieren – mit einem gewichtlosen Gas,

so sehr hatte ihr Fleisch sich durch das lange Untertauchen und die assimilierten Gifte geläutert. Als sie nach Hause fuhr in ihrem Subaru, dessen Polster nach Hund rochen, sah sie oben in der getönten Windschutzscheibe den Vollmond mit seinem gefleckten, kummervollen Gesicht, und eine Sekunde lang, wider alle Vernunft, dachte sie, Astronauten seien auf ihm gelandet und hätten in einem Akt imperialer Zerstörungswut seine weite, öde Oberfläche grün gespritzt.

II

Malefica

«Ich will nicht anders sein als ich bin.
Ich finde so viel Befriedigung in meiner Lage,
ich werde immerfort liebkost.»

Eine junge französische Hexe um 1660

«Hat er das wirklich gemacht?» fragte Alexandra am Telefon. Vor ihren Küchenfenstern obsiegten die puritanischen Farben des November, die Laube war ein struppiger Wust abschilfernder Weinranken, das Vogelhäuschen hing an seinem Platz: gefüllt, nun, da die Beeren in Wald und Moor gedörrt waren von den ersten Frösten.

«Sukie hat es mir gesagt», sagte Jane, und ihr *s* brannte. «Sie sagt, sie hätte es seit langem kommen sehen, aber sie hätte es die ganze Zeit für sich behalten, um ihn nicht zu verraten. Als ob sie irgend jemanden verraten könnte, wenn sie dich und mich einweiht. Wenn du *mich* fragst.»

«Wie lange hat Ed das Mädchen denn schon gekannt?» Alexandras Teetassen, die in einer Reihe an Messinghaken unter einem Küchenbord hingen, schaukelten sacht, als hätte eine unsichtbare Hand über sie hingestrichen wie über Harfensaiten.

«Ein paar Monate. Sukie hat es daran gemerkt, daß er anders mit ihr war. Er wollte hauptsächlich nur noch reden, sie als Resonanzboden benutzen. Sie ist heilfroh. Überleg mal, was für Geschlechtskrankheiten sie sich hätte einfangen können. Tripper ist doch das mindeste, was diese Blumenkinder haben.»

Reverend Ed Parsley war mit einem Teenager aus dem Dorf durchgebrannt, das war der langen Rede kurzer Sinn. «Habe ich das Mädchen schon mal gesehen?» fragte Alexandra.

«Ach, bestimmt», sagte Jane. «Sie gehörte zu der Meute, die abends ab acht immer vor der Superette rumlungert, hat auf einen Pusher gewartet, nehme ich an. Blasses, verschmiertes Gesicht, irgendwie mehr breit als lang, schmuddeliges, flachsblondes Haar, das in der Gegend rumzottelt, und Klamotten, als käme sie immer gerade aus einem Holzfäller-Camp für Mädchen.»

«Keine Liebesperlen?»

Jane faßte die Frage ernst auf. «Also bestimmt hatte sie welche – für den Fall, daß sie sich mal rausputzen wollte für einen Debütantinnenball. Kannst du dich denn gar nicht erinnern? Sie gehörte zu denen, die letzten März den Eingang zur Wählerversammlung blockierten und das Kriegsmahnmal über und über mit Schafsblut aus dem Schlachthaus beschmiert haben.»

«Ich kann mich nicht erinnern, Schatz, vielleicht weil ich nicht will. Diese Kinder vor der Superette machen mir angst, ich drängle mich jedesmal eilig zwischen ihnen durch, ohne nach links oder rechts zu sehen.»

«Vor denen brauchst du keine Angst zu haben, die sehen dich überhaupt nicht. Für die bist du bloß ein Teil der Landschaft. Wie ein Baum.»

«Der arme Ed. Er sah so verstört aus in letzter Zeit. Als ich ihn beim Konzert traf, schien er sich sogar an *mir* festklammern zu wollen. Ich dachte, das wäre Sukie gegenüber illoyal, und habe ihn abgeschüttelt.»

«Das Mädchen stammt nicht mal aus Eastwick, sie hat hier

ständig rumgegammelt, aber gewohnt hat sie in Coddington Junction, so ein richtig schön kaputtes Zuhause in einem Wohnwagen mitsamt dem Bratkartoffelverhältnis ihrer Mutter; die war nämlich dauernd auf Achse, mit einem Wanderzirkus, Akrobatik nennt man das wohl.»

Jane hörte sich so prüde an, man hätte denken können, sie sei eine vertrocknete alte Jungfer, wenn man nicht erlebt hätte wie sie mit Darryl Van Horne umgegangen war.

«Sie heißt Dawn Polanski», fuhr Jane fort. «Ich weiß nicht, ob ihre Eltern sie Dawn genannt haben, oder ob sie sich den Namen selber zugelegt hat, solche Leute geben sich ja gern neue Namen: Lotusblüte, Himmlische Offenbarung, so in der Art.»

Ihre abgehärteten kleinen Hände waren unglaublich rührig gewesen, und als der kalte Samen herausspritzte, hatte *sie* am meisten davon abbekommen. Die Sexualpraktiken anderer Frauen sind etwas, über das man meist im unklaren bleibt, und das ist wohl auch gut so, es kann nämlich *zu* faszinierend sein. Alexandra versuchte, die Bilder, die in ihrer Erinnerung auftauchten, wegzublinzeln, und fragte: «Aber was wollen sie jetzt *tun*?»

«Ich versteige mich zu der Behauptung, daß sie keinen Schimmer haben, außer, daß sie erst mal in irgendein Motel gehen und bumsen, bis es ihnen zum Hals raushängt. Wirklich, es ist ein Trauerspiel.» Es war Jane, die sie zuerst gestreichelt hatte, nicht Sukie. Als sie an Sukie dachte, wie sie auf dem Schiefer gestanden hatte, die sanfte weiße Flamme, die ihr Körper gewesen war, tat sich ein kleiner Hohlraum in Alexandras Bauch auf, nahe beim linken Eierstock. Ihre armen Eingeweide – sie war sicher, eines Tages würde es zur Operation kommen, man würde sie aufschneiden, aber viel zu spät: ein einziges Gewimmel von schwarzen Krebszellen. Nur daß die Zellen wahrscheinlich nicht schwarz waren, sondern leuchtend rot und glänzend, wie blutiger Blumenkohl. «Anschließend, schätze ich», sagte Jane, «steuern sie irgendeine große Stadt an und versuchen, sich der Protestbewegung anzuschließen. Ich glaube, Ed denkt, das ist wie Zum-Militär-Gehen: man geht in ein Rekrutierungsbüro, wird vom Arzt untersucht, und wenn man für tauglich befunden wird, nimmt der Verein einen auf.»

«Es klingt so nach Selbsttäuschung, findest du nicht? Er ist zu alt. Solange er sich hier in der Gegend bewegte, wirkte er ja ziemlich jung und blendend oder zumindest doch interessant, und er hatte seine Kirche, die gab ihm doch so etwas wie ein Forum ...»

«Er verabscheute es, eine Respektsperson zu sein», unterbrach Jane sie spitz, «er hielt das für zu billig.»

«Ach ja, was für eine Welt», seufzte Alexandra und sah einem grauen Eichhörnchen zu, das, springend-anhaltend, springend-anhaltend, seinen wachsamen Weg über die verfallende Mauer hinten im Garten nahm. Ein Schub ihrer Duttelchen härtete gerade im tickenden Brennofen im Raum hinter der Küche; sie hatte versucht, sie größer zu formen, aber da machten sich doch die Unzulänglichkeiten ihrer autodidaktisch erworbenen Technik und ihre mangelhaften Anatomiekenntnisse bemerkbar. «Was ist mit Brenda? Wie reagiert sie darauf?»

«Wie zu erwarten. Hysterisch. Vor der Öffentlichkeit hat sie Eds Seitensprünge zwar verziehen, aber daß er sie verlassen würde, damit hat sie nicht gerechnet. Für die Kirche wird das auch noch ein Problem. Alles, was sie und ihre Kinder haben, ist das Pfarrhaus, und das gehört ihnen natürlich nicht. Irgendwann wird man sie vor die Tür setzen müssen.» Das gleichgültige, gehässige Knistern in Janes Stimme bestürzte Alexandra. «Sie wird sich nach einer Arbeit umsehen müssen. Sie kriegt schon noch zu spüren, was es heißt, auf sich selber angewiesen zu sein.»

«Vielleicht sollten wir ...» *ihr unter die Arme greifen*, wollte Alexandra sagen.

«Niemals», erwiderte die telepathisch begabte Jane. «Sie war zu eingebildet, einfach zum Kotzen, wenn du mich fragst, die gnädige Frau Pastor, wie Greer Garson hat sie da hinter ihrer Kaffeemaschine präsidiert und den alten Damen Süßholz vorgeraspelt. Du hättest erleben sollen, wie sie zur Kirche raus- und reinrauschte, wenn wir unsere Proben hatten. Ich weiß», sagte sie, «ich sollte nicht so eine Genugtuung dabei empfinden, wenn eine andere Frau eins übergebraten kriegt, aber so fühle ich eben! Du denkst, ich bin im Unrecht. Du denkst, ich bin schlecht.»

«O nein», sagte Alexandra verlogen. Aber andererseits, wer will schon sagen, was schlecht ist? Die arme Franny Lovecraft hätte sich an jenem Abend beinahe die Hüfte gebrochen und wäre dann für den Rest ihrer Tage auf einen Gehapparat angewiesen gewesen. Alexandra war mit einem hölzernen Rührlöffel in der Hand ans Telefon gegangen, und während sie jetzt untätig dastand und darauf wartete, daß Jane ihre ganze Bosheit losließ, bog sie den langen Stiel mit ihren Hirnwellen, bis er sich wie ein Hundeschwanz hochkrümmte und mit der Spitze in der Löffelmulde lag. Dann gebot sie dem schlangenhaften Ring, sich langsam ihren Arm hinauf zu entrollen. Das schmirgelnde Streicheln des Holzes ging ihr durch Mark und Bein. «Und was ist mit Sukie?» fragte Alexandra. «Die hat er doch auch im Stich gelassen.»

«Die ist entzückt. Sie hat ihn er*mun*tert, sagt sie, mit dieser Dawn zusammen sich selbst zu verwirklichen. Ich schätze, ihre kleine Spritztour mit Ed ist aus.»

«Heißt das, daß sie jetzt hinter Darryl her ist?» Der Löffel hatte sich ihr um den Hals geringelt und berührte mit dem gemuldeten Ende ihre Lippen. Er schmeckte nach Salatöl. Ihre Zunge flatterte gegen das Holz und fühlte sich fedrig an, gespalten. Coal schnupperte Alexandra besorgt um die Beine, er witterte Magie, diesen winzigen verbrannten Geruch: wie eine Gasflamme im Augenblick, da sie entzündet wird.

«Ich würde sagen», sagte Jane, «sie hat andere Pläne. Sie hat für Darryl nicht so viel übrig wie du. Oder wie ich, was *das* betrifft. Sukie mag es, wenn Männer am Boden sind. Ich gebe dir einen Tip, behalt Clyde Gabriel im Auge.»

«Oh, diese fürchterliche Frau!» rief Alexandra. «Die müßte mal erlöst werden von ihrem Elend.» Sie achtete kaum auf das, was sie sagte, denn um Coal zu necken, hatte sie den sich windenden Löffel auf den Fußboden gelegt, und das Fell auf dem Widerrist des Hundes war gesträubt; der Löffel hob den Kopf, Coal fletschte die Zähne, und seine Augen entbrannten zum Angriff.

«Tun wir's!» sagte Jane Smart lebhaft.

Beunruhigt von dieser durchdringenden Bosheit, die Jane auf einmal an den Tag legte, und auch ein bißchen eingeschüchtert, ließ Alexandra den Löffel sich entspannen; er senkte den Kopf und klapperte der Länge nach auf das Linoleum. «Ach, ich finde nicht, daß das unsere Sache ist», wehrte sie milde ab.

«Ich habe ihn immer verachtet und bin nicht im mindesten überrascht», verkündete Felicia Gabriel auf ihre schnell fertige selbstzufriedene Art, als wende sie sich an eine kleine Schar von Freunden, die sie einhellig für wundervoll hielten, dabei redete sie nur zu ihrem Mann, zu Clyde. Er war gerade dabei, in seinem spätabendlichen betrunkenen Nebel einen *Scientific American*-Artikel über die neueren Anomalien in der Astronomie zu erfassen. Sie stand mit quengelig abwartender Gespanntheit in der Tür des rings mit Regalen ausgestatteten Zimmers, das er als Arbeitszimmer zu benutzen versuchte, seit Jenny und Chris aus dem Haus waren und es nicht mehr mit elektronischem Lärm vollsudelten, mit Joan Baez und den Beach Boys.

Felicia hatte nie die Dünkelhaftigkeit eines hübschen, sprudelnden High-School-Girls abgelegt. Sie und Clyde hatten zusammen die öffentlichen Schulen von Warwick absolviert: was für ein Ausbund an Temperament und Energie sie damals gewesen war, nichts gab es, wobei sie nicht mitgemacht hätte, vom Schülerbeirat bis zum Volleyball der Mädchen, und die besten Noten in allen Fächern hatte sie außerdem gehabt, ganz zu schweigen davon, daß sie das allererste Mädchen gewesen war, das je das Debattier-Team angeführt hatte. Ihre vibrierende Stimme, die sich hoch über alle anderen erhob bei der unglaublich hohen Stelle von *The Star-Spangled Banner*: sie ging ihm durch und durch wie ein Messer. Felicia hatte Dutzende von Freunden gehabt, war heiß umschwärmt gewesen. Er hielt das in seinem Gedächtnis wach. Nachts, wenn sie neben ihm einschlief, mit der deprimierenden Promptheit der Rechtschaffenen und Überaktiven, und ihn allein ließ in seinem stundenlangen Kampf gegen die Dämonen der Schlaflosigkeit, die der im Whisky ertrunkene Abend in seinem System aufgescheucht hatte, betrachtete er im Mondlicht ihr regloses Gesicht, und die Art, wie ihre geschlossenen Lider in die verschatteten Augenhöhlen gebettet und die zusammengepreßten Lippen hingeritzt waren, die einen unausgesprochenen Beitrag zur Traumdebatte versiegelten, enthüllte seinem Blick die alte Makellosigkeit zierlich gefügter Knochen. Felicia hatte etwas Zerbrechliches im Schlaf. Auf den Ellbogen gestützt, lag er da und starrte sie an, und die Gestalt des quirligen Teenagers, den er geliebt hatte, stellte sich ihm wieder her; er sah sie vor sich in ihren flauschigen, pastellenen Pullovern und den langen Schottenröcken, wie sie beschwingten Schritts durch die Flure mit den hohen grünen Metallschließfächern eilte, und hatte zugleich ein Bild von sich selber, von dem schlaksigen, «hellen» Jungen, der er gewesen war; eine riesige, stofflose Säule aus verlorener und vertaner Zeit wuchs dann aus den Schlafzimmerwänden empor, und ihm war, als lägen Felicia und er wie zwei zermalmte Körper auf dem Grund eines Luftschachts. Aber im Augenblick stand sie aufgerichtet vor ihm, unabweisbar, in schwarzem Rock und weißem Pullover, dem Aufzug, in dem sie bei der abendlichen Sitzung des Feuchtgebietsschutzkomitees den Vorsitz geführt hatte. Auf dieser Sitzung hatte sie die Neuigkeit über Ed Parsley erfahren, von Mavis Jessup.

«Er war schwach», konstatierte sie, «ein schwacher Mann, dem irgend jemand mal gesagt hat, er sehe gut aus. Für mich hat er nie gut ausgesehen, mit dieser pseudo-aristokratischen Nase und den unsteten Augen. Er hätte nie ein geistliches Amt übernehmen dürfen, er war nicht berufen, er dachte, er könnte Gott bezirzen, so wie er die alten Damen bezirzt hat, damit nur ja keine dahinterkommt, wie hohl er ist. In meinen Augen – Clyde, *sieh* mich an, wenn ich mit dir spreche! – hat er es in sträflichem Maße verabsäumt, die Eigenschaften eines Gottesmannes vorzuleben.»

«Ich bin gar nicht sicher, ob die Unitarier so enorm viel Wert legen auf Gott», erwiderte er milde; noch hoffte er, weiterlesen zu können. Quasare, Pulsare, Sterne schleuderten pro Millisekunde Ströme von mehr Materie aus, als in allen Planeten zusammen enthalten ist: in solchem kosmischen Wahnsinn suchte vielleicht er den altmodischen himmlischen Gott. Damals, in jenen unschuldigen Tagen, als er noch ein «heller» Junge gewesen war, hatte er, um einen Extrapunkt in Biologie zu erringen, eine lange Abhandlung mit der Überschrift *Der hypothetische*

Konflikt zwischen Wissenschaft und Religion geschrieben und
war abschließend zu dem Ergebnis gekommen, daß es diesen
Konflikt nicht gab. Die Arbeit war mit A plus bewertet worden, vom teiggesichtigen weichlichen Mr. Thurmann, damals
vor fünfunddreißig Jahren, aber jetzt erkannte Clyde, daß er
gelogen hatte. Der Konflikt lag offen zutage, war unversöhnlich, und die Wissenschaft siegte.

«Worauf immer die Wert legen, es ist auf jeden Fall mehr, als
bloß ewig jung zu bleiben, was aber genau das ist, das Ed Parsley in die Arme dieses kläglichen kleinen Flittchens getrieben
hat», tat Felicia kund. «Er muß sich diese durch und durch
jammervolle Sukie Rougemont, die du so gern hast, eines Tages
gründlich unter die Lupe genommen und festgestellt haben,
daß sie über dreißig ist, und er gut daran tut, sich schleunigst
nach einer jüngeren Geliebten umzusehen, weil er sonst womöglich noch mit hineingezogen wird ins Erwachsenwerden.
Diese heiligmäßige Brenda Parsley, warum die sich das alles
gefallen läßt, ist mir ein Rätsel.»

«Warum. Warum nicht. Was für eine Alternative hatte sie
denn!» Es war ihm zuwider, wenn sie so drauflosschimpfte,
dennoch konnte er dann und wann nicht widerstehen, ihr zu
antworten.

«Wie du meinst. Aber die bringt ihn um. Diese Neue bringt
ihn um, das steht fest. Es dauert kein Jahr, dann liegt Ed Parsley
in irgendeinem Loch, in das sie ihn verschleppt hat, und ist tot,
die Arme übersät mit Nadeleinstichen, und von *mir* hat er kein
Mitleid zu erwarten. Ich werde auf sein Grab spucken. Clyde,
hör endlich auf, in diesem Magazin zu lesen. Was habe ich gerade gesagt?»

«Du willst auf sein Grab fpucken.»

Ohne sich dessen ganz bewußt zu sein, hatte er eine kleine
Eigenart ihrer Aussprache nachgeahmt. Er blickte auf, gerade
noch rechtzeitig, um zu sehen, wie sie einen kleinen blauen
Fussel zwischen ihren Lippen hervorzog. Sie ließ die Hand
wieder sinken und rollte den Fussel mit hastigen, nervösen Fingern zu einem Kügelchen zusammen, während sie weiter-
sprach. «Brenda Parsley hat zu Marge Perley gesagt, es sei
durchaus drin, daß deine Freundin Sukie ihn dazu aufgesta-

chelt hat, damit sie diesem Van Horne ihre ungeteilte Aufmerksamkeit schenken kann, obwohl, nach allem, was ich in der Stadt so höre, *seine* Aufmerksamkeit geteilt ist … durch drei, an jedem … Donnerstagabend.»

Dies Stocken im Satz war ungewöhnlich: er hob den Blick von den gezackten graphischen Darstellungen der Pulsarblitze. Sie hatte sich gerade abermals etwas vom Mund gepflückt und drehte es zu einem Kügelchen, und sie starrte ihn an, als wolle sie ihn davor warnen, es zu bemerken. Als High-School-Girl hatte sie leuchtende, runde Augen gehabt, aber jetzt drang ihr Gesicht, ohne daß es zugenommen hätte, mit jedem Jahr mehr auf diese Fenster ihrer Seele ein; ihre Augen waren schweinchenhaft geworden, hatten ein rachsüchtiges, schweinchenhaftes Glitzern bekommen.

«Sukie ist keine Freundin», sagte er nachsichtig, entschlossen, nicht zu streiten. *Nur dies eine Mal – keinen Streit*, betete er, gottlos. «Sie ist eine Angestellte. Wir haben keine Freunde.»

«Dann *sag* ihr das lieber mal, daß sie eine Angestellte ist, denn nach der Art, wie sie sich hier aufführt, ist sie die Königin am Platz. Geht die Dock Street rauf und runter, als ob die Straße ihr gehört, hüftenschwingend und mit all diesem Klunkerschmuck behängt, und jeder lacht über sie hinter ihrem Rücken. Sie zu verlassen war das Gescheiteste, was Monty je getan hat, so ungefähr das *einzig* Gescheite, das er getan hat. Ich verstehe nicht, wieso solche Frauen sich die Mühe machen weiterzuleben, huren mit der halben Stadt und lassen sich nicht mal dafür bezahlen. Und die armen vernachlässigten Kinder, es ist wahrhaft ein Verbrechen.»

Sie bohrte jedesmal so lange, bis sie unweigerlich an den Punkt kam, da er es nicht mehr aushielt; die mürbe Betäubtheit, die der Scotch vermittelte, schlug abrupt in Wut um. «Und der Grund, weshalb wir keine Freunde haben», knurrte er und ließ die Zeitschrift mit ihren ungeheuren himmlischen Neuigkeiten auf den Teppich fallen, «ist dein unaufhörliches gottverdammtes Gerede.»

«Huren und Neurotikerinnen und eine Schande für die Allgemeinheit. Und *du*, anstatt daß du im *Anzeiger* der Allgemeinheit und ihren legitimen Belangen zu Wort verhilfst, stellst diese, diese Person ein, die nicht mal einen ordentlichen Satz bauen kann, und überläßt ihr all den Platz, damit sie jedem ihr lächerliches Gift in die Ohren träufelt, erlaubst ihr, einen derartigen Einfluß auf die Menschen hier im Ort auszuüben, so daß die wenigen anständigen Leute, die noch übrig sind, sich verkriechen müssen vor Entsetzen über so viel Lasterhaftigkeit und Schamlosigkeit.»

«Geschiedene Frauen müssen arbeiten», sagte Clyde und seufzte; er versuchte, wieder ruhiger zu atmen, vernünftig zu bleiben, obgleich Felicia keinem vernünftigen Argument zugänglich war, wenn ihre Entrüstung überschäumte; das war wie eine Chemikalie, wie eine chemische Reaktion. Ihre Augen verengten sich zu Diamantpunkten, ihr Gesicht fror zu, wurde immer blasser, und ihr unsichtbares Auditorium wurde größer, weshalb sie die Stimme erheben mußte. «Verheiratete Frauen», setzte er ihr auseinander, «brauchen nichts zu tun und können liberale Fürze loslassen.»

Sie schien ihn nicht zu hören. «Dieser gräßliche Mann!» rief sie den Massen zu. «Baut einen Tennisplatz mitten in ein Feuchtgebiet, ef heift –» sie schluckte – «es heißt, er benutzt die Insel, um Drogen zu schmuggeln, bei Flut läßt er sie heranrudern und dann –»

Diesmal half kein Verstecken; sie zog sich eine kleine Feder, eine blaugestreifte, wie von einem Blauhäher, aus dem Mund, und den Arm augenblicklich an ihrer Seite zurücksinken lassend, schloß sie schnell die Faust.

Clyde stand auf, seine Gefühle hatten sich völlig geändert. Zorn und das Empfinden, in einer Falle gefangen zu sein, fielen von ihm ab; der alte Kosename kam ihm über die Lippen. «Lishy, um alles in der Welt …» Er traute seinen Augen nicht, randvoll mit galaktischen Ungeheuerlichkeiten, spielten sie ihm vielleicht einen Streich. Er bog ihre widerstandslose Faust auf. Eine krumme, nasse Feder lag auf ihrem Handteller.

Felicias verkrampfte Blässe entspannte sich zu einem Erröten. Sie war verlegen. «Es hat vor kurzem angefangen», sagte sie. «Ich habe keine Ahnung warum. Dieser ekelhafte Geschmack und dann diese Gegenstände! Morgens, wenn ich aufwache, habe ich manchmal das Gefühl, als müßte ich ersticken, und Stücke von Stroh, schmutzigem Stroh, kommen heraus, wenn ich mir die Zähne putze. Aber ich *weiß* doch, daß ich nichts gegessen habe. Ich habe einen entsetzlichen Mundgeruch, Clyde! Ich weiß nicht, was *los* ist mit mir!»

Als dieser Schrei aus ihr herausbrach, war ihr Körper angstvoll verrenkt, sie stand da, als werde sie gleich davonfliegen, irgendwohin, und Clyde mußte an Sukie denken: beide Frauen hatten helle, trockene Haut und einen leptosomen Körperbau. Zu High-School-Zeiten war Felicia überschüttet gewesen mit Sommersprossen, und ihr «Pep» damals hatte etwas von der flotten, kessen Allüre seiner Lieblingsreporterin gehabt. Doch die eine Frau war der Himmel und die andere die Hölle. Er nahm Felicia in die Arme. Sie schluchzte. Es stimmte: ihr Atem roch wie der Boden in einem Hühnerstall. «Vielleicht sollten wir zu einem Arzt gehen», sagte er tröstend. Diese blitzartige ehemännliche Gefühlsanwandlung, in der er ihre verängstigte Seele mit dem schützenden Mantel der Fürsorge umhüllte, verbrauchte viel von dem Alkohol, der in seinem Kopf wölkte.

Felicias eheweibliches Sichfallenlassen jedoch dauerte nur einen kurzen Augenblick; sie verhärtete sich wieder und wehrte sich gegen die Umarmung. «*Nein*. Der konstruiert bloß, daß ich verrückt bin, und rät dir, mich wegzugeben. Denk ja nicht, ich wüßte nicht, was du denkst! Wenn die doch tot wäre, *das* denkst du, du Mistkerl. Du bist genau wie Ed Parsley, ihr seid alle Mistkerle. Erbärmlich, verkommen ... Ihr wollt alle nur einf: widerliche Frauen ...» Sie entwand sich seinen Armen; im Augenwinkel sah er noch, wie sie sich mit der Hand an den Mund fuhr. Sie wollte die Hand auf dem Rükken verstecken, aber wutentbrannt – vor allem darüber, wie ihrer rasenden, haltlosen Selbstzufriedenheit die Wahrheit beigemischt war, für die ein Mann ja sein Leben gibt – packte er ihr Handgelenk und brach ihre Faust auf. Ihre Haut fühlte sich kalt an und feucht. In ihrer aufgebogenen Hand lag zusammengeringelt eine nasse Flaumfeder, wie von einem Küken, aber einem Osterküken, denn die kleine weiche Feder war lavendelblau eingefärbt.

«Er schreibt mir Briefe», sagte Sukie zu Darryl Van Horne, «ohne Absender, er schreibt, er ist in den Untergrund gegangen. Sie haben ihn und Dawn einer Gruppe zugeteilt, die lernt, wie man aus Weckern und Schießpulver Bomben bastelt. Das System hat keine Chance mehr.» Sie grinste äffchenhaft.

«Wie fühlst du dich dabei?» fragte der schwere Mann ruhig, mit hohler Psychiaterstimme. Sie aßen zu Mittag in einem Restaurant in Newport, wo sie sicher sein konnten, niemanden aus Eastwick zu treffen. Ältliche Kellnerinnen in gestärkten braunen Miniröcken, mit Taftschürzen, die hinten zu großen Schleifen gebunden waren – man sollte an *Playboy*-Häschen denken –, brachten ihnen große Speisekarten, auf denen, Braun auf Beige gedruckt, lauter Sachen auf Toast standen, alle mit wenig Kalorien. Mit ihrem Gewicht hatte Sukie keine Sorgen; bei ihrer nervösen Energie wurde ja sofort alles verbrannt.

Sie blinzelte ins Unbestimmte und überlegte sich eine ehrliche Antwort, denn sie spürte, daß dieser Mann ihr die Chance bot, sie selbst zu sein. Nichts würde ihn schockieren oder verletzen. «Ich fühle mich erleichtert», sagte sie, «daß er mir aus der Hand genommen ist. Ich meine, was er wollte, war nichts, was eine Frau ihm hätte geben können. Er wollte Macht. Ich als Frau kann einem Mann bis zu einem gewissen Grad Macht über *mich* geben, aber ich kann ihm nicht ins Pentagon verhelfen. Das war es, was Ed so begeistert hat an der Protestbewegung, wie er sie sich vorstellte, nämlich, daß sie an die Stelle des Pentagon treten würde, mit einer eigenen Armee und, na, eben allem, was so dazu gehört, Uniformen und Reden und Sitzungssälen mit großen Landkarten und so. Da war der Ofen richtig aus bei mir, wenn er anfing, davon zu phantasieren. Ich mag *sanfte* Männer. Mein Vater war sanft, er war Tierarzt in unserer kleinen Stadt in der Fingersee-Gegend, er las so gern. Er hatte alle Erstausgaben von Thornton Wilder und Carl Van Vechten, in Plastiküberzügen, damit die Schutzumschläge geschont würden. Monty war eigentlich auch immer ganz sanft, außer wenn er die Schrotflinte herunterholte und mit seinen Freunden loszog und all diese armen Vögel und kleinen Pelzviecher abknallte. Er brachte sie auch noch nach Hause, die Kaninchen, denen er den Hintern zerschossen hatte, denn natürlich hatten sie versucht wegzulaufen, wer täte das nicht. Aber das passierte nur einmal im Jahr – um diese Zeit genau, deswegen komme ich ja auch drauf. Dieser Jagdgeruch ist wieder in der Luft. Kleinwildsaison.» Ihr Lächeln war verschandelt vom Cracker-mit-Bean-Spread-Gematsch, das in dunklen Brocken zwischen ihren Zähnen klebte; die Kellnerin hatte dies Gratis-Hors d'Œuvre hingestellt, und Sukie hatte sich sofort den Mund vollgestopft.

«Und Clyde Gabriel? Ist der sanft genug für dich?» Van Horne senkte seinen plusterigen, faßförmigen Kopf – wie immer, wenn er sich in das Privatleben einer Frau wühlte. Seine Augen hatten den heißen, lüsternen, halbverhangenen Blick eines Kindes, das in seine Halloween-Vermummung schlüpft.

«Früher wäre er es wohl gewesen, aber jetzt ist er ziemlich fertig. Felicia hat ihm Schlimmes angetan. Manchmal, wenn das Blatt in Satz geht, und eine kleine Layouterin, eine Anfängerin, hat, sagen wir mal, einem besonders wichtigen Anzeigenkunden die Ecke links unten zugewiesen, dann tobt er regelrecht. Das Mädchen kann nur noch in Tränen ausbrechen. Viele von denen haben gekündigt.»

«Aber du nicht.»

«Mit mir hat er Nachsicht, aus irgendeinem Grund.» Sukie schlug die Augen nieder – ein bezaubernder Anblick: die rötlichen geschwungenen Brauen und die Lider überstäubt mit einem Hauch Lavendelblau, und das glatte, glänzende, aprikosenfarbene Haar sittsam zurückgebürstet und auf beiden Seiten festgehalten von kupfernen Spangen, die zu dem enganliegenden Halsband aus aneinandergehakten Kupferhalbmonden paßten.

Sie hob die Lider, und grüne Blitze schossen aus ihren Augen. «Aber ich bin ja auch eine gute Reporterin. Bin ich wirklich. Diese ausgeleierten alten Männer im Rathaus, die all die Entscheidungen treffen – Herbie Prinz, Ike Arsenault –, die mögen mich alle und halten mich immer auf dem laufenden.»

Während Sukie die Cracker mit Bean Spread vertilgte, paffte Van Horne eine Zigarette; er tat es ungeschickt, hielt das brennende Ende, nach Europäerart, zum Handinnern hin. «Wie läuft das mit dir und diesen verheirateten Typen?»

«Also, es hat sein Gutes, wenn eine Ehefrau da ist, es erspart einem Entscheidungen. Deswegen bekam ich es ja auch bei Brenda Parsley immer mehr mit der Angst: sie hatte ernstlich aufgehört, Ed unter Kontrolle zu halten, so am Ende waren die als Paar. Wir haben ganze Nächte zusammen in diesen scheußlichen Absteigen verbracht. Und nicht etwa, daß wir uns die ganze Zeit geliebt hätten, das wurde in der ersten halben Stunde erledigt, danach ließ er sich über das skrupellose Machtsystem der Monopole aus, das unsere Jungs zum Vorteil seiner Aktionäre nach Vietnam schickt, wobei ich nie begriffen habe, wieso das eigentlich von Vorteil ist, und ich hatte auch nie groß den Eindruck, daß Ed sich aus diesen Jungs wirklich etwas machte, die eigentlichen Soldaten waren nichts weiter als weißes und schwarzes Pack für ihn ...» Ihre Lider hatten sich gesenkt, klappten wieder auf; Van Horne fühlte, wie eine Welle von Besitzerstolz in ihm hochstieg – ihre Schönheit, ihr munterer Geist, alles war sein. Sein Spielzeug. Es war entzückend, wie in einer nachdenklichen Pause ihre Oberlippe sich über die untere schob. «Dann mußte *ich* aufstehen», sagte sie, «und nach Hause gehen, um Frühstück für die Kinder zu machen, die schreckliche Angst hatten, weil ich die ganze Nacht weggewesen war, und sofort darauf in die Redaktion wanken – *er* konnte den ganzen Tag ausschlafen. Niemand weiß, was ein Pfarrer eigentlich zu tun hat, einfach nur sonntags eine dumme Predigt halten, das ist doch wirklich Nepp.»

«Es macht den Menschen nicht so furchtbar viel aus, geneppt zu werden», sagte Darryl weise. «Das habe ich gelernt im Laufe der Jahre.» Die Kellnerin mit den Krampfaderbeinen, die sie bis zur Schenkelmitte herzeigte, brachte Van Horne ausgepulte Krabben auf dreieckigen, von der Rinde befreiten Brotschnittchen und Sukie Huhn à la King – gewürfeltes weißes Fleisch und in Scheiben geschnittene Pilze, die in ihrer Sahnesauce über den gezackten Rand einer schuppigen Blätterteigpastete quollen –, außerdem für ihn eine Bloody Mary und für sie ein Glas gespritzten Chablis, blasser als Zitronenlimonade, denn sie mußte bald zurück und noch einen Artikel über den neuesten Stand der Kalamitäten mit dem

Straßenbaubudget schreiben, der Winter mit seinen Schnee-
stürmen rückte ja immer näher. Die Dock Street war in diesem
Sommer durch den ungewöhnlich starken Touristenandrang
und die achtachsigen Sattelschlepper so ramponiert, daß die
stahlgitterverstärkten Betonplatten über den Wasserdurchläs-
sen bei der Superette zerbröckelten; man konnte durch die
Löcher hindurch das ebbende, flutende Plätschern sehen.
«Du findest also, Felicia ist ein böses Weib», sagte Van Horne,
beim Thema «Ehefrauen» verweilend.

«‹Böse› würde ich nicht gerade sagen … Doch, würde ich.
Sie ist ein bißchen wie Ed, immer geht es um ‹die Sache›, nie um
die leibhaftigen Menschen in nächster Nähe. Der arme Clyde
geht unmittelbar vor ihren Augen zugrunde, und sie hängt am
Telefon wegen dieses Antrags auf Wiederherstellung einer
Kleidervorschrift an der High-School. Jackett und Schlips für
die Jungen und nichts als Röcke für die Mädchen, keine Jeans,
keine Hot pants. Es wird viel über Faschismus geredet heutzutage, aber sie ist wirklich eine Faschistin. Sie hat den Zeitungs-
händler dazu gebracht, daß er den *Playboy* unterm Ladentisch
versteckt, und dann hat sie doch noch einen Anfall gekriegt,
weil sie in irgendeinem Foto-Jahresheft ein paar Titten und
Schamhaare ausgemacht hat, die Modelle liegen an irgendeinem karibischen Strand, verstehst du, und sind ganz in fun-
kelndes Sonnenlicht getaucht und durch einen Polaroidfilter
aufgenommen. Sie will den armen Gus Stevens allen Ernstes ins
Gefängnis bringen, weil er dies Heft in seinem Zeitungsständer
hatte, dabei haben seine Grossisten es einfach geliefert, ohne
ihn zu fragen. Dich will sie übrigens auch ins Gefängnis bringen, wegen unbefugter Aufschüttung. Sie will jeden ins Gefängnis bringen, und der Mensch, den sie schon drin hat im
Gefängnis, ist ihr eigener Mann.»

«Tja.» Von Horne lächelte, seine roten Lippen waren vom
Tomatensaft in der Bloody Mary noch röter geworden. «Und
du willst ihn auf Bewährung freibekommen.»

«Es ist nicht nur das; ich fühle mich *angezogen*», gestand
Sukie plötzlich den Tränen nah; das mit der Anziehung war so
sinnlos, so töricht. «Er ist so dankbar, schon für das … das
Minimum.»

«Ein Minimum von *dir* ist schon ziemlich max», sagte Van Horne galant. «Du bist das Große Los, Tigerin.»

«Aber das stimmt nicht», protestierte Sukie. «Die Menschen haben so Phantasievorstellungen von Rothaarigen, wir gelten als besonders scharf, glaube ich, wie diese kleinen Zimtzucker-herzen, aber in Wirklichkeit sind wir ganz normale Menschen, na gut, ich mache viel Wirbel und gebe mir Mühe, na, eben schick auszusehen, zumindest für Eastwick-Verhältnisse, aber ich bin mir doch ganz im klaren darüber, daß ich nicht *das* habe – was immer es ist: das Starke, das Geheimnisvolle, das Frau-liche –, das Alexandra hat oder auf ihre ruppige Art sogar Jane, wenn du verstehst, was ich meine.» Überhaupt war ihr aufge-fallen, daß sie beim Zusammensein mit Männern das Bedürfnis verspürte, über die beiden anderen Hexen zu sprechen, Gebor-genheit zu finden, indem sie sie im Gespräch erwähnte, und dabei ihre Dreieinigkeit unter dem Kegel der Macht beschwor: etwas Mutterähnlicheres hatte sie in ihrem Leben nie gehabt. Ihre richtige Mutter, eine geschäftige, kleine, vogelhafte Frau, die in ihrem Äußeren, merkwürdiger Zufall, Felicia Gabriel glich und wie diese es nicht lassen konnte, Gutes zu tun, war immer unterwegs gewesen oder hatte mit einem ihrer Kirchen-zirkel oder Komitees oder Ausschüsse telefoniert; ständig hatte sie Waisen- oder Flüchtlingskinder aufgenommen – zu der Zeit waren gerade versprengte kleine Koreaner in Mode gewesen – und sie dann mit Sukie und ihren Brüdern allein gelassen in dem großen Backsteinhaus mit dem zum See abfal-lenden Hof. Andere Männer, fühlte Sukie, nahmen es übel, wenn sie in Gedanken und mit Worten zum beschützenden, unheilstiftenden Hexenring hinstrebte, nicht aber Van Horne; es mußte an seinem Wesen liegen, er war wie eine Frau in seiner unerschütterlichen Freundlichkeit, aber von der Physis her na-türlich ungeheuer männlich: wenn der einen fickte, tat das weh.

«Das sind Köter», sagte er jetzt schlicht. «Die haben nicht so schicke Titten wie du.»

«Mache ich einen Fehler?» fragte sie und fühlte, dem hier konnte sie alles sagen, jedes Stückchen von sich konnte sie hin-einwerfen in diesen Mann, diesen dunklen Kessel von einem simmernden, lächelnden Mann. «Mit Clyde. Verstehst du, ich weiß doch, überall steht geschrieben, *niemals* mit dem eigenen Arbeitgeber, man verliert hinterher seinen Job, und Clyde ist so bodenlos unglücklich, daß das Ganze allein schon deshalb etwas Gefährliches hat. Seine Augäpfel sind ganz gelb, was hat das zu bedeuten?»

«Seine Augäpfel wurden schon mariniert, als du noch mit Barbie-Puppen gespielt hast», beruhigte er sie. «Nun mal ran, Mädchen, und immer locker bleiben auf dem Pfad der Untugend. Wir können uns die Asse nicht raussuchen, wir spielen die Karten, wie sie kommen.»

Wenn sie so weiter sprächen, dachte Sukie, würde ihre Affäre mit Clyde auch Darryls Affäre werden, und so lenkte sie die Unterhaltung von sich weg. Während der restlichen Mittagessenszeit redete Van Horne nur von sich, von seiner Hoffnung, im Zweiten Hauptsatz der Thermodynamik eine Lücke zu finden. «Da *muß* eine sein», sagte er und begann zu schwitzen und sich aufgeregt die Lippen zu wischen, «und zwar ist es dieselbe Scheißlücke, durch die alles aus dem Nichtsein geschlüpft ist. Das ist das Einzigartige am Urknall. Was ist denn nun mit der Schwerkraft, hm? Diese selbstherrlichen Wissenschaftler, die alle Welt für so unantastbar hält, reden, als wüßten wir Bescheid, seit Newton seine Axiome aufgestellt hat, aber Tatsache ist, die Chose liegt total im dunklen. Einstein sagt, es ist wie verdrehtes Millimeterpapier, das sich unentwegt weiter krümmt, aber, Sukiemäuschen, nicht abdriften, es ist eine *Kraft*. Sie bestimmt die Gezeiten: steig aus einem fliegenden Flugzeug, sie zieht dich runter wie nichts; was für eine Kraft bitte ist das, die quer durch den Raum wirkt und mit dem elektromagnetischen Feld nichts zu tun hat?» Er vergaß weiterzuessen; Speichelflecken sprenkelten die lackierte Tischfläche. «Da ist irgendwo eine Formel versteckt, geht gar nicht anders, und die wird genauso elegant flutschen wie das gute alte $E = mc^2$. Das Schwert aus dem Stein ziehen, wenn du verstehst, was ich meine.» Seine großen Hände, die etwas Irritierendes hatten, wie die Blätter dieser tropischen Zimmerpflanzen, welche immer nach Plastik aussehen, obwohl wir doch wissen, daß sie echt sind, zogen energisch ein imaginäres Schwert heraus.

Mittels Salz und Pfeffer und einem Keramikaschenbecher, in den ein pingeliges pinkfarbenes Bild des historischen Old Colony House von Newport eingebrannt war, versuchte Van Horne dann, subatomare Teilchen anschaulich zu machen sowie seine Überzeugung, daß sich eine Verbindung finden lassen müsse, die es möglich machte, Elektrizität zu erzeugen ohne weitere Energiezufuhr. «Das ist wie Jiu-Jitsu: du schmeißt den Kerl über deine Schulter, mit mehr Kraft, als er bei seinem Angriff draufhatte. Hebelwirkung. Du mußt die Elektronen in *Schwung* bringen!» Seine unangenehmen Hände zeigten wie. «Wenn du denkst, du kannst rein mechanisch oder chemisch an die Sache rangehen, bist du angeschmiert, der alte Zweite Hauptsatz schnappt dich garantiert. Du weißt, was Cooper-Paare sind? Nein? Du machst Witze. Bist du Journalistin oder nicht? Es kommt nicht *nur* darauf an, wer mit wem vögelt, weißt du. Das sind paarweise angeordnete Elektronen, die den Supraleitern zugrunde liegen. Schon mal was von Supraleitern gehört? Nein? Okay, ihr Widerstand ist gleich Null. Ich meine nicht sehr gering, ich meine *Null*. So, nun nimm mal an, wir fänden Cooper-*Dril*linge. Dann hättest du einen Widerstand von *weniger* als Null. Es muß ein Element geben, so was, was Selen für die Xerox-Entwicklung war. Diese Arschlöcher in Rochester hatten nicht das leiseste Fitzelchen, bis sie auf Selen stießen, aus purem Zufall, sie sind darüber gestolpert. Also: sowie wir unser Äquivalent für Selen haben, sind wir nicht mehr zu bremsen, Sukiemaus. Wenn wir diesen chemischen Dreh erst mal raushaben, kann jedes Dach in der Welt zum Generator werden: durch einen schlichten Farbüberzug. Diese Fotozelle bei den Satelliten ist ja praktisch bloß ein Sandwich. Was man braucht, sind nicht Schinken- und Käsescheiben und Salatblätter – übersetz das mit Silizium, Arsen und Bor –, sondern Schinken*salat*, bei dem es auf die Anordnung im einzelnen nicht ankommt. *Ich* muß dann nur noch die beschissene Mayonnaise anrühren.»

Sukie lachte und nahm, immer noch hungrig, eine Salzstange aus dem Miniatur-Bohnentopf, der auf dem Tisch stand, und knabberte sie weg. Das Ganze klang für sie wie phantastische Spekulation. Da saßen all diese Männer in Rochester und Schenectady – sie war aufgewachsen mit diesem Typ: Naturwissenschaftsspezialisten mit kleinen, strengen Mündern und immer höher werdenden Stirnen und mit plastikgefütterten Hemdentaschen, falls der Füller mal kleckste – und beschäftigten sich systematisch mit diesen Problemen, ausgestattet mit Regierungsgeldern, und abends gingen sie nach Hause zu ihren netten kleinen Frauen und Kindern. Aber dann erkannte sie, daß es bare Voreingenommenheit war, so zu denken, ein Überbleibsel aus ihrem früheren Leben, als noch nicht die schiere Weiblichkeit in ihr explodiert war; und sie machte sich klar, daß das, was Männer mit ihrer «systematischen Arbeit» zuwege gebracht hatten, eine trostlos verheerte Welt war, allenfalls für Schlachtfelder gut und für Giftmüllhalden. Warum sollte ein Besessener wie Darryl nicht zufällig hinter eines der Geheimnisse des Universums kommen? Man brauchte ja nur an Thomas Edison zu denken, der obendrein noch taub war, weil man ihn als Kind an den Ohren in einen Pferdewagen gehievt hatte. Oder dieser Schotte, wie hieß er doch noch, der beobachtete, wie der Dampf den Topfdeckel hochdrückte, und der daraufhin die Eisenbahn erfand. Fast hätte sie Van Horne erzählt – es lag ihr ganz vorn auf der Zunge –, wie sie und Jane Smart Clydes schreckliche Frau aus Spaß mit einem Zauberbann belegt hatten; mit Hilfe eines Gebetbuches, das Jane aus der Episkopalkirche entwendet hatte, in der sie gelegentlich als Chorleiterin einsprang, hatten sie eine Keksdose feierlich «Felicia» getauft und warfen nun kleine Gegenstände hinein: Federn, Haarnadeln, alle möglichen Fusseln und Flusen aus Sukies altem kleinen Haus an der Hemlock Lane.

Keine zehn Stunden nach dem Lunch mit Darryl Van Horne empfing sie dort Clyde Gabriel. Die Kinder schliefen. Felicia war mit einer Bus-Karawane aus Boston, Worcester, Hartford und Providence nach Washington gezogen, um gegen irgend etwas zu protestieren. Die Leute wollten sich im Capitol an Säulen ketten und alles verstopfen: menschlicher Sand im Regierungsgetriebe. Clyde konnte über Nacht bleiben, vorausgesetzt, er stand auf, bevor das erste Kind wach wurde. Er gab die rührende Imitation eines Ehemannes ab mit seiner Zweistärkenbrille und dem Flanellpyjama und dem kleinen Zahnprothesenteil, das er diskret in Kleenex wickelte und in die Tasche seines Anzugs steckte, als er glaubte, Sukie sehe es nicht.

Aber sie sah es, denn die Badezimmertür schloß nicht richtig – das alte Balkengefüge des Hauses hatte sich im Laufe der Jahrhunderte verzogen –, und sie mußte ein paar Minuten auf der Toilette sitzen und darauf warten, daß der Urin kam. Bei Männern schoß er sofort hervor, das war eine ihrer Stärken, dieses kraftvolle Strömen, indes sie stolz aufgerichtet vor dem Becken standen. Alles an ihnen war direkter, ihr Inneres war nicht ein solches Labyrinth wie das der Frauen, wo der Strahl sich erst seinen Weg suchen muß. Sukie saß da und wartete und spähte. Den Kopf ältlich schief haltend, mit dieser ausgeprägten Gewölbtheit hinten, wie sie Männern der Wissenschaft eigen ist, bewegte Clyde sich in dem schmalen, senkrechten Ausschnitt, den der Türspalt ihr vom Schlafzimmer gewährte. An der Art, wie er die Arme hielt, sah sie, daß er sich etwas aus dem Mund nahm. Ein kurzes rosa Aufblinken von künstlichem Gaumen, und dann steckte er auch schon das kleine Kleenexpäckchen in die Seitentasche seines Jacketts, wo er es nicht vergessen würde, wenn er sich im Morgengrauen aus dem Zimmer tastete. Sukie saß da, die hübschen ovalen Knie aneinandergepreßt und mit angehaltenem Atem: zu Mädchenzeiten schon war es ihr eine Wonne gewesen, heimlich Männer zu beobachten, dieses andere Geschlecht, das so verknüpft war mit dem ihren, sich so groß tat und so kühne, forsche Reden führte und dabei doch so schutzbedürftig war; lauter Babies in Wirklichkeit, sobald man ihnen die Brüste zum Saugen darbot oder leicht den Schoß öffnete und sie einlud: wie sie sich dann dort verkrochen, und hineinwollten, wieder zurück. Sie mochte es, sich so, wie sie war, auf einen Stuhl zu setzen, die Beine gespreizt, so daß ihr Haarbusch groß und hingebettet war mit feuchtglitzernden Löckchen, und die Männer einfach lecken und küssen und sich laben zu lassen. Lockentorte hatte ein Junge, den sie im Staat New York kannte, das genannt.

Endlich konnte sie pinkeln. Sie knipste die Lampe im Bad aus und ging ins Schlafzimmer, das schwach beleuchtet war von der Straßenlaterne an der Ecke Hemlock Lane/Oak Street. Sie hatte noch nie eine Nacht mit Clyde verbracht, hingegen fuhren sie neuerdings um die Mittagszeit immer in den Cove-Wald – sie ging zu Fuß die Dock Street entlang, bis zum Kriegsmahnmal, und er las sie dort mit seinem Volvo auf. Kürzlich war es ihr langweilig geworden, sein trauriges, dürres Gesicht mit den lang aus den Nasenlöchern wachsenden Haaren und dem Tabakatem zu küssen, und um sich und ihm eine Abwechslung zu bereiten, hatte sie den Reißverschluß ihrer Hose geöffnet und ziemlich zielstrebig, wie sie selber fand, und kühl beobachtend, ihm einen runtergeholt. Diese rührenden Samenspritzer, wie die Schreie eines jungen kleinen Tieres in den Krallen des Falken. Er war verblüfft gewesen ob ihres Hexenkunststücks; als er lachte, zogen seine Lippen sich eigenartig weit zurück, entblößten zerklüftete Backenzähne mit schwarz angelaufenen Silberfüllungen. Das war ein wenig erschreckend gewesen: Korrosion und Schmerz und der Lauf der Zeit, alles auf einmal bloßgelegt. Ähnlich beklommen fühlte sie sich jetzt, als sie halbblind – ihre Augen hatten sich noch nicht auf das Dunkel eingestellt – in ihr eigenes Zimmer tappte, zu eben diesem Mann. In der Ecke, wo er saß, glomm sein Pyjama wie eine fluoreszierende Birne, die gerade ausgeschaltet worden ist. Ein rotes Zigarettenende glühte neben seinem Kopf. Sie konnte sich selbst, ihre weißen Hüften, ihre nervösen, gerippten Flanken, deutlicher sehen als ihn, denn mehrere Spiegel, goldgerahmte alte Erbstücke von einer Tante in Ithaca, hingen an den Wänden. Mit den Jahren waren diese Spiegel fleckig geworden; das klamme Mauerwerk alter Steinhäuser hatte das Quecksilber von ihren Rückseiten weggefressen. Sukie mochte solche Spiegel lieber als die perfekten; sie gaben ihr ihre Schönheit mit weniger Beanstandungen wider. Von Clyde kam ein Knurren: «Weiß nicht, ob ich dem gewachsen bin.»

«Wenn nicht du, wer dann?» fragte Sukie in die Schatten hinein.

«Oh, ich kann mir einige vorstellen», sagte er. Nichtsdestoweniger erhob er sich und begann, seine Pyjamajacke aufzuknöpfen. Die glimmende Zigarette wurde jetzt vom Mund gehalten, ihre rote Spitze hüpfte auf und nieder, während er sprach.

Sukie fröstelte. Sie war darauf gefaßt gewesen, daß er sie sofort in die Arme schließen und sie mit langen, dürstenden, schalatmigen Küssen bedecken würde wie im Auto. Durch ihre prompte Nacktheit hatte sie sich ins Hintertreffen gebracht, sich im Wert herabgemindert. Diese scheußlichen Kursschwankungen, denen man als Frau an der männlichen Meinungsbörse ausgesetzt ist, rauf und runter, von einer Minute zur nächsten, je nach dem Punktstand im Kampf zwischen Es und Über-Ich des Mannes. Sie war schon halb entschlossen, wieder kehrtzumachen und sich ins helle Badezimmer zu verkriechen, sollte er sehen, wo er blieb. Er hatte sich nicht gerührt. Sein verdorrtes, ehedem schönes Gesicht mit der straff über die Wangenknochen gespannten Haut knautschte sich zu einer überlegenen Miene um die Zigarette, ein Auge zugekniffen zum Schutz gegen den Rauch. Genauso saß er da, wenn er redigierte, mit dem weichen Bleistift über das Papier eilte und seine entschlossenen Striche zog und die gelbsüchtigen Augen unter einem grünen Augenschirm verschanzt hielt, während der Rauch seiner Zigarette in galaktischen Spiralen im Lichtkegel seiner Schreibtischlampe wölkte, *seinem* Kegel der Macht. Clyde liebte es zu kürzen, war glücklich, wenn er einen ganzen Absatz fand, den er ersatzlos streichen konnte; allerdings, mit ihren Artikeln war er in letzter Zeit sehr behutsam verfahren, hatte nur die Schreibfehler korrigiert. «Wie viele meinst du denn?» fragte sie. Er hielt sie für eine Hure. Felicia wurde vermutlich nicht müde, sie ihm so darzustellen. Das Frösteln, das Sukie verspürt hatte: kam es von der Kälte im Zimmer oder von dem erregenden Anblick ihres weißen Körpers, der in drei Spiegeln gleichzeitig erschien?

Clyde drückte die Zigarette aus und öffnete den letzten Knopf seines Pyjamas. Er war nun auch nackt. Der Widerschein der Blässe in den Spiegeln verdoppelte sich. Clydes Penis war beeindruckend in seiner Länge, wie er selber, hilflos, kopflastig herabbaumelnd, wie ein Penis das eben tut, dieser verletzlichste aller Körperteile. Seine Haut rieb sich ängstlich gegen die ihre, als er schließlich eine Umarmung wagte; er war knochig, aber überraschend warm.

«*So* viele nun auch nicht. Aber genügend, um mich eifersüchtig zu machen. Gott, bist du schön. Ich könnte weinen.»

Sie führte ihn zum Bett, bemüht, jedes Geräusch zu vermeiden, das die Kinder wecken könnte. Unter den Decken lag sein Kopf mit den scharfen Kanten und den kratzigen Bartstoppeln schwer auf ihrer Brust. Sein Wangenknochen drückte auf ihr Schlüsselbein. «Das ist doch jetzt nicht zum Weinen», sagte sie beschwichtigend, Knochen von Knochen befreiend, «das ist als etwas Glückliches gedacht.» Als Sukie dies sagte, schwamm Alexandras großflächiges Gesicht in ihr Bewußtsein: flächig, leicht gebräunt, sogar im Winter, von den langen Spaziergängen; mit den sanften Kerben in Kinn und Nasenspitze, die ihr eine unerreichbare göttinnenhafte Entrücktheit verliehen, die Unberührtheit dessen, der an einem Glauben festhält: Alexandra glaubte, daß die Natur, die physische Welt, etwas Glückliches sei. Dieser sich ankauernde Mann, dieses warme Knochenbündel, glaubte das nicht. Für ihn war die Welt fad geworden wie Papier, nichts weiter als eine zusammenhanglose Reihe unordentlicher Vorkommnisse, die auf ihrem Weg ins schimmelnde Archiv über seinen Schreibtisch flackerten. Alles war für ihn sekundär und schal geworden. Sukie wunderte sich über ihre eigene Kraft, staunte, wie lange sie sich diese zweifelnden, zergrämten Männer aufbürden konnte, ohne sich anzustecken.

«Wenn ich dich jede Nacht haben könnte, wäre es vielleicht etwas Glückliches», räumte Clyde ein.

«Na siehst du», sagte Sukie in mütterlichem Ton, und angstvoll zur Decke starrend, gab sie sich alle Mühe, sich in die verabredete Kapitulation zu fädeln, die Flucht in den Sex, die ihr Körper anderen verhieß. Der Körper dieses Mannes mit seinem Halbjahrhundert sandte einen ganzen Komplex männlicher Düfte aus, zu dem auch das faulige Aroma von Whisky gehörte; sie hatte es oft gespürt, wenn er am Schreibtisch saß und sie sich über ihn beugte, während er mit seinem Bleistift auf ihr getipptes Manuskript niederstach. Es war ein Teil von ihm, war ihm eingewoben. Sie strich ihm über das Haar am Hinterkopf, über den langen Intelligenzhöcker dort. Sein Haar lichtete sich; wie fein es war! Als sei jedes einzelne gewissenhaft numeriert worden. Seine Zunge begann an ihrer Brustwarze zu lecken, die rosig und hart war. Sie streichelte die andere, rollte sie zwischen Daumen und Zeigefinger, um sich zu erregen. Seine Traurigkeit hatte sich auf sie übertragen, es gelang ihr nicht, sie abzuschütteln. Als er den Höhepunkt erreichte – langsam, auf diese herrliche Art, wie ältere Männer sie haben –, blieb ihr eigener Dämon unbefriedigt. Sie brauchte mehr von Clyde, auch wenn er jetzt schlafen wollte. Sie fragte: «Fühlst du Felicia gegenüber so was wie Schuld, wenn du so mit mir zusammen bist?» Es war eine unwürdige, eine kokette Frage, aber manchmal hatte sie, wenn sie gefickt worden war, das verzweifelte Gefühl, in die Tiefe zu rutschen, eine zu steile Abwertung zu erleiden.

Das einzige Fenster des Zimmers rahmte steinernes Mondlicht. Kahler November regierte draußen. Gartenmöbel waren weggeräumt, die Rasenflächen waren tot und platt wie Fußböden, die Welt im Freien war nackt und leer wie ein Haus, nachdem die Möbelpacker da waren. Der kleine Birnbaum, vor kurzem noch mit Früchten behängt wie mit Klunkerschmuck, war jetzt ein Gesteck aus dürren Knüppeln. Eine verwelkte Geranie stand in einem Topf auf der Fensterbank. Im schmalen Schrank neben dem kalten Kamin lag grüner Bindfaden. Ein Fetisch schlummerte unter dem Bett. Clyde holte seine Antwort aus Tiefen nahe beim Traum. «Schuld, nein», sagte er, «nur Wut. Dieses Miststück hat mir mein Leben weggeschnattert und -geschwafelt. Normalerweise bin ich ganz abgestumpft. Aber du bist so bezaubernd, das weckt mich ein wenig auf, und das ist nicht gut. Ich erkenne, was ich alles versäumt habe, was dieses selbstgerechte, enervierende Weibsstück mir alles vorenthalten hat.»

«Ich glaube», sagte Sukie, immer noch kokett, «ich bin als kleines Extra gedacht. Ich bin nicht dazu da, dich wütend zu machen.» Womit sie auch meinte, daß sie nicht diejenige sei, die ihm Halt geben und ihn aus seinem Elend herausführen würde, er war zu traurig und kaputt; obwohl sie durchaus weiblich-fürsorgliche Regungen verspürte, wenn sie diesen Männern im Alltag zusah – die hängenden Schultern, die sie haben, wenn sie sich vom Stuhl erheben; die verschämte Unbeholfenheit, mit der sie ihre Hosen aus- oder anziehen; wie fügsam sie sich jeden Morgen die Bartstoppeln vom Gesicht schaben und in die Welt hinausziehen und sich nach Geld umsehen.

«Es macht mich schwindlig, was du mir offenbarst», sagte Clyde und streichelte sanft ihre festen Brüste und ihren langgestreckten, flachen Leib. «Du bist wie eine Klippe. Ich möchte springen.»

«Bitte, spring nicht», sagte Sukie. Sie hörte, wie ein Kind, ihre Jüngste, sich im Bett wälzte. Das Haus war so klein, daß sie nachts alle gleichsam Arm in Arm lagen, durch die tapezierten schiefen Wände hindurch.

Clyde schlief ein, die Hand auf ihrem Bauch; sie mußte seinen schweren Arm anheben – sein sanft raspelndes Schnarchen setzte aus und dann wieder ein –, um sich aus der Matratzenmulde herauswühlen zu können. Sie versuchte noch einmal zu pinkeln, vergebens, nahm ihr Nachthemd und ihren Bademantel vom Haken an der Innenseite der Badezimmertür und sah nach dem unruhigen Kind, das in der Aufregung eines Alptraums all seine Decken weggestrampelt hatte. Als sie wieder im Bett war, lullte sie sich in Schlaf, indem sie im Geist zum alten Lenox-Haus flog – die Tennisschlachten, die sie sich den ganzen Winter über würden liefern können, nun, da Darryl so spendabel gewesen war, ein riesiges Zeltdach installieren zu lassen, das durch Warmluft obengehalten wurde; und die Drinks mit ihren hinzugefügten Farbnoten von Limone und Kirsche und Minze und Paprika, die Fidel hinterher servieren würde; und die Art, wie ihre Blicke, ihr Lachen, ihr Geplauder sich ineinanderflechten würden, gleich den feuchten Ringen, die ihre Gläser auf dem Glastisch zurückließen in Darryls gewaltigem Zimmer mit der verstaubten Pop Art. Hier waren Frauen frei, erlöst von dem schalriechenden Leben, das neben ihnen schnarchte. Als Sukie einschlief, träumte sie von einer ganz anderen Frau, von Felicia Gabriel, ihrem verkniffenen, dreieckigen Gesicht, aus dem es redete und redete, immer fuchtiger wurde sie, ihr Gesicht kam näher, ihre Zungenspitze, rot wie ein Stückchen Paprika, bewegte sich in gnadenloser, nicht nachlassender Entrüstung hinter ihren Zähnen, züngelte zwischen den Zähnen hervor, berührte Sukie hier, da, ja sicher, man sollte nicht, aber das fühlt sich an, wer entscheidet denn, was natürlich ist, alles, was es gibt, ist natürlich, und es sieht doch ohnehin niemand, oh, was für eine harte, schnelle kleine rote Zungenspitze, so aufmerksam und klug geradezu, so gut. Sukie wachte kurz auf und stellte fest, daß das, was Clyde an ihr versäumt hatte, die Traum-Felicia hatte gutmachen wollen. Mit der linken Hand, nicht im Takt mit Clydes Schnarchen, vollendete sie das Angefangene. Der kleine Schatten einer Fledermaus taumelte durch das Mondlicht, und auch das empfand Sukie als tröstlich: die Vorstellung, daß es etwas Wachendes außerhalb ihres Bewußtseins gab, wie früher, wenn spät in der Nacht eine Straßenbahn um eine entfernte, unsichtbare Häuserecke kreischte, als sie noch ein Mädchen war im Staat New York, in jener kleinen Backsteinstadt, die wie ein Fingernagel ans Ende eines langen, eisigen Sees gebettet war.

Die Liebe zu Sukie brachte Clyde dazu, daß er noch mehr trank; betrunken konnte er sich entspannter in den Sumpf der Sehnsucht sinken lassen. Ein Tier war jetzt in ihm, das ihm mit seinem Nagen Gesellschaft leistete, gleichsam eine Unterhaltung mit ihm führte. Daß er sich einst auf die nämliche Weise nach Felicia verzehrt hatte, ließ die Hoffnungslosigkeit seiner Situation um so verdienter erscheinen. Sein Unglück war, daß er alles durchschaute. Er glaubte seit seinem siebten Lebensjahr nicht mehr an Gott, seit seinem zehnten nicht mehr an Patriotismus, an die Kunst nicht mehr seit seinem vierzehnten, als ihm aufging, daß er nie ein Beethoven, ein Picasso, ein Shakespeare werden würde. Seine Lieblingsautoren waren die großen Durchschauer, jene, die den großen Durchblick hatten: Nietzsche, Hume, Gibbon, diese unbarmherzigen, triumphierenden, luziden Köpfe. Immer öfter klinkte irgendwo zwischen dem dritten und vierten Scotch sein Gedächtnis aus; am nächsten Morgen konnte er sich nicht mehr daran erinnern, was für ein Buch er im Schoß gehalten hatte, von welcher Versammlung Felicia zurückgekehrt, wann er zu Bett gegangen und wie er von einem Zimmer ins andere gekommen war in seinem Haus, das ihm wie eine große, zerbrechliche Hülse erschien, seit Jennifer und Christopher ausgezogen waren. Auf

der Lodowick Street draußen brauste der Verkehr, sinnlos wie
das Pumpen seines Herzens und Bluts. Eingekapselt in seinen
Nebel aus Suff und Sehnsucht, hatte er von einem hohen, staubigen Regal seinen College-Lukrez heruntergeholt, der von
vorn bis hinten, zwischen allen Zeilen, vollgekritzelt war mit
den Wortfürwort-Übersetzungen des lernbegierigen, hoffnungsvollen College-Jungen, der er einst gewesen war. *Nil igi-
tur mors est ad nos neque pertinet hilum, quandoquidem natura
animi mortalis habetur.* Er blätterte in dem zarten, kleinen
Buch, dessen oxfordblauer Rücken weiß abgewetzt war, so oft
hatten die feuchten Hände des Jünglings nach ihm gegriffen.
Clyde suchte vergeblich die Stelle, wo vom Abweichen der
Atome die Rede ist, diesem zufälligen, ungelenkten Abweichen, durch das Materie sich verbindet, und durch das, in sich
häufenden Kollisionen, alles entstanden ist, auch die Menschen
in ihrer unerklärbaren Freiheit; nur dieses Abweichen verhin-
dert, daß die Atome durch das *inane profundum* fallen wie
Regentropfen.

Seit Jahren war es seine Gewohnheit, vor dem Schlafengehen
in die relative Stille des Gartens hinter dem Haus zu treten und
eine Minute lang zum unwahrscheinlichen Sternengesprenkel
hinaufzustarren; es hatte auf Messers Schneide gestanden, er
wußte es gut, ob diese glimmernden Körper am Himmel bleiben konnten oder nicht, denn wäre der uranfängliche Feuerball
eine Spur homogener gewesen, hätten sich keine Galaxien bilden können, und wäre er eine Spur weniger homogen gewesen,
hätten die Galaxien vor Billionen von Jahren in hitziger Hete-
rogenität sich selber ausgelöscht. So stand er Abend für Abend
da, neben dem verrostenden, tragbaren Gartengrill, der nicht
mehr benutzt wurde, seit die Kinder aus dem Haus waren, und
jedesmal nahm er sich vor, ihn in die Garage zu rollen, nun, da
der Winter heraufzog, aber er schaffte es nie, an keinem
Abend, hob immer nur dürstend sein Gesicht dem geheimnis-
vollen Rätsel entgegen, das sich da oben wölbte. Licht senkte
sich in seine Augen, das sich auf den Weg gemacht hatte, als
Höhlenmenschen über die weite Erde streiften, verstreute
Trupps, wie Ameisen über einen Billardtisch. Der Schwan, dieses unvollendete Kreuz, und Andromeda, das fliegende V mit

der kleinen Staubflocke am zweiten Stern: sein verschmähtes Teleskop hatte ihm oft genug deutlich gemacht, daß diese Fluse eine spiralförmige Galaxis ist jenseits der Milchstraße. Die Himmelslandschaft blieb sich immer gleich, Abend für Abend; Clyde war wie eine fotografische Platte, die wieder und wieder belichtet wird; die Sterne hatten sich in ihn gebohrt wie Geschosse in ein Blechdach.

An diesem Abend schloß seine alte College-Ausgabe von *De Rerum Natura* ihre von Jünglingshand bekritzelten Seiten und schlüpfte zwischen seinen Knien hindurch auf den Boden. Er wollte gerade hinausgehen, zu seinem rituellen Sternenstarren, als Felicia in sein Arbeitszimmer platzte. Denn natürlich war es nicht sein Arbeitszimmer, sondern ihrer beider Arbeitszimmer, jedes Zimmer im Haus war ihrer beider Zimmer, jede abblätternde Schindel war auch Felicias Schindel, ebenso wie jedes Krümelchen Isoliermaterial an den alten, einadrigen Kupferleitungen und wie der verrostende Gartengrill und die Holztafel mit dem Adler über dem Vordereingang, dessen Rot und Weiß und Blau im Regen der Atome zu Rosa, Gelb und Schwarz verwittert war.

Felicia wickelte sich gestreifte Wollschals von Kopf und Hals und stampfte empört mit ihren gestiefelten Füßen auf. «Die Leute, die in dieser Stadt das Sagen haben, sind einfach *zu* dumm, sie haben tatsächlich dafür gestimmt, daß der Landing Square in Kazmierczak Square umbenannt wird, zu Ehren dieses idiotischen Jungen, der nach Vietnam gegangen ist und sich dort hat umbringen lassen.» Sie zog die Stiefel aus.

«Na ja», sagte Clyde, entschlossen, taktvoll zu sein; seit Sukies Fleisch und Flaum und Duft die Zellen in seinem Gehirn überflutet hatten, die für eine Partnerin reserviert waren, erschien Felicia ihm durchsichtig: das Bild einer Frau, gemalt auf ein Stück Seidenpapier, das fortwehen konnte. «Die Gegend ist ja nun seit achtzig Jahren kein Bootsanlegeplatz mehr gewesen. Beim Blizzard von 1888 ist sie total versandet.» Er empfand unschuldigen Stolz über seine präzisen Kenntnisse. Früher, als sein Kopf noch klar gewesen war, hatte er sich, neben der Astronomie, auch für terrestrische Katastrophen interessiert: Krakatau, das seine höchste Erhebung wegsprengte und die

Erde in vulkanischen Staub hüllte; die chinesische Überschwemmung von 1931, bei der fast vier Millionen Menschen umkamen; das Erdbeben von Lissabon, 1755, das zuschlug, als die Gläubigen alle in der Kirche waren.

«Aber es war so *angenehm*», sagte Felicia, mit diesem beiläufigen, schnellen Lächeln, dem anzumerken war, daß sie ihre Worte für unwiderlegbar hielt, «dieses Fleckchen dahinten, am Ende der Dock Street, mit den Bänken für die alten Leute und dem alten Granit-Obelisken, der überhaupt nicht wie ein Kriegsdenkmal aussieht.»

«Es könnte auch *noch* angenehm sein», sagte er zuvorkommend und fragte sich, ob ein weiterer Fingerbreit Scotch ihm wohl den Gnadenstoß geben würde für diesen Abend.

«Nein, kann es nicht», sagte Felicia bestimmt und pellte sich aus ihrem Mantel. Sie trug einen breiten Kupferarmreif, den Clyde noch nie vorher gesehen hatte. Er erinnerte ihn an Sukie, die manchmal ihren Schmuck anbehielt und nichts sonst, und sich nackt, glitzernd in den dämmrigen Räumen bewegte, in denen sie sich liebten. «Als nächstes wollen sie die Dock Street und dann die Oak Street und schließlich das ganze Eastwick umbenennen, nach irgendeinem nichtsnutzigen Bengel aus der Unterschicht, dem nichts Besseres eingefallen ist, als rüberzugehen und Napalm auf Dörfer zu schmeißen.»

«Kazmierczak war eigentlich ein ganz braver Junge. Erinnerst du dich, vor ein paar Jahren hat er als Verteidiger gespielt und zur gleichen Zeit eine Auszeichnung bekommen als einer der besten Schüler. Deswegen ist es den Leuten so zu Herzen gegangen, als er vorigen Sommer fiel.»

«Na fein, *mir* ist es nicht zu Herzen gegangen», sagte Felicia und lächelte, als habe sie den Punkt für sich verbucht. Sie trat ans Feuer, das er im Kamin angezündet hatte, und wärmte sich die Hände, die Fausthandschuhe hatte sie inzwischen ausgezogen. Sich halb abwendend, zupfte sie an ihrem Mund herum, als fussele sie sich ein Haar von den Lippen. Clyde verstand nicht, wieso ausgerechnet diese Geste, an die er sich mittlerweile doch gewöhnt hatte, seine Wut erregte: von all den unangenehmen Eigenschaften, die sie im Laufe der Jahre hervorgekehrt hatte, konnte dieses Übel ihr am wenigsten zur Last gelegt werden. Wenn er morgens aufwachte, mit hämmerndem Kopf, sah er oft Federn, Stroh, Münzen, noch feucht vom Speichel, an ihrem Kopfkissen kleben, und sein Impuls war, sie wachzurütteln. «Er ift ja noch nicht einmal hier geboren und aufgewachsen», bohrte sie weiter. «Seine Familie ist erst vor fünf Jahren nach Eastwick gezogen, und sein Vater weigert sich, eine Stelle anzunehmen, arbeitet bei der Highway Crew mit, aber immer nur so lange, daß es reicht, um für die nächsten sechs Monate Arbeitslosenunterstützung zu bekommen. Er war auf der Versammlung heute abend und hatte einen schwarzen Schlips um, der über und über mit Ei vollgekleckert war. Die arme Mrs. K., sie hat versucht, sich so aufzutakeln, daß sie nicht wie eine Nutte aussieht, aber ich fürchte, es ist ihr mißlungen.»

Felicia hegte eine beträchtliche Liebe für die gesellschaftlich Benachteiligten, aber sie hatten gefälligst abstrakt zu bleiben; begegnete ihr mal ein konkreter Fall, dann neigte sie dazu, sich die Nase zuzuhalten. Felicia hatte einen faszinierenden Drall, wenn sie so redete, und Clyde konnte oft nicht widerstehen, ihr einen kleinen Schubs zu geben, damit sie weitertrudele. «Ich finde, Kazmierczak-Platz klingt gar nicht so übel», sagte er.

Felicias wütende Knopfaugen blitzten. «Ach, findest du! Du würdest auch finden, daß Scheißhaus-Platz gar nicht so übel klingt. Du kümmerst dich einen Dreck darum, was für eine Welt wir unseren Kindern hinterlassen oder was für Kriege wir unschuldigen Menschen aufzwingen oder ob wir uns zu Tode vergiften, du selber bist ja schon mitten dabei, dich zu vergiften, waf kümmert's dich also, soll doch der ganze Erdball mit zugrunde gehen, daf ift der Standpunkt, auf dem du stefst.» Ihre Aussprache war nuschelig geworden; sorgfältig nahm sie sich eine kleine glatte Haarnadel von der Zunge und etwas, das wie ein Stück Radiergummi aussah.

«Unsere Kinder!» schnaubte er verächtlich. «Als ob die parat stünden, um von uns die Welt entgegenzunehmen, in welchem Zustand auch immer.»

Er leerte sein Glas Scotch – ein Schlückchen Rauch und Heide zwischen Würfeln aus fluoriertem Wasser. Eis klirrte gegen seine Oberlippe: er dachte an Sukies Lippen, den kissenweichen Ausdruck von Vergnügtheit, den sie hatten, auch dann, wenn sie eigentlich ernst und traurig war. Er machte sie traurig, darunter litt er. Ihr Lippenstift schmeckte so zart nach Kirsche und hinterließ manchmal eine kleine Spur auf ihren beiden oberen Schneidezähnen. Er stand auf, um sein Glas wieder zu füllen, und taumelte. Teile von Sukie – ihre rundlichen, ebenmäßigen Zehen mit den scharlachrot lackierten Nägeln, das Halsband aus Kupferhalbmonden, die blaßorangefarbenen Haartuffs in ihren Achselhöhlen – umflatterten ihn. Die Flasche stand griffbereit im Regal, unter einer vielbändigen, einheitlich gebundenen Balzac-Ausgabe, lauter hochkant stehenden braunen Miniatursärgen.

«Ja, das ist auch etwas, das du nicht verkraften kannst: daß Jenny und Chris einfach weggegangen sind – als ob man Kinder für alle Zeit zu Hause halten könnte. Aber die Welt muß sich erneuern, muß wachsen. Wach auf, Clyde. Du hast gedacht, das Leben würde genauso sein wie in den Kinderbüchern, mit denen Mommy und Daddy immer dein Bett vollgerümpelt haben, wenn du krank warst: ‹Der kleine Astronom› und ‹Klassiker für Kinder› und all die Malbücher mit idiotensicheren niedlichen Umrißlinien und hübschen, spitzen Buntstiften in schnuckeligen kleinen Schachteln, aber Tatsache ist, sie ist ein Organismus, Clyde – die Welt ist ein Organismus, sie ist lebendig, sensibel, veränderlich, sie bewegt sich, Clyde, während du da drüben hockst und mit deiner dummen kleinen Zeitung spielst, als wärst du noch immer Mommys Liebling, der das Bett hüten muß. Deine sogenannte Reporterin Sukie Rougemont war heute abend auf der Versammlung, ziemlich hochnäsig, soweit man das mit diesem Schweinchenrüssel überhaupt zuwege bringt, und hat mich mit diesem Ich-weiß-etwas-das-du-nicht-weißt-Blick bedacht.»

Die Sprache, dachte er, wahrscheinlich ist sie der Fluch, der uns aus Eden vertrieben hat. Und wir unterstehen uns und versuchen, sie diesen armen, gutartigen Schimpansen und grinsenden Delphinen beizubringen. Der schräggehaltene Hals der Johnny-Walker-Flasche gluckerte entgegenkommend.

«Bilde dir nicht ein, ooh!» fuhr Felicia fort und stöhnte, vom

Strudel der Wut gepackt. «Bilde dir nicht ein, ich wüßte nicht Bescheid über dich und dieses Früchtchen, ich kann in dir lesen wie in einem offenen Buch, vergiß das nicht, du würdest nur zu gern mit ihr ins Bett gehen, wenn du nur den Mut dazu hättest, aber du hast ihn nicht, du hast ihn nicht.»

Sukies Bild tauchte vor ihm auf, wie sie verschwommen und sanft und mit staunend geweitetem Blick unter ihm lag, wenn er sie fickte, und schwere Süße lähmte seine Zunge, die eben noch hatte protestieren wollen: *Aber ich tue es doch.*

«Du sitzt hier», redete Felicia weiter, mit einer chemischen Bösartigkeit, die losgelöst von ihrem Körper war, Mund und Augen gehorchten einer Besessenheit: «Du sitzt hier und trauerst hinter Jenny und Chris her, die wenigstens den Mut und den Verstand hatten, diesem gottverlassenen Nest für immer Adieu zu sagen und sich ein Leben aus eigener Kraft aufzubauen, da, wo etwas *los* ist, du sitzt hier und trauerst ihnen nach, aber weißt du auch, wie sie mit mir über dich geredet haben? Willst du es wissen, Clyde? ‹He, Mom›, sagten sie beispielsweise, ‹wäre es nicht toll, wenn Dad uns verlassen würde? Aber du weißt ja›, setzten sie dann jedesmal hinzu, ‹er hat einfach nicht den Mut dazu›.» Und höhnisch, als gebe sie noch immer den Tonfall anderer wieder: «‹Er hat einfach – nicht – den Mut›.»

Ihre Rhetorik war es, dachte Clyde, die alles vollends unerträglich machte: die kunstvollen Pausen und Wiederholungen, die Art, wie sie das Wort «Mut» einsetzte und es in ein musikalisches Thema verwandelte, die Vollmundigkeit, mit der sie ihrem imaginären, bis zur allerletzten Tribünenreihe hingerissenen Publikum ihren Standpunkt vortrug. Auf dem Höhepunkt ihres Wortschwalls war eine Handvoll Reißzwecken in ihrer Kehle hochgeschwemmt, aber auch davon hatte sie sich nicht bremsen lassen. Sie spuckte sie sich rasch in die Hand und warf sie zwischen die brennenden Scheite, die er aufgeschichtet hatte. Die Reißzwecken zischten leise, ihre bunten Köpfe wurden schwarz. «Keinen Mut, nicht den mindeften», sagte sie, holte sich noch eine vereinzelte Reißzwecke aus dem Mund und schnippte sie zwischen den Ziegeln und dem Kamingitter hindurch ins Feuer, «aber die ganze Stadt zu einem Denkmal für diesen gräßlichen Krieg machen, das will er. Das paßt doch alles irgendwie, das muß doch, wie sagt man, ein Syndrom sein. Ein betrunkener Schwächling will, daß die ganze Welt mit ihm zugrunde geht. Hitler, an den erinnerst du mich, Clyde. Das war auch so ein Schwächling, dem die Welt nicht entgegengetreten ist. Aber diesmal werden andere Saiten aufgezogen.» Die imaginäre Schar war jetzt hinter ihr, Truppen, die sie anführte. *«Wir treten dem Bösen entgegen!»* rief sie, mit den Augen einen Punkt über und hinter seinem Kopf fixierend. Und sie stand mit gegrätschten Beinen da, für den Fall, daß er versuchen sollte, sie niederzuschlagen. Er hatte jedoch nur einen Schritt auf sie zugemacht, weil er zum Feuer wollte, das unter dem kleinen Reißzweckenhagel zu ersticken drohte. Er zog das Gitter beiseite und stieß den mit einem Messinggriff versehenen Schürhaken zwischen die auseinandergefallenen Scheite. Funkenstiebend schmiegten sie sich wieder aneinander. Er mußte an sich und Sukie denken: seltsam wohltuend am Sex mit Sukie war, daß ihre Nähe ihn so schläfrig machte; sobald ihre sanft-glatte Haut ihn berührte, kam eine selige Müdigkeit über ihn, nach lebenslanger Schlaflosigkeit. Vor dem Liebesakt und danach ruhte ihr nackter Körper so schwerelos an seiner Seite, daß ihm war, als habe er endlich seinen Platz im All gefunden. Allein der Gedanke an diesen Frieden, den die rothaarige geschiedene Frau ihm gab, deckte sein Gehirn mit einer barmherzigen Leere zu.

Einige Minuten vergingen, Felicia hörte nicht auf zu reden. Die abgrundtiefe Verachtung, die seine Kinder für ihn empfanden, stand plötzlich in einem Zusammenhang mit seiner kriminellen Passivität, einfach im Sessel zu sitzen, während ungerechte Kriege, faschistische Regimes und profitgierige Ausbeuter die Welt verheerten. Der glatte Griff des Schürhakens war noch in seiner Hand. Felicias Gesicht war schädelbleich geworden vor Entrüstung; ihre Augen waren wie die kleinen Flammen von Votivkerzen, die tief in ihren wächsernen Höhlungen brennen. Ihr Haar war gesträubt zu einem zerrupften, ausgefransten Heiligenschein. Das Schlimmste war, daß ihr fortwährend Gegenstände aus dem Mund kamen: Papageienfedern, tote Wespen, Eierschalen, alles war einem unaufhörlich fließenden dünnen Brei untergemischt, den sie sich mit den Fingern vom Kinn wischte, immer wieder, mit einer Bewegung, als spanne sie den Hahn eines Gewehrs. Er sah ein Zeichen in diesem Hervorquellen: diese Frau war besessen, sie hatte nichts gemein mit der Felicia, die er in gutem Glauben geheiratet hatte. «Komm, Lishy», sagte er bittend, «beruhige dich doch, laß gut sein.» Die chemischen und mechanischen Prozesse, die ihre Seele ersetzt hatten, überschlugen sich; in der Trance ihrer Entrüstung sah und hörte sie nichts mehr. Sie würde noch die Nachbarn aufwecken. Ihre Stimme wurde lauter, nährte sich unerschöpflich von innen. Er hielt das Glas in der linken Hand; mit der rechten hob er den Schürhaken und schlug ihn ihr über den Kopf, um für einen Augenblick den Energiestrom zu unterbrechen, um das Loch zu stopfen, aus dem sich zu viel ergoß. Die Knochen ihres Schädels gaben einen überraschend hohen Ton, als würden spielerisch zwei Hölzer gegeneinandergeschlagen. Ihre Augäpfel rollten nach oben, nur das Weiße war noch zu sehen, ihr Mund öffnete sich, und auf ihrer Zunge lag eine kleine, unglaublich blaue Feder. Er wußte, daß er einen Fehler machte, aber die Stille war ein Himmelsgeschenk. *Seine* Chemie übernahm jetzt die Regie; er schlug ihr mit dem Schürhaken auf den Kopf, wieder und wieder, auch noch, als sie am Boden lag, bis das Geräusch, das die Schläge machten, etwas Flüssiges hatte und nicht mehr wie das Klacken von Holz auf Holz klang. Er hatte dieses Loch im kosmischen Frieden für immer gestopft.

Clyde Gabriel empfand eine ungeheure Erleichterung; ihm war, als sei er aus einer engen Hülle befreit, als sei von seinem schweißnassen Körper eine Cellophanhaut abgezogen worden wie ein Plastiküberzug von einem Anzug, der frisch aus der Reinigung kommt. Er nahm einen Schluck Scotch und vermied es, auf den Boden zu sehen. Er dachte an die Sterne draußen und an das undurchdringliche Muster, das sie in dieser Nacht seines Lebens bildeten wie in jeder anderen Nacht in den Äonen, seit die Galaxis sich verdichtet hatte. Es war noch viel zu tun, und manches würde sehr schwierig sein, aber eine wundersam wiedererstandene Perspektive gab allem eine abgezirkelte Klarheit, als sei er wirklich zurückgekehrt zu jenen illustrierten Kinderbüchern, die Felicia so höhnisch heraufbeschworen hatte. Merkwürdig, daß sie darauf zu sprechen gekommen war; es stimmte, er hatte die Tage geliebt, an denen er krank war und nicht zur Schule gehen mußte. Sie kannte ihn zu gut. Ehe ist, wie wenn zwei Menschen mit ein und demselben Lesestück eingesperrt sind und es immer wieder lesen, bis die Wörter keinen Sinn mehr haben. Er meinte ein Wimmern vom Fußboden her zu hören, beschloß jedoch, daß es nur das Feuer war, das eine kleine Harzader aufschluckte.

Als gewissenhaftes, ordnungsliebendes Kind hatte Clyde Freude an Architekturzeichnungen gehabt, auf denen man jeden Sims, jeden Sturz, jedes vorspringende Band sehen konnte und auf denen die triangulären Verjüngungen der Perspektive deutlich zu erkennen waren. Mit Lineal und Blaustift hatte er die Perspektivlinien der Zeichnungen in Zeitschriften und Comic-Heften bis zum Fluchtpunkt verlängert, auch wenn der Punkt weit außerhalb der Seite lag. Daß es einen solchen Punkt gab, war ihm seit jeher ein angenehmer Gedanke, und vielleicht das erste Mal, daß er den Betrügereien der Erwachsenen auf die Schliche kam, war, als er entdeckte, daß manch eine Zeichnung, die so toll aussah, gemogelt war: sie hatte gar keinen genauen Fluchtpunkt. Jetzt war Clyde selber an diesem letzten Punkt der Perspektive angekommen, und alles um ihn war, wie es sein sollte, hell und scharf umrissen. Alles, was problematisch war – der *Anzeiger* vom nächsten Mittwoch; die Vorbereitungen für das nächste Rendezvous mit Sukie, die ewige Mühe der Liebenden, einen Ort für ihre Zweisamkeit zu finden und ein Bett, das nicht zu entwürdigend ist, der immer wiederkehrende Schmerz, sich anziehen und sie verlassen zu müssen; die Notwendigkeit, mit Joe Marino zu reden wegen der nicht mehr länger zu übersehenden Altersschwäche des Heizkessels im Keller und der verrottenden Rohre und Heizkörper; der nicht unähnliche Zustand seiner Leber und seines Magens; die regelmäßigen Blutuntersuchungen und die Rücksprachen mit Doc Pat und all die guten Vorsätze, die er wegen seines jämmerlichen Zustands fassen mußte und doch nie einhielt; und nun noch die Scherereien mit der Polizei und dem Gericht – all das war weggefegt, übrig blieben die Umrisse dieses Zimmers, die Linien der Tischlerarbeit, die klar und scharf waren wie Laserstrahlen.

Er kippte den Rest aus seinem Glas hinunter. Der Whisky schrapte an seinen Magenwänden. Felicia hatte unrecht gehabt, er hatte doch Mut. Als er das Glas auf den Kaminsims stellte, konnte er nicht umhin, am Rand seines Gesichtsfelds ihre bestrumpften Füße wahrzunehmen, die ungeschickt abgespreizt waren, als seien sie bei einem komplizierten Tanz mitten im Schritt angehalten worden. Sie war eine gelenkige Jitterbuggerin gewesen auf der Warwick High. Der wunderbar pumpende Wah-Wah-Big-Band-Sound, den damals jede kleine Provinzband zustande brachte. Die Spitze ihrer Mädchenzunge schlüpfte zwischen ihren Zähnen hervor, wenn sie wußte, gleich würde sie kreiselnd herumgewirbelt werden. Er bückte sich, hob den Lukrez auf und stellte ihn an seinen Platz im Regal zurück. Er ging in den Keller und suchte einen Strick. Der schandbare alte Heizkessel verschlang jaulend sein Öl; sein brüchiger, rostiger Panzer ließ so viel Wärme durch, daß der Keller der gemütlichste Teil des ganzen Hauses war. Es gab eine Waschküche hier unten, in der die vormaligen Besitzer eine alte Bendix-Waschmaschine mit Trockenwalzen zurückgelassen hatten und einen altmodischen Petroleumgeruch; auf dem runden Zinkdeckel der Trommel stand sogar noch ein Korb mit Wäscheklammern. Die Spiele, die er mit Wäscheklammern gespielt hatte: mit Buntstiften bemalt, wurden sie zu kleinen langbeinigen Männern mit runden Hüten, die ein bißchen wie Matrosenmützen aussahen. Wäscheleine, niemand braucht mehr Wäscheleine. Aber hier war eine Rolle, ordentlich aufgewickelt und hinter der alten Maschine verstaut, in einer Spinnwebwelt. Die unsichtbare Hand der Vorsehung, erkannte Clyde plötzlich, leitete ihn. Mit seinen eigenen nur zu sichtbaren Händen – geädert, knotig, die Klauen eines alten Mannes, widerlich – tat er einen prüfenden Ruck an dem Seil und untersuchte zwei bis zweieinhalb Meter auf schlissige Stellen, an denen es reißen könnte. Eine verrostete Blechschere lag griffbereit, und er schnitt das Stück ab, das er brauchte.

Wie beim Bergsteigen, einen Fuß vor den anderen setzen und nicht zu weit voraus schauen auf dem Weg: so kam er sicher die Treppe hinauf, mit dem staubigen Strick in der Hand. Er ging nach links, in die Küche, und sah zur Decke hinauf. Sie war niedrig, bei einer Renovierung neu eingezogen: lauter dünne Hartfaserplatten mit Prägemuster, die von einem Aluminiumgitter gehalten wurden. Die anderen Zimmer im Parterre waren zwei Meter achtzig hoch und hatten Stuckdecken; die reichverzierten Lüsterrosetten, an denen keine Lüster mehr hingen, würden sein Gewicht nicht tragen, er brauchte gar nicht erst die Trittleiter zu holen und einen Haken zu suchen, an dem er die Wäscheleine befestigen könnte.

Er ging in seine Bibliothek zurück und goß sich noch einen Whisky ein. Das Feuer brannte nicht mehr ganz so hell, es hätte neue Scheite gebraucht; aber sich darum zu kümmern, gehörte zu den Angelegenheiten, auf die es nicht mehr ankam, die nicht mehr seine waren. Es war gar nicht so schnell zu erfassen, wie ungeheuer viel nicht mehr zählte. Er trank den Whisky in kleinen Schlucken und fühlte, wie sie rauchig und bernsteinfarben hinunterrannen, einer Verdauung entgegen, die nun auch abgesagt war, vorbei, niemals mehr. Er dachte an den behaglichen Keller: wenn er versprach, da unten zu bleiben, in einer der alten Kohlenkisten und nie mehr ins Freie zu gehen, würde dann alles vergeben und vergessen sein? Aber dieser unwürdige Gedanke befleckte die Reinheit, die er Minuten zuvor in seinem Kopf geschaffen hatte. Noch mal nachdenken.

Vielleicht war der Strick das Problem. Er war seit dreißig Jahren bei der Zeitung und wußte, auf wie vielerlei Art die Menschen sich das Leben nehmen. Selbstmord mit dem Auto war derzeit eine der häufigsten Arten; Tag für Tag wurden Auto-Selbstmörder begraben von hochzufriedenen Geistlichen und liebenden Angehörigen, denen die Schmach erspart geblieben war. Aber die Methode war unsicher und unappetitlich öffentlich, und an dem Fluchtpunkt, an dem er jetzt angekommen war, stiegen all die vorgefaßten ästhetischen Meinungen, die er im Leben unterdrückt hatte, zusammen mit Bildern aus der Kindheit in ihm hoch. Manch einer hätte sich, angesichts des Kaminfeuers, des furchtbaren Beweises auf dem Fußboden und des ganz aus Holz gebauten Hauses, einen

Scheiterhaufen entfacht. Aber dann würden Jenny und Chris ohne Erbe dastehen, und Clyde war *nicht* so einer wie Hitler, der die ganze Welt mit sich ins Verderben ziehen wollte, Felicia war verrückt gewesen, als sie diesen Vergleich anstellte. Außerdem: wie konnte er sicher sein, daß er nicht seine versengte Haut retten und auf den Rasen hinausfliehen würde? Er war kein buddhistischer Mönch, nicht geübt in der Kunst, die feige Bestie Körper kuschen zu lassen und auszuharren in stummem Protest, bis das verkohlte Fleisch zusammensank. Gas sollte angeblich schmerzlos sein, aber er war kein Handwerker, woher das Isolierband und den Stangenkitt nehmen, um die vielen Fenster in der Küche abzudichten; daß sie so geräumig und sonnig war, hatte Felicia und ihn überhaupt erst dazu bewogen, das Haus zu kaufen – dreizehn Jahre würde es hersein, im Dezember. Dezember, dachte er mit schulderfüllter Freude, der Dezember mit seinen kurzen, dunklen Lamettatagen, den gräßlichen Horden der Kaufwütigen und den stumpfsinnigen Huldigungen an eine tote Religion (die Weihnachtslieder im Discountladen, die elende Krippe auf dem Landing-Kazmierczak-Square, der Tannenbaum am anderen Ende der Dock Street, in dieser großen runden Marmorurne, genannt Pferdetrog), dieser ganze Dezember stand nun auch nicht mehr in seinem so sublim vereinfachten Kalender. Und die Ölrechnung für nächsten Monat brauchte er auch nicht mehr zu bezahlen. Und die Gasrechnung auch nicht. Gas – andererseits, das peinliche Warten, bis die Wirkung einsetzte, war unter seiner Würde, und sein letzter Blick auf die Realität sollte nicht der in einen Gasbackofen sein, er, Clyde Gabriel, mit dem Kopf im Bratrohr, auf allen vieren, in der unterwürfigen Haltung eines Hundes, der auf sein Fressen wartet. Und die Sauerei mit Messern und Rasierklingen in der Badewanne kam für ihn auch nicht in Frage. Tabletten waren schmerzlos und ordentlich, aber das war eines von Felicias Anliegen gewesen, dies modische Dagegensein gegen die pharmazeutische Industrie, die wollte ihrer Meinung nach nur alles unter Drogen setzen, ganz Amerika eine Nation von drogenabhängigen Zombies. Clyde lächelte, die tiefen Falten in seinen Wangen schnitten sich tiefer ein. Manches, was das alte Mädchen gesagt hatte, war gar nicht

so dumm gewesen. Sie hatte nicht nur Blech geredet. Aber er
fand nicht, daß sie recht hatte mit Jennifer und Chris; er hatte
nie damit gerechnet, nie gewollt, daß sie für alle Zeit zu Hause
blieben, er war nur gekränkt, daß Chris sich so einen unsoliden
Beruf wie das Theater ausgesucht hatte und daß Jenny so weit
weggezogen war, es mußte gleich Chicago sein, und sich von
Röntgenstrahlen bombardieren ließ, ohne Rücksicht auf ihre
Eierstöcke, auf seinen Wunsch nach Enkelkindern. Das hatte
sich jetzt auch erledigt, Enkelkinder. Kinder haben, wir denken, das gehört sich so, weil unsere Eltern auch welche gehabt
haben, aber wenn es vorbei ist, sind sie nichts weiter als Mitglieder der Gattung Mensch, eine ziemlich enttäuschende Er-
kenntnis. Jenny und Chris waren brave, ruhige Kinder gewesen, das hatte auch schon etwas leicht Enttäuschendes gehabt;
indem sie so brav waren, hatten sie Felicia aus dem Weg gehen
können, die, als sie noch jünger war und noch nicht so auf
Menschenliebe festgelegt, fürchterliche Wutausbrüche gehabt
hatte (als Folge von sexuellen Frustrationen sicherlich, aber
wie soll ein Ehemann das machen, die Frau beschützen und
erregen, zur gleichen Zeit), und so war es gekommen, daß sie
auch ihm aus dem Weg gingen. Als Jenny ungefähr neun war,
hatte der Gedanke ans Sterben sie beunruhigt, sie hatte ihn einmal gefragt, warum er nicht mit ihr betete wie andere Väter,
und wenn er darauf auch nicht viel zu antworten gewußt hatte,
so waren sie sich doch nie nähergekommen als in diesem Augenblick. Er hatte immer lesen wollen, und sooft sie zu ihm
kam, hatte sie ihn gestört. Wenn Jenny bessere Eltern gehabt
hätte, wäre aus ihr ein wunderbares Mädchen geworden, so
helle, klare Augen, ein Gesicht so ebenmäßig wie auf einer Fo-
tografie, die vom Tisch des Retuscheurs kommt. Bevor seine
kleine Tochter da war, hatte er niemals richtig weibliche Genitalien gesehen, so süß und rund wie blasse kleine Zwillings-
brötchen frisch vom Konditorblech.

Die Stadt war sehr still geworden um sie, um ihn: kein Auto
war mehr unterwegs auf der Lodowick Street. Der Magen tat
ihm weh. Er tat ihm jeden Abend weh um diese Zeit, ein begin-
nendes Magengeschwür. Doc Pat hatte gesagt, wenn Sie schon
weitertrinken müssen, dann *essen* Sie wenigstens. Eine der we-

niger angenehmen Begleiterscheinungen seiner Affäre mit Sukie war, daß er das Mittagessen ausfallen lassen mußte, um fikken zu können. Sie brachte manchmal ein Glas Cashewnüsse mit, aber bei seinen schlechten Zähnen machte er sich nicht mehr so viel aus Nüssen; die Krümel schoben sich unter die Prothese und schnitten ihm in den Gaumen.

Erstaunlich, wie es den Frauen nie genug ist beim Lieben. Man kann es noch so gut machen, einen Augenblick später wollen sie mehr, harter Job, wie Zeitung herausbringen. Sogar Felicia, obwohl sie doch immer sagte, sie hasse ihn. Sonst saß er abends um diese Zeit vor dem verlöschenden Feuer und trank noch einen Schluck, bis sie ins Bett gegangen und, auf ihn wartend, eingeschlafen war. Es dauerte nicht lange – wenn sie sich leergeredet hatte, fiel sie von einer Minute zur anderen in den Schlaf der Gerechten. Ihm kam der Gedanke, daß sie vielleicht hyperglykämisch gewesen war: morgens hatte sie einen klaren Verstand gehabt und das Gespensterauditorium, vor dem sie ihre Reden hielt, hatte sich zerstreut. Sie hatte nie begriffen, in was für eine Wut sie ihn versetzte. Samstag oder Sonntag morgens behielt sie manchmal ihr Nachthemd an, um ihn zu provozieren, um Frieden zu schließen. Man sollte denken, daß ein Mann und eine Frau, die so viele Stunden ihres Lebens gemeinsam verbringen, Augenblicke finden, in denen es möglich ist, Frieden zu schließen. Versäumte Gelegenheiten. Wenn er heute abend durchgehalten und ihr die Chance gelassen hätte, die Treppe hinaufzugehen … Aber auch diese Möglichkeit, ebenso wie die, Enkel zu haben und seinen alkoholzerfressenen Magen zu kurieren, und wie der Kummer mit seinen Zähnen – all das stand nicht mehr an.

Ihm war, als gebe es ihn mehrfach, Geisterbildern auf dem Fernsehschirm gleich. Um diese Zeit ging er sonst, eine Sequenz solcher Geisterbilder, die Treppe hinauf. Die Treppe. Das splissige alte Seil hing ihm noch schlaff in der Hand. Spinnweben hafteten an seinen Cordhosen. Herr, gib mir Kraft.

Die Treppe, eine ziemlich pompöse viktorianische Konstruktion, hatte auf halber Höhe einen Absatz, von wo man in den Garten hinter dem Haus sah, eine einstmals gepflegte Anlage, die in den letzten Jahren verwildert war. Wenn man ein

Seil an einer Traille des Geländers im ersten Stock befestigte, müßte man über den Stufen darunter, die als Galgenpodest dienen könnten, genug Platz haben. Er ging mit dem Seil bis ans Ende der Treppe im ersten Stock. Er beeilte sich, denn er fürchtete, der Alkohol könnte ihn außer Gefecht setzen. Ein Kreuzknoten war rechts über links und dann links über rechts, oder wie? Beim ersten Versuch kam ein Altweiberknoten heraus. Es war schwer, die Hände zwischen die würfelförmigen Sockel der Traillen zu schieben; er schürfte sich die Knöchel auf. Seine Hände schienen weit weg von seinen Augen zu sein und es war, als leuchteten sie, wie in ätherisches Wasser getaucht. Es bedurfte einiger Rechenkunst zu entscheiden, wo die Schlinge ins Seil gemacht werden mußte (nicht tiefer als fünfzehn oder zwanzig Zentimeter unterhalb der schmalen Blende mit den rührend fein gearbeiteten viktorianischen Hohlkehlen, sonst würde er mit den Füßen womöglich die Stufen berühren, und das blinde Tier, sein Körper, ums Überleben kämpfen), und er mußte genau abmessen, wie groß die Schlinge für seinen Kopf zu sein hatte. Zu weit, und er rutschte heraus, zu eng, und er strangulierte sich. Die Kunst des Henkers: das Genick soll brechen durch einen jähen, heftigen Druck auf die Halswirbel, hatte er gelesen, mehr als einmal in seinem Leben. Gefängnisinsassen benutzten ihre Gürtel und hingen dann da, mit blau angelaufenen Gesichtern. Chris war bei den Boy Scouts gewesen, das war Jahre her, da hatte es einen Skandal um den Scoutmaster gegeben, und der Stamm war auseinandergebrochen. Clyde brachte endlich einen schludrigen Laufknoten zustande und ließ die Schlinge übers Geländer fallen. Er beugte sich über den Handlauf; die Perspektive bereitete ihm Übelkeit. Das Seil schwang leicht hin und her, hörte nicht auf, wurde zu einem Pendel, ein ungebetener Luftzug wehte durch die Ritzen des Hauses.

Clyde war nicht mehr interessiert an dem, was er tat, aber mit der systematischen Zielstrebigkeit, mit der er 10 000 Zeitungsausgaben abgeschlossen hatte, ging er in den warmen Keller – der alte Heizkessel mampfmampfte Öl – und holte die Trittleiter aus Aluminium. Sie war ihm federleicht, Engelsmacht kam über ihn. Er hatte ein paar Holzreste mit heraufgebracht, und mit ihnen als Unterlage stellte er die Leiter auf die mit einem Läufer belegte Treppe; zwei plastikbezogene Füße ruhten auf Klötzen und Bretterabfall drei Stufen tiefer als die beiden anderen, die trittlosen kreuzverstrebten Holme standen senkrecht und die ganze schiefe A-Form würde kippen beim leisesten Stoß. Das letzte, was er sehen würde, war seiner Einschätzung nach der Vordereingang und die Lünette aus bleigefaßtem buntem Glas – ihr symmetrisches Muster, Sonnenaufgangsstrahlen, leuchteten im Natriumschein einer fernen Straßenlampe. Im Flurlicht sahen die Schrammen auf dem Aluminium wie Spuren aus, die die Atome auf ihrer Bahn in der Blasenkammer hinterlassen. Allem war Transparenz gegeben; die vielen fluchtenden, sich überschneidenden Linien der Treppe waren, wie der Architekt sie gedacht hatte, und Clyde Gabriel erkannte hingerissen, daß es keinen Grund gab, sich zu fürchten, natürlich geht unser Geist durch die Materie hindurch, göttlicher Funke, der er ist, natürlich würde es ein Leben danach geben mit unendlich vielen Möglichkeiten, ein Leben, in dem er mit Felicia ins reine kommen und auch Sukie haben könnte, nicht einmal, sondern endlose Male, ganz so, wie Nietzsche es vorhergesagt hatte. Der lebenslange Nebel hob sich, alles war klar wie korrigierter Satz, er begriff den Sinn, den die Sterne ihm gesungen hatten, *candida sidera,* als sie Licht tupften auf seinen bleischweren Geist, der versunken war in seinem stolzen Sumpf.

Die Aluminiumleiter erschauerte leise wie ein nervöses junges Pferd, als er ihr sein Gewicht anvertraute. Eine Stufe, zwei, dann die dritte. Das Seil schmiegte sich ihm trocken um den Hals, die Leiter zitterte, als er den Arm hob und hinter sich griff, um den Knoten fester zu ziehen, ihn dahin zu rücken, wo es ihn richtig dünkte. Die Leiter schwankte jetzt heftig; das erregte Blut des Jockeys peitschte sie auf die Hürde zu, sie hob sich, wie er es vorausgesehen hatte, auf den zartesten Druck seiner Sporen, und fiel. Clyde hörte das Klappern und den Aufschlag. Was er nicht erwartet hatte, war das Brennen, als ob eine heiße Raspel in seiner Speiseröhre hochgezogen würde, und wie die Schnittlinien von Holz und Teppich und Tapete um ihn wirbelten, in so weitem Bogen wirbelten, daß ihm eine Se-

kunde lang so war, als seien ihm Augen am Hinterkopf gesprossen. Der Röte in seinem überfluteten Gehirn folgte
Schwärze, dann nichts mehr.

«O Kleines, wie schrecklich für dich», sagte Jane Smart zu Sukie am Telefon.

«Na ja, ich selber habe ja nichts davon sehen müssen, aber
die Männer vom Polizeirevier waren deutlich genug. Sie muß
überhaupt kein Gesicht mehr gehabt haben.» Sukie weinte
nicht, aber ihre Stimme war knittrig wie Papier, das feucht geworden und wieder getrocknet ist, aber nie wieder glatt wird.

«Sie war ja auch eine *grau*enhafte Person», sagte Jane energisch, es war tröstend gemeint, aber mit dem Kopf, mit Augen und Ohren, war sie noch bei Bachs Solo-Suiten – der be-
lebenden, irgendwie feindselig vorwärts drängenden Vierten
in Es-Dur. «Eine selbstgerechte Nervensäge», sagte sie zi-
schend. Sie sah auf den nackten Holzboden ihres Wohnzimmers, der zersplittert war vom vielen achtlosen Einstechen des
spitzen, stählernen Cellosporns.

Sukie klang bald leiser, bald lauter, als ob ihr manchmal der
Hörer wegrutschte. «Ich habe nie einen Mann gekannt», sagte
sie und ihre Stimme hörte sich ein bißchen heiser an, «der so
sanft war wie Clyde.»

«Männer sind gewalttätig», sagte Jane, ihr Geduldsfaden
war kurz vorm Reißen. «Auch wenn sie noch so sanft sind.
Das ist biologisch bedingt. Sie sind bis obenhin voll Wut, weil
sie bei der Fortpflanzung nur eine Nebenrolle spielen.»

«Es ging ihm sogar schon gegen den Strich, jemanden bei
der Arbeit zu korrigieren», fuhr Sukie fort, indes die erhabene
Musik mit den diabolischen Rhythmen, den wunderbar grausamen Anforderungen an das Können sich allmählich aus
Janes Gedanken ausblendete, und das Brennen an der Seite ihres linken Daumens nachließ, da, wo sie die Saiten inbrünstig
niedergedrückt hatte. «Obwohl, manchmal ist er schon explodiert, wenn einem Korrektor einfach *zu* viel durchge-
rutscht ist.»

«Na bitte, Liebling, da hast du's doch. Er hat alles in sich
reingefressen. Als er bei Felicia explodierte, hatte sich die Wut

von dreißig Jahren in ihm angestaut, kein Wunder, daß ihr Kopf mit draufgegangen ist.»

«Das ist nicht fair. So kann man das nicht sagen», sagte Sukie. «Er hat nur, wie soll ich sagen – es ist ihm passiert.»

«Und dann ist es *ihm* passiert», ergänzte Jane, und hoffte durch eine so treffende Raffung die Unterhaltung schneller zu einem Ende zu bringen, damit sie wieder zu ihrer Musik zurückkehren konnte. Sie hatte es sich zur Gewohnheit gemacht, vormittags zwei Stunden zu üben, von zehn bis zwölf, und sich dann ein hübsches kleines Mittagessen zu bereiten, Hüttenkäse oder Thunfischsalat auf einem großen grünen Salatblatt. Für halb zwei hatte sie sich heute mit Darryl Van Horne zum Musizieren verabredet. Sie würden eine Stunde an einer der beiden Brahms-Sonaten arbeiten oder an einem amüsanten kleinen Kodály, den Darryl in einer Musikalienhandlung ausgegraben hatte, die im Keller eines Hauses aus Granitstein an der Weybosset Street untergebracht war, gleich hinter der Arkade; und dann, wie sonst auch, Asti Spumante trinken oder eine von Fidel im Mixer gequirlte Tequila-Milch, und ins Bad gehen. Jane tat noch alles weh, an beiden Enden ihres Perineums, vom letzten Zusammensein. Aber das meiste Gute, das einer Frau widerfährt, kommt aus dem Schmerz, und sie war geschmeichelt gewesen, daß er sie ohne Publikum wollte, Fidel und Rebecca, die mit Tabletts und Handtüchern rein- und raushuschten, zählten nicht. Es war etwas Prekäres an Darryls Lust; zu dritt konnten sie ihr willfahren und sie besänftigen, aber sie verlangte nach den ausgefallensten Ermutigungen, wenn Jane mit ihm allein war. Gereizt setzte sie hinzu: «Mich überrascht nur, daß er noch klar genug im Kopf war, um es zu Ende zu bringen.»

Sukie verteidigte Clyde. «Alkohol hat ihn nie übermäßig benebelt, er hat ihn hauptsächlich als eine Art Medizin getrunken. Ein gut Teil seiner Depression war, glaube ich, stoffwechselbedingt. Er hat mir mal gesagt, sein Blutdruck sei hundertzehn zu siebzig, das ist hervorragend für einen Mann in seinem Alter.»

Jane sagte bissig: «Ich bin sicher, so manches andere an ihm war hervorragend für einen Mann in seinem Alter. Auf jeden Fall war er mir lieber als dieser kümmerliche Ed Parsley.»

«Oh, Jane, ich weiß, du möchtest dringend, daß ich auflege, aber wo du gerade von Ed sprichst ...»

«Was gibt's?»

«Hast du drauf geachtet, wie eng Brenda jetzt mit den Neffs ist?»

«Ich habe die Neffs, ehrlich gesagt, ziemlich aus den Augen verloren.»

«Ich weiß, und das ist ja auch gut so», sagte Sukie. «Lexa und ich waren immer der Meinung, daß er dich ausnutzt und du viel zu begabt bist für seinen Verein. Es war der pure Neid, als er sagte, deine Bogenführung oder was auch immer, sei zimperlich.»

«Danke, Süße.»

«Jedenfalls, Brenda und die beiden sind jetzt offenbar die dicksten Freunde, sie gehen alle naslang zusammen ins Bronzefaß essen oder in dieses neue französische Restaurant bei Pettaquamscutt, und anscheinend haben Ray und Greta sie ermuntert, sich bei der Kirche um Eds Stelle zu bewerben, und die neue unitarische Pfarrerin zu werden. Die Lovecrafts sind anscheinend auch dafür, und Horace ist bekanntlich im Kirchenvorstand.»

«Aber sie ist nicht geweiht. Man muß doch geweiht sein, oder? Die Episkopalen, bei denen ich manchmal einspringe, sind sehr streng in solchen Sachen, da kannst du nicht Mitglied werden, bevor der Bischof dir die Hand irgendwohin gelegt hat, ich glaube, auf den Kopf.»

«Nein, aber da sie eh schon im Pfarrhaus sitzt mit ihrer Brut – total verzogene Blagen, weder Ed noch Brenda hielten was davon, daß man auch mal nein sagen muß –, wäre es eleganter, ihr die Pfarrstelle zu geben, als sie an die Luft zu setzen. Vielleicht kann man so was per Fernkurs nachholen.»

«Aber kann sie predigen? Predigen *muß* man.»

«Och, ich glaube, das ist kein Problem. Brenda kann sich prima hinstellen. Sie hat Ausdruckstanz studiert, als sie Ed kennenlernte, das war bei einer Wahlveranstaltung für Adlai Stevenson, sie machte beim Vorprogramm mit, und er sollte den Segen sprechen. Er hat mir ich weiß nicht wie oft davon erzählt, ich habe mich immer gefragt, ob er sie am Ende nicht doch noch liebt.»

«Sie ist eine lächerliche öde Person», sagte Jane.

«Oh, Jane, nicht.»

«Nicht was.»

«Nicht so reden. So haben wir auch über Felicia geredet, und guck, was passiert ist.»

Sukie war sehr klein geworden an ihrem Ende der Leitung, rollte sich zusammen wie ein welkendes Blatt. «Gibst du etwa *uns* die Schuld?» fragte Jane brüsk. «Ich finde, diese Ehre gebührt dem traurigen Trunkenbold von Ehemann.»

«Auf den ersten Blick, schon, aber *wir* haben das mit dem Zauberbann gemacht, und all diese Sachen in die Keksdose geworfen, wenn wir ein bißchen beschwipst waren, und die sind ihr immer aus dem Mund gekommen, Clyde hat es mir ganz nichtsahnend erzählt, er hat versucht, mit ihr zum Arzt zu gehen, aber sie hat immer nur davon geredet, daß das Gesundheitswesen in diesem Land verstaatlicht werden müßte, wie in England und Schweden. Und außerdem haßte sie die Pharma-Industrie.»

«Sie war voller Haß, Liebling. Es war Haß, was ihr aus dem Mund kam und ihr den Rest gegeben hat, nicht die paar harmlosen Federchen und Haarnadeln. Sie hatte keine Verbindung mehr zu ihrem Frausein. Was ihr fehlte, war Schmerz, nur so hätte sie daran erinnert werden können, daß sie eine Frau war. Was ihr fehlte, war, vor einem scheußlichen Mann auf die Knie zu fallen und seinen herrlichen kalten Samen zu trinken. Was ihr fehlte, war, geschlagen zu werden, Clyde hatte ganz recht, er hat's nur ein bißchen übertrieben.»

«Bitte, Jane. Ich habe Angst, wenn du so redest, wenn du so etwas sagst.»

«Warum es *nicht* sagen? Wirklich, Sukie, du bist infantil.»

Sukie war eine schwache Schwester, dachte Jane. Sie gaben sich mit ihr ab, weil sie immer so munteren Klatsch wußte und diesen Kleine-Schwester-Sonnenschein in ihre Donnerstage brachte, aber im Grunde war sie ein eingebildetes, unreifes Ding und konnte Van Horne nicht annähernd so zu Gefallen sein wie Jane – dies Brennen, dies Sich-Öffnen; sogar Greta Neff, diese ausgelatschte alte Socke mit der Omabrille und dem schauerlichen pedantischen Akzent, sogar die war da mehr

Frau, konnte ganze Königreiche der Nacht in sich schließen, dem Brennen standhalten. «Worte sind nur Worte», sagte sie.

«Eben *nicht*! Durch sie passieren die Dinge!» sagte Sukie flehend; ihre Stimme war zu einem dünnen Klagelaut geschrumpft. «Zwei Menschen sind tot, und zwei Kinder sind Waisen, unsertwegen.»

«Also komm, ab einem bestimmten Alter ist man kein Waisenkind mehr», sagte Jane. «Schluß mit dem Unsinn.» Ihr *s* zischte wie Spucke auf einer Herdplatte. «Jeder schmort in seinem eigenen Saft.»

«Wenn ich nicht mit Clyde geschlafen hätte, wäre er nicht so durchgedreht, ich bin ganz sicher. Er hat mich so geliebt, Jane. Er hat meinen Fuß in beide Hände genommen und mich zwischen die Zehen geküßt.»

«Natürlich, so gehört sich das auch. Genau das sollen Männer tun. Sie sollen uns anbeten. Sie sind der letzte Dreck, mach dir das endlich mal klar. Männer sind Dreckskerle, aber am Ende sind wir ihnen über, weil wir besser leiden können. Eine Frau kann jeden Mann jederzeit an die Wand leiden.» Jane fühlte sich groß in ihrer Ungeduld; die schwarzen Noten, die sie an diesem Morgen geschluckt hatte, zuckten in ihr, lebten. Kaum zu glauben, wie viel Saft der alte Lutheraner hatte. «Es wird noch genug Männer für dich geben, Liebchen», sagte sie zu Sukie. «Zerbrich dir nicht mehr den Kopf über Clyde. Du hast ihm gegeben, was er haben wollte, es ist nicht deine Schuld, daß er nicht damit umgehen konnte. Hör zu, ich muß jetzt Schluß machen», log Jane Smart, «um elf kommt jemand zur Stunde.»

Dabei war die Stunde erst um vier. Sie würde vom alten Lenox-Anwesen nach Hause eilen, wund und dampfend sauber, und der Anblick der ungewaschenen kleinen Hände, die auf ihren reinen, elfenbeinernen Tasten eine kostbare, vereinfachte Mozart- oder Mendelssohn-Melodie klimperten, würde in ihr den Wunsch wecken, das Metronom zu packen und mit seinem schweren Fuß diese pausbäckigen Finger zu zerquetschen, als ob man Bohnen in einem Mörser zerstößt. Seit Van Horne in ihr Leben getreten war, hatte ihre Leidenschaft für die Musik sich noch gesteigert, dieses goldene hochgewölbte

Tor, das hinausführte aus dem Jammertal voll Schmerz und Niedertracht.

«Sie klang so schroff und eigenartig», sagte Sukie einige Tage später zu Alexandra am Telefon. «Als ob sie dächte, sie läge vorn bei Darryl und müßte ihren Platz um jeden Preis verteidigen.»

«Das gehört zu seinen diabolischen Künsten, er läßt jede von uns in diesem Glauben. Ich bin allen Ernstes davon überzeugt, daß ich es bin, die er liebt», sagte sie lachend mit heiterer Hoffnungslosigkeit. «Er hat mich jetzt so weit, daß ich diese größeren Skulpturen mache, aus gefirnißtem Pappmaché, wie diese Saint-Phalle, wenn ich nur wüßte, wie die damit fertig wird, alles ist verkleistert, die Hände, das Haar, igitt. Wenn ich die eine Seite der Figur einigermaßen manierlich hingekriegt habe, ist die andere garantiert aus dem Leim, keine Form, ein einziges Chaos.»

«Ja, mir hat er gesagt, wenn ich meinen Job beim *Anzeiger* verliere, sollte ich versuchen, einen Roman zu schreiben. Aber ich kann mir nicht vorstellen, Tag für Tag über derselben Geschichte zu brüten. Und die Namen der Leute – Leute exis*tie*ren doch einfach nicht, wenn man ihnen ausgedachte Namen gibt.»

«Ja, ja», seufzte Alexandra, «er fordert uns. Er dehnt uns.»

Am Telefon klang sie tatsächlich so, als dehne sie sich – mit jeder Sekunde wurde sie undeutlicher, sie entfernte sich, versank in einem durchscheinenden Treibsand des Fremdseins. Sukie war nach der Beerdigung der Gabriels in die Hemlock Lane zurückgekehrt, die Kinder waren alle noch in der Schule, und das kleine alte Haus, bevölkert von Erinnerungen und Mäusen, seufzte und murmelte vor sich hin. Keine Nüsse, keine anderen Knabbersachen waren in der Küche, und so hatte sie, um sich zu trösten, zum nächsten besten gegriffen, zum Telefon. «Mir fehlen unsere Donnerstage so», gestand sie unvermittelt wie ein Kind.

«Ich weiß, Kleines, aber wir haben doch unsere Tennisparties dafür. Unser Baden.»

«Ich habe manchmal Angst davor. Es ist alles nicht mehr so gemütlich wie früher, als wir noch unter uns waren.»

«Was ist nun eigentlich, verlierst du deinen Job? Wie geht es
weiter?»

«Ach, ich weiß nicht, es kursieren so viele Gerüchte. Es
heißt, der Besitzer will keinen neuen Chefredakteur einstellen,
sondern den *Anzeiger* verkaufen, an eine Kette von Kleinstadt-
Wochenblättern, die die Gangster aus Providence leiten. In
Pawtucket wird gedruckt, und der Lokalteil besteht bloß noch
aus dem, was eine Korrespondentin aus ihrem Stübchen durch-
telefoniert, alles übrige sind überregionale Features und Artikel, die sie von einer Agentur kaufen, und sie verteilen die Zeitung an jeden, ob man sie will oder nicht, wie Reklamezettel
vom Supermarkt.»

«Nichts ist mehr so gemütlich wie es mal war, nicht?»

«*Nein*», blubberte Sukie hervor, wie ein Kind, das am liebsten losgeheult hätte.

Eine Pause entstand – früher hatten sie kaum aufhören können zu reden. Jetzt mußte jede der Frauen ihren Anteil, ihr
Drittel an Van Horne verschweigen vor den anderen, sie sprachen nicht über ihre Einzelbesuche auf der Insel, die im kah-
len, sanften grauen Dezember schöner war als je zuvor. Von
den argusäugigen Fenstern oben, hinter denen Van Hornes
schwarz ausgeschlagenes Schlafzimmer war, konnte man jetzt
den silbrigen Horizont des Ozeans sehen, durch das kahle Geäst der Buchen und Eichen und der schwankenden Lärchen,
die das elefantenhafte Tragluftzelt über dem Tennisplatz umstanden, wo einst die schneeigen Silberreiher genistet hatten.
«Wie war es bei der Beerdigung?» fragte Alexandra schließlich.

«Ach, du weißt doch, wie so was ist. Traurig und absurd in
einem. Sie sind eingeäschert worden, und es hatte etwas so Un-
wirkliches, diese kleinen Kästen mit den abgerundeten Ecken
zu Grabe zu tragen, wie Kühlboxen aus Styropor sahen sie aus,
nur in Braun und kleiner. Brenda Parsley hat im Bestattungsin-
stitut das Gebet gesprochen, weil sie noch keinen Ersatz für Ed
gefunden haben, und die Gabriels haben ja nicht wirklich
einem Glauben angehangen, auch wenn Felicia sich ständig be-
schwert hat, wie gottlos alle Welt ist. Aber ich nehme an, die
Tochter wollte, daß das Ganze einen religiösen Anstrich bekommt. Nur sehr wenige Menschen waren da, wenn man be-

denkt, wie spektakulär die Geschichte ist. Fast nur Angestellte des *Anzeiger*, die sich sehen ließen, weil sie gern ihren Job behalten würden, und ein paar Leute, die mit Felicia zusammen in irgendwelchen Komitees gesessen haben, aber du weißt ja, sie war mit fast jedem verzankt. Die Leute im Rathaus sind froh, daß sie sie los sind, sie haben sie alle als Hexe bezeichnet.»

«Hast du mit Brenda gesprochen?»

«Ganz kurz, auf dem Friedhof draußen. Wir waren doch nur so wenige.»

«Wie verhielt sie sich dir gegenüber?»

«Oh, sehr glatt und kühl. Sie verdankt mir einiges, und sie weiß es. Sie hatte ein marineblaues Kostüm an, mit einer seidenen Rüschenbluse, die ihr etwas wundervoll Pastorinnenhaftes gab. Und sie trug ihr Haar anders, ziemlich streng zurückgekämmt und ohne diesen neckischen Peter-Paul-und-Mary-Pony, der ihr immer so etwas, na du weißt schon, so etwas Backfischhaftes gab. Eine Verbesserung, eindeutig. Es lag an Ed, daß sie immer in diesen Miniröcken rumlief – er dachte, er würde mehr wie ein Hippie wirken dadurch –, was wirklich reichlich demütigend war, wenn man solche Säulenbeine hat wie Brenda. Sie hat ziemlich gut gesprochen, besonders auf dem Friedhof. Mit dieser niedlichen Flötenstimme, die über die Grabsteine hinwegschwebte. Sie hob hervor, wie aufopfernd die beiden Hingeschiedenen sich dem Dienst an der Gemeinschaft gewidmet hätten, und versuchte, ihr Ableben in Verbindung zu bringen mit Vietnam und den moralischen Verwirrungen unserer Zeit, ich konnte nicht ganz folgen.»

«Hast du sie gefragt, ob sie was von Ed hört?»

«Ich werde mich hüten. Außerdem bezweifle ich es, nicht mal *ich* höre noch von ihm. Aber sie kam von sich aus auf ihn zu sprechen. Als die Feierlichkeit vorbei war und die Männer den Kunststoffrasen festdrückten, sah sie mir sehr gerade in die Augen und sagte, etwas Besseres als sein Verschwinden hätte ihr nicht passieren können.»

«Na ja, was sonst soll sie denn sagen. Was können wir denn überhaupt schon sagen.»

«Lexa, Süße, was um alles in der Welt meinst du? Du hörst dich an, als würdest du schwach.»

«Man wird wirklich müde. Alles muß man allein tragen. Das Bett ist so kalt in dieser Jahreszeit.»

«Du solltest dir eine elektrische Heizdecke anschaffen.»

«Ich habe eine. Aber ich mag nicht unter etwas Elektrischem liegen. Angenommen, Felicias Geist kommt und kippt mir einen Eimer kaltes Wasser übers Bett, dann kriege ich einen Stromstoß wie auf dem elektrischen Stuhl.»

«Alexandra, nicht! Ich bekomme Angst, wenn du so deprimiert bist. Wir verlassen uns doch alle auf dich, erhoffen uns etwas von dir. Mütterliche Stärke.»

«Ja, und das ist zusätzlich deprimierend.»

«Glaubst du denn nicht mehr an all das?»

An Freiheit, an Hexenkunst. Ihre Kräfte, ihre Ekstasen.

«Natürlich glaube ich noch daran, Dummerchen. Waren die Kinder da? Wie sehen sie aus?»

«Also», sagte Sukie, und ihre Stimme belebte sich wieder, als sie Auskunft gab, «die sind ziemlich bemerkenswert. Beide sehen ein bißchen wie griechische Statuen aus, sehr würdevoll und bleich, und sie kleben aneinander wie Zwillinge, obwohl das Mädchen ein ganzes Stück älter ist. Jennifer, so heißt sie, ist Ende Zwanzig, und der Junge ist im College-Alter, aber er geht nicht aufs College, er will irgendwas im Showbusiness werden und verbringt seine Zeit damit, per Anhalter zwischen Los Angeles und New York hin und her zu fahren. Zuletzt hat er als Bühnenarbeiter an einem Sommertheater in Connecticut gearbeitet, und das Mädchen ist aus Chicago hergeflogen, sie ist Röntgenassistentin dort und hat sich Urlaub genommen. Marge Perley sagt, sie wollen eine Weile hierbleiben und in dem Haus wohnen, bis sie die Erbschaftsangelegenheiten geregelt haben. Ich habe mir überlegt, wir sollten vielleicht irgendwas mit ihnen unternehmen. Sie kommen mir so verloren vor, zwei Kinder allein im dunklen Wald, es wäre doch scheußlich, wenn sie Brenda in die Klauen fielen.»

«Kleines, sicher wissen sie alles über dich und Clyde und geben dir die Schuld an dem ganzen.»

«Meinst du wirklich? Aber wieso denn! Ich war doch immer nur gut zu ihm.»

«Du hast sein inneres Gleichgewicht zerstört. Seine Ökologie.»

Sukie sagte kleinlaut: «Ich hab nicht gern Schuldgefühle.»

«Wer hat die schon gern. Was glaubst du, wie *mir* zumute ist, wenn der arme, liebe, ganz und gar unpassende Joe immer wieder davon anfängt, daß er Gina und sein Rudel fetter Kinder verlassen will, um meinetwillen.»

«Aber er tut es ja nicht. Er ist viel zu mediterran dafür. Katholiken geraten nie in solche Konflikte wie wir armen abtrünnigen Protestanten.»

«Abtrünnig», sagte Alexandra, «so empfindest du dich? Ich fürchte, ich habe nie etwas gehabt, dem ich hätte abtrünnig werden können.»

Vor Sukies innerem Auge tauchte, von Alexandra zu ihr herübergefunkt, das Bild einer Kirche aus dem Westen auf, ganz aus Holz mit einem gedrungenen, wettergepeitschten Turm, hoch in den Bergen, menschenleer. «Monty war sehr religiös», sagte Sukie. «Er hat immerfort von seinen Vorfahren gesprochen.» Und auf derselben Wellenlänge wie das Kirchenbild kam jetzt das Bild von Montys hängenden, milchweichen Gesäßbacken zu ihr, und endlich wußte sie mit Gewißheit, daß er mit Alexandra eine Affäre gehabt hatte. Sie gähnte und sagte: «Ich glaube, ich fahre zu Darryl rüber und schalte ein bißchen ab. Fidel komponiert gerade ein köstliches neues Gesöff, er nennt es Rum Mystique.»

«Bist du sicher, daß es nicht Janes Tag ist?»

«Ich glaube, ihr Tag war an dem Tag, als ich mit ihr telefonierte. Sie hat regelrecht geflammt beim Sprechen.»

«Es brennt so.»

«Genau. Oh, Lexa, du solltest wirklich mal mit Jennifer Gabriel zusammenkommen, sie ist entzückend. Ich sehe wie eine müde alte Schreckschraube neben ihr aus. Dies blasse, runde Gesicht und diese blassen blauen Augen, genau wie Clyde sie hatte, und ein spitzes Kinn wie Felicia und eine unglaublich süße kleine Nase, mit feinem, geradem Rücken, als ob du sie mit deinem Buttermesser modelliert hättest, nur eine Spur abgeplatteter, wie bei einer Katze, wenn du weißt, was ich meine. Und diese Haut!»

«Entzückend», sagte Alexandra mechanisch, zerstreut. Alexandra hatte sie immer geliebt, Sukie wußte das. An jenem ersten Abend bei Darryl, als sie tanzten zu Janis Joplins Musik, hatten sie sich aneinandergeklammert und geweint über den Fluch der Heterosexualität, der sie getrennt hielt, als sei jede von ihnen eine Rose in einem Plastikröhrchen. Jetzt war etwas Fremdes, Gleichgültiges in Alexandras Stimme. Sukie fiel der Talisman ein, den sie gemacht hatte, mit dem magischen Dreifachknoten, und sie nahm sich vor, ihn unter dem Bett hervorzuholen. Ein Zauberbann wird schal, verliert seine Wirksamkeit nach ungefähr einem Monat, wenn nicht menschliches Blut hinzukommt.

Und abermals einige Tage später traf Sukie die verwaiste Tochter der Gabriels allein, ohne Bruder, in der Dock Street: auf dem winterlich leeren, sich schlängelnden Gehsteig längs der Läden, die teils verrammelt und verriegelt waren bis zum Frühling, teils hingebungsvoll dekoriert mit bunten Duftkerzen und österreichischem Weihnachtsschmuck aus Korea, leuchteten diese beiden Sterne schon von weitem füreinander und ließen sich, spannungsgeladen, von ihrer gegenseitigen Anziehungskraft zueinander treiben, und die Schaufenster des Reisebüros und der Superette, des Bellenden Fuchses mit seinen Maschinenstrickpullovern und braven Schottenröcken, des Hungrigen Schafs mit seinem etwas gewagteren Angebot, des Perley-Immobilienbüros mit den vergilbten Fotos von Pseudo-Cape-Cod-Häusern und verfallenden viktorianischen Prunkbauten an der Oak Street, die auf ein risikofreudiges junges Paar warteten, das sie übernehmen und den zweiten Stock in Apartments umwandeln würde, der Bäckerei und des Friseurgeschäfts und der Lesestube der Christian Science, sie alle, alle gafften. Die Eastwick-Filiale der Old Stone-Bank hatte, gegen massive Bürgerproteste, einen Drive-in-Schalter eingerichtet, und Sukie und Jennifer mußten warten, wie auf den gegenüberliegenden Ufern eines Flusses, zwischen ihnen die schrägen, in den Bürgersteig geschnittenen Ein- und Ausfahrten, über die sich die Autos schoben. Der Stadtkern sei viel zu eng und historisch für diese zusätzliche Verkehrskomplikation, hatten die Gegner, an ihrer Spitze die verstorbene Felicia Gabriel, vergebens argumentiert.

Sukie schaffte es schließlich, zur jüngeren Frau hinüberzugelangen, an den gewaltigen Heckflossen eines knallroten Cadillac vorbei, der übervorsichtig von dem pinseligen, halbblinden Horace Lovecraft gesteuert wurde. Jennifer trug einen alten, schmutzigen bräunlich-gelblichen Parka mit plattgedrückter Daunenfüllung und einen von Felicias Schals, einen weitmaschigen purpurfarbenen, den sie sich mehrfach um den Hals gewickelt hatte, bis zum Kinn. Sie war viel kleiner als Sukie und stand da wie ein unterernährtes, verwahrlostes Kind mit wässerigen Augen und rosa Nasenflügeln. Das Thermometer zeigte an diesem Tag achtzehn Grad minus an.

«Wie geht's denn?» fragte Sukie mit forcierter Munterkeit.

Was Größe und Alter betraf, stand dieses Mädchen im gleichen Verhältnis zu Sukie wie Sukie zu Alexandra; Jenny war auf der Hut, aber überlegenen Mächten mußte auch sie sich beugen. «Es geht», sagte sie mit einer kleinen Stimme, die durch die Kälte noch kleiner geschnitzt wurde. Sie hatte sich in Chicago eine mittelwestlich angehauchte nasale Aussprache zugelegt, Sie beobachtete Sukies Gesicht und wagte einen kleinen Vorstoß, indem sie offenherzig hinzusetzte: «Es ist so viel Zeugs da, es wächst Chris und mir über den Kopf. Wir haben beide wie die Zigeuner gelebt, und Mommy und Daddy haben *alle*s aufgehoben, Zeichnungen, die wir im Kindergarten gemacht haben, unsere Zeugnisse aus der Grundschule, Schachteln über Schachteln mit alten Fotografien ...»

«Es ist sicher sehr traurig.»

«Das auch und so frus*trier*end. Ein paar Entscheidungen hätten sie ruhig selber treffen können. Es ist wirklich mit Händen zu greifen, wie sie in den letzten Jahren alles haben schleifen lassen. Mrs. Perley sagt, wir würden uns selber reinlegen, wenn wir mit dem Verkauf nicht warteten, bis wir im Frühjahr alles streichen lassen können. Das würde zirka 2000 kosten und eine Wertsteigerung von 10000 bringen.»

«Hör mal, du bist ganz durchgefroren.» Sukie selber war eingekuschelt in einen langen Lammfellmantel und sah souverän aus mit der Kappe aus rotem Fuchspelz, der den Kupferschimmer ihres Haars betonte. «Laß uns rübergehn zu *Nemo*. Ich lade dich zu einer Tasse Kaffee ein.»

«Ja, nur …» Das Mädchen war unschlüssig, suchte nach einer Ausflucht, aber der Gedanke an Wärme war verführerisch.

Sukie ergriff die Offensive. «Vielleicht haßt du mich, weil dir irgend etwas zu Ohren gekommen ist. Wenn ja, täte es dir sicher gut, dich darüber auszusprechen.»

«Mrs. Rougemont, weshalb sollte ich Sie hassen? Es ist nur, weil Chris gerade in der Werkstatt ist mit dem Volvo – sogar das Auto, das sie uns hinterlassen haben, ist nicht in Ordnung, es hätte längst zur Inspektion gemußt.»

«Was immer damit los ist, die Reparatur dauert länger, als man euch gesagt hat», bestimmte Sukie bündig, «und ich bin sicher, Chris genießt es. Männer lieben Autowerkstätten. All den Lärm. Wir nehmen einen Tisch vorn am Fenster, dann kannst du ihn sehen, falls er vorbeikommt. Bitte. Ich möchte dir sagen, wie leid mir das mit deinen Eltern tut. Er war ein so netter Boss, und ich sitze ziemlich in der Tinte, jetzt, wo er nicht mehr da ist.»

Ein übel verrosteter Chevrolet, Baujahr 59, mit möwenflügelhaft geschwungenem Kofferraum, schrammte mit seinen Chromauswüchsen haarscharf an ihnen vorbei, als er über den Bordstein schlingerte zum bräunlichgrünen Drive-in-Schalter hinauf; Sukie faßte das Mädchen schützend am Arm. Und nicht wieder loslassend, steuerte sie es über die Straße zu *Nemo* hin. Die Dock Street war angesichts des zunehmenden motorisierten Verkehrs in diesem Jahrhundert mehrmals verbreitert worden; von den windschiefen Gehsteigen war an manchen Stellen nur so viel übriggelassen, daß mit Not ein einzelner Fußgänger Platz hatte, und einige der älteren Gebäude sprangen in ungewöhnlichen Winkeln vor. *Nemo's Diner* war ein langer Aluminiumkasten mit abgerundeten Ecken und einem breiten roten Streifen ringsum. Am späten Vormittag hielten sich nur die Thekenhocker dort auf, Männer mit Teilzeit-Jobs oder in den Ruhestand Entlassene, von denen einige, mit einem beiläufigen Heben der Hand oder einem Nicken, Sukie begrüßten, aber nicht mehr so erfreut, schien es ihr, nicht mehr so wie früher, als Clyde Gabriel die Stadt noch nicht das Fürchten gelehrt hatte.

Die kleinen Tische vorn waren leer, und das große Fenster, das zur Straße hinausging, war beschlagen und mit Kondenswasser übertröpfelt. Als Jennifer ins Licht blinzelte, sprangen kleine Fältchen in den Winkeln ihrer eisblassen Augen auf, und Sukie sah, daß sie nicht ganz so jung war, wie es auf der Straße den Anschein gehabt hatte, als sie so abgerissen in der Kälte stand. Ihren schmutzigen Parka mit den rechteckigen, aufgebügelten Vinylflicken legte sie ein bißchen zu feierlich über den Stuhl neben sich, und obenauf packte sie, säuberlich aufgerollt, den langen purpurroten Wollstrang. Sie trug einen einfachen grauen Rock und einen weißen Lammwollpullover. Ihre Figur war ganz hübsch, ein bißchen untersetzt, alles an ihr hatte eine Rundheit, die zu simpel wirkte – Arme, Brüste, Wangen, Hals: alles war auf die gleiche akkurate Weise gerundet.

Rebecca, die Schlunze aus Antigua, zu der, wie jeder wußte, Fidel eine enge Beziehung unterhielt, näherte sich hüftenschlingernd; die schweren grauen Lippen, die so vieles hätten ausplaudern können, waren schief aufeinandergefaltet. «Na, was möchten die Damen denn gern.»

«Zwei Kaffee», sagte Sukie, und einer plötzlichen Regung folgend bestellte sie noch Maiskuchen. Sie hatte eine Schwäche für Maiskuchen, er war so krümelig und butterig und würde ihr an diesem kalten Tag den Magen wärmen.

«Warum haben Sie gesagt, ich hasse Sie vielleicht?» fragte Jennifer mit überraschender Direktheit, aber mit sanfter, schmächtiger Stimme.

«Weil», Sukie beschloß, es hinter sich zu bringen, «weil ich die – na was wohl, du weißt schon – die Geliebte deines Vaters war. Aber nicht lange, erst seit diesem Sommer. Ich hatte nicht die Absicht, irgend jemandem in die Quere zu kommen, ich wollte ihm nur ganz einfach etwas geben, und ich bin alles, was ich habe. Und er *war* zum Lieben, das weißt du.»

Das Mädchen zeigte sich nicht überrascht, wurde nur noch nachdenklicher und senkte die Augen. «Ja, ich weiß», sagte sie, «aber das ist wohl schon eine Weile her, glaube ich. Schon als wir noch klein waren, hatte er etwas Überreiztes, Trauriges.

Und abends roch er so komisch. Einmal wollte ich mich an ihn
kuscheln und habe aus Versehen ein dickes Buch, das er im
Schoß hielt, heruntergestoßen, da fing er an, mich zu verprü-
geln, und konnte kaum wieder aufhören.» Sie hob die Augen,
und ihr Mund schloß sich, gab keine weiteren Geständnisse
mehr preis; etwas eigenartig Selbstgefälliges, die Selbstgefällig-
keit der Demütigen, lag in der Art, wie ihre hübsch geschwungenen, ungeschminkten Lippen sich aufeinanderfügten. Ihre
Oberlippe zog sich in leisem Widerwillen ein wenig hoch. «Sagen *Sie* mir etwas über ihn. Über meinen Vater.»

«Was soll ich sagen?»

«Wie er war.»

Sukie zuckte die Achseln. «Zärtlich. Dankbar. Scheu. Er
trank zuviel, aber wenn er wußte, daß er mich sehen würde,
versuchte er, nicht zu trinken, er wollte nicht – benommen
sein, verstehst du. Nicht stumpf.»

«Hatte er viele Freundinnen?»

«O nein, bestimmt nicht.» Sukie war gekränkt. «Es gab nur
mich – das klingt eingebildet, aber es war so. Er liebte deine
Mutter, weißt du, zumindest, solange sie nicht – so besessen
war.»

«Besessen wovon?»

«Du weißt das alles bestimmt besser als ich. Davon, die Welt
zu vervollkommnen.»

«Das war doch nett von ihr, daß sie das wollte, finden Sie
nicht?»

«Ja, wahrscheinlich.» Als nett hatte Sukie das eigentlich nie
empfunden, Felicias gemeinsinniges Gezeter, eher als einen
boshaften Ego-Trip, mit mehr als nur einer Prise Hysterie. Sukie schätzte es gar nicht, in die Defensive gedrängt zu werden
von dieser unbedarften kleinen Eisfee, die sich noch erkälten
würde, so wie ihre Stimme klang. Sukie sagte einlenkend: «Du
weißt ja, wenn man allein lebt in einer Stadt wie dieser, ist man
praktisch gezwungen zu nehmen, was man kriegen kann.»

«Nein, das weiß ich nicht», sagte Jennifer, sanft jedoch.
«Aber ich glaube, ich weiß überhaupt nicht sehr viel auf diesem
Gebiet.»

Was sollte das heißen? Daß sie eine Jungfrau war? Es war

schwer zu entscheiden, ob das Mädchen einfach nichtssagend war, ein unbeschriebenes Blatt, oder ob seine seltsame Ruhe das Zeichen einer ungewöhnlich vollkommenen inneren Ausgeglichenheit war. «Erzähl mir was über dich», sagte Sukie. «Du willst Ärztin werden? Clyde war so stolz darauf.»

«Ach, das war doch alles Illusion. Ich hatte nie genug Geld und bin in Anatomie ein paarmal durchgefallen. Was mich wirklich interessiert hat, war Chemie. Jetzt habe ich diesen Assistentinnenjob, und weiter werde ich es nie bringen. Ich sitze fest.»

Sukie sagte: «Du solltest Darryl Van Horne kennenlernen. Der versucht, uns alle wieder flottzumachen.»

Jennifer lächelte unerwartet, ihre kleine flache Nase spannte sich und wurde ganz weiß. Ihre Schneidezähne waren rund wie die eines Kindes. «Was für ein gewaltiger Name», sagte sie. «Hört sich erfunden an. Wer ist das?»

Aber sie muß doch, dachte Sukie, von unseren Sabbatfesten gehört haben. Das Mädchen war schwer zu durchschauen; etwas unnatürlich Unschuldiges, als sei sie einfach übersprungen worden vom Leben, blockte alle Telepathie ab, so wie Blei Röntgenstrahlen nicht durchläßt. «Ach, so ein exzentrischer junger Mann in mittleren Jahren, der das alte Lenox-Haus gekauft hat. Du weißt, dieser große Backsteinkasten beim Strand.»

«Die Spukplantage, so haben wir's immer genannt. Ich war fünfzehn, als meine Eltern hierherzogen, und habe die Umgebung eigentlich nie so richtig kennengelernt. Es gibt enorm viel Umgebung hier, dabei sieht auf der Landkarte alles so winzig aus.»

Die impertinente tropische Rebecca brachte den Kaffee in *Nemos* schweren weißen Bechern und die goldenen Maiskuchen; zusammen mit diesen klar definierten warmen Düften wehte noch ein anderer Geruch über den glasierten Tisch, ein würzig-saurer, den Sukie der Kellnerin zuschrieb, ihrem breiten Becken und den schweren kaffeebraunen Brüsten, als sie sich vorbeugte, um die Becher und Teller an ihren Platz zu stellen. «Haben die Damen nun alles, oder fehlt noch was zu ihrer Zufriedenheit?» fragte die Kellnerin und sah von den hohen

Abhängen ihrerselbst auf die beiden herab. Der Kopf oben auf dem Massiv ihres Fleisches sah ziemlich klein und sehnig aus – das schwarze Haar war zu vielen straffen Zöpfchen geflochten, in Reih und Glied wie Korngarben.

«Haben Sie ein bißchen Sahne, Becca?» fragte Sukie.

«Ich hol sie.» Als Rebecca das Aluminiumkännchen auf den Tisch stellte, sagte sie: «Sie können Sahne sagen, das ist Ihre Sache, aber was der Boss jeden Morgen reintut, ist Milch.»

«Sie sind ein Schatz, danke, ich *meinte* Milch.» Aber Sukie hatte Lust auf einen kleinen Scherz; geschwind, unhörbar, murmelte sie den weißen Zauberspruch *Sator arepo tenet opera rotas*, und die Milch floß sämig und gelblich: Sahne. Geronnene Flecken drehten sich auf der kreisrunden Oberfläche ihres Kaffees. Der Maiskuchen wurde zu butterweichen Bröseln in ihrem Mund. Indianische Maismehlgeister schlüpften durch den Wald ihrer Geschmacksknospen. Sie schluckte und sagte, Van Horne meinend: «Er ist nett. Er wird dir gefallen, wenn du dich erst mal mit seinen Umgangsformen abgefunden hast.»

«Was ist mit seinen Umgangsformen?»

Sukie wischte sich Krümel von ihren lächelnden Lippen. «Er gibt sich grob, aber das ist wirklich reine Mache. Er ist absolut harmlos, jeder kann mit Darryl umgehen. Zwei Freundinnen von mir und ich spielen Tennis mit ihm in dieser phantastischen riesigen Traglufthalle aus Segeltuch, die er über den Platz gespannt hat. Spielst du Tennis?»

Jennifer hob die runden Schultern. «Ein bißchen. Hauptsächlich im Sommer-Camp. Und mit ein paar anderen von uns habe ich gelegentlich auf den Plätzen von der Universität Chicago gespielt.»

«Wie lange bleibst du uns denn hier noch erhalten, bevor du wieder nach Chicago gehst?»

Jennifer sah den Gerinnseln zu, die auch auf ihrem Kaffee kreisten. «Eine Weile. Es kann Sommer werden, bis wir das Haus verkauft haben, und Chris hat nicht gerade viel zu tun, so wie es aussieht, wir kommen gut miteinander zurecht, das war schon immer so. Vielleicht gehe ich überhaupt nicht zurück. Ich sagte ja schon, es ist alles nicht so übermäßig gut verlaufen am Michael Reese-Hospital.»

«Hattest du Schwierigkeiten mit Männern?»

«O *nein.*» Sie sah auf und unter jeder blassen Iris wurde ein Bogen aus reinem jungen Weiß sichtbar. «Männer scheinen nicht besonders interessiert an mir zu sein.»

«Aber wieso nicht? Wenn ich dir das mal sagen darf, du bist hübsch!»

Das Mädchen senkte den Blick. «Komische Milch, nicht? So dick und süß. Vielleicht ist sie schlecht.»

«Nein, probier, du wirst sehen, sie ist ganz frisch. Du hast deinen Maiskuchen nicht gegessen.»

«Nur ein bißchen dran geknabbert. Ich war nie besonders wild darauf, das ist doch bloß in schwimmendem Fett gebackener Teig.»

«Eben, drum mögen wir hier in Rhode Island Maiskuchen. Er will nicht mehr scheinen, als er ist. Ich esse deinen auch noch auf, wenn du ihn nicht willst.»

«Ich muß irgend etwas falsch machen, und die Männer spüren das. Ich habe manchmal im Freundeskreis darüber geredet. Mit *meinen* Freundinnen.»

«Eine Frau braucht Freundinnen», sagte Sukie wohlwollend.

«Mit denen war ich auch nicht gerade reich gesegnet. Chicago ist ein rauhes Pflaster. All diese kleinen vogelhaften Frauen aus Einwandererfamilien, die Tag und Nacht studieren und auf alles eine Antwort parat haben. Aber wenn man sie etwas Persönliches fragt, wie zum Beispiel, was man denn nun eigentlich falsch macht mit diesen Männern, mit denen man ja nun mal zusammenkommt, dann kriegt man kein Wort aus ihnen heraus.»

«Es ist wirklich schwer, mit den Männern alles richtig zu machen», erklärte Sukie ihr. «Sie sind sehr wütend auf uns, weil wir Kinder kriegen können und sie nicht. Sie sind schrecklich eifersüchtig, die armen Schätze, wir wissen das von Darryl. Aber ich weiß ehrlich nicht, was man ihm glauben soll und was nicht, ich sagte ja schon, vieles an ihm ist reine Mache. Neulich beim Lunch versuchte er, mir seine Theorien zu erklären, sie haben alle mit irgendwas Chemischem zu tun, das sich nach Selen anhört.»

«Selen. Das ist ein magisches Element. Es ist das Geheimnis der Türen in Flughäfen, die sich automatisch vor einem öffnen. Und es holt den grünen Farbstoff aus Glas heraus, der durch Eisen hineingekommen ist. Selensäure kann Gold zersetzen.»

«Meine Güte, du hast ja wirklich eine Ahnung! Wenn du so viel von Chemie verstehst, könntest du doch eigentlich Darryls Assistentin werden.»

«Chris liegt mir in den Ohren, ich soll eine Weile lang einfach nur mit ihm in unserem Haus leben, wenigstens so lange, bis wir es verkaufen. Er hat genug von New York, das ist ein *zu* rauhes Pflaster. Er sagt, alles was ihn interessiert, sei fest in der Hand der Schwulen – Schaufenster dekorieren, Bühnen-Design.»

«Ich finde, du solltest das machen.»

«Was machen?»

«Ein bißchen hier leben. Eastwick ist amüsant.» Ziemlich ungeduldig – der halbe Vormittag war vertan – bürstete Sukie sich die Krümel vom Pullover. «In Eastwick ist das Pflaster *nicht* rauh. Hier ist alles Zuckerwatte.» Sie spülte die Krümel in ihrem Mund mit einem letzten Schluck Kaffee hinunter und stand auf.

«Das Gefühl habe ich auch», sagte Jennifer, die das Zeichen verstanden hatte und schon dabei war, ihren Schal aufzuklauben und den armseligen, geflickten Parka. Als sie angezogen war und ebenfalls stand, ergriff sie auf überraschende, erregend männliche Art Sukies Hand und umschloß sie fest. «Danke», sagte sie, «daß Sie sich mit mir unterhalten haben. Die einzige andere Person, die Interesse an uns gezeigt hat, außer den Anwälten natürlich, war diese nette Pfarrerin, Brenda Parsley.»

«Sie ist die Frau eines Pfarrers, keine Pfarrerin, und ob sie so nett ist – ich weiß nicht.»

«Ihr Mann hat sich scheußlich gegen sie benommen, sagen alle.»

«Oder sie sich gegen ihn.»

«Ich *wußte*, daß Sie etwas in der Art sagen würden», sagte Jennifer und lächelte, keineswegs unangenehm; Sukie jedoch fühlte sich nackt, durchleuchtet, keine Bleiweste der Unschuld schützte sie. Ihr Leben spielte sich auf offenem Marktplatz ab, vor aller Augen; sogar diese kleine Fremde wußte schon Bescheid über einiges.

Bevor Jennifer sich den Schal zurechtwickelte, sah Sukie, daß sie ein dünnes goldenes Kettchen um den Hals trug, wie viele Menschen, die ein Kreuz daran aufgefädelt haben; in der sanften weißen Halskuhle des Mädchens jedoch hing das ägyptische Antoniuskreuz, die Öse oben war wie der Kopf eines kleinen Männchens – ein Henkelkreuz, Symbol des Lebens und des Todes in einem, ein uraltes mystisches Symbol, das jüngst wieder in Mode gekommen war.

Es entging Jennifer nicht, daß Sukies Blick bei dem kleinen Kreuz verweilte, und ihrerseits auf das Halsband aus Kupfermonden schauend, das Sukie trug, sagte sie: «Meine Mutter trug auch Kupferschmuck. Einen breiten, schlichten Armreifen, den ich noch nie vorher gesehen habe. Als ob …»

«Als ob was, Herzchen?»

«Als ob sie irgend etwas hätte abwehren wollen.»

«Wollen wir das nicht alle?» sagte Sukie heiter. «Ich lasse von mir hören, vielleicht spielen wir mal Tennis.»

In Van Hornes großer Traglufthalle ging es akustisch und athmosphärisch sonderbar zu: alle Geräusche, die Rufe der Spieler und das Ploppen der Bälle, wenn sie geschlagen wurden, schienen erstickt, noch während sie ertönten, und Sukie spürte auf ihrer sommersprossengesprenkelten Stirn und ihren Unterarmen einen leise prickelnden Druck. Die bernsteinfarbenen Härchen auf ihren Armen waren gesträubt, als seien sie elektrisch geladen. Unter dem graugelblich sich wölbenden Leinwandfirmament lief alles wie in kaum merklichem Zeitlupentempo ab; es war, als bewegten die Spieler sich in komprimierter Luft, tatsächlich aber blieb der Stoffdom stabil gebläht, weil die Luft in ihm, die von einem unermüdlichen Gebläse durch einen unten in einer Ecke befindlichen gähnenden Plastikmund gepumpt wurde, wärmer war als die Winterluft draußen. Heute war der kürzeste Tag des Jahres. Der Boden war eisenhart, lag verschlossen unter einem Himmel, dessen graumarmorierte Wolken Schnee spuckten, wie Asche, die im Schornstein hochgesogen wird und sich dann mit dem Rauch verteilt. Dünne pudrige Linien bildeten sich an Ziegelkanten und freiliegenden Baumwurzeln, aber sie schmolzen in der fahlen Mittagssonne; nirgendwo gab es ein Sichanhäufen, obwohl doch jedes Geschäft, jede Bankfiliale mit Glöckchengebimmel und Watteschmuck auf weiße Weihnachten drängte. Die Dock Street sah ausgelaugt, gepeinigt aus, nachmittags, wenn früh das Dunkel über die vermummten Käufer hereinbrach, die Galabeleuchtung ein Aufschieben des Schlafs, ein verzweifelter, hohläugiger Versuch, irgendeinem Versprechen in der bitteren schwarzen Luft gerecht zu werden. Angetan mit Trikots und Wadenwärmern, Skipullovern und zwei Paar in die Schuhe gezwängten Socken, spielten sie Tennis, die jungen geschiedenen Mütter von Eastwick, und feierten Erholung vom Weihnachtsgefeier.

Sukie hatte ein schlechtes Gewissen, sie fürchtete, den anderen womöglich die Freude verdorben zu haben, weil sie Jennifer Gabriel mitgebracht hatte. Nicht, daß Darryl Van Horne am Telefon Einwände gegen ihren Vorschlag gehabt hätte, es war seine Natur, neue Rekruten mit offenen Armen aufzunehmen, und ihr kleiner Viererkreis wurde ihm ja vielleicht sowieso schon ein bißchen eng. Wie die meisten Männer, besonders reiche Männer und ganz speziell reiche Männer aus New York City, war er leicht gelangweilt. Aber Jennifer hatte, ohne groß zu fragen, ihren Bruder mitgebracht, und das mußte nun wirklich entsetzlich für Darryl gewesen sein, daß so mirnichtsdirnichts dieses Bürschchen bei ihm eingedrungen war, dieser nach der neuesten Halbstarken-Mode maulfaule und mürrische Junge mit den Schlafzimmeraugen, der lustlosen, laschen Flappe und der ungekämmten Lockenmähne, die vor Dreck nur so starrte und kaum noch blond zu nennen war. An Stelle von Tennisschuhen trug er ausgetretene, abgewetzte, mit Gummistreifen verstärkte Jogginglatschen, die noch in der kühlen Weite der Halle einen abgestandenen Faulgeruch nach männlichem Schweiß ausdünsteten. Sukie wunderte sich, wie die propere Jennifer es mit einem derart ungewaschenen Hausgenossen aushalten konnte. Monty hatte ja viele Fehler gehabt, aber das mußte man ihm lassen: in puncto Sauberkeit war er geradezu mäklig genau gewesen, immer hatte er geduscht und die Kaffeetassen ausgespült, die sie nach Telefongesprächen auf irgendwelchen Beistelltischchen vergessen hatte. Der Junge hatte sich einen Schläger geborgt und keinerlei Fähigkeit gezeigt, den Ball über das Netz zu befördern, auch keinerlei Bedauern über diese Unfähigkeit, lediglich einen tranigen Mißmut. Darryl jedoch blieb ganz der liebenswürdige Gastgeber und Gentleman, der sich nichts anmerken läßt, und obwohl er selber zum Spielen gerüstet war – rote Hosen und lila Daunenweste, ein Outfit, der ihm Ähnlichkeit mit einem Papagei verlieh –, hatte er den Vorschlag gemacht, die vier Frauen sollten sich derweil bei einem Satz Damendoppel vergnügen, während er Christopher auf einen Rundgang durch die Bibliothek, das Laboratorium und den kleinen Wintergarten mit den giftigen Tropenpflanzen führte. Mit schnöder Gleichgültigkeit ließ der Junge über sich ergehen, was Darryl ihm wort- und gestenreich zu erklären suchte; sie konnten es durch die Wände der Halle hören, den ganzen Weg bis zum Haus hinauf, Darryls eifriges Reden. Sukie fühlte sich wirklich schuldig.

Sie erkor Jenny als Partnerin, für den Fall, daß die Kleine nicht richtig mithalten konnte, obwohl, beim Einspielen hatte sie eine feste Vor- und auch Rückhand an den Tag gelegt; als es ernst wurde, erwies sie sich dann als präsente, zuverlässige Spielerin, mit zu wenig Reichweite vielleicht, aber das konnte zum Teil auch die pure Hochachtung sein vor Sukies langbeinigem, weiträumigen Stil. Als Sukie ungefähr elf war und auf einem alten, rhododendronumwachsenen Asphaltplatz übte, der sich auf dem Seegrundstück eines Freundes ihrer Familie befand, hatte ihr Vater ihr ein Kompliment gemacht, weil sie mit einer weitausholenden gestreckten Bewegung eine «sensationelle» Rückgabe zustandegebracht hatte; und seither war sie eine auf optische Wirkung bedachte Tennisspielerin gewesen, sogar Verzögerungen nahm sie in Kauf, postierte sich ganz außen an den Seiten der Grundlinie, Hauptsache, sie konnte ihre Rückgaben «sensationell» gestalten. Wenn der Ball ihr direkt auf den Körper gespielt wurde, hatte sie allerdings manchmal Schwierigkeiten. Sie und Jenny führten rasch vier zu eins gegen Alexandra und Jane, und dann ging es mit den Tricks los. Das, was auf Sukies Vorhand gespielt wurde, war eindeutig ein gelber Wilsonball; als er aber auf ihren Schläger auftraf und sie ihn – die Knie gebeugt, den Kopf gesenkt, alle Kraft nach vorn und aufwärts zu einem Topspin gebündelt – zurückschlagen wollte, war er ein Batzen Kitt, so schwer, daß sie das Gefühl hatte, von ihrem Ellbogen splittere ein Knochenstückchen ab. Aber was dann arglos in Richtung Netz dribbelte, zwischen Jennifers Füßen hindurch, war unbestreitbar wieder ein Tennisball. Beim nächsten Aufschlag kam der Ball auf ihre Rückhand; Sukie rechnete mit dem nächsten Klumpen Kitt und wappnete sich – und fühlte etwas von ihrer Schlägerbespannung auffliegen, das leichter war als ein Spatz. Es entschwand hoch oben in der dämmrigen Wölbung der Halle, weit hinter dem Ring durchsichtiger Plastikbullaugen, die das Tageslicht einließen, und fiel hinter der Grundlinie als gelber Wilsonball nieder.

«Ihr sollt fair spielen, ihr beiden Satansasse!» rief Sukie übers Netz.

Jane Smart flötete zurück: «Immer auf den Ball achten, Süße, dann kann gar nichts passieren.»

«Zur Hölle mit deinen Sprüchen, Jane Pain. Ich habe beide Bälle fehlerlos bedient.» Sukie war wütend, sie fand es nicht fair, ihre Partnerin war doch eine Uneingeweihte. Jennifer, die an der Aufschlaglinie stand, hatte nur die verunglückten Ergebnisse der beiden Rückgaben mitbekommen und wandte Sukie jetzt ihr herzförmiges hellerrötetes Gesicht mit einem verzeihenden, aufmunternden Lächeln zu. Beim nächsten Ballwechsel, als eine schwache Erwiderung von Jane kam, war sie mit einem Sprung am Netz, und Sukie ließ Alexandra erstarren – Jennys scharfer Flugball traf den versteinerten Körper der schweren Frau wie ein Geschoß. Einen Wimpernschlag später war Alexandra von dem Bann erlöst und rieb sich den schmerzenden Schenkel.

Vorwurfsvoll sagte sie zu Sukie: «Das hätte wirklich wehgetan, wenn ich nicht Wollschlüpfer unter den Strumpfhosen anhätte.»

Einen blauen Fleck würde sie aber in jedem Fall davontragen, und Sukie sagte reumütig: «Kommt, laßt uns einfach normales Tennis spielen.» Beide Gegnerinnen aber waren jetzt ein-

geschnappt. Reißender Schmerz packte Sukies Gelenke, als sie
sich streckte, um einen leichten, über die Netzmitte kommenden Ball mit einem Volley zu parieren; sie schaffte es nicht,
mußte hilflos mitansehen, wie der verschwommene Ball an der
Mittellinie aufsprang. Aber sie hörte Jennys Füße hinter sich
trappeln, und wie durch ein Wunder flog der Ball doch hinüber
und landete zwischen Jane und Alexandra, die schon gedacht
hatten, der Punkt sei an sie gegangen. Das Spiel stand jetzt bei
Einstand, und Sukie, noch ganz steif von dem jähen Schmerz,
der ihr in die Gelenke geschossen war, jedoch fest entschlossen,
ihre Partnerin zu beschützen vor all dieser *malefica*, murmelte
dreimal schnell hintereinander die blasphemischen spiegelver-
kehrten Worte *Retson Retap* vor sich hin und schuf über dem
Aufschlagfeld ihrer Gegnerinnen ein Luftloch, eine Blase im
Kristall des Raumes, so daß Jane gleich zweimal einen Doppel-
fehler machte und der Ball mitten im Flug herunterfiel, wie von
einer Tischkante.

Das Spiel stand jetzt fünf zu eins, und Jenny hatte den Aufschlag. Als sie den Ball hochwarf, verwandelte er sich in ein Ei
und kleckerte ihr, durch die Bespannungssaiten hindurch, über
das aufwärts gewandte Gesicht. Sukie warf erbost ihren Schläger weg, und er wurde zu einer Schlange, die nicht wußte, wohin sie sich verkriechen sollte, denn die große Luftblase war
fugendicht; voller Panik peitschte sich die Kreatur, verdammt
seit dem Morgengrauen der Schöpfung, in S- und Z-förmiger
Bewegung vor und zurück auf der blutroten Kunststoffumran-
dung, die den grünen Platz, das Diagramm der Grund- und
Seiten- und Aufschlaglinien einfaßte. «Schluß, aus!» rief Sukie.
«Das war's. Das Spiel ist aus.» Klein-Jenny wischte sich mit
einem winzigen Damentaschentüchlein im Gesicht herum,
versuchte, dem wabbeligen wässerigen Eiweiß beizukommen,
das ihr um die Augen herum klebte, und dem Eidotter mit dem
kleinen Blutfleck. Das Ei war befruchtet gewesen. Sukie nahm
ihr das Taschentuch aus der Hand und tupfte. «Es tut mir leid,
ganz furchtbar leid», sagte sie, «sie können es einfach nicht
ertragen zu verlieren, diese schrecklichen Frauen.»

«Wenigstens war es kein faules Ei!» rief Alexandra reumütig
übers Netz.

«Ist schon gut», sagte Jennifer, ein bißchen atemlos, doch in gleichmütigem Ton. «Ich wußte, daß ihr diese Gabe habt, Brenda Parsley hat es mir erzählt.»

«Diese dämliche Klatschtante», sagte Jane Smart. Die anderen beiden Hexen waren um das Netz herumgekommen und halfen, Jennifers Gesicht abzuwischen. «Wir haben keine ‹Gabe›, die sie nicht auch hätte, jetzt, wo sie verlassen worden ist.»

«*Da*von kriegt man so was? Wenn man verlassen wird?» fragte Jenny.

«Oder selber diejenige ist, die verläßt», sagte Alexandra. «Merkwürdigerweise macht es überhaupt keinen Unterschied. Würde man doch nicht denken. Jedenfalls, das mit dem Ei tut mir leid. Aber mein Schenkel wird morgen grün und blau sein, weil Sukie mich festgehalten hat. Die ganz feine Art war das *nicht*.»

Sukie sagte: «Es war genau so eine feine Art wie das, was ihr mit mir gemacht habt.»

«Du hast beide Bälle schlicht und einfach verschlagen», rief Jane Smart von hinten herüber; sie war ans andere Ende des Platzes gegangen und suchte dort etwas.

«Den Eindruck hatte ich auch», sagte Jennifer sanft, um die Gunst der anderen buhlend. «Ihr Kopf kam hoch, zumindest bei der Rückhand.»

«Du hast ja gar nicht hingesehen.»

«Doch, habe ich. Und Sie neigen dazu, im Moment des Schlags die Knie durchzudrücken.»

«Das tue ich *nicht*. Benimm dich gefälligst wie meine *Partne*rin. Du hast mich gefälligst zu er*mu*tigen.»

«Sie waren wunderbar», sagte das Mädchen gehorsam.

Jane kam zurück, in der hohlen Hand ein Häufchen schwarzer Erde, die sie mit den Fingernägeln am Rand des Platzes zusammengekratzt hatte. «Mach die Augen zu», befahl sie Jennifer und warf ihr die Erde mitten ins Gesicht. Die klebrigen Eireste waren weggewischt wie von Zauberhand, übrig blieb der schwarze Sand, der einen erschreckten barbarischen Ausdruck in das weiche aufwärtsgewandte Gesicht brachte, als sei ihm eine kiesige Maske aufgestülpt.

«Vielleicht wird es Zeit für unser Bad», bemerkte Alexandra, mit einem mütterlichen Blick auf Jennifers sandiges Gesicht.

Sukie fragte sich, wie sich das heute abspielen sollte, in Gegenwart dieser Fremden, und machte sich zum Vorwurf, die beiden allzu bereitwillig eingeladen zu haben. Schuld war ihre Mutter; zu Hause, im Staat New York, hatten immer irgendwelche nicht dazu gehörenden Menschen am Eßtisch gesessen, auf der Straße aufgelesene Menschen, möglicherweise verkleidete Engel, so wie ihre Mutter dachte. Sie protestierte: «Aber Darryl hat noch nicht gespielt! Und Christopher auch nicht», fügte sie hinzu, obwohl der Junge sich desinteressiert und arrogant dusselig benommen hatte.

«Es sieht nicht so aus, als ob die wiederkämen», stellte Jane Smart fest.

«Ja, dann sollten wir uns wohl in Bewegung setzen, bevor wir uns alle erkälten», sagte Alexandra. Sie hatte sich Jennifers feuchtes Taschentuch mit dem eingestickten J ausgeliehen, einen Zipfel davon kompliziert zurechtgeknifft und entfernte dem Mädchen jetzt Korn für Korn den Sand vom andächtig runden Gesicht, das sich, schräg nach oben gewandt, dieser Freundlichkeit hinhielt wie eine rosa Blume der Sonne.

Eifersucht schoß in Sukie auf. Sie schlenkerte mit den Armen und sagte: «Also los, gehen wir zum Haus rauf», obgleich ihre Muskeln noch nach viel mehr Tennis verlangten. «Es sei denn, jemand hat Lust auf ein Einzel.»

Jane sagte: «Vielleicht Darryl.»

«Ah, der ist zu phantastisch, der nimmt mich auseinander.»

«Das halte ich für unwahrscheinlich», sagte Jenny sanft, die zugesehen hatte, wie ihr Gastgeber sich warmspielte, und das Außergewöhnliche an ihm noch nicht so recht ermessen konnte. «Sie haben eine viel bessere Form. Er ist ziemlich wüst, nicht?»

Jane Smart sagte frostig: «Darryl Van Horne ist der zivilisierteste Mensch, den ich kenne. Und der toleranteste.» Gereizt setzte sie hinzu: «Lexa Beste, hör endlich mit dem Gefummel auf. Im Bassin geht alles von allein ab.»

«Ich habe keinen Badeanzug dabei», sagte Jennifer und sah fragend, mit großen Augen, von einem Gesicht zum anderen.»

«Es ist ganz dunkel da drinnen, man sieht überhaupt nichts», sagte Sukie beruhigend, «aber wenn du möchtest, kannst du auch nach Hause fahren.»

«Bloß nicht, es ist so deprimierend. Ich habe immer noch Daddys Körper vor Augen, wie er da am Treppengeländer hing, mir graust davor, zum Dachboden raufzugehen und Sachen zu sortieren.»

Und Sukie kam zum Bewußtsein, daß, während sie alle drei Kinder hatten, um die sie sich eigentlich kümmern müßten, Jennifer und Christopher Kinder *waren*, die niemanden mehr hatten, der sich um sie kümmerte. Voll Trauer rief sie sich Clydes Schwanz in Erinnerung, den Schwanz eines Vaters, er hätte der ihres eigenen Vaters sein können, und er hatte ja wirklich etwas Verehrungswürdiges gehabt, mit dem leichten Gelbstich an der Unterseite, wenn er erigiert war, und den enorm langen grauen Haaren – wie auf dem Kopf einer alten Frau –, die an den Hoden herunterhingen. Kein Wunder, daß er kaum an sich halten konnte, wenn sie die Beine spreizte. Sie ging den anderen Frauen voran durch die ovale Tür, die einen Reißverschluß hatte und schnell wieder geschlossen werden mußte, damit nicht unnötig viel Warmluft entwich.

Der scheidende Dezembertag schnitt ihnen eisig ins Gesicht, in die tennisbeschuhten Füße. Coal, dieser widerwärtige Labrador von Alexandra, und Darryls scheckiger nervöser Collie Needlenose, die im Gehölz auf der Insel Jagd gemacht und irgendein kleines pelziges Vieh zerrissen hatten, kamen angerannt und tobten mit blutverschmierten Schnauzen um sie herum. Der Rasen, der sich einst sanft zum Haus hinaufgeschwungen hatte, war im Herbst, als der Platz angelegt wurde, zerschürft und zerwühlt worden von Bulldozern. Die aufgeworfenen Grassoden- und Erdhaufen im Frost erstarrt: eine Mondlandschaft voller Fallen. Sukies Augen tränten vor Kälte, ihre Gefährtinnen bekamen eine Regenbogen-Aura, die Wangen taten ihr weh beim Sprechen. Als sie den sicheren Boden der Zufahrt unter sich fühlte, setzte sie zu einem Sprint an; die anderen trotteten auf dem Kies hinterher wie ein einziges schwerfälliges Wesen. Die mächtige Eichentür schwang auf, als sei sie empfindlich für die leiseste Berührung. Im marmorgefliesten Foyer, wo der hohle Elefantenfuß stand, schlug Sukie schweflige Wärme entgegen, wie ein Kissen. Fidel ließ sich nicht blicken. Stimmengemurmel war zu hören; die Frauen gingen ihm nach und fanden Darryl und Christopher in der Bibliothek an dem runden lederbezogenen Tisch sitzend. Alte Comic-Hefte waren zwischen ihnen ausgebreitet, und ein Tablett mit Teegeschirr stand da. Über ihnen hingen die melancholischen ausgestopften Köpfe eines Elchs und mehrerer Hirsche, die die jagdliebenden Lenox' hinterlassen hatten – kummervolle Glasaugen, die niemals blinzelten, obwohl dikker Staub auf ihnen lag. «Wer hat gewonnen», fragte Van Horne, «die guten oder die bösen?»

«Wer ist was wie?» fragte Jane und warf sich in einen feuerroten mit Styroporkügelchen gefüllten Sitzsack unter einem kliffartig vorkragenden Regal, in dem lauter gebundene mystische Schriften standen: mächtige Bände mit ausgeblaßten Rücken und spinnenhaft fein geschriebenen lateinischen Titeln. «Das junge Blut hat gewonnen», sagte sie, «wie denn sonst.»

Die wuschelige Thumbkin mit den mißgebildeten Pfoten hatte die ganze Zeit unbeweglich wie eine Plastik auf den Kaminfliesen gestanden, so nah am Feuer, daß die Spitzen ihrer Schnurrhaare zu glimmen schienen; jetzt stelzte sie mit großer Würde zu Janes Knöchel in den weißen Sportsocken hinüber und senkte ihre langen gebogenen Krallen tief hinein, ihr Schwanz ragte bebend, pfeilgerade in die Höhe, als ob sie genüßlich urinierte. Jane jaulte auf und beförderte das Tier mit der Spitze ihres tennisbeschuhten Fußes hoch in die Luft. Thumbkin trudelte wie eine große Schneeflocke und landete dann lautlos drüben beim Messingständer, an dem das funkelnde Kaminbesteck hing: Schürhaken, Zange und Aschenschaufel. Die Katze blinzelte beleidigt, dann funkelten ihre Augen mit dem Messing um die Wette; die vertikalen Pupillen, von gelben Kreisen umgeben, verengten sich zu Schlitzen und fixierten die Runde.

«Die haben wieder mit ihren üblen Tricks angefangen», schwatzte Sukie drauflos. «Ich komme mir so entwürdigt vor.»

«Seht ihr wohl, daran erkennt man eine richtige Frau», scherzte Van Horne in seiner kehligen, wie von weither kommenden Stimme. «Sie fühlt sich immer entwürdigt.»

«Darryl, laß die öden Geistreicheleien», sagte Alexandra. «Chris, schmeckt der Tee da so gut, wie er aussieht?»

«Na ja», brachte der Junge so gerade über die Lippen; er grinste und vermied es, irgend jemandem in die Augen zu sehen.

Fidel war aufgetaucht. Seine Khakijacke sah zerknautschter aus als sonst. War er mit Rebecca in der Küche gewesen?

«*Té para las señoras y la señorita, por favor*», befahl Darryl. Fidels Englisch war ausgezeichnet, er sprach es immer geläufiger, aber es gehörte zu ihrer Herr-Diener-Beziehung, daß sie Spanisch miteinander redeten, soweit Van Hornes Wortschatz reichte.

«*Sí, señor.*»

«*Rápidamente*», rollte es aus Van Hornes Mund.

«*Sí, sí.*» Und weg war er.

«Ach, ist das gemütlich!» rief Jane Smart, für Sukie aber hatte in Wahrheit alles etwas Unbefriedigendes, etwas Bedrückkendes: das ganze Haus war wie ein Bühnenbild – auf der einen Seite phantastisch, auf der anderen jedoch kahl und von unveränderter Fadenscheinigkeit. Die Imitation eines wirklichen Hauses, das ganz woanders stand.

Sukie maulte: «Mir ist noch so nach Tennis zumut. Darryl, komm mit runter, laß uns ein Einzel spielen. Wenigstens solange es hell ist. Du hast doch noch all die Sachen dafür an und so.»

«Was ist mit unserem jungen Freund hier, er hat auch noch nicht gespielt», gab er zu bedenken.

«Der will nicht, da bin ich ganz sicher», warf Jenny in schwesterlichem Ton dazwischen.

«Ne, ist nichts mit mir», pflichtete der Junge ihr bei. Mit dem war wirklich nichts los, dachte Sukie. Ein Mädchen in diesem Alter war so amüsant, so wach und aufgeschlossen allen Menschen gegenüber, sammelte Eindrücke und flirtete dann oder entschied sich für eine Freundschaft, spann ihre Fäden im Zimmer, machte es zu ihrem Nest, ihrer Bühne. Sukie war

außer Rand und Band, stand auf, schüttelte ihr Haar, war hart
an der Grenze, sich ordinär und exhibitionistisch zu benehmen, und wußte nicht, warum, wußte nur, daß es ihr peinlich
war, die Gabriels mitgebracht zu haben – nie wieder! – und daß
sie seit zwei Wochen, seit Clydes Selbstmord, mit keinem
Mann mehr geschlafen hatte. Neulich nacht hatte sie sich dabei
ertappt, daß sie an Ed dachte: was er im Untergrund wohl so
trieb, mit diesem kleinen billigen Dreckpüppchen Dawn
Polanski.

Darryl, einfühlsam und liebevoll bei aller Rüpelhaftigkeit,
stand auf und zog sich zu den roten Jogginghosen wieder die
lila Daunenweste über, stülpte sich eine grell orangefarbene Jä-
germütze mit schnabelförmigem Schirm und Ohrenklappen
auf, die er sich gelegentlich aus Jux aufsetzte, und nahm seinen
Schläger, einen Head aus Aluminium. «Ein schneller Satz»,
warnte er, «mit einem Tie-Break über sieben Punkte, wenn es
zum sechs zu sechs kommt. *Einen* Ball in eine Kröte verwandeln, und du fliegst raus. Will einer mitkommen und zu-
schauen?» Niemand wollte, alle warteten auf ihren *té*. Und so
traten sie allein, wie ein verheiratetes Paar, in den dämmerigen
grauen Nachmittag hinaus – Busch und Baum starr, lavendel-
farben, der Himmel im Osten grün emailliert – und gingen zur
friedhofstillen, abgeschiedenen Kuppelhalle hinunter.

Das Spiel war phantastisch. Darryl funktionierte wie ein Roboter, scheinbar schwerfällig, aber unfehlbar, und trieb Sukie
zu unerhörter Leistung; Bälle, die eigentlich nicht zu erreichen
waren, verwandelte sie in jubilierende Gewinnpunkte, die un-
terteilten Weiten und Breiten des Platzes schrumpften, so übernatürlich schnell und behend war sie. Der Ball hing wie ein
Mond in der Luft, wartete auf ihren Schlag; ihr Körper wurde
zu einem Instrument des Gedankens, war zur Stelle, wo immer
sie ihn brauchte. Sogar einige Rückhand-Überkopfbälle gingen
ihr mühelos von der Hand. Sie spannte sich beim Aufschlag
wie ein Bogen im Moment, da er den Pfeil entläßt. Sie war
Diana, Isis, Astarte. Sie war weibliche Anmut und Kraft, befreit vom härenen Gewand des Dienens in diesem silbernen
Augenblick. Zwielicht sammelte sich in den Ecken der grau-
gelblichen Halle, die Himmelsbullaugen schwebten hoch über

ihnen wie eine riesige Krone aus Aquamarinen; Sukies Augen nahmen den dunklen Widersacher nicht mehr wahr, der weit hinten, auf der anderen Seite des Netzes, stampfend und keuchend am Werk war. Der Ball kam zurück, wieder und wieder, sprang wütend auf ihr Gesicht zu, wie ein Raubtier, wieder und wieder vom grünen Boden geboren. Schlagen, schlagen, sie hörte nicht auf zu schlagen, und der Ball wurde klein und kleiner, hatte die Größe eines Golfballs, einer goldenen Erbse, bis endlich tief im tintigen Dunkel hinter dem Netz kein Aufprall mehr war, nur ein ledrigzähes Schlucken, und das Spiel war vorbei. «Das war wunderbar», meldete Sukie wem auch immer.

Van Hornes Stimme schrapte und schrammte sich näher. «Ich habe dir einen Gefallen getan, wie wär's, tust du mir auch einen?»

«Klar», sagte Sukie. «Was soll ich tun.»

«Küß meinen Arsch», sagte er heiser. Er bot ihn ihr über das Netz dar. Sein Hintern war behaart oder mit Flaum bedeckt, je nachdem, was für eine Einstellung man zu Männern hatte. Links, rechts ...

«Und in der Mitte», verlangte er.

Der Geruch war wie eine Botschaft, die er überbringen mußte, ein Wort von weither, nicht ohne Süße, ein Hauch von Kamelduft, der durch die seidenen Zelte im Heerlager des Drachenthrons weht, in der Wüste Gobi.

«Danke», sagte Van Horne und zog seine Hosen hoch. Seine Stimme klang rauh in der Dunkelheit, wie die eines New Yorker Taxifahrers. «Du findest es albern, ich weiß, aber es gibt mir einen irren Kick.»

Sie gingen zusammen den Hügel hinauf, Sukie klebte der Schweiß auf der Haut. Sie fragte sich, wie das mit dem Bad werden sollte, solange Jennifer Gabriel da war und keine Anstalten machte zu gehen. Der schnöselige Bruder saß allein in der Bibliothek und las in einem dicken blauen Band; Sukie blickte dem Jungen über die Schulter und sah, daß es gebundene Comic-Hefte waren. Ein Mann in einem Cape, mit blauer Kappe mit spitzen Ohren: Batman. «Die ganze beknackte Reihe, keine Nummer fehlt», sagte Van Horne stolz. «Hat mich eine Stange Geld gekostet, besonders ein paar von den ganz alten, die noch aus der Kriegszeit stammen. Wenn ich als Kind so schlau gewesen wäre, die aufzuheben, hätte ich ein Vermögen damit machen können. Gott, ich habe meine Kindheit damit verplempert, auf das Heft vom nächsten Monat zu warten. Ich habe den Joker geliebt. Und den Pinguin. Und das Batmobil in der unterirdischen Garage. Ihr seid beide zu jung, ihr hattet diesen Fimmel nicht.»

Der Junge brachte einen ganzen Satz zuwege. «Die waren mal im Fernsehen.»

«Ja schon, aber sie haben es so aufgemotzt. Vollkommen überflüssig. Sie haben einen Witz draus gemacht, das war einfach schlechter Geschmack. Die alten Comics, in denen gibt's wirklich noch das Böse. Dieses weiße Gesicht hat mich in meinen Träumen verfolgt, ehrlich. Wie findest du Captain Marvel?» Van Horne nahm einen Band aus einer anderen Reihe, einer rot gebundenen, vom Regal und röhrte mit komischem Pathos: «Scha-Zam!» Zu Sukies Verwunderung machte er es sich in einem Ohrensessel bequem und begann, in dem Band zu blättern; sein großes Gesicht verrutschte vor Vergnügen.

Sukie ging den leisen weiblichen Stimmen nach, durch den langen Raum mit der modernen Pop Art, das kleine Zimmer voll unausgepackter Kartons und durch die Doppeltüren, die zu dem mit Schiefer ausgelegten Bad führten. Die Strahler in den runden geriffelten Bechern waren heruntergedimmt. Das rote Auge der Stereo-Anlage wachte über den sanften Tonfolgen einer Schubert-Sonate. Drei Köpfe mit hochgestecktem Haar waren über die Fläche des dampfenden Wassers verteilt. Die Stimmen murmelten weiter, kein Kopf wandte sich um, als Sukie sich auszog. Sie pellte sich aus den steifen Schichten ihrer Tennissachen und ging nackt durch die feuchte Luft, setzte sich auf den Bassinrand und drückte den Rücken durch, um sich dem Wasser hinzugeben; zuerst war es zu heiß, nicht zu ertragen, aber dann, dann. Oh, allmählich wurde sie zu einem neuen Wesen. Wasser und Schlaf nehmen uns unsere natürliche Schwere. Alexandras und Janes vertraute Körper bewegten sich nahe bei ihr; die Wellen, die die beiden Frauen machten, verschmolzen heilungbringend mit denen Sukies. Jennifer Gabriels runder Kopf, ihre runden Schultern waren Sukie genau gegenüber; die runden Brüste des Mädchens schwammen dicht unter der Oberfläche des durchsichtigen schwarzen Wassers, ihre Hüften und Füße darunter waren verkürzt, sahen aus wie die eines mißgebildeten Fötus. «Ist es nicht wundervoll?» fragte Sukie sie.

«Ja, das ist es.»

«Er kann das alles hier steuern und regeln.»

«Kommt er auch hier rein?» fragte Jennifer ängstlich.

«Ich glaube nicht», sagte Jane Smart, «diesmal nicht.»

«Aus Rücksicht auf dich», setzte Alexandra hinzu.

«Ich fühle mich so sicher, kann ich doch, oder?»

«Warum nicht», sagte eine der Hexen.

«Fühl dich sicher, solange du's kannst», empfahl eine andere.

«Die Strahler sind wie Sterne, nicht? So hingestreut, meine ich.»

«Paß mal auf.» Mittlerweile kannten sie sich alle mit den Reglern aus. Ein leichter Druck mit dem Finger, und das Dach rumpelte zurück. Die ersten blaß durchdringenden Leuchtpunkte – Planeten, rote Riesen – zeigten, daß die frühabendliche mütterlich beschützende, türkisblaue Himmelskuppel eine Täuschung war, ein Nichts. Hinter dem Himmel waren andere Himmel, Sphären auf Sphären, durchsichtig oder undurchsichtig, je nach der Tages- und Jahreszeit.

«Mein Gott. Der freie Himmel.»

«Ja.»

«Und doch fühle ich keine Kälte.»

«Wärme steigt nach oben.»

«Wieviel Geld hat er wohl reingesteckt in dies alles.»

«Tausende.»

«Aber warum? Für was?»

«Für uns.»

«Er liebt uns.»

«Nur uns?»

«Wir wissen es nicht so genau.»

«Die Frage führt zu nichts.»

«Aber ihr seid doch zufrieden.»

«Ja.»

«Ja.»

«Ich glaube, Chris und ich müssen gehen. Unsere Tiere müssen gefüttert werden.»

«Was für Tiere.»

«Felicia Gabriel hat immer gesagt, wir dürften kein Protein an Haustiere verschwenden, solange in Asien die Menschen verhungern.»

«Ich wußte gar nicht, daß Clyde und Felicia Haustiere hatten.»

«Hatten sie auch nicht. Aber kurz nachdem wir hierher kamen, hat uns jemand nachts einen kleinen Hund in den Volvo gelegt. Und ein bißchen später kam eine Katze an die Tür.»

«Was sollen *wir* denn sagen. Wir haben Kinder.»

«Arme, vernachlässigte, erbarmungswürdige kleine Dinger», sagte Jane spöttisch, in einem Ton, der deutlich machte, daß sie jemanden nachäffte, eine Stimme «von denen da», die sich in feindseligem Gezeter über sie erging.

«Also, ich bin sehr behütet aufgewachsen», sagte Sukie, «und das wirkte sich dann als Unterdrückung aus. Wenn ich so zurückschaue, habe ich nicht das Gefühl, daß meine Eltern etwas für *mich* getan hätten, sie haben mich benutzt, um irgendwelche eigenen Probleme zu bewältigen.»

«Jeder muß sein Leben leben, niemand kann einem das abnehmen», sagte Alexandra, gedankenverweht.

«Frauen müssen aufhören, alle Welt zu bedienen und sich dann auf psychologischem Weg schadlos zu halten. Das war unsere Maxime bis jetzt.»

«Oh. Das fühlt sich gut an», sagte Jenny.

«Das ist Therapie.»

«Mach das Dach wieder zu. Es soll ge*müt*lich sein.»

«Und stell den verdammten Schubert ab.»

«Wenn nun Darryl reinkommt.»

«Mit diesem gräßlichen Jungen.»

«Christopher.»

«Laß sie doch.»

«Mm, so kräftige Hände.»

«Meine Kunst. ‹It giffs me muskels efen unter me finger-
nails›.»

«Lexa. Wieviel Tequila hattest du im Tee.»

«Wie lange hat der Supermarkt bei Old Wick auf?»

«Keine Ahnung, ich kaufe da nicht mehr. Was die Superette
in der Dock Street nicht hat, wird einfach nicht gegessen.»

«Aber da gibt es fast nie frisches Gemüse oder frisches
Fleisch.»

«Fällt nicht weiter auf. Die wollen sowieso nur Fertigge-
richte aus der Tiefkühltruhe, da müssen sie nicht vom Fern-
seher weg und sich an den Tisch setzen, und die Baguette-
Sandwiches natürlich. Die Zwiebelmengen, die die in sich
reinstopfen! Ich glaube, das ist der Grund, weshalb ich den
Gören keinen Gutenachtkuß mehr gebe.»

«Mein Ältester, unglaublich, nichts als Kartoffelchips und Pe-
kankekse seit seinem zwölften Lebensjahr, und trotzdem ist er
einsfünfundachtzig lang und hat kein einziges Loch. Der Zahn-
arzt sagt, er hat noch nie ein so phantastisches Gebiß gesehen.»

«Das ist das Fluorid.»

«Ich *mag* Schubert. Der bekniet einen nicht so, wie Beethoven.»

«Oder Mahler.»

«O mein Gott, Mahler.»

«Der ist wirklich zu viel. Nicht zum Aushalten.»

«Ich bin dran.»

«*Ich* bin dran.»

«Ooh, gut. Das ist genau die Stelle.»

«Was ist das, wenn einem der Hals dauernd wehtut und die
Gegend um die Achselhöhlen?»

«Das sind die Lymphknoten. Krebs.»

«Bitte, sag so was nicht, nicht mal im Spaß.»

«Na, dann eben die Wechseljahre.»

«Die würden mir nichts ausmachen.»

«Ich kann sie kaum abwarten.»

«Manchmal fragt man sich wirklich, ob das nicht überbe-
wertet wird, das mit dem Fruchtbarsein.»

«Man hört so schlimme Sachen über die Spirale in letzter
Zeit.»

«Die besten Riesensandwiches gibt es komischerweise in dieser supergammeligen Pizzabude an der East Beach. Aber die ist von Oktober bis August dicht. Die sollen immer in Florida sein, der Mann und seine Frau, und sich mit den Millionären amüsieren, in Fort Lauderdale, so viel verdienen die hier.»

«Dieser einäugige Mann, der da immer im Tarnlook-Unterhemd rumbrutzelt?»

«Mir ist nie ganz klar gewesen: hat der *wirk*lich nur ein Auge, oder blinzelt er dauernd.»

«Seine Frau macht die Pizzas. Ich gäb was drum, wenn ich wüßte, wie sie es hinkriegt, daß der Teig nie klitschig wird.»

«Bei mir steht all diese Tomatensauce rum, und meine Kinder streiken, wollen keine Spaghetti mehr essen.»

«Gib sie doch Joe mit nach Hause.»

«Er nimmt schon genug mit nach Hause.»

«Aber er hinterläßt dir schließlich auch was.»

«Nicht anzüglich werden, bitte.»

«*Was* nimmt er mit nach Hause?»

«Gerüche.»

«Erinnerungen.»

«Oh, lieber Gott.»

«Entspann dich, mach dich ganz leicht.»

«Wir sind alle hier.»

«Wir sind bei dir.»

«Ich fühle das», sagte Jenny, und ihre Stimme war noch kleiner und sanfter als sonst.

«Wie wunderhübsch du bist.»

«Wäre es nicht lustig, noch mal so jung zu sein?»

«Ich kann mir nicht vorstellen, daß ich es überhaupt mal war. Das muß jemand anders gewesen sein.»

«Mach die Augen zu. Da ist noch so ein letzter häßlicher Sandkrümel, ja da, genau im Augenwinkel. So.»

«Nasses Haar ist wirklich ein Problem um diese Jahreszeit.»

«Ich überlege, ob ich meins nicht stufig schneiden lasse. Der neue Friseur auf der andern Seite vom Landing Square, in diesem kleinen langen Gebäude, wo sonst Sägen geschliffen wurden, soll was verstehen von seinem Beruf.»

«Bei Frauen?»

«Was sollen sie machen, Männer kommen ja nicht mehr. Aber die Preise haben sie erhöht. Sieben fünfzig, ohne Dauerwelle und Waschen oder sonst irgend etwas.»

«Das letzte, was ich für meinen Vater getan habe, war, daß ich ihn im Rollstuhl zum Friseur geschoben habe, zum Haareschneiden. *Er* wußte auch, daß es das letzte Mal war. Er hat es allen verkündet, all den Männern, die da saßen und warteten. ‹Dies ist meine Tochter, die bringt mich her, weil ich mir die Haare schneiden lassen will, zum letztenmal in meinem Leben.›»

«Kazmierczak Square. Habt ihr das neue Schild gesehen?»

«Grauenhaft. Ich glaube nicht, daß das lange so bleibt.»

«Die Menschen vergessen schnell. Für die Schulkinder heute ist der zweite Weltkrieg nur noch ein Mythos.»

«Wär's nicht toll, wenn man noch so eine Haut hätte? Keine Narbe, kein einziges Fleckchen.»

«Doch, da *ist* was, so ein kleiner rosa Knubbel, ich habe ihn neulich entdeckt, da oben. Höher.»

«Ah da. Tut's weh?»

«Nein.»

«Gut.»

«Ist dir schon aufgefallen, daß man überall irgendwas findet, wenn man erst mal anfängt, sich auf Knoten hin abzutasten? So ein Körper ist einfach *schreck*lich kompliziert.»

«Bitte, ich will nicht mal denken an so was.»

«In dem neuen Lexikon, das in der Redaktion steht, sind beim Stichwort ‹Mensch› diese auf Folien gedruckten Bildseiten eingebunden, da ist auch der Körper einer Frau abgebildet. Adern, Muskeln, Knochen, alles auf einer Seite für sich, man faßt es nicht. Wie das alles zusammenpaßt.»

«Ich glaube nicht, daß es wirklich so kompliziert ist, es ist nur die Art, wie wir darüber denken, dadurch *machen* wir es kompliziert. Wie so vieles.»

«Wie wunderbar rund sie sind. Vollkommene Halbkreise.»

«Hemisphären.»

«Das klingt so politisch.»

«Machthemisphären.»

«Das gehört wirklich zu den Unerfreulichkeiten. Das Absacken der erogenen Zonen. Vor ein paar Tagen habe ich im

Spiegel meinen Hintern inspiziert und diese definitiven, nicht wegzuleugnenden Falten gesehen. Vielleicht habe ich deshalb einen steifen Hals.»

«Bei Nemo gibt es ein ziemlich gutes Wurst-Sandwich.»

«Zu viel roter Pfeffer. Fidel hat angeschlagen bei Rebecca. Er macht sie scharf.»

«Wenn die Kinder hätten, was für eine Farbe würden die wohl haben.»

«Beige.»

«Mokka.»

«Komme ich dir zu nah, so?»

«Nicht eigentlich.»

«Wie hübsch sie sich ausdrückt.»

«O Gott, es ist ein Jammer, wenn man jung und hübsch ist, niemand hilft einem, sich dessen wirklich bewußt zu sein. Als ich zweiundzwanzig war und auf meinem Höhepunkt, habe ich, glaube ich, nichts anderes im Sinn gehabt, als es meiner Schwiegermutter recht zu machen, und ob ich im Bett genauso gut war wie diese Flittchen, die Monty vom College her kannte.»

«Das ist wie Reichsein. Man weiß, man hat etwas und verkrampft sich aus Angst, daß man ausgenutzt wird.»

«Darryl schert das offenbar wenig.»

«Wie reich *ist* er eigentlich?»

«Er hat Joes Rechnung noch nicht bezahlt, mehr weiß ich nicht.»

«So sind die Reichen. Sie sitzen auf ihrem Geld und kassieren die Zinsen.»

«Konzentrier dich, Schätzchen.»

«Ich kann doch gar nicht anders.»

«Meine Fingerkuppen sind ganz verschrumpelt.»

«Vielleicht wird's Zeit, daß wir nachsehen, ob die Amphibien ihre Eier an Land legen können.»

«Okey-dokey.»

«Na dann los.»

Planschend, schwer entstiegen sie dem Wasser: Silber, aus Blei geboren, in einem chemischen Aufruhr. Sie tasteten nach ihren Handtüchern.

«Wo *ist* er wohl.»

«Eingeschlafen vielleicht? Ich habe ihm ein ziemlich anstrengendes Spiel geliefert – gelinde gesagt.»

«Es heißt, wenn man sich hinterher nicht eincremt, ist Wasser nicht so gut für die Haut, ab einem bestimmten Alter.»

«Wir haben Salben.»

«Wir haben Eimer voll Salben.»

«Streck dich einfach aus. Bist du noch entspannt?»

«O ja, das bin ich.»

«Hier ist noch einer, direkt unter deinem niedlichen Busen. Wie ein kleines rosa Schnäuzchen.» So dunkel es im Raum auch war, sie konnten es sehen, denn ihre Pupillen hatten sich geweitet, hatten das Grau, das Bernsteingold, das Braun, das Blau ihrer Augen überflutet. Eine der Hexen kniff Jennifer in die falsche Brustwarze und fragte: «Fühlst du etwas?»

«Nein.»

«Gut.»

«Fühlst du noch Scham?»

«Nein.»

«Gut», sagte die dritte.

«*Ist* sie nicht gut?»

«Ja, das ist sie.»

«Denk, du bist ganz leicht.»

«Ich schwebe.»

«Wir auch.»

«Die ganze Zeit.»

«Wir sind bei dir.»

«Es ist wunderbar.»

«Ich finde es herrlich, eine Frau zu sein, wirklich», sagte Sukie.

«Bleibt dir auch gar nichts anderes übrig», sagte Jane Smart trocken.

«Ich meine es wirklich, es ist nicht bloß eine Floskel», beharrte Sukie.

«Mein Kleines», sagte Alexandra in diesem Augenblick.

«Oh», kam es Jenny über die Lippen.

«Ruhig. Ganz ruhig.»

«Das ist das Paradies.»

«Also», sagte Jane Smart am Telefon – mit Nachdruck, als wappne sie sich gegen Widerspruch, «ich fand, sie war ein bißchen *zu* einschmeichelnd, zu lieb und artig, machte so auf Alice im Wunderland. Ich glaube, die will was.»

«Was kann sie denn wollen. Wir sind arm wie die Kirchenmäuse, und obendrein zeigt die ganze Stadt mit Fingern auf uns.» Alexandra war in Gedanken noch in ihrem Arbeitsraum, bei den Rohformen zweier schwebender, locker miteinander verbundener Frauen; sie fragte sich, wenn sie die Papiermaché-Masse in kleinen Klumpen auftrug und verstrich, weshalb sie mit so wenig Überzeugung bei der Arbeit war, ganz anders als früher, als sie noch die Tonfigürchen machte, ihre kleinen kraftvollen Duttelchen, die so tröstlich in sich ruhend auf Beistelltischchen und auf Kaminsimsen in Hobbyräumen lagen.

«Überleg mal, in welcher Situation sie ist», sagte Jane. «Steht plötzlich als Waise da. Hat in Chicago Mist gebaut. Haus hier zu groß, Heizkosten und Grundsteuern unbezahlbar für sie. Aber einen andern Platz, wo sie hingehen könnte, hat sie nicht.»

Jane schien neuerdings aber auch nichts und niemanden verschonen zu wollen mit ihrem Gift. Draußen vor dem Fenster bewegten sich die sperlingsbraunen Zweige des bislang schneelosen Winters im kalten Wind, das schaukelnde Vogelhäuschen mußte neu gefüllt werden. Die Spofford-Kinder hatten Weihnachtsferien, waren aber gerade weg zum Schlittschuhlaufen, und Alexandra hatte eine Stunde Ruhe zum Arbeiten – schade um die kostbare Zeit. «Ich finde, Jennifer ist eine gute Ergänzung», sagte sie. «Wir dürfen uns nicht so einigeln.»

«Und wir dürfen auch nie aus Eastwick weggehen», sagte Jane überraschend. «Ist das nicht entsetzlich mit Ed Parsley?»

«Was denn? Ist er zu Brenda zurückgekehrt?»

«In Stücken kehrt er zurück», war die rohe Antwort. «Er hat sich mit Dawn Polanski in einem Reihenhaus in New Jersey beim Bombenbasteln in die Luft gejagt.» Alexandra dachte an sein gespenstisches Gesicht an jenem Konzertabend, das letzte Mal, daß sie ihn gesehen hatte, mit seiner krankgrünen Aura und der langen eitlen Nase, die aussah, als würde sie unentwegt nach vorn gezogen, so daß sein Gesicht seitlich wegrutschte wie eine Gummimaske. Schon damals wußte sie, daß sein Urteil feststand. Janes rüder Satz, er werde in Stücken wiederkommen – diese Vorstellung zerschnitt Alexandra; ihr angewinkelter Arm und die Hand mit dem Telefonhörer, in dem Janes Stimme knisterte, trieben weg, losgelöst, und ihre Augen, ihr Körper ließen die Fenstersprossen durch sich hindurchgleiten wie die Drähte eines Eierschneiders. «Sie haben ihn mit den Fingerabdrücken der Hand identifiziert, die sie in den Trümmern gefunden haben», sagte Jane. «Nur diese Hand lag da, sonst nichts. Es kam heute morgen über alle Fernsehsender. Ich wundere mich, daß Sukie dich noch nicht angerufen hat.»

«Sukie ist ein bißchen eingeschnappt, vielleicht hat sie sich neulich abend zurückgesetzt gefühlt, durch Jennifer. Der arme Ed», sagte Alexandra, und ihr war, als zerstöbe sie, wie in einer langsamen Explosion. «Es muß grauenvoll für sie sein.»

«Davon war nicht viel zu merken, als ich vor einer halben Stunde mit ihr sprach. Es klang eher so, als zerbräche sie sich den Kopf, wie ausführlich der neue Redakteur den Artikel wohl haben wollte. In Clydes Büro sitzt doch jetzt dieser junge Mann – jünger als wir –, den die Besitzer dorthin gesetzt haben, die, wie jeder weiß, Strohmänner für die Mafia sind, die sich bei der Regierung auf dem Federal Hill eingenistet hat. Er kommt frisch von der Brown University und hat keine Ahnung vom Zeitungmachen.»

«Macht sie sich Vorwürfe?»

«Nein, warum auch. Sie hat Ed nie dazu angespornt, Brenda zu verlassen und mit diesem dummen kleinen Dreckspatz durchzubrennen, sie hat alles Erdenkliche getan, um die Ehe zu retten. Sie hat mir gesagt, sie hat ihm gesagt, daß er bei Brenda und seinem Pfarramt bleiben soll, zumindest, bis er einen Schimmer hat von Public Relations. Das ist es doch, worauf die alle umsatteln, all die Pfarrer und Priester, die ihre Kirche verlassen: Public Relations.»

«Ich weiß nicht, die interessieren sich eben generell», sagte Alexandra ohne Überzeugungskraft. «Haben sie Dawns Hände auch gefunden?»

«Ich weiß nicht, was sie von Dawn gefunden haben, aber ich

sehe auch nicht, wie sie hätte davonkommen können, es sei denn ...» *Es sei denn, sie wäre eine Hexe*, lautete der unausgesprochene Gedanke.

«Selbst das würde nicht gegen Kordit helfen, oder wie das Zeug heißt. Darryl wüßte es genau.»

«Darryl meint, ich wäre reif für ein bißchen Hindemith.»

«Süße, das ist wunderbar. Ich wünschte, er würde zu mir sagen, ich sei reif, zu meinen Duttelchen zurückzukehren. Ganz nebenbei könnte ich auch das Geld gebrauchen.»

«Alexandra S. Spofford», sagte Jane Smart in strafendem Ton, «Darryl ist dabei, etwas Wunderbares für dich zu tun. Diese New Yorker Händler kassieren zehntausend Dollar für eine simple Kritzelei.»

«Nicht für meine», sagte sie und legte deprimiert auf. Sie wollte keine Zutat in Janes Giftgemisch, kein Bestandteil des täglichen Kleinstadt-Eintopfs sein, sie wollte aus ihrem Fenster sehen, auf Meilen und Abermeilen leeren goldenen Landes, mit Salbeibüschen, und in der Ferne die Gipfel der Berge: ein Weiß, das so leicht und dunstig war wie das der Wolken, nur, daß es zu Spitzen zusammenlief.

Sukie mußte Alexandra verziehen haben, daß diese sich so sehr mit Jenny befaßt hatte, denn nach der Trauerfeier für Ed rief sie an, um Bericht zu erstatten. Schnee war gefallen in der Zwischenzeit; man vergißt immer wieder, was für ein Wunder sich da alljährlich begibt; die Weite, die alles bekommt; die greifbar werdende Luft; die in diagonalen Strichen niederwehenden Flocken, wie die Schraffierung eines Kupferstechers; das schräge große Barett, das das Vogelbecken am nächsten Morgen trägt; das dunkler werdende Braun der trockenen Eichenblätter, die sich immer noch festklammern; die Hemlocktannen mit ihren schleifenden tiefgrünen Zweigen; und der Himmel, so klar und blau wie eine gründlich geleerte, ausgescheuerte Schüssel; die Schwingungen der Erregung, die von den Wänden im Haus ausgehen; das jähe Lebendigwerden der Tapete; die geheimnisvoll drängende Intimität, die zwischen der eingetopften Amaryllis auf dem Fensterbrett und ihrem blassen phallischen Schatten entsteht. «Brenda hat gesprochen», sagte Sukie, «und ein finsterer fetter Mann von der Revolutionsbewegung, mit Bart und Pferdeschwanz. Er sagte, Ed und Dawn seien Märtyrer, gefallen im Kampf gegen die Tyrannei der Pigs oder so ähnlich. Er hat sich ziemlich in Rage geredet, und er war umgeben von einem ganzen Trupp in Castro-Uniformen, ich hatte schon Angst, die würden uns zu Klump schlagen, wenn wir auch nur einen Mucks tun oder uns sonstwie bemerkbar machen. Aber Brenda war wirklich tapfer. Die hat sich überhaupt gewaltig gemausert.»

«Hat sie das.» Alexandra hatte Brendas gestriegeltes blondes Haar in Erinnerung, das zu einem festen Knoten hochgesteckt war, ein heller Schein, der sich auf dem Empfang nach dem Konzert im pfauenhaften Durcheinander der Auren verlor. Bei anderen Begegnungen hatten sich ihrem Gedächtnis ein langes schmales, fast kreidiges Gesicht eingeprägt und ein selbstgefälliger Mund, der greller geschminkt war, als man es erwartet hätte: mit dem heftigen leuchtenden Rotton einer Rose, die kurz davor ist, ihre Blütenblätter abzuwerfen.

«In der Mode hat sie aufgeholt, sie ist jetzt bei der T-Linie angekommen – dunkle Kostüme mit gepolsterten Schultern, und dazu eine Seidenkrawatte, die so breit ist, daß man meint, sie hätte nach einem Hummeressen vergessen, die Serviette abzunehmen. Sie hat ungefähr zehn Minuten lang geredet: wie ernst Ed sein Pfarramt genommen hätte, wie *sehr* es ihm um Eastwick und seine heikle Ökologie und die Konflikte der jungen Generation und so weiter gegangen sei, bis sein Gewissen – und an dieser Stelle, bei dem Wort ‹Gewissen›, kriegte Brenda es so hin, daß ihr die Stimme brach, du wärst hingerissen gewesen, und tupfte sich mit ihrem Taschentuch die Augen, aus jedem Auge kam exakt eine Träne, es war genauestens bemessen – bis sein Gewissen, sagte sie, ihm keine Ruhe mehr ließ, er mußte seine Kraft auch außerhalb der Grenzen dieser Stadt einsetzen, so sehr man sie hier auch zu würdigen wußte –» Sukies Nachahmungskünste kamen auf Hochtouren; Alexandra sah vor sich, wie ihre Oberlippe sich rüschte und sich in drolliger Grimasse vorschob – «er mußte sie einsetzen, diese seine wundervolle Kraft, um mitzuhelfen, diese ent*setz*liche, jawohl, ent*setz*liche Krankheit zu bekämpfen, die das Herzblut unserer Nation vergiftet. Sie sagte, auf unserer Nation liegt der Bann des Bösen, und sah mir direkt in die Augen.»

«Was hast du gemacht?»

«Gelächelt. *Ich* habe ihn *nicht* zu diesem Bombenkommando in New Jersey geschleppt, das war Dawn. Von ihr war übrigens nur sehr wenig die Rede. Als der fette Mann abtrat, überhaupt nicht mehr. Offensichtlich hat man von ihr keine Teile gefunden, nur Fetzen von Kleidungsstücken, die aber auch aus einem Schrank stammen können. Sie war so ein mickriges kleines Ding, vielleicht hat es sie zum Dach rausgeweht. Die Polanskis oder wie die heißen, Stiefvater und Mutter, sind aber trotzdem aufgekreuzt, angefummelt wie in einem Film aus den Dreißigern. Ich nehme an, die kommen nicht allzu oft aus ihrem Wohnwagen raus. Ich habe mir die Mutter genauer angesehen und gegrübelt, was für eine Art Akrobatik das wohl ist, die sie im Zirkus veranstaltet, ihre Figur ist in Schuß, muß ich schon sagen, aber ihr *Ge*sicht. Zum Bangewerden. Alles verhornt und voller Schwielen, wie man sie hinten an den Füßen kriegt, wenn man immer die falschen Schuhe anhat. Niemand wußte, was man denen eigentlich sagen sollte, das Mädchen war ja schließlich nur Eds Flitscherl und ist noch nicht mal offiziell tot. Sogar Brenda wußte nicht recht, wie sie sich verhalten sollte an der Tür, die Leute sind in gewisser Weise ja mit schuld an dem Schlamassel, in dem sie jetzt steckt, aber ich muß sagen, sie war fabelhaft – sehr höflich und ganz *grande dame*, sprach ihnen mit Glitzerblick ihr Beileid aus. Brenda ist keine von uns, das ist klar, aber ich bewundere ehrlich, wie sie sich aufgerappelt und das Beste aus ihrer Situation gemacht hat. Apropos Situation ...»

«Ja?» sagte Alexandra prompt. Sukie hatte nur innegehalten, um zu prüfen, ob Alexandra noch zuhörte. Alexandra hatte gedankenverloren mit ihren Fingerspitzen Punkte auf die beschlagenen unteren Scheiben des Küchenfensters gemalt. Schneeflocken vielleicht oder Sukies Sommersprossen oder die Löcher in der Telefonmuschel oder die bunten Tupfen, mit denen Niki de Saint Phalle ihre international erfolgreichen «Nanas» verziert. Alexandra war froh, daß Sukie wieder mit ihr sprach; manchmal fürchtete sie, wenn Sukie nicht wäre, würde sie allen Kontakt zur Welt und ihrem Tagesgeschehen verlieren und in die Stratosphäre hinaussegeln, genau wie die kleine Dawn, die in diesem Haus in New Jersey zum Dach hinausgeweht war.

«Ich bin entlassen», sagte Sukie.

«Kleines! Das ist nicht möglich! Das gibt's doch gar nicht, du bist doch der einzige Lichtblick in dieser Zeitung!»

«Na ja, man könnte auch sagen, ich bin gegangen. Dieser Junge, der jetzt auf Clydes Stuhl sitzt, irgendso ein jüdischer Name, er fällt mir nicht ein, Bernstein, Birnbaum, ich *will* auch gar nicht, daß er mir einfällt, hat meinen Nachruf auf Ed von anderthalb Spalten auf zwei dämliche Absätze zusammengestrichen; er sagte, es gäbe Probleme mit dem Platz diese Woche, weil ein anderer armer Einheimischer in Vietnam gefallen ist, aber der wahre Grund ist, alle haben ihm gesagt, daß Ed mein Liebhaber war, und nun hat er Angst, daß ich zu überschwenglich werde und die Leute kichern. Vor langer Zeit hat Ed mir mal diese Gedichte gegeben, die er im Stil von Bob Dylan geschrieben hat, und ein paar von denen hatte ich auch angeführt im Nachruf, und ich hätte mich überhaupt nicht dagegen aufgelehnt, wenn die gekommen wären und mir gesagt hätten, ich solle *die* weglassen, aber sie haben sogar rausgestrichen, daß er die Gemeinnützige Wohnungsbaugesellschaft gegründet hat und in seiner Klasse an der Harvard Divinity School der Drittbeste war. Ich sagte zu dem Jungen: ‹Sie sind eben erst nach Eastwick gekommen, ich glaube nicht, daß Sie eine Vorstellung davon haben, wie beliebt Reverend Parsley war›, und dieser Bengel von der Brown University lächelt und sagt: ‹Mir ist durchaus bekannt, wie beliebt er war›, und ich sage: ‹Ich gehe. Ich arbeite hart an meinem Manuskript, und Mr. Gabriel hat mir fast nie auch nur ein Wort gestrichen.› Worauf dieses unausstehliche Kerlchen nur noch mehr lächelte und mir gar nichts anderes übrigblieb als hinauszugehen. Allerdings, bevor ich ging, nahm ich ihm noch den Bleistift aus der Hand und brach ihn vor seinen Augen in zwei Stücke.»

Alexandra lachte, sie war dankbar, eine so sprühende Freundin zu haben, eine dreidimensionale Freundin, ganz anders als diese bösen Clownsgesichter in ihrem Schlafzimmer. «O Sukie, ist das wahr?»

«Ja, und ich sagte noch: ‹Brich dir ein Bein› und warf die beiden Stücke auf seinen Schreibtisch. Dieses eingebildete Judenjüngelchen. Aber was soll ich jetzt machen? Ich habe noch ungefähr siebenhundert Dollar auf der Bank, das ist alles.»

«Vielleicht kann Darryl ...» Alexandras Gedanken flogen immerfort zu Darryl Van Horne: sein übereifriges Gesicht mit den Spucketröpfchen, bestimmte staubige Winkel seines Hauses, die auf die Hand einer Frau warteten, und diese erstarrten Augenblicke, wenn er sein rauhes brüchiges Lachen herausgebellt hatte und seine Kiefer zuklappten und die Welt um ihn her sich erst wieder lösen mußte aus dem momentanen Bann. Solcher Bilder drangen nicht auf Einladung, nicht mit einer Absicht in Alexandras Bewußtsein, sondern so, wie Radiostationen einander überschneiden, indes wir auf einer gewundenen Straße reisen. Im Gegensatz zu Sukie und Jane, die aus ihren Riten auf der Insel neue Kraft, frischen Elan zu schöpfen schienen, fand Alexandra, daß ihre unabhängige Existenz sich in der Substanz verändert hatte, aus Ton war Papier geworden, und ihre trost- und lebenspendenden Verknüpfungen mit der Natur hatten sich gelockert. Sie hatte ihre Rosen unangehäufelt, ohne Deckgrün in den Winter gehen lassen; sie hatte das Laub nicht kompostiert, wie sonst jeden November; sie vergaß immer wieder, das Vogelhäuschen zu füllen, und sie hatte es aufgegeben, ans Fenster zu klopfen, um die verfressenen grauen Eichhörnchen zu vertreiben. Sie schleppte sich mit einer Apathie durch die Tage, die sogar Joe Marino auffiel und die ihn verunsicherte. Gleichgültigkeit bei einer Ehefrau gehört zur sozialen Übereinkunft, bei deiner Geliebten aber unterminiert sie den Mann. Alles, was Alexandra wollte, war, ihre Glieder in dem heißen Teakholzbassin auszustrecken und ihren Kopf an Van Hornes filzig behaarten Oberkörper zu lehnen, während Tiny Tim aus den Lautsprechern fistelte: *«Livin' in the sunlight, lovin' in the moonlight, havin' a wonderful time.»*

«Darryl ist in Schwierigkeiten», sagte Sukie. «Er hat seine Wasserrechnung nicht bezahlt, und die Stadt will ihm nun den

Hahn abdrehen, und er hat, auf meinen Vorschlag, nehme ich an, Jenny Gabriel als Laborassistentin eingestellt.»

«Auf deinen Vorschlag?»

«Na ja, sie hatte doch diesen Assistentenjob in Chicago, und nun sitzt sie hier, so mutterseelenallein …»

«Sukie Süße, du mit deinem Schuldgefühl. Das hast du geschickt hingekriegt.»

«Ich fand, irgendwie war ich ihr etwas schuldig, und sie sieht wirklich ungeheuer niedlich und ernst aus in ihrem kleinen weißen Kittel. Ich war gestern drüben, mit ein paar anderen.»

«Da drüben war gestern eine Party, und niemand sagt mir was?»

«Keine richtige Party. Niemand hat sich ausgezogen.»

Sie mußte sich wieder in den Griff bekommen, sagte Alexandra sich. Sie mußte ihrem Leben einen neuen Mittelpunkt geben.

«Wir waren höchstens eine Stunde da, Kleines, ehrlich. Es war wirklich weiter nichts. Der Mann von den Wasserwerken war auch dabei, mit einem Gerichtsbeschluß, oder was man so braucht. Dann konnte er den Haupthahn nicht finden und nahm einen Drink an, und wir probierten alle seinen Schutzhelm auf. Außerdem, du weißt doch, dich liebt Darryl am meisten.»

«Das tut er nicht. Ich bin nicht so hübsch wie du, und ich tue nicht all das, was Jane für ihn tut.»

«Aber vom Körper her bist du sein Typ», sagte Sukie tröstend. «Ihr paßt sehr gut zusammen. Schätzchen, ich muß sausen. Ich habe gehört, Perley-Immobilien will eventuell noch eine Kraft einstellen, für den Frühjahrsansturm.»

«Du willst Häuser verkaufen?»

«Ich will nicht, ich muß. Ich muß etwas unternehmen, ich gebe Unsummen für den Kieferorthopäden aus und habe keine Ahnung, wieso; Monty hatte schöne Zähne, und meine sind auch nicht schlecht, nur dieser leichte Überbiß.»

«Aber ist Marge – was hast du von Brenda gesagt – eine von uns?»

«Wenn sie mir einen Job gibt, ja.»

«Ich dachte, Darryl möchte, daß du einen Roman schreibst.»

«Darryl möchte, Darryl möchte», sagte Sukie. «Wenn Darryl meine Rechnungen zahlt, kann er haben, was er möchte.»

Risse, so kam es Alexandra vor, als Sukie aufgelegt hatte, Risse durchzogen das, was sich eine Zeitlang so vollkommen ausgenommen hatte. Sie war rückständig, dachte sie. Sie wollte, daß niemals sich etwas ändere, oder richtiger, daß sich alles immerfort auf die gleiche Weise wiederhole, wie in der Natur. Das gleiche Geschlinge von Giftsumach und wildem Wein an der eingestürzten Mauer auf der Grenze zum Moor, das gleiche glitzernde Mineralgemisch in den Kieseln am Weg. Wie herrlich, wie unauslotbar Kieselsteine sind. Sie liegen überall, sind Milliarden Jahre alt, geglättet und gerundet von jahrhundertelangem Wellenschlag des Meeres, sind, als Gebirge sich auffalteten mit ihrem unablässigen Zurückbröckeln, in ihrer Substanz verquirlt und neu zusammengerührt worden, nicht einmal, sondern viele Male im ins Unermeßliche zurückreichenden Kegel der Äonen: schneebedeckte Gipfel erhoben sich, wo Rhode Island und New Jersey jetzt ihre Marschen breiten, und Ozeane brüteten Kieselalgen aus, wo jetzt die Rocky Mountains ragen und in ihren Felswänden versteinerte Trilobiten bergen. In Museen hatte Alexandra, als sie noch ein Mädchen war, wie betäubt vor den mineralischen Exponaten gestanden, diesen ineinandergeschachtelten, verzahnten kristallinen Prismen, in Farben, die ganz gewöhnlich wären, nur daß sie aus der Tiefe der Natur kamen: Lepidolithe und Chrysoberylle und Turmaline mit ihren königlichen Namen, alle wie riesige erstarrte Funken, aus dem brodelnden Inferno der Erde geschlagen, als die zutage liegenden, aufgetürmten Granitschichten um uns noch flüssig waren und die Kontinente auf Basalt schlingerten. Manchmal schwindelte es sie, so einbezogen zu sein in dieses massive, immer mehr hervorbringende Umwälzen, das ihr Bewußtsein mit sich zog wie einen Glimmereinschluß. Das Empfinden, sich vom Universum nicht einfach nur tragen zu lassen, sondern ihm ein Partner zu sein, eine eigene Kraft in ihm zu stellen, hielt an; sie konnte aus dem Keimen der Kräuter Medizin gewinnen und mit der Macht ihres Denkens Unwetter befehlen. Sie und der Keim waren eins.

Im Winter, wenn die Blätter gefallen waren, rückten vergessene Teiche näher, eisbedeckt glänzten sie zwischen den Bäumen, und die Lichter der Stadt, im Sommer laubverhangen, blinzelten nachbarlich nah und warfen eine neue Welt von Schatten und hellen Rechtecken auf die Tapeten der Zimmer, die sie durchwanderte, getrieben von gnadenloser Schlaflosigkeit. Besonders in der Nacht war sie mit ihren Kräften geschlagen. Die Clownsgesichter, die durch die übereinander gefalteten Päonien auf den Chintzvorhängen entstanden, scharten sich zusammen und jagten sie aus dem Schlafzimmer. Das Atmen der Kinder pumpte durchs Haus und das Ächzen des Heizkessels. Und es kam vor, daß sie im Mondlicht, mit einer knappen sicheren Bewegung ihrer schweren Hände, auf deren Rücken sich gerade die ersten hingesprenkelten Leberflecken zeigten, der gemaserten Ahornkredenz (einem Erbstück von Oz's Großmutter) zehn Zentimeter nach links zu rücken befahl; oder sie hieß eine Lampe mit einem Sockel wie eine chinesische Vase, sich zu bewegen – die Schnur wackelte und wedelte grotesk hinterdrein wie die Schwanzfeder eines Leierschwanzvogels – und den Platz zu wechseln mit einer Messinglampe, die einen Schaft wie ein Kerzenhalter hatte und auf der anderen Seite des Wohnzimmers stand. Eines Nachts ärgerte sie sich über die Maßen, weil ein Hund bellte in einem der Nachbargärten jenseits der Weidenreihe an der Grenze ihres Grundstücks; ohne langes Überlegen dachte sie ihn zu Tode. Es war ein ganz junger Hund gewesen, der noch nicht daran gewöhnt war, angebunden zu sein, und zu spät fiel ihr ein, daß sie ebenso mühelos die unsichtbare Leine hätte lösen können, denn vor allem andern kennen Hexen sich mit dem Knoten aus, der *aiguillette*, mit der sie Liebesbande und Heiraten knüpfen, Unfruchtbarkeit über Frauen oder Vieh bringen, Impotenz bei den Männern stiften und Unfriede in den Ehen. Mit Knoten quälen sie die Unschuldigen, verstricken sie die Zukunft. Ihre Kinder hatten das Hündchen gekannt, und Linda, die jüngste, kam am nächsten Morgen weinend nach Haus. Die Halter des Tieres waren immerhin so aufgebracht, daß sie eine Autopsie vornehmen ließen. Der Tierarzt fand keine Spur von Gift, kein Zeichen einer Krankheit. Es war ein Rätsel.

Der Winter ging dahin. In der Dunkelkammer nächtlicher Schneestürme wurden die Fotos für Neu-England-Postkarten entwickelt; im Licht des Morgens entfalteten sich ihre Farben. Die nicht ganz geraden Gehsteige der Dock Street, hier und da vom Schnee geräumt, waren gestempelt mit den Abdrücken von Stiefelsohlen – schmutzige weiße Kuchen mit Profilmustern. Eine gezackte Wildnis grünlichgrauer Eisfladen trieb buchtein, buchtaus mit Ebbe und Flut und drückte gegen die algenbärtigen, muschelbewachsenen Pfähle, auf denen die Superette stand. Der neue junge Chefredakteur des *Anzeiger*, Toby Bergman, rutschte auf einer eisglatten Stelle vor dem Friseurladen aus und brach sich ein Bein. Wegen eines Eisstaus stieg zwischen den Schindeln vorn an der Geschenkartikelboutique Bellender Fuchs, als die Inhaberin gerade Urlaub machte auf Sea Island, Georgia, literweise Wasser in den Haarrissen des Mauerwerks nach oben und lief innen an der Vorderwand wieder herab; viele teure Lumpenpuppen waren hin und die von Behinderten gebastelten Laubsägearbeiten.

Im Winter rückte die Stadt, touristenleer, enger zusammen, wie die Scheite in einem Kaminfeuer, das bis spät in den Abend brennt. Ein geschrumpftes Häufchen von Teenagern hing vor der Superette herum und wartete auf den mit psychedelischen Mustern bemalten VW-Kombi des Dealers aus Süd-Providence. An den kältesten Tagen warteten sie drinnen in der Wärme, drängten sich, bis der cholerische Geschäftsführer (der gleichzeitig Steuerberater war und mit vier Stunden Schlaf auskam) sie wegscheuchte, seitlich vom elektrischen Auge, beim Kaugummiautomaten und dem anderen, der für ein Fünf-Cent-Stück eine Handvoll muffiger Pistaziennüsse in knallrosa gefärbten Schalen ausspie. Auf ihre Art waren sie Märtyrer, diese Kinder, ebenso wie der Trunkenbold der Stadt, mit dem knopflosen Mantel und den Basketballschuhen, der aus einer Flasche in einer Papiertüte Brombeerschnaps süffelte und auf seiner Bank auf dem Kazmierczak Square saß und jede Nacht den Tod durch Erfrieren riskierte; Märtyrer auf ihre Art waren auch die Männer und Frauen, die zu ehebrecherischen Rendezvous hasteten und Schande und Scheidung riskierten im Tausch gegen klamme Motel-Liebe – sie alle opferten die äußere Welt für die innere und taten durch diese Wahl kund, daß alles, was so festgefügt und handfest scheint, nicht mehr ist als ein Luftgespinst und weniger zählt als die Gnade eines Gefühlssturms.

Die Leute, die zu Nemo gingen – der Polizist auf Streife, der Briefträger, der eine kleine Pause einlegte, die drei oder vier stämmigen Männer, die Arbeitslosenunterstützung bezogen und darauf warteten, daß im Frühling das Bau- und das Fischereigewerbe wieder auflebten – wurden einander und den Kellnerinnen im Lauf des Winters so gut bekannt, daß sie nicht einmal mehr die üblichen Kriegs- und Wetterfloskeln tauschten und Rebecca ihnen etwas brachte, ohne zu fragen – sie wußte, was sie haben wollten. Sukie Rougemont, die keinen Klatsch mehr brauchte, keine Kolumne ‹Gehört und gesehen› im *Anzeiger* mehr schrieb, führte ihre Klienten, ihre prospektiven Kunden lieber in das feinere kleine Bäckereicafé, das eine weiblichere Atmosphäre hatte und ein paar Türen weiterlag, zwischen dem Bilderrahmenladen der beiden Schwulen, die aus Stonington hierhergezogen waren, und dem Eisenwarengeschäft der Armenier, einer Familie von Armeniern, einer riesigen Familie von Armeniern: jedesmal wurde man von einem anderen Armenier bedient, jedesmal hatte er eine andere Körpergröße, aber immer hatte er intelligente, schimmernde Augen und strubbeliges Haar, das ihm glänzend und tief in die Stirn wuchs. Alma Sifton, die Eigentümerin des kleinen Bäckereicafés, hatte in einem ehemaligen Muschelschuppen angefangen mit nichts weiter als einer Kaffeemaschine und zwei Tischen, wo man nach dem Einkaufen, wenn man keine Lust auf das Spießrutenlaufen bei Nemo hatte, ein Stück Kuchen essen und sich die müden Füße ausruhen konnte. Dann kamen mehr Tische dazu und bald gab es auch Sandwiches, meist mit Salaten (Ei, Schinken, Huhn), die ohne großen Aufwand zuzubereiten waren. Im zweiten Sommer mußte Alma schon anbauen, einen Raum, der doppelt so groß wie der ursprüngliche war, und einen Elektrogrill und einen Mikrowellenofen aufstellen. Nemos deftige Küche war nicht mehr gefragt.

Sukie liebte ihre neue Arbeit: in anderer Leute Häuser zu gehen, sogar auf den Dachboden und in den Keller und in die Waschküche und in den Abstellraum bei der Hintertür, war, wie mit Männern zu schlafen, immer ein bißchen anders im Aroma. Jedes Haus hatte einen anderen Stil, einen anderen Geruch. Das geschäftige Türauf und Türzu und Treppauf und Treppab, das Hallo! und Bis dann! zu Menschen, die gerade selber in Hektik waren, weil sie umzogen, und dazu immer die leise Ungewißheit: klappt es, klappt es nicht – all das feuerte die Abenteurerin in ihr an und gab ihrem Charme die Sporen. Den ganzen Tag buckelig an der Schreibmaschine zu sitzen und anderer Leute Zigarettenrauch zu inhalieren, war nicht gerade gesund gewesen. Sie belegte in Westerley einen Abendkurs, bestand die Prüfung, und im März war sie amtlich anerkannte Hausmaklerin.

Jane Smart gab weiter Stunden, sprang als Organistin in den Kirchen im South County ein und übte Cello. Es gab gewisse Solo-Suiten von Bach – die Dritte, mit der herrlichen Bourrée, und die Vierte, die auf der ersten Seite nichts als Oktaven und absteigende Terzen hat, und daraus wird ein kreiselnder untröstlicher Aufschrei, und sogar die fast nicht mehr zu spielende Sechste, geschrieben für ein fünfsaitiges Instrument – da fühlte sie sich ganze Takte lang eins mit Bach, da deckte sein Geist sich genau mit dem ihren, und seine Leidenschaft, dahingegangen, verstreuter Staub nur noch, bewegte ihre Finger und überflutete triumphierend ihr Gehirn, und sein hartnäckiges Infragestellen der Harmonielehre wurde zu einer Tat ihrer eigenen kühnen Seele. Das also war die Unsterblichkeit, für die Männer ihre Pyramiden gebaut und ihre Blutopfer gebracht hatten – daß ein sich schindender alter mit der eigenen Frau schlafender lutherischer Kapellmeister wiederaufstand im Nervensystem einer unverheirateten, nicht mehr ganz frischen jungen Frau in der zweiten Hälfte des zwanzigsten Jahrhunderts. Für seine Gebeine wahrlich ein schwacher Trost. Aber die Musik redete, seine Musik mit ihrer Syntax von Variation und Reprise, Reprise und Variation; aus der Summe der mechanischen Vorgänge entstand Geist, ein Atem, der der abschnurrenden Mathematik des Ganzen Leben einhauchte, wie die Schritte des Windes die Oberfläche eines stillen schwarzen Wassers kräuseln. Es war Vereinigung. Jane sah nicht mehr viel von den Neffs, seit die dauernd mit Brenda Parsley zusammenwaren, und sie wäre unendlich einsam gewesen, hätte es nicht die Clique um Darryl Van Horne gegeben.

Früher waren sie zu dritt gewesen, dann zu viert und jetzt waren sie zu sechst, manchmal sogar zu acht, wenn Fidel und Rebecca auch noch hinzugezogen wurden – zum *touch football* zum Beispiel, das sie im hallenden Wohnzimmer spielten; der Riesenhamburger aus Vinyl, die Siebdruck-Brillo-Kartons, der Neonregenbogen, alles war einfach beiseitegerückt, stapelte sich unter der Kunst an den Wänden wie Gerümpel auf dem Dachboden. Eine gewisse Verachtung für die physische Welt, ein gefräßiger Appetit auf Immaterielles, auf Seelen, machten Van Horne zu einem schlechten Hüter seiner Habe. Der Parkettboden des Musikzimmers, den er für teures Geld hatte abschleifen und versiegeln lassen, zeigte bereits zahlreiche Löcher, die der Sporn von Jane Smarts Cello gestochen hatte. Die Stereoanlage im Baderaum war so oft naß geworden, daß alle Platten knisterten und eierten. Am auffälligsten war, daß die Tennishalle nicht mehr stand; in einer eiskalten Nacht war durch ein unerklärliches kleines Loch alle Luft entwichen, und die graugelbliche Leinwand lag schlaff, zusammengesackt da, in Kälte und Schnee, wie die Haut eines abgeschlachteten Brontosaurus, und wartete auf den Frühling, denn Darryl hielt es für überflüssig, sich jetzt damit zu befassen – später konnte man wieder im Freien spielen, und das machte sowieso viel mehr Spaß. Beim *touch football* spielte er immer im Angriff, seine kurzsichtigen blutunterlaufenen Augen rollten, wenn er zum Paß nach hinten ging, und seine Mundwinkel waren spukkenaß vor Konzentration. Immerfort schrie er: «Decken, Dekken!» – er wollte beschützt werden, wollte, daß Sukie und Alexandra zum Beispiel Rebecca und Jenny blockierten, wenn die auf ihn losstürzten und ihn abschlagen wollten, während Fidel gerade auskeilte, um einen Volltreffer zu landen, und Jane Smart einen Haken schlug und die Falle dichtmachte. Die

Frauen lachten und alberten, waren unfähig, das Spiel ernstzunehmen. Chris Gabriel beteiligte sich matt und gleichgültig, wie ein ungläubiger Engel, der sich fehl am Platz fühlt bei diesem törichten Tun der Erwachsenen. Und doch kam er fast immer mit, gleichaltrige Freunde hatte er nicht; in den kleinen Nestern Amerikas *gibt* es keine gleichaltrigen Leute, sie sind auf dem College oder beim Militär oder starten ihre Karrieren, umgeben von den Verlockungen und Bedrängnissen einer Großstadt. Jennifer arbeitete viele Nachmittage lang mit Van Horne im Labor, wog Gramm und Deziliter farbiger Pulver und Flüssigkeiten ab, legte große, mit verschiedensten chemischen Verbindungen beschichtete Kupferplatten in Reih und Glied unter Batterien von UV-Lampen und behielt die mit winzigen Drähten angeschlossenen Meßgeräte im Auge, die die Stromstärke anzeigen sollten. *Ein* kräftiger Ausschlag der Nadel, so begriff Alexandra es, und alle Reichtümer des Orients würden sich über Van Horne ergießen; vorerst aber breitete sich ein beißender, trostloser Gestank aus, wie aus allen Verliesen des Alls, und wüste Unordnung herrschte: verschmutzte Aluminiumbecken, verschüttete und verstreute Chemikalien, Heber aus Plexiglas, trüb und verformt, wie von zu starkem Erhitzen schwefliger Mischungen, Bechergläser und Destillierkolben mit verkrusteten schwarzen Rückständen am Boden und an den Seiten. Jenny Gabriel, in fleckigem weißen Kittel und mit einer großen dunklen, an den Schläfen anliegenden Schutzbrille, wie auch Van Horne sie trug in dem gleißenden blauen Dauerlicht, bewegte sich mit einer eigentümlichen Autorität in diesem hoffnungsvollen Chaos, mit sicherer Hand und ruhiger Bestimmtheit. Das Mädchen – sie war kein Mädchen mehr, zehn Jahre jünger nur als Alexandra – schien gefeit, nichts konnte ihr etwas anhaben, hier nicht und bei den Orgien nicht; sie war unberührbar, unberührt, in gewissem Sinn, und doch war sie bei allem dabei, sah, ließ geschehen, war amüsiert, äußerte sich nicht dazu, als sei ihr nichts von alldem ganz neu, obwohl ihr bisheriges Leben doch offenbar in ungewöhnlicher Unschuld verlaufen war und die harschen Zeiten in Chicago nur dazu gedient hatten, sie behütet in ihrer Zitadelle zu halten. Sukie hatte den anderen geschildert, wie Jennifer ihr bei Nemo so gut wie gestanden hatte, daß sie noch Jungfrau war. Und doch entblößte sie beim Baden, beim Tanzen ihren Körper vor ihnen mit einer schamlosen Natürlichkeit und ließ sich ihre Liebkosungen nicht ohne Empfindung gefallen und nicht, ohne sie zu erwidern. Die Berührung ihrer Hände war nicht energisch und kraftvoll wie die Janes mit den schwieligen Fingerkuppen, nicht rasch und ehe man sich's versah, wie die Sukies; sie hatte eine ganz eigene Bestimmtheit, ein sanftes Verweilen wie bei einem Abschied, etwas Verzeihendes, Gleitendes, Fragendes, etwas ganz und gar nicht Zaghaftes, das bis ins Mark drang. Alexandra zerfloß, wenn Jennifer sie eincremte, sie salbte, während sie ausgestreckt auf den schwarzen Kissen lag oder auf mehreren dicken übereinandergebreiteten Handtüchern auf dem Schieferboden, und die Feuchtheit vom Baden mit den Essenzen von Aloe und Kokosnuß und Mandel sich verband, mit Natriummilch und den Extrakten aus Baldrian und Eisenhut und Cannabis Indica. In den Spiegeln, die Van Horne außen an den Türen der Duschkabinen hatte anbringen lassen und die immer leicht beschlagen waren, schimmerten die Hügel und Senken aus Fleisch, und die jüngste der Frauen, blaß und vollkommen wie eine Porzellanfigur, kniete in den winkligen tiefen Fernen, wie Spiegel sie erschaffen. Die Frauen erfanden ein Spiel, das sie «Dien mir» nannten, eine Art Scharade, aber ganz anders als die Scharaden, die Van Horne im Wohnzimmer veranstaltete, wenn sie betrunken waren, und die jedesmal schnell in sich zusammenfielen unter den explosionsartigen Schüben ihrer telepathischen Fähigkeiten und dem tolpatschigen Ungestüm seiner Schauspielleidenschaft, die Wort-für-Wort-Darstellungen nicht zuließ, ihn trieb, in einer einzigen grimmigen Gesichtsverrenkung ganze Buchtitel auszudrücken, wie *Aufstieg und Fall des römischen Reichs* oder *Die Leiden des jungen Werther* oder *Der Ursprung der Arten*.

«Dien mir!» schrien die durstige Haut und die Sinne, und geduldig cremte Jennifer die Hexen ein, rieb die verwandelnden Öle in die Runzeln, über die Leberflecken, um die Fettpolster, rieb an gegen die Maserung der Zeit und stieß dabei kleine vogelhaft gurrende Laute des Mitgefühls und der Lobpreisung aus.

«Du hast einen schönen Hals.»

«Ich fand ihn immer viel zu kurz. So gedrungen. Ich habe meinen Hals immer gehaßt.»

«O nein, das war unrecht. Lange Hälse sind grotesk, außer bei Schwarzen.»

«Brenda Parsley hat einen Adamsapfel.»

«Nichts Unfreundliches. Wir wollen nur Helles, Friedliches denken.»

«Ich auch. Ich als nächste, Jenny», quengelte Sukie mit hohem Kinderstimmchen; sie regredierte ziemlich drastisch, und wenn sie angetörnt war, kam es vor, daß sie am Daumen lutschte.

Alexandra grunzte wohlig. «Ich fühle mich unanständig wohl, wie eine fette Muttersau, die sich wälzt.»

«Gott sei Dank riechst du nicht so», sagte Jane Smart. «Oder doch, Jenny?»

«Sie riecht sehr angenehm und sauber», sagte Jenny jüngferlich. Ihre leicht nasale Stimme drang wie von sehr weit, aber deutlich aus dem Innern der durchsichtigen Glocke von Unschuld oder Unwissen; in den Spiegeln war sie, während sie so kniete, an Gestalt und Größe und Schmelz jenen hohlen, an beiden Enden mit Löchern versehenen Porzellanvögeln gleich, denen Kinder ein paar pfeifende Töne entlocken.

«Jetzt noch hinten die Oberschenkel, Jenny», bettelte Sukie. «Ganz langsam, ganz, ganz langsam. Nimm die Fingernägel. Trau dich auch nach innen. Ja, die Kniekehlen. Wunderbar. *Wun*derbar. Mein Gott, ja.» Ihr Daumen schlüpfte in den Mund.

«Wir muten Jenny zuviel zu», warnte Alexandra mitfühlend, in träumerischem, unentschiedenem Ton.

«Nein, ich mache es gern», sagte das Mädchen. «Ihr mögt es alle so.»

«Wir machen es auch mit dir», versprach Alexandra, «sobald wir nicht mehr so beduselt sind.»

«Mir kommt's nicht so drauf an, ob ich massiert werde», bekannte Jenny. «Ich mache es lieber, als daß ich's mit mir machen lasse. Ist das pervers?»

«Auf alle Fälle ist es hervorragend für uns», sagte Jane, und das *s* im letzten Wort zischte.

«Ja, das stimmt», pflichtete Jenny ihr höflich bei.

Van Horne badete, aus Rücksicht auf die empfindsame Novizin vielleicht, nur noch selten mit ihnen zusammen, und wenn er es doch mal tat, verließ er schnell wieder den Raum, den behaarten Körper von der Hüfte bis zu den Knien in ein Handtuch gewickelt – er wollte Chris Gesellschaft leisten, eine Partie Schach oder Backgammon mit ihm spielen, in der Bibliothek. Danach aber stand er zur Verfügung, war von Mal zu Mal geckenhafter herausgeputzt – erdbeerfarbener seidener Paisley-Bademantel, zum Beispiel, darunter fein grün gestreifte Hosen mit ausgestelltem Bein, um den Hals ein mauvefarbener Foulard –, und präsidierte mit affektierter hoheitsvoller Huld bei Tee oder Cocktails oder einem rasch bereiteten Abendessen aus dominikanischem *sancocho* oder kubanischem *mondongo*, mexikanischem *pollo picado con tocino* oder kolumbianischem *soufflé de sesos*. Er sah zu, wie seine weiblichen Gäste eher trübselig die scharfgewürzten Leckerbissen hinunterschlangen, und paffte buntgefärbte Zigaretten aus einer seltsam gedrehten Hornspitze, mit der er seit neuestem herumfuchtelte; er hatte abgenommen und hoffte fiebrig auf das Ergebnis seiner selen-inspirierten Tüfteleien zur Lösung des Energieproblems. Ging es nicht um dieses Thema, fiel er oft in apathisches Schweigen, und zuweilen verließ er unvermittelt das Zimmer. Rückblickend hätten Alexandra, Sukie und Jane Smart auf den Gedanken kommen können, daß sie ihn langweilten, aber da sie weit entfernt davon waren, sich ihrerseits bei ihm zu langweilen, kam ihnen ein solcher Schluß gar nicht in den Sinn. Sein großzügiges Domizil, von ihnen «Krötenschloß» genannt, erweiterte ihre eigenen engen Behausungen. In Van Hornes Reich waren sie kinderlos und wurden selber zu Kindern.

Jane kam nach wie vor treu zum Musizieren, spielte Hindemith und Brahms und hatte sich, vor kurzem erst, auch an Dvořák herangewagt, an das taumelnde schwindligmachende Cello-Konzert in b-Moll. Sukie fuhr, als jener Winter langsam zu Ende ging, hin und her mit Notizen und Schemaskizzen für ihren Roman, der, nach ihrer und ihres Mentors Ansicht, im voraus geplant und konstruiert werden konnte, eine simple

Wortmaschine zum Erzeugen und Lösen von Spannung. Und Alexandra lud Van Horne schüchtern ein, zu ihr zu kommen und sich die großen gewichtlosen lackierten Skulpturen schwebender Frauen anzusehen, die sie mit kleisterigen Händen und Modelliermessern und hölzernen Salatlöffeln zusammengepatscht hatte. Sie genierte sich, ihn in ihrem Haus zu empfangen, alle Räume unten brauchten dringend frische Farbe, und die Küche mußte neu mit Linoleum ausgelegt werden; er wirkte auch gleich geschrumpft und gealtert in ihren vier Wänden, nicht ordentlich rasiert, und der Kragen seines Buttondown-Hemds war durchgescheuert, als ob Schäbigkeit ansteckend sei. Er trug dasselbe ausgebeulte, schwarzgrün melierte Jackett mit den Lederflecken auf den Ellbogen wie an dem Abend, als sie ihn kennengelernt hatte, und er sah so sehr nach stellunglosem Professor aus, so sehr nach den Jammergestalten, die als ewige Studenten höherer Semester in jeder Universitätsstadt herumgeistern, daß sie sich fragte, wie sie jemals so viel Magie und Macht in ihn hatte hineinsehen können. Aber er lobte ihre Arbeiten: «Baby, ich glaube, du hast es gepackt. Dieses Knallige, Knackige, in der Art genau wie Lindner, nur ohne die metallische Härte natürlich, eher mit einem Touch Miró, und sexy, sage ich dir, *sex*-y, mein *lie*ber Mann!» Mit beunruhigender Hast und Tapsigkeit verfrachtete er drei der Papiermachéfrauen auf den Rücksitz seines Mercedes, wo sie für Alexandra wie aufgedonnerte kleine Anhaltermädchen aussahen, die hellen Glieder waren fidel ineinandergehakt und die Drähte, mit denen sie an der Decke aufgehängt werden sollten, heillos verheddert. «Übermorgen oder so fahre ich nach New York und zeige sie meinem Typ in der Siebenundfünfzigsten. Der beißt an, garantiert, ich wette meinen letzten Dollar drauf. Du hast wirklich was reingepackt von dem, was kulturmäßig jetzt so läuft, so eine Art ‹Die Party ist aus›-Feeling. Alles ist so unwirklich. Sogar die Fernsehberichte vom Krieg sehen unwirklich aus, wir haben einfach zu viele Kriegsfilme gesehen.»

Als er draußen neben dem Auto stand, im Lammfellmantel, der speckig war an den Ärmelaufschlägen und Ellbogen, auf dem Kopf eine Lammfellmütze, passend zum Mantel zwar, aber zu klein für seine buschige Mähne, dachte Alexandra, daß es aussichtslos war, um den hier lohnte es sich nicht; im selben Augenblick reagierte er auf ihre Gedanken, mit einem unvermuteten kleinen Sprung war er bei ihr und kehrte mit ihr ins Haus zurück, folgte ihr schweratmend die Treppe hinauf ins Schlafzimmer, zum Bett, das sie Joe Marino neuerdings verweigerte. Gina war wieder schwanger, und das war einfach zu viel. Darryls Potenz hatte etwas Unfehlbares, etwas Gefühlloses, Unempfindliches, sein kalter Penis tat ihr sonst immer weh, als sei er mit winzigen Schuppen bedeckt; heute aber, wo er so bereitwillig ihre armen Geschöpfe mitnehmen und sie verkaufen wollte und ein bißchen abgewetzt und welk aussah und die alberne Lammfellmütze ihm so verwegen auf dem Kopf saß, war ihr Herz weich und ihre Vulva superbereit. Sie hätte sich mit einem Elefanten vereinigen können beim Gedanken, die neue Niki de Saint-Phalle zu werden.

Wenn die drei Frauen sich auf der Dock Street trafen oder miteinander telefonierten, waren sie schweigende Schwestern in der Gemeinschaft des Schmerzes, den man als Geliebte des dunklen Mannes erdulden mußte. Ob Jenny auch diesen Schmerz in sich trug, verriet ihre Aura nicht. Stieß eine der nachmittäglichen Besucherinnen im Haus auf sie, hatte sie stets ihren Laborkittel an, und nichts anderes war ihr anzumerken als ihre Tüchtigkeit. Van Horne machte Gebrauch von ihr auch deshalb, weil sie undurchsichtig war in ihrer etwas spröden, respektvollen Art, und die Eigenschaft hatte, bestimmte Vibrationen und Insinuationen einfach durch sich hindurchgehen zu lassen, durch diesen Körper mit den irgendwie schematisch wirkenden Rundungen. In einer Gruppe ist jedes Mitglied auf seine jeweils besondere Weise nützlich, und Jennys Nützlichkeit bestand darin, daß man sich zu ihr herablassen, «etwas aus ihr machen» konnte und daß jede der drei geschiedenen, desillusionierten, zu ihren Kräften gekommenen Frauen in ihr sich selber sah, ihr jüngeres Ich, obschon keine von ihnen wirklich wie Jenny gewesen war, oder gar allein, nur mit einem jüngeren Bruder, in einem Haus gelebt hatte, in dem die eigenen Eltern eines gewaltsamen Todes gestorben waren. Die drei liebten sie zu ihren eigenen Bedingungen, aber wahr ist auch, daß Jenny nie die geringste Andeutung machte, ob andere Bedingungen ihr denn lieber gewesen wären. Das Schmerzlichste an dem Nachbild, das von ihr blieb, war, zumindest in Alexandras Augen, daß sie ihnen vertraut hatte, sich ihnen anvertraut hatte, wie eine Frau sich sonst nur einem Mann anvertraut, beim erstenmal, entschlossen zu *wissen*, auf die Gefahr, unterzugehen. Jenny hatte in ihrer Mitte gekniet wie eine gelehrige Sklavin, und ihr weißer gerundeter Körper hatte den Glanz seiner Vollkommenheit ergossen über ihre dunklergewordenen unvollkommenen Gestalten, die naß auf den schwarzen Kissen lagen unter einem Dach, das sich nicht mehr öffnete, seit Van Horne in einer eisigen Nacht auf den Knopf gedrückt und ein Blitz seine behaarte Hand mit einem Handschuh aus blauem Feuer bekleidet hatte.

Als Hexen standen sie der Allgemeinheit nicht klar vor Augen. Man lächelte, als Mitbürger, um Sukie zu grüßen, wenn sie mit fröhlichem kecken Gesicht die schlängeligen Gehsteige entlangeilte; man erwies der imponierenden Alexandra seine Reverenz, wenn sie in staubigen Reitstiefeln und der alten grünen Brokatjacke mit der Inhaberin des Bellenden Fuchses beisammenstand und ein Schwätzchen hielt – Mavis Jessup, auch geschieden, hektisch gerötetes Gesicht, umzüngelt von rotgefärbten Medusalöckchen –; man billigte Jane Smarts zornigen dunklen Brauen – etwa wenn sie in ihrem alten moosgrünen Plymouth Valiant die Tür mit dem ausgeleierten Schloß hinter sich zuknallte – eine gewisse Distinktion zu, eine heftige innere Unruhe, die in anderen klosterengen Städten die Verse der Emily Dickinson und den kühnen Roman der Emily Brontë hervorgebracht hatte. Die Frauen erwiderten Grüße, bezahlten Rechnungen, und im Eisenwarenladen der Armenier zeichneten sie, wie jedermann sonst, mit dem Finger in der Luft herum, und versuchten das kleine Wieheißtesdenn zu beschreiben, das man zum Reparieren eines zerfallenden Zuhauses brauchte, zum Kampf gegen die Entropie. Aber wir alle wußten, daß es noch eine andere Bewandtnis mit ihnen hatte, daß etwas vor sich ging, etwas, das ähnlich monströs und obszön war wie das, was sich sogar im Schlafzimmer des stellvertretenden High School Direktors und seiner Frau abspielte, die beide doch so brav und ohne eine Miene zu verziehen oben auf der

Tribüne des Sportplatzes saßen, wenn unten ein Rekordsprung gelang, der den Atem stocken ließ.

Wir alle träumen, und wir alle stehen fassungslos am Eingang der Höhlen unserer Tode: da müssen wir hinein. In die untere Welt. Als es noch keine Kanalisation gab, erhob sich im Winter in den alten außerhalb des Hauses gelegenen Abtritten die immer höher gewachsene Familienscheiße in spitzen gefrorenen Stalagmiten; so etwas macht es uns leichter zu glauben, daß das Leben mehr ist als nur die mit dem Airbrush gespritzten bunten Anzeigen vorn in den Zeitschriften oder die platonischen Formen von Parfumflaschen und Nylonnachthemden und Rolls-Royce-Stoßstangen. Vielleicht begegnet uns in den Passagen unserer Träume mehr, als wir wissen: ein weißes vom Lampenlicht erhelltes Gesicht nimmt voll Erstaunen ein anderes wahr. Das Wissen, daß es Hexerei gab, war natürlich da im Bewußtsein von Eastwick; etwas Unförmiges, etwas Wolkig-Dichtes, entstanden aus tausend durchscheinenden Lasuren, eine Art Himmelskörper. Man sprach kaum je davon, und obwohl es ja etwas Schlimmes war, hatte die Stadt doch den Trost, daß es zur Vollständigkeit beitrug, das Hexenwesen rundete das Bild ab, gehörte dazu wie die Gasleitung unter der Oak Street und die Fernsehantennen, die *Kojak* und Pepsi-Werbespots aus dem Himmel fingen. Es hatte die undeutlichen Umrisse von etwas, das man durch die Glastür einer Dusche sieht, es war zähflüssig, verflog nur schwer: noch Jahre nach den Ereignissen, die hier tastend, fast widerstrebend erzählt werden, befleckte das Gerücht von Hexerei diesen Teil Rhode Islands, so daß ein heikler Hauch von Verlegenheit und Unsicherheit aufkam bei der unschuldigsten Erwähnung des Namens Eastwick.

III

Schuld

«Man erinnere sich doch der berühmten Hexen-Prozesse:
damals zweifelten die scharfsichtigsten und
menschenfreundlichsten Richter nicht daran,
daß hier eine Schuld vorliege;
die ‹Hexen› *selbst zweifelten nicht daran –*
und dennoch fehlte die Schuld.»

Friedrich Nietzsche, 1887

«Das hast du geschafft?» fragte Alexandra Sukie am Telefon. Es
war April. Der Frühling machte Alexandra benebelt und benommen, so daß sie Mühe hatte, durch die allgegenwärtige
Wirrnis frisch fließenden Lebenssaftes und organischer Fäden
hindurch, die, zu neuer Wärme erwacht, die steinerne Erde
sprengten und noch mehr Leben hervorbrachten, auch nur die
einfachsten Dinge zu begreifen. Sie war im März neununddrei-
ßig geworden, was auch sein Gewicht hatte. Doch Sukie klang
tatendurstiger als je, atemlos vor Triumph. Sie hatte das Ga-
briel-Haus verkauft.

«Ja, an ein reizendes, ernstes, schon etwas älteres Paar namens Hallybread. Er lehrt Physik, drüben an der Universität in
Kingston, und sie, glaube ich, ist irgendeine Beraterin, zumin-

dest fragte sie mich dauernd, wie *ich* darüber denke, und vermutlich gehört das zu der Methode, die man ihnen beibringt. Sie hatten zwanzig Jahre ein Haus in Kingston, aber er möchte gern näher am Meer leben, seit er pensioniert ist, und sich ein Segelboot anschaffen. Es macht ihnen nichts aus, daß das Haus noch nicht gestrichen ist, so können sie sich die Farbe selber aussuchen, und sie haben Enkel und Stiefenkel, die sie besuchen kommen, für die können sie diese ziemlich öden Zimmer im dritten Stock gebrauchen, wo Clyde all seine alten Zeitschriften aufbewahrt hat. Ein Wunder, daß die Balken nicht unter dem Gewicht zusammengebrochen sind.»

«Und der Spuk, wird der sie nicht beunruhigen?» Denn einige der anderen Interessenten, die sich das Haus im letzten Winter angesehen hatten, wußten von dem Mord und dem Selbstmord aus der Zeitung und trauten sich nicht mehr. Die Menschen sind immer noch abergläubisch, trotz aller modernen Wissenschaft.

«Oh, natürlich haben sie's gelesen, als es passierte. In jeder Zeitung in den Staaten sorgte es für Aufregung, bis auf den *Anzeiger*. Sie waren erstaunt, als irgend jemand, nicht ich, ihnen erzählte, daß es dies Haus gewesen sei. Professor Hallybread sah zur Treppe und sagte, Clyde müsse ein intelligenter Mensch gewesen sein, weil er das Seil gerade so lang gemacht habe, daß seine Füße nicht auf der Treppe aufkamen. Ich sagte, ja, Mr. Gabriel sei sehr intelligent gewesen, habe immer Latein und solche komplizierten astrologischen Sachen gelesen, und ich glaube, bei dem Gedanken an Clyde sah ich aus, als ob ich den Tränen nahe sei, denn Mrs. Hallybread legte den Arm um mich und verhielt sich, nun ja, wie eine Beraterin. Vielleicht hat das sogar geholfen, das Haus zu verkaufen, jedenfalls schuf es eine Art Vertrautheit zwischen uns, so daß sie schwerlich nein sagen konnten.»

«Wie heißen sie mit Vornamen?» fragte Alexandra und überlegte, ob die Dose Muschelsuppe, die sie auf dem Herd hatte, überkochen würde. Sukies Telefonstimme war im Begriff, ihr schmerzliche Frühlingsenergien einzuimpfen. Alexandra versuchte etwas zu erwidern, Interesse an diesen Leuten zu zeigen, denen sie nie begegnet war, aber ihre Gehirnzellen waren schon so verstopft von Leuten, denen sie mal begegnet war, die sie näher kennengelernt hatte, von denen sie begeistert gewesen war, die sie sogar geliebt und dann vergessen hatte. Jene Kreuzfahrt mit Oz nach Europa auf der *Coronia* vor zwanzig Jahren hatte schon allein genügend Bekanntschaften erzeugt, um damit ein ganzes Leben zu füllen – ihre Nachbarn am Tisch, dessen Randleiste bei rauhem Wetter hochgeklappt wurde, die Leute in Decken neben ihnen an Deck, mit denen sie gemeinsam gegen elf eine Bouillon tranken, die Paare, die sie um Mitternacht in der Bar kennenlernten, die Stewards, der Kapitän mit seinem kantig gestutzten rötlichgelben Bart, und alle immer so freundlich und interessant, weil sie jung gewesen waren, jung. Jugend ist eine Art Geld, es macht die Menschen zu Schmeichlern. Dazu die Leute, mit denen sie zur High School und auf das Conn. College gegangen war. Die Jungs mit Motorrädern, Pseudo-Cowboys. Plus tausende Gesichter auf den Straßen der Stadt, schnurrbärtige Männer mit Regenschirmen, kurvenreiche Frauen, die sich in der Tür eines Schuhladens den Strumpf glattstrichen, Autos wie Eierkartons mit lauter Eiergesichtern, die ständig an einem vorbeifuhren – alle wirklich, alle mit Namen, alle mit Seelen, wie es so schön hieß, und nun wie tote graue Korallen in ihrem Gehirn zusammengebakken.

«Ganz nette Namen», sagte Sukie. «Arthur und Rose. Ich weiß nicht, ob du sie mögen würdest, sie schienen eher praktisch als künstlerisch veranlagt.»

Einer der Gründe für Alexandras Depression bestand darin, daß Darryl vor einigen Wochen aus New York mit der Nachricht heimgekehrt war, der Geschäftsführer der Gallerie in der Siebenundfünfzigsten Straße habe eine zu große Ähnlichkeit zwischen ihren Skulpturen und denen von Niki de Saint-Phalle konstatiert. Zudem waren zwei von den dreien beschädigt zurückgekommen: Van Horne hatte Chris Gabriel mitgenommen, damit er ihn beim Fahren ablösen konnte (und auf der Connecticut Turnpike wurde Darryl hysterisch: die Lastwagen fuhren zu dicht auf, zischten und dröhnten um ihn herum, diese ekelhaften, fettleibigen Fahrer, die von ihren hohen, dreckigen Führerhäusern auf seinen Mercedes herabstarrten)

und auf dem Nachhauseweg hatten sie in der Bronx einen Anhalter aufgenommen, so daß die Pseudo-Nanas auf dem Rücksitz zur Seite geschubst wurden, um Platz zu schaffen. Als
Alexandra Van Horne die verbogenen Glieder, die Risse in dem
empfindlichen Papiermaché gezeigt und ihn auf einen völlig
abgerissenen Daumen aufmerksam gemacht hatte, nahm sein
Gesicht den typisch disparaten Ausdruck an, Augen und
Mund paßten nicht mehr zusammen, das glasige linke Auge
driftete zum Ohr ab, Spucke stand in den Mundwinkeln. «Lieber Himmel», hatte er gesagt, «der arme Junge stand dort an
der Deegan, ein paar Blocks entfernt vom schlimmsten Slum in
diesem beschissenen Land, er hätte überfallen und umgebracht
werden können, wenn wir ihn nicht aufgelesen hätten.» Er argumentiert wie ein Taxifahrer, dachte Alexandra. Später fragte
er sie: «Warum versuchst du es nicht mal mit Holz? Glaubst
du, Michelangelo hätte seine Zeit je an klebriges Zeitungspapier verschwendet?»

«Aber wo werden Chris und Jenny hinziehen?» fragte sie
unter Auferbietung aller Kräfte. Auch Joe Marino lag ihr lästig
auf der Seele, der, während er zugab, daß Gina schon wieder
schwanger war, sich seiner ehemaligen Geliebten gegenüber
wieder zunehmend zärtlich, fast wie ein Ehemann, verhielt; zu
den merkwürdigsten Zeiten warf er Stöckchen an ihre Fenster
und unten in der Küche (in ihr Schlafzimmer ließ sie ihn nicht
mehr) sprach er allen Ernstes darüber, daß er Gina verlassen
werde, um sich mit ihr und Alexandras vier Kindern in einem
Haus irgendwo in der Gegend, aber außerhalb Eastwicks, vielleicht in Coddington Junction, anzusiedeln. Er war ein
schüchterner, ehrenwerter Mann, der nicht mal im Traum
daran dachte, sich eine neue Geliebte zuzulegen, denn das wäre
illoyal gegen die Mannschaft gewesen, die er zusammengestellt
hatte. Ständig unterdrückte Alexandra die Wahrheit, daß sie
lieber allein bliebe, als die Ehefrau eines Klempners zu werden;
es hatte ihr schon mit Oz und seinem Chrom gereicht. Aber
schon dieser snobistische und unfreundliche Gedanke allein
verursachte ihr derartige Schuldgefühle, daß sie schwach
wurde und Joe mit hinauf in ihr Bett nahm. Sie hatte während
des Winters sieben Pfund zugelegt, und es kann sein, daß dieses

kleine zusätzliche Fettpolster es ihr erschwerte, zu einem Orgasmus zu kommen; Joes nackter Körper fühlte sich an wie ein Inkubus, und als sie die Augen öffnete, schien er noch seinen Hut auf dem Kopf zu tragen, jenes absurd karierte Wollhütchen mit der schmalen Krempe und der kleinen braunen irisierenden Feder.

Vielleicht hatte auch irgendwo irgend jemand eine *aiguilette* geknotet, Alexandras Sexualität gebunden.

«Wer weiß?» fragte Sukie zurück. «Ich glaube nicht, daß sie das wissen. Ich weiß nur, sie wollen nicht wieder dorthin, wo sie herkommen. Jenny ist sich derart sicher, daß Darryl in seinem Laboratorium kurz vor einem Durchbruch steht, daß sie ihren gesamten Anteil aus dem Hausverkauf in das Projekt stecken will.»

Das versetzte Alexandra einen Schock und bannte ihre ganze Aufmerksamkeit, sei es, weil jedes Gespräch über Geld etwas Magisches hat, sei es, weil ihr selbst nie in den Sinn gekommen war, daß Darryl Van Horne Geld brauchte. Daß *sie* alle Geld brauchten – der Scheck für den Kinderunterhalt kam immer später, und die Dividenden waren wegen des Krieges und der überhitzten Wirtschaft gesunken, und die Eltern weigerten sich, Jane Smart auch nur einen Dollar mehr für eine halbe Stunde Klavierunterricht zu bezahlen, und Alexandras neue Skulpturen waren weniger wert als die Zeitungspapierfetzen, aus denen sie bestanden, und Sukie mußte ihr Lächeln zwischen zwei Aufträgen wochenlang strecken – verstand sich von selbst und gab ihren kleinen Festen einen armseligen Edelmut, die Extravaganz einer neuen Flasche *Wild Turkey* oder eines Glases ganzer Cashewnüsse oder einer Dose Anchovis. Und in diesen Zeiten nationalen Aufruhrs, da eine ganze Generation dem Verkauf und Verbrauch von Drogen verfallen war, kam immer seltener die verstohlene Ehefrau an ihre Hintertür, um wegen eines Gramms getrockneten Knabenkrauts anzuklopfen, das sie ihrem schlaffen Ehemann in einer aphrodisierenden Brühe verrühren würde, auch die Witwe nicht, die Vögel liebte und Bilsenkraut wünschte, um die Nachbarskatze zu vergiften, schon gar nicht der schüchterne Teenager, der eine Unze destillierter Mondrautenessenz oder Färberginster zu erstehen hoffte, um einer Welt, die, vollgepfropft wie eine Honigwabe mit ungeschmeckten Schätzen, noch immer voller Möglichkeiten steckte, seinen Willen aufzuzwingen. In jenen unschuldigen Tagen, als die Hexen, frisch von den Fesseln des Hausfrauendaseins befreit, im Nachthemd kichernd unter dem wachsenden Mond auszuschwärmen pflegten, um Kräuter dort zu sammeln, wo sie an den raren und heiklen sternenbeschienenen Kreuzpunkten von geeigneter Erde und Feuchtigkeit und Schatten nisteten. Der Markt für ihre magischen Kräfte trocknete aus, so gewöhnlich und vielfältig war die Hexerei geworden; jedoch wenn sie arm waren, so war Van Horne reich, und sein Wohlstand gehörte *ihnen* in jenen dunklen Stunden der Freizeit, wenn ihre schäbigen Sonnentage vorüber waren. Daß Jenny Gabriel ihm ihr Geld anbieten könnte und er es akzeptierte, war eine Transaktion, die sich Alexandra nie hätte träumen lassen. «Hast du mit *ihr* darüber gesprochen?»

«Ich habe ihr gesagt, daß ich das für verrückt halte. Arthur Hallybread lehrt Physik, und er meint, es gebe auf dem Gebiet des Elektromagnetismus keinerlei reale Grundlage für das, was Darryl versucht.»

«Behaupten Professoren dergleichen nicht von allen, die mal auf was Neues kommen?»

«Verteidige ihn doch nicht so, Liebchen! Ich wußte gar nicht, daß es dich derart interessiert.»

«Es interessiert mich nicht, wirklich nicht», erwiderte Alexandra, «was Jenny mit ihrem Geld macht. Außer, daß auch sie eine Frau ist. Wie reagierte sie, als du ihr das vorgehalten hast?»

«Ach, du kennst sie doch. Ihre Augen wurden größer und größer und blickten starr, sie reckte ihr Kinn ein wenig vor, und es war, als hätte sie mich überhaupt nicht gehört. Sie hat diesen Anflug von Starrsinn unter all ihrer Fügsamkeit. Sie ist zu gut für diese Welt.»

«Ja, diesen Eindruck vermittelt sie wohl», sagte Alexandra langsam, betrübt darüber, wie sie jetzt über sie herfielen, über ihr eigenes schönes Geschöpf, ihre unschuldige Naive.

Ungefähr eine Woche später rief Jane Smart an, wütend. «Hättest du dir das nicht gleich denken können? Alexandra, du scheinst *wirk*lich ziemlich zerstreut zur Zeit.» Ihre S-Laute schmerzten, brannten wie Streichholzköpfe. «Sie zieht ein! Er hat ihr und diesem abscheulichen Bruder angeboten, einzuziehen!»

«Ins Krötenschloß?»

«Ins alte *Lenox*-Haus, ja», sagte Jane unter Mißachtung des Kosenamens, den sie dem Haus einst gegeben hatten, so, als hätte Alexandra gerade dümmlich vor sich hin geplappert. «Das hat sie auch die ganze Zeit im Sinn gehabt. Wir hatten nur keine Augen im Kopf. Wir waren so *nett* zu diesem schalen Mädchen, haben sie aufgenommen, sie bei uns mitmachen lassen, obwohl sie ständig mit etwas zurückhielt, so tat, als ob sie tatsächlich darüberstünde und ihre Zeit schon noch käme – wie eine eingebildete kleine Cinderella, die in der Asche hockt, wohl wissend, daß irgendwo in der Zukunft ein gläserner Schuh auf sie wartet – oh, ihre *Affektiert*heit macht mich jetzt ganz rasend, wie sie herumschwirrt in dem niedlichen kleinen weißen Laborkittel und sich auch noch dafür bezahlen läßt, während er jedem in der Stadt Geld schuldet und die Bank daran denkt, ihm die Kredite zu sperren, sie will nur nicht auf dem Besitz hängenbleiben, weil die Unterhaltskosten horrend sind. Weißt du, wieviel ein neues Schieferdach für so einen Kasten kosten würde?»

«Kleines», sagte Alexandra, «du hörst dich so geschäftsmäßig an. Wo hast du das alles her?»

Die dicken gelben Fliederknospen ließen ihre ersten kleinen herzförmigen Blätter aufspringen, und die gebogenen verblühten Forsythienruten hatten die Chartreusefarbe von Miniaturweiden angenommen. Die grauen Eichhörnchen kamen nicht mehr zum Vogelhäuschen, weil sie viel zu beschäftigt mit der Paarung waren, und die Weinreben, die den Winter über immer so tot aussehen, begannen in der Laube wieder Schatten zu werfen. Alexandra fühlte sich diese Woche weniger aufgeschwemmt, da die Feuchtigkeit des Frühlings sich in Grün verwandelte; sie hatte wieder begonnen, ihre kleinen Tonduttelchen zu formen und sich auf die Sommersaison vorzubereiten, und die Duttelchen waren ein bißchen größer mit feinerem Körperbau und einer Färbung, die absichtlich poppiger wirkte: sie hatte aus ihrem Künstlerpech während des Winters dazugelernt. In diesem Gefühl der Verjüngung hatte sie Schwierigkeiten, auf der Stelle an Janes Wut Anteil zu nehmen; der Schmerz darüber, daß die Gabriel-Kinder in ein Haus einzogen, das sie partiell auch als das ihre empfunden hatte, drang nur langsam zu ihr durch. In ihrer selbstgefälligen Einbildung hatte sie immer daran festgehalten, daß trotz Sukies überlegener Schönheit und Lebendigkeit und Janes größerer Intensität und Besessenheit von der Hexerei sie, Alexandra, Darryls Favoritin war, ihm am ebenbürtigsten an Größe und einer gewissen psychischen Weitläufigkeit und deshalb dazu ausersehen, mit ihm zu *herrschen*. Es war eine denkfaule Vermutung gewesen.

Jane sagte gerade: «Bob Osgood hat es mir erzählt.» Er war Präsident der Old Stone Bank im Zentrum: untersetzt, vom selben Typus wie Raymond Neff, aber ohne dessen lehrerhafte Sanftheit und ohne die schwitzende einschüchternde Art, die Lehrer oft annehmen; ziemlich solide und vertrauenswürdig durch die Bindung ans Geld war Bob Osgood und hatte eine wunderschöne Totalglatze, die glänzte wie frisch geprägte Münzen und rosarot war er, wie gehäutet, an Ohren, Augenlidern und Nasenflügeln, ja sogar an den flinken Stummelfingern, als sei er eben einem Dampfbad entstiegen.

«Du *triffst* dich mit Bob Osgood?»

Jane hielt inne, da sie sowohl Mißfallen über diese direkte Frage als auch Unsicherheit bezüglich der Antwort verspürte. «Seine Tochter Deborah hat dienstags die letzte Stunde bei mir, und wenn er sie abholt, bleibt er manchmal auf ein Bier. Du weißt, wie unmöglich langweilig Harriet Osgood ist; der arme Bob bringts' einfach nicht, zu ihr nach Hause zu gehen.»

‹Es nicht bringen› war eine dieser Redewendungen, die die Jugend in Umlauf gesetzt hatte; aus Janes Mund klang sie ein bißchen falsch und derb. Aber schließlich *war* Jane derb, wie Leute aus Massachusetts oft. Der Puritanismus war an jenem Felsen gestrandet, und nachdem er dann auf Kosten der weichherzigen Indianer seine Härte wiedergewonnen, seine Kirchtürme und Steinmauern über ganz Connecticut verbreitet hatte, überließ er Rhode Island den Quäkern, den Juden, den Antinomisten und den Frauen.

«Was ist eigentlich mit dir und den netten Neffs?» fragte Alexandra maliziös.

Rauh lachte Jane, als sie dies in die Sprechmuschel des Telefons hustete: «*Er* bringt's neuerdings nicht mehr! Greta hat den Punkt erreicht, daß sie es jedem erzählt, der es hören will, und sie hat den Jungen, der einem in der Superette die Sachen einpackt, regelrecht aufgefordert, mit ihr nach Hause zu kommen und sie zu ficken.»

Die *aiguillette* war geknüpft worden; aber wer hatte sie geknüpft? Sobald Hexerei in einer Gemeinschaft groß wird, ufert sie leicht aus, gerät außer Kontrolle derer, die sie ins Leben gerufen haben, läuft derart aus dem Ruder, daß Täter und Opfer leicht zu verwechseln sind.

«Arme Greta», hörte Alexandra sich murmeln. Kleine Teufel knabberten an ihren Magenwänden; sie fühlte sich unwohl, sie wollte zu ihren Duttelchen zurückkehren und, sobald sie erst einmal behaglich in dem Schwedischen Ofen brannten, die im Winter auf den Rasen herabgefallenen Zweige zusammenharken und das Deckstroh auf den Beeten mit der Mistgabel angehen.

Aber Jane war zum Angriff übergegangen. «Komm mir nur nicht mit diesem mitleidheischenden Erdmutter-Scheiß», sagte sie schockierend. «Was werden wir *tun*, wenn Jennifer einzieht?»

«Aber Süße, was können wir denn tun? Außer, daß wir zeigen, wie verletzt wir sind, und alle uns auslachen. Meinst du nicht, daß die Stadt sich auch so schon genug amüsiert? Joe erzählt mir manchmal, was die Leute so tuscheln. Gina nennt uns *streghe* und hat Angst, daß wir ihr das Baby im Bauch in ein kleines Schweinchen oder einen Thalidomid-Fall verwandeln.»

«Jetzt kommst du der Sache schon näher», sagte Jane Smart.

Alexandra las ihre Gedanken. «Irgendeine Art von Zauberbann. Aber welchen Unterschied würde es schon machen? Jenny ist dort, sagst du. Sie genießt *seinen* Schutz.»

«Oh, es wird einen Unterschied machen, glaub mir», artikulierte Jane Smart in einem langen zitternden Warnton, als wäre er ein Tremolo unter einem einzigen Strich ihres Bogens.

«Wie denkt Sukie darüber?»

«Sie denkt genauso wie ich. Daß es eine Unverschämtheit ist. Daß wir betrogen worden sind. Meine Liebe, wir haben eine Schlange an unserem Busen genährt.»

Alexandra mußte wehmütig an die Abende denken, die in der Tat im Laufe des Winters seltener geworden waren, da sie, allesamt nackt, naß und matt vor lauter Hasch und Californischem Chablis, Tiny Tims vielen Stimmen lauschten, von denen sie in der stereophonen Dunkelheit, trillernd und brummend und ihr Innerstes massierend, umspielt wurden; die stereophonischen Vibrationen brachten ihren Herzen, Lungen und Lebern Erleichterung, ihrer glitschigen, fetten Anwesenheit in jenem purpurnen Innern, zu dem der schummrig erleuchtete Baderaum mit seinen asymmetrischen Kissen eine Art Verstärkung bedeutete. «Ich würde meinen, es geht alles so weiter wie bisher», sagte sie zu Jane. «Er liebt schließlich *uns*. Und Jenny tut nicht die Hälfte dessen, was wir für ihn tun; wir waren es, die sie bedienen wollte. Und oben ist so viel Platz, sie müssen nicht alle in einem Zimmer schlafen, oder so was.»

«Ach Lexa», seufzte Jane in zärtlicher Verzweiflung. «In Wahrheit bist *du* die Ahnungslose.»

Nach diesem Telefonat fühlte Alexandra sich alles andere als beruhigt. Die Hoffnung, daß der dunkle Fremdling sich am Ende doch für sie entscheiden würde, hockte noch immer in einer Ecke ihrer Einbildung; konnte es denn sein, daß ihrer königlichen Geduld keine größere Belohnung zuteil wurde, als benutzt und dann fortgeworfen zu werden? Und jener Oktobertag, als er sie hinauf zum Portal gefahren hatte wie zu einem gemeinsamen Besitz, und als sie durch die Flut hinwegwaten mußte, als ob die Elemente selbst sie gebeten hätten zu bleiben: konnten denn solche kostbaren Auspizien leere Versprechungen sein? Wie kurz das Leben ist, wie schnell die Zeichen ihre Bedeutung verlieren. Sie strich sich liebevoll über die Unterseite der linken Brust und meinte, dort ein kleines Knötchen zu entdecken. Beunruhigt und erschrocken sah sie unverhofft in die leuchtenden Knopfaugen eines grauen Eichhörnchens, das sich ins Futterhäuschen gestohlen hatte, um zwischen den Sonnenblumenkernen herumzustöbern. Es war ein feister kleiner Gentleman in einem grauen Frack, mit weißer Hemdbrust, der mit glänzendem Blick zum Diner gekommen war. Diese Unverschämtheit, diese Gier. Seine kleinen grauen Händchen, empfindungslos und trocken wie Vogelfüße, verhielten auf halbem Wege vor seiner Brust, durch plötzliches Innewerden ihres Blickes, ihres psychischen Angriffs; seine Augen saßen seitwärts in dem ovalen Schädel und schienen in ihrer Wölbung wie glänzende, schiefstehende, undurchsichtige Glaskuppeln. Der Lebensfunke im Innern des winzigen Schädels wollte fliehen, sich in Sicherheit bringen, aber Alexandras plötzlich starrer Blick ließ ihn sogar durchs Glas hindurch gefrieren. Ein schwacher kleiner Wille, programmiert auf Futter und Flucht und saisonale Fortpflanzung, prallte auf einen stärkeren. *Morte, morte, morte* sagte Alexandra wortlos und entschieden, und das Eichhörnchen fiel um wie ein plötzlich leerer Sack. Ein letztes Zucken seiner Gliedmaßen ließ ein paar leere Hülsen über die Kante des Plastikfutterhäuschens fliegen, der üppige eisgraue Schwanzbusch schlug einige Sekunden hin und her, dann war das Tier still; das tote Gewicht brachte das Futterhäuschen, das an einem Draht zwischen zwei Pfeilern der Laube angebracht war, mitsamt seinem kegelförmigen Dach aus grünem Plastik zum Schwingen. Das Programm war gelöscht.

Alexandra fühlte keine Reue; es war eine köstliche Macht, die sie besaß. Jetzt aber mußte sie ihre Gummistiefel anziehen und hinausgehen und mit eigener Hand den Körper voller Ungeziefer beim Schwanz fassen, zum Ende des Gartens gehen und ihn in die Büsche hinter der Steinmauer werfen, wo das Moor begann. Es gab so viel Schmutz im Leben, so viele Radiergummikrümel, verstreuten Kaffeesatz und tote Wespen, die zwischen die Doppelfenster geraten waren, daß es schien, als würde die gesamte Zeit eines Menschen – jedenfalls die einer Frau – mit Neuzuweisungen verbracht, die darin bestanden, daß man Dinge von einem Ort zum andern trug; wobei Schmutz, wie ihre Mutter immer zu sagen pflegte, nichts weiter war als Materie am falschen Platz.

Tröstlicherweise rief an jenem Abend, während die Kinder um Alexandra herumlungerten, um je nach Alter entweder den Wagen oder Hilfe bei den Schularbeiten oder beim Zubettgehen zu fordern, Van Horne an. Das war ungewöhnlich, weil sich seine Sabbate normalerweise spontan ergaben, durch das telepathische oder telefonische Verschmelzen der Lüste seiner Anbeterinnen, ohne daß er sich zu einer persönlichen Einladung herabgelassen hätte. Sie fanden sich bei ihm ein, ohne genau zu wissen, wie sie dazu gekommen waren. Ihre Autos – Alexandras kürbisfarbener Subaru, Sukies grauer Corvair, Janes moosgrüner Valiant – trugen sie mit sich fort, wie von psychischen Kräften getrieben. «Komm Sonntag abend rüber», schnarrte Darryl in seinem heiseren New Yorker Taxifahrerton. «Es ist ein höllisch deprimierender Tag, und ich habe etwas Stoff da, den ich an euch Bande ausprobieren will.»

«Es ist nicht leicht», sagte Alexandra, «am Sonntagabend einen Babysitter zu bekommen. Am nächsten Morgen müssen sie früh hoch wegen der Schule, und deshalb bleiben sie lieber zu Hause und sehen sich Archie Bunker an.» Aus ihrem unvermuteten Widerstand spürte sie Ablehnung heraus, einen Ärger, den Jane Smart ihr eingepflanzt hatte, doch dessen Intensität nun in ihren eigenen Adern weiter wuchs.

«Ach, hör auf. Deine Kinder sind groß, wozu brauchen sie immer noch einen Babysitter?»

«Ich kann Marcy die drei jüngeren nicht einfach aufs Auge drücken, sie akzeptieren ihre Erziehungsmaßnahmen nicht. Außerdem könnte sie jemanden besuchen wollen, und davon möchte ich sie nicht abhalten; es ist nicht fair, einem Kind die eigene Verantwortung aufzubürden.»

«Welches Geschlecht hat denn der jemand, den das Kind besuchen will?»

«Das geht dich nichts an. Zufälligerweise ist es eine Freundin.»

«Jesus, mach *mich* doch nicht an, ich bin es doch schließlich nicht gewesen, der dich mit diesen kleinen Monstern reingelegt hat!»

«Es sind *keine* Monster, Darryl. Und ich vernachlässige sie.»
Interessanterweise schien es ihn nicht zu stören, daß sie ihm

widersprach, was sie noch nie getan hatte: vielleicht war das der Weg zu seinem Herzen. «Wer könnte schon sagen», erwiderte er sanft, «was Vernachlässigung heißt? Hätte meine Mutter mich ein bißchen mehr vernachlässigt, wäre ich möglicherweise ein ganz brauchbarer Typ geworden.»

«Du bist ganz in Ordnung.» Es klang gezwungen, aber ihr gefiel, daß er Bestätigung suchte.

«Sei gefickt zum Dank», antwortete er mit unvermittelter Grobheit. «Wir sehen dich also oder auch nicht.»

«Sei doch nicht gleich beleidigt.»

«Wer ist beleidigt? Komm oder laß es. Sonntag gegen sieben. Zwanglose Kleidung.»

Sie fragte sich, warum der nächste Sonntag ihn wohl bedrücken würde. Sie sah auf den Küchenkalender. Die Zahlen waren von Lilien umrankt.

Der Osterabend erwies sich als lau, mit einem Südwind, der den Mond durch wilde, bleiche Wolken zurücktrieb. Die Flut hatte silberne Lachen auf dem Damm hinterlassen. Junges grünes Marschgras sproß aus den Zwischenräumen der Steine. Alexandras Scheinwerfer ließen Schatten über die Felsblöcke und über das Tor, durch das der junge Baum wuchs, tanzen. Die geschwungene Auffahrt führte an der Stelle vorbei, wo die Silberreiher zu nisten pflegten und wo jetzt die zusammengefallene Tennishallenhaut gefaltet und hart wie ein Lavastrom lag; dann fuhr der Wagen die von nasenlosen Statuen gesäumte Auffahrt hinauf. Als sich die stattliche Silhouette des Hauses abzeichnete, durch dessen Fenstergitter helles Licht schien, hob sich ihr Herz in Feiertagsstimmung; jedesmal, wenn sie herkam, ob nachts oder am Tage, hoffte sie jenem Wesen von Bedeutung zu begegnen, das, wie sie wußte, sie selbst war, sie selbst ohne Putz und Fessel, sündlos und nackt, aufrecht und vollkommen und offen für jedes ehrenvolle Angebot: die schöne Fremde, ihr heimliches Ich. Keine noch so große Mattigkeit am nächsten Tag konnte sie von der überspannten Erwartung kurieren, die das Lenox-Haus in ihr wach rief. Deine Sorgen verdampften in der Eingangshalle, wo Schwefeldüfte dich grüßten, und ein Elefantenfuß als Regenschirmständer eine Menge altmodischer Griffe und Henkel beherbergte, sich aber auf den zweiten Blick als eine bemalte Plastik aus einem Stück herausstellte, bis hin zu den kleinen Bändern und Druckknöpfen, die den Regenschirm zusammenhielten – ein weiteres, trügerisches Kunstwerk.

Fidel nahm ihre Jacke, eine Männerwindjacke mit Reißverschluß. Zunehmend fand Alexandra Männerkleidung bequem; erst hatte sie Männerschuhe und -handschuhe gekauft, dann Cord- und Leinenhosen, die in der Taille nicht so einschnitten wie Frauenhosen, und kürzlich diese hübschen, weiten, praktischen Jacken, in denen Männer jagen und arbeiten. Warum auch sollen sie jede Bequemlichkeit haben, während wir uns mit spitzen Absätzen und dem Rest jener Sklavenmode herumquälen müssen, die sadistische Strohköpfe an uns sehen wollen?

«Buenas noches, señora», sagte Fidel. *«Es muy agradable tenerla nuevamente en esta casa.»*

«Der Herr haben alles für eine fröhliche Party vorbereitet», sagte Rebecca hinter ihm. «Oh, große Veränderungen stehen ins Haus.»

Jane und Sukie waren schon im Musikzimmer, wo einige Stühle mit ovalen Rückenlehnen und abblätternder silbriger Farbe bereitgestellt waren; Chris Gabriel hing schlaff in einer Ecke in der Nähe einer Lampe und las *Rolling Stone*. Der übrige Raum war mit Kerzen beleuchtet, Kerzen in allen Zuckergußfarben für die spinnenumwobenen Wandleuchter, und jede vom Luftzug bedrohte kleine Flamme verdoppelte sich in einem Zinnspiegel. Die Aura der Flammen in scharfer Komplementärfarbe: Grün fraß sie sich in den orangenen Glanz, wurde jedoch beständig zurückgewiesen wie in einem zähflüssigen Streit zwischen sich nicht miteinander mischenden Chemikalien. Darryl trug einen altmodischen, zweireihig geknöpften Smoking, dessen Schwärze außer an den breiten Aufschlägen so stumpf war wie Ruß. Er stand auf und gab ihr einen kalten Kuß. Sogar sein Speichel auf ihrer Wange war kalt. Janes Aura war leicht durch Ärger getrübt, die von Sukie so rosig und vergnügt wie immer. Es war offenkundig, daß sie in ihren Pullovern und Overalls allesamt zu schlicht für den Anlaß gekleidet waren.

Der Smoking ließ Darryl weniger zusammengeflickt und schlampig aussehen als sonst. Er räusperte seine Froschkehle und verkündete: «Wie wär's mit einem kleinen Konzert? Ich habe mir hier einiges ausgedacht und hätte gern eure Meinung dazu. Die erste Nummer heißt –» mitten in der Bewegung hielt er inne, seine scharfen kleinen grünlichen Zähne leuchteten, seine Brille war an diesem Abend so klein, daß das blasse Plastikgestell die Augen eingefangen zu haben schien – «der ‹*A Nightingale Sang in Berkeley Square*'-Boogie›.»

Massen von Noten wurden angeschlagen, als spielten mehr als zwei Hände, die linke Hand baute an einem düsteren, wolkig ausschreitenden Rhythmus, luftig, doch dunkel wie eine Gewitterwolke, die über die Baumwipfel heranwächst, und dann schnellte die rechte Hand in sprunghaft gebrochenen Phrasierungen heraus, so daß das Thema, der Regenbogen der Melodie, nur langsam hervortrat. Man konnte den nebligen englischen Park förmlich vor sich sehen, den perlfarbenen Londoner Himmel, das Wange-an-Wange-Tanzen, und gleichzeitig das amerikanische Poltern spüren, das gute kernige Hurhaus-Geklingel, das nur dieser Kontinent in den plüschigen Bordells einer südlichen Flußstadt ausgekocht haben konnte. Die Melodie kam dem Baß näher, der Baß rückte heran und schluckte die Nachtigall, ein wunderbar verworrenes Durcheinander folgte, während von Van Hornes teigigem Narbengesicht Schweiß auf die Tasten tropfte und das Stöhnen seiner Mühsal die Musik befleckte; Alexandra stellte sich seine Hände als weiße, wächserne Maschinen vor, deren Fingerknochen und Muskelsehnen sich spannten und entspannten und direkt mit der Mechanik, dem Filz und den Saiten des Klaviers verbunden waren, und daß diese ungeheure vorantreibende Stimme einem überentwickelten Fingernagel entsprang. Die Themen entfernten sich voneinander, der Regenbogen erschien aufs neue, die Gewitterwolke zerging in harmloser Luft, die Melodie stellte sich in einer merkwürdig hohen Molltonart wieder her, die durch eine schräge Reihe von sechs absteigenden, schwächer werdenden Akkorden über einer zusammenfallenden Synkopierung erreicht wurde.

Stille, außer dem Nachsummen der malträtierten Klavierharfe.

«Phantastisch», sagte Jane Smart trocken.

«Wirklich, Schatz», sagte Sukie nachdrücklich zu ihrem Gastgeber, der jetzt, da seine Anstrengung vorüber war, erschöpft und blinzelnd dasaß. «Ich habe noch nie etwas Vergleichbares gehört.»

«Ich könnte weinen», sagte Alexandra aufrichtig, solche Erinnerungen hatte er in ihr wachgerufen, solche Zukunftsahnungen; Musik erhellt mit ihrem pulsierenden Licht die Höhle unseres Seins.

Darryl schien durch ihr Lob aus der Fassung, so, als könnte er sich darin auflösen. Er schüttelte den struppigen Kopf wie ein Hund, der sich trocknet, und dann schien er seinen Kiefer mit denselben zwei Fingern auf seinen Platz zurückzudrücken, mit denen er sich die Mundwinkel abwischte. «Das ging ganz gut zusammen», gab er zu. «Okay, das nächste also. Es heißt ‹Der *How High the Moon*-Marsch›.» Diese Mixtur lief weniger gut, obwohl dieselbe Hexerei am Werke war. Eine Hexerei, dachte Alexandra, aus Diebstahl und Transformation, ohne jede Spur von argloser Kreativität, nur die Kühnheit monströser Kombination. Die dritte Darbietung war das zärtliche ‹*Yesterday*› der Beatles, zertrümmert in die abgehackten Rhythmen einer Samba: das brachte sie alle zum Lachen, was bei den ersten Stücken nicht der Fall gewesen und vielleicht auch nicht beabsichtigt war. «So», sagte Van Horne beim Aufstehen, «ungefähr so. Wenn ich ein Dutzend solcher Sachen fabrizieren könnte, sagt mir ein Freund aus New York, könnte er einen Schallplattenboss anhauen, und vielleicht könnten wir dann ein paar Piepen zusammenkratzen, um den Laden am Laufen zu halten. Na, was haltet ihr davon?»

«Es ist vielleicht ein bißchen … ungewöhnlich», bot Sukie an, indem ihre volle Oberlippe sich feierlich auf die Unterlippe senkte, was trotzdem belustigt wirkte.

«Was heißt hier ungewöhnlich?» fragte Van Horne, dessen Gesicht sich schmerzlich verzog, als wollte es zerspringen. «Tiny Tim war ungewöhnlich. Liberace war ungewöhnlich. Lee Harvey Oswald war ungewöhnlich. Um in diesen Zeiten irgendwelche Aufmerksamkeit zu erregen, muß man einfach anders sein als der Rest.»

«Dein Laden braucht Piepen?» fragte Jane Smart scharf.

«Jedenfalls ist mir das gesagt worden, Tittchen.»

«Von wem, Schatz?» fragte Sukie.

«Ach», sagte er verlegen und schielte durch das Kerzenlicht hindurch, als sähe er nichts als Widerschein, «unterschiedlichste Typen. Bankiers. Mögliche Partner.» Abrupt, in Übereinstimmung vielleicht mit dem alten Smoking, verfiel er in eine Horrorfilmclownerie, tänzelte in seinem schwarzen Anzug herum, als sei er verkrüppelt, als seien ihm die Beine falsch eingehängt. «Genug jetzt vom Geschäft», sagte er. «Gehen wir ins Wohnzimmer. Machen wir einen drauf.»

Irgend etwas war los. Alexandra fühlte, wie sie ins Rutschen kam: eine riesige glitschige Schräge aus Depressionen kam zum Vorschein, als glitte ein automatisches Garagentor nach oben, in Gang gesetzt durch das elektrische Auge ihres innersten Fühlens, und der Weg führte auf eine endlose unterirdische Rampe, deren Abwärtstrend nicht umzukehren war, weder durch Pillen, noch durch Sonnenschein oder eine Nacht voller Schlaf. Ihr Leben war auf Sand gebaut, und sie wußte, daß alles, was sie heute abend sah, ihr traurig vorkommen würde.

Die staubigen, häßlichen Werke der Pop Art im Wohnzimmer waren traurig, ebenso die Art und Weise, wie etliche Neonröhren über ihren Köpfen entweder aus waren oder summend flackerten. Der große lange Raum brauchte mehr Leute, um jene Festlichkeit auszustrahlen, für die er gebaut war; er kam Alexandra plötzlich wie eine schlecht besuchte Kirche vor, eine von denen, die die Colorado-Pioniere entlang der Bergstraßen gebaut hatten und wohin niemand mehr ging, ein Dahinschwinden mehr als eine Zurückweisung, da alle viel zu beschäftigt waren, die Kerzen ihrer Lieferwagen auszuwechseln oder sich von Samstagnacht zu erholen, so daß die Parkplätze draußen mit Gras bewachsen waren, während auf dem Kirchengestühl innen noch immer die Gesangsbücher offen herumlagen. «Wo ist Jenny?» fragte sie laut.

«Die Dame räumt noch das Laboratorium auf», sagte Rebecca. «Sie arbeitet so hart, daß ich fürchte, sie übernimmt sich.»

«Kommst du denn voran?» fragte Sukie Darryl. «Wann kann ich mein Dach mit Kilowatt anstreichen? Die Leute auf der

Straße halten mich schon an und erkundigen sich wegen der Geschichte, die ich über dich geschrieben habe.»

«Jaaa», schnarrte er, wie ein Bauchredner, so daß die Stimme irgendwo neben seinem Kopf entsprang, «und diese alten Erzkonservativen, denen du den Gabriel-Kram verkauft hast, mokieren sich über die ganze Sache wie ich höre. Scheiß drauf. Man hat über Leonardo gelacht. Man lachte über Leibniz. Man hat über den Typen gelacht, der den Reißverschluß erfunden hat, wie zum Teufel hieß er doch gleich? Eine der unbesungenen Größen des Erfindertums. Tatsächlich habe ich mich schon gefragt, ob nicht Mikroorganismen der richtige Weg sind – eine Technik zu benutzen, die schon vorhanden ist und die sich selber fortpflanzt. Biogas-Technologie: wißt ihr, wer in diesem Bereich die Nase weit vorn hat? Die Chinesen, ob ihr's glaubt oder nicht.»

«Könnten wir nicht weniger Elektrizität verbrauchen?» fragte Sukie, die aus alter Gewohnheit in ihren Interviewstil verfiel. «Und statt dessen unsere Körperkraft benutzen? Niemand braucht doch ein elektrisches Tranchiermesser.»

«Du brauchst eins, wenn dein Nachbar eins hat», sagte Van Horne. «Und dann brauchst du ein neues, um das alte zu ersetzen. Und noch eins. Und noch eins. Fidel! *Deseo beber!*»

Der Diener in seinem Khakidress, der abstoßend häßlich war und trotzdem einen Hauch militärischer Drohung ausstrahlte, brachte Getränke und ein Tablett mit *huevos picantes* und Palmenherzen. Jedoch kam ohne Jenny erstaunlicherweise keine rechte Unterhaltung in Gang; sie hatten sich nach und nach an sie gewöhnt, sie war jemand, vor dem sie sich produzieren konnten, den sie unterhalten, schockieren oder belehren konnten. Ihr großäugiges Schweigen wurde vermißt. Alexandra hoffte, daß Kunst, jedwede Kunst, ihr inneres Bluten von Melancholie eindämmen würde, und begab sich zwischen den Riesen-Hamburger und die Keramik-Zielscheibe, als hätte sie sie noch nie vorher gesehen; und einige hatte sie tatsächlich noch nicht gesehen. Auf einer vier Fuß hohen schwarzbemalten Sperrholzsäule ruhte unter einer Kuchenglocke aus Plastik die ironisch realistische Reproduktion einer schneeweißen Hochzeitstorte – ein dreidimensionaler Wayne Thiebaud. Jedoch an Stelle des konventionellen Brautpaars standen zwei nackte Figuren auf der obersten Schicht, die weibliche rosa, blond und rund, der schwarzhaarige Mann von einem dunkleren Rosa bis auf den tödlich weißen Zentimeter seines halb erigierten Penis. Alexandra fragte sich, aus welchem Material dieses Machwerk gefertigt war: der Torte fehlten die Kerben gegossener Bronze und auch der Glanz glasierter Keramik. Acrylgespritzter Gips war ihre Vermutung. Als Alexandra sah, daß niemand sie beobachtete außer Rebecca, die mit einem Tablett kleiner, mit *xu-xu*-Crème gefüllter Krabben an ihr vorbeiging, hob sie die Glocke hoch und berührte den zuckergußähnlichen Rand des Objekts. Ein weicher Klecks blieb an ihrem Finger haften. Sie steckte den Finger in den Mund. Zucker. Es war wirklich Zuckerguß, eine echte Torte und frisch.

Darryl beschrieb vor Sukie und Jane mit weit ausladenden Gesten noch eine Möglichkeit, Energie zu gewinnen. «Erdwärme, wenn man erst mal den Schacht gegraben hat – und warum zum Teufel nicht? An jedem Tag in der Woche bohren sie zwanzig Meilen lange Tunnel durch die Alpen – das einzige Problem ist, wie man die Energie davon abhält, den Konverter zu verbrennen. Metall würde schmelzen wie Bleisoldaten auf der Venus. Wißt ihr, wie die Antwort lautet? Unglaublich einfach. Stein. Man muß die ganze Maschinerie, sämtliche Getriebe und Turbinen, aus Stein herstellen. Man kann es! Man kann heute Granit so fein meißeln wie Stahl fräsen. Man kann Federn aus Zement gießen, hättet ihr das geglaubt? – letzten Endes läuft es auf Partikelgröße hinaus. Metall hat ausgedient, genau wie der Feuerstein, als die Bronzezeit begann.»

Ein anderes Kunstwerk, das Alexandra noch nie bemerkt hatte, war eine glänzende Nackte, eine Schaufensterpuppe ohne die sonst übliche matte Haut und die drehbaren Glieder, ein Kienholz in seiner anspringenden Direktheit, aber weich und nur minimal ausgearbeitet, in der Art von Tom Wesselmann, gebückt, als sollte sie von hinten gefickt werden, das Gesicht blank und leer, der Rücken flach genug, um als Tischplatte zu dienen. Die Vertiefung der Wirbelsäule war so gerade wie die Blutrinne auf einem Schlachtblock. Die Hinterbacken erinnerten an zwei weiße, zusammengeschweißte Motorradhelme. Die Skulptur in ihrer blasphemischen Vereinfachung der eigenen weiblichen Formen regte Alexandra auf. Sie nahm sich noch einen Margarita von Fidels Tablett, schmeckte genüßlich das Salz (es ist ein Mythos und absurde Verleumdung, daß Hexen Salz verabscheuen; Salpeter und Lebertran, beide verbunden mit christlicher Tugend, sind es, die sie nicht ertragen) und schlenderte zu ihrem Gastgeber hinüber. «Ich fühle mich sinnlich und traurig», sagte sie. «Ich möchte mein Bad und meinen Joint und dann nach Hause gehen. Ich habe dem Babysitter geschworen, ich würde um halb elf zurück sein; sie war mein fünfter Versuch, und ich konnte ihre Mutter aus dem Hintergrund mit ihr schimpfen hören. Die Eltern wollen einfach nicht, daß sie in unsere Nähe kommen.»

«Du brichst mir das Herz», sagte Van Horne. Nach dem Blick in den Schmelzofen der Erdwärme sah er verschwitzt und verwirrt aus. «Wozu die Eile? Ich fühle mich noch völlig nüchtern. Wir haben einen Zeitplan hier. Jenny kommt gleich runter.»

Alexandra sah einen neuen Ausdruck in Van Hornes glasigen, blutunterlaufenen Augen, er sah verängstigt aus. Aber was konnte *ihn* ängstigen?

Jennys Schritt war auf der mit Teppich ausgelegten vorderen Treppe nicht zu hören, sie kam in das langgestreckte Zimmer mit zurückgekämmtem Haar wie Eva Perón und trug einen ultramarinblauen Bademantel, der über den Boden schleifte. Über jeder ihrer Brüste hatte der Mantel als Zierde drei umstickte Einschnitte wie große Knopflöcher, die Alexandra an militärische Rangabzeichen erinnerte. Jennys Gesicht mit seiner breiten gewölbten Stirn und dem festen dreieckigen Kinn war leuchtend sauber und ohne Make-up, auch kein Lächeln schmückte es. «Darryl, betrink dich nicht», sagte sie. «Betrunken bist du noch unverständlicher als nüchtern.»

«Aber es insp*iriert* ihn», sagte Sukie mit ihrer wohlerprobten Unverblümtheit und versuchte, sich tastend zurechtzufinden mit dieser neuen Frau, die jetzt hier wohnte und irgendwie die Aufsicht führte.

Jenny ignorierte sie, sah sich um, über ihre Köpfe hinweg. «Wo ist der liebe Chris?»

Aus der Ecke sagte Rebecca: «Junger Mann in Bibliothek Magazine lesen.»

Jenny machte zwei Schritte nach vorn und sagte: «Alexandra, sieh mal.» Sie löste den Gürtel und öffnete den Bademantel weit und enthüllte ihren weißen, rundlichen Körper mit seinen Babyspeckringen und seinem Dreieck aus weichem Haar, das kleiner war als eine Männerhand. Sie bat Alexandra, sich die durchscheinende Warze unter der Brust anzusehen. «Glaubst du, daß sie größer geworden ist, oder bilde ich mir das nur ein? Und hier oben», sagte sie und führte die Finger der anderen Frau in die Achselhöhle, «fühlst du einen kleinen Knoten?»

«Das ist schwer zu sagen», sagte Alexandra nervös, denn diese Art Berührung gehörte in das dampfende Dunkel des Bades, aber nicht in das kalte Neonlicht hier. «Wir sind alle von Natur aus voller kleiner Knötchen. Ich fühle nichts.»

«Du bist nicht bei der Sache», sagte Jenny, und mit einer Geste, die in einem anderen Zusammenhang zärtlich erschienen wäre, nahm sie Alexandras Handgelenk zwischen die Finger und führte ihre rechte Hand zu der anderen Achsel. «Da ist auch so was. Bitte, Lexa. Konzentrier dich.»

Das schwache Pieken abrasierter Haare. Die Seidigkeit von aufgetragenem Puder. Darunter Verhärtungen, Venen, Drüsen, Knoten. Nichts in der Natur ist ganz homogen; das Universum wurde aufs Geratewohl zusammengewürfelt. «Tut's weh?» fragte sie.

«Ich bin nicht sicher. *Et*was spüre ich.»

«Ich glaube nicht, daß es irgend etwas ist», sagte Alexandra bestimmt.

«Könnte es irgendwie damit zusammenhängen?» Jenny hob ihre feste, spitz zulaufende Brust, um besser ihre transparente Warze vorzuführen, ein winziges Blumenkohlröschen oder ein Mopsgesicht aus rosa Fleisch, das danebengeraten war.

«Ich glaube nicht. So was kriegen wir alle.»

In panischer Ungeduld schlug Jenny den Bademantel zusammen und band den Gürtel zu. Sie wandte sich an Van Horne. «Hast du es ihnen gesagt?»

«Meine Liebe, meine Liebe», sagte er, indem er sich die Ekken seines lächelnden Mundes mit zittrigem Daumen und Finger sauber strich. «Wir müssen ein Zeremonie daraus machen.»

«Die Dämpfe haben mir heute Kopfschmerzen verursacht, und ich glaube, wir hatten genügend Zeremonien. Fidel, bring mir nur ein Glas Sodawasser, *aqua gaseosa, o horchata, por favor. Pronto, gracias.*»

«Die Hochzeitstorte», rief Alexandra mit dem eisigen Schauer des Begreifens.

«Jetzt hast du's, kleine Sandy», sagte Van Horne. «Du hast begriffen. Ich hab gesehen, wie du gebohrt und deinen Finger abgeleckt hast», neckte er sie.

«Es war eigentlich weniger das, als Jennys Verhalten. Trotzdem kann ich's noch nicht glauben. Ich weiß es, aber ich kann es nicht glauben.»

«Ihr solltet es aber glauben, meine Damen. Das Kind hier und ich sind seit gestern nachmittag um halb vier verheiratet. Der verrückteste kleine Standesbeamte in Apponaug. Er stotterte. Ich hätte nie gedacht, daß man als Stotterer so etwas werden kann. W-w-w-wollen Sie, D-D-D-D-D-»

«Oh, Darryl, das ist nicht wahr!» rief Sukie und zog die Lippen in einem freudlosen Lachen so weit zurück, daß die Mulden oberhalb ihres Zahnfleisches sichtbar wurden.

Jane Smart zischelte an Alexandras Seite.

«Wie konntet ihr zwei uns das antun?» fragte Sukie.

Das Wort ‹uns› überraschte Alexandra, die diese Bekanntgabe als eine plötzliche wunde Stelle ausschließlich in *ihrem* Unterleib empfand.

«So was Hinterlistiges», fuhr Sukie fort. Die heitere Partystimmung auf ihrem Gesicht wirkte leicht erstarrt. «Wir hätten ihr wenigstens ein Brautgeschenk machen wollen.»

«Ein paar Auflaufformen», sagte Alexandra tapfer.

«Sie hat's geschafft», sagte Jane, anscheinend zu sich selber, aber natürlich so, daß Alexandra und die andern es mitbekamen. «Sie hat es wirklich fertiggebracht.»

Jenny verteidigte sich; ihre Wangen waren gerötet. «Es gab nicht so viel fertigzubringen, es kam wie von selbst, ich die ganze Zeit sowieso hier, und natürlich …»

«Natürlich nahm die Natur ihren widerlich natürlichen Lauf», spie Jane aus.

«Darryl, was springt für dich dabei raus?» fragte Sukie ihn mit ihrer offenen, männlichen Reporterstimme.

«Ach, du weißt schon», sagte er dümmlich. «Der übliche Kram. Sich häuslich niederlassen. Sicherheit. Sieh sie an. Sie ist schön.»

«Quatsch», sagte Jane Smart langsam und ließ das Wort kochen.

«Bei allem Respekt, Darryl, und ich *habe* unsere kleine Jenny sehr gern», sagte Sukie, «sie ist ein bißchen doof.»

«Komm, laß das, was ist das denn für ein Empfang?» sagte der große Mann hilflos, während die Braut in ihrem langen Gewand neben ihm mit keiner Wimper zuckte, sondern sich wie immer hinter dem zerbrechlichen Schild aus Unschuld, Arroganz und Einfältigkeit verschanzte. Nicht, daß ihr Verstand weniger fähig war als der ihre, innerhalb seiner Grenzen war er sogar fähiger; aber er war wie die Tastatur einer Rechenmaschine verglichen mit der einer Schreibmaschine. Van Horne versuchte, seine Würde wiederzuerlangen. «Hört mal, ihr Weiber», sagte er. «Was soll eigentlich diese Haltung, von wegen ich schulde euch irgendwas? Ich hab euch reingeholt, ich gab euch zu essen und ein bißchen Erlösung von eurem lausigen Leben –»

«Wer hat's denn lausig gemacht?» hakte Jane Smart ein.

«Ich nicht. Ich bin neu in der Stadt.»

Fidel trug auf einem Tablett langstielige Champagnergläser herein. Alexandra nahm eins und kippte den Inhalt Van Horne ins Gesicht: die dünne Flüssigkeit verfehlte ihn, durchnäßte nur seine Hose im Schritt und an den Beinen. Dadurch hatte sie nur erreicht, daß *er* als Opfer erschien und nicht sie. Vehement warf sie das Glas gegen die Skulptur der ineinander verwobenen Stoßstangen; hier zielte sie besser, doch das Glas verwandelte sich mitten im Flug in eine Rauchschwalbe, die davonflatterte. Thumbkin, die sich auf dem kleinen Seidensofa geputzt hatte, indem sie sich mit gieriger Zunge die kleinen rosa Öffnungen in ihrem langen weißen Fellkleid leckte, setzte sich hoch und jagte hinterher; mit der tödlichen, komischen Feierlichkeit von Katzen, die grünen Augen starr und flach in der Stirn, schlich sie über die gebogene Rückenlehne des Vier-Kissen-Sofas und schlug frustriert in die Luft, als sie den Rand erreichte. Der Vogel suchte Schutz, indem er sich auf einer Styroporschaum-Wolke von Marjorie Strider niederließ.

«He, das läuft gar nicht so, wie ich es mir vorgestellt habe», beschwerte sich Van Horne.

«Wie *hast* du es dir denn vorgestellt, Darryl?» fragte Sukie.

«Knallmäßig. Wir dachten, ihr würdet euch höllisch freuen. Ihr habt uns zusammengebracht. Ihr seid wie Cupidos. Ihr seid wie die Ehrenjungfrauen.»

«Ich habe *nie* geglaubt, daß sie sich freuen», korrigierte Jenny. «Ich habe nur nicht geglaubt, daß sie sich so schlecht benehmen.»

«Warum sollten sie sich *nicht* freuen?» Van Horne hielt seine sonderbaren gummiähnlichen Hände flehend geöffnet, während er mit Jenny argumentierte, und sie sahen aus wie das klassische Bild eines Ehepaares. «Wir jedenfalls würden uns für *sie* freuen», sagte er, «wenn irgendein Typ käme und sie vom Markt nähme. Ich meine, was soll diese Eifersuchtskiste, während die ganze Welt in Napalm aufgeht? Wie beschissen bürgerlich könnt ihr noch werden?»

Sukie beruhigte sich als erste. Vielleicht wollte sie auch nur was zu knabbern haben. «In Ordnung», sagte sie. «Essen wir die Torte. Hoffentlich ist Hasch drin.»

«Der beste. Heller Orinoco.»

Alexandra mußte lachen, Darryl war so komisch und hoffnungsvoll und verdattert. «So was gibt's gar nicht.»

«Sicher gibt's das, wenn du die richtigen Leute kennst. Rebecca kennt die Typen, die mit diesem irre bemalten VW-Bus von Süd-Providence runterkommen. *La crème de la crooks*, ehrlich. Ihr werdet aus dem Fenster segeln. Was wohl die Flut macht?»

Also erinnerte er sich doch: wie sie der eiskalten Flut widerstand an jenem Tag, und er am fernen Ufer rief: «Du *kannst* fliegen!»

Die Torte wurde auf den tischgleichen Rücken der kauernden Nackten gestellt. Die Marzipanfiguren wurden abgenommen und zerbrochen und zum Essen herumgereicht. Alexandra bekam den Schwanz – ein Tribut sozusagen. Darryl murmelte: «*Hoc est enim corpus meum*», als er die Verteilung vornahm; beim Champagner stimmte er an: «*Hic est enim calix sanguinis mei.*» Jennys Gesicht vis-à-vis von Alexandra war in ein strahlendes Rosa übergewechselt; sie zeigte jetzt ihre Freude, verfärbte sich durch das Blut aufwallenden Triumphes. Alexandras Herz flog ihr zu, wie einem jüngeren Selbst. Mit den Fingern fütterten sie einander die Torte; bald schon sahen die übereinandergeschichteten Ringe aus wie von Schakalen zerfleddert. Dann faßten sie sich an den schmutzigen Händen und tanzten mit den Rücken zur hingehockten Figur, auf deren linkes Hinterteil Sukie mit Lippenstift und Zuckerguß ein grinsendes Gesicht mit vorstehenden Zähnen gemalt hatte, im Kreis, wozu sie in uralter Weise sangen: «*Emen hatan, Emen hetan*» und «*Har, har, diable, diable, saute ici, saute là, joue ici, joue là!*»

Jane, die inzwischen am betrunkensten war, versuchte alle Strophen des verfemten altehrwürdigen Lieds der Lieder «Tinkletum, Tankletum» zu singen, bis ihr Gedächtnis unter Gelächter und Alkohol zusammenbrach. Van Horne jonglierte erst mit drei, dann mit vier, dann mit fünf Tangerinen, seine Hände waren ein zuckender Wirbel. Christopher Gabriel steckte den Kopf aus der Bibliothek, um herauszubringen, warum alle so ausgelassen waren. Fidel hatte einige marinierte Capybarabällchen zurückgehalten, die er jetzt verteilte. Allmählich wurde der Abend ein Erfolg, indes, als Sukie vorschlug, daß jetzt alle ins Bad steigen sollten, verkündete Jenny mit einer gewissen Bestimmtheit: «Das Wasser ist abgelassen. Es hatte sich überall Schimmel gebildet. Wir erwarten einen Mann von der Narragansett Schwimmbadhygiene, der das Teakholz mit einem Pilzmittel behandelt.»

So kam Alexandra früher als erwartet nach Hause und überraschte die Babysitterin in heftiger Verschlingung mit ihrem Freund unten auf dem Sofa. Sie ging rückwärts aus dem Zimmer und kam zehn Minuten später wieder, um die verlegene Babysitterin auszuzahlen. Das Mädchen war eine Arsenault und lebte in der Innenstadt; ihr Freund würde sie nach Hause fahren, sagte sie. Als nächstes ging Alexandra auf Zehenspitzen hinauf in Marcys Zimmer, um sich zu vergewissern, daß ihre Tochter, siebzehnjährig und erwachsen, in jungfräulichem Schlaf lag. Aber noch stundenlang in dieser Nacht brannte hinter Alexandras Stirn der Anblick der blassen Schenkel der kleinen Arsenault, wie sie den behaarten Hintern des namenlosen Burschen umklammerten, der seine Jeans gerade so weit herabgezogen hatte, daß seine Genitalien befreit waren, während sie sich aller Kleidung entledigt hatte: brannte wie das Bild des Mondes, der durch zerklüftete, rastlose Wolken rückwärts segelt.

Fast wie in alten Zeiten fanden sie sich zu dritt in Jane Smarts Haus ein, dem Rauchhaus in der Cove-Siedlung, das wirklich einen ziemlichen Abstieg für Jane bedeutet hatte nach der hübschen viktorianischen Dreizehnzimmer-Villa mit ihren Dienstboten-Treppen und den ornamentalen Drechslerarbeiten und Tiffany-Glasleuchten, die sie und Sam einst in glorreichen Tagen in der Vane Street besessen hatten, einen Block hinter der Oak Street, fern vom Wasser. Ihr jetziges Heim auf dem üblichen Tausend-Quadratmeter-Grundstück war wie ein Landhaus mit Zwischenstock, dessen schindelgedeckten Teile in hartem Blau gestrichen waren. Der Vorbesitzer, ein unterbeschäftigter Ingenieur, der schließlich nach Texas gegangen war, um Arbeit zu suchen, hatte seine überschüssige Zeit damit verbracht, das kleine Haus zu «antiquieren», indem er Kiefernholzschränke und falsche Balken installierte und knotenreiche Wandtäfelungen mit zusätzlichen Stemmeisenschrammen anbrachte, sogar Lichtschalter in der Form hölzerner Pumpengriffe, und das Toilettenbecken hatte er mit eichenen Faßdauben verkleidet. Einige Wände waren mit altem Zimmermannswerkzeug behängt, mit hölzernen Hobeln und Spannsägen und Abziehmessern: und ein kleines Spinnrad war geschickt in das Treppengeländer eingebaut, dort, wo es am Treppenabsatz eine Stufung aufwies. Jane hatte diese kleinkarierte Verzierung mit Puritanismen ohne Rebellion übernommen, aber ihre und der Kinder Verachtung hatte langsam den kostbaren Eindruck zerstört. Die geschnitzten Lichtschalter wurden in rauher Hast angeknipst. Nachdem ein Brett durch einen Tritt zerbrochen war, brach die ganze Verblendung um das Toilettenbecken zusammen. Die hübsche kastenförmige Toilettenpapierhalterung war gleichfalls abhanden gekommen. Jane gab ihre Klavierstunden am hinteren Ende des langen offenen Wohnzimmers, sechs Stufen höher gelegen als die Küchen- und Eßebene, und der teppichlose Wohnzimmerboden zeigte die Verheerungen einer offensichtlich bösartigen Wut; der Dorn ihres Cellos hatte überall Löcher gebohrt, wo sie Stuhl und Ständer hinzustellen beschloß. Und statt nur an einem bestimmten Platz zu spielen, hatte sie dieses Gebiet ziemlich abgegrast. Hier hörte der Schaden aber noch nicht auf: überall in dem kleinen neuen Haus, das aus Fertigteilen, frischem Kiefernholz und billigem Material von den Bauarbeitern zusammengesetzt worden war wie in einer Folge von Tanzschritten, gab es Zeichen seiner Baufälligkeit, abblätternde Farbe und Löcher im Putz und fehlende Fliesen im Küchenfußboden. Janes schrecklicher Dobermann-Pinscher Randolph hatte an den Stuhlspeichen herumgekaut und an den Türen gekratzt, bis Furchen im Holz waren. Jane lebte wirklich, sagte sich Alexandra beschönigend, in einer etwas unsoliden Welt, teils aus Musik, teils aus Verdruß.

«Was tun wir also?» fragte Jane jetzt, da die Drinks verteilt und der erste erregte Klatsch ausgetauscht war – denn es konnte heute nur ein Thema geben, Darryl Van Hornes verblüffende, beleidigende Heirat.

«Wie adrett und ‹zu Hause› sie in ihrem langen blauen Bademantel aussah», sagte Sukie. «Ich hasse sie. Wenn ich daran denke, daß ich sie damals zum Tennis mitgenommen habe. Ich hasse mich.» Sie stopfte sich den Mund mit gesalzenen Kürbiskernen voll.

«Und sie war ganz schön ehrgeizig, stimmt's?» sagte Alexandra. «Dieser blaue Fleck auf meinem Schenkel war wochenlang zu sehen.»

«Das hätte uns warnen sollen», sagte Sukie, sich eine grüne Schale von der Unterlippe schnippend. «Daß sie keineswegs die hilflose kleine Puppe war, als die sie erschien. Ich hatte nur diese Schuldgefühle wegen Clyde und Felicia.»

«Oh, *hör* auf», sagte Jane bestimmt. «Du hattest keine

Schuldgefühle, wie hättest du auch welche haben *können*? Schließlich hat nicht deine Bumserei mit Clyde sein Gehirn ruiniert, schließlich hast nicht du Felicia zu einem solchen Ekel gemacht.»

«Sie hatten eine Symbiose», sagte Alexandra nachdenklich. «Daß Sukie für Clyde so wunderbar war, brachte sie durcheinander. Ich habe das gleiche Problem mit Joe, nur ich ziehe mich da raus. Behutsam. Um die Situation zu entschärfen. Menschen», grübelte sie, «Menschen *sind* explosiv.»

«*Haßt* du sie denn nicht geradezu?» fragte Sukie Alexandra. «Ich meine, wenn er irgend jemand gehörte, dann wärst du diejenige von uns dreien gewesen, wenn erst das Neue und alles vorbei gewesen wäre. Stimmt's, Jane?»

«Nein», war die bestimmte Antwort. «Darryl und ich sind beide musikalisch. Und wir sind verkommen.»

«Wer sagt, daß Lexa und ich *nicht* verkommen sind?» protestierte Sukie.

«Ihr seid auf dem besten Wege», sagte Jane. «Aber ihr habt auch noch andere Tendenzen. Ihr habt beide tugendhafte Seiten. Ihr habt euch nicht so ausgeliefert wie ich. Für mich gibt es keinen anderen, nur Darryl.»

«Ich dachte, du hättest gesagt, du hättest etwas mit Bob Osgood», sagte Alexandra.

«Ich sagte, ich gebe seiner Tochter Deborah Klavierstunden», erwiderte Jane.

Sukie lachte. «Ihr solltet mal sehen, wie anmaßend ihr ausseht, wenn ihr so redet. Wie Jenny, als sie uns schlechtes Benehmen vorwarf.»

«Und wie sie ihn herumkommandiert hat in ihrer frostigen kleinkarierten Art», sagte Alexandra. «Schon an ihrem verspäteten Auftritt merkte ich, daß sie verheiratet waren. Und er war anders. Weniger unverschämt, zaghafter. Es war traurig.»

«Wir *sind* ausgeliefert, Süße», sagte Sukie zu Jane. «Aber was können wir tun, außer ihnen die kalte Schulter zeigen und uns auf unsere gemütlichen Ichs zurückzuziehen? Ich glaube, es kann jetzt sogar schöner werden. Ich fühle mich euch beiden näher als all die Monate. Und all die scharfen Hors d-Œuvres, die uns Fidel zu essen machte, gingen mir auf den Magen.»

«Was können wir *tun*?» fragte Jane rhetorisch. Ihr schwarzes Haar, von der Mitte in zwei strenge Hälften gebürstet, fiel nach vorn, umrahmte ihr Gesicht und wurde schnell wieder zurückgestrichen. «Es liegt auf der Hand. Wir können sie be*hexen*.»

Das Wort gebot Schweigen, wie eine Sternschnuppe, die plötzlich ihre Bahn über den Himmel zog.

«Du kannst sie ja allein behexen, wenn du das unbedingt willst», sagte Alexandra. «Du brauchst uns nicht.»

«Doch. Es muß von uns dreien kommen. Dies darf nicht nur eine kleine Hexerei sein, wo sie nur eine Woche lang Ausschlag und Kopfschmerzen bekommt.»

Nach einer Pause fragte Sukie: «Was *wird* sie bekommen?»

Janes dünne Lippen schlossen sich zu einem unglückbringenden Wort, dem lateinischen Ausdruck für «Krebs». «Ich denke, es ist neulich abend klar geworden, wovor sie Angst hat. Wenn ein Mensch vor etwas solche Angst hat, dann braucht es nur den allerkleinsten psychokinetischen Anstoß, um es wahr werden zu lassen.»

«Oh, das arme Kind», rief Alexandra unwillkürlich aus, da sie selber diese Ängste hatte.

«Nichts ist mit ‹armes Kind›», sagte Jane. «Sie ist –» und der Ausdruck ihres schmalen Gesichts wurde noch arroganter – «Mrs. Darryl Van Horne.»

Nach einer weiteren Pause fragte Sukie: «Wie würde der Zauber denn funktionieren?»

«Ganz direkt. Alexandra macht eine Wachsfigur von ihr, und wir stechen Nadeln hinein unter unserem Kegel der Hexenmacht.»

«Warum muß *ich* das machen?» fragte Alexandra.

«Ganz einfach, mein Liebling. Du bist die Bildhauerin, wir nicht. Und du stehst immer noch mit den größeren Kräften in Verbindung. Meine Zaubereien neigen in letzter Zeit dazu, um fünfundvierzig Grad daneben zu gehen. Ich habe vor sechs Monaten, als ich noch was mit Ray hatte, versucht, Greta Neffs Lieblingskatze umzubringen, und aus dem, was er hin und wieder erzählte, habe ich mir zusammengereimt, daß ich statt dessen alle Nagetiere im Haus getötet habe. Die Wände stanken wochenlang, doch die Katze erfreute sich entsetzlicher Gesundheit.»

Alexandra fragte: «Jane, hast du eigentlich nie Angst?»

«Nicht seit ich mich als das akzeptiert habe, was ich bin. Eine ganz gute Cellistin, eine fürchterliche Mutter und langweilig im Bett.»

Die beiden anderen Frauen protestierten höflich gegen das letztere, aber Jane blieb fest: «Zu Anfang bin ich immer gut drauf, aber wenn der Mann auf mir drauf und in mir ist, überkommt mich Abneigung.»

«Stell dir einfach vor, es sei deine eigene Hand», schlug Sukie vor. «Das mach ich manchmal.»

«Oder stell dir vor, daß *du ihn* fickst», sagte Alexandra. «Daß er nur jemand ist, mit dem du spielst.»

«Dafür ist es zu spät. Mir gefällt, was ich jetzt bin. Wäre ich glücklicher, würde ich weniger effektiv sein. Für den Anfang habe ich folgendes getan. Als Darryl die Marzipanfiguren herumreichte, habe ich den Kopf von der Figur abgebissen, die Jenny darstellte, aber ihn nicht hinuntergeschluckt sondern sobald ich konnte in mein Taschentuch gespuckt. Hier.» Sie ging zur Klavierbank, hob den Deckel hoch und brachte ein zerknittertes Taschentuch zum Vorschein; schadenfroh faltete sie es vor ihren Augen auseinander.

Der kleine Kopf aus Zuckerguß, der in jenen auflösenden Sekunden in Janes Mund noch glatter geworden war, hatte eine gewisse Ähnlichkeit mit Jenny; rundes Gesicht, die wasserblauen Augen mit dem ruhigen Blick, das blonde Haar so fein, daß es wie gemalt flach am Kopf anlag, ein gewisser leerer Ausdruck, der etwas schwach Herausforderndes und Trotziges und Verdrießliches hatte.

«Das ist gut», sagte Alexandra, «aber du brauchst auch noch etwas Intimeres. Blut wär am besten. Die alten Rezepte verlangten immer *sang de menstruës*. Und Haare, natürlich. Abgeschittene Fingernägel.»

«Bauchnabelkrümel», fiel Sukie, albern von zwei Bourbons, ein.

«Exkremente», fuhr Alexandra ernsthaft fort. «Da wir aber

weder in Afrika noch in China sind, kommt man nur schwer ran.»

«Wartet mal. Nicht weggehen», sagte Jane und ging aus dem Zimmer.

Sukie lachte. «Ich sollte eigentlich eine Geschichte für das *Journal-Bulletin* in Providence schreiben: ‹Die Wasserspülung und das Entschwinden der Hexerei›. Sie haben mir angeboten, ich könnte ihnen als freie Mitarbeiterin Artikel einsenden, falls ich wieder schreiben will.» Mit einem Fußschlenkern hatte sie sich der Schuhe entledigt und hockte nun, an Janes grellgrünes Sofa gelehnt, auf ihren gekreuzten Beinen. In dieser Zeit trugen sogar Frauen in reichlich fortgeschrittenem Alter Miniröcke, und Sukies katzenhafte Haltung entblößte fast den ganzen Oberschenkel und ihre sommersprossigen glänzenden Knie, die vollkommen wie Eier waren. Sie trug ein wollenes Strickkleid, kaum länger als ein Pullover, in leuchtendem Orange: diese Farbe stand zu dem gemeinen Grün des Sofas in demselben faszinierenden Widerspruch, den man überall in Cézannes Landschaften findet, und der häßlich wäre, wäre er nicht so merkwürdig, kühn und schön. Sukie hatte jenen beschwipsten verhangenen Blick – die Augen zu feucht und glänzend, der Lippenstift bis auf die Ränder vom vielen Lächeln und Reden abgewischt –, den Alexandra sexy fand. Sie fand sogar Sukie am wenigsten reizvolles Gesichtsmerkmal sexy, die kurze und ziemlich plumpe Nase. Kein Zweifel, dachte Alexandra, daß seit der Heirat Van Hornes ihr Herz seinen Liegeplatz verloren hatte und daß es außer dem mit den beiden Freundinnen geteilten Unglück nichts als Trostlosigkeit gab. Sie konnte ihren Kindern keine Aufmerksamkeit schenken; sie konnte sehen, daß sich ihre Münder bewegten, aber die Töne, die herauskamen, waren wie ein Geschnatter in einer fremden Sprache.

«Makelst du denn keine Grundstücke mehr?» fragte sie Sukie.

«O doch, Schätzchen. Aber man verdient *so* wenig. Hunderte anderer geschiedener Frauen wühlen in diesem Dreck herum und zeigen Häuser.»

«Dir ist doch der Verkauf an die Hallybreads gelungen.»

«Ich weiß, aber das hat mich gerade von meinen Schulden runtergebracht. Jetzt rutsche ich schon wieder in die roten

Zahlen und bin am Verzweifeln.» Sukie lächelte breit, ihre Lippen lagen wie Kissen aufeinander. Sie patschte auf den leeren Platz neben sich. «Komm, du Wunderbare, setz dich her zu mir. Ich habe das Gefühl, ich schreie. Die Akustik in diesem häßlichen kleinen Haus, ich weiß nicht, wie sie es aushält, sich reden zu hören.»

Jane war die kleine Treppe zum Zwischenstock hinaufgegangen, wo die Schlafzimmer lagen, und kehrte nun mit einem zusammengenommenen Baumwollhandtuch zurück, das einige empfindliche Schätze enthielt. Ihre Aura verströmte das glühende Purpurrot sibirischer Lilien und pulsierte vor Aufregung. «Letzte Nacht», sagte sie, «war ich so außer mir und wütend über alles, daß ich nicht einschlafen konnte, so daß ich schließlich aufstand, mich von oben bis unten mit Eisenhut und Noxema-Handcrème und einem bißchen von der feinen grauen Asche einrieb, die man gewinnt, wenn man den Backofen auf automatische Reinigung einstellt, und zum Lenox-Haus flog. Es war wunderbar! Die Piepmätze sind schon alle draußen, und je höher man in die Luft steigt, desto besser kann man sie hören. Darryl saß noch mit Gästen im Erdgeschoß, obwohl es nach Mitternacht war. Ich hörte diese Karibische Musik, die man auf Ölfässern macht, volle Pulle aus der Stereoanlage, und in der Einfahrt standen einige Autos, die ich nicht kannte. Ich fand ein Schlafzimmerfenster eine Handbreit offen und schob es hoch, ganz vorsichtig –»

«Janie, wie aufregend!» rief Sukie. «Stell dir vor, Needlenose hätte dich gewittert! Oder Thumbkin!»

Denn Thumbkin, hatte Van Horne ihnen feierlich versichert, war unter seiner flauschigen Form die reinkarnierte Seele eines Newporter Rechtsanwalts aus dem 18. Jahrhundert, der, um seiner Opiumsucht zu frönen (während langwieriger Zahnschmerzen und Abszesse, wie sie in allen Zeiten vor der unseren vorkamen, war er süchtig geworden), Gelder seiner Firma veruntreut hatte, und um sich vor dem Gefängnis und seine Familie vor der Schande zu bewahren, hatte er seine Seele nach dem Tod den dunklen Mächten verpfändet. Die kleine Katze konnte nach Belieben die Gestalt eines Panthers, eines Frettchens oder eines Hippogryphs annehmen.

«Eine Prise Elfenbeinbleicher in der Salbe *tötet* den Geruch, finde ich», sagte Jane, ungehalten über die Störung.

«Weiter, weiter», bat Sukie. «Du hast das Fenster geöffnet – glaubst du, sie schlafen in einem Bett? Wie hält sie das aus? Dieser Körper, der unter dem Pelz so kalt und klamm ist. Er war wie ein geöffneter Kühlschrank mit faulem Inhalt.»

«Laß Jane jetzt ihre Geschichte erzählen», sagte Alexandra, eine Mutter für sie beide. Als sie das letzte Mal versucht hatte zu fliegen, hatte sich ihr Astralleib erhoben und ihr stofflicher Körper war im Bett zurückgeblieben. Er sah so klein und bedauernswert aus, daß sie mitten in der Luft eine fürchterliche Scham verspürt hatte und zurück in ihre schwere Hülle geflogen war.

«Ich konnte die Party unten hören», sagte Jane. «Ich glaube, ich hörte Ray Neffs Stimme, der versuchte, irgendeinen Gesang anzustimmen. Ich fand das Badezimmer, das *sie* benutzt.»

«Woher willst du das wissen?» fragte Sukie.

«Ich kenne inzwischen ihren Stil. Außen hui, innen pfui. Überall lippenstiftbeschmierte Kleenex. Eine dieser Drehpakkungen aus Plastik für die Pille, damit man immer den richtigen Tag weiß, lag ausgedrückt herum. Und Kämme voller Haare. Sie färbt sie übrigens. Eine volle Flasche helles Clairol lag direkt im Waschbecken. Puder-Make-up und Wangenrot, alles Sachen, die ich auf den Tod nicht benutzen würde. Ich bin eine Hexe, und das weiß ich, und wie eine Hexe möchte ich auch aussehen.»

«Kleines, du bist schön», sagte Sukie zu ihr. «Du hast pechschwarzes Haar. Und natürliche schildpattfarbene Augen. Und du wirst braun. Ich wünschte, ich würde auch braun. Aus irgendeinem Grund wird man mit Sommersprossen nie wirklich ernst genommen. Die Leute denken, ich bin lustig, selbst wenn ich mich lausig fühle.»

«Was hast du denn in diesem süß gefalteten Handtuch mitgebracht?» fragte Alexandra Jane.

«Das ist *sein* Handtuch. Ich hab's gestohlen», erklärte Jane. Doch das elegant gestickte Monogramm schien eher ein P oder ein Q zu sein. «Hier. Ich habe den Papierkorb unter dem Waschbecken durchwühlt.» Vorsichtig entfaltete Jane das rosafarbene Handtuch, und ein Mischmasch von weggeworfenen, intimen Dingen kam zum Vorschein: lange Haare, die in störrischen Locken vom Kamm gezogen waren, ein Kleenex mit einem braungelben Fleck in der zerknitterten Mitte, ein Blatt Toilettenpapier mit dem Schamlippenabbild eines frisch bemalten Mundes, der Wattepfropfen einer Pillendose, der scharlachrote Aufreißfaden einer Mullpackung, Stücke benutzter Zahnseide. «Das beste von allem», sagte Jane, «sind diese kleinen Krümel hier – seht ihr? Seht genau hin. Die waren in der Badewanne, auf dem Boden und im Abflußring – sie besitzt noch nicht einmal den Anstand, die Wanne nach Gebrauch auszuspülen. Ich habe das Handtuch feucht gemacht und sie damit aufgewischt. Es sind Beinhaare. Sie hat sich in der Wanne die Beine rasiert.»

«O wie schön», sagte Sukie. «Jane, du machst mir Angst. Du hast mir gerade beigebracht, immer die Badewanne auszuspülen.»

«Glaubst du, das ist genug?» fragte Jane Alexandra. Ihre Augen, die Sukie schildpattfarben genannt hatte, waren in Wahrheit blasser, mit dem unsteten Schimmer von Aschenglut.

«Genug wofür?» Aber Alexandra wußte es schon, sie hatte Janes Gedanken gelesen; das Wissen reizte die schlimme Stelle in Alexandras Unterleib, die schlimme Stelle, die sich neulich abend bemerkbar gemacht hatte, als sie zuviel Reales verdauen mußte.

«Genug, um den Zauber zu bewirken», antwortete Jane.

«Was fragst du mich? Mach den Zauber und sieh, ob er wirkt.»

«O nein, meine Liebe. Ich habe es schon einmal gesagt. Wir haben nicht deinen – wie soll ich es ausdrücken? – Zugang. Zu den tieferen Strömungen. Sukie und ich sind wie Nägel und Nadeln. Wir können pieken und kratzen, und das ist auch schon alles.»

Alexandra wandte sich an Sukie. «Und wie siehst du das?»

Sukie versuchte, angeheitert von Whiskey, auf nachdenkliche Weise den Mund zu verziehen; ihre Oberlippe wölbte sich anbetungswürdig über die leicht vorstehenden Zähne. «Jane und ich haben schon am Telefon ein bißchen darüber geschwatzt. Wir wollen, daß du es gemeinsam mit uns machst. Ja. Es soll einmütig sein, wie ein Votum. Weißt du, letzten Herbst habe ich mit einem kleinen Zauber versucht, dich und Darryl zusammenzubringen. Und bis zu einem bestimmten Punkt klappte es auch. Aber eben nur bis zu einem bestimmten Punkt. Um ehrlich zu sein, Liebes, ich glaube, daß meine Kräfte schon seit einiger Zeit nachlassen. Alles so trist. Als ich Darryl neulich abends ansah, fand ich, er sah irgendwie eingefallen aus – ich glaube, der hat Angst.»

«Warum soll ihn Jenny dann nicht haben?»

«*Nein*», fuhr Jane dazwischen. «Das darf sie nicht. Sie hat ihn zu sich gezerrt. Sie hat uns zu dummen Ziegen gemacht.» Ihre Zischlaute hingen wie ein scharfer Geruch in dem langen, häßlichen, verunstalteten Raum. Unter den Treppchen, die hinab zum Küchenbereich und hinauf zu den Schlafzimmern führten, hörte man ein fernes, knisterndes, murmelndes Geräusch, das signalisierte, daß Janes Kinder voll und ganz ins Fernsehen vertieft waren. Irgendwo war wieder ein Mord geschehen. Der Präsident sprach nur auf Militärbasen. Die Zahl der getöteten Gegner hatte zugenommen, aber die Feindinfiltration ebenso.

Alexandra saß immer noch Sukie zugewandt, in der Hoffnung, von der dräuenden Pflicht befreit zu werden. «Du hast einen Zauber gewirkt, um mich und Darryl am Tag der Flut damals zusammenzubringen? Er fühlte sich nicht von allein zu mir hingezogen?»

«Oh, ich bin sicher, daß er so fühlte, Liebchen», sagte Sukie schulterzuckend. «Allerdings – wer kann das schon so genau sagen? Ich hatte die grüne Gartenschnur benutzt, um euch zwei aneinanderzubinden, und als ich am nächsten Tag unterm Bett nachsah, hatten Ratten oder irgendwas sie durchgenagt, vielleicht wegen des Salzes von meinen Händen.»

«Das war aber nicht sehr nett», sagte Jane zu Sukie, «du wußtest doch, ich wollte ihn für mich.»

Das wäre der Augenblick für Sukie gewesen, Jane zu sagen, daß sie Alexandra lieber mochte; statt dessen sagte sie: «*Alle drei* wollten wir ihn, aber ich dachte, du könntest das, was du wolltest, dir auch selber holen. Was du ja auch getan hast. Du

warst doch dauernd drüben und hast mit ihm rumgefidelt, oder
wie man so was nennt.»

Alexandras Eitelkeit war getroffen. Sie sagte: «Zur Hölle.
Laßt es uns tun!» Es schien am einfachsten so, das Wegmachen
einer weiteren kleinen Handvoll vom unendlichen Dreck der
Welt, sozusagen.

Sorgsam darauf bedacht, nichts mit den eigenen Händen anzufassen, damit nicht ihre eigenen Essenzen – das Salz und Öl
ihrer Haut, ihre vielfältigen persönlichen Bakterien – miteinbe-
zogen wurden, schüttelten die drei die Kleenextücher, die langen blonden Haare und das rote Abreißband und als Wichtig-
stes die feinen Beinhärchen, die im Gewebe des Handtuchs wie
lebende Milben herumhüpften, in einen Keramik-Aschenbe-
cher, den Jane aus dem Bronzefaß gestohlen hatte, als sie noch
nach den Proben mit den Neffs dort verkehrte. Sie fügte den
glotzenden Kopf aus Zuckerguß, den sie im Mund gerettet
hatte, hinzu und entzündete den kleinen Scheiterhaufen mit
einem Streichholz. Die Kleenextücher flammten orange auf,
die Haare verbrannten knisternd blau unter Verbreitung von
sengendem Gestank, das Marzipan schmolz zu einer blubbern-
den schwarzen Masse. Der Rauch stieg zur Decke und hing
dort wie ein Spinnweb an der künstlichen Oberfläche aus pa-
pierdünnem Gips, die mit einer sandvermischten Farbe aufge-
rauht war, um echten Stuck vorzutäuschen.

«Und nun», sagte Alexandra zu Jane Smart, «hast du einen
alten Kerzenstumpen? Oder irgendwelche Geburtstagskerzen
in einer Schublade? Die Asche muß zermahlen und mit ungefähr einer halben Tasse geschmolzenem Wachs gemischt werden. Nimm eine Kasserolle und fette sie gründlich ein, den Boden und die Seiten; wenn auch nur eine Spur Wachs haften
bleibt, ist der Zauber beeinträchtigt.»

Während Jane diesen Auftrag in der Küche ausführte, legte
Sukie die Hand auf Alexandras Unterarm. «Kleines, ich weiß,
du willst es nicht tun», sagte sie.

Alexandra streichelte die zierliche, sehnige Hand und stellte
fest, daß die Sommersprossen auf dem Handrücken und den
ersten Fingergliedern ganz dich gestreut waren, jedoch zu den
Nägeln hin weniger wurden, so, als wäre die Mischung nicht

genügend umgerührt gewesen. «O doch!» sagte sie. «Es bereitet mir viel Vergnügen. Es ist eine Kunst. Und mir gefällt es, wie ihr beide an mich glaubt.» Und ohne nachzudenken beugte sie sich vor und küßte Sukie auf die längsgefalteten Kissen ihrer Lippen.

Sukie erstarrte. Ihre Pupillen verengten sich, als der Schatten von Alexandras Kopf ihre grüne Iris freigab. «Aber du hast Jenny gemocht.»

«Nur ihren Körper. So wie ich die Körper meiner Kinder mochte. Erinnerst du dich, wie sie als Babies rochen?»

«O Lexa: glaubst du, irgendeine von uns wird noch einmal ein Baby haben?»

Jetzt zuckte Alexandra mit den Schultern. Die Frage schien ihr sentimental, nicht hilfreich. Sie fragte Sukie: «Weißt du, woraus Hexen Kerzen zu machen pflegten? Aus Babyfett!» Sie stand schwankend auf. Sie hatte Wodka getrunken, der weder den Atem verpestete noch zu viele Kalorien hatte, der aber auch nicht wie ein Neutrinostrom ohne jeden Effekt durch den Körper floß. «Wir müssen Jane in der Küche helfen.»

Jane hatte tief in einer Schublade eine alte Schachtel mit rosa und blauen Geburtstagskerzen gefunden. Zusammengeschmolzen in der gebutterten Kasserolle und mittels eines Schneebesens mit der Asche ihres winzigen Scheiterhaufens verrührt, zeigte das Wachs eine perlige, gesprenkelte, lavendelgraue Farbe.

«Was hast du für eine Form?» fragte Alexandra. Sie stöberten nach Ausstechformen, verwarfen eine Patéform als viel zu groß, zogen Mokkatassen und Schnapsgläser in Betracht und nahmen schließlich die Unterseite einer altmodischen schweren Orangenpresse in Gestalt eines Sombreros mit einem Schnabel am Rand. Alexandra drehte sie um und ließ sie geschickt vollaufen; das heiße Wachs zischte in der geriffelten Rundung, aber das Glas zersprang nicht. Sie hielt die Oberseite unter fließend kaltes Wasser und schlug die Presse leicht gegen das Abwaschbecken, bis ihr der gewölbte Wachskegel, immer noch warm, in die Hand fiel. Sie drückte ihn in die Länge. Erste Anzeichen einer menschlichen Figur blickten sie aus der Handfläche an, viermal von ihren Fingern eingedellt. «Verdammt», sagte sie. «Wir hätten ein paar Haarsträhnen von ihr aufheben sollen.»

Jane sagte: «Ich will mal nachsehen, ob noch ein paar im Handtuch hängengeblieben sind.»

«Und hast du zufällig ein paar hölzerne Nagelreiniger?» fragte Alexandra. «Oder eine lange Nagelfeile. Zum Modellieren. Auch eine Haarnadel würde reichen.» Jane flog von dannen. Sie war gewöhnt, Befehle entgegenzunehmen – von Bach, Popper, von einem Heer toter Männer. In ihrer Abwesenheit erklärte Alexandra Sukie: «Das Kunststück besteht darin, nicht mehr wegzunehmen als nötig. Jeder Krümel trägt jetzt schon etwas von der Magie in sich.»

Von den Messern, die an einem Magnetband hingen, wählte sie ein stumpfes Schälmesser mit Holzgriff aus, der von vielen Ausflügen in die Spülmaschine ausgeblichen und geglättet war. Sie kerbte einen Hals und eine Taille ein. Die Krümel fielen auf ein Papierküchentuch. Sie balancierte die Krümel auf der Messerspitze und hielt mit der anderen Hand ein brennendes Streichholz darunter, so tropfte das Wachs zurück auf das sich herausschälende Figürchen und formte die Brüste. Auch die subtileren zarteren Auswölbungen von Bauch und Hüften bildete Alexandra auf dieselbe Weise. Die Beine schnitzte sie bis hin zu den winzigen Füßen in dem ihr eigenen Stil. Die restlichen Krümel wurden – erhitzt, verflüssigt und dann geglättet – zum Hintern. Die ganze Zeit über hatte sie das Bild des Mädchens vor Augen, wie sie während des Bades geglüht hatte. Die Arme waren unwichtig und wurden als Halbrelief an den Seiten ausgebildet. Das Geschlecht markierte Alexandra unmißverständlich mit senkrecht gehaltener Messerspitze. Andere Kerbungen und Konturen verfeinerte sie mit dem schrägen Oval des Nagelreinigers, den Jane gebracht hatte. Jane hatte noch ein langes Haar gefunden, das in den Fäden des Frottés hängengeblieben war. Sie hielt es gegen das Fensterlicht und obwohl ein einzelnes Haar kaum Farbe aufweist, schien es doch seiner farblichen Struktur nach weder schwarz noch rot und sehr viel fahler, feiner und reiner, als eine Locke von Alexandras Kopf gewesen wäre. «Ich bin ziemlich sicher, es ist von Jenny», sagte sie.

«Hoffentlich», sagte Alexandra. Ihre Stimme war heiser geworden durch die Konzentration auf die Figur, die sie herstellte. Mit dem Rand des weichen, wohlriechenden Stäbchens, mit dem man Nagelhaut zurückschiebt, drückte sie das vereinzelte Haar in den nachgebenden Lavendelskalp.

«Sie hat einen Kopf, aber kein Gesicht», maulte Jane über ihre Schulter hinweg. Ihre Stimme kratzte an dem heiligen Kegel der Konzentration.

«Das Gesicht schaffen wir schon noch», flüsterte Alexandra. «Wir wissen, wer sie ist, und projizieren es.»

«Mir kommt sie schon wie Jenny vor», sagte Sukie, die der Herstellung so dicht beigewohnt hatte, daß Alexandra den Atem der anderen Frau über ihre Hände streichen fühlte.

«Glatter», raunte Alexandra, indem sie die runde Unterseite eines Teelöffels gebrauchte. «Jenny ist glatt-t-t.»

Wieder mäkelte Jane: «Sie wird nicht stehen.»

«Das tun ihre kleinen Frauen nie», warf Sukie ein.

«Pssst», sagte Alexandra, um ihren Zauber abzuschirmen. «Es muß sie im Liegen erwischen. So tun's wir Damen nun mal. Wir nehmen unsere Medizin im Liegen.»

Mit dem magischen Messer, dem *Athame*, imitierte sie Jennys neue spröde Eva Peròn-Frisur auf dem kleinen Abbild des Kopfes. Janes Beschwerde wegen des Gesichts nagte an ihr, deshalb versuchte sie mit der Kante des Nagelreinigers die gebogenen Augenhöhlen nachzuahmen. Die Wirkung, plötzlich aus einem grauen Klumpen angesehen zu werden, war alarmierend. Der Hohlraum in Alexandras Unterleib wurde zu Blei. Wenn wir uns an einem Schöpfungsakt versuchen, übernehmen wir die Bürde der Schuld, des Mordes und der Unwiderruflichkeit der Schöpfung. Mit einem Gabelzinken piekte sie einen Nabel in den glänzenden Bauch: geboren, nicht gemacht; gebunden wie wir alle an Mutter Eva. «Genug», verkündete Alexandra und ließ ihr Werkzeug mit Geklapper ins Abwaschbecken fallen. «Schnell, solange das Wachs noch ein bißchen warm ist. Sukie. Glaubst du, das ist Jenny?»

«Warum ... sicher, Alexandra, wenn du es sagst.»

«Es ist wichtig, daß du es *glaubst*. Nimm sie in die Hände. In beide Hände.»

Sie tat es. Ihre dünnen sommersprossigen Hände zitterten.

«Sag zu ihr – lach nicht – sag zu ihr: ‹Du bist Jenny. Du mußt sterben›.»

«Du bist Jenny. Du mußt sterben.»

«Du auch, Jane. Tu's. Sag's.»

Janes Hände unterschieden sich von denen Sukies und auch voneinander; die Bogenhand war dick und weich, die Griffhand war überentwickelt und hatte goldfarbene, glasige Schwielen an den grausam beanspruchten Fingerkuppen.

Jane intonierte die Worte, jedoch in einem so toten, entschlossenen Tonfall, gewissermaßen die Noten ablesend, daß Alexandra sie ermahnte: «Du mußt daran glauben. *Dies ist Jenny*.»

Es überraschte Alexandra nicht, daß Jane trotz ihrer Bosheit die schwache Schwester war, als es dazu kam, den Bann zu sprechen: denn Magie wird von Liebe genährt, nicht von Haß. Haß bringt nur Scheren hervor und ist unfähig, die Fäden der Sympathie zu weben, mit denen allein Geist und Seele die Materie zu rühren vermögen.

Jane wiederholte die Formel in jener Ranchhausküche mit ihrem von Vogeldreck bekleckerten Aussichtsfenster und dem Blick auf einen stoppeligen Garten, der gleichwohl zu dieser Jahreszeit von der Blütenpracht zweier Hornsträucher geschmückt war. Das letzte Tageslicht glühte wie ein Hintergrund aus kostbarem Metall, das in feiner Folie zwischen dunklem, wippenden Geäst und Zweigspitzen aus vierblättrigen Blüten eingearbeitet war. Ein gelbes Plastikplanschbecken – es war den ganzen Winter über dem Wetter ausgesetzt gewesen, und Janes Kinder waren ihm schon völlig entwachsen – ruhte in leichter Schräglage unter einem der Bäume und barg einen halbmondförmigen Rest schmutzigen Wassers, das einmal Eis gewesen war. Der Rasen war braun und voller Maulwurfshügel, und trotzdem lag ein Schimmer frischen Grüns über ihm. Die Erde lebte noch.

Die Stimme der anderen beiden brachten Alexandra wieder zu sich. «Du auch, Süße», sagte Jane harsch und gab ihr das Duttelchen zurück. «Sag die Worte.»

Sie waren voller Haß, aber handgreiflich; Alexandra sagte sie mit ruhiger Überzeugung und führte dann die Zauberhandlung eilig zu Ende. «Stecknadeln», sagte sie zu Jane. «Nähnadeln. Reißzwecken – hast du welche im Kinderzimmer?»

«Ich gehe jetzt höchst ungern dort hinein, sie werden nach dem Abendessen jammern.»

Alexandra sagte: «Sag ihnen, in fünf Minuten. Wir müssen es zu Ende bringen, oder es könnte –»

«Es könnte was?» fragte Sukie erschrocken.

«Es könnte nach hinten losgehen. Noch. Wie Ed's Bombe. Diese kleinen rundköpfigen Pin-Nadeln wären hübsch. Auch Büroklammern, wenn man sie aufbiegt. Aber *eine* kräftige Nadel ist unerläßlich!» Sie erklärte nicht, *um das Herz zu durchstechen*. «Dazu einen Spiegel, Jane.» Denn die Magie spielte sich nicht in den drei Dimensionen der Materie ab, sondern innerhalb des Bildes, das die Materie im Spiegel hervorruft, in der Astral-Identität stummer Dinge, Existenz jenseits der Existenz.

«Sam hat einen Rasierspiegel zurückgelassen, den ich manchmal für mein Augen-Make-up benutze.»

«Perfekt. Beeil dich. Ich muß in Stimmung bleiben, sonst zerstreuen sich die Elemente.»

Wieder flog Jane von dannen: Sukie, neben Alexandra hokkend, versuchte sie: «Wie wäre es noch mit einem zweiten Schluck? Ich brauche noch einen schwachen Bourbon, um der Realität ins Auge zu blicken.»

«Das ist Realität, tut mir leid. Einen halben Schluck, Schätzchen. Einen Fingerhut Wodka, füll ihn auf mit Tonic oder Seven up oder Leitungswasser oder irgendwas. Arme kleine Jenny.» Während sie das Wachsabbild die sechs ausgetretenen Stufen von der Küche ins Wohnzimmer hinauftrug, schrien ihr die Unvollkommenheiten und die Asymmetrien ihrer Arbeit ins Gesicht – ein Bein kürzer als das andere, die Anatomie, wo Hüften, Schenkel und Unterleib zusammentrafen, nicht richtig erfaßt, die wächsernen Brüste zu schwer. Wer hatte sie nur veranlaßt zu glauben, sie sei eine Bildhauerin? Darryl: das war böse von ihm gewesen.

Janes gräßlicher Dobermann Randolph sprang aus irgendeiner Tür, die sie oben im Flur geöffnet hatte, hinunter ins Wohnzimmer, und seine Klauen kratzten über das nackte

Holz. Sein Fell war ölig schwarz, dicht und gekräuselt und wie eine Uniform mit hellbraunen Stiefeln herausgeputzt, dazu mit gleichfarbigen Flecken auf Brust und Maul und zwei runden Marken über den Augen. Sabbernd fixierte er Alexandras gewölbte Hände, weil er glaubte, sie hielte irgendetwas Eßbares. Sogar Randolphs Nasenflügel wässerten vor Appetit, und die Fältungen in seinen aufgestellten Ohren wirkten wie Verlängerungen seiner gierigen Gedärme. «Nicht für dich», sagte Alexandra streng, und die glasigen, schwarzen Hundeaugen glänzten in dem angestrengten Versuch, zu verstehen.

Sukie kam mit den Drinks hinter ihr her; Jane rauschte mit dem doppelseitigen Rasierspiegel auf einem Drahtgestell, einem Aschenbecher voll farbiger Reißzwecken und einem Nadelkissen in der Form eines kleinen Stoffapfels heran. Es war kurz vor sieben: um sieben wechselte das Fernsehprogramm, und die Kinder würden ihr Essen wollen. Die drei Frauen stellten den Spiegel auf Janes Kaffeetisch, eine Schusterbank-Imitation, die der Ingenieur zurückgelassen hatte, als er nach Texas aufbrach. Im Innern des silbernen Spiegelrunds war alles vergrößert, verlängert und an den Kanten unscharf, aber lebendig und riesig in der Mitte. Nacheinander hielten die Frauen die Puppe davor, wie vor den hungrigen runden Mund einer anderen Welt, und steckten Nadeln und Reißzwecken hinein. «*Aurai, Hanlii, Thamcii, Tilinos, Athamas, Zianor, Auonail*», rezitierte Alexandra.

«*Tzabaoth, Messiach, Emanuel, Elohim, Eibor, Yod, He, Vou, He!*» sang Jane in flottem Frevel.

«*Astachoth, Adonai, Agla, On, El, Tetragrammaton, Shema*», sagte Sukie. «*Ariston, Anaphaxeton*, und was dann kommt, habe ich vergessen.»

In Brüste und Kopf, Hüften und Bauch drangen die Nadelspitzen. Ferne undeutliche Schüsse und Schreie drangen an ihre Ohren, da die Gewalt im Fernsehen ihren Höhepunkt erreichte. Das Abbild hatte ein festliches, inkrustiertes Aussehen angenommen – die Stacheln einer Generalstabskarte, die todgeweihte Pracht einer Handgranate in Pop Art, ein Voodoo-Geglitter. Der Rasierspiegel schwamm vor Farbreflexen. Jane hielt die Nadel hoch, die so groß war, daß man mit ihr einen dicken Faden durch Wildleder ziehen konnte. «Wer möchte sie durch das Herz stoßen?»

«Du», sagte Alexandra, den Blick gesenkt, während sie eine gelbköpfige Reißzwecke symmetrisch zu einer anderen plazierte, als wäre es abstrakte Kunst. Obwohl Hals und Wangen schon durchbohrt waren, hatte niemand es gewagt, in die Augen zu stechen, die ausdruckslos oder voller Trauer blickten, je nachdem wie der Schatten fiel.

«O nein, das schiebt ihr nicht auf mich», sagte Jane Smart. «Wir alle sollten es tun, wir sollten alle drei einen Finger drauflegen.»

Mit ihren linken Händen, die wie ein Schlangennest ineinander verschlungen waren, stießen sie die Nadel hinein. Das Wachs widerstand, als wäre in der Mitte ein Klumpen dickerer Substanz. *Stirb*», sagte ein roter Mund, und ein anderer: «*Nimm das!*», ehe sie in Kichern ausbrachen. Die Nadel glitschte hindurch. Alexandras Zeigefinger hatte einen blauen, fast schon blutenden Fleck. «Ich hätte einen Fingerhut aufsetzen sollen», sagte sie.

«Und nun, Lexa?» fragte Sukie. Sie keuchte ein wenig.

Ein kleines Zischen kam von Jane bei der Betrachtung ihres sonderbaren Simulakrums.

«Wir müssen das Böse einsiegeln», sagte Alexandra. «Jane, hast du Alufolie?»

Die beiden andern kicherten wieder. Sie hatten Angst, stellte Alexandra fest. Warum? Die Natur tötet ständig, und wir nennen sie schön. Alexandra fühlte sich betäubt, unbeweglich, riesig wie eine Ameisen- oder Bienenkönigin; die Dinge der Welt rieselten durch sie hindurch und kamen wieder zum Vorschein, von ihrem Geist, ihrem Willen eingefärbt.

Jane brachte einen ausgefransten Fetzen Alufolie, der, in panischer Hast abgerissen, viel zu groß ausgefallen war. Er knisterte und zitterte bei jedem Schritt. Kinderfüße kamen polternd den Flur herunter. «Jede spuckt jetzt», befahl Alexandra schnell, nachdem sie Jenny auf die flattrige Folie gelegt hatte. «Spuckt, damit die Saat des Todes aufgeht», sagte sie noch einmal und begann als erste.

Janes Spucken war wie das Niesen einer Katze: Sukie räusperte sich, ein bißchen wie ein Mann. Alexandra wickelte die Folie, die glänzende Seite nach innen, mehrmals um die magische Figur herum, behutsam, um die Nadeln nicht zu lockern oder sich selber zu stechen. Das Ergebnis sah aus wie eine zum Backen eingewickelte Kartoffel.

Zwei von Janes Kindern, ein dicklicher Junge und ein hageres kleines Mädchen mit schmutzigem Gesicht, umringten sie neugierig. «Was ist *das*?» wollte das Mädchen wissen. Ihre Nase krauste sich bei dem Geruch von Bösem. Beide Zahnreihen waren in ein glitzerndes Gitterwerk von Spangen eingezwängt. Sie hatte gerade etwas Grünliches, Süßes gegessen.

Jane sagte zu ihr: «Ein Werk von Mrs. Spofford, das sie uns gezeigt hat. Es ist sehr zerbrechlich, und ich weiß, daß sie es nicht gerne noch mal auspacken würde, deshalb bittet sie auch nicht darum.»

«Ich *sterbe* vor Hunger», sagte der Junge. «Und wir wollen nicht wieder Hamburger von Nemo, wir wollen selbstgekochtes Essen wie die anderen Kinder.»

Das Mädchen betrachtete Jane genau. Sie hatte Janes scharfgeschnittenes Profil im Embryostadium. «Mutter, bist du betrunken?»

Mit magischer Schnelligkeit gab Jane dem Kind ein paar Ohrfeigen, als wären die beiden, Mutter und Kind, Teil eines Holz-Spielzeugs, das diese Handlung ständig wiederholt. Sukie und Alexandra, deren eigene fast verhungerte Kinder irgendwo draußen im Dunkeln herumheulten, nahmen das als Signal zum Aufbruch. Sie blieben auf dem Backsteinweg vor dem Haus, aus dessen hellerleuchteten Fenstern der quirlende Tumult eines Familienstreits quoll, stehen. Alexandra fragte Sukie: «Willst du die Wächterin sein?»

Das in Folie verpackte Gewicht in ihrer Hand fühlte sich warm an.

Sukies schmale hübsche flinke Hand lag schon auf dem Türgriff ihres Corvair. «Gerne, Liebes, aber wir haben doch diese Ratten oder Mäuse oder was auch immer an dem andern herumgeknabbert hat. Beten sie Kerzenwachs nicht geradezu an?»

Als Alexandra wieder in ihrem Haus war, das nun, da die Fliederhecken Blätter bekamen und mehr Schutz vor dem Verkehrslärm von der Orchard Road gewährten, legte sie das Ding in der Hoffnung, es zu vergessen, auf ein hohes Küchenbord zu einigen beschädigten Duttelchen, die wegzuwerfen sie nicht das Herz gehabt hatte, gleich neben das versiegelte Glas mit dem vielfarbigen Staub, der einst der liebe, wohlmeinende Ozzie gewesen war.

«Er geht überall mit ihr hin», sagte Sukie zu Jane am Telefon. «Zur historischen Gesellschaft, zu den Hearings über Naturschutz. Sie machen sich lächerlich mit diesem Versuch, ehrbar zu wirken. Sogar dem Unitarierchor ist er beigetreten.»

«Darryl? Aber er hat absolut keine Stimme», sagte Jane spitz.

«Nun, ein bißchen schon, so eine Art Bariton. Er klingt wie eine Orgelpfeife.»

«Wer hat dir das alles erzählt?»

«Rose Hallybread. Sie haben sich auch bei Brenda getroffen. Darryl hatte offensichtlich die Hallybreads zum Essen eingeladen, und Arthur gestand ihm schließlich, daß Darryl gar nicht so verrückt sei wie zunächst vermutet. Das war gegen zwei Uhr morgens. Sie hatten Stunden im Labor zugebracht, was Rose tödlich langweilte. Soviel ich verstanden habe, besteht Darryls neueste Idee darin, eine bestimmte Art von Mikroben in einem riesigen Wasserbecken, zum Beispiel dem Großen Salzsee – je salziger desto besser, offenbar – zu züchten, und dieser kleine Bazillus soll durch bloße Fortpflanzung den gesamten See irgendwie in eine riesige Batterie verwandeln. Natürlich müßten sie ihn einzäunen.»

«Natürlich, meine Liebe. Sicherheit geht vor.»

Eine Pause, in der Sukie versuchte, herauszufinden, ob das sarkastisch gemeint war oder nicht, und falls ja, warum. Aber sie gab doch bloß die Neuigkeiten zum Besten. Jetzt, wo sie nicht mehr bei Darryl zusammenkamen, sahen sie sich weniger häufig. Sie hatten ihre Donnerstage nicht offiziell aufgegeben, aber seit sie Jenny mit dem Zauber belegt hatten, fand eine der drei immer eine Entschuldigung, nicht zu erscheinen. «Und wie geht es dir?» fragte Sukie.

«Ich hab zu tun», sagte Jane.

«Jedesmal, wenn ich in der Stadt bin, lauf ich Bob Osgood in die Arme.»

Jane biß nicht an. «In Wirklichkeit», sagte sie, «bin ich unglücklich. Ich stand hinten im Garten, und eine schwarze Woge kam über mich, und ich stellte fest, es hatte irgend etwas mit dem Sommer zu tun, alles so grün, die Blumen aufgeblüht, und schlagartig wurde mir klar, was ich am Sommer hasse: die Kinder werden den ganzen Tag zu Hause sein.»

«Du bist mir vielleicht eine!» sagte Sukie. «Ich freue mich ziemlich über meine, inzwischen sind sie ja auch alt genug, daß man mit ihnen wie mit Erwachsenen reden kann. Dadurch, daß sie dauernd fernsehen, sind sie über das Weltgeschehen weitaus besser informiert, als ich es je war. Sie wollen nach Frankreich ziehen. Sie sagen, unser Name sei französisch, und sie halten Frankreich für ein zivilisiertes Land, das keine Kriege führt und wo niemand den anderen umbringt.»

«Erzähl ihnen von Gilles de Rais», sagte Jane.

«Der ist mir gar nicht eingefallen; ich sagte ihnen allerdings, daß es die Franzosen waren, die die Schweinerei in Vietnam überhaupt erst angefangen haben, und daß wir nur versuchen, alles wieder ins Lot zu bringen. Das haben sie mir nicht abgekauft. Sie sagten, wir versuchten nur, neue Märkte für Coca Cola zu erschließen.» Wieder entstand eine Pause. «Also», sagte Jane, «hast du sie gesehen oder nicht?»

«Wen?»

«*Sie*. Jeanne d'Arc. Madame Curie. Wie sieht sie aus?»

«Jane, du verblüffst mich. Woher weißt du das? Daß ich sie in der Stadt gesehen habe.»

«Süße, deine Stimme verrät es. Und warum sonst solltest du mich anrufen? Wie war der kleine Liebling?»

«Sehr liebenswürdig, wirklich. Es war ziemlich peinlich. Sie sagte, sie und Darryl hätten uns *so* vermißt und sich gewünscht, wir hätten völlig zwanglos mal bei ihnen vorbeigeschaut, sie wollen es nicht glauben, daß sie eine formale Einladung aussprechen müssen, die sie aber nichtsdestoweniger bald aussprechen werden, versprach sie; in letzter Zeit waren sie nur fürchterlich beschäftigt mit diesen hoffnungsvollen Entwicklungen im Labor und einigen Rechtsangelegenheiten, die Darryl immer wieder nach New York führen. Dann kam sie darauf zu sprechen, wie sehr sie New York liebt verglichen mit Chicago, das windig und kalt ist, und wo sie sich nie sicher gefühlt hat, nicht mal im Krankenhaus. Dagegen sei New York wie lauter kleine gemütliche Dörfer, alle aufeinandergetürmt. Und so weiter und so fort.»

«Nie wieder setze ich meinen Fuß in dieses Haus», schwor Jane Smart ebenso ungefragt wie vehement.

«Sie war sich wirklich nicht im klaren darüber», sagte Sukie, «daß wir beleidigt sein könnten, weil sie uns Darryl direkt vor der Nase weggeschnappt hat.»

«Wenn du erst einmal in deinem Kopf festgeklopft hast, daß du unschuldig bist», sagte Jane, «kannst du dir alles erlauben. Wie sah sie aus?»

Jetzt kam die Pause von Sukies Seite. In den alten Zeiten waren ihre Plauschereien immer fröhlich dahingesprudelt, ihre Sätze hatten sich ineinander verflochten, eins hatte sich aus dem anderen ergeben, und jede hatte schon immer vorweggenommen, was die andere gerade hatte sagen wollen, und dennoch war es zum Entzücken beider gewesen, die Bestätigung einer gemeinsamen Identität. «Nicht besonders», erklärte Sukie schließlich. «Ihre Haut schien ... durchsichtig, irgendwie.»

«Sie war immer blaß», sagte Jane.

«Aber das war nicht nur Blässe. Immerhin haben wir Mai, mein liebes Kind. Jeder sollte jetzt schon ein bißchen Farbe haben. Wir waren letzten Sonntag unten in Moonstone und ließen uns in den Dünen durchwärmen. Meine Nase sieht wie eine Erdbeere aus; Toby neckt mich deshalb.»

«Toby?»

«Du weißt schon, Toby Bergmann: der, der nach dem armen Clyde den *Anzeiger* übernommen und sich im Winter auf dem Glatteis ein Bein gebrochen hat. Das Bein ist wieder völlig geheilt, nur kürzer als das andere. Er macht nie die Gymnastik mit dem Bleischuh, die man in so einem Fall ja machen soll.»

«Ich dachte, du haßt ihn.»

«Das war vor unserem Kennenlernen, als ich noch völlig

hysterisch war wegen Clyde. Eigentlich ist Toby sehr witzig. Er bringt mich zum Lachen.»

«Ist er nicht viel … jünger?»

«Wir reden immer mal darüber. Im Juni ist er schon ganze zwei Jahre von der Brown University weg. Er sagt, ich sei der jugendlichste Mensch, den er je getroffen hat, und neckt mich, weil ich immer nur Hamburger esse und verrückte Dinge tun will, wie zum Beispiel die ganze Nacht aufbleiben, um Talkshows anzusehen. Ich glaube, er ist ein typischer Vertreter seiner Generation, sie kennen nicht den Katzenjammer von wegen Alter und Rasse und was man uns sonst noch alles beigebracht hat. Glaub mir, Liebling, im Vergleich zu Ed und Clyde ist er ein großer Fortschritt, in verschiedener Hinsicht, besonders einer, auf die ich aber nicht im einzelnen eingehen möchte. Es ist nicht kompliziert, wir haben einfach Spaß.»

«Super», sagte Jane abschließend und verschluckte das *r*. «Schien ihr … Wesen noch das gleiche?»

«Sie kam mir weniger schüchtern vor», sagte Sukie nachdenklich. «Du weißt schon, verheiratete Frau und so. Blaß, das sagte ich schon, aber vielleicht war es auch die Tageszeit. Wir tranken eine Tasse Kaffee bei Nemo, sie nahm jedoch einen Kakao, weil sie nicht gut geschlafen hatte und ohne Koffein auskommen wollte. Rebecca war dauernd um sie herum und bestand darauf, daß wir die Blaubeertörtchen probierten, die Teil von Nemo's Kampagne sind, dem Kleinen Bäckereicafé etwas von dem «Nette-Leute-Mittagstisch-Geschäft» wieder zu entreißen. *Mich* grüßte sie kaum. Rebecca. Sie biß nur einmal ab. Jenny meine ich, und bat mich, ihres aufzuessen, sie wolle Rebecca nicht beleidigen. Ich war ganz glücklich darüber, da ich seit kurzem geradezu gierig bin, wieso, weiß ich nicht, ich kann doch kaum schwanger sein, oder? Diese Juden sind wirklich potent. Sie sagte, sie wüßte nicht warum, aber sie hätte in letzter Zeit kaum Appetit. Jenny. Ich fragte mich, ob sie nur einen Köder auswarf, um herauszukriegen, ob ich zufällig den Grund wüßte. Tief im Innern könnte sie eine Ahnung haben von … dieser Sache, die wir gemacht haben, ich weiß nicht. Sie tat mir leid, die Art wie sie sich dafür entschuldigte, daß sie keinen Appetit hatte.»

«Es ist wirklich wahr, oder?» merkte Jane an. «Man zahlt für
jede Sünde.»

Es gab so viele Sünden in der Welt, daß Sukie eine Sekunde
brauchte, um herauszufinden, daß Jane die Sünde von Jenny
meinte, Darryl zu heiraten.

Joe war an diesem Morgen dagewesen, und sie hatten ihre bis
dato schlimmste Auseinandersetzung gehabt. Gina war im
vierten Monat, und man konnte es schon sehen; die ganze Stadt
konnte es sehen. Und Alexandras Kinder würden bald Ferien
bekommen und damit diese Alltags-Rendezvous in ihrem
Haus unmöglich machen. Was eine Erleichterung für sie war;
offen gesagt, es würde eine sehr große Erleichterung für sie
sein, nicht mehr seinem unverantwortlichen und wirklich
ziemlich anmaßenden Gerede zuhören zu müssen, er werde
Gina verlassen. Es widerte sie an, es wieder und wieder zu hören, es bedeutete nichts, und sie würde auch nicht wollen, daß
es irgend etwas bedeutete, schon der Gedanke ärgerte und be-
leidigte sie. Er war ihr Liebhaber, reichte das nicht? War ihr
Liebhaber *gewesen*, seit heute. Alles hat ein Ende. Die Dinge
fangen an, und sie gehen zu Ende. Alle Erwachsenen wissen
das, warum nicht Joe? Ernstlich getroffen wie er war, auf ihrer
spitzen Zunge rotierend wie auf einem Bratspieß, wurde er wütend und boxte ein paarmal gegen ihre Schultern, die Faust lok-
ker genug, um ihr nicht weh zu tun. Er lief nackt im Zimmer
herum, sein Körper stämmig und weiß, auf dem Rücken zwei
dunkle Haarwirbel, die ihr wie Schmetterlingsflügel vorkamen
(wobei seine Wirbelsäule den Körper bildete) oder auch wie
dünne Marmorscheiben, so angeordnet, daß die darin einge-
sprenkelte Äderung ein symmetrisches Muster ergab. Das
Haar auf Joes Körper hatte etwas Delikates und Organisches,
während das von Darryl wie ein Fußabtreter gewesen war. Joe
weinte; er nahm seinen Hut ab, um den Kopf gegen den Tür-
rahmen zu rammen: es war Parodie und doch echter Schmerz,
wirklicher Verlust. Das Zimmer, das Williamsburg-Grün der
alten Täfelung, die großen Päonien auf den Vorhängen mit ihren versteckten Clownsgesichtern und die rissige Decke, die
stumm und verschwörerisch über ihre nackten Paarungen ge-

wacht hatte, war Teil ihres Schmerzes, denn nur wenig ist bei einer Affäre kostbarer für einen Mann, als in einem Haus willkommen zu sein, zu dessen Unterhalt er nichts beigetragen hat, oder wichtiger für die Frau, als dieses Willkommenheißen, diese überlegte Großzügigkeit, ihr Haus das seine, sein einzig durch die Kraft seines Schwanzes, seines Schwanzes und seiner Gesellschaft, seines Geruchs und Plaisirs und Gewichts – ohne daß er dich mit Hypothekenzahlungen kauft oder mit gemeinsamen Kindern erpreßt, sondern einfach willkommen ist in den Wandungen deiner selbst, ein Einlaß, der seine Würde durch Freiheit und Gleichheit erhält. Joe konnte nicht aufhören, an Partnerschaft und Heirat zu denken; er wollte seine eigenen Hausgötter herrschen sehen. Er hatte ihr freundliches Geschenk mit ‹guten› Absichten herabgewürdigt. In seiner Wut überraschte er Alexandra damit, daß er wieder erigierte, und weil er jetzt nur noch wenig Zeit hatte, nachdem der Morgen mit Worten vergeudet war, gewährte sie ihm seine Lieblingsstellung, von hinten, sie auf den Knien. Welch eine Naturgewalt sein Rammen! Wie er bebte, als er kam! Wie ein Handtuch aus dem Trockner, das noch zusammengefaltet in irgendein luftiges Bord ihres sonnigen leeren Hauses gestapelt werden mußte, fühlte sie sich nach dieser heftigen Episode geschleudert und klargespült.

Auch das Haus schien während dieses Intervalls glücklicher über seinen Besuch, ehe die Ewigkeit ihrer Trennung hereinsank. Die Balken und Dielen schwatzten knarrend miteinander in der windigen, feuchten Jahreszeit, und ein hochgeschobenes Fenster hinter ihrem Rücken gab ein rasches Klappern von sich, wie ein plötzlicher Vogelschrei.

Zu Mittag aß sie den Salat vom vergangenen Abend, schlaffe Blätter in einem eiskalten Ölbad. Sie mußte abnehmen, oder sie konnte den ganzen Sommer über keinen Badeanzug tragen. Ein weiteres Versagen von Joe war seine Nachsichtigkeit gegen ihr Fett – wie jene Primitiven, die ihre Weiber zu Gefangenen ihrer Fettleibigkeit machen, Berge schwarzen Fleisches, die in strohgedeckten Hütten auf sie warten. Schon fühlte sich Alexandra schlanker, erleichtert von ihrem Liebhaber. Ihre Eingebung sagte ihr, das Telefon würde klingeln. Es klingelte.

Sicher Jane oder Sukie, sprudelnd vor Boshaftigkeit. Aber aus der Muschel, die sie ans Ohr preßte, erschallte eine jüngere, hellere Stimme, schüchtern, ein wenig angespannt, ein Beutel voll Angst, über dem eine Membrane pulste wie die Kehle eines Frosches.

«Alexandra, ihr meidet mich alle.» Es war die Stimme, die Alexandra am allerwenigsten auf der Welt zu hören wünschte.

«Nun, Jenny, wir wollen dir und Darryl Privatheit gönnen. Außerdem hören wir, daß ihr andere Freunde habt.»

«Ja, haben wir, Darryl liebt Zulauf, wie er das nennt. Aber es ist nicht so wie ... wie mit uns.»

«Nichts ist immer ganz dasselbe», sagte Alexandra. «Der Strom fließt ; der kleine Vogel schlüpft aus und durchbricht die Eierschale. Wie dem auch sei. Dir geht es gut.»

«Nein, tut es nicht, Lexa. Irgend etwas stimmt überhaupt nicht.»

Dem geistigen Auge der Älteren kam die Stimme entgegen wie ein Gesicht, das sich zu ihr aufhob, um gesäubert zu werden, eine körnige Rauhheit auf den Wangen. «Was stimmt überhaupt nicht?» Ihr eigenes Organ war wie eine Persenning oder ein großes Theatertuch, das beim Ausbreiten auf dem Boden Luft unter sich fängt und wie eine Blase aufsteigt, wie eine sanfte hohle Welle.

«Ich bin immer müde», sagte Jenny, «und habe keinen Appetit. Ich bin unbewußt so hungrig, daß ich ständig vom Essen träume, aber wenn ich mich dann wirklich hinsetze, bringe ich nichts runter. Und noch andere Dinge. In der Nacht Schmerzen, die kommen und gehen. Meine Nase läuft die ganze Zeit. Es ist peinlich; Darryl sagt, ich schnarche nachts, das habe ich in meinem ganzen Leben noch nicht getan. Erinnerst du dich an diese Knötchen, die ich dir zu zeigen versuchte, und die du nicht finden konntest?»

«Ja, vage.» Das Nachfühlen dieses lässigen Abtastens fuhr ihr schrecklich in die Fingerspitzen.

«Also, jetzt sind es mehr. In der ... in der Leistengegend und oben unter meinen Ohren. Sind da nicht die Lymphknoten?»

Jennys Ohren waren nie durchstochen worden, und sie verlor ständig kleine, kindische Ohrclips im Bad, auf den schwarzen Schieferplatten und zwischen den Kissen. «Ich weiß es wirklich nicht, Schätzchen. Du solltest zum Arzt gehen, falls du dir Sorgen machst.»

«Oh, das habe ich getan. Doc Pat. Er hat mich zur Untersuchung ins Westwick Hospital geschickt.»

«Und hat die Untersuchung irgend etwas ergeben?»

«Sie sagen, nicht wirklich; aber ich soll noch mehr Tests machen. Sie sind alle so behutsam und ernst und sprechen mit so einer komischen Stimme, als wäre ich ein ungezogenes Kind, das ihnen plötzlich auf die Schuhe pinkelt, wenn sie es nicht auf Abstand halten. Sie haben Angst vor mir. Durch mein bloßes Kranksein stelle ich sie irgendwie bloß. Sie sagen Sachen wie, daß die Zahl meiner weißen Blutkörperchen ‹ein bißchen außerhalb des Normalen› liege. Sie wissen, daß ich in einem großen städtischen Krankenhaus gearbeitet habe, und das drängt sie in die Defensive, aber ich habe keine Ahnung von organischen Krankheiten, ich habe meistens Frakturen und Gallensteine gesehen. Es wäre alles albern, aber nachts, wenn ich im Bett liege, kann ich *fühlen*, daß etwas nicht stimmt, daß irgend etwas an mir arbeitet. Sie fragen mich dauernd, ob ich irgendwelchen Strahlen ausgesetzt gewesen bin. Natürlich habe ich damit gearbeitet im Michael Reese Hospital, aber sie sind *dermaßen* vorsichtig, wickeln dich in Blei und stecken dich in diese dicke Glaskabine, wenn du den Schalter bedienst; alles, was mir einfiel, war, daß ich als Teenager, kurz bevor wir nach Eastwick zogen, also noch in Warwick, beim Richten meiner Zähne eine unheimliche Menge Röntgenstrahlen abgekriegt habe; in meinem Mund war ein einziges Durcheinander während meiner Mädchenzeit.»

«Deine Zähne sehen jetzt wunderschön aus.»

«Danke. Es hat Daddy Geld gekostet, das er in Wirklichkeit gar nicht hatte. Aber er wollte mich unbedingt schön haben. Er *liebte* mich, Lexa.»

«Gewiß tat er das, Liebling.» sagte Alexandra nachdrücklich; die Luft, die unter der Persenning gefangen war, nahm zu und kämpfte wie ein wildes, aus Wind gemachtes Tier.

«Er liebte mich so sehr», platzte Jenny heraus. «Wie konnte er mir das antun, sich aufhängen? Wie konnte er mich und

Chris so allein lassen? Selbst, wenn er wegen Mordes im Gefängnis gesessen hätte, wäre das besser gewesen als dies. Er hätte nicht allzu lange bekommen, die scheußliche Art, wie er es getan hat, konnte nicht vorausgeplant gewesen sein.»

«Du hast Darryl», sagte Alexandra.

«Ich habe ihn, und ich habe ihn nicht. Du weißt, wie er ist. Du kennst ihn besser als ich; ich hätte mit dir sprechen sollen, bevor ich mich darauf einließ. Vielleicht wärst du besser für ihn gewesen, ich weiß es nicht. Er ist höflich und aufmerksam, gewiß, aber irgendwie ist er nicht für mich da. Seine Gedanken sind immer woanders, bei seinen Projekten wahrscheinlich. Alexandra, *bitte* laß mich zu dir kommen, laß mich dich sehen. Ich werde nicht lange bleiben, wirklich nicht. Ich brauche nur … Berührung», endete sie mit erstickter, in Bitterkeit sich windender Stimme, während sie diese letzte nackte Bitte vorbrachte.

«Meine Liebe, ich weiß gar nicht, was du von mir willst», log Alexandra platt, weil sie dies alles abschwächen mußte, um das tränenverschmierte Gesicht vor ihrem inneren Auge auszulöschen, das so nahe gekommen war, daß sie die körnigen Flecken geradezu sehen konnte, «aber ich kann dir auch nichts geben. Ehrlich. Du hast deine Wahl getroffen, und ich hatte daran keinen Anteil. Das ist in Ordnung. Kein Grund, weshalb ich hätte daran beteiligt sein müssen. Und jetzt *kann* ich nicht mehr Teil deines Lebens sein. Das schaffe ich einfach nicht.»

«Sukie und Jane würden es nicht mögen, wenn du mich siehst», vermutete Jenny, um einen Grund dingfest zu machen für Alexandras Hartherzigkeit.

«Ich spreche für mich selbst. Ich möchte in das Verhältnis zwischen dir und Darryl jetzt nicht mehr mit hineingezogen werden. Ich wünsche euch beiden alles Gute, aber um meiner selbst willen möchte ich euch nicht sehen. Es wäre einfach zu schmerzhaft, offen gesagt. Was diese Krankheit angeht, kommt es mir vor, als ließest du dich von Einbildungen quälen. Jedenfalls bist du in den Händen von Ärzten, die mehr für dich tun können, als ich es kann.»

«Oh.» Die ferne Stimme war auf die Größe eines Punktes

geschrumpft, zu etwas Mechanischem, wie ein Amtszeichen. «Ich bin nicht sicher, daß das wahr ist.»

Als Alexandra auflegte, zitterten ihr die Hände. All die vertrauten Winkel und Möbel ihres Hauses sahen schief aus, als wären sie durch die Unvereinbarkeit der moralischen Entfernung zu ihr – Dinge, frei von Sünde – und ihrer physischen Nähe verzerrt. Sie ging in ihren Arbeitsraum, nahm einen der Stühle dort, einen Windsor-Stuhl mit Stablehne, dessen Sitz mit Farbe, getrocknetem Gips und Kleister gesprenkelt war, und trug ihn in die Küche. Sie stellte ihn unter das hohe Küchenbord, stieg hinauf und griff über sich, um den in Folie gewickelten Gegenstand wieder hervorzuholen, den sie nach ihrer Rückkehr aus Janes Haus im letzten April dort versteckt hatte. Das Ding erschreckte sie, weil es sich warm zwischen ihren Fingern anfühlte: unter der Decke sammelt sich immer warme Luft, dachte sie, eine schwache Erklärung. Als Coal sie herumhantieren hörte, kam er aus seiner Schlafecke hervor, und sie mußte ihn hinter sich in der Küche einschließen. Sonst würde er ihr nach draußen folgen und glauben, was sie gleich täte, wäre ein Apportierspiel.

Auf dem Weg durch ihren Arbeitsraum kam Alexandra an einem übertrieben großen Gestell von zwei-mal-vier- und ein-mal-zwei-zölligen Kiefernleisten, verbogenen Kleiderbügeln und Hühnerdraht vorbei, denn sie hatte es sich in den Kopf gesetzt, sich an einer riesigen Skulptur zu versuchen, die groß genug wäre für einen öffentlichen Platz wie den Kazmierczak Square. In der planlosen Anordnung des Hauses, in dem acht Farmergenerationen gelebt hatten, lag hinter dem Arbeitsraum ein Durchgangsbereich mit nacktem Erdboden, der zum Aufbewahren der Gartengeräte diente und nun von Alexandra auch als Abstellraum genutzt wurde und dessen Wände noch mit Schaufelstielen, Hacken und Harken dicht bedeckt waren. Der Durchgang war beengt durch zusammengefallene Haufen alter Tontöpfe und offene Säcke mit Torf und Knochenmehl, die wackligen Regale waren übersät mit verrosteten Handschaufeln und braunen Flaschen voll schaler Schädlingsbekämpfungsmittel. Sie klinkte die rohe Tür auf, ineinanderverfugte Bretter, zusammengehalten von einem Z aus Bauholzstreben, und trat hinaus ins heiße Sonnenlicht; sie trug ihr kleines Päckchen, glitzernd und warm, quer über den Rasen.

Das Ungestüm des Juni-Wachstums war überall: der Rasen mußte gemäht, die Randbeete mit Knopfblumen mußten gejätet, die Tomatenpflanzen und Pfingstrosen angebunden werden; Insekten nagten an der Stille; Sonnenlicht drückte auf Alexandras Gesicht, und sie spürte, wie das Haar ihres einen dicken Zopfes sich auflud wie eine elektrische Heizschlange. Das Moor hinter ihrem Grundstück, jenseits der eingefallenen Feldsteinmauer, die von Giftsumach und wildem Wein bedeckt war, bildete im Winter ein durchscheinendes braunes Dickicht zwischen Inseln aus verfilztem Gras, mit blasigbläulichem Eis; im Sommer jedoch ein festes Geflecht aus grünem Laub und schwarzen Stielen, Farnen, Kletten und wilden Himbeeren, wo hinein das Auge nur wenige Meter weit dringen konnte und niemand je gehen würde, weil die Dornen und darunter die Feuchtigkeit zu bedrohlich waren. Bis zum Alter um die sechste Klasse herum, wenn die Jungen befangen werden, weil Mädchen mit ihnen Spiele spielten, war sie gut beim Softball gewesen; jetzt holte sie aus und warf den Zauber – nichts als Wachs und Nadeln, so leicht davonsegelnd, als hätte sie auf dem Mond einen Stein geworfen – so tief in das wuchernde Dunkel, wie sie nur konnte. Vielleicht würde er eine Stelle schleimigen Wassers finden und versinken. Vielleicht würden rotgeflügelte Amseln die Alufolie abpicken, um ihre Nester zu schmücken. Alexandra befahl ihm zu verschwinden, verschluckt und aufgelöst zu werden in der Vergebung der brodelnden Natur.

Schließlich, als sie sich wieder in die Augen sehen konnten, einigten sich die drei auf einen Donnerstag in Sukies winzigem Haus an der Hemlock Lane. «Ist das nicht gemütlich!» rief Jane Smart, die zu spät kam und fast nichts anhatte: Plastiksandalen und einen Baumwollmini, dessen Träger im Nacken gebunden waren, um das Braunwerden nicht zu beeinträchtigen. Sie hatte eine sanfte Mokkafarbe angenommen, aber die bejahrte Haut unter ihren Augen blieb weiß wie ein Crêpe, und ihr linkes Bein zeigte bläuliches Gekräusel von Krampfadern, eine kleine

Reihe halb untergetauchter Flecke wie jene trüben Fotografien, mit denen Leute die Existenz des Loch-Ness-Ungeheuers zu beweisen versuchen. Dennoch, Jane war vital, eine dickhäutige Sonnenhexe, ganz in ihrem Element. «Gott, sie sieht schrecklich aus!» krähte sie, und ließ sich mit einem Martini in einem von Sukies schäbigen Sesseln nieder. Der Martini hatte die schlüpfrige Farbe von Quecksilber, und die grüne Olive hing darin wie ein Reptilauge mit roter Iris.

«Wer?» fragte Alexandra, genau wissend, wer gemeint war.

«Die niedliche Mrs. Van Horne natürlich», antwortete Jane. «Sogar in hellem Sonnenlicht mitten im Juli direkt auf der Dock Street sieht sie aus, als wäre sie drinnen. Sie besaß die Unverschämtheit, auf mich zuzukommen, obwohl ich gerade versuchte, mich diskret in den Bellenden Fuchs zu verdrükken.»

«Armes Ding», sagte Sukie, indem sie sich ein paar gesalzene Pekanußhälften in den Mund stopfte und lächelnd kaute. Sie trug im Sommer einen kühleren Lippenstift, und der Sattel ihrer kleinen, formlosen Nase zeigte Schuppen eines alten Sonnenbrands.

«Ihr Haar ist durch die Chemotherapie ausgefallen, vermute ich, denn sie trägt jetzt ein Kopftuch», sagte Jane, «ziemlich fesch, wirklich.»

«Was hat sie zu dir gesagt?» fragte Alexandra.

«Oh, sie macht auf ‹ist das nicht nett› und ‹Darryl und ich sehen dich gar nicht mehr› und ‹komm doch rüber, wir baden jetzt immer in der Salzmarsch›. Ich habe es ihr genauso zurückgegeben, wirklich. Welche Heuchelei. Sie haßt uns durch und durch, sie kann gar nicht anders.»

«Hat sie ihre Krankheit erwähnt?» fragte Alexandra.

«Mit keinem Wort. Nur Lächeln. ‹Was für ein wunderschönes Wetter!› – ‹Hast du gehört, daß Arthur Hallybread sich ein süßes, kleines Herreshoff-Boot gekauft hat?› Genau so, hat sie beschlossen, will sie das Spiel mit uns spielen.»

Alexandra dachte daran, ihnen von Jennys Anruf vor einem Monat zu erzählen, zögerte aber, Jennys Bitte dem Spott preiszugeben. Doch dann dachte sie, daß ihre wahre Loyalität ihren Schwestern galt, dem Hexenkonvent. «Sie rief mich vor einem

Monat an», sagte sie, «wegen geschwollener Drüsen, die sie sich überall einbildete. Sie wollte mich besuchen. Als ob ich sie heilen könnte!»

«Wie überaus seltsam», sagte Jane. «Was hast du ihr geantwortet?»

«Ich sagte nein. Ich möchte sie wirklich nicht sehen, das würde mich zu sehr in Konflikte stürzen. Was ich aber getan *habe*, ich gebe es zu, ich habe das verdammte Ding genommen und es in das dreckige Moor hinter meinem Grundstück geworfen.»

Sukie setzte sich auf und stieß dabei fast die Schale mit Pekanüssen von der Armlehne ihres Sessels, ergriff sie aber noch flink, bevor sie ins Rutschen kam. «Aber warum, Süße? Was für eine ausgefallene Idee nach der ganzen Arbeit mit dem Wachs und allem! Du verlierst deine Hexigkeit!»

«Ich weiß nicht, tue ich das wirklich? Das Wegwerfen scheint nichts geändert zu haben, jedenfalls nicht, wenn sie jetzt Chemotherapie macht.»

«Bob Osgood», sagte Jane behaglich, «ist gut mit Doc Pat befreundet, und Doc Pat sagt, sie ist völlig durchlöchert, Leber, Bauchspeicheldrüse, Knochenmark, Ohrläppchen, und was nicht alles. *Entre nous* und so weiter, Bob sagte, Doc Pat sagte, wenn sie noch zwei Monate lebte, wäre es ein Wunder. Sie weiß das auch. Die Chemotherapie soll nur Darryl besänftigen, er dreht offenbar durch.»

Nun, wo Jane sich diesen kahlköpfigen kleinen Banker Bob Osgood als Liebhaber geangelt hatte, waren die zwei senkrechten Linien zwischen ihren Augenbrauen ein wenig geglättet, und ihre Äußerungen enthielten ein fröhliches Vibrato, als ob sie den Bogen über ihre eigenen schwingenden Stimmbänder striche. Alexandra war Janes hochgestochener Mutter nie begegnet, aber sie vermutete, genauso kämen die Worte heraus über den Teetassen der Back Bay.

«Es kann abklingen», protestierte Alexandra ohne Überzeugung, die Kraft war aus ihr herausgeflossen und jetzt in der Natur verteilt und bewegte sich auf den astralen Strömen außerhalb des Zimmers.

«Du großes, dickes, knuddeliges, süßes Ding du», sagte Jane

Smart und beugte sich zu ihr, so daß die Linie, wo die Bräune auf ihren Brüsten endete, in dem losen Baumwollausschnitt sichtbar wurde, «was ist bloß über unsere Alexandra gekommen? Ohne dieses Geschöpf säßest du jetzt dort; *du wärst* die Herrin des Krötenschlosses. Er kam nach Eastwick, um eine Frau zu suchen, und du hättest es sein sollen.»

«Wir *wollten*, daß du es bist», sagte Sukie.

«Quatsch», sagte Alexandra. «Ich glaube, jede von euch hätte die Chance ergriffen. Besonders du, Jane. Du hast aus diesem oder jenem Grund eine schreckliche Menge Schwanzlutscherei betrieben.»

«Kinder, laßt uns nicht streiten», bat Sukie. «Laßt es uns gemütlich machen. Um von Leuten zu reden, die ich in der Stadt getroffen habe, ihr werdet nie erraten, wen ich gestern abend vor der Superette herumhängen sah!»

«Andy Warhol», vermutete Alexandra aufs Geratewohl.

«Dawn Polanski!»

«Eds kleine Schlampe?» fragte Jane. «Sie ist bei dieser Explosion in New Jersey in die Luft geflogen.»

«Sie haben nie irgendwelche Teile von ihr gefunden, nur ein paar Kleidungsstücke», rief Sukie den anderen in Erinnerung. «Offenbar war sie aus dem Nest, das sie alle zusammen in Hoboken hatten, nach Manhattan gezogen, wo die eigentliche Zelle war. Die Revolutionäre haben Ed nie wirklich getraut, er war zu alt und zu anständig, und deshalb haben sie ihn an diese Bombenbastelei gesetzt, um zu testen, wie ernst es ihm war.»

Jane lachte unfreundlich, aber nun mit diesem tönenden Vibrato in ihrem Gekicher. «Die einzige Qualität, die ich bei Ed nie bezweifelt habe: er war ein Arsch, ernsthaft.»

Sukies Oberlippe kräuselte sich in unausgesprochener Mißbilligung, sie fuhr fort: «Anscheinend gab es mit Dawn nicht das Problem, ob sie es ernst meinte, sie wurde sofort bei den ‹Großen Tieren› aufgenommen und amüsierte sich jede Nacht irgendwo im East Village, derweil Ed sich in Hoboken in die Luft pustete. Sie vermutet, daß seine Hände beim Verbinden zweier Drähte zitterten, die Diät und die lustigen Stunden im Untergrund hatten ihn mitgenommen. Wahrscheinlich wurde ihr nur klar, daß er auch nicht so besonders heiß im Bett war.»

«Es dämmerte Dawn», sagte Jane und zitierte: *«uncame the dawn.»*

«Wer hat dir denn das alles erzählt?» fragte Alexandra Sukie, irritiert durch Janes Benehmen. «Bist du zu ihr hingegangen und hast vor der Superette mit ihr gesprochen?»

«O nein, die Typen da machen mir Angst, es sind jetzt sogar ein paar Schwarze dabei, ich weiß nicht, wo die herkommen, aus dem Ghetto in Süd-Providence, nehme ich an. Normalerweise gehe ich auf der anderen Straßenseite. Die Hallybreads erzählten es mir. Das Mädchen ist zurück in der Stadt, sie will nicht mehr bei ihrem Stiefvater in dem Wohnwagen in Coddington Junction wohnen, deshalb haust sie jetzt über dem Laden der Armenier und macht Wohnungen sauber, angeblich für Zigaretten-Geld. Die Hallybreads nehmen sie zweimal die Woche. Ich vermute, sie hat Rose zur Beichtmutter umfunktioniert. Rose hat diesen schlimmen Rücken und kann noch nicht mal einen Besen hochnehmen, ohne daß sie schreien möchte.»

«Wie kommt es», fragte Alexandra, «daß du so viel von den Hallybreads weißt?»

«Oh», sagte Sukie, den Blick zur Decke gewandt, die zu den gedämpften Tönen eines Fernsehers zitterte und bebte. «Ich gehe manchmal rüber zum Entspannen, seit Toby und ich Schluß gemacht haben. Die Hallybreads sind ganz amüsant, wenn sie nicht gerade eine ihrer Launen hat.»

«Was ist los mit dir und Toby?» fragte Jane. «Du schienst so … zufrieden.»

«Er ist gefeuert worden. Dieses Syndikat aus Providence, dem der *Anzeiger* gehört, fand, die Zeitung sei nicht sexy genug unter seinem Management. Und ich muß sagen, er machte geradezu einen Gänseblümchen-Job daraus; diese jüdischen Mütter, sie verderben ihre Jungen wirklich. Ich glaube, ich bewerbe mich als Redakteurin. Wenn Leute wie Brenda Parsley Männerjobs übernehmen können, warum nicht auch ich?»

«Deine Freunde», bemerkte Alexandra, «haben nicht allzu viel Glück.»

«Ich würde Arthur nicht Freund nennen», sagte Sukie,

«mit ihm zusammensein ist für mich wie ein Buch lesen, er weiß soviel.»

«Ich dachte nicht an Arthur. Ist er ein Freund?»

«Hat er denn irgendwelches Pech?» fragte Jane.

Sukies Augen wurden rund; sie hatte angenommen, jeder wüßte es. «Oh, nichts, nur dieses Herzflattern. Doc Pat sagte ihm, man könnte jahrelang damit leben, wenn man nur immer Digitalis zur Hand hätte. Aber er haßt das Flattern; es ist, als wenn ein Vogel in seiner Brust gefangen wäre, sagt er.»

Ihre beiden Freundinnen, die mit ihrer kaum verhohlenen Prahlerei über neue Liebhaber in Alexandras Augen vor Gesundheit strotzten, schlank und gebräunt wie sie waren, sogen Stärke aus Jennys Tod wie aus einem Männerkörper. Jane sah anmutig und braun aus in ihren Sandalen und dem Minikleid, und Sukie trug ebenfalls diesen Sommerglanz der Eastwick-Frauen: Frottéshorts, die ihren Hintern hoch und rund wie Boviste aussehen ließen, und ein pfauenartig schimmerndes Oberteil, in dem ihre Brüste so hüpften, daß eindeutig kein Büstenhalter darunter sein konnte. Allein die Vorstellung, in Sukies Alter, dreiunddreißig, keinen Büstenhalter zu tragen! Seit ihrem dreizehnten Lebensjahr hatte Alexandra die spitzbrüstigen, von Natur aus schlanken Mädchen beneidet, die munter aßen und aßen, während auf ihrem eigenen Gemüt Fleischberge lasteten, die sich jederzeit in Fett verwandeln konnten, sobald sie auch nur eine zweite Portion nahm. Neidische Tränen stiegen auf und brannten in ihrer Stirnhöhle. Warum war sie so vom Leben im Stich gelassen, wo doch eine Hexe tanzen und fliegen sollte? «Wir können nicht so weitermachen», platzte sie heraus, durch den Nebel aus Wodka, der an den wunderlichen Winkeln des spindelförmigen kleinen Raumes zerrte. «Wir *müssen* den Zauber zurücknehmen.»

«Aber wie denn, Schatz?» fragte Jane und schnippte Asche von einer rotfiltrigen Zigarette in die Paisley-Schale, aus der Sukie alle Pekanüsse herausgeklaubt hatte. Dann seufzte sie rauchig und ungeduldig durch die Nase, als hätte sie Alexandras Gedanken gelesen und diesen ermüdenden Ausbruch vorausgeahnt.

«Wir können sie nicht einfach so umbringen», fuhr Alexandra fort und genoß schon fast den vermutlich entstandenen Eindruck einer plärrenden, lästigen großen Schwester.

«Warum nicht?» fragte Jane trocken. «In unseren Gedanken töten wir ständig Leute. Wir beseitigen Fehler. Wir ordnen Prioritäten um.»

«Vielleicht ist es überhaupt nicht unser Zauber», bot Sukie an. «Vielleicht bilden wir uns das nur ein. Jedenfalls ist sie in den Händen von Hospitälern und Ärzten mit diesen vielen vielen Instrumenten und Apparaten und sonst was, die nicht lügen.»

«Sie lügen *doch*», sagte Alexandra. «All der Wissenschaftskram lügt. Es *muß* eine Form geben, wie wir es rückgängig machen können», bat sie. «Wenn wir alle drei uns konzentrieren.»

«Ohne mich», sagte Jane. «Rituelle Magie langweilt mich total, habe ich beschlossen. Sie ist zu sehr wie Kindergarten. Mein Schneebesen ist von dem Wachs noch immer ganz verkrustet. Und meine Kinder fragen mich dauernd, was das Ding in der Alufolie war; sie haben nichts anderes im Kopf, und ich fürchte, sie erzählen es auch ihren Freunden. Vergeßt nicht, ihr beiden, ich spekuliere immer noch darauf, eine eigene Kirche zu bekommen, und Getratsche bringt die guten Leute bestimmt *nicht* dazu, eine Chorleiterin einzustellen.»

«Wie kannst du nur so gefühllos sein?» schrie Alexandra und fühlte, wie ihre Emotionen köstlich gegen Sukies schlanke Antiquitäten anbrandeten – den ovalen Tisch mit der Klapp-Platte, den dreibeinigen Shaker-Stuhl mit der Sitzfläche aus Binsen – wie eine Flutwelle, die Trümmer an den Strand trägt. «Seht ihr nicht, wie furchtbar das ist? Alles, was sie jemals getan hat, war, daß sie ja sagte, als er sie fragte, was hätte sie sonst sagen können?»

«Ich finde das eher lustig», sagte Jane und formte ihre Zigarettenasche am Messingrand der Paisley-Schale zu einem spitzen Kegel. «*Unsere Jenny, die starb neulich*», fügte sie hinzu, als wäre es ein Zitat.

«Süße», sagte Sukie zu Alexandra, «ich habe die ernste Befürchtung, es liegt nicht mehr in unseren Händen.»

«‹*Im Bett war keine so erfreulich*›», fuhr Jane fort.

«Du hast es nicht getan, schlimmstenfalls warst du das Medium. Wir alle waren es.»

«*Betet, Schwestern, Lexa, heul nicht*», reimte Jane und kam damit offensichtlich ans Ende ihrer Strophe.

«Wir wurden nur *benutzt* vom Universum.»

Ein gewisser Stolz auf ihre Kunst überkam Alexandra. «Ihr beide hättet es ohne mich nicht tun können; ich war *so* voller Energie, so eine gute Organisatorin! Es war ein wunderbares Gefühl, diese schreckliche Kraft auszuüben!» Auch jetzt war es ein wunderbares Gefühl, wie ihr Kummer auf diese Wände, Gesichter und Gegenstände einschlug – die Seekiste, den Crenel-Hocker, die dicken, rautenförmigen Fensterscheiben – wie mit schweren Kissen, den Wolken ihrer Erschütterung und Reue.

«Wirklich, Alexandra», sagte Jane, «du scheinst nicht mehr du selbst zu sein.»

«Das weiß ich. Ich habe mich tagelang elend gefühlt. Ich weiß nicht, was es ist. Mein linker Eierstock – vor jeder zweiten Periode tut er sehr weh. Und nachts, mein Kreuz, ein Schmerz, daß ich aufwache und zusammengerollt auf der Seite liegen muß!»

«Oh, du armes, großes, trauriges, süßes Ding», sagte Sukie, stand auf und machte einen Schritt, so daß die Spitzen ihrer Brüste in dem schimmernden Oberteil leicht wippten. «Du brauchst eine Rückenmassage.»

«Ja, die brauche ich», schmollte Alexandra.

«Komm her. Leg dich aufs Sofa. Jane, rutsch rüber.»

«Ich hab solche Angst.» Ein Schniefen würzte Alexandras Worte und stieg ihr in die Nüstern. «Warum sollten es gerade die Eierstöcke sein, wenn nicht ...»

«Du brauchst einen neuen Liebhaber», sagte Jane zu ihr, wobei sie in ihrer knappen Art das *r* wegließ. Woher wußte sie das? Alexandra hatte Joe gesagt, sie wolle ihn nicht mehr sehen, aber diesmal hatte er wirklich nicht wieder angerufen, und aus den Tagen seines Schweigens waren Wochen geworden.

«Zieh deine hübsche Bluse hoch», sagte Sukie, obwohl es keine hübsche Bluse war, sondern eins von Oz's alten Hemden, mit Kragenecken, die nicht anliegen wollten, weil die Plastikstäbchen fehlten, und einem nicht wegzukriegenden Essensfleck neben dem zweiten Knopf. Sukie hakte den BH auf und ein Dehnungsschmerz flutete in Alexandras Brust. Sukies schmale Finger begannen kreisend zu arbeiten. Das rauhe Kissen, das gegen Alexandras Nase drückte, roch tröstlich nach feuchtem Hund. Sie schloß die Augen.

«Und vielleicht eine schöne Oberschenkelmassage», sagte Janes Stimme. Ein Klirren und ein Rascheln beschrieben, wie sie ihr Glas absetzte und ihre Zigarette ausdrückte. «Unsere lumbale Spannung baut sich an den Hinterseiten der Oberschenkel auf und muß gelöst werden.» Ihre Finger mit den schwieligen Kuppen versuchten, die Spannung abzubauen, kneifend, streichelnd, die Nägel auf- und abziehend wie für ein Pianissimo.

«Jenny –» begann Alexandra, eingedenk der seidigen Massagen des Mädchens.

«Wir tun Jenny nicht weh», sagte Sukie mit leise singender Stimme.

«DNS tut Jenny weh», sagte Jane, «die böse DNS.»

Ein paar Minuten später hatten sie Alexandra fast zum Schlafen gebracht. Sukies scheußlich anzusehender Weimaraner Hank trottete mit hängender, lilafarbener Zunge ins Zimmer, und sie spielten folgendes Spiel: Jane legte eine Reihe Weizencracker auf die Rückseite von Alexandras Schenkeln, und Hank schleckte sie auf. Dann legten sie ein paar Cracker auf Alexandras Kreuz, dort, wo ihr Hemd hochgeschoben war. Seine Zunge war rauh, naß, warm und leicht klebrig wie der Kriechfuß einer großen nackten Schnecke; hin und zurück schlappte sie über die immer wieder neu angerichtete Mahlzeit auf Alexandras Haut. Der Hund liebte, wie seine Herrin, stärkehaltige Häppchen, aber als er schließlich übersättigt war, sah er die Frauen fragend an und bat sie mit den Augen – topazfarbene Kugeln mit einer violetten Wolke in der Mitte – innezuhalten.

Obwohl die anderen Kirchen in Eastwick während der Sommer-Sonnen-Andachten einen entschiedenen Besucherrückgang erlitten, blieb die Anzahl bei den Unitarier-Gottesdiensten, die nie überfüllt waren, gleich; tatsächlich erhöhte sie sich sogar durch Urlauber aus den Großstädten, gutsituierte, religiöse Liberale in lässigen roten Hosen und Leinenjacken, buntgemusterten Baumwollkleidern und bebänderten Strohhüten. Diese und die regulären Besucher – die Neffs, die Richard Smiths, Herbie Prinz, Alma Sifton, Homer und Franny Lovecraft, die junge Mrs. Van Horne und eine relativ Neue in der Stadt, Rose Hallybread, ohne ihren agnostischen Ehemann, aber mit ihrem Protégé Dawn Polanski – waren erstaunt, nachdem erst einmal farblos «Durch die Nacht voll Angst und Sorgen» gesungen worden war (wobei Darryl Van Hornes Bariton im Chor auf der Empore kratzige Harmonien beigesteuert hatte), den Ausdruck «das Böse» aus Brenda Parsleys Mund zu hören. Das war kein Wort, das man öfter in diesem keuschen Kirchenschiff vernahm.

Brenda sah prächtig aus in ihrer offenen, schwarzen Robe, dem gefältelten Jabot und der weißen Seidenkrawatte, das sonnengebleichte Haar straff aus der hohen, hellen Stirn nach hinten gekämmt. «Das Böse ist in der Welt, und das Böse ist in dieser Stadt», verkündete sie hell und laut, dann senkte sie die Stimme zu einem leiseren, vertraulichen Ton, der dennoch bis in jede Ecke des alten, neoklassischen Gotteshauses trug. Pinkfarbene Stockrosen nickten in den unteren Scheiben der hohen, klaren Fenster; in den oberen forderte ein wolkenloser Juli die Menschen, die in das weiße Kirchengestühl eingepfercht waren, auf, nach draußen zu kommen, nach draußen in ihre Boote, an den Strand, auf die Golf- und Tennisplätze, sich eine Bloody Mary auf jemandes neuem Rotholzdeck zu genehmigen, mit Blick auf die Bay und Conanicut Island. Die Bay würde knistern vor Sonnenschein und die Insel so unberührt und grünend aussehen, als lebten die Narragansett Indianer noch dort. «Es ist kein Wort, das wir gern benutzen», erklärte Brenda mit dem zögerlichen Tonfall eines Psychiaters, der nach Jahren stummen Zuhörens schließlich begonnen hat, die Führung zu übernehmen. «Wir ziehen es vor, ‹Unglück›, ‹Mangel›, ‹Verführung› oder ‹Benachteiligung› zu sagen. Wir ziehen es vor, uns das Böse als die Abwesenheit des Guten vorzustellen, als ein vorübergehendes Nachlassen des Sonnenscheins, als einen Schatten, eine Schwächung. Denn die Welt *ist* gut: Emerson und Whitman, Buddha und Jesus haben uns das gelehrt. Unsere eigene, liebe, tapfere Anne Hutchinson glaubte an ein Versprechen der Gnade im Gegensatz zu einer Belohnung der Werke und trotzte – diese Mutter von fünfzehn Kindern und gütige Hebamme für ungezählte und unzählbare Schwestern – dem sexistischen, weltverachtenden Klerus von Boston um ihres Glaubens willen, ein Glaube, für den sie am Ende sterben mußte.»

Zum letztenmal, dachte Jenny Van Horne, *sehen meine Augen das klare Blau solch eines Julitages. Meine Lider heben sich, die Hornhäute meiner Augen nehmen das Licht auf, meine Linsen bündeln es, meine Netzhäute und der Sehnerv melden es dem Gehirn. Morgen werden die Erdpole sich um einen weiteren Tag dem August und dem Herbst zuneigen, und eine etwas andere Tinktur aus Licht und Dunst wird entstehen.* Das ganze Jahr über hatte sie, ohne es zu wissen, von jeder einzelnen Jahreszeit Abschied genommen, von jeder Zwischenjahreszeit und jedem Wetterwechsel, von jedem Moment des stufenweisen Herbst-Übergangs von Farbenpracht zur Reife, des winterlichen Frosts, des Tageslichts über dem härterwerdenden Eis, und jenes Frühlingserwachens, wenn die Schneeglöckchen und Krokusse aus braun verfilztem Gras, in der Wärme jenes intimen Bereichs auf der Sonnenseite der Mauern, neu erblühten, wie wenn Liebende ihren Atem gegen den Nakken des geliebten Menschen hauchen; sie hatte Abschied genommen, denn das Rad der Jahreszeiten würde sich für sie nicht noch einmal drehen. Tage, die man so leichtfertig in Hast und Zerstreutheit verbringt, in der Selbstbezogenheit der Jugend und der fröhlichen Langeweile der Kindheit, *für sie gibt es wirklich ein Ende, der Himmel schließt sich wie der Verschluß einer gigantischen Kamera.* Diese Bilder machten Jenny auf ihrem Platz fast schwindelig. Greta Neff, die ihre Gedanken spürte, langte zu ihr herüber und drückte ihre Hand.

«Indem wir uns nach außen gekehrt und dem Bösen draußen in der Welt zugewendet haben», formulierte Brenda glänzend und blickte aufwärts zur hinteren Empore mit der ungenutzten Pfeifenorgel und dem winzigen Chor, «unsere Entrüstung nach draußen gerichtet haben, gegen das Böse in Südostasien, verübt von faschistischen Politikern und einem grausamen Kapitalismus, der seine Märkte für anti-ökologische Luxusgüter zu sichern und zu erweitern sucht, in dem wir uns all dem zugewandt haben, sind wir schuldig geworden – ja, schuldig, denn Schuld liegt ebenso im *Unter*lassen wie im *Zu*lassen – schuldig, weil wir über das Böse hinweggesehen haben, das sich in den Häusern von Eastwick, unseren eigenen ruhigen, solide wirkenden Heimen zusammenbraut. Private Unzufriedenheit und persönliche Enttäuschung haben Unheil ausgebrütet, aus Aberglauben erwachsend, den unsere Vorfahren abscheulich nannten und der in der Tat –» Brendas Stimme senkte sich wunderschön zu einer Art ruhigem sanften Erstaunen, eine Lehrerin, die ein Elternpaar besänftigt, ohne dabei ein fürchterliches Zeugnis in Abrede zu stellen, ein weiblicher Rentabilitäts-Experte, der einem tobenden Angestellten apologetisch mit Kündigung droht – «abscheulich ist.»

Doch hinter diesem Verschluß muß ein Auge existieren, das Auge eines größeren Seins, und in einer Vorahnung, nicht unähnlich der ihres Vaters einige Monate zuvor, war es Jenny gelungen, Ruhe in dem Glauben an die Obhut dieses Wesens zu finden, sogar noch, als ihre neuen Freunde und diese humanoiden Maschinen im Westwick-Hospital um ihr Leben kämpften. Da Jenny selbst jahrelang in einem Krankenhaus gearbeitet hatte, wußte sie, wie mager am Ende die Resultate, statistisch gesehen, waren, die man durch all diese bewunderungswürdige und kostspielig verwaltete Gnade erhielt. Was sie am meisten störte, war die Übelkeit, die durch die Medikamente kam und jetzt auch mit der Bestrahlung, der sie halbwöchentlich ausgesetzt wurde, wenn sie festgezurrt und umwickelt auf dem gigantischen Drehtisch aus Chrom und kaltem Stahl lag, der sie hin- und herbewegte, bis sie seekrank wurde. Die dahintickenden Sekunden des radioaktiven Summens gingen ihr nicht mehr aus den Ohren und dauerten selbst im Schlaf an.

«Es gibt etwas Böses», sagte Brenda, «das wir bekämpfen müssen. Es darf nicht geduldet, es muß nicht erklärt werden, es ist unentschuldbar. Soziologie, Psychologie, Anthropologie: in dieser einen Hinsicht müssen die Tröstungen all dieser Schöpfungen des modernen Geistes versagen.»

Ich werde es nie mehr von den Eiszapfen an den Dachrinnen tropfen oder einen Zuckerahorn Feuer fangen sehen, dachte Jenny. *Auch nicht diesen Moment gegen Ende des Winters, wenn der Schnee ganz schmutzig ist und vom Tauwetter zu morschen, ausgehöhlten Gebilden verzehrt wird.* Diese Erkenntnisse waren wie die Finger eines Kindes, die an einem bitterkalten Tag ein Guckloch in die beschlagene Fensterscheibe über einem Heizkörper rubbeln; durch die durchsichtige Stelle blickte Jenny in ein bodenloses «Nimmermehr».

Brenda, deren Haar schimmernd auf ihre Schultern herabgefallen war – war es schon zu Beginn des Gottesdienstes so gewesen, oder hatte es sich in ihrem Eifer gelöst? – mobilisierte unsichtbare Kräfte. «Denn diese Frauen – und laßt uns aus Liebe zu unserem Geschlecht und aus Stolz auf unser Geschlecht nicht leugnen, daß sie Frauen *sind* – haben lange einen unheilvollen Einfluß auf diese Gemeinde ausgeübt. Sie sind promiskuitiv gewesen. Sie haben ihre Kinder bestenfalls vernachlässigt und schlimmstenfalls mißbraucht, indem sie sie gotteslästerlich erzogen. Mit ihren üblen Taten und ihren unsäglichen Zaubereien haben sie einige Männer zu abartigen Handlungen getrieben. Sie haben ein paar Männer – daran glaube ich fest –, haben ein paar Männer in den Tod getrieben. Und nun ist ihr Dämon herabgestiegen – nun ist ihr Schlangengift über uns gekommen – ihre Lift hat –» Wie aus dem Kelch einer Stockrose schlüpfte schläfrig eine Hummel zwischen Brendas dicken, bemalten Lippen hervor und kurvte auf ihrem Orientierungsflug über die Köpfe der Gemeinde hinweg.

Jenny kicherte innerlich. Greta drückte wieder ihre Hand. Auf der anderen Seite schnarchte Ray Neff. Beide Neffs trugen Brillen: Greta eine stahlgerahmte Omabrille, Ray eine randlose mit eckigen Gläsern. Jeder Neff schien ein einziges großes Brillenglas zu sein, *und ich sitze dazwischen,* dachte Jenny, *wie die Nase.* Entsetztes Schweigen konzentrierte sich auf Brenda, die kerzengrade auf der Kanzel stand. Über ihrem Kopf hing nicht mehr das fleckige Messingkreuz, das jahrelang in belangloser Symbolik dort gehangen hatte, sondern ein massiver, neuer Messingring, das Symbol für vollkommene Eintracht und Frieden. Der Ring war Brendas Idee gewesen. Sie holte flach Atem und versuchte, durch etwas hindurch zu sprechen, das sich offenbar in ihrem Mund ansammelte.

«Ihre Wut hat fogar die Luft verpeftet, die wir atmen», verkündete sie, und ein blaßblauer Falter und gleich danach dessen kleine bräunliche Schwester entwichen ihrem Mund; die letztere fiel auf das Pult, das mit einem Mikrofon ausgestattet war, so daß der Aufprall dumpf verstärkt wurde, besann sich dann auf ihre Flügel und flatterte dem Himmel entgegen, der hoch hinter den großen Fensterscheiben verschlossen war.

«Ihre Eifferfucht hat unf alle vergifftet –» Brenda senkte den Kopf, und ihr Mund gebar einen besonders lebhaften, pelzigen, übelschmeckenden Chrysippusfalter, dessen orangefarbene Flügel dick schwarz gerändert waren, und der ziellos und träge seine flickerige Bahn unter den weißgetünchten Dachbalken zog.

Jenny fühlte in ihrem armen, dahinsiechenden Körper eine Spannung anschwellen, als wäre sie eine Schmetterlingspuppe.

«Helft mir», stammelte Brenda auf das Lesepult nieder, wo die klaren Seiten ihrer Predigt mit Speichel und Insektenschleim befleckt waren. Sie schien zu würgen. Ihr langes, platinblondes Haar schwang hin und her, und das Messing-O leuchtete im gebündelten Sonnenlicht. Die Gemeinde brach ihr betäubtes Schweigen; Stimmen erhoben sich. Franny Lovecraft forderte mit der Lautstärke von Schwerhörigen, man solle die Polizei rufen. Raymond Neff brachte es über sich, aufzuspringen und in der sonnendurchsiebten Luft seine Faust zu schütteln; seine Wangen bebten. Jenny kicherte; die Heiterkeit, die sich in ihr aufgestaut hatte, ließ sich nicht länger unterdrücken. Es war irgendwie das Lebendige, das daran so lustig war, die nicht klein zu kriegende Trickfilm-Katze, die sich aus ihrer plattgewalzten Zweidimensionalität immer wieder erhebt, um die Jagd fortzusetzen. Sie brach in Gelächter aus – mit hoher Stimme, rein, selbst eine Art Schmetterling – und entriß ihre Hand dem mitfühlenden Zugriff von Greta. Sie überlegte, wer es wohl tat: Sukie, das wußte jeder, lag mit dem ausgebufften Arthur Hallybread im Bett, während seine Frau in der Kirche war; der schlaue, alte, elegante Arthur hatte vierzig Jahre lang seine Physikstudentinnen in Kingston gebumst. Jane Smart war den ganzen weiten Weg nach Warwick gefahren, um die Hammond-Orgel für eine Zelle von Moonies zu spielen, die sich an einem verlassenen Versammlungsort der Quäker formierte; das Ambiente, hatte Jane Mavis Jessup erzählt, die es Rose Hallybread erzählt hatte, die es Jenny erzählt hatte, war deprimierend, all die gehirngewaschenen Kinder aus der oberen Mittelschicht mit Marine-Haarschnitt, aber die Bezahlung war gut. Alexandra machte ihre Duttelchen oder jätete die Chrysanthemen. Vielleicht hatte keine der drei es herbeigewünscht, und es war bloß etwas, das sie im Äther freigesetzt hatten, so wie jene Kernforscher, die die Atombombe ausgebrütet hatten, um Hitler und Tojo zu besiegen, und nun so reumütig waren, wie Eisenhower, der es abgelehnt hatte, die Waffenruhe mit Ho Chi Minh zu unterzeichnen, um all den Ärger zu beenden, wie diese spätsommerlichen Wildblumen, Goldrute und Wilde Möhre, deren schlafender Samen nun auf die verwilderten, brachliegenden Felder gefallen war, wo einst schwarze Sklaven die Tore für galoppierende Großgrundbesitzer in Bratenröcken und Zylinderhüten aus Biberfell und Filz geöffnet hatten. Jedenfalls war alles *furchtbar komisch*. Herbie Prinz, dessen breitwangiges, gieriges, dünnhäutiges Gesicht gelb war vor Erregung, drängte sich an Alma Sifton vorbei und bahnte sich seinen Weg durch den Mittelgang, wobei er fast mit Mrs. Hallybread zusammenstieß, die wie die anderen Frauen instinktiv ihren Mund mit der Hand bedeckte, während sie steifrückig aufstand, um die Flucht zu ergreifen.

«Betet», schrie Brenda, als sie sah, daß ihr die Kontrolle über die Situation abhanden gekommen war. Irgend etwas floß über ihre Unterlippe und ließ ihr Kinn glänzen. «Betet», rief sie mit hohler Männerstimme, als wäre sie die Puppe eines Bauchredners.

Jenny, die vor Lachen hysterisch war, mußte nach draußen geführt werden, wo ihre zwischen den bebrillten Neffs schwankende Erscheinung die gottesfürchtigen Bürger, die um diese Zeit entlang dem Cocumscussoc Way ihre Autos wuschen, in Verlegenheit brachte.

Jane Smart ging gewöhnlich gemeinsam mit ihren Kindern schlafen, oft ging sie sogleich ins Bett, nachdem sie die beiden kleinsten zur Ruhe gebracht hatte und während die beiden älteren sich noch unerlaubterweise eine halbe Stunde *Mannix* oder eine andere Autoverfolgungs-Serie aus Süd-Kalifornien ansahen. Gegen zwei oder halb drei wachte sie dann so plötzlich auf, als hätte das Telefon einmal geläutet und dann wieder geschwiegen oder als hätte ein Eindringling an der Eingangstür herumgefingert oder vorsichtig eine Fensterscheibe zerbrochen und hielte nun den Atem an. Jane lauschte, dann lächelte sie in die Dunkelheit und erinnerte sich, daß das ihre Rendezvous-Stunde war. Sie stand auf in ihrem durchsichtigen Nachthemd, legte sich ihre kleine gesteppte Satinbettjacke um die Schultern und setzte Milch für einen Kakao auf. Randolph, ihr gieriger junger Dobermann, kam mit tapsenden Pfoten in die Küche, und sie gab ihm einen steinharten Hundeknochen zum Beißen; er nahm die Bestechung mit in seine Ecke und begann mit langen Zähnen und zackigen rötlichen Lefzen eine schlimme Musik darauf zu machen. Dann kochte die Milch, und sie trug den Kakao wie üblich die sechs Stufen in den Wohnbereich hinauf und befreite ihr Cello aus dem Kasten – sein rotes Holz glänzte und schimmerte lebendig wie eine besondere Art Fleisch. «Gutes Baby», pflegte sie dann laut zu sagen, da die Stille in den Wohntrakten der Siedlung ringsum – kein Verkehr, keine weinenden Kinder; das Aufstehen und Schlafengehen geschah in allen Cove-Heimen tatsächlich synchron – ebenso beängstigend war wie absolut. Prüfend hielt sie auf dem splittrigen Fußboden nach einem Loch Ausschau, wo hinein sie den Dorn stecken konnte, und nachdem sie den Notenständer, die dreiarmige Stehlampe und den gradlehnigen Stuhl herangezogen hatte, begann sie zu spielen. Heute nacht wollte sie die zweite von Bachs Suiten für Cello solo in Angriff nehmen. Es war eins ihrer Lieblingsstücke; ganz gewiß zog sie es der ziemlich schwerfälligen Ersten und der schrecklich schwierigen Sechsten vor, die schwarz vor Vierundsechzigstelnoten war und unmöglich hoch, eben für ein fünfsaitiges Instrument geschrieben. Aber immer, sogar in Bachs uhrwerkähnlichsten Notenfolgen, gab es etwas zu entdecken, etwas zu *hören*, den Augenblick, da eine Stimme mitten in dem Räderwerk aufschrie. Bach war in Köthen glücklich gewesen, abgesehen von dem plötzlichen Tod seiner Frau Maria und der Heirat des so *simpatico* und musikalischen Prinzen Leopold mit seiner jungen Cousine, Henriette von Anhalt; Bach nannte die kleine Braut eine «amusa», das heißt, den Musen feindlich. Henriette gähnte während der höfischen Konzerte, und ihre Forderungen lenkten die prinzliche Aufmerksamkeit von dem *Kapellmeister* ab, eine Ablenkung, die prompt dazu führte, daß er die Kantorstelle in Leipzig anstrebte. Er nahm den neuen Posten an, auch wenn die unsympathische Prinzessin überraschend starb, noch ehe er Köthen verlassen hatte. In der Zweiten Suite gab es ein Thema – eine melodische Folge ansteigender Terzen und absteigender ganzer Töne – das sich im Preludium ankündigte und dann in der Allemande eine ergreifende Wende erfuhr, eine plötzliche Umkehr (eine Terz höher) des Absteigenden; dadurch bekam die anschwellende (*moderato*) Melodie eine Schärfe, die immer wiederkehrte, gelangte der Diskussionsgegenstand zu einem dissonanten Höhepunkt in einem *forte dis* -a Akkord zwischen einem getrillerten *h* und einem fingerpeinigenden Lauf, *piano*, von Zweiunddreißigsteln. Das Thema, stellte Jane Smart beim Weiterspielen fest, und auf dem ungetrunkenen Kakao bildete sich eine schale Haut, war der Tod – der betrauerte Tod von Maria, die Bachs Cousine gewesen war, und der ersehnte Tod der Prinzessin Henriette, der in der Tat erfolgen sollte. Der Tod war der Raum, den die aufwühlenden, dahinstürzenden Noten freilegten, ein prächtiger polierter Innenraum, der weiter und weiter wurde. Der letzte Takt sollte *poco a poco ritardando* gespielt werden und enthielt Intervalle – das größte von d bis d' –, die ihre Finger mit einem gedämpften Kratzen den Cellohals hinauf- und hinunterführten. Die Allemande endete auf derselben tiefen Tonika, ungeheuerlich: der Ton verschlang die Welt.

Jane schummelte; eine Wiederholung war gefordert (die erste Hälfte *hatte* sie wiederholt), aber wie ein Wanderer, der beim Licht des steigenden Mondes glaubt, er habe nun ein Ziel, wollte sie jetzt schnell voran. Ihre Finger waren inspiriert. Sie eilte der Musik voraus; es war, als brodelte ein Kessel mit einer Mahlzeit nur für sie; sie konnte keine Fehler machen. Die Courante entfaltete sich behende, spielte sich von allein, zwölf Sechszehntel je Takt, nur zweimal in jedem Teil leicht verzögert durch einen Viertelakkord, dann ihren wirbelnden Lauf wieder aufnehmend, wobei das kleine Thema sich fast verloren hatte. Jane fühlte, es war ein weibliches Thema; aber eine andere Stimme innerhalb der Musik trat nun stärker hervor, die männliche Stimme des Todes, die in langsamen, entschiedenen Silben argumentierte. Nach all dem Geflatter verlangsamte die Courante zu sechs gepunkteten Noten, um den Abstieg in Terzen zu betonen, dann eine Quarte, dann eine steile Quinte zum gleichen Endton, der unentrinnbaren Tonika. Die Sarabande, *largo*, war großartig, unbestreitbar, ihr langsames Schreiten wurde durch viele Triller unterstrichen, wobei ein Schatten jenes zarten Themas hinter einer riesigen unvollständigen dominierenden None wieder auftauchte, die schmetternd über die Musik hergefallen war. Jane strich sie immer wieder – tiefes *Cis* – *B* – *g* – die zerstörerische Kraft genießend und bewundernd, wie die verminderte Septime ihrer beiden tiefren Noten höhnisch den Sprung einer verminderten Septime (*Cis-b*) in der Zeile darüber nachahmte. Nach diesem Genuß ging Jane zum ersten Menuett über, sie hörte deutlich – es war keine Frage des Hörens, sondern der *Einverleibung* – den Krieg zwischen den Akkorden und der Melodie, die ihnen immer wieder vergeblich zu entkommen suchte, es aber nie schaffte. Ihr Bogen höhlte Formen aus einer Materie, einer Leere, einer Stille. Die Außenseite der Dinge war Sonnenschein und Zerstreuung: die Innenseite von allem war der Tod. Maria, die Prinzessin, Jenny: eine Prozession. Das unsichtbare Innere des Cellos vibrierte, die Spitze ihres Bogens schnitt Kreise und Arkaden aus einem Keil Luft, Klänge fielen von ihrem Bogen wie Sägespäne. Jenny versuchte, dem Sarg zu entfliehen, an dem Jane schnitzte; das zweite Menuett ging in D-Dur über, und das Weibliche, das in der Musik gefangen war, raste in den gleitenden Schritten gebundener Noten, aber dann wurde es zurückgetrieben, *Menuetto I da capo*, und von ihren dunkleren Farben und dem herrischen Quartett aus Akkorden übergeschluckt, deren Strichführung besonders markiert war: *f-a Aufstrich, b-f-d Abstrich, G-g-e Aufstrich*; *A-e-cis*. Der Bogen scharf, hoch, runter, hoch und dann herunter zu dem Dreierrhythmus des *coup de grâce*, und endgültig war jener flattrige Geist vernichtet.

Ehe Jane sich an der Gigue versuchte, nippte sie an dem Kakao; ein kalter Halbkreis Haut blieb an ihrer leicht behaarten Oberlippe hängen. Randolph, der seinen Hundekuchen aufgefressen hatte, war hereingetrottet und hatte sich auf dem zerkratzten Boden neben ihren taktschlagenden nackten Zehen ausgestreckt. Aber er schlief nicht: seine karneolfarbenen Augen starrten sie wie überrascht an; ein hungriger Ausdruck kräuselte leicht sein Maul und ließ ihn die Ohren aufstellen, die innen so rosig wie Wellhornschnecken waren. Diese Haustiere, dachte Jane, bleiben dumpf – Späne von Rohmaterial. Er weiß, er ist Zeuge von etwas Bedeutendem, aber er weiß nicht, was es ist; er ist taub gegen die Musik und blind für die Schriftzeichen und die Höhenflüge des Geistes. Sie hob den Bogen. Er fühlte sich wunderbar leicht an, ein Zauberstab. Die Gigue war *allegro* gekennzeichnet. Sie begann mit einigen zustechenden Phrasen – dit-*da* (*a-d*), dit-*da* (*b-cis*), dit dodododo dit *da*, dit … Sie spann weiter. Gewöhnlich hatte sie Schwierigkeiten mit diesen erhöhten und erniedrigten sprunghaften Läufen, aber heute nacht flog sie dahin, tiefer, höher, tiefer, *spiccato*, *legato*. Die beiden Stimmen stießen gegeneinander, das letzte Aufleben jenes flattrigen, jenes zurückweichenden, wiederkehrenden Themas, das noch bezwungen werden mußte. Darüber also hatten Männer, all die Jahrhunderte orakelt, sie hatten sich den Tod angeeignet; kein Wunder, daß sie dies für sich behalten, kein Wunder, daß sie es von Frauen ferngehalten hatten – daß sie den Frauen das Gebären und Aufbringen überließen, was all das Übel im Gang hielt, während sie, *sie*, die Männer, unter sich den wahren Schatz aufteilten, Onyx und Ebenholz und pures Gold, die Substanz von Ruhm und Befreiung. Bis jetzt war Jennys Tod nur ein schlichtes Auslöschen in Janes Kopf gewesen; ein Nichts; jetzt bekam er eine fühlbare Struktur, eine verzweigte und üppige Komplexität, etwas sinnlich Herabziehendes, das koketter war als jenes Zupfen an unseren Fesseln, das zurücklaufende Wellen am Strand uns zwischen durcheinanderrollenden Kieselsteinen vermitteln, jenes wunderbar träge, gewichtige Seufzen, das die See mit jeder Woge von sich gibt. Es war, als wäre Jennys armer vergifteter Körper Vene für Vene und Sehne für Sehne mit dem von Jane verwoben, wie der Körper einer ertrunkenen Frau mit Seetang, und beide stiegen auf, die eine, damit sie schließlich von der anderen abgeschüttelt würde, doch in diesem Moment noch mit der anderen in jenen kreiselnden fluoreszierenden Tiefen verwoben. Die Gigue prickelte und sträubte sich unter ihren Fingern; die Achtelnoten-Terzen, die den Sechzehntelläufen unterlagen, wuchsen unheilvoll; es war ein hoffnungsloses Ringen, ein Herabziehen, ein schreckliches *fortissimo*-Gewirr. Dann kam ein letzter Abwärtslauf und dann stürmisch die Tonleiter hinauf bis zu dem Schrei, der das *crescendo* krönt, der dünne knappe Schrei jenes finalen *d*'s.

Jane spielte beide Wiederholungen und griff kaum je daneben, nicht einmal bei der tückischen Mittelpartie, wo man die schnell wechselnden Tempi durch ein Dickicht von Punkten und Bindungen peitschen mußte; wer hatte bloß behauptet, ihr *legato* klinge *détaché*?

Die Cove-Siedlung lag draußen so unberührt wie eine Fläche arktischen Eises hinter den schwarzen Fenstern. Manchmal kam die telefonische Beschwerde eines Nachbarn, aber heute nacht schien sogar das Telefon in Verzückung. Nur Randolph hielt ein Auge offen; während sein schwerer Kopf auf dem Boden lag, starrte ein opakenes Auge, in dessen Dunkel Blutflekken schwammen, auf den fleischfarbenen hohlen Körper zwischen den Beinen seiner Herrin, der scharfe Rivale um ihre Gunst. Jane war so außer sich, so von Sinnen, daß sie noch den ersten Satz des Cello-Parts von Brahms e-moll spielte, jene romantischen schmachtenden Halbnoten, während das imaginäre Klavier daneben einherstolzierte. Was für ein Softie Brahms doch war mit seinen vielen Verzierungen: eine Frau mit Bart und Zigarre!

Jane erhob sich von ihrem Stuhl. Sie spürte einen mörderi-

schen Schmerz zwischen den Schulterblättern, und ihr Gesicht
war tränenüberströmt. Es war zwanzig nach vier. Die ersten
grauen Regungen des Lichts pflanzten hagere Schatten auf den
Rasen vor ihrem Panoramafenster, jenseits der wuchernden
Büsche, die sie niemals beschnitt und die sich ausbreiteten und
vermischten wie die verschiedenen Farben der Flechten auf
einem Grabstein, wie Bakterienkulturen in einem Kultivator.
Die Kinder machten gewöhnlich schon früh morgens Krach,
und Bob Osgood, der versprochen hatte, sie zum «Mittagessen» in einem scheußlichen Motel zu treffen – halbkreisför-
mig aufgereihte Rigipshäuschen irgendwo in den Wäldern in
der Nähe von Old Wick – würde zur Bestätigung von der Bank
aus anrufen; so konnte sie den Hörer nicht von der Gabel nehmen und schlafen, selbst wenn die Kinder ruhig blieben. Jane
fühlte sich plötzlich so erschöpft, daß sie ins Bett ging, ohne
das Cello in seinen Kasten zurückzustellen, vielmehr ließ sie es
an den Stuhl gelehnt stehen, als wäre sie ein Orchestermitglied,
das während der Pause nicht auf der Bühne sein muß.

Alexandra blickte aus dem Küchenfenster und fragte sich, wie
es so schmierig und schmutzstarrend geworden war – konnte
denn der Regen selber schmutzig sein? – und sah deshalb, wie
Sukie parkte und entlang der Backsteinmauer durch den Laubengang herankam, wobei sie den beweglichen orangenen
Kopf einzog, um dem leeren Vogelfutterkasten und den niedrig
hängenden Weinreben mit den reifenden, grünen Trauben aus-
zuweichen. Bislang war der August feucht gewesen, und heute
sah es nach noch mehr Regen aus. Die Frauen küßten sich hinter dem Fliegengitter. «Es ist *so* nett von dir, daß du gekommen
bist», sagte Alexandra. «Ich weiß gar nicht, warum es mir eigentlich Angst macht, allein danach zu suchen. In meinem eigenen Sumpf.»
    «Es *ist* beängstigend, Süße», sagte Sukie, «weil es so wirksam
war. Sie ist wieder im Krankenhaus.»
    «Natürlich wissen wir eigentlich gar nicht, ob …»
    «Doch, wir wissen es», sagte Sukie ohne die Spur eines Lä-
chelns auf den Lippen, die deshalb fremd und bauschig wirkten. «Wir wissen, wie's war.» Sie schien unfrei, aufs neue die

kleine Reporterin in ihrem Regenmantel. Der *Anzeiger* hatte sie wieder eingestellt. Immobilien zu verkaufen, hatte sie Alexandra mehr als einmal am Telefon erzählt, war einfach zu riskant, man bekam zu leicht Magengeschwüre, während man darauf wartete, daß es klappte, ständig sich fragend, ob man nicht hätte detaillierter und überzeugender argumentieren müssen an jenem kritischen Punkt, da die Kunden das Haus zum erstenmal erblickten, oder wenn sie im Keller herumstehen und der Ehemann versucht, wie ein Experte für Rohrleitungen auszusehen, und die Ehefrau sich vor Ratten fürchtet. Und wenn ein Verkauf tatsächlich klappte, ging das Honorar meist in drei oder vier Teile. Es verursachte ihr wirklich Geschwüre: ein kleiner, trockener Schmerz dicht unter den Rippen, höher, als man glaubte, und am schlimmsten in der Nacht.

«Möchtest du einen Drink?»

«Später. Es ist noch zu früh. Arthur sagt, ich soll keinen Tropfen mehr trinken, bis mein Magen wieder in Ordnung ist. Hast du mal Maalox ausprobiert? Gott, du hast jedesmal einen Kreidegeschmack im Mund, wenn du rülpst. Wie auch immer –» sie lächelte. Es war ein Aufleuchten ihres alten Selbst, dieses Hochziehen der vollen Oberlippe, so daß das unbemalte Innere über den strahlenden, großen, nach außen gebogenen Zähnen zu sehen war – «ich hätte Schuldgefühle, wenn ich ohne Jane hier einen Drink nähme.»

«Arme Jane.»

Sukie wußte, worauf sie anspielte, obwohl es schon vor einer Woche passiert war. Dieser gräßliche Dobermann-Pinscher hatte Janes Cello kurz und klein gekaut, als sie es eines Nachts nicht in den Kasten zurückgestellt hatte.

«Glaubt man, daß es diesmal endgültig ist?» fragte Alexandra.

Sukie spürte intuitiv, daß Alexandra Jenny im Krankenhaus meinte.

«Ach, du weißt ja, wie sie sind, sie würden das niemals zugeben. Weitere Tests, das ist alles, was je von ihnen verlautet. Was machen deine eigenen Beschwerden?»

«Ich versuche, nicht mehr zu jammern. Sie kommen und gehen. Vielleicht ist es prä-klimakterisch. Oder Post-Joe. Hast du das mit Joe schon gehört? – er hat mich *wirk*lich aufgegeben.»

Sukie nickte und ließ ihr Lächeln langsam über die Zähne sinken. «Jane gibt *denen* die Schuld. An allen unseren Beschwerden und Schmerzen. Sie gibt ihnen sogar die Schuld an der Cello-Tragödie. Man sollte meinen, die hätte sie sich selbst zuzuschreiben.»

Bei der Erwähnung von *denen*, wurde Alexandra für einen Augenblick von dem Wundmal der Schuld abgelenkt, das sie manchmal in ihrem linken Eierstock, manchmal in ihrer Wirbelsäule und neuerdings in ihren Achselhöhlen mit sich herumtrug, dort, wo Jenny sie einmal nachzusehen gebeten hatte. Sobald es die Lymphdrüsen erreicht, ist es zu spät, hatte Alexandra irgendwo gelesen oder im Fernsehen gehört. «Welcher gibt sie denn besonders die Schuld?»

«Nun, aus irgendeinem Grund ist sie auf diese schmuddelige kleine Dawn fixiert. Ich persönlich glaube nicht, daß ein Kind wie die es schon in sich hat. Greta ist ganz schön stark, und Brenda wäre es auch, wenn sie sich nicht immer so aufspielen würde. Und mit Rose ist nach dem, was Arthur so durchblikken läßt, nicht gut Kirschen essen: er hält sie für knallhart, sonst wären sie schon längst geschieden, schätze ich. Sie will nicht.»

«Ich hoffe, er geht nicht irgendwann mit dem Schürhaken auf sie los.»

«Hör mal, Kleines. Das war niemals *meine* Vorstellung davon, wie man das Problem Ehefrau löst. Ich war selber mal Ehefrau, wie du weißt.»

«Wer war das nicht? Ich dachte überhaupt nicht an dich, mein Herz, ich würde dem Haus die Schuld geben, wenn es noch einmal passierte. Eine gewisse spirituelle Routine nistet sich in jedem Heim ein, findest du nicht?»

«Ich weiß nicht. Meins braucht Farbe.»

«Meins auch.»

«Vielleicht sollten wir das Ding suchen gehen, bevor es regnet.»

«*Wirk*lich nett von dir, mir zu helfen.»

«Nun, mir ist auch nicht ganz wohl. Irgendwie. Bis zu einem

bestimmten Punkt. Und ich bringe die ganze Zeit damit hin, vergeblich in meinem Corvair herumzujagen. Er rutscht dauernd und gerät außer Kontrolle, ich frage mich, ob es am Auto liegt oder an mir. Ralph Nader haßt dieses Modell.» Sie gingen durch die Küche in Alexandras Arbeitsraum. «Was um Himmelswillen ist *das*?»

«Das würde ich auch gern wissen. Es begann als ein enormes Etwas für einen öffentlichen Platz, Visionen von Calder und Moore, vermute ich. Ich dachte, wenn es mir gelänge, könnte ich es in Bronze gießen lassen; nach dem ganzen Papiermaché möchte ich etwas Dauerhaftes machen. Außerdem ist das Zimmern und Herumhämmern gut gegen sexuellen Notstand. Aber die Arme wollen nicht obenbleiben. Nachts fallen dauernd Stücke ab.»

«Sie haben es verhext.»

«Mag sein. Ich habe mich jedenfalls oft genug an all dem Draht verletzt; ist es nicht einfach abscheulich, wie Draht sich immer aufrollt und verwirrt? Deshalb versuche ich jetzt, es mehr auf Lebensgröße zu bringen. Guck nicht so zweifelnd. Es könnte abheben. Ich bin nicht total entmutigt.»

«Was ist mit deinen kleinen Keramik-Badeschönheiten, den Duttelchen?»

«Ich kann sie seitdem nicht mehr machen. Mir wird körperlich übel, wenn ich an ihr schmelzendes Gesicht, an das Wachs und an die Nadeln denke.»

«Du solltest gelegentlich ein Magengeschwür ausprobieren. Ich wußte vorher gar nicht, wo der Zwölffingerdarm *ist*.»

«Ja, aber die Duttelchen waren mein Lebensunterhalt. Ich dachte, etwas frischer Ton würde mich vielleicht inspirieren, darum bin ich letzte Woche nach Coventry rübergefahren, aber das Haus, wo ich mein geliebtes Kaolin immer kaufte, ist jetzt auf diese neuartig schäbige Weise mit Aluminium verkleidet. Kotzgrün. Die Witwe, der es gehört hat, ist im Winter beim Holzschleppen an einer Herzattacke gestorben, sagte die Frau der Familie, der es jetzt gehört, und ihr Ehemann möchte nicht mit Ton-Verkäufen belästigt werden; er möchte einen Swimmingpool und einen Patio hinter dem Haus. Also ist es damit auch vorbei.»

«Trotzdem siehst du großartig aus. Ich glaube, du nimmst ab.»

«Ist das nicht auch eines von den Symptomen?»

Sie bahnten sich ihren Weg durch den alten Abstellraum und traten in den Garten hinaus. Die Wiese mußte gemäht werden. Zuerst hatte Löwenzahn alles überwuchert und jetzt der Vogelknöterich. Pilze – braune Klumpen, von der Natur mit schmerzlindernden, tödlichen Giften, Heilkräften befrachtet – hatten sich im Laufe dieses feuchten Sommers in den Niederungen des vernachlässigten Rasens materialisiert. Auch jetzt wieder hatte der Wolkenmantel in der Ferne jene nach unten ziehenden Schöße entwickelt, dahinwandernde Fahnen, die bedeuten, daß irgendwo Regen fällt. Der verwilderte Bereich jenseits der eingefallenen Steinmauer war selbst eine Mauer aus Unkraut und wilden Himbeerranken. Alexandra kannte die Dornbüsche und hatte eine derbe Männerjeans angezogen; Sukie indes trug unter ihrem Regenmantel einen rotbraunen Leinenrock, eine kastanienfarbene Rüschenbluse und an den Füßen zehenfreie hochhackige Schuhe in der Farbe von Ochsenblut.

«Du bist zu fein», sagte Alexandra. «Geh zurück in den Abstellraum und zieh die dreckigen Stiefel an, die irgendwo in der Nähe der Mistgabel rumliegen. Das wird wenigstens deine Schuhe und Knöchel retten. Und bring die Heckenschere mit den langen Griffen mit, die mit dem Extra-Scharnier im Kiefer. Warum gehst du eigentlich nicht nur die Heckenschere holen und bleibst hier im Garten? Du hast dir nie so viel aus Natur gemacht, und dein süßer Leinenrock wird kaputtreißen.»

«Nein nein», sagte Sukie loyal. «Jetzt bin ich neugierig. Das ist wie Ostereier suchen.»

Bei Sukies Rückkehr stand Alexandra auf genau demselben Fleck Gras, von der aus sie, soweit sie sich erinnerte, den bösen Zauber geworfen hatte, um ihn für immer loszuwerden. Dann wateten die beiden Freundinnen, um sich schneidend und bei jedem Schritt zusammenschreckend, hinaus in die kleine Wildnis, wo hundert Pflanzenarten um Sonnenlicht und Wasser, Kohlendioxid und Stickstoff konkurrierten. Vom höhergelegenen Garten aus gesehen schien das Gebiet begrenzt und homogen, ein grüner Fleck, doch als sie erst einmal darin eingetaucht waren, wurde es ein vielgestaltiger Dschungel, ein fiebriger Widerstreit von Blatt- und Stengelformen, ein unerbittliches Umsichfressen von Proteinketten, da die Natur sich nicht nur mit Wurzeln, Ausläufern und Schößlingen zu verbreiten, sondern auch Insekten und Vögel zu ihren Pollen und Samen zu locken suchte. Ein paar Schritte versanken im Matsch; andere stolperten über trockene Erhebungen, die das Gras im Laufe der Zeit aus seinen eigenen angesammelten Wurzeln errichtet hatte. Dornen bedrohten Augen und Hände; eine Schicht aus toten Blättern und Stielen verbarg die Erde. Als sie die Stelle erreicht hatten, wo nach Alexandras Vermutung die folienumhüllte Puppe gelandet war, standen sie über eine fremdartige vegetabile Hitze gebeugt. Der Bereich dicht über dem Boden wimmelte vor Dornen, und es erweckte den Anschein von Überdruck, wie die Zweige und Ranken auf der Suche nach etwas Sonne und Platz die Schatten durchstießen.

Sukie schrie vor Entdeckerfreude auf; aber der Gegenstand, den sie ausgrub und der lange im Erdreich geruht hatte, war ein uralter Golfball, geprägt in einem nicht mehr gebräuchlichen Schachbrettmuster. Von irgendeiner Chemikalie, die er absorbiert hatte, war die untere Hälfte rostig gefärbt.

«Mist», sagte Sukie. «Ich möchte wissen, wie der hier hergekommen ist. Wir sind kilometerweit von jedem Golfplatz entfernt.» Monty Rougemont war natürlich ein begeisterter Golfer gewesen, der sich über die Präsenz von Frauen, ihr spontanes Gelächter und die pastellfarbene Aufmachung auf der geschnittenen Bahn vor ihm oder überhaupt überall in seinem Club-Paradies schwarz geärgert hatte; es war, wie wenn Sukie durch das Auffinden dieses Balles auf ein kleines Teilstück ihres früheren Ehemannes gestoßen wäre, eine Botschaft aus der anderen Welt. Sie steckte die Erinnerung in die Tasche ihres Regenmantels.

«Vielleicht aus einem Flugzeug gefallen», schlug Alexandra vor.

Stechmücken hatten sie entdeckt und prasselten und bissen in ihre Gesichter. Sukie wedelte mit der einen Hand vor ihrem Mund hin und her und protestierte: «Auch wenn wir es finden,

Liebes, wieso glaubst du, daß wir irgend etwas rückgängig machen können?»

«Es muß einen Weg geben. Ich habe ein bißchen nachgelesen. Man macht alles rückwärts. Wir müßten die Nadeln herausnehmen, das Wachs wieder schmelzen und Jenny in eine Kerze zurückverwandeln. Wir müßten versuchen, uns zu erinnern, was wir an jenem Abend gesprochen haben, und es rückwärts aufsagen.»

«All diese heiligen Namen, unmöglich. Ich kann mich nicht mal mehr an die Hälfte von dem erinnern, was wir sagten.»

«Im entscheidenden Moment sagte Jane ‹stirb›, und du sagtest ‹nimm das› und kichertest.»

«Haben wir das wirklich getan? Wir müssen außer uns gewesen sein.»

Tief gebückt, die Ellbogen schützend vor den Augen, erkundeten sie Schritt für Schritt das Gestrüpp und suchten nach einem Schimmer von Aluminiumfolie. Sukies Beine oberhalb der Stiefel wurden zerkratzt, an ihrem hübschen neuen Londoner Nebel-Mantel wurde gezerrt und sein feines wasserdichtes Gespinst zerrissen. Sie sagte: «Ich wette, es hat sich auf halber Höhe in einem dieser beschissenen Dornbüsche verfangen.»

Je nörgeliger Sukie sich anhörte, um so mütterlicher wurde Alexandra. «Das könnte gut sein», sagte sie. «Es fühlte sich unheimlich leicht an, als ich es warf. Es segelte geradezu.»

«Weshalb hast du es bloß hier rausgeworfen? Wie hysterisch, so etwas zu tun.»

«Ich hab's dir doch erzählt. Ich hatte gerade dieses Telefongespräch mit Jenny geführt, bei dem sie mich bat, sie zu retten. Ich fühlte mich schuldig. Ich hatte Angst.»

«Angst wovor, Süße?»

«Du weißt es. Vor dem Tod.»

«Aber es ist nicht *dein* Tod.»

«Jeder Tod ist dein Tod, irgendwie. In den letzten Wochen habe ich die gleichen Symptome bekommen wie Jenny.»

«Du hast dich schon *immer* so angestellt wegen Krebs.» Verzweifelt drosch Sukie mit der langschäftigen Schere auf die dornigen, rundblättrigen Stengel ein, die sie belästigten, an ihrem Regenmantel zerrten und ihre Handgelenke beharkten.

«Scheiße. Hier liegt ein völlig vergammeltes totes Eichhörnchen. Das ist eine richtige Müllhalde hier draußen. Hättest du das verdammte Ding nicht mit dem zweiten Gesicht finden können? Hättest du es nicht, wie heißt es doch gleich, mit Levitation machen können?»

«Ich hab's ja versucht, konnte aber kein Signal empfangen. Vielleicht hält die Alufolie die Emanationen zurück.»

«Vielleicht sind deine Kräfte nicht mehr das, was sie einmal waren.»

«Das könnte sein. Neulich versuchte ich ein paarmal, Sonne herbeizuzaubern. Ich kam mir vor wie eine Made bei all der Feuchtigkeit; aber es regnete trotzdem.»

Sukies Dreschen wurde immer gereizter. «Jane hat sich selbst levitiert.»

«Das ist Jane. Sie wird jetzt sehr stark. Aber du hast sie gehört, sie will keinesfalls den Fluch mit rückgängig machen, ihr ge*fällt* es, wie die Dinge laufen.»

«Vielleicht hast du ja auch überschätzt, wie weit du werfen kannst. Monty klagte ständig über Golfer, die nach ihren Bällen suchten und immer Meilen über die Stelle hinausliefen, die überhaupt in Frage kam.»

«Mir kommt es so vor, als hätten wir *unter*schätzt. Wie ich sagte, es flog wirklich.»

«Dann gehst du da lang, und ich gehe ein bißchen zurück. Gott, diese verdammten Dornen. Sie sind *gräßlich*. Wofür sind sie überhaupt *gut*?»

«Sie ernähren die Vögel. Und Nager und Stinktiere.»

«Oh, toll.»

«Einige davon sind keine Himbeeren, habe ich bemerkt, sondern Heckenrosen. Als Ozzie und ich zuerst nach Eastwick kamen, machte ich jeden Herbst Hagebuttengelee.»

«Du und Ozz, ihr wart einfach zu lieb.»

«Es war jämmerlich, ich war ganz Hausfrau. Du bist eine Heilige», sagte sie zu Sukie, «daß du das hier tust. Ich weiß, du bist genervt. Du kannst jederzeit gehen.»

«So heilig nun auch wieder nicht. Vielleicht habe ich Angst wie du. Hier ist es übrigens.» Sie klang nicht annähernd so erregt wie vor einer Viertelstunde, als sie den Golfball gefunden hatte. Alexandra bahnte sich, zerkratzt und behindert von einer (nach ihrem Empfinden) grundlegenden und unversöhnlichen Grausamkeit des Universums, ihren Weg zu dem Standort der anderen Frau. Sukie hatte das Ding nicht berührt. Es lag an einer relativ offenen Stelle, einem brackigen Fleck, dessen Ränder Meerstrandsmilchkraut nährten; ein paar fragile weiße Blumen zeigten ihre Reize im Schatten des Dschungels. Als Alexandra sich bückte, um die zerknitterte Alufolie, die nicht verrostet, aber durch die Monate im Wetter stumpf geworden war, anzufassen, merkte sie, daß die feuchte Erde rund um das Ding von irgendwelchen Würmchen wimmelte, rötliche Partikel, aufgereiht wie Feilspäne um einen Magneten, die in ihrer winzigen Welt, einige Stufen tiefer auf den Terrassen des Lebens als ihre eigene, herumwuselten. Sie zwang sich, den bösen Zauber zu berühren, diese höllisch gebackene Kartoffel. Als sie sie aufhob, wog sie nichts und rasselte: die Nadeln im Innern. Behutsam öffnete sie die hohle Aluminiumfolie. Die Nadeln darin waren verrostet. Die Wachssubstanz der kleinen Jenny-Imitation war gänzlich verschwunden.

«Talg», sagte Sukie nach einer Pause, in der sie darauf gewartet hatte, daß Alexandra als erste sprach. «Irgendwelche kleinen Biester hier draußen dachten, es wär was Leckeres, und haben alles aufgegessen oder ihre Babies damit gefüttert. Guck mal: sie haben die kleinen Härchen dagelassen. Erinnerst du dich an die kleinen Härchen? Man sollte meinen, sie wären verrottet oder so ähnlich. Deshalb verstopfen Haare auch immer den Ausguß, sie sind unzerstörbar. Wie Chlorox-Flaschen. Eines Tages, Schätzchen, wird es auf der Welt nur noch Haare und Chlorox-Flaschen geben.»

Nichts. Jennys Talg-Surrogat war zu Nichts geworden.

Regentropfen wie Nadelstiche fielen auf ihre Gesichter, nun, da beide Frauen aufrecht im Himbeergesträuch standen. Solche trockenen, mikroskopisch kleinen ersten Tropfen kündigen einen ernstzunehmenden Regen an, einen Regenguß. Der Himmel war undurchdringlich grau bis auf einen dünnen Streifen Bläue über dem tiefen Horizont im Westen, der so weit weg war, daß dieser helle Himmel gänzlich außerhalb von Rhode Island sein mochte. «Die Natur ist ein hungriges, altes Tier», sagte Alexandra und ließ Folie und Nadeln ins Gras zurückfallen.

«Und durstig auch», sagte Sukie. «Hattest du mir nicht einen Drink versprochen?»

Sukie wollte tröstend und kokett sein, weil sie Alexandras kranke Angst spürte, und sah auch recht famos aus mit ihrem roten Haar und den Äffchenlippen, wie sie in ihrem flotten Regenmantel bis zu den Brüsten in den Himbeeren stand. Doch Alexandra hatte ein desolates Gefühl von Distanz, als wäre ihre liebe Freundin, reizend aber doch schon abgestumpft, nur ein weiteres schwindendes Bild, sagen wir, die Reklame am Heck eines Lastzugs, der rasch von einer Ampel davonfährt.

Eine von Brendas zahlreichen Neuerungen war es, Mitglieder der Gemeinde gelegentlich eine Predigt halten zu lassen; heute predigte Darryl Van Horne. Das reichlich abgegriffene dicke Buch, das er auf dem Lesepult öffnete, war nicht die Bibel, sondern ein *Webster's Collegiate Dictionary* mit rotem Schutzumschlag. «Der Tausendfüßler», las er laut mit seiner seltsam hallenden, weil verstärkten Stimme, «zur Klasse der Chilopoda gehörig, lange, flache, mehrfach segmentierte, vom Raub lebende Gliederfüßer, deren Segmente je ein Beinpaar aufweisen, von denen das vorderste zu giftigen Fängen umgewandelt ist.»

Darryl blickte auf; er trug eine Lesebrille mit halbmondförmigen Gläsern, wodurch die Haltlosigkeit seines Gesichts verstärkt wurde, das aussah, als wäre es aus Teilen mit nicht ganz glatten Nähten zusammengesetzt. «Ihr wußtet das nicht mit den giftigen Fängen, oder? Ihr habt noch niemals einem Tausendfüßler direkt ins Auge blicken müssen, oder? *Mußtet* ihr doch nicht, ihr glücklichen Leute!» Er sprach dröhnend zu vielleicht einem Dutzend Köpfen, die an diesem schwülen Tag im späten August über das Kirchgestühl verstreut waren. Der Himmel in den hohen Fenstern hatte die verdrossene Unfarbe von Umweltschutzpapier. «Denkt», bat Darryl eindringlich, «denkt an die Evolution dieser Fänge über die Äonen hinweg, die Unendlichkeit – haßt ihr das Wort nicht, ‹Unendlichkeit›, es ist, als müßtet ihr runter auf die Knie, wann immer irgendein dummer Idiot es ausspricht – die Unendlichkeit –, und ich schätze, indem ich es ausspreche, mache ich mich auch zu einem dummen Idioten, aber was zum Teufel soll man sonst sagen? – *denkt* an all die kleinen, wuseligen Kämpfe hinter dem Abfluß und unten im Keller und an den Dschungel, der im Mund dieser vom Raub lebenden Gliederfüßer – ist das nicht ein wunderschöner Satz? – endete. Wenn man es denn einen Mund nennen will: es hat nicht die geringste Ähnlichkeit mit unseren rubinroten Lippen, sage ich euch. Bis jene zwei Vorderbeine irgendwie auf die Idee kamen, giftig zu werden, und die gute alte DNS-Kette das Thema getreulich aufnahm, und die Tausendfüßler noch mehr und noch mehr Tausendfüßler machten, und schließlich wurden Fänge daraus. *Gift*ige Fänge. Oh, Mann.» Er wischte sich mit Daumen und Zeigefinger über die Lippen. «Und das nennt man Schöpfung, diese Scheiß-Tortur.» Der Titel der Predigt, der in beweglichen weißen Buchstaben auf dem Anschlagbrett draußen an der Kirche angekündigt war, lautete: «DIESE SCHÖPFUNG IST SCHRECKLICH.»

Die Köpfe der verstreut Lauschenden schwiegen still. Sogar das Holzwerk des alten Gebäudes unterließ es zu knarren. Brenda selbst saß stumm im Profil neben dem Lesepult, halb verdeckt durch ein riesiges Arrangement aus Gladiolen und Farn in einer Gipsurne, das an diesem Sonntag in Erinnerung an einen totgeborenen Sohn gestiftet worden war, den Franny Lovecraft einst produziert hatte, vor fünfzig Jahren. Brenda sah bleich und teilnahmslos aus; sie war fast den ganzen Sommer über ab und zu unpäßlich gewesen. Es war ein ungesunder, feuchter Sommer für Eastwick gewesen.

«Wißt ihr, was man in Deutschland mit Hexen machte?» fragte Darryl laut von der Kanzel herunter, aber so, als ob es ihm gerade eingefallen wäre, was möglicherweise auch zutraf. «Man pflegte sie auf einen Eisenstuhl zu setzen und ein Feuer darunter anzuzünden. Man riß ihnen das Fleisch mit rotglühenden Kneifzangen heraus. Daumenschrauben. Streckbett. Spanische Stiefel. Wippgalgen. Was immer ihr euch auch ausdenken mögt, sie brachten es fertig. Mit arglosen alten Damen zumeist.» Franny Lovecraft beugte sich zu Rose Hallybread hinüber und wisperte etwas mit lautem, aber unverständlichem Gekrächze. Van Horne fühlte die Störung und ging auf seine empfindliche, wankelmütige Art in die Defensive. «Okay», rief er der Gemeinde zu. «Na und? Gut, werdet ihr sagen, das ist die menschliche Natur. Das ist die menschliche Geschichte. Was hat das mit der Schöpfung zu tun? Was versucht dieser verrückte Kerl mir da zu erzählen? Wir könnten bis zum Einbruch der Nacht mit den Torturen fortfahren, die Menschen einander unter der heiligen Fahne dieser oder jener Glaubensrichtung angetan haben. Die Chinesen pflegten die Haut Zentimeter für Zentimeter vom Körper zu ziehen. Im Mittelalter haben sie einem Burschen vor seinen eigenen Augen die Eingeweide rausgerissen, ihm den Schwanz abgeschnitten und, um das Maß voll zu machen, in den Mund gestopft. Tut mir leid, es so deutlich sagen zu müssen, es regt mich auf. Der Punkt ist, dies alles übereinandergestapelt und trillionenfach multipliziert, ergibt nicht einmal ein Häufchen Bohnen, verglichen mit der Grausamkeit, die die natürliche, organische, freundliche Schöpfung ihren Kreaturen zugefügt hat, seit die erste arme, besoffene Reihe von Aminosäuren sich aus der galvanisierten Ursuppe emporkämpfte. Frauen, die nie der Hexerei angeklagt waren, hübsche, kleine, blonde Püppchen, die nie ein böses Auge auch nur auf einen Tausendfüßler geworfen haben, sterben jeden Tag unter Schmerzen, die wahrscheinlich genau so schlimm und sicher langwieriger sind als jene, die der gute alte *Hexenstuhl* zugefügt hat. Er hatte überall große stumpfe Nägel, ich weiß nicht, was das thermodynamische Prinzip dabei war. Ich möchte nicht mehr darüber nachdenken, und ich wette, ihr auch nicht. Ihr versteht, was ich meine. Es war schrecklich, schrecklich; Jesus, es war schrecklich.» Seine Brille rutschte ihm auf die Nasenspitze, und indem er sie zurechtrückte, schien er sein ganzes Gesicht wieder zusammenzufügen. Einige in der Gemeinde meinten, daß seine Wangen feucht aussahen.

Jenny war nicht anwesend; sie war mit unkontrollierbaren inneren Blutungen wieder im Krankenhaus. Das war der verborgene Unterton der Predigt. Ray Neff war heute auch nicht da – er hatte eine Einladung von Professor Hallybread ange-

nommen, mit Arthurs kürzlich gekauftem, gaffelgetakelten
Herreshoff-Boot rüber nach Melville zu segeln. Aber Greta
war da und saß allein. Es war schwer, etwas über Greta zu erfahren – was sie dachte, was sie wollte. Die Tatsache, daß sie
Deutsche war, obwohl sie keinen so schlimmen Akzent hatte,
wie die Leute, die ihre Späße darüber machten, einen glauben
machen wollten, legte eine Art Schutzgitter über ihre Seele,
wenn man versuchte hineinzuschauen. Glattes, strohiges Haar,
kurzgeschnitten, und erstaunte Augen vom Blau schmutzigen
Spülwassers hinter der Omabrille. Sie ließ keinen Sonntag aus,
aber das lag vielleicht einfach nur an der unreflektierten
Gründlichkeit ihrer Art, der deutschen Art, jener bewunde-
rungswürdigen Maschine, die immer darauf wartet, daß ein ro-
mantischer Dämon die Hebel ergreift.

Van Horne hatte eine Weile geschwiegen und dabei unbehol-
fen in dem Lexikon geblättert, als ob seine Hände Handschuhe
wären. Man konnte jetzt die alte Mrs. Lovecraft hören, die sich
zu Mrs. Hallybread hinüberbeugte und deutlich fragte: «Weshalb benutzt er diese gemeinen Wörter?» Rose Hallybread
wirkte über die Maßen amüsiert; sie war eine große Frau mit
einem winzigen Kopf, der in einem breitrandigen, ausgefransten Nest aus drahtigem grauen und schwarzen Haar steckte.
Ihr sehr kleines Gesicht, wieder und wieder gefältelt von Deka-
den der Sonnenanbetung, hatte die Farbe einer Walnuß angenommen; was sie zurückflüsterte, war unhörbar. Auf ihrer
anderen Seite saß Dawn Polanski; das Mädchen hatte faszinierend breite, mongolische Backenknochen, eine fleckig ausse-
hende Haut und die undurchdringliche, ausdruckslose Miene
der Gesetzlosen. Zusammen verfügten sie und Rose über eine
Menge psychischer Kraft.

Van Horne nahm die Erregung undeutlich wahr und blickte
auf, blinzelte, schob die Brille höher auf die Nase und erklärte
entschuldigend: «Ich weiß, es dauert viel zu lange, aber hier,
nun bin ich gerade auf ‹Bandwurm› und ‹Tarantel› gestoßen;
‹Tarantula: eine der großen, behaarten Spinnen, die charakteri-
stischerweise eher träge und, obwohl zu scharfen Bissen fähig,
für den Menschen nicht besonders giftig sind.› Vielen Dank.
Und jetzt ihr lahmer, kleiner Kumpel: ‹einer von zahlreichen

Bandwürmern (wie z. B. aus der Gattung der *Taenia*), die, wenn sie ausgewachsen sind, in den Eingeweiden von Menschen oder anderen Wirbeltieren schmarotzen›. Zahlreich, wohlgemerkt, nicht nur ein oder zwei in irgendeiner Ecke der Schöpfung schlummernde Exemplare, jeder kann mal einen Fehler machen, sondern viele davon, viele *Arten*, eine *schreckliche* Idee, auf die irgendein Jemand gekommen sein muß. Ich weiß nicht, wie es euch übrigen geht, die ihr hier versammelt seid und euch vielleicht wünscht, ich möge den Mund halten, und mich hinsetzen, aber ich war immer fasziniert von Parasiten. Ich meine, fasziniert in negativer Weise. Schon, weil sie in so vielen Größen vorkommen, von den Viren und Bakterien, wie die freundlichen Syphilis-Spirochäten, bis hin zu dreißig Fuß langen Bandwürmern und Spulwürmern, die so groß und fett sind, daß sie den Dickdarm blockieren. In Gedärmen sind sie im großen und ganzen am glücklichsten. Im schlammigen Dreck von jemandes Gedärm herumzusitzen – das ist ihr größtes Vergnügen. Ihr erledigt die ganze Verdauung für sie, sie brauchen noch nicht einmal Mägen, nur Mäuler und Arschlöcher, entschuldigt mein Französisch. Aber Junge, Junge, die Erfindungskraft, die der alte Große Designer mit Seinen freigebigen Händen an diese bescheidenen kleinen Teufel verschwendet hat. Hier, ich habe mir ein paar Notizen gemacht, aus der Enzy-*klo*-pädie, wie Jiminy Cricket zu sagen pflegte, falls ich sie in diesem lausigen Licht hier oben lesen kann; Brenda, ich verstehe nicht, wie du das schaffst; Woche für Woche. Wenn ich du wäre, ich würde streiken. O. K. Genug gescherzt.

Der durchschnittliche intestinale Spulwurm von der Größe eines Bleistifts legt seine Eier in die Exkremente des Wirts; das ist ziemlich einfach. Dann, fragt mich nicht wie – es gibt eine Menge unhygienischer Zustände in der Welt außerhalb von Eastwick – kommen die Eier in euren Mund, und ihr schluckt sie, ob euch das nun paßt oder nicht. Sie schlüpfen in eurem Zwölffingerdarm aus, die kleinen Larven bohren sich durch die Darmwände, gelangen in ein Blutgefäß und wandern in eure Lungen. Aber ihr glaubt doch nicht, daß sie sich da zur Ruhe setzen und ihre Rente verzehren, oder? Nein, meine teuren

Freunde, diese kleine Perle von Spulwurm kaut sich seinen Weg aus den gemütlichen Kapillaren der Lungen heraus und gelangt in einen Luftsack und klettert, was man die Atemwege nennt, hoch zur Kehle, wo ihr dann kommt und ihn wieder herunterschluckt! Hättet ihr euch für so dumm gehalten? Sobald er seine zweite Reise abwärts gemacht hat, nistet er sich ein und wird euer durchschnittlicher, gutverdienender Spulwurm.

Oder nehmt – Augenblick, meine Notizen sind durcheinander – nehmt diese hübsche kleine Nummer, die sich Lungenwurm nennt. Seine Eier kommen in die Welt hinaus, wenn die Leute ihr Sputum aushusten.» Van Horne hustete zur Illustration. «Nachdem sie im offenen Wasser ausgeschlüpft sind, das es in diesen armseligen, dritte-Welt-artigen Orten gibt, ziehen sie in bestimmte Schnecken um, die sie gerne mögen, jetzt in der Form von Larven, die Lungenwürmer, könnt ihr mir folgen? Wenn sie es satt haben, in Schnecken zu leben, schwimmen sie heraus und bohren sich in das zarte Gewebe von Krebsen und Krabben. Und wenn die Japaner oder wer auch immer die Krebse oder Krabben essen, roh oder halbgar, so wie sie es mögen, sind sie drin, diese verflixten Würmer, kauen sich hinein in Därme und Zwerchfell und gelangen in die gute alte Lunge und fangen ihre Sputum-Routine wieder von vorn an. Bei einem anderen von diesen wäßrigen kleinen G'schaftelhubern, *Diphyllobothrium latum*, wenn ich es richtig lese, werden die kleinen schwimmenden Embryos erst von Wasserflöhen gefressen, dann fressen Fische die Wasserflöhe und größere Fische fressen *diese* Fische, und zum Schluß beißt sich die Katze in den Schwanz, und die ganze Zeit haben diese klitzekleinen Monster, anstatt verdaut zu werden, sich ihren Weg nach draußen durch die verschiedenen Magenwände gefressen, und ge*deihen*. O Mann, es gibt zentnerweise diese Geschichten, aber ich möchte niemanden langweilen oder mein Anliegen übertreiben, wißt ihr? Aber wartet, das müßt ihr noch hören: Ich zitiere ‹*Echinococcus granulosus* ist einer der wenigen Bandwürmer, die am Menschen schmarotzen, bei denen der erwachsene Wurm die Gedärme des Hundes bewohnt, während der Mensch einer von vielen Zwischenwirten für das Larvenstadium ist. Außerdem ist der ausgewachsene Wurm winzig und mißt nur drei bis sechs Millimeter. Im Gegensatz dazu kann die Larve, bekannt als hydatische Zyste, so groß wie ein Fußball werden. Menschen werden infiziert› – hört euch das an – ‹durch den Kontakt mit den Exkrementen infizierter Hunde›.

So, hier habt ihr nun, außer einer Menge Exkremente und Sputum, den Menschen, angeblich erschaffen nach dem Ebenbilde Gottes, doch so weit es den kleinen *Echinococcus* betrifft, nur ein Rastplatz auf dem Weg zu den Gedärmen eines Hundes. Nun müßt ihr nicht glauben, daß Parasiten einander nicht mögen: sie mögen sich. Hier gibt es ein hübsches Schätzchen, genannt *Trichosomoides crassicauda*, von dem wir lesen, Zitat: ‹Das Weibchen dieser Spezies lebt als Parasit in der Blase der Ratte, und das degenerierte Männchen lebt im Uterus des Weibchens.› So degeneriert, daß sogar die Enzyklopädie es für degeneriert hält. Und, he, wie ist es hiermit? – ‹Was sexuelle Phorese genannt werden könnte, beobachtet man bei dem Blutwurm *Schistosoma haematobium*, bei dem das kleinere Weibchen in einer Bauchfalte an der Körperwand getragen wird, dem gynäkophorischen Kanal des Männchens›. In dem Buch gab es eine Zeichnung, die ich euch guten Leuten gern vorgeführt hätte, der Mund oben an der Spitze von etwas Fingerähnlichem, dieser große Schmarotzer im Bauch, und das ganze Ding sieht aus wie eine Banane, deren Reißverschluß gerade aufplatzt. Glaubt mir: es ist *wider*wärtig.»

Und denen, die jetzt unruhig dasaßen (denn die Sonne in den obersten Scheiben der Fenster leuchtete auf wie ein Blitzlicht hinter Papier, und die Köpfe der Stockrosen nickten und tanzten in einer aufkommenden Brise, einer Brise, die Arthur und Ray draußen in der East Passage nahe Dyer Island fast zum Kentern brachte: Arthur war nicht daran gewöhnt, mit diesem schnellen kleinen Boot umzugehen; sein Herz begann zu flattern; ein Vogel schlug in seiner Brust mit den Flügeln, und sein Hirn wiederholte monoton, *Noch nicht, Gott, noch nicht*), kam es so vor, als ob Van Hornes Gesicht, zwischen den durcheinander geratenen Notizen und einem irgendwie blind wirkenden Blick auf die Gemeinde hin- und herwechselnd, sich auflöste, zu Nichts dahinschmolz. Er versuchte, seine Gedanken für die schmerzhafte Anstrengung einer Schlußbemerkung zu sammeln. Seine Stimme klang wie von weit unten emporgetrieben.

«So, um dies jetzt zu Ende zu bringen, es ist nicht bloß der nette saubere Angriff eines Tigers oder eines freundlich zottigen Löwen, wißt ihr? Das wollen sie uns nur mit all den Stofftieren verkaufen. Ein Kind mit einem plüschenen Leberplattwurm oder einer haarigen Stofftarantel ins Bett zu bringen, das käme der Sache schon näher. Ihr alle eßt. So, wie ihr euch beim Sonnenuntergang eines wunderschönes Sommertages fühlt, wenn die ersten Gin Tonic, Cola mit Rum oder Bloody Mary ihr Werk beginnen und die Synapsen heiter stimmen, dazu ein bißchen schöner milder Käse und Cracker, alles wie ein Pokerblatt auf der Platte des Glastisches dort draußen auf dem Sonnendeck oder neben dem Pool ausgelegt, bei Gott, liebe Leute, genauso fühlt sich der Spulwurm, wenn ein großer Essensbrocken aus halbverdautem Steak oder Moo goo gai pan zu ihm heruntergeschwappt kommt. Er ist eine Kreatur wie ihr und ich. Er ist eine genauso noble Kreatur vom Entwurf her – wirklich mit *Lie*be entworfen. Ihr müßt euch das Große Gesicht ausmalen, wie Es sich herunterbeugt und durch Seinen Bart lächelt, während diese fabelhaften Finger mit Ihrer engelhaften Maniküre an der letzten Fein-Einstellung des Ventralen Saugnapfs vom guten alten *Schistosoma* herumfummeln: das ist die Schöpfung. Nun frage ich euch, ist das nicht ganz schön schrecklich? Hättet ihr es nicht besser machen können, mit *dem* Material? Hölle auch, ich hätte es gekonnt. Also, gebt eure Stimme das nächste Mal mir, okay? Amen.»

In jeder Gemeinde muß es einen Fremden geben. Die einsame Ungebetene heute war Sukie Rougemont, die ganz hinten saß, einen großen breitrandigen Strohhut trug, um ihre wunderschönen blaßroten Haare zu verstecken, und eine große runde Brille, damit sie im Gesangbuch lesen und sich Notizen auf dem Rand des vervielfältigten Programms machen konnte. Ihre Klatschkolumne ‹Gehört und gesehen› war wieder eingeführt worden, um den *Anzeiger* ‹sexier› zu machen. Sie hatte Wind gekriegt von Darryls weltlicher Predigt und war gekommen, um darüber zu schreiben. Brenda und Darryl mußten

von ihrem Platz auf dem Altarpodest aus gesehen haben, daß
sie sich während des ersten Liedes hereingeschlichen hatte,
aber weder Greta noch Dawn noch Rose Hallybread hatten
ihre Anwesenheit bemerkt, und weil sie sich während der ersten Strophe von ‹*Herr, gieß deinen Segen aus*› hinausschlich,
kam es zu keiner Konfrontation zwischen den Hexen-Partei-
ungen. Greta hatte zu gähnen begonnen, und Dawns glanzlose
Augen juckten heftig, und die Schnallen an Franny Lovecrafts
Schuhen hatten sich geöffnet: aber all diese Vorgänge mochten
natürlichen Ursachen zugeschrieben werden, genauso wie, daß
Sukie acht oder zehn neue graue Haare entdeckte, als sie das
nächste Mal in den Spiegel sah.

«Sie ist also gestorben», erzählte Sukie Alexandra am Telefon.
«Gegen vier heute morgen. Nur Chris war bei ihr, und er war
gerade eingedöst. Die Nachtschwester kam herein und stellte
fest, daß der Puls aufgehört hatte.»
    «Wo war Darryl?»
    «Er war nach Hause gegangen, um ein bißchen zu schlafen.
Armer Junge, er hat wirklich versucht, ein pflichtbewußter
Ehemann zu sein, Nacht für Nacht. Es hat wochenlang gedau-
ert, und die Ärzte waren überrascht, daß sie sich so lange gehalten hat. Sie war zäher, als jedermann annahm.»
    «Das ist wahr», sagte Alexandra in schlichtem Gedenken.
Ihr Herz mit seiner Bürde der Schuld hatte sich weiterbewegt,
in eine Herbststimmung hinein, eine Ruhe der Entsagung. *Labor Day* war vorbei, und überall entlang den Rändern ihres
Gartens wetteiferten zierliche wilde Astern mit Goldruten und
dunkelblättrigen, klettenbeladenen Disteln. Die purpurfarbenen Trauben im Laubengang waren gereift, und was die Stare
nicht bekamen, fiel hinunter und bildete einen Brei auf den
Backsteinen; zum Essen waren sie wirklich zu sauer, und in
diesem Jahr hatte Alexandra keine Lust, Gelee zu machen: der
Dampf, das Durchseihen, die kleinen Gläser, die zu heiß zum
Anfassen waren. Als Alexandra überlegte, was sie als Nächstes
zu Sukie sagen sollte, beschlich sie ein Gefühl, das ihr immer
vertrauter wurde: sie fühlte sich außerhalb ihres Körpers und
betrachtete ihn aus geringer Entfernung, in seiner kläglichen

Besonderheit, seiner sterblichen Länge und Breite. Noch ein März, und sie wäre vierzig. Ihre mysteriösen Schmerzen und das Jucken nachts waren immer noch da, obwohl Doc Paterson nichts zu diagnostizieren gefunden hatte. Er war ein plumper, kahler Mann mit Händen, die aufgeblasen wirkten, so breit und weich, so rosig und sauber waren sie. «Es geht mir dreckig», verkündete sie.

«Oh, mach dir nichts draus», seufzte Sukie, die selber müde klang. «Es sterben ständig Leute.»

«Ich möchte einfach im Arm gehalten werden», sagte Alexandra überraschenderweise.

«Schätzchen, wer möchte das nicht?»

«Mehr wollte sie auch nicht.»

«Und das bekam sie.»

«Du meinst von Darryl?»

«Ja. Das Schlimmste ist –»

«Gibt es noch etwas Schlimmeres?»

«Ich sollte es eigentlich nicht einmal dir erzählen, ich habe es von Jane gehört, unter dem Siegel absoluter Verschwiegenheit; du weißt ja, sie hat sich immer mal mit Bob Osgood getroffen, der es von Doc Pat gehört hat –»

«Sie war schwanger», erzählte ihr Alexandra.

«Woher wußtest du das?»

«Was sonst könnte das Schlimmste sein? *So* traurig», sagte sie.

«Oh, ich weiß nicht. Ich hätte es gehaßt, jenes Kind zu sein. Ich halte Darryl irgendwie nicht für geeignet zur Vaterschaft.»

«Was wird er jetzt tun?» Der Fötus hing ekelerregend vor Alexandras geistigem Auge – ein stumpfköpfiger Fisch, zusammengerollt wie ein ornamentaler Türklopfer.

«Oh, ich schätze, dasselbe wie vorher. Er hat jetzt seine neuen Jünger. Ich habe dir doch von der Kirche erzählt.»

«Ich las deine Glosse in ‹Gehört und gesehen›. Du hast es wie eine Biologiestunde klingen lassen.»

«Es war eine. Es war ein wunderbarer Ulk. Die Art Dinge, die er gern tut. Erinnerst du dich an den ‹*A Nightingale Sang in Berkeley Square*›-Boogie›? Ich konnte nichts über Rose,

Dawn und Greta reinschreiben, aber ehrlich, wenn sie ihre Köpfe zusammenstecken, ist der Kegel der Macht, der aufsteigt, absolut *elektrisch*, wie die Aurora Borealis.»

«Ich möchte wissen, wie sie aussehen, wenn sie mit Luft bekleidet sind», sagte Alexandra. Wenn sie die plötzliche, losgelöste Vision ihres eigenen Körpers hatte, war er immer angezogen, wiewohl nicht immer mit dem, was sie gerade trug.

«Scheußlich», pflichtete Sukie bei, «Greta wie einer dieser klumpigen, faltigen Stiche von diesem Deutschen, du weißt schon, welcher –»

«Dürer.»

«Richtig. Rose dünn wie ein Besen, und Dawn nichts als ein schmutziges verwahrlostes Kind, mit einem dicken, weichen vorstehenden Babybauch und kaum Brüsten. Brenda – auf Brenda stehe ich», gestand Sukie, «ich frage mich schon, ob Ed nicht einfach nur meine Art war, mit Brenda in Verbindung zu treten.»

«Ich bin an den Ort zurückgegangen», gestand Alexandra ihrerseits, «und hab all die rostigen Nadeln aufgesammelt und sie mir an verschiedenen Stellen reingestochen. Es hat aber noch nichts genützt. Doc Pat sagt, er kann nicht mal einen gutartigen Tumor finden.»

«Oh, meine *Süße*», schrie Sukie auf, und Alexandra wurde klar, daß sie sie erschreckt hatte, daß die andere Frau aufhängen wollte. «Du wirst wirklich wunderlich, nicht wahr?»

Einige Tage später sagte Jane Smart am Telefon mit vor Entrüstung scharfer Stimme: «Kann doch nicht dein *Ernst* sein, daß du das noch nicht gehört hast.»

Immer deutlicher hatte Alexandra das Gefühl, daß Jane und Sukie miteinander sprachen, ehe eine von beiden am nächsten Tag oder später aus Pflichtgefühl bei ihr anrief. Vielleicht warfen sie eine Münze, um herauszufinden, wer dran war.

«Auch nicht von Joe Marino?» fuhr Jane fort. «Er ist einer der Hauptgläubiger.»

«Joe und ich sehen uns nicht mehr, wirklich nicht.»

«Wie schade», sagte Jane. «Er war so lieb. Wenn man italienische Gnome mag.»

«Er liebte mich», sagte Alexandra hilflos, weil sie wußte, für wie dumm die andere Frau sie hielt. «Aber ich konnte nicht zulassen, daß er Gina meinetwegen verließ.»

«Nun», sagte Jane, «das ist eine ziemlich beschönigende Art, sich herauszureden.»

«Mag sein, Jane Pain. Wie auch immer. Erzähl mir deine Neuigkeit.»

«Nicht nur *meine* Neuigkeit, die der ganzen *Stadt*. Er ist weg. Er ist getürmt, Schätzchen. *Il est disparu.*» Das *s* tat weh, aber es schien jenen anderen Körper zu peinigen, in den Alexandra nur zurückkehren konnte, wenn sie schlief.

Aus der zornigen, persönlichen Art, die in Janes Stimme mitschwang, konnte Alexandra nur schließen: «Bob Osgood?»

«*Darryl*, Liebling. Bitte wach auf. Unser lieber Darryl. Unser Führer. Unser Erlöser vom Eastwick *ennui*. Und er hat Chris Gabriel mitgenommen.»

«Chris?»

«Du hast recht gehabt ganz zu Anfang. Er war einer von denen.»

«Aber er –»

«Einige von ihnen können. Aber es ist nicht real für sie. Sie entwickeln nicht die Illusionen dabei wie normale Männer.»

Har, har, diable, diable, saute ici, saute là. Da war sie also, erinnerte sich Alexandra, vor einem Jahr aus der Ferne um dieses Herrenhaus herumgegeistert und dann, als sie durchs Wasser waten mußte, hatte sie sich auch noch über ihre zu fett und weiß aussehenden Schenkel Sorgen gemacht. «Tja», sagte sie jetzt. «Waren wir nicht albern?»

«Ich würde es eher naiv nennen. Wie konnten wir es *nicht* sein, wo wir in einem lächerlichen Provinznest wie diesem leben? Warum sind wir hier, hast du dich das jemals gefragt? Weil unsere Ehemänner uns hierher verpflanzt haben und wir wie die doofen Gänseblümchen einfach *bleiben*.»

«Also du glaubst, es war der kleine Chris –»

«Die ganze Zeit. Offensichtlich. Er heiratete Jenny nur, um seinen Einfluß auf ihn zu sichern. Ich könnte sie beide umbringen, ehrlich gesagt.»

«O Jane, du darfst so etwas nicht einmal sagen.»

«Und ihr Geld natürlich. Er brauchte das jämmerliche

Kleingeld, das sie für das Haus kassierte, um seine Gläubiger in Schach zu halten. Und jetzt sind da noch die ganzen Krankenhausrechnungen. Bob sagte, es sei ein schreckliches Durcheinander, die Bank würde von allen Seiten genervt, weil sie die Hypothek auf das Lenox-Grundstück am Hals hätte. Er hat zugegeben, daß die Differenz gerade reichen könnte, wenn sie den richtigen Bauunternehmer fänden, das Anwesen wäre ideal für Eigentumswohnungen, falls sie die Baugenehmigung kriegen. Bob glaubt, daß Herbie Prinz vielleicht zu überreden wäre; er macht immer diese teuren Winterurlaube.»

«Aber hat er nicht sein ganzes Laboratorium zurückgelassen? Die Farbe, aus der Solarenergie –»

«Lexa, begreifst du nicht? Das gab es überhaupt nie. Wir haben ihn uns *ein*gebildet.»

«Aber die Klaviere. Und die Kunst.»

«Wir wissen ja gar nicht, wieviel davon bezahlt war. Offenbar gibt es *einige* Aktiva. Aber eine Menge von dieser Kunst hat sicher unheimlich an Wert verloren; also, ich meine, ausgestopfte Pinguine, mit Autolack beschmiert –»

«Er liebte die Kunst», sagte Alexandra, noch immer zu ihm haltend. «Er hat das nicht vorgetäuscht, da bin ich sicher. Er war ein Künstler, und er wollte uns allen eine künstlerische Erfahrung vermitteln. Und das hat er getan. Denk an deine Musik. Wie oft du mit ihm zusammen Brahms gespielt hast, bis dein gräßlicher Dobermann dein Cello auffraß und du anfingst, genau wie ein öliger *Banktyp* zu sprechen.»

«Jetzt sagst du wirklich Dummheiten», sagte Jane scharf und legte auf. Das war auch gut so, denn die Wörter blieben Alexandra allmählich im Halse stecken, in der Heiserkeit aufsteigender Tränen.

Sukie rief noch in derselben Stunde an, ein letzter Hauch alter Solidarität. Aber sie schien nicht mehr sagen zu können als «O mein Gott, dieser kleine Bengel Chris. Ich habe ihn nie auch nur zwei zusammenhängende Worte sprechen hören.»

«Ich glaube, er *wollte* uns lieben», sagte Alexandra, die nur über Darryl Van Horne sprechen konnte. «Aber es war einfach nicht drin bei ihm.»

«Glaubst du, daß er Jenny lieben wollte?»

«Es könnte sein, weil sie Chris so ähnlich sah.»

«Er war ein vorbildlicher Ehemann.»

«Das könnte eine Art Ironie gewesen sein.»

«Ich habe mir überlegt, Lexa, er muß gewußt haben, was wir Jenny angetan haben, ist es möglich –»

«Weiter. Sag es.»

«Daß wir damit seinen *Willen* ausführten, als wir, weißt du –»

«Sie töteten», ergänzte Alexandra.

«Ja», sagte Sukie. «Weil er sie aus dem Weg haben wollte, nachdem er sie erst mal rechtmäßig besaß und alles anders war.»

Alexandra versuchte zu denken; seit Ewigkeiten hatte sie nicht mehr gefühlt, wie ihr Geist sich dehnte, ein luxuriöses Gefühl, fast muskulär, jenes Ausloten von nicht ertastbaren Tunneln des Möglichen und des Wahrscheinlichen. «Ich bezweifle wirklich», entschied sie, «daß Darryl je so planmäßig vorging. Er improvisierte immer aus Situationen heraus, die andere geschaffen hatten, und konnte nicht sehr weit vorausblicken.» Während Alexandra sprach, sah sie ihn immer klarer – erfühlte ihn von innen, seine Höhlungen, seine Begrenzungen und die Leerräume. Sie hatte ihren Geist in einen Raum widerhallender Trostlosigkeit projiziert. «Er war nicht schöpferisch, in dieser Hinsicht hatte er keine eigenen Kräfte. Er konnte nur das freisetzen, was in anderen schon vorhanden war. Auch bei uns: Wir hatten den Hexenkonvent schon, ehe er in die Stadt kam, und auch unsere Kräfte, was immer sie sind. Ich glaube», sagte sie zu Sukie, «er wollte eine Frau sein, wie er selber sagte, aber er war noch nicht einmal das.»

«Noch nicht einmal», wiederholte Sukie kritisch.

«Nun ja, es *ist* sehr oft erbärmlich. Ehrlich, das ist es.» Wieder dieser Kloß im Hals, dem Tor der Tränen. Aber dieses Gefühl, wie auch der anhaltende Versuch, wieder zu denken, waren irgendwie hoffnungsvoll, ein ungelenker Neubeginn. Sie hörte auf, sich treiben zu lassen.

«Vielleicht muntert dich dies ein bißchen auf», erzählte Sukie. «Es ist gut möglich, daß es Jenny gar nicht so leid tat zu sterben. Rebecca hat bei Nemo ziemlich viel herumgequatscht, jetzt, wo Fidel mit den beiden anderen abgehauen ist, und sie sagt, bei einigen von den Dingen, die sich da drüben abgespielt haben, nachdem wir weg waren, würden sich einem wirklich die Haare sträuben. Anscheinend war es kein Geheimnis für Jenny, was Chris und Darryl im Schilde führten, sobald sie erst einmal sicher verheiratet war.»

«Die arme kleine Seele», sagte Alexandra. «Ich vermute, sie war einer dieser vollkommen lieben Menschen, für die die Welt aus irgendeinem Grunde nie Verwendung hat.» Die Natur in ihrer Weisheit läßt sie entschlafen.

«Sogar Fidel war empört, erzählt Rebecca», sagte Sukie, «aber als sie ihn bat, dazubleiben und mit ihr zu leben, erklärte er ihr, er wolle kein Krabbenverkäufer oder Bote bei ‹Data-probe› sein, und etwas anderes ließen die Leute hier einen Latino wie ihn nicht tun. Es bricht Rebecca das Herz.»

«Männer», sagte Alexandra vielsagend.

«So sind sie eben, oder?»

«Wie haben Leute wie die Hallybreads das alles aufgenommen?»

«Schlecht. Rose ist fast hysterisch vor Sorge, daß Arthur finanziell in dieses schreckliche Durcheinander hereingezogen wird. Offenbar war er ziemlich interessiert an Darryls Selen-Theorie und hat sogar eine Art Vertrag unterschrieben, der ihn als Gegenleistung für seine Gutachten zum Partner macht; so was hatte Darryl drauf, Leute dazu zu bringen, einen Pakt zu unterzeichnen. Ihr Rücken ist jetzt tatsächlich so schlimm, daß sie auf einer Matte auf dem Fußboden schläft und Arthur ihr den ganzen Tag vorlesen muß, aus diesen billigen historischen Romanen. Er kommt überhaupt nicht mehr weg.»

«Also wirklich, was für eine langweilige, schreckliche Frau», sagte Alexandra.

«Widerwärtig», pflichtete Sukie bei. «Jane sagt, ihr Kopf sehe aus wie ein in Stahlwolle verpackter getrockneter Apfel.»

«Wie *geht* es Jane? Im Ernst, ich fürchte, sie ist heute morgen ziemlich ungeduldig mit mir geworden.»

«Also, sie sagt, Bob Osgood kennt einen wunderbaren Mann in Providence, in der Hope Street, glaube ich, sagte sie, der die ganze Vorderseite ihres Ceruti-Cellos ersetzen kann, ohne das Timbre zu verändern. Einer von diesen Hippie-Akademikern, die als Handwerker arbeiten, um ihre Väter zu ärgern oder gegen das System zu protestieren oder was weiß ich. Aber sie hat es mit Klebeband zusammengepflastert und spielt darauf, so zerkaut es ist. Sie sagt, es gefiele ihr, es klinge menschlicher. Ich glaube, sie ist in einer schrecklichen Verfassung. *Sehr* neurotisch und paranoid. Ich habe sie gefragt, ob wir uns nicht in der Stadt treffen sollten, um im Kleinen Bäckereicafé ein Sandwich zu essen oder auch bei Nemo, jetzt, wo Rebecca uns nicht mehr die Schuld an allem gibt, aber sie sagte nein, sie hätte Angst, die *anderen* könnten sie sehen. Brenda, Dawn und Greta, vermute ich. Ich sehe sie ständig in der Dock Street. Ich lächle, und sie lächeln zurück. Es gibt nichts mehr zu kämpfen. Ihr Aussehen –» zurück zu Jane – «ist erschrekkend. Weiß wie eine geballte Faust, und wir haben noch nicht einmal Oktober.»

«Fast», sagte Alexandra, «die Rotkehlchen sind fort, und nachts kann man die Wildgänse hören. Ich lasse meine Tomaten dieses Jahr an den Stauden vergammeln: jedesmal, wenn ich in den Keller gehe, gucken mich diese Unmengen von Gläsern mit der Sauce vom letzten Jahr vorwurfsvoll an. Meine gräßlichen Kinder haben total gegen Spaghetti rebelliert, die bringen ja auch ganz schön Kalorien, muß ich sagen, also kaum das, was ich brauche.»

«Sei nicht albern. Du *hast* abgenommen. Ich sah dich neulich aus der Superette kommen – ich saß gerade im *Anzeiger* fest, wo ich diesen unglaublich unreifen und pompösen neuen Hafenmeister interviewte, er ist einfach ein Kind, Haare bis auf die Schultern, sogar noch jünger als Toby, und da guckte ich zufällig aus dem Fenster und dachte bei mir, ‹Sieht Lexa nicht *fa*belhaft aus›. Deine Haare waren zu dem dicken Zopf hochgebunden, und du hattest die indische Brokat –»

«Algerische.»

«– algerische Jacke an, die du immer im Herbst trägst, und hattest Coal an der Leine, an einem langen Seil, genauer.»

«Ich war am Strand gewesen», beeilte sich Alexandra zu sagen. «Es war herrlich. Nicht der leiseste Windhauch.» Obwohl sie noch ein paar Minuten so weitersprachen, um die alte Vertrautheit wieder aufleben zu lassen, dieses heimliche Einverständnis, das mit der Nachgiebigkeit und Verletzlichkeit ihrer Körper zusammenhing, hatte Alexandra und – ihre Intuition sagte es ihr plötzlich und unmißverständlich – Sukie ebenso das tödliche Gefühl, daß alles schon einmal gesagt worden war.

In jedem Jahr kommt der gesegnete Augenblick, wo wir wissen, wir mähen den Rasen zum letztenmal. Alexandras ältester Sohn Ben sollte sich sein Taschengeld mit Gartenarbeit verdienen, aber er war jetzt wieder in der High-School und mühte sich ab, im Training nach dem Unterricht ein Nachwuchs-Fußballstar zu werden – er sprintete, er wand sich, er sprang, um den süßen Anprall des Leders an den ausgestreckten Fingerspitzen zehn Fuß über dem Boden zu spüren. Marcy hatte einen Teilzeitjob als Kellnerin im Kleinen Bäckereicafé angenommen, wo jetzt auch Abendessen serviert wurde, und bedauerlicherweise hatte sie eine Beziehung mit einem dieser ungekämmten, finsteren jungen Burschen angefangen, die vor der Superette herumhingen. Die zwei jüngeren Kinder, Linda und Eric, waren nun in der fünften und siebten Klasse, und Alexandra hatte in einem Pappbecher voll Wasser unter Erics Bett Zigarettenstummel gefunden. Jetzt schob sie ihren knurrenden, rauchenden Toro-Mäher, dessen Öl seit den Tagen, da Oz das Haus instandgehalten hatte, nicht gewechselt worden war, noch einmal hin und zurück über ihren ungepflegten Rasen, der mit langen, gelben, fedrigen Weidenblättern übersät und ganz hubbelig war, weil die Maulwürfe sich gerade für den Winter eingruben. Sie ließ den Toro laufen, bis das Benzin verbraucht war, damit es im nächsten Frühjahr nicht den Vergaser verstopfte. Sie dachte daran, das schleimige alte Öl abzulassen, aber dann wäre sie sich *zu* gut und fachmännisch vorgekommen. Auf ihrem Weg vom Abstellraum zurück in die Küche ging sie durch den Arbeitsraum und sah in ihrem zusammengezimmerten Gerüst endlich das, was es war: ein Ehemann. Das ungeschickt genagelte und mit Draht verbundene Gestell aus zwei-mal-vier und ein-mal-zwei Latten besaß jene Sperrigkeit, die sie bewunderte und die auch Ozzie besessen hatte, bevor das Dasein als Ehemann seine Kanten abwetzte. Sie erinnerte sich, wie in jenen ersten Jahren seine Knie und Ellbogen sie im Bett gestoßen hatten, wenn Alpträume an ihm zerrten; sie hatte ihn für diese Alpträume ziemlich geliebt, diese Bekenntnisse seines Schreckens, als das Leben in seiner vollen Länge und Verantwortung seine junge Männlichkeit bedrohte. Gegen Ende ihrer Ehe schlief er wie ein Ding, reglos und versunken, schwitzend und kleine, unbewußte Schnaufer ausstoßend. Sie nahm seinen vielfarbigen Staub vom Bord herunter und streute ein bißchen auf das knorrige Stück einer Kiefernlatte, das dem Gestell als Schulter diente. Sie machte sich weniger Gedanken über den Kopf und das Gesicht als über die Füße; die Extremitäten, erkannte sie, waren ihr bei einem Mann am wichtigsten. Was auch immer sich in der Mitte abspielte, ihr idealer Mann mußte etwas Hageres und Delikates an den Füßen haben – so wie die Füße Christi aussahen, wenn sie überkreuzt und an Kruzifixe genagelt waren, sehnig, langzehig und schlaff wie im Fluge – und um die Hände mußte etwas Gehärtetes, Ausgearbeitetes sein; Darryls gummigleichen Hände waren sein abstoßendstes Merkmal gewesen. Sie arbeitete ihre Vorstellungen flüchtig in Ton aus, mit dem Rest jenes reinen weißen Kaolins, das sie aus dem Garten der Witwe in Coventry geholt hatte. Ein Fuß und eine Hand waren genug, und die Oberflächlichkeit spielte keine Rolle; was wichtig war, war nicht ihr fertiges Produkt, sondern die Botschaft, die in den Äther geritzt und zu den Kräften geschickt wurde, die Hände und Finger bis ins kleinste Glied, in die kleinste Muskelfaser hinein zu formen vermochten, jenen Kräften, die die Wunder aller Anatomien aus dem rasenden, präzisen Füllhorn der Schöpfung herausschleuderten. Als Kopf wählte sie einen mittelgroßen Kürbis, den sie an jenem Verkaufsstand an der R 4 kaufte, der zehn Monate des Jahres hoffnungslos schäbig und verlassen aussieht, doch jedesmal zur Erntezeit zum Leben erwacht. Sie höhlte den Kürbis aus und tat etwas von Ozzies Staub hinein, aber nicht zuviel, denn sie wollte, daß die Zweitausfertigung nur die Grundzüge seiner Ehemännlichkeit enthielt. Eine äußerst wichtige Zutat war in Rhode Island beinahe unmöglich zu finden: Erde aus dem Westen, eine Handvoll trockener, sandiger, salbeitragender Erde. Der feuchte Lehm aus dem Osten würde sich nicht eignen. Eines Tages entdeckte sie zufällig einen in der Oak Street geparkten Kleinlieferwagen mit einem Nummernschild aus Colorado; sie griff unter den hinteren Kotflügel und kratzte ein bißchen goldbraunen, getrockneten Schlamm in ihre Handfläche, brachte ihn nach Hause und fügte ihn zu Ozzies Staub hinzu. Sie brauchte auch einen Cowboyhut für den Kürbis und mußte mit ihrem Subaru den ganzen weiten Weg bis Providence zurücklegen, um einen Kostümausstatter zu finden, der die Studenten der Brown University bei ihren Theaterspielen, den Karnevalsfesten und Protestdemonstrationen versorgte. Während sie sich dort aufhielt, kam ihr die Idee, sich als Gaststudentin in der Rhode Island-Schule für Design einzuschreiben; als naive Bildhauerin hatte sie erreicht, was sie nur konnte. Die Mitstudenten waren kaum älter als ihre Kinder, aber einer der Lehrer, ein Keramiker aus Taos, ein ledriger, humpelnder Mann gut in den Vierzigern, von den Wechselbädern und Windstößen des Lebens verwittert, fiel ihr ins Auge und sie ihm, mit ihrer robusten Sinnlichkeit, die ein bißchen der einer Kuh gleichkam (worauf Joe Marino zufällig gestoßen war, als er sie brünstig seine *vacca* nannte). Nach etlichen Semestern und Abwendungen heirateten sie, und Jim brachte sie und seine Stiefkinder in den Westen zurück, wo die Luft ekstatisch dünn war und alle Zauberkraft den Hopi- und Navajo-Schamanen gehörte. «Mein Gott», sagte Sukie vor der Abreise am Telefon zu ihr. «Womit hast du das nur zuwegegebracht?»

«Das ist nicht zum Druck bestimmt», entgegnete Alexandra streng. Sukie war zur Chefredakteurin des *Anzeiger* aufgestiegen und mußte, in Einklang mit dem schamlos persönlichen Ton der aufkommenden Nachkriegsära, jede Woche einen Skandal oder ein Bekenntnis bringen, Kolumnen über trivialen, täglichen Klatsch, die Clyde Gabriel, heikel wie er gewesen war, gestrichen hätte.

«Du mußt dir dein Leben ausmalen», vertraute Alexandra der jüngeren Frau an, «dann geschieht es.»

Sukie gab dieses Stück an Jane weiter, und die liebe verärgerte Jane, die so sehr Gefahr lief, eine verbitterte, griesgrämige alte Jungfer zu werden, daß ihre Klavierschüler beim

Schwarz und Weiß der Tasten an die Knochen und die Dunkelheit der Hölle dachten, kurz, an alles, was tot, streng und bedrohlich war, zischte ungläubig; als vertrauenswürdige Schwester hatte sie Alexandra seit langem abgeschrieben.

Aber heimlich, sogar vor Sukie Magie verborgen, hatte sie Splitter von der Vorderplatte des Cellos, die der begabte Hippie-Restaurator aus der Hope Street ersetzt hatte, entnommen und in den alten rußfarbenen Frack ihres toten Vaters gewikkelt. In die eine Jackentasche steckte sie ein paar Krümel des getrockneten Krauts, das einst Sam Smart gewesen war und jetzt im Keller ihres Ranchhauses hing. In die andere steckte sie die Schnipsel eines zerrissenen Zwanzig Dollar-Scheins – denn sie war es leid, gähnend leid, arm zu sein – und besprengte die immer noch glänzenden breiten Aufschläge mit ihrem Parfum, ihrem Urin und ihrem Menstruationsblut, verschloß den ganzen übelriechenden Zauber in den Plastiksack einer Reinigungsfirma und legte ihn zwischen Sprungfedern und Matratze ihres Bettes. Jede Nacht schlief sie auf der leichten, flachgelegenen Wölbung. An einem entsetzlich kalten Wochenende im Januar besuchte sie ihre Mutter in der Back Bay, und ein perfekt für sie passender kleiner Mann in einem Smoking und Lacklederschuhen, so glänzend wie kochender Teer, kam auf einen Tee vorbei. Er lebte mit seinen Eltern in Chestnut Hill und war auf dem Wege zu einer Gala im Tavern Club. Er hatte schwerlidrige, hervortretende Augen, die so fragend blau wie die einer Siamkatze blickten; sein Besuch war nicht so kurz, als daß er hätte übersehen können – er, der nie geheiratet hatte und von den Frauen, denen er den Hof hätte machen können, als hoffnungslos brav abgeschrieben worden war und bei seinem wenigen Sex nicht einmal als schwul gelten konnte –, daß es in Jane etwas Dunkles, Scharfes und Schmutziges gab, das vielleicht den lange schlafenden amourösen Teil seines Wesens wachzurütteln imstande wäre. Wir erwachen zu verschiedenen Zeiten, und die tapfersten Blumen sind die, die in der Kälte blühen. Auch erspürte sein Blick in Jane eine rege und beachtlich fähige Verwalterin für die Chippendale und Duncan Phyfe Antiquitäten, die hochragenden Schränke aus chinesischer Lackarbeit, die sorgfältig gelagerten Kisten mit Jahrgangsweinen, die Wertpapiere und das Silber, die er eines Tages von seinen Eltern erben würde, wenn auch beide noch am Leben waren, wie in der Tat noch zwei seiner Großeltern – uralte aufrechte Frauen, die unveränderlich wie Kristall in ihren Winkeln in Milton und Salem saßen. Dieser hohe Familienstatus wie auch die Ansprüche der Kunden seines Maklergeschäfts, deren Geld er zaghaft hütete, dazu die Bedürfnisse seiner delikaten, allergischen Natur (Milch, Zucker, Alkohol und Natrium gehörten zu den Substanzen, die er meiden mußte) – all das ließ eine Managerin angeraten sein: er rief Jane am nächsten Morgen an, bevor sie Zeit hatte, in ihrem verbeulten Valiant davonzufliegen, und lud sie für denselben Abend auf ein paar Drinks in die Copley Bar ein. Sie lehnte ab; da stürzte ein Bilderbuch-Blizzard über die Backsteinbezirke herein und hielt sie fest. Bei seinem Anruf am Abend schlug er ein Essen im obersten Stock des eingeschneiten Ritz vor. Jane widerstand ihm voll und ganz, kratzte und versengte ihn mit ihrer mörderischen Zunge; aber ihr Akzent sprach zu ihm, und schließlich machte er sie zu seiner Gefangenen in einem zinnenbewehrten granitenen Phantasiegebilde in Brookline, das ein Jünger von H. H. Richardson entworfen hatte.

Sukie streute gemahlenen Muskat auf das kreisrunde Glas ihres Handspiegels, bis von ihrem Abbild nur noch die goldgesprenkelten grünen Augen übrigblieben, oder, wenn sie den Kopf leicht bewegte, ihre affenähnlichen, überschminkten Lippen. Mit diesen Lippen rezitierte sie feierlich wispernd siebenmal das obszöne und heilige Gebet an Cernunnos. Dann nahm sie die abgenutzten alten Plastiksets mit dem Madrasmuster vom Küchentisch und steckte sie in den Müll für die Donnerstag-Leerung. Gleich am nächsten Tag tauchte ein forscher Mann mit sandfarbenem Haar im Büro des *Anzeiger* auf, um eine Anzeige aufzugeben: er suchte einen reinrassigen Weimaraner, um seine Hündin decken zu lassen. Er war im Begriff, mit seinen kleinen Kindern ein Häuschen in Southwick zu mieten (er war frisch geschieden, nachdem er seiner Frau zu einem verspäteten Jurastudium verholfen und ihre erste Aktion darin bestanden hatte, wegen seelischer Grausamkeit die Scheidung einzureichen), und die arme Kreatur hatte beschlossen, läufig zu werden; die Hündin litt Qualen. Dieser Mann besaß eine lange asymmetrische Nase wie Ed Parsley; eine Aura leidender Intelligenz wie Clyde Gabriel; und etwas von Arthur Hallybreads professioneller Steifheit. In seinem karierten Anzug sah er übertrieben alert aus, wie ein aufgemotzter Verkäufer, der aus dem Norden des Staates New York kommt, oder wie ein Alleinunterhalter, der gerade seitwärts über die Bühne tänzelt und dabei auf einem Banjo klimpert. Er wollte genau wie Sukie unterhaltsam sein. Tatsächlich war er aus Stamford, wo er in einer noch jungen Branche arbeitete und hochgelobte Computer samt Service verkaufte, die sich Textverarbeitungssysteme nannten. Auf dem ihren schreibt sie jetzt mit großer Geschwindigkeit Paperback-Romanzen, stellt mit ein paar Anschlägen ihrer Fingerspitzen Absätze um, gibt den Personen neue Namen und speichert wiederverwendbare Standard-Leidenschaften und -krisen.

Sukie war die letzte, die Eastwick verließ; ihr Nachbild, wie sie in ihrem witzigen Wildlederrock und den rötlichen Haaren mit langen Beinen und Armen an den glitzernden Ladenpassagen entlang geschlenkert, lebte in der Dock Street fort wie jenes kühlfarbene Trugbild, das das Auge zurückbehält, nachdem es in etwas Helles gestarrt hat. Dies ist Jahre her. Der junge Hafenmeister, mit dem sie ihre letzte Affäre hatte, hat jetzt einen Schmerbauch und drei Kinder; aber erinnert sich immer noch daran, wie sie ihm in die Schulter biß und sagte, mit welcher Wonne sie das Salz der Seeluft schmeckte, die auf seiner Haut verdunstet war. Dock Street ist neu gepflastert und verbreitert worden, um mehr Verkehr aufzunehmen. Und von der Pferdetränke bis zum Landing Square, wie man ihn gern nennt, wurden all die kleinen Vorsprünge des Gehsteigs begradigt. Neue Leute ziehen in die Stadt; einige davon leben in dem alten Lenox-Herrenhaus, das tatsächlich in Eigentumswohnungen umgewandelt wurde. Der Tennisplatz blieb, wenn auch ohne das gefährliche Experiment mit der Traglufthalle. Als Anreiz für Mieter wurde ein Teil des Grundstücks drainiert, und ein Anlegesteg und ein kleiner Yachthafen gebaut. Die Reiher nisten anderswo. Der Damm wurde erhöht, bekam Wasserdurchlässe im Abstand von jeweils fünfzig Metern, und wird deshalb niemals mehr überschwemmt – oder wurde es bis jetzt nur einmal, bei dem großen Februar-Blizzard von 78. Das Wetter scheint heutzutage allgemein ruhiger zu sein: es gibt kaum noch Gewitter.

Jenny Gabriel ruht zusammen mit ihren Eltern unter poliertem Granit, der nicht über das gestutzte Gras hervorragt, in der neuen Abteilung des Cocumscussoc-Friedhofs. Chris, ihr Bruder und Sohn mit seinem engelhaften Gesicht und seiner Vorliebe für Comics, wurde vom New Yorker Sodom verschluckt. Die Anwälte glauben inzwischen, daß Darryl Van Horne ein angenommener Name war. Und doch existieren etliche Patente unter diesem Namen. Bewohner des Apartmenthauses haben mysteriöse, knackende Geräusche aus einigen der bemalten Fensterbrüstungen gemeldet – und Wespen, die an Schock verendeten. Die Einzelheiten des finanziellen Durcheinanders liegen in Stahlkammern und Schreibtischschubladen voller alter Protokolle vergraben, verschlammt schon nach so kurzer Zeit und nur von geringem Interesse. Denn von Interesse ist nur, was der Geist zurückhält, was unsere Leben der Luft überantwortet haben. Die Hexen sind fort, verschwunden; wir waren nur ein Intervall in ihrem Leben, wie sie in den unsrigen. Doch so wie Sukies blaugrüner Geist noch immer das sonnendurchglühte Straßenpflaster heimsucht und Janes schwarzer Umriß am Mond vorbeiflitzt, haben die Legenden jener Tage, da sie prächtig und frevelnd leibhaftig unter uns weilten, den Namen der Stadt im Munde der Fremden gewürzt, und jenen von uns, die weiterhin hier leben, haben sie etwas Längliches, Unsichtbares, Aufregendes hinterlassen, das wir nicht verstehen. Wir treffen es an der nächsten Ecke, da, wo die Hemlock Lane auf die Oak Street stößt; es ist da, wenn wir, außerhalb der Saison, am Strand entlangwandern und der Atlantik in seiner Schwärze das dicht gepackte Grau der Wolken spiegelt: ein Skandal, das Leben wie aufsteigender Rauch zur Legende verdreht.